U0107632

# 西遊記探原

《西游真诠》《西游原旨》合刊

盛克琦◎编校

華夏出版社
HUAXIA PUBLISHING HOUSE

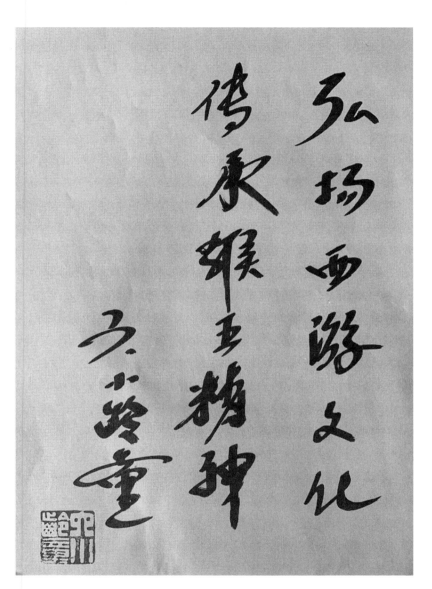

弘扬西游文化

传承娱乐精神

六小龄童

六小龄童:著名表演艺术家,电视连续剧《西游记》孙悟空扮演者,中国西游文化研究会副会长。

# 目  录

能不为李春芳著《西游记》一案稍作辩解。"①

<h1 style="text-align:center">二</h1>

现在所知最早的《西游记》版本是刊刻于明万历二十年（1592）金陵世德堂刻本，不署著述者姓名，陈元之《刊西游记序》谓"《西游》一书，不知其何人所为"，仅题有"华阳洞天主人校"字样，使《西游记》著作权的归属问题成为众多学者争论的话题。关于《西游记》的作者，在题名元代虞集（1272—1348）的《西游证道书原序》中说是"国初邱长春真君所纂"②，明末清初学者尤侗（1618—1704）在《西游真诠序》中说"世传为丘长春之作"。③ 清初刘廷玑《在园杂志》卷二："盖《西游》为证道之书，丘长春借说金丹奥旨。以心猿意马为根本，而五众以配五行，凭空结构，是一蜃楼海市耳。此中妙理，可意会不可言传，所谓语言文字仅得其形似者也。"清乾嘉年间著名的道教学者、高道刘一明（1734—1821）在《西游原旨·序》中："《西游记》者，元初长春邱真君之所著也。"道咸年间，丁柔克《柳弧》卷四"四大奇书"条云："《西游记》，本丘长春作，闻系乃修道之书。"丘真人（1148—1227）亦作"邱处机"，名处机，字通密，号长春子，登州栖霞（今属山东省）人，道教全真道掌教、龙门派始祖。1220 年因成吉思汗邀请率领弟子前往西域，向其宣讲道教教义，劝之以"敬天爱民为本"、"清心寡欲为要"，被尊称为"神仙"，并赠"金虎牌"，诏请掌管天下道教。1227 年农历七月初九日，仙化于北京长春宫（原名天长观）。元世祖时尊赠"长春演道主教真人"。百姓为纪念"邱神仙"无量功德，定其生辰正月十九为燕九节，岁岁庆祝至今，现已成为京津地区的著名风俗之一。

当代普遍认定小说《西游记》为明人吴承恩（1501—1582）所著。吴承

---

① 胡孚琛：《丹道法诀十二讲》，325－328 页，社会科学文献出版社，2009 年 12 月版。

② 汪象旭（憺漪子）笺评：《新镌出像古本西游证道书》。虞集字伯生，号道园，元仁寿（今属四川）人，撰有《道园学古录》。清初汪象旭评刻《西游证道书》，始将虞集所撰之《序》置于卷首。

③ 丘处机之姓，"邱"、"丘"在古籍文本中多有混用，本书不做划一，保持所引文本的原貌。

恩,字汝忠,号射阳山人,淮安府山阳县(今江苏省淮安市)人。此说溯其源头,大抵都来源于清初学者吴玉搢(1698—1773),他在乾隆十年(1745)于《山阳志遗》卷四载:"嘉靖中,吴贡生承恩字汝忠,号射阳山人,吾淮才士也。……天启旧《志》(《淮安府志》)列先生为近代文苑之首,云性敏而多慧,博极群书,为诗文下笔立成,复善谐谑,所著杂记几种,名震一时。初不知杂记为何等书,及阅《淮贤文目》,载《西游记》为先生著。考《西游记》旧称为证道书,谓其合于金丹大旨,元虞道园有序,称此书系其国初邱长春真人所撰。而郡志谓出先生手。天启时去先生未远,其言必有所本。……书中多吾乡方言,其出淮人手无疑。"①其后,与之同时代的阮葵生(1727—1789),在乾隆三十六年(1771)所撰的《茶余客话》卷二十一也指出:"按旧《志》称射阳性敏多慧,为诗文下笔立成,复善谐谑,著杂记数种。惜未注杂记书名,惟《淮贤文目》载射阳撰《西游记通俗演义》。""世乃称为证道之书,批评穿凿,谓吻合金丹大旨,前冠以虞道园一序,而尊为长春道人之秘本,亦作伪可嗤者矣。……观其中方言俚语,皆淮上之乡音街谈,巷弄市井妇孺皆解,而他方人读之不尽然,是则出淮人之手无疑。"②

阮葵生之论,实系依据吴玉搢《山阳志遗》卷四而来,可见他们所作判定的唯一依据是天启《淮安府志》。天启年间(1621—1627)纂修的《淮安府志》卷十六《文苑传》中载:"承恩善谐剧,所著杂记几种,名震一时。"在卷十九《艺文志》又载:"吴承恩《射阳集》四册四卷,《春秋列传序》,《西游记》。"故由之推测《淮安府志》著录的吴承恩《西游记》即是百回本小说《西游记》。此外,清代尚有钱大昕《跋长春真人〈西游记〉》③、丁宴《百亭记事续编》④、纪昀(晓岚)《阅微草堂笔记》、焦循《剧说》、陆以湉《冷庐杂识》等,也都对《西游记》作者的问题有所论述,但他们的基本内容都未超出吴玉搢、阮葵生

---

① 吴玉搢,字藉五,号山夫,清山阳(今江苏淮安)人,官凤阳府训导。曾参与纂修《山阳县志》和《淮安府志》。所撰《山阳志遗》,四卷,记述县志府志未载山阳诸事。

② 阮葵生,字宝诚,号蓉山,清山阳人,官刑部侍郎,所撰《茶余客话》,三十卷。

③ 钱大昕(1728—1804),号辛楣,竹汀居士,清嘉定(今属上海)人,撰有《廿二史考异》、《潜研堂文集》等。《潜研堂文集》卷二十九《跋〈长春真人西游记〉》云:"村俗小说有《唐三藏西游演义》,乃明人所作。"

④ 丁宴(1794—1875),字俭卿,清山阳(今江苏淮安)人,编有《熙志斋丛书》二十二种。所撰《石亭纪事续编》一卷,该书《书〈西游记〉后》云:"及考吾郡康熙初旧志艺文书目,吴承恩下有《西游记》一种。"

的范围。

20 世纪 20 年代,鲁迅先生(1881—1936)在《中国小说史略第十七篇·明之神魔小说(中)》中说:"又有一百回本《西游记》……而今特盛行,且以为元初道士邱处机作。处机固尝西行,李志常记其事为《长春真人西游记》,凡二卷,今尚存《道藏》中,惟因同名,世遂以为一书;清初刻《西游记》小说者,又取虞集撰《长春真人西游记》之序文冠其首,而不根之谈乃愈不可拔也。然至清乾隆末,钱大昕跋《长春真人西游记》(《潜研堂文集》二十九)已云小说《西游演义》是明人作;纪昀(《如是我闻》三)更因'其中祭赛国之锦衣卫,朱紫国之司礼监,灭法国之东城兵马司,唐太宗之大学士翰林院中书科,皆同明制',决为明人依托,惟尚不知作者为何人。而乡邦文献,尤为人所乐道,故是后山阳人如丁晏(《石亭记事续编》)、阮葵生(《茶余客话》)等,已皆探索旧志,知《西游记》之作者为吴承恩矣。吴玉搢(《山阳志遗》)亦云然,而尚疑是演邱处机书,犹罗贯中之演陈寿《三国志》者,当由未见二卷本,故其说如此;又谓'或云有《后西游记》,为射阳先生撰',则第志俗说而已。吴承恩字汝忠,号射阳山人,性敏多慧,博极群书,复善谐剧,著杂记数种,名震一时,嘉靖甲辰岁贡生,后官长兴县丞,隆庆初归山阳,万历初卒(约1510—1580)。杂记之一即《西游记》(见《天启淮安府志》一六及一九,《光绪淮安府志》贡举表),余未详。又能诗,其'词微而显,旨博而深'(陈文烛序语),为有明一代淮郡诗人之冠,而贫老乏嗣,遗稿多散佚,邱正纲收拾残缺为《射阳存稿》四卷、《续稿》一卷,吴玉搢尽收入《山阳耆旧集》中(《山阳志遗》四)。然同治间修《山阳县志》者,于《人物志》中去其'善谐剧著杂记'语,于《艺文志》又不列《西游记》之目,于是吴氏之性行遂失真,而知《西游记》之出于吴氏者亦愈少矣。"①

胡适(1891—1962)在 1923 年撰写的《〈西游记〉考证》中也说:"《西游记》不是元朝的长春真人邱处机作的。元太祖西征时,曾遣使召邱处机赴军中,处机应命前去,经过一万余里,走了四年,始到军前。当时有一个李志常记载邱处机西行的经历,做成《西游记》二卷。此书乃是一部地理学上的重要材料,并非小说。小说《西游记》与邱处机《西游记》完全无关。""据淮安

---

① 鲁迅:《中国小说史略》,101 - 102 页,上海古籍出版社,2006 年 4 月版。

府康熙初旧志艺文书目,《西游记》是淮安嘉靖中岁贡生吴承恩作的。"①

郑振铎(1898—1958)在1933所撰的《〈西游记〉的演化》一文中,也认为:"今本最伟大的一部《西游记》小说的作者,早已知道为明人吴承恩而非元代道士邱处机了。"②

由于得到鲁迅、胡适、郑振铎等学术界大学者的认可,《西游记》一书的作者遂被确定为吴承恩,该论被收入中小学语文课本,当代各出版社翻印的《西游记》无不署名"吴承恩著",以至成为当代读者不可动摇的普遍认识。然而,查清初著名藏书家黄虞稷(1629—1691)的《千顷堂书目》卷八史部地理类下有:"唐鹤征《南游记》三卷、吴承恩《西游记》、沈明臣《四明山游记》一卷。"其时距万历二十年(1592)世德堂刊刻《西游记》已有半个多世纪,已是大家熟知之书,黄虞稷却将吴承恩的《西游记》明确归入地理类,足见该书仅是一部游记,就像与吴同时代人所写的《南游记》、《四明山游记》之类的游记一样。因此,一些学者据之否定小说《西游记》为吴承恩所作。

据《元史·释老传》载:元太祖成吉思汗十五年(1220),长春真人应成吉思汗诏请,携弟子李志常等十八人从山东莱州出发,前往西域大雪山朝见成吉思汗,历时四年而返回燕京。李志常根据随侍长春真人的亲身见闻,撰写了《长春真人西游记》一卷,题名"门人真常子李志常述",收入《道藏》正一部。③ 该书详细记载了长春真人及其弟子西游事迹,备述西行途中所经道路里程、山川形势、风土气候、语言民俗,以及长春真人师徒相互问答、吟咏等事。此书对研究元史、全真教史、中西交通史,皆有重要史料价值。近人王国维(1877—1927)、张星烺曾为该书作注。清人钱大昕在《跋〈长春真人西游记〉》中云:"村俗小说,演唐玄奘故事,亦称《西游记》,乃明人所作。萧山毛大可据《辍耕录》,以为出邱处机之手,真郢书燕说矣。"指出了《长春真人西游记》与小说《西游记》并非是同一书,小说《西游记》不是长春真人所撰著。鲁迅先生在《中国小说史略》和胡适《〈西游记〉考证》对这个问题也已论及,可为确论。

---

① 胡适:《胡适文集》(第3册),500、517页,北京大学出版社,1998年11月版。
② 郑振铎:《〈西游记〉的演化》,《20世纪〈西游记〉研究》上卷,34页,文化艺术出版社,2008年10月版。
③ 《道藏》第34册,480–501页,文物出版社、上海书店、天津古籍出版社,1988年3月版。

# 《西游真诠》序

　　三教圣人之书,吾皆得而读之矣。东鲁之书,存心养性之学也;函关之书,修心炼性之功也;西竺之书,明心见性之旨也。此"心"与"性",放之则弥于六合,卷之则退藏于密。其揆一也,而莫奇于佛说。吾尝读《华严》一部而惊焉,一天下也,分而为四;一世界也,累而为小千、中千、大千。天一而已,有忉利、夜摩诸名;地一而已,有欢喜、离垢诸名。且有轮围山、香水海、风轮宝焰、日月云雨、宫殿园林、香花鬘盖、金银、琉璃、摩尼之类,无数无量无边,至于不可说不可说。总以一言蔽之曰:一切惟心造而已。

　　后人有《西游记》者,殆《华严》之外篇也。其言虽幻,可以喻大;其事虽奇,可以证真;其意虽游戏三昧,而广大神通具焉。知其说者,三藏即菩萨之化身;行者、八戒、沙僧、龙马,即梵释天王之分体;所遇牛魔、虎力诸物,即阿修罗、迦楼罗、紧那罗、摩睺罗迦之变相。由此观之,十万四千之远,不过一由旬;十四年之久,不过一刹那。八十一难,正五十三参之反对;三十五部,亦四十二字之余文也。盖天下无治妖之法,惟有治心之法,心治则妖治。记《西游》者,传《华严》之心法也。

　　虽然,吾于此有疑焉。夫西游取经,如来教之也,而世传为丘长春之作。《元史·丘处机》称为"神仙宗伯",何慕乎西游?岂空空玄玄,有殊途同归者耶?然长春微意,引而不发。今有悟一子陈君,起而诠解之,于是钩《参同》之机,抉《悟真》之奥;收六通于三宝,运十度于五行。将见修多罗中有炉鼎焉,优昙钵中有梨枣焉,阿阇黎中有婴儿、姹女焉?彼家采战,此家烧丹,皆波旬①说,非佛说也。佛说如是,奇矣。更有奇者,合二氏之妙,而通之于

---

　　① 《杂阿含经》卷第三十一:"譬如欲界诸神力,天魔波旬为第一。"

# 悟元子注《西游》原旨序

大道传自太古，问答始于黄帝问道于广成子，言简意该。由汉唐以来，神仙迭出，丹经日广，然皆发明微妙之旨，言理者多，言事者少。若是，既有悟者，即有昧者。长春丘真人复以事明理，作《西游记》以释厄，欲观者以事明理，俾学人易悟。后人仍有错解，不悟立言之精义者，是书行于世，意尚不彰。幸得悟一子陈先生作解注，详细指出书中之玄妙，奥义始明。然注中尚有未便直抉其精蕴者，亦有难以笔之于书者。今得悟元子刘先生《原旨》，其所未备者备，其所未明者明，以补陈注之缺，不但悟一子之注即成全璧，而长春真人之本意，亦尽阐发宣露无余蕴矣。使读《西游记》之学人，合而观之，一刹时间，爽然豁然，惺悟于二悟子之悟矣。予本世之武夫鲁汉，阅之尚觉开心快意，况世之文人墨士，阅之自必有触境入处。是二子之注，功翼《西游》，《西游》之书，功翼宗门道教。自兹以往，悟而成道者，吾不知有恒河几多倍矣。

时在嘉庆六年岁次辛酉三月三日 宁夏将军仍兼甘肃提督丰宁苏宁阿

# 栖云山悟元道人《西游原旨》叙

　　《阴符》、《清静》、《参同契》，丹经也。《西游》一书，为丘真君著作，人皆艳闻乐道，而未有能知其原旨者，其视《西游》也，几等之演义传奇而已。余于戊午之秋，得晤栖云山悟元道人于兰山之金天观，出其《修真辨难》、《阴符》、《参同》诸经注解，盖以大泄先天之秘，显示还丹之方。最后出其《西游原旨》一书，其序其注，其诗其结，使丘真君微言妙义，昭若日星，沛如江海。乃知《西游》一记，即《阴符》也，即《参同》也，《周易》也，《修真辨难》也。《西游原旨》之书一出，而一书之原还其原，旨归其旨，直使万世之读《西游记》者，亦得旨知其旨，原还其原矣。道人之功，夫岂微哉！一灯照幽室，百邪自遁藏。从兹以往，人人读《西游》，人人知原旨；人人知原旨，人人得《西游》。迷津一筏，普渡万生，可以作人，可以作佛，可以作仙。道不远人，其在斯乎！其在斯乎！
　　时嘉庆三年中秋前三日 癸卯举人灵武冰香居士浑然子梁联第一峰甫题

# 悟元子《西游原旨》序

　　尝读《庄子》"斲轮"之说,而不胜慨然也。圣贤四书六籍,如日月之经天,江河之行地,其为世所童而习、幼而安者,尽人而皆然也,顾安得尽人而领圣贤之精髓乎?审如是也,则龙门丘真人《西游记》一书,又何以读焉?其事怪诞而不经,其言游戏而无纪,读者孰不视为传奇小说乎?虽然,《庄子》抑又有言矣:"筌者所以得鱼,得鱼而忘筌;蹄者所以得兔,得兔而忘蹄。"盖欲得鱼兔,舍筌蹄则无所藉手;既得鱼兔,泥筌蹄则何以自然?数百年来,有悟一子之《真诠》,而后读之者始知《西游记》为修炼性命之书矣。然其中有缺焉而未解,解焉而未详者,则尽美而未尽善也。晋邑悟元子,羽流杰士也,其于《阴符》、《道德》、《参同》、《悟真》,无不究心矣;间常三复斯书,二十余年,细玩白文,详味诠注,始也由象以求言,由言以求意,继也得意而忘言,得言而忘象;更著《西游原旨》,并撰《读法》,缺者补之,略者详之,发悟一子之所未发,明悟一子之所未明,俾后之读《西游记》者,以为入门之筌蹄可也。即由是而心领神会,以驯至于得鱼忘筌、得兔忘蹄焉,亦无不可也。岂必尽如"斲轮"之说,徒得古人之糟魄已耶?

　　　　　　　　　嘉庆己未仲春月题于龙山书屋皋邑介庵杨春和

# 《西游原旨》序

　　《西游记》者,元初长春丘真君之所著也。其书阐三教一家之理,传性命双修之道,俗语常言中,暗藏天机;戏谑笑谈处,显露心法。古人所不敢道者,真君道之;古人所不敢泄者,真君泄之。一章一篇,皆从身体力行处写来;一辞一意,俱在真履实践中发出。其造化枢纽,修真窍妙,无不详明且备,可谓拔天根而钻鬼窟,开生门而闭死户,实还元返本之源流,归根复命之阶梯。悟之者,在儒即可成圣,在释即可成佛,在道即可成仙。不待走十万八千之路,而三藏真经可取;不必遭八十一难之苦,而一觔斗云可过;不必用降魔除怪之法,而一金箍棒可毕。盖西天取经,演《法华》、《金刚》之三昧;四众白马,发《河》、《洛》、《周易》之天机;九九归真,明《参同》、《悟真》之奥妙;千魔百怪,劈外道傍门之妄作;穷历异邦,指脚踏实地之工程;三藏收三徒而到西天,能尽性者必须至命;三徒归三藏而成正果,能了命者更当修性;贞观十三年上西,十四年回东①,贞下有还原之秘要;如来造三藏真经,五圣取一藏传世,三五有合一之神功。全部要旨,正在于此。其有裨于圣道,启发乎后学者,岂浅鲜哉!憺漪道人汪象旭,未达此义,妄议私猜,仅取一叶半简,以心猿意马毕其全旨,且注脚每多戏谑之语,狂妄之词。咦!此解一出,不特埋没作者之苦心,亦且大误后世之志士,使千百世不知《西游》为何书者,皆自汪氏始。其后蔡金之辈,亦遵其说而附和解注之,凡此其遗害尚可言乎?继此或目为顽空,或指为执相,或疑为闺丹,或猜为吞咽,千枝百叶,各出其说,凭心自造,奇奇怪怪,不可枚举。此孔子不得不哭麟,卞和不得不泣玉也。自悟一子陈先生《真诠》一出,诸伪显然,数百年埋没之《西游》,至此

---

　　①　十四年:指唐僧取经,用时前后共计十四年。

方得释然矣。但其解虽精，其理虽明，而于次第之间，仍未贯通，使当年原旨不能尽彰，未免尽美而未尽善耳。予今不揣愚鲁，于每回之下，再三推敲，细微解释。有已经悟一子道破者，兹不复赘，有遗而未解、解而未详者，逐节释出，分晰层次，贯串一气。若包藏卦象，引证经书处，无不一一注明。俾有志于性命之学者，原始要终，一目了然，知此《西游》乃三教一家之理，性命双修之道，庶不惑于邪说淫辞，误入外道傍门之途。至于文墨之工拙，则非予之所计也。

时在乾隆戊戌孟秋三日 榆中栖云山素朴散人悟元子刘一明自序

恩，依仁由义，自然六合之大业可成，亿兆之洪基可保。"上大悦，又问雷震事，真人曰："尝闻三千之罪，莫大于不孝。今闻国俗于父母不知孝道，上乘威德，可戒其众。"上喜曰："神仙前后之语，悉合朕心。"命左右书之策，曰："朕将亲览，终当行之。"遂召太子、诸王、大臣，谕之曰："天俾神仙为朕说此良言，汝辈当各铭之于心！""神仙"之称，肇于此矣。

癸未（1223），二月七日，入见辞上。上曰："少俟数日，从前道语犹有未解者，朕悟即行。"三月七日，又入辞，上许之。所赐金帛牛马，皆辞之。授蠲免道门赋役之旨，以宠其归。仍命阿里鲜护送，别者泣下。至阿不罕山，憩栖霞观。门人宋道安等与玉华会众设斋数日，乃行。八月，至宣德，居朝元观。河朔州府王官将帅，以书来请者若辐辏。真人答曰："王室未宁，道门先畅，开度有缘，恢洪无量。群方帅首，志心皈向，恨不化身①，分酬众望。"

甲申（1224），二月，燕京行省石抹公、便宜刘公，各遣使恳请住太极宫，真人允之。是月，曷剌至自行在，传旨云："神仙至汉地，凡朕所有之地，其欲居者居之。"众官咸曰："师已许太极矣，请无他议。"三月，仙仗入燕。厥后道侣云集，玄教日兴。乃建八会：曰平等，曰长春，曰灵宝，曰长生，曰明真，曰平安，曰消灾，曰万莲。会各有百人，以良日设斋，供奉上真。延祥观枯槐一株，真人以杖绕而击之云："此根生矣！"②迄今茂盛。秋九月，宣抚王檝善于天文，以荧惑犯尾宿，主燕境灾，请真人作醮禳之。问其所费，真人曰："一物失所，犹怀不忍，况阖境乎？比年民苦征役，公私交困，我当以常住物备之。令京官斋戒，以待行礼足矣。"醮竟，檝等谢曰："荧惑已退数舍，师德之感，何其速哉！"真人曰："余何德！众心诚也。"

丙戌（1226），夏，五月，京师大旱，行省请真人作醮，雨乃足，皆曰："神仙雨也。"

丁亥（1227），夏，复旱，有司祷，无少应，奉道会众请真人作醮。真人曰："我方留意醮事，公等亦有是请，所谓好事不谋而合。"仍云："五月一日为祈雨醮，三日作谢雨醮。约中得者，是名瑞应雨；过所约，非醮家雨也。"或曰："天非易度，万一失期，能无招众口之訾？"真人曰："非尔所知。"后果如真人言。是月，门人王志明至秦州行宫，奉旨改太极宫为长春宫，即今京都长春

---

① 恨不化身：底本作"恨不能化身"，今据李道谦《内传》删去"能"字。
② 根：李道谦《内传》作"槐"。

观。并赐以虎符，凡道家事，一听神仙处置。六月中，雷雨大作，太液池南岸崩裂，水入东湖，声闻数十里，鼋鱼尽去，池遂涸干，北口山亦摧崩。真人曰："山摧池涸，吾将与之俱乎？"七月四日，谓众门人曰："昔丹阳授记于予：'至殁之后，教门大兴，四方往往化为道院道乡，敕赐名额，又当住持大宫观，仍有使者佩符乘驿，干教门事。此乃功成名遂归休之时也。'丹阳之言，一一皆验，吾归无遗憾矣。"九日午后，登宝玄堂，留颂曰："生死朝昏事一般，幻泡出没水长闲。微光见处跳乌兔，玄量开时纳海山。挥斥八纮如咫尺，吹嘘万有似机关。狂辞落笔成尘垢，寄在时人妄听间。"题毕，端坐而逝。是时，空中云鹤飞翔，白虹贯于林端，远近骇异，万目共睹，异香经日不散。

真人形貌本陋，及其道成之后，变为人天法相，住世八十载。有《磻溪集》、《鸣道集》、《西游记》行于世。清和嗣教，建议于白云观构处顺堂，大葬圣像，以奉香火。

至元六年己巳，正月，奉旨褒赠长春演道主教真人，后德宗加封长春全德神化明应真君。

和尚,借用也。正用专言性命之实理,借用兼形世间之学人,不得一例混看。知此者,方可读《西游》。

三十三、《西游》以三徒喻外五行之大药,属于先天,非后天有形有象之邪行可比。须要辨明源头,不得在肉皮囊上找寻。知此者,方可读《西游》。

三十四、《西游》写三徒,皆具丑相。丑相者,异相也。异相即妙相,正"说着丑,行着妙",无我相、人相、众生相、寿者相。所以三徒到处,人多不识,见之惊疑。此等处,须要细心辨别。知此者,方可读《西游》。

三十五、《西游》写三徒本事不一:沙僧不变,八戒三十六变,行者七十二变。虽说七十二变,其实千变万化,不可以数计。何则? 行者为水中金,乃他家之真阳,属命,主刚主动,为生物之祖气,统七十二候之要津,无物不包,无物不成,全体大用,一以贯之,所以变化万有,神妙不测。八戒为火中木,乃我家之真阴,属性,主柔主静,为幻身之把柄,只能变化后天气质,不能变化先天真宝,变化不全,所以七十二变之中,仅得三十六变也。至于沙僧者,为真土,镇位中宫,调和阴阳,所以不变。知此者,方可读《西游》。

三十六、《西游》写三徒神兵,大有分晓。八戒、沙僧神兵,随身而带。惟行者金箍棒,变绣花针,藏在耳内,用时方可取出。此何以故? 夫钉钯、宝杖虽是法宝,乃以道全形之事,一经师指,自己现成。若金箍棒,乃历圣口口相传、附耳低言之旨,系以术延命之法,自虚无中结就,其大无外,其小无内,纵横天地莫遮拦,所以藏在耳内,这些子机密妙用,与钉钯、宝杖,天地悬远。知此者,方可读《西游》。

三十七、《西游》以三徒喻五行之体,以三兵喻五行之用,五行攒簇,体用俱备,所以能保唐僧取真经,见真佛。知此者,方可读《西游》。

三十八、《西游》写悟空,每到极难处,拔毫毛变化得胜。但毛不一,变化亦不一。或拔脑后毛,或拔左臂毛,或拔右臂毛,或拔两臂毛,或拔尾上毛,大有分别,不可不细心辨别。知此者,方可读《西游》。

三十九、《西游》写悟空变人物,有自变者,有以棒变者,有以毫毛变者。自变、棒变,真变也;毫毛变,假变也。知此者,方可读《西游》。

四十、《西游》称悟空、称大圣、称行者,大有分别,不可一概而论,须要看来脉如何。来脉真,则为真;来脉假,则为假。万勿以真者作假,假者作真。知此者,方可读《西游》。

四十一、悟空到处,自称"孙外公",又题"五百年前"公案。"孙外公"

者,内无也;"五百年前"者,先天也。可知先天之气自虚无中来,乃他家不死之方,非一己所产之物。知此者,方可读《西游》。

四十二、《西游》孙悟空成道以后,入水不溺,入火不焚,大闹天宫,诸天神将,皆不能胜。何以保唐僧西天取经,每为妖精所困?读者须将此等处先辨分明,方能寻得出实义,若糊涂看去,终无会心处。盖行者之名,系唐僧所起之混名也。混名之名,有以"悟的必须行的"说者,有以"一概修行"说者。妖精所困之行者,是就修行人说,莫得指鹿为马。知此者,方可读《西游》。

四十三、《西游》唐僧师徒,每过一国,必要先验过牒文,用过宝印,才肯放行。此是取经第一件要紧大事,须要将这个实义追究出来。知此者,方可读《西游》。

四十四、《西游》经人注解者不可胜数,其中佳解,百中无一。虽悟一子《真诠》为《西游》注解第一家,未免亦有见不到处。读者不可专看注解而略正文,须要在正文上看注解,庶不致有以讹传讹之差。知此者,方可读《西游》。

四十五、读《西游》,当先在正文上用功夫,翻来覆去,极力参悟,不到尝出滋味、实有会心处,不肯休歇。如有所会,再看他人注解,扩充自己识见,则他人所解之臧否可辨,而我所悟之是非亦可知。如此用功,久必深造自得。然亦不可自以为是,尤当求师印证,方能真知灼见,不致有似是而非之差。

以上四十五条,皆读《西游》之要法,谨录卷首,以结知音。愿读者留心焉。

# 西游原旨歌

## 一

二十年前读西游，翻来覆去无根由。
自从恩师传口诀，才知其中有丹头。
古今多少学仙客，谁把妙义细追求。
愿结知音登天汉，泄露天机再阐幽。

## 二

先天气，是灵根，大道不离玄牝门。
悟彻妙理归原本，执两用中命长存。
还丹到手温养足，阳极阴生早防惕。
趁他一姤夺造化，与天争权鬼神奔。

## 三

观天道，知消长，阴阳变化凭象罔。
收得大药入鼎炉，七返火足出罗网。
五行浑化见真如，形神俱妙自在享。
性命双修始成真，打破虚空方畅爽。

# 四

这个理，教外传，药物火候不一般。
知的父母生身处，返本还元作佛仙。
愚人不识天爵贵，争名夺利入黄泉。
怎如作福修功德，访拜明师保天年。

# 五

修行人，听吾劝，脚踏实地休枝蔓。
凡龙凡虎急须除，休将性命作妖饭。
翻去五行唤金公，得其一兮可毕万。
神明默运察火候，任重道远了心愿。

# 六

心肾气，非阴阳，金木相并出老庄。
除却假土寻真土，复我原本入中黄。
原本全凭禅心定，培养灵根寿无疆。
不是傍门乱造作，别有自在不死方。

# 七

肉尸骸，要看破，莫为饥寒废功课。
道念一差五行分，戒行两用造化大。
不明正理迷真性，五行相克受折剉。
腾挪变化消群阴，笑他瞎汉都空过。

# 八

诸缘灭，见月明，须悟神化是法程。
生身母处问邪正，取坎填离死复生。
戒得火性归自在，除去水性任纵横。
多少搬运工夫客，谁知三教一家行。

# 九

三教理，河图道，执中精一口难告。
金木同功调阴阳，自有而无要深造。
功成自有脱化日，返本还元不老耄。
谨防爱欲迷心神，入他圈套失节操。

# 十

服经粟，采红铅，皆执色相想神仙。
谁知大道真寂灭，有体有用是法船。
阴阳调和须顺导，水火相济要倒颠。
扫尽心田魔归正，五行攒处了万缘。

# 十一

戒荆棘，莫谭诗，口头虚文何益之？
稳性清心脱旧染，除病修真是良医。
说甚采战与烧炼，尽是迷本灾毒基。
更有师心高傲辈，冒听冒传将自欺。

## 十二

防淫辞，息邪说，坏却良心寿夭折。

莫教失脚无底洞，全要真阴本性洁。

和光混俗运神功，金木扶持隐雾灭。

道以德济始全真，屋漏有欺天不悦。

## 十三

道为己，德为人，施法度迷才入神。

不似利徒多惑众，自有心传盗道真。

假妆高明剥民脂，伤天害理总沉沦。

阴阳配合金丹诀，依假修真是来因。

## 十四

未离尘，还有难，莫为口腹被人绊。

浅露圭角必招凶，显晦不测男儿汉。

猿熟马驯见真如，九还七返寿无算。

天人浑化了无生，千灵万圣都称赞。

## 十五

学道的，仔细参，西游不是野狐禅。

劈破一切傍门路，贞下起元指先天。

了性了命有无理，成仙成佛造化篇。

急访明师求口诀，得意忘言去蹄筌。

勇猛精进勤修炼，返老还童寿万年。

# 第一回

# 灵根孕育源流出　心性修持大道生

〔**西游真诠**〕悟一子曰：此明大道之根源，乃阴阳之祖气，即混元太乙之先天，无中生有之真乙。能尽心知性而修持之，便成金身不坏，与天地齐寿也。俗儒下士，识浅学陋，不晓《河》《洛》无字之真经，未明《周易》《参同》之妙理；胶执儒书，解悟未及一隅；摈斥《道藏》，搜览亦皆糟粕，所谓醯鸡只知瓮大，夏虫难与语冰者也。予特悯夫有志斯道者，未得真诠，既昧性命之源流，罔达修持之归要。揭数百年亵视之《西游》，示千万世知音之向往。但惜前人索解纰缪，聋聩已久，不得不逐节剖正，以指迷津。如此回提纲二语，最著意者，在上一句，为作者全部之统要。解者只提"心"字为主，妄揣混注，反昧却大道之根源，是不知道也。并不知心，竟将仙师度世真谛全然遗弃，可惜可叹！

首言"灵根"也者，先天真乙之气也。经曰："无名天地之始，有名万物之母。"又云："两者同出而异名。"方其无也，真乙之气不可见，故为天地之始；及其有也，真乙之珠现于空虚中，故为万物之母。一气生阴阳，阴阳生四象，四象生五行，五行生万物，俱真乙之气变也。其为气也，立于天地之先，入于天地之内。始自无中生有，复自有中生无。人能得此一气，可以包罗万象。故曰："得其一，则万事毕"矣。《悟真篇》曰："道自虚无生一气，便从一气产阴阳。阴阳再合成三体，三体重生万物昌。"《易》曰："天地氤氲，万物化醇。"元始以一粒宝珠证道，灵山会上龙女献牟尼宝珠证道。三教圣人，无不从此道直探根源，洞明造化。盖道生一气，一气生形，形中又含始气。故天一生水，水为壬水，壬即真一生物之祖气。壬水长生在申，申者猴也，故为猴。申金生于土，石者土之精、气之核，故为石猴。按周天三百六十五度、二

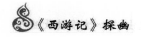

真性，须从后天而深求。请具一图，聊示印证。

〔**西游原旨**〕人身难得，无常迅速，生生死死，轮回不息；一失人身，永入恶趣，可惧可怕。举世之人，生不知来处，死不知去处，醉生梦死，碌碌一世，入于苦海而罔觉，陷诸火坑而不知，以苦为乐，以假为真。殊不知一切尘缘世事，俱是戕性之刀斧；恩爱牵缠，无非丧命之阱坑。他时阎王老子打算饭钱，当得甚事？纵有金穴银山，带不得些个；孝子贤孙，替不得分毫。只落的罪孽随身，万般虚妄。所以历代丹经，群真道书，传流后世，使人寻文解义，脱火坑，出苦海，弃妄存真，以保性命。然而书愈多，人愈惑，其辞意幽深，终难窥其底蕴。长春真人度世心切，作《西游记》，去譬喻而就实着，略文章而采常言，特欲人人成仙，个个作佛耳。观于部首一诗，末联云"欲知造化会元功，须看《西游释厄传》"，而知真人一片度世之婆心不为不切矣。盖《西游》之道，金丹之道，造化之道，无非元会之道。其中所言内阴阳、外阴阳、顺五行、逆五行、火候药物、天道人事，无不悉具。若有明眼者，悟得唐僧四众，即阴阳五行之道；袈裟、锡杖、宝杖、金箍棒、九齿钯，即元会之功；千魔百障、山川国土，即修真之厄；通关牒文、九颗宝印、三藏真经，即释厄之印证，可以脱生死，出轮回，超尘世，入圣基，能修无量寿身，能成金刚不坏，非释厄而何？后之迷徒，多不得正解，傍猜私议，邪说淫辞，紊乱仙经，不特不能释厄，而且有以滋厄，大非当年作者之本意，岂不可伤可叹？予自得龛谷、仙留之旨，捧读之下，多有受益，始知此书为天神所密，举世道人无能达此，数百年来知音者，惟悟一子陈公一人而已。予因追仙翁释厄之心，仿陈公《真诠》之意，不揣愚鲁，每回加一注脚，共诸同人，早自释厄，是所本愿。

如首回大书特书曰："灵根育孕源流出，心性修持大道生。"可谓拔天根而凿理窟，何等简当！何等显亮！人或以心意猜《西游》，不但不识灵根，而并不识心意。殊不知灵根是灵根，心意是心意，所言"心性修持"者，特用心性修持灵根以生道，非修心性即是道。此二句不特为首回之提纲，亦即为全部之要旨。读者若能将此灵根心性辨的分明，有会于心，则要旨已得，其余九十九回，可以循文搜意而见其肯綮矣。

试申首回之义：夫所谓灵根者，乃先天虚无之一气，即生天生地生人生物之祖气。儒曰太极，释曰圆觉，道曰金丹，虽名不一，无非形容此一气也。真人下笔显道，首叙天地之数，一元十二会，混沌初分，天开于子，地辟于丑，人生于寅，以明天地人三才皆自一气而生也。三才既自一气而生，则天得一以清，地得一以宁，人得一以灵。是人之灵根，即先天虚无之一气。这个气，浑浑沦沦，虚圆不测，寂然不动，感而遂通，具众理而应万事，故谓灵根。此灵根也，以气言之，为浩然正气；以德言之，为秉彝之良。此气此德，非色非空，不有不无，恍恍惚惚，杳杳冥冥，至无而含至有，至虚而含至实，故生于东胜神洲傲来国花果山也。

"东"为生气之方，"胜"者生气之旺象，"神"者妙万物而言，即"一而神"，所谓神州赤县者是也。"傲来国"者，无所从来，真空之谓，即生气一神之本体。"花果山"者，花属阴，果属阳，开花结果，阴阳兼该，妙有之谓，即"两而化"，乃生气一神之妙用。一神者，"无名，天地之始"；两化者，"有名，万物之母"。"花果山在大海中"者，海为众水朝宗之处，象一气为众妙之门，无德不具，无理不备，为成圣成佛成仙之根本，故为"十洲之祖脉，三岛之来龙"也。

"山顶上有一块仙石"者，一气浑然，太极之象也。"按周天三百六十五度"，"二十四气"，"九宫八卦"，是真空而含妙有，其为物不贰，生物不测，先天中之先天也；"感日精月华，内育仙胎"，是妙有而藏真空，阴阳交感，其中又生一气，后天中之先天也。

"产一石卵，似圆球样大，迎风化作一个石猴"者，石为土之精，为坚固赖久之物；卵球，为至圆无亏之物；猴属申，申为庚金，金亦为坚固不坏之物。俱状先天灵根，其性刚健，圆成无碍，本于一气，非一切后天滓质之物可比。"五官俱备，四肢皆全，拜了四方，目运两道金光，射冲斗府"者，灵根真空妙有，阴阳五行四象之气，无不俱备，其光通天彻地，即有天地造化之能，已与天地合而为一矣。

"下方之物，乃天地精华所生，不足为异"者，盖灵根在人身中，人人具足，个个圆成，处圣不增，处凡不减，但百姓日用而不知耳。"服饵水食，金光潜息"者，先天入于后天，知识开而灵根昧，真变为假，于是邪正不分，理欲交杂，鸟兽同居矣。即孟子所谓"人之所以异于禽兽者几希，庶民去之，君子存之"者是也。然虽先天灵根为后天所昧，而犹未尽泯于后天，是在有志者善为钻研出道之源流，返本还元耳。灵根具有先天真一之气，又名先天真一之水，此水顺则生人生物，逆则为圣为仙。"水帘洞铁板桥下之水，冲贯于石窍之间，倒挂流出去，遮闭桥门"，是逆则生仙之道。但人只知顺行，不知逆运，

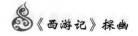

其放心"之识,故仙师特晓之曰"旁门",而非金丹至真无上之大道也。是道也,虽天生至灵之悟空,亦何能识?故必求菩提传授。紫阳真人曰:"纵饶聪慧过颜闵,不遇真师莫强猜。"如非天生至灵之悟空,而欲从自身中强猜,其可得闻乎?

又有一等浊俗愚夫,多以采阴补阳之邪说诬惑圣经,故仙师于"动"字门中首辟其妄,请有志学道者细加注目。此道万劫一传,非人弗授。菩提祖师设为盘中之谜,亦以秘处密传。悟空即能打破盘子,长跪信受,真佛种也。菩提口中自吟道:"难难难,道最玄,莫把金丹作等闲。不遇至人传妙诀,空言口困舌头干。"可知金丹之道,必师传而得,非可求之于人中也。然悟空虽打破盘谜,知"打三下"为"三更时存心";"关中门",为"后门进步",秘处传道。定息存神,约到子时前后,偷开后门,直至寝榻,跪求长生之道。菩提云:"显密圆通真妙诀,借修性命无他说。都来总是精气神,谨固牢藏休漏泄。休漏泄,体中藏,汝受吾传道自昌。口诀记来多有益,屏除邪欲得清凉。得清凉,光皎洁,好向丹台赏明月。月藏玉兔日藏乌,自有龟蛇相盘结。相盘结,性命坚,却能火里种金莲。攒簇五行颠倒用,功完随作佛和仙。"此金丹作用之始终,字字包括。若遇口诀指点,即可闻道。内有最重要"精、气、神"三字,恐人错认,予特为指出:此精不是交感精,此气不是呼吸气,此神不是思虑神。幸弗从自己心中摸索,而落于"心猿意马","收其放心"之谬解也。

祖师说破根源,悟空记了口诀,暗暗维持。金丹之作用,子前午后,温养之工夫。三年之后,法性颇通,根源渐固。

祖师曰:"此乃非常之道,夺天地之造化,侵日月之玄机。丹成之后,鬼神难容。虽驻颜益寿,但到了五百年后,天降雷灾,须要见性明心。"可知见性明心,乃丹成以后之事。若不见性明心,则理欲混杂,不能纯一,则落于邪辟,故天神不容,雷灾难免。此外来之灾,犹属易避。若不能见性明心,则本身之阴火未除,迟之又久,积而成害,火灾自生。若不能见性明心,则本身之阴气未净,迟之又久,积而为殃,风灾自生。此三灾,总发明道成之后,须归到无为至真之极处也。祖师传与口诀,行者学成变化,始而爬云,继而筋斗云,总见得见性明心,自能超脱尘凡,与天地同其变化,由勉强而抵于神化也。

读《西游记》者,见七十二般变化,十万八千筋斗,又解是心。若是心,则是悬空妄想，正是放心，有何真际实落？不知此乃金丹之灵妙，真才实用。变化何止万万，而以七十二候之气运概之？筋斗何止万万，而以十万八千之藏数概之？此道只宜自知，不宜在大众面前卖弄，故从来古佛、上仙了道之后，即超然远举，不露圭角，正见性明心也。行者变松树耍子，未免惊动大众，成何世界？故祖师曰："这个工夫，敢在人前卖弄？假如有人求你，你若畏祸，只得传他；若不传他，必然加害。"观此，则知此身未离凡世，切不可在人前卖弄也。故祖师又传他一法，曰："你去罢，你从那里来，从那里去。"盖教他归本还元以避祸也。

虽然，"七十二般变化"者，一年之候也。"爬云"者，法未精也。"只怕有心人"者，密密留心也。"十万八千"者，两藏之数也。"变松"者，金木并而铅汞就也。"舌动是非生"者，谨言秘炼也。"不可在人前卖弄"者，防不测之祸也。"那里来，那里去"者，从东而来，还从东而归也，此便是保全性命也。"只说自家会"者，必待师传也。"那消一个时辰，早看见花果山水帘洞。美猴王自知快乐"者，金丹得手也。此又有盘中之盘，谜中之谜，非凡人所能打破，俱是附耳低言，口诀中之妙法也。

金丹口诀，祖师不能笔之于书，又虑世人终难测识，故于悟空归洞之后，微示其意，演出一段"断魔"故事。明归洞之后，须断去此魔，为第一工夫也。

猴王为水中之金，离东而去西。自一去之日，而正北之水即混入于水帘洞中，洞中之猴亦混入于正北水脏，故曰"混世魔王"。正北属坎，故执有刀；其色黑，故头戴乌巾，身挂皂袍，下穿黑甲，足踏黑靴。坎中有金，惟因混而成魔也。悟空曰："我乃正南方。"正南者，离宫也。没器械，光着头，红色衣，勒黄绦，踏乌靴，俱形容离宫之义。中火而鲜金，非没器械乎？形圆而似日，非光着头乎？日色之光焰，非红色衣乎？日行之黄道，非勒黄绦乎？日中之金乌，非踏乌靴乎？最妙在"两手勾着天边月"也。月为真阴，交日而阳魂生。上弦为左手勾着，下弦为右手勾着。月圆则阳魂盈轮，而两手勾着矣。夫能两手勾着天边月，而大道完成，而脏魔自断，故能取魔金而即为我用。

"顶门一下，砍为两段。"妙矣哉！正北坎中之水，一刀两段，变奇为偶。坎水已涸，而复归为坤，岂非烧得枯干，尽归一体之乾耶？混去之孩儿，自倏忽还乡，而水脏洞收不上身之被捉众猴，已脚踩实地，认得家乡，不陷于坎而填乾于离矣。悟空又结出南方无道之言，以指出西方大路。

仙师书中，如此笔墨，非洞察阴阳，深明造化，何从测识乎？此所谓"断

"此乃非常之道,夺天地之造化,侵日月之玄机,丹成之后,鬼神难容。须要明心见性。"可知抱一无为,乃丹成以后之事。当丹未成,先行有为之功,窃夺造化,以固其命宝;及丹已成,急行无为之道,明心见性,以脱其法身。倘丹成以后,不明心见性,则一身之阴气不化,犹为法身之患。不但天降雷灾,有意外之祸,即本身阴火邪风,积久成蛊,亦足丧生。此明心见性之功为贵也。

祖师道:"有一般天罡数,该三十六般变化;有一般地煞数,该七十二般变化。你要学那一般?"悟空道:"愿多里捞摸,学一个地煞变化罢。"噫!道成之后,千变万化,又何限乎三十六变、七十二变哉?盖金丹之道,有有为、无为二法,"一般天罡数变化"者,上德者无为之事;"一般地煞数变化"者,下德者有为之事。盖上德者,先天未伤,后天未发,行无为之道,温养先天,运内炉天然真火,剥尽一身后天阴质,阴尽阳纯,永久不坏,此抱一守中,虚无中自然变化,故有天罡数变化,变化者少。其曰"该三十六般变化"者,坤阴六六之数,仅变化其阴也。下德者,先天已伤,后天已发,必须行有为之功,窃阴阳,夺造化,进阳火,运阴符,后天中返先天,先天中化后天,增之损之,自有为而入无为,此脚踏实地、其用不休之变化,故有地煞数变化,变化者多。其曰"该七十二般变化"者,按七十二候,阴阳进退之节,阴阳俱变化也。地煞变化,乃金丹全始全终之事,即统天罡变化;天罡变化,惟上德者能之,其次中下之人难行,非金丹之全功。故祖师不传天罡变化,而传地煞变化也。既知变化,循序而进,即可到功果完满、霞举飞升之地,更何有三灾乎!

然知变化,不知阴阳颠倒之法,功果终难完满。祖师道:"这个算不得腾云,只算得爬云而已。"云至于爬,难以为力矣。祖师又传个口诀道:"这朵云,捻着诀,念动真言,攥紧了拳,将身一抖,跳将起来,一勐斗就有十万八千里路。"噫!金丹之道,一得永得,至简至易,约而不繁。如得真诀,一念纯真,身体力行,颠倒之间,立跻圣位,即可超十万八千之路,而绝不费力。岂等夫一切旁门小乘强扭强捏、望梅止渴之事乎!夫金丹之道,穷理尽性至命之学也。尽性至命,全在穷理上定是非。一理穷不彻,即一事行不到;穷彻一分理,即能行一分事;穷彻十分理,即能行十分事。试观悟空始而打破盘谜,暗中心悟,既而得受长生之道,又既而学成变化,又既而学成勐斗云,由浅及深,自卑登高,无非穷究实理,原始要终,欲其知之无不尽。学道学到会得勐斗云,方是"悟彻菩提真妙理",而一旦豁然贯通焉,则众物之表里精粗无不到矣。

古今读《西游》、评《西游》者，以首回至此，便以为悟空已修成大道而了性了命，何其误甚！是特仙翁示人先须访拜明师，究性命之理，求作用之真，不使一毫有疑惑耳。试举一二以为证：

前回悟空访拜明师，学道也；"妙演三乘"一诗，演道也；"显密圆通"一诗，传法也。又说破根源、会的根源、传变化、传觔斗等语，岂不要真传实受，总以为明理而发乎？理既明，则知之真而行之果，脚踏实地，下手速修，犹恐太迟，以下方说修持之功。菩提道："口开神气散，舌动是非生。"若只以悟为毕事，而在人前说是道非，卖弄精神，打混过日，错过光阴，其祸不旋踵而至，岂第人害其性命，必将天摘其魂魄。所以菩提又道："你从那里来，还从那里去。你快回去，全你性命。"读至此处，不禁通身汗下！不特当时悟空顿然醒悟，而天下黄冠羽士，当亦可以顿然醒悟矣。

悟空一顿悟之下，"径回东海。那消一个时辰，早看见花果山"。花果山为悟空生身之地，从生身之地而来，还从生身之地而去，悟到此处，则返本还元，一时辰内管丹成；若未悟到此处，犹算不得悟彻。美猴王自知快乐，道："去时凡骨凡胎重，得道身轻体亦轻。举世无人肯立志，立志修玄玄自明。"盖天地造化之道，顺则生人生物，故云"去时凡骨凡胎重"；逆则成仙成佛，故云"得道身轻体亦轻"。学者读"修玄玄自明"字句，始知吾前言穷理之说为不虚也。

群猴道："你怎么一去许久？近来被一个妖精强要占我们水帘洞府，若再不回来，我等连山洞尽属他人矣。"吁！仙翁说到此处，可谓恺切之至！举世之人尽是走了主人公，被妖魔占了洞府而属他人矣，可不畏哉！

妖精自称"混世魔王"，"住居直北坎源山水脏府"，此明示后天坎宫肾脏也。一切不得真传之流，闻还元返本之说，疑其肾脏有真阳，或守护阴精，或还精补脑，或心肾相交，如此等类，不可枚举，是皆自欺欺人，以盲引盲，惑乱人心，隔绝圣道，故谓"混世魔王"。殊不知肾中阴精乃后天至阴之浊水，非先天至阳之清水，若在肾中用功夫，则心为肾移，真为假陷，不但无补于肾，而且有昧于心，真假不分，是非罔辨，如混世魔王强要占水帘洞、捉去许多猴者相同。

悟空自称"正南方花果山水帘洞洞主"，可知真水在南不在北，而不得以假混真也。正南方为离明之地，在人为心君所住之处，心本空空洞洞，虚灵不昧,具有精一之真水,故为"水帘洞洞主"。"没器械",离中虚也;"光着头",离德明也;"穿一领红衣",离象火也;"勒一条黄绦",离纳己,中有土也;"足下踏一对乌靴",下有水也。真心虚灵不昧,具众理而应万事,即藏水、火、土三家之象,"不僧不俗,不像道士",混三为一,惟见于空,故"赤手空拳"也。

写魔王自头至足俱是黑色,坎肾纯阴无阳之象。惟"手执一口刀,锋刃多明亮"者,欲念一动,势不可遏,能以伤人之象。悟空"要见个上下"者,以明而破暗,以空而制有也。"两手勾着天边月"者,月之上弦为上勾,阴中之阳,象坎;下弦为下勾,阳中之阴,象离;"两弦合其精,乾坤体乃成",此法身上事,非一切在水脏中作生涯者所能测其端倪。

"悟空使身外身法,拔一把毫毛,变作三二百个小猴,把魔王围绕,打作一个攒盘"等语,三二为五,一变为五,五攒于一,应物随心,变化不测,故能夺魔之刀,破魔之顶,借假复真,以真制假,一刀两段,直下欲念,剿灭绝根。"放起火来,把那水脏洞烧得枯干,尽归了一体。"是明示只有先天真心实用之一体,并无后天心肾相交之二体,即《参同》所谓"何况近存身,切在于心胸。阴阳配日月,水火为效征"。阴阳水火皆在心胸之间,水脏纯阴无阳可知矣。既是纯阴无阳,夺的大刀,又是何物?岂不令人生疑乎?殊不知后天肾脏亦属于坎,其中一阳,即欲念之利刃也,夺欲念之利刃,易而为正念之利刃,以真灭假,绝不费力。"变化毫毛,抖收上身,擒去小猴,认的家乡",散者仍聚,去者复还,元神不昧,依然当年原本故物,此提纲所谓"断魔归本合无神"也。

学者得师口诀,欲成大道,先宜降除欲魔,倘姑息不断,任魔自混,纵有与天同寿的真功果,不死长生的大法门,前路阻滞,何益于事?故猴王殄灭混世魔以后,归洞谓众曰:"又喜我这一门皆有姓氏,我今姓孙,法名悟空。"众猴道:"大王是老孙,我们都是二孙、三孙、细孙、小孙,一家孙、一国孙、一窝孙。""都来奉承老孙。"言断魔归本,本立道生,生生不绝,一本万殊,万殊一本,一以贯之。后文之入地登天,实基于此。故结云:"贯通一姓身归本,只待荣迁仙箓名。"

诗曰:

　　　性命天机深又深,工程药火细追寻。

　　　求师诀破生身妙,取坎填离到宝林。

之,已于睡着时销之矣;犹不在睡着时销之,已于放下心时销之矣。总之一放下心,早已了帐,不伏阎王管了。安得世间有个决烈男子,勇猛丈夫,将两个勾死人一棒打杀,为天下希有之事欤?试观龙王表奏"强坐水宅索兵器",冥王表奏"大闹森罗销死籍",正以表其慧器入手,死籍即销,此提纲"九幽十类尽除名"之旨。

千里眼、顺风耳奏说:"天产石猴,不知何方修炼成真,降龙伏虎,强销死籍。"非不知也,此仙翁讥诮世之迷徒,不知有降龙伏虎、强销死籍之道耳。金星奏道:"三界中凡有九窍者,皆可修仙。此猴乃天地育成之体,日月孕就之身,今既修成仙道,有降龙伏虎之能,与人何异?"噫!人人俱是天地育成之体,日月孕就之身,人人可以降龙伏虎,人人可以强销死籍,奈人不自力,自暴自弃,甘为地狱之鬼,真乃兽之不如乎!观悟空销去幽冥之死籍,即有天上之招安,由微而显,自卑登高,出此入彼,感应神速,金丹之效,有如此耳。

诗曰:

> 分明一味水中金,收得他来放下心。
> 攒簇五行全体就,长生不死鬼神钦。

# 第四回

# 官封弼马心何足　名注齐天意未宁

〔**西游真诠**〕悟一子曰：此发明能了金液还丹大道，寿与天齐，冲举九天之上，由其出入，天帝亦不得而拘束之也。

天帝为乾坤主宰，黜陟幽明，包含古今，原无等伦。惟圣人为能观天之道，执天之行，运化阴阳，神明合德，万化生身而与天为伍。何也？金者，历劫而不坏；丹者，日月之精神，浑是一团阳气。天地之所循环者，气也；金丹之所变化者，亦气也。天地之气，无所不包；金丹之气，无所不有。故《参同契》曰："含精养神，通德三光。""众邪辟除，正气常存。"又曰："幽潜沦匿，变化于中。包囊万物，为道纪纲。"皆言圣人与天齐体而等量也。《易》所谓"与天地合德，日月合明，鬼神合吉凶"者何异？《中庸》所谓"天地位，万物育"，又皆童而习之者，大圣之与天齐名，夫何疑哉？

读《西游》者，错看提纲"心何足"、"意未宁"，而又解作"心猿意马"，放心妄想，钩取篇内半句一言，牵合其说，总因未识金丹之道之大也。金丹之道，会五星而还于太极，御劫运于无穷，出乾坤于不约者也。岂代天御马之足以称其职？亦齐天虚位之未可尽其量也。

金星与猴王，一齐驾云而起，何以把金星撇在脑后？"金星"者，五行之一；"悟空"者，五行之全也。然何以挡住天门，不肯放进？见天神亦所不能识也。金星说到"素不相识，见了天尊，向后随你出入"。悟空何以说"也罢，我不进去了"？总由我而不肯为天所限也。

金星奏曰："妖仙已到。"玉帝问曰："那个是妖仙？"以悟空而称为妖，妖名违其实矣。悟空却应道："老孙便是。"直受而不辞，已见其包含之量。一切仙卿，反大惊失色，则地位不及可知。帝又曰："下界妖仙，初得人身，不明事；权管者，借阴以全阳，阴符之事。大圣知其时之不可失，故"欢喜谢恩，朝上唱喏而退"也。

"蟠桃三千六百树"，坤卦全体，六六之数。"前面一千二百株，花微果小，三千年一熟，人吃了，成仙了道，体健身轻"，即坤中所生一阳复、二阳临，二六一十二，阴变为阳之果，阳气方生，故花微果小也；"中间一千二百株，层花甘实，六千年一熟，人吃了，霞举飞升，长生不老"，即坤中所产三阳泰、四阳大壮，二六一十二，阴变为阳之果，阳气壮盛，故层花甘实也；"后面一千二百株，紫纹细核，九千年一熟，人吃了，与天齐寿，日月同庚"，即坤中所产五阳夬、六阳乾，二六一十二，阴变为阳之果，阳气纯全，故紫纹细核也。由坤而复乾，自六而归九，阴变成阳，故后园之桃九千年一熟。桃者，实也，其中有仁，属纯阳。阳气纯全，即是桃熟；桃熟，即是金丹成熟；金丹成熟，采而服之，势不容已。

"大圣闻言欢喜，当日查明回府"者，喜其时候已到，而查明火候也。"三五日一赏玩"者，三五合一，先天阳气圆满也。"见枝头桃熟，要尝新"者，伏阳于阴之未发也。"忽设一计，使仙吏出外，脱了冠服，摘桃自在受用"者，是"见之不可用，用之不可见"，在不睹不闻处下手也。"将熟桃吃了一饱"者，"食其时，百骸理"也。"迟三二日，又去设法偷桃，尽他享用"者，三二为一候，一时六候，只于一候之顷，夺天地之造化为我有，"其盗机也，天下莫能见，莫能知"也。

"王母娘娘大开宝阁，做蟠桃胜会"者，阳已极而阴即遇会也。"着七衣仙女摘桃"者，姤卦☰之象，即"七日一阴来姤"也。"教寻他出来"者，姤之"女壮"也。"大圣变二寸长的人儿，在大树稍头浓叶之下睡着"者，"二寸"为阴，上一阴、下五阳，夬之象。"前摘三篮，中摘三篮"，二三为六，姤之一阴之象。"后树花果稀疏，只有几个毛蒂青皮的，原来熟的都是猴王吃了"者，真者已藏，不妨示假也。"将枝一放，惊醒猴王。大圣即现本相，耳朵内掣出金箍棒，咄的一声道：'你是那方怪物，敢大胆偷摘我桃'"者，此由夬而乾，由乾而姤之象。夬者，以阳决阴也；姤者，以阴遇阳也。阳决阴，则阴以阳为偷，谓怪；阴遇阳，则阳以阴为偷，谓怪。总一盗机，只在顺逆之间耳。顺之则由乾而变姤，逆之则借姤以全乾。故夬反为姤，姤反为夬，而乾居夬、姤之间也。

七衣仙女说出王母娘娘做蟠桃胜会，又说出请客上会自有成规，以见阳极必阴，一定成规，而不能更移也。但不能使阳而不阴者，天地之气机；而能借阴保阳者,圣人之功用。大圣使定身法,把众仙女定在桃树之下,即姤初六"系于金柅,贞吉"也。阴来遇阳,能以伤阳,如金柅之能止车。然初阴微弱,防之于早,逆而制之,凶可化吉,亦即《象传》"勿用取女,不可与长"也。"大圣赚哄赤脚大仙通明殿演礼,变赤脚大仙至瑶池,却未有仙来,吃八珍,饮琼浆"一段,即姤之九二"包有鱼,无咎,不利宾"也。九二以刚乘柔,柔下刚上,故谓"赤脚大仙"。以阳防阴,如鱼在包中,先发制人,不但阳气不能为害,而且能盗彼杀中之生气以为我有,故利于我,不利于宾。"自揣道:'不好!不好!再过会请的客来,却不怪我?一时拿住,怎生是好?'"即九四"包无鱼,起凶"也。夫阳来交阴为好,阴来姤阳为不好,不能防阴于早,客气乘间而来,必伤正气,如包中失鱼,鱼无拘束,放荡横行,起凶之道也。"不如回府中睡去"者,即姤九三"其行次且,厉,无大咎"也。阴气未发,虽不能去阴,而阴亦不能伤,"回府去睡",正厉而无大咎之义。

"信步乱撞,一会把路走差,不是齐天府,却是兜率宫,顿然醒悟道:'兜率宫是三十三天之上,乃离恨天,太上老君之处,如何错到此间?'"齐天府,乾之上九也;兜率宫,姤之九五也。悟空醒悟有差,差者自差,悟者自悟,差正可以见悟,悟正可以止差。差者顺也,悟者逆也,以逆行顺,何差之有?"直至丹房,见五个葫芦里边都是炼就金丹,倾出来就吃了",即九五"含章,有陨自天"也。含藏章美,内刚外柔,阴气不得用事,自消自化,天心常照,金丹成熟,可以由渐而顿,虚心而能实腹矣。"一时间丹满酒醒",正由渐而顿,虚心实腹之效。盖灵丹入腹,阴气悉化,如醉初醒,即归大觉。一时之功,神哉!妙哉!"又自揣道:'不好!不好!这场祸事比天还大,若惊动玉帝,性命难保,不如下界为王去也。'"即上九"姤其角,吝"也。遇姤不能藏刚而持刚,金丹得而复失,大祸临身,性命难保,吝所必有。"不如下界为王",是不姤于角,保丹之善法也。

以上数百言,皆演借阴保阳、窃夺造化之妙用。偷桃、偷酒、偷丹,俱在人所不知而己独知处用手段,纯是盗机,虽天地神明不可得而测度,正提纲"乱蟠桃大圣偷丹"之旨。蟠桃会由乾而姤,顺也;乱蟠桃借姤还乾,逆也。不乱不能偷,惟乱而偷之,所以遂心应手,无不如意也。

"不行旧路,从西天门使隐身法逃去,回至花果山。"此金丹口诀中之口诀,天机秘密,后人谁能识的?惟悟一子注曰:"上天而下地,曰天山遁☴。"可谓仙翁知音矣。但遁则遁矣,何以不行旧路,从西天门使隐身法逃去乎?

此中妙意,须当追究出来。"旧路"者,姤也;"西天门"者,夬也;"使隐身法逃去"者,遁也;又自天而回山,亦为遁象。由姤而遁,阴气浸长,阳气受伤,后天顺行之道;自夬而遁,阳气不亢,阴气难进,先天逆运之道。"不行旧路,从西天门逃去",所以顺中用逆耳。"使隐身法",即是窃夺阴阳之盗机。惟其有此盗机,故大圣回山之后,"又翻一觔斗,使隐身法径至瑶池;人还未醒,拣大瓮从左右挟了两个,两手提了两个;回至洞中,就做仙酒会,与众快乐"。上天下地,从心所欲不逾矩,真取诸左右逢其原矣。

王母备陈偷吃蟠桃,仙官来奏偷吃仙酒,老君道出偷吃仙丹,玉帝见奏悚惧;齐天府仙吏奏道"孙大圣不知去向",玉帝又添疑思;赤脚仙又奏"遇齐天大圣,言有旨着众仙先演礼,后赴会"等语,玉帝越发大惊。即佛祖所云"若说是事,诸天及人,皆当惊疑"者是也。惊疑者何?惊疑不顺天而逆天也。顺天者,后天而奉天时之道;逆天者,先天而天弗违之道。因其先天之道,逆而不顺,故提纲谓之"反天宫";因其反天宫,与天争权,则天神不悦,必以逆为怪,故提纲谓之"诸神捉怪"。然先天之道,所以能反天逆天而不顺天者,总在一遁之妙。遁卦健于外而止于内,以止运健,健本于止,虽行健而健无形迹可窥矣。

"玉帝差普天神将,共十万天兵下界,去花果山围困,捉获大圣。大圣公然不理,道:'今朝有酒今朝醉,莫管门前是与非。'"即遁之初六"遁尾厉,勿用有攸往"也。遁之在初,恐有遁而不固之厉,若能"莫管门前是与非",不往何灾也?及"九个凶神,恶言泼语,门前骂战。大圣笑道:'莫采他!诗酒且图今日乐,功名休问几时成。'"即六二"执之用黄牛之革,莫之胜说。"以中正自守,境遇不得而迁,患难不得而移,如牛革之固,"功名休问几时成",正所以固志也。"九个凶神,把门打破,大圣大怒,命独角鬼王帅领七十二洞妖王出阵,被九曜恶星一齐掩杀,抵住在铁板桥头,莫能得出。"即九三"系遁,有疾厉"也。圣妖相混,为阴所牵,不能遁而以刚自用,如有疾惫,故在铁板桥头,莫能得出也。九曜星数骂"偷桃、偷酒、乱会、窃丹,此处享乐",大圣笑道"这几桩事儿,实有!实有!你如今待要怎么?"即九四"好遁"也。惟其能遁,所以能偷,偷之遁之,境遇在彼,造命在我,天关在手,地轴由心,造化何得而拘哉?

"自辰时杀到日落西山,独角鬼王与七十二洞妖怪,都被众天神捉去,只走了四健将与那群猴,深藏在水帘洞底。"即九四"君子吉,小人否"也。盖以刚而亢躁者，不好于遁，顺其阴阳，即为天所拘；刚而能柔者，好于遁，逆其造化，不为天所限。好遁不好遁，君子小人分之，吉凶见之也。"大圣拔毫毛一把，变了千百个大圣，都使的金箍棒，打退哪吒太子，战败五个天王，得胜回洞。"即九五"嘉遁，贞吉"也。刚健中正，随心变化，无定之中而有定，有定之中而无定，毫光普照，应用无方，不遁而遁，遁之嘉美而无形无迹，所谓千百亿化身者，故能胜天，而天无可如何也。

可异者，四健将迎着大圣，"哽哽咽咽大哭三声，又唏唏哈哈大笑三声"，这个盘谜真难猜识。然难猜难识，而有易猜易识者，仙翁已明明道出矣。健将道："今早交战，把七十二洞妖王与独角鬼王，尽被众神捉去，我等逃生，故此该哭；今见大王得胜回来，未曾伤损，故此该笑。"妖王鬼王乃高亢之阳，大圣乃中正之阳，高亢之阳，刚而不柔，为妖为鬼，哭者哭其知进而不知退也；中正之阳，刚而能柔，为圣为仙，笑者笑其知进而能知退也。知进者，所以进阳而决阴也；知退者，所以运阴而养阳也。服丹之后，宜退而不宜进，故遁之道所由贵。

"大圣道：'我等且紧紧防守，饱餐一顿，安心睡觉，养养精神。天明看我使个大神通，拿这些天将，与众报仇。'"即上九"肥遁，无不利"也。"饱餐"者，实其腹也；"安心睡"者，虚其心也。既实腹而又虚心，养精神而待天明，身在事中，心处事外，万物难伤，造化难移，遁之肥而自由自专，养到大神通处，超出乎天地之外，以之敌天将，有何不利哉？

总之，此回妙旨，"乱蟠桃"者，自乾而姤也；"反天宫"者，由姤而遁也；"大圣偷丹"者，借后天而成先天也；"诸神捉怪"者，以后天而伤先天也。借后天成先天，姤中养乾；以后天伤先天，乾极必姤。趁姤而偷，则造化为我用；惟遁而捉，则造化不能伤。姤者自姤，遁者自遁，偷者自偷，捉者自捉。惟姤方能偷，惟遁不能捉，能偷能遁，神鬼不测，诸神焉得而捉之？此中天机，惟天纵之大圣能知能行，彼一切在后天中用功夫，师心自用、强制强求者，乌能窥其底蕴哉？

结尾结出："四大天王收兵罢战，众各报功，拿住虎豹狼虫无数，更不曾捉着一个猴精。"可知捉者是怪，而不是圣。圣也，怪也，总在能遁不能遁耳。能遁便为圣，不遁便为怪，遁之时义大矣哉！

诗曰：

> 阳极阴生姤即连，此中消息要师传。
>
> 含章在内神功妙，知者夺来造化权。

察观到此处,则顿悟圆通,一灵妙有,先天之气自虚无凝结矣。此回仙翁一意双关,顺逆并写,非仅言其顺行之道,学者能于此回悟得透彻,则内外二事,可得其大半矣。

诗曰:

大观若也更神现,否泰盈虚怎得瞒?

用九随时兼用六,执中精一结灵丹。

# 第七回

## 八卦炉中逃大圣　五行山下定心猿

〔**西游真诠**〕悟一子曰：此结上文，先天真乙之气，自无而有，自有而无，自无而复有，复而泰，泰而乾，乾而姤，姤而否，否而坤，坤而复，终终始始，万劫长存。先天炼于后天之中，后天秘有先天之妙。仙师所由，以后天之八卦、五行，揭示世人，欲人观察晓悟，修此一气，以脱生死也。

　　一之祖曰"无"，无生一。一至十，阴阳流行之序。一二三四五，正数也。六七八九十，乃其配耳。数止于五，究竟五只在一二三四中，三四只在一二中，二又只在一中。得其一，而百行万善，不离一中；百千万亿，不离一五。以五行流行之数言，则天一地二、天三地四、天五地六、天七地八、天九地十；以阴阳对待之数言，则乾一兑二、离三震四、巽五坎六、艮七坤八，总不离乎太极。因而重之，则变而为六十四卦。因而事之，则为三百八十四爻。积而终于万有，一千五百二十之数，总不外乎八卦，八卦不外乎五行，五行不外乎阴阳，阴阳不外乎太极，太极不外乎无。然而八卦五行，总属一也，仙师并言之，各有深意。所言八卦者，欲修道者，在八卦对待之中观察其根源，即予首篇请示一图以证道之意。仙师早已明著于此。

　　请先明"炉中逃大圣"之旨。修丹者，有鼎有炉，上为鼎，下为炉。鼎之义，仙师上篇隐示之，提一"观"字以令人察识，非有鬼神之曲折，未可以测其妙。此炉之义，亦非有鬼神之曲折，未可以测其妙。盖后天之八卦，伏有先天之气。大士神观而得其火候。老君既执鼎之中黄，以击大圣先天之灵而收伏之，仗二郎细犬之真土而不动，已如鹰之搏兔矣。非加火功煅炼，仍未得而收伏也。又非一切凡火及火、雷二部之火所得勉强制服，必藉八卦炉中之真火，方可煅炼成丹。紫阳真人曰："自有天然真火候，何须柴炭及吹嘘"

是也。故篇首火部、雷部诸神，俱不能损伤，须老君领去，推入八卦炉中，以文武火煅炼出丹来也。

大圣入炉，"钻在巽宫位下"。巽为长女，柔道也。乃明入地中，文王囚于羑里之象。惟柔顺逊志，以演先天八卦，而终无伤损也。"风搅烟来，双眼熏红"，乃明而见伤，韬明养晦，正所以善用其明而无伤也。故曰："后来唤作火眼金睛。"迨火候俱全，"忽一日，开炉取丹，只听得炉头声响，看见光明，'忽喇'一声，蹬倒八卦炉，往外就走，好似白额虎、独角龙"，此龙、虎二象，合而为一矣。

"老君摔了个倒栽葱，脱身而走。"噫！妙哉，神哉！前老君执鼎耳打中天灵而大圣一跌，此老君倒栽葱而大圣脱身。前是金丹之顺入于鼎而结胎，此是金丹之逆出于炉而脱胎也。仙师："混元体正合先天"一诗，正形容丹成之妙，字字牟尼珠。最须察识处在"号初玄"，"非铅汞"，"还变化"等字。盖玄中之妙，难以言尽。此谓"号初玄"，玄尚有在；此已"非铅汞"，尚须铅汞。此为能变化，还有变化。

老子曰："玄之又玄，众妙之门。""玄之"，已曲折而不可测识；"又玄"，则更曲折而不可测识。故仙师于此特着"又大乱天宫"一句。"又诗曰"一诗，两个"又"字，正"又玄""又"字之精髓也。

何以"又大乱天宫"？盖先天真乙之精，入于八卦之中，则后天而奉天时；出于八卦之外，则先天而天弗违。自与天争席，而非天所御也。前大圣闹天宫而入于炉中煅炼，是先动而后静，前半下手之功也。所谓"玄之"也。此大圣又大闹天宫而入于山下压定，是静极而动，动而又静也，后半下手之功也。所谓"又玄"也。然前"大闹"，则有老君之鼎可伏，此"又大闹"则惟如来之掌可伏。彼以对待之八卦，此以攒簇之五行，制伏虽殊，而妙用则一也。

最妙在"又诗曰"四句，读者必解曰："猿猴配心，心即猿猴，紧缚牢拴，莫得外寻。"故批《西游》者，将"心猿意马"四字罩住全书，不知猿猴乃道体耳。猿性缓，主静；猴性躁，主动。喻道体之有动静，与人心之有动静相配，非谓猿猴即人心也。仙师提纲所谓"心猿"，言心即猿猴者，意思有甚深微妙，而贵乎人之察识也。"心即猿猴"，明白浅显，何以著"意思深"三字？盖道体有静有动，修道者亦有静有动。动极则必静，静极则又动，动极则必静，金丹始终作用，已尽在其中，即"玄之又玄，众妙之门"也。故曰"意思深"。第三句

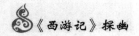

何以合动于静，而未言猿心合于意，而专言心？盖金丹作用，当静极又动之际，必须收伏猴之动，而平定猿之静，方成大道。故马猿未合，心意未和，不可紧缚牢拴，而须外寻者，迨"马猿合作心和意"，而"紧缚牢拴莫外寻"矣。

"大圣变三头六臂"、"在垓心里飞舞"、"亘古常存"、"神将难按捉"等语，正形容道体变化之妙。解者又说是心，大误矣。然道非常道，能修炼降伏者，即是如来。切须根究来历，方好下手。大圣自道"灵混"，根源乃先天之精，非凡间之物。"只此敢争先"一语，明言天固先天，我亦先天，故敢与争先而无多让也。迨诱大圣入手，正金丹入手之候。而"五根肉柱"，"一股青气"，正合四象、攒簇五行之时。中间柱子写"齐天大圣到此一游"，即佛祖所云："乾坤之内，宇宙之间，中有一宝，秘在形山，不在心肾，而在乎玄关一窍"者是也。批者又解为文字之奇妙，不识奇妙者矣！但留名中柱，是争名于天壤，与傀儡场优叙书名何异？有违祖师名生死始之旨，故离不得如来掌中，而未超于五行之外也。"佛祖翻掌一扑，推出西天门外，化五行山压住"，明示金丹之道，必五行攒簇，而从虚空中结就。人心得此配合，而有所依据，不落空亡。如《大学》"知止而后有定，定而后能静，静而后能安"，可以不事作为，渐摩超脱矣。篇中"殄灭妖猴"，"安天大会"，正定、静、安之的旨。

《悟真》曰："咽津纳气是人行，有物方能造化生。鼎内若无真种子，如将水火煮空铛。"大圣者，真种子也。盖有为者，无为之用；无为者，有为之本。必先有为，而后归于无为，方了无上至真之妙道。若先无所为，而徒事静、定，则命基不固，终落空亡。倘先有所为，而未能超脱，则性地不空，尚域三界。紫阳真君曰："始于有作人难见，及至无为众始知。但见无为为要妙，岂知有作是根基。"有作者，五行山下之心猿是也。有作而又无为者，五行山下之定心猿是也。彼解作妄心偏胜，藉五行制治者，诚强猜臆度之见。

篇中自"猴子成精"及末幅，屡提"猴"字，并不及"猿"字，正发明伏猴之动，而后能定猿之静义，勿轻读过。至于"五行山生根合缝，随人呼吸"者，乃金丹吞入腹也。"饥与铁丸，渴与铜汁"，皆金类也。猿为水中之金，乃同类相济之义，其温养抱一之功乎？然则观如来之翻掌定猿，可悟后天五行之中，有先天真乙之精，而无事远求，如翻掌之易伏也。仙师指示之妙，又如此。

〔西游原旨〕上回言先天之气，顺而止之，自剥归复，可以金丹凝结矣。

此回专言真火煅炼，金丹成熟之后，自有为而入无为，以成无上至真之妙道也。

大圣被天兵押去斩妖台，神火不能烧，雷屑不能打，何哉？盖先天之气来归，药即是火，火即是药，自有天然真火，而非外来之火可以为功者。故老君奏道："那猴吃了蟠桃，饮了御酒，又盗了仙丹，三昧火炼就金刚之躯，急不能伤。不若与老道领去，放在八卦炉中，以文武火煅炼出我的丹来。"是明示金丹凝结之后，非真火煅炼不能成熟也。既云"吃了蟠桃，饮了御酒，盗了仙丹，已成金刚不坏之躯"，又何云"以文武火煅炼出丹来"？此等关节，不可不知。盖炼就金刚之躯，是金丹凝结，一时之功；以文武火煅炼出丹，是朝屯暮蒙，抽铅添汞，符火烹煎之功。

"老君将大圣推入八卦炉中，命道人架火煅炼。大圣钻在巽宫位下。巽乃风也，有风则无火，只是风搅烟来，把一双眼熰红了，弄做个老害眼，故后来唤作火眼金睛。"噫！仙翁慈悲，不但指人以火候，而且指人以作用。前次之结丹，以中为贵；今此之炼丹，以和为贵。巽风乃和缓从容之谓，一阴伏于二阳之下，刚中用柔，和缓从容而不迫也。《中庸》曰："中也者，天下之大本也；和也者，天下之达道也。"能中能和，刚柔相济，良贾深藏若虚，黜聪毁智，内明外暗之意，故曰"火眼金睛"。

"七七四十九日，老君火候俱全。忽一日，开炉取丹。大圣只听炉头声响，猛睁睛看见光明，忍不住将身一纵，跳出丹炉，唿喇一声，蹬倒八卦炉，往外就走。"是火候已足，阴尽阳纯，滓质尽去，金丹成熟，自然迸出一粒光明宝珠矣。斯时也，脱五行而出造化，命由自主，鼎炉无用，故"把架火看炉的一个个都放倒，把老君摔了个倒栽葱，脱身走了"。"脱身走了"者，不为造化所拘，不为幻身所累也。此提纲"八卦炉中逃大圣"之旨。

"耳中掣出如意金箍棒，不分好歹，却又大闹天宫。"丹成之后，无拘无束，一灵妙有，法界圆通，与天争权，理所必然。"却又大闹天宫"，与前大闹天宫大有分别：前之大闹，还丹之事，因有阴而大闹，尚出于功力，故在鼎炉煅炼之先；今之大闹，由纯阳而大闹，已归于自然，故在鼎炉踢倒已后。"打的九曜星闭门闭户，四天王无影无踪"，总描写金丹成就，道高龙虎伏，德重鬼神钦也。

其诗曰："混元体正合先天，万劫千番只自然。渺渺无为浑太乙，如如不动号初玄。炉中久炼非铅汞，物外长生是本仙。变化无穷还变化，三皈五戒总休言。"上四句言了性必须了命，下四句言了命必须了性。观于"无为浑太乙"、"不动号初玄"、"久炼非铅汞"、"变化还变化"等字，不解可知。

二诗："一点灵光彻太虚，那条挂杖亦如之。或长或短随人用，横竖横排任卷舒。"总以见道成之后，一点灵光彻于太虚，挂杖由我，无之而不可也。观此而益知历来读《西游》、评《西游》者，以心猿意马为解，皆教门之瞎汉。何不一味其三诗乎？

诗曰"猿猴道体配人心"者，言猿猴为道，而人心非道。道本无言，其所谓猿猴者，言以显道；极其至也，猿猴且不为道，何况人心？不过借猿猴之道体，以匹配人心耳。"心即猿猴意思深"者，言道有动静，人心亦有动静，道之动静，似乎人心之动静，心即猿猴，意思深远，而非寻常可得私议者。"大圣齐天非假论，官封弼马是知音"者，言道至纯阳，与天为徒，天之健不息，道之健亦不息，浑然天理，乘六龙以御天矣。"马猿合作心和意，紧缚牢拴莫外寻"者，金丹有为之道，所以进阳火者，以其猿马不合、心意不和之故；果其猿熟马驯，猿马相合，心正意诚，心意相和，可以紧缚牢拴，不必外寻而运火矣。"万象归真从一理，如来同契住双林"者，言了命之后，须当万法俱空，以了真性，合有为无为而一以贯之，以成妙觉金身，归于如来地位，方为了当也。

"打到通明殿里，灵霄殿外"，通幽达明，内外无阴，纯阳之象也。"诸天神把大圣围在垓心，大圣全无惧色，变作三头六臂，好是纺车儿，在垓心内飞舞"，刚健中正，随心变化，纵横逆顺莫遮拦矣。

"圆陀陀"一诗，总以形容道至刚健中正，如一颗牟尼宝珠，光辉通天彻地，水火不能伤，刀兵不能加，命由自主，不由天主，天兵神将，焉得而近之？其所谓"也能善，也能恶，眼前善恶凭他作。善时成佛与成仙，恶处披毛并戴角"者，言此光明宝珠，人人具足，个个圆成，但圣人借此而作善，成佛成仙；凡人借此而作恶，披毛戴角，是在人之善用恶用耳。能善用者，用火煅炼成熟，变化无穷，与天争权，先天而天弗违矣。

然了命之后，即是了性之首；有为之终，即是无为之始。若只知了命而不知了性，只知有为而不知无为，则圣变为魔，"寿同天地一愚夫"耳，焉能到不生不灭之地乎？故佛祖听大圣长生变化之说，冷笑道："你那厮乃是个猴子成精，怎敢欺心，要夺玉皇大帝尊位。"又道："趁早皈依，但恐遭了毒手，性命顷刻而休，可惜了你的本来面目。"盖了命之道，只完的父母生身之初本来面目，尚未完的父母未生身以前面目；若只知完生身之初面目，不知再完未生身之前面目,自满自足,自尊自大,便是不能明心而欺心。欺心便是欺天,欺天便是不能了性。不能了性,即不能与太虚同体,有生终有灭,一遇劫运,如遭毒手,性命顷刻而休,岂不可惜本来面目乎? 庄子云:"摄精神而长生,忘精神而无生。"无生则无灭,修道不到无生无灭之地,犹有后患,未为极功。

大圣与佛祖赌赛,一路云光,不住前进,忽见有五根肉红柱子,撑着一股青气,他道:"此间乃尽头路了。"五行一气,命基坚固,谓之尽美则可,谓之尽善则不可,即仙翁"变化无穷还变化"之说。奈何古今修道之人,以此间为尽头路者,何其多也! 故仙翁借大圣以讽之耳。

"在中柱上写一行大字云:'齐天大圣到此一游。'"夫"中柱"者,中之实也;"写一行大字"者,即此一中之大字也;"齐天大圣到此一游"者,即历代大圣人修行,皆不离此中也。写者写此中,字者字此中,中本无名,因写因字而名之,此仙翁为大众提出一"中"字为了性柱子,以归妙觉之地耳。"收了毫毛,又不妆尊",是不用其明,不自称其尊也。又何以"却在第一根柱子根下撒了一泡猴尿"乎? 猴尿者,水金也。当未成道,而千方百计,急求水金以为真种;及已成道,而万法俱空,将化水金以归太虚。"第一根柱子"者,是无上一乘之妙道;"撒了一泡猴尿"者,是去水金而不用也。噫! 中之之意,不可以言传,不可以笔书,是乃无字之真经。此"中"与未成丹之"中"不同,未成丹之"中",有阴有阳,是造化中之天机;丹已成之"中",无边无岸,是虚空外之事业。

"翻转筋斗,径回本处,站在如来掌内道:'我已去,今来了。'如来骂道:'你正好不曾离了我掌哩!'"站在掌,不离掌,总以掌示佛法无边,须归到无言语文字也。这个掌中义,远隔十万八千,近在眼目之下,非火眼金睛之大圣看见,其谁与归? 既能见的中,须当归于中,试观"大圣纵身又跳,佛祖翻掌一扑,将五指化作五座联山,唤名'五行山',轻轻的把他压住",自有入无,五行混化,联为一气,浑然一中,入于真空妙有大觉之地,而五行山下心猿可定矣。心猿者,道心之妙有,属于刚,刚主动;佛掌者,本性之真空,属于柔,柔主静。刚极而养以柔,动极而归于静,真空妙有,两而合一,有无俱不立,物我悉归空,翻掌之间,心猿不期定而自定。这个翻掌变化之妙旨,即"迦叶微笑"、"阿难一诺"之秘。悟之者,了命之后复了性,心猿定而混化五行;迷之者,既了其命,不能了性,心猿不定,终为五行所压。心猿之定与不定,只在迷悟之间耳。故诗曰:"当年立志苦修行,万劫无移道果真。一朝有变精

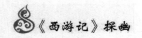

神敝,不知何日再翻身。"一切修命而不知修性者,可以悟矣。

诸天请立会名,而如来即名为"安天大会"。读者至此,未免乱猜乱疑。或谓大圣前反天宫,而天不安,今被所压而天安矣;或谓大圣前乱蟠桃,天不安而非会,今被所压,天已安而大会。——俱非也。何则?性者天性,命者天命,不能性命俱了,而非安天;不能性命双修,而非大会。今大圣而为如来所压,是命不离性,性不离命,有为而入于无为,妙有而归于真空,是所谓"天命之谓性",而谓"安天大会",不亦宜乎?

南极寿星所献一诗,正性命俱了之印证,无为有为之指南。"如来万寿若恒沙,丈六金身九品花。"丈六,二八一斤之数;九品,纯阳无阴之物,非命乎?"无相门中真法主,色空天上是仙家。""无相门中",纯一不二之谓;"色空天上",涅槃般若之义,非性乎?先了命而后了性,方是无上至真之妙道,而不落于顽空执相之途矣。

至于"大圣伸出头,六个金字贴住,那山生根合缝,随人呼吸,手儿爬出,身不能挣",此仙翁一笔双写,总结七回大意,学者不可不知。盖金丹之道,性命必须双修,功夫还要两段。两段者,一有为,一无为,有为所以了命,无为所以了性。性命俱了,打破虚空,方是七返九还金液大丹之妙旨。然有为无为,皆要真师口诀传授。若知无为,不知有为,则五行分散,而幻身难脱;若知有为,不知无为,虽五行一气,而法身难脱。六个金字,即教外别传之口诀。明的此诀,知始知终,可以脱幻身,可以脱法身,不为五行所压;或知始而不知终,知终而不知始,幻身也难脱,法身也难脱,总为五行所压。然亦非五行压,总是不明教外别传之口诀,而为五行所压也。果有志士丈夫,铜铁心肠,以性命为一大事,勇猛精进,百折不回,专心致志,寻师访友,自有神明暗佑,真人来度,何难于揭五行而复先天,有为无为,完成大道哉!

噫!"欲知山上路,须问过来人。"奈何举世学人,不肯认真拜求明师口诀妙谛,空空一生,到老无成,一失人身,万劫难逢,可不叹诸!

诗曰:

　　九还七返大丹功,炼就纯阳再变通。

　　了命弗知兼了性,法身到底不飞翀。

# 第八回

# 我佛造经传极乐　观音奉旨上长安

〔**西游真诠**〕悟一子曰:前七篇,明金丹大道,是修炼先天真一之气而成,其丹法根源、火候始终、下手秘诀,包括无遗。学道者,静观密察,得师指示,即可共证菩提,立跻仙位。仙师恐世人愚昧,或谓仙佛乃系天生,非凡人可学而至。或谓参悟惟在一心,只自己可求而得。故下文提出玄奘一人,做个榜样;提出悟空、悟净、悟能、龙马,做个作用。见得仙佛,人人有分,非天生性成;彼我共济,非一己孤修也。

但书中设险设怪,作魔作难,至十万八千之远,八十一难之多,一十四年之久,又未免起人骇疑畏阻之心,以为必不可至之地,必不可脱之厄,必不可成之功。若然,则是以《西游》阻绝世人也。仙师立言之意,发明未得真传,而有千魔万难之极苦;已得真传,而有一得永得之极乐也。故提纲云:"我佛造经传极乐。"正欲以至近至易者,救度众生。

若曰:自有此经,而可免十万八千之遥,赊八十一难之险阻,一十四年之淹久也。观首篇劈头提出"西游释厄"四字,便晓西游原以释厄,非有作难也。然则,为魔为难,因玄奘未得真传而设,似宜到大雷音见佛祖传经之后而得道,何以至凌云渡,即已脱壳成真?不知大士奉旨寻僧,已传与五般宝贝,令其收伏三徒,准备脚力,玄奘已密受《紧箍》口诀。真经之传,已在大士上长安之日,固不必到西天而即可得道也。特借必往西天,以指明大道根源之处;借十万八千之远、八十一难之苦、一十四年之久,以指明防危虑险,功程火候之至要。

原不远也,远生于担荷之不力、浅迫之便途,知十万八千之匪遥,而道在目前,顿悟者一觔斗而已至矣。原无难也,难生于尘缘之迷惑、僻漏之参差,识八十一难之易解，而乐自无极，大勇者一金箍棒而已了矣。原非久也，久生于不识药物之火候、锱两之奥妙，知一十四年之非久，而经可立致，善知识者"金"、"紧"、"禁"而即已入我彀中矣。第不能历极苦之假，不知极乐之真；不历极苦之苦，不知极乐之乐；不历十万八千、八十一难、一十四年之远险而且久，不知九九之只一九、两藏之只一藏、五千四十八日之只一候也。

此经本于《阴符》、《道德》，造自黄、老，仙师特托我佛以阐其教，唐世以广其为，玄奘以示其标，《西游》以演其义，取经以发其旨已耳。倘谓必如玄奘之西游取经，而始可成道，则是上世应鲜古佛真仙，后世断绝佛胎仙种，为甚繁、甚难、甚幽远，人人必不可得之道，非至简、至易、至切近，必可共得之道，则大违我佛传经之婆心矣。我佛传经，妙有二义：未得道者，令如玄奘之往西而取经；已得道者，令如悟之到西而皈佛。总一传也，总传一极乐也。其经旨之微妙，在人神明而察识之，故必观音大士之神观为能奉行也。

篇首一诗，言参禅冥悟之众，虚费工夫，如"磨砖作镜"而不可鉴形、"积雪为粮"而不可充饥，到老无成，迷误年少。其言"毛吞大海，芥纳须弥"，总属无据之说，而"金色头陀"，未免傍观微笑矣。人能悟此，则超"十地三乘"。滞此而不能悟，则入于"四生六道"，而轮回万劫，不可脱也。谁人能听得"绝想崖前，无阴树下"，恍惚杳冥之中，有"杜宇一声"之春信，忽然惊破晓梦耶？因致"曹溪路险"而不可行，"鹫岭云深"而不可到，茫茫无畔，莫可捉摸。此处故人之音信，杳绝无闻耳。须知"千丈冰崖"之间，有"五叶莲开"，超然而出，有馨香袅袅，透垂帘而绕古殿也。人能于此中"识破源流"，便见龙王三般之至宝，始可得丹而成仙作佛也。岂彼禅关参觅所得窥其涯涘哉？盖禅关只在性体上参求，而不从命根上着脚，徒费工夫万万，直至老死茫茫，终归大化。可悲，可惜！是皆不识五行山下心猿之事，并不识五行山下走心猿之事也。

故如来回至雷音宝刹，对诸佛、菩萨道："我以甚深微妙慈悲般若之心，遍观三界。根本性原，毕竟寂灭。同虚空相，一无所有。"言"根本性原"，即本来面目也。虽难以径入寂灭，而专从性体上参求，至得道之后而观性原，毕竟寂灭。"同虚空相，一无所有。"言"同虚空相"，则非顽空；言"一无所有"，则非绝无。我所"殄灭乖猴"之事，三界莫有识是事者。是事乃至真至妙，而非寂灭、顽空者，特以"名生死始"，而法相应如是耳。倘谓性原本空，而莫识是事，则非我之甚深，而徒事寂灭，则亦寂灭而已矣。老子曰："无名天地之始,有名万物之母。"无名则死,而为天地之始;有名则生,而入于五行之中。如乖猴,是名生而死始,法相有乖本性根源,故出不得如来之掌而超脱五行之外也。

佛祖盂兰宝盆中,具百样奇花,千般异果,是"有名万物之母",贞下还元之象。此一问也,即佛祖所谓"我有一宝,秘在形山,诸人还识得么"之义。故大众"请如来明示根本",如来"宣扬正果",发三五之妙蕴,禅心朗月,真性涵天,此谓天、地、鬼三藏之真经也。总而言之:三藏只三五,三五只一五,一五只一而已。一也者,乃修真之径,正善之门。此经出于西方,必待东土求取,非有静观密察如大士者,不可得也。

如来道:"这一去,要踏看路道,不许在云霄中行,须是要半云半雾,谨记路程远近之数。"言修行者,务脚踏实地,循序渐进,不得悬空虚想,躐等妄作。又须机活神圆,毫无执滞,其中有火候功程次第,切须谨记,不可违错。

五件宝贝之内,有"锦襕袈裟一领"。袈裟,离染之服。锦者,五色深丝织成。在五色为青、黄、赤、白、黑,在五德为仁、义、礼、智、信,在五行为金、木、水、火、土,在五伦为君臣、父子、夫妇、兄弟、朋友,在五方为东、西、南、北、中央,在五音为宫、商、角、徵、羽,在五味为咸、苦、酸、辛、甘,在五季为春、夏、秋、冬四季。至于五官、五谷之类,不可罄述,总一五也,总"锦襕袈裟一领"之宝贝也。"九环锡杖一根",环者,圆成无端之象。在理数为循环,在阴阳为往还,在火候为九环,在体用为连环,在四隅为围环,在鬼神为屈伸,在天地为功用,在死生为终始,在四通为无碍,在隐显莫测为智慧,在因事制宜、随机应变为权,总一五之中也,总"九环锡杖一根"之宝贝也。此二宝,一是体备,一是功用,故取经人坚心来此,穿则免堕轮回,持则免遭毒害矣。

又三个箍儿,"唤做'紧箍儿',虽然一样三个,而用各不同"。又有"'金'、'紧'、'禁'咒语三篇"。金者,禁也,进退之节也。以金禁制,使无遁情。一用于收大圣,以用为禁;一用于收黑熊,以不贪为禁;一用于收善财,以善舍为禁。用各不同,大士用金之妙也。此修丹之秘要,下士闻之,莫不大笑者,故仙师隐示而不显言。何以故?修道者,物累净尽,一尘不染,金所首禁,此解常理,人必信以为然。特不知金所首用,倘一刻暂离,则放纵无可约束,而不能使彼入我之门,故惟首用其金,而紧紧禁制,方免逾越狂悖之患。何以故?金者,人见之而莫不首肯,莫不触目,莫不动念,故金念一动,势必目昏脑急,刻难自宽,不容就金听令矣。真人曰:"欲求天上宝,须用世间财。"乃秘要也。但金虽一色,而用各不同,念亦各别,紧禁之法则一也。若世人荡检逾闲,而圣人作金科以禁制之,又一范围之法门。发露至此,人必以为穿凿而大笑之,请看篇中"若不伏使唤,可将此箍与他。戴在头上,自然见肉生根,各依所用咒语念一念,管教他入我门来"之语,却甚明显。然则不自吝惜其金,而"金"、"紧"、"禁"制,仍与前解常理,不相悖谬。知此者,灵山脚下,即金顶大仙。坚心求道者,二三年之间,即可至此,原系真言。成道之速者,固如是耳,非谓一十四年乃其定期也。然五件之中有三个,仍有三五之义,不可不知。

自此而沙僧现相矣。这沙僧,乃丹道中至要至妙所在,读者却又认错。柳宗元曰:"西海之山有水,散涣无力,不能负芥,及底而后止。故名'弱水'。"扬子云《甘泉赋》:"东烛沧海,西耀流沙。"弱水、流沙,西域实有此地名,仙师特借以喻情欲易沉,性基难固,必藉真土以凝结之。真土者,真意也;流沙者,土之无定者也。真土无形,而遍历九宫,水、金、木、火无此不能和合,其功莫尚,故又名"沙和尚"。至"卷帘大将"之名,"蟠桃会上失手打碎玻璃盏","七日一次,飞剑穿我胸肋","没奈何,寻行人食用",此等全无意味,不知确有妙义。帘者,所以隔别内外,防闲廉耻,彼能卷之而无嫌忌。"蟠桃会",所以合欢心也。"玻璃盏",千年之水化成,西方至宝,所赖以合欢者惟此。彼用意不诚而失手打碎,各失欢心,亵宝溺职,其罪滋大。"七日"者,天心来复之候也。清夜自思,肘腋幽隐之地,能无抱惭刺痛如飞剑然?岂非徒食取经人之肉,而成无用之妖孽哉?其"九个骷髅",譬九宫之真土,故水不能沉。"取经人自有用处",其用处之妙,姑候收伏时再详。此处"指沙为姓",起名"沙悟净","入了沙门","他洗心涤虑,再不伤生",可知欲皈依净土,须真意真诚,不可疏失,以致伤生害命也。盖长生命基,全赖此土和合而成。土为炼丹之至要,彼解沙僧为金水者,不知真土之为用而妄揣臆度者矣。

自此而猪八戒现相矣。猪属亥,亥中有甲木,木能生火,故曰"悟能"。"亥"字从乙,孕也;从二人,男女也。有二首六身,为十月纯阴,阳无终绝之理,得生生不已义。金丹非其和合煅炼,不能成就也。"天河天蓬元帅,只因带酒戏弄嫦娥。"蓬者,转旋无定,遭逢不常,曲直之性,顺义而爱金。酒者,水金也,一逢木金,即转旋无主,虽嫦娥亦戏弄矣。一灵真性,近于畜类,故"错了道路",投在猪胎。甲为阳木,卯为阴木,宜与卯二姐配合。"不上一年死了"，乃阳生阴死之义。"一洞家当,尽归我受用。"盖亥中乙孕,得禄于卯也。"吃人度日",一味嗜酒好色,而伤生害命,所以为妖。及得菩萨点化,"如梦方觉",从正受戒,"断绝五荤三厌",故曰"猪八戒。"

自此而白马现相矣。古今奉为指南者,以猿为心,以马为意。若云马是意。心者,意之体;意者,心之用。则齐天大闹天宫、筋斗云等神奇不测,均应系白马所为。何以专言在猿耶?此可悟白马之非意矣。白马者,金象,龙马也。乾为龙,为马,马乃纯乾之物,乾乾不息之义。言修道者,必乾乾不息,有大脚力、大负荷如龙马者,方能至西方而取经耳。彼凡马无力,不免为鹰愁涧所阻。若认马为意,彼独非马乎?何以被龙马所吞而必须龙马耶?但另有一要义,又须指明:修道者,以降龙为首务,若放纵恣肆,则自毁其明珠,而为孽龙。脚根不实,不堪载道,何能致远?故须潜之深渊,韬明养晦,而后可以善其用也。

自此而大圣由潜离隐矣。其先天真乙之妙,已阐悉于前,无庸再赘。

总而明之,木数三居东,火数二居南,木能生火,二物同宫,故二与三合而成一五。悟能,亥也,为水、火一家也。金数四居西,水数一居北,金能生水,二物同宫,故四与一合而成二五。悟空,申也,为金、水一家也。戊、已土,本生数五,是三五也。悟净,为土一家也。三五合而为一,即太极也。太者,至大之谓;极者,至要之称。其理在混沌之中,一动而生阴阳。阴阳者,气也。所谓理生气,而气寓夫理者也。有先天真乙之气,而始能生三家。由三家相见之后,而又能生先天真乙之气,以成婴儿也。婴儿全赖此一气之运用,而后能脱胎以成真人。玄奘,即婴儿也,故玄奘离不得悟空;即悟能、悟净,亦离不得悟空也。《悟真篇》曰:"东三南二同成五,北一西方四共之。戊己本居生数五,三家相见结婴儿。"此的旨也。噫!发明至此,世人莫测所谓,未免妄揣臆度,邪说秽行,将至真无上之妙道,如同儿戏。有志学道者,务速求真师,逐节指示,免堕轮回。

此回结尾,大圣"见性明心"四字,这"心"字,方著人心上,即前篇菩提祖师所谓"成道之后,须要见性明心"者是也。学道之始,便能见性明心,亦是禅家三乘之妙。但只知无为,不知有作,不过独修一物之孤阴,何能结丹而成圣胎?终落于空。可悲,可惜!紫阳真人曰:"但见无为为要妙,不如有作是根基。"上阳祖师曰:"到老无为,如何得乐?入室采铅,是云有作。大隐市朝,又谁知觉?欲成匡廓,先立鄞鄂。得一黍珠,方是不错。九载坐忘,无为功博。行满三千，与众共乐。若只无为，不先有作。此乃愚夫，自相执着，殷勤数语，以晓后学。"盖见性明心，是得丹以后之专功；攒簇五行，乃作佛成仙之根本。若只见性明心，而不知攒簇五行，必不能超脱轮回也。如唐僧之未成婴儿，必藉三家以结成；如悟空之已定五行，则必见如来以超脱。读到师徒上无底船，彼此相谢之语，便了了。

〔**西游原旨**〕上七回，内外二丹之药物斤两、火候爻铢、有为无为之道，无不详明且备，若遇师指，天仙可冀。然而大道幽深，若有毫发之差，便致千里之失。故仙翁于水尽山穷处，另起一意，细演妙道，借玄奘西天取经，三徒真五行护持，写出火候工程，大道奥妙。使人身体力行，步步脚踏实地，从有为入无为，由勉强而神化，以了性命双修之道，不容少有差池，走入一偏之路也。

如此回提纲曰："我佛造经传极乐，观音奉旨上长安。"读者见"我佛"二字，或疑为释氏了性，一空而已，修道者必一无所有，方可成真；或疑为佛高于仙，修道者必得乎佛法，而后了道。——皆非也。所谓"我佛造经传极乐"者，道本无言，言以显道，造经所以传示修道之极乐，使人人知有此道也。所谓"观音奉旨上长安"者，道贵于悟，尤贵于行，观音所以明辨其道中之法音，信受奉行，而修持此道也。造之、传之、观之、奉之，道本无为，而法有作，以无为体，以有为用，有无兼该，可以上长安而入于极乐之乡。若只以空为事，传极乐所传者何事？上长安又将何为？

冠首一词，包含全篇大义，最是醒人。言禅关参求，顽空寂灭之学，如磨砖作镜、积雪为粮、毛吞大海、芥纳须弥，未免为金色头陀所暗笑矣。笑者何？笑其修真大道，别有个真空妙有之天机，悟之者则直超十地三乘，凝滞则入于四生六道。特以寂灭之辈，皆不知绝想崖前，无阴树下，地雷震动，虚室生白，如杜宇一声，阴中复阳，春信早至矣。漕溪之路本不险，鹫岭之云本不深，无如学人不下肯心，自险自深，所以故人音杳，当面不见耳。若遇明师点破，方知的千丈冰崖，有五叶莲开；古殿垂帘，有香袅透出。那时识破源流，便见龙王三元真宝，明明朗朗，顺手可得，而不为顽空所误矣。

如来回至雷音宝刹，对众道："我甚深般若，遍观三界。根本性源，毕竟寂灭。同虚空相，一无所有。殄伏乖猴，是事莫识。名生死始，法相如是。"

"般若"者,华言"智慧"也。① 曰"般若",曰"性源",曰"虚空相",曰"法相",则非一空也;曰"毕竟寂灭",曰"殄伏乖猴",则非一无所为也。真空而藏妙相,妙相而归真空,所以是事人莫能识。真空妙相,顺之则识神借灵生妄,而归于死地;逆之则元神常明不昧,而超于生地,是名生死之始。殄伏乖猴,以定制动,法相应如是也。试观佛祖数道石猴出身来因,降伏法力,而益知非空空无物者可比。不然一空而已,何待殄伏? 噫! 千般比喻,说不开世间愚人;一根拄杖,打不醒天下痴汉。此仙翁不得不大开方便门,拈出真宝,借佛祖现身说法也。

"时值中秋,有一宝盆。"这个宝盆,乃三五合一,圆陀陀,光灼灼,如中秋之月,通天彻地,无处不照,故中有百样奇花,千般异果等物也。

"三藏真经,《法》一藏,谈天;《论》一藏,说地;《经》一藏,度鬼。"不言天地人,而言天地鬼,鬼即人也。遍尘世间,醉生梦死,入于虚假,迷失本真,虽生如死,虽人如鬼,言度鬼即度人耳。三藏共计一万五千一百四十四卷,每藏该五千四十八卷。五千四十八,为"白虎首经"天心复现之期,即真经一藏。"三藏"者,三五也。"共计一万五千一百四十四卷"者,三五合一也。分之,一五而变为三五;合之,三五而共成一五。要之,一五而总归于一。一而五,五而十,十而百,百而千,千而万,此一本散为万殊,顺行造化之源流;万而千,千而百,百而十,十而五,五而一,此万殊归于一本,逆运造化之源流。逆之顺之,分之合之,总不离五,总不离一,正修真之径,正善之门,为古今来圣贤口口相传、心心相授之根本源流,皆一宝盆之所出。"大众请示"者,请示此也;"请解"者,请解此也。岂真大众不知而请示解哉? 盖请解示于天下后世之人耳。奈何世人多以三藏真经,或流而为采战,或误以为闺丹,此等无知之徒,生则为教门之罪人,死则入铁围之地狱,尚欲转生阳世,岂可得乎? 夫五千四十八,乃阴极生阳,天心来复之时。天心来复,即是首经,即是真经一藏,岂世之女子十四岁浊血之经哉? 仙佛之道所修者,乃是父母未生以前一点先天之气,无影无踪,无声无臭,纯粹至精之物。一切后天有质者,皆阴中之阴,浊中之浊,俱所不用。所谓"见之不可用,用之不可见"也。天下迷徒,不达此理,闻"真空"之说,则疑是禅学;闻"妙有"之语,则疑是执相。不入于此,则入于彼,真是毁谤圣道,不识法门之妙旨。安得一个善士,取真

---

① 言:底本作"严",据义改。

经，永传世间，劝化众生乎？此佛祖不得不使观音大士向东土求真正取经人也。

"观音"者，乃静观密察之神，修行人穷理尽性至命，始终所藉赖，而须臾不可离者。直到打破虚空，大休大歇之后，方可不用。盖金丹大道，安炉立鼎，采药入药，文烹武炼，结胎脱胎，沐浴温养，防危虑险，药物老嫩，火候止足，进退迟缓，吉凶悔吝，事有多端，全凭觉察以为功，此《西游》以观音为一大线索也。故佛云："须观音大士，神通广大，方可去得。"

"又与五件宝贝，其中有锦襴袈裟一领，九环锡杖一根。""袈裟"者，乃朝夕佩服之衣；"锦襴"者，五彩所织，具有金、木、水、火、土五行之全色；"一领"者，一而统五，乃五行合一之谓。五行攒簇，合而为丹，人能服之，长生不死，故曰："穿我的袈裟，免堕轮回。""锡杖"者，乃动静执持之把柄。锡为金类，乃金之柔者，杖而云锡，为刚柔如一之物。上有九环，金还至九，纯阳无阴，刚健中正，水火不加，刀兵难伤，故曰："持我的锡杖，不遭毒害。"袈裟者，道之体；锡杖者，道之用。一体一用，金丹之能事毕矣。此真教外别传之真衣钵，彼顽空者安能窥其涯涘哉？

"又有三个箍儿，一样三个，用各不同；有金、紧、禁三篇咒语。"妙哉！此仙翁告人以用中之用、诀中之诀也。箍儿，为收束不放之物。"金"者，刚决果断之物，修丹之道，首在刚决而有果断；"紧"者，绵绵不绝之谓，金丹之道，贵在愈久而愈力；"禁"者，从容不燥之谓，金丹之道，务在专气而致柔。此同一箍，而用各不同也。

"各依咒语，念一念，见肉生根，管叫他入我门来。"若有能依其法者，一念回机，便同本得，刹那成佛，不待他生后世，眼前获佛神通。宜乎菩萨到灵山脚下，而即有金顶大仙在观门首接住矣。其曰"约摸二三年间，或可至此"者，盖言果是真正丈夫，勇猛男子，得师传授，直下苦力，二三年间，即可完成大道，入于极乐之乡。此非虚语，皆是实言，奈世间无男子丈夫何哉！以上佛回灵山，至此数百言，字字牟尼，句句甘露，并未有一语着空，皆"我佛造经传极乐"之妙旨，何得以空空一性目之哉？

教菩萨"半云半雾，谨记程途"，此等处，千人万人，无人识得。不知道者，当作闲言看过；或知道者，直以为脚踏实地。噫！谓之脚踏实地，是则是矣，而犹未尽是也。盖后之唐僧西天取经，苦历千山，方是脚踏实地；今云"半云半雾"，谓之脚踏实地，谁其信之？夫圣贤大道，是穷理尽性至命之学，观音东土度僧，是穷理之实学，而非尽性至命之实行，故不在霄汉中行，亦不在地下行，乃半云半雾而行也。穷理之功，乃格物致知之学。格物者，格其五行之物也；致知者，致其真知之量也。五行有先天后天真假之别，若能辨的真假透彻，则不隐不瞒而真知；知既真，是悟得源流，于是以真知而去假归真，可不难矣。

"流沙河"者，沙乃土气结成，石之散碎而堆积者。沙至于流，是水盛土崩，乃为流性不定之土，宜其有弱水三千，而人难渡也。"河中妖魔手执一根宝杖"，此宝杖即真土之宝杖。既云真土，又何以作妖？其作妖者，特以流沙河为妖而妖之，非本来即妖也。"自称是卷帘大将下界"，夫垂帘则内外隔绝，卷帘则幽明相通，彼为灵霄殿卷帘大将，分明是和合造化，潜通阴阳之物。"蟠桃会打破玻璃盏，玉帝打了八百，贬下界来"，阳极生阴，失去光明之宝，先天真土变为后天假土，分散于八方，错乱不整，土随运转，灵霄殿卷帘大将，不即为流沙河水波妖魔耶？"七日一次，将飞剑来穿胸胁"，七日一阳来复，天心发现，自知胸胁受疚，这般苦恼，心神不安之象也。"三二日，出波吃人"，三二为一五，意土妄动也。意土妄动，伤天坏理，出波吃人，势所必有。穷土之理，穷到此处，真知灼见，可悟的真土本净，而不为假土所乱，更何有飞剑穿胸之患哉？何以流沙河鹅毛也不能浮，九个取经人的骷髅反不能沉乎？盖流沙河乃真土所藏之处，真土能攒簇五行，和合四象，统《河图》之全数；九个骷髅，为《洛书》之九宫。《河图》者，阴阳混合，五行相生，乃道之体；《洛书》者，阴阳错综，五行相克，乃道之用。一生一克，相为经纬；一体一用，相为表里。生不离克，克不离生；体不离用，用不离体。九经焉得沉之？"将骷髅穿一处，挂在头项下，等候取经人，自有用处"者，以示《河》《洛》金丹之道，总以真土为运用。此穷真土之理也。

"福陵山"，安静而能以利人；"云栈洞"，虚悬而能以陷人：此恩中有害，害中有恩之象。"山中闪出一个妖精，手执一柄钉钯，自称是天河里天蓬元帅"，此俨然木火矣。"柄"者，木、火成字；"钉钯"者，丁为阴火，巴为"一巳"，此木火一巳之把柄。"天河"者，壬水也。壬水在亥，亥为猪，甲木长生在亥，乃生气出现之处，故为天蓬元帅。"只因带酒戏弄嫦娥，玉帝打了二千锤，贬下尘凡。一灵真性，错了道路，投在猪胎。"木性浮，为灵性；酒属阴，为乱性之物。性乱而心迷，戏弄嫦娥，着于色欲，先天真灵之性变而为后天食色之性，岂不是错走道路，入于畜生之胎乎？其所云"打二千锤"者，二数为火,木动而生火,火生于木,祸发必克,五行顺行,法界变为火坑矣。"卯二姐",乙木也。甲为阳木,乙为阴木,卯为甲妻,理也。"招赘不上一年死了,一洞家当尽归受用。日久年深,没有赡身的勾当,吃人度日。"阴阳失偶,已无生生之机,坐吃山空,作妖吃人,理所必然。穷木火之理,穷到此处,可悟得木火真性本自良能,而不为食色之假性所混,更何有吃人度日之恶哉?此穷木火之理也。

"空中悬吊玉龙,自称西海龙王之子,因纵火烧了殿上明珠,玉帝打了三百,不日遭诛。"不曰"金龙"而曰"玉龙",阳反于阴,真变成假,非复故物。故物一失,错用聪明,恣情纵欲,无所不为,悬虚不实,与纵火烧了殿上明珠、高吊空中者何异?"打了三百"者,龙为乾阳,三者,乾之三爻,其辞曰:"君子终日乾乾,夕惕若,厉无咎。"今烧毁明珠,所谓日乾夕惕者何?不能日乾夕惕,则乖和失中,逆天忘本,不日遭诛,厉所必有。"菩萨奏准玉帝,教孽龙与取经人作个脚力",此等处大有妙义。夫金丹大道,非有大脚力者不能行,日乾夕惕,方可一往直前,深造自得。"送在深涧,只等取经人,变白马上西方,小龙领命潜身",虽有危而可以无咎矣。穷脚力穷到此处,可知的金丹大道,非潜修密炼真正之脚力不能成功。此穷脚力之理也。

"五行山"为水中金所藏之处。水中金,具有先天真一之气,此气在先天而生五行,在后天而藏于五行,为天地之根,生物之祖,成圣成贤在他,成仙成佛在他,名为真种子,故有金光万道,瑞气千条。知之者勤而修之,可以入于大圣人之域,与天齐寿,长生不死。但欲得此气,须要得教外别传之口诀,方能济事。若不得口诀,此气终在五行之中,虽有端倪现露,当面不识,未可遽为我有。此处"五行山压大圣"者,有两义:一有为之义,一无为之义。夫金丹之道,性命必须双修,工夫还要两段。有为者,修命之事,所以复还水金,而归于纯阳,庄子所谓"摄精神而长生"者是也;无为者,修性之事,所以熔化水金,而打破虚空,庄子所谓"忘精神而无生"者是也。未修性之先,先须修命,于后天五行中,炼此水金;既了命之后,即须了性,于五行混成处,脱此水金。若知了命而不知了性,则法身难脱,如悟空已为齐天大圣,为五行所压者是也;若欲了性而不先了命,则幻身难脱,如大圣在石匣之中,口能言身不能动,为五行所压者是也。菩萨"叹息"一诗,言性命不能双修,阴阳偏孤,便是不能奉公而行;不能奉公,便是狂妄,自逞英雄,不能求真师口诀,而为如来真言所困,何日舒伸再显功乎?此不特为未了性者言之,而亦为未了命者言之。或了命而未了性，或了性而未了命，俱是修行者之短处。故大圣道："是谁揭我的短哩?"总之，了性了命，皆要真师亲传口诀。口诀，即我佛教外别传之旨。若知此旨，可悟的水中之金，空而不空，不空而空，至无而含至有，至虚而含至实，一得永得，有为无为，了性了命，一以贯之。此穷水金之理也。

金丹之道，全以攒簇五行而成，若能于五行之理知始知终，则理透而心明，心明而性见，皈依佛，皈依法，皈依僧，加以乾乾不息之脚力，而长安大道可一往直前矣。提纲"观音奉旨上长安"，所奉者，即此五行实理、乾乾脚力之旨。然则脚力因五行而设，五行因脚力而全，有脚力而不明五行，"犹将水火煮空铛"也；明五行而无脚力，"毫发差殊不结丹"也。五行之理，不可不穷之彻；脚力之功，亦不可不穷之透。穷到此等处，方于金丹实理实行，通头彻尾，打破疑团，山河大地如在掌上，见如来，取真经，是不难矣。

观音先度三徒、白马，而后访取经人，是悟其所行，而先穷其理也；后之唐僧收三徒、白马，而方上西天，是行其所悟，而后脚踏实地也。愿我同人，上德者，当学三徒之归佛，自贵自重，勿打破玻璃盏，勿带酒戏嫦娥，勿烧毁殿上明珠，勿为五行山压住可也；下德者，当学唐僧仗观音，度三徒，自醒自悟，悟其净，悟其能，悟其空，过流沙，步老庄，解愁涧，翻五行，修金丹，化群阴，见如来，取真经，归正果可也。

诗曰：

　　　　金液还丹教外传，五行四象火功全。

　　　　求师诀破其中奥，了悟源流好上船。

# 第九回
## 陈光蕊赴任逢灾　江流僧复仇报本

〔**西游真诠**〕悟一子曰：读书不具只眼，埋没古人苦心。譬犹食珍味而不知甘美，获卞璞而等之碔砆也。虽然，难矣哉！闻尝阅历经史，注疏解义，条分缕析，每多异同，未能洞然。况此书旁通曲喻，隐括寓意，数百年中，例之稗乘齐谐，漫亵轻评，徒以供笔墨之笑傲而已。呜呼！读圣贤之书固难，读神仙之书为尤难。读神仙之书而不觉为神仙之书，乃欲确知其为神仙之书之妙，不更难乎？读不觉为神仙之书，而欲确知其为神仙之书之妙，乃欲显发书中之妙，使人人确知其为神仙之书之妙，而无不为神仙，不更难乎？

如此篇，读者谓不过叙述唐僧履历已耳，无甚意味。且事迹矛盾，于世法俗情亦多未洽，难可信据。如高结彩楼，抛球卜婿，婚礼所不载。状元之母，何至单身侨寓？宰相之女，宁乏护送赴官？州牧夫人，断难私到江干。片板作筏，亦非保赤善策。抛球之爱女，何一去不相往来？现宦之慈闱，何别后遂成乞丐？即曰官拘资格，必无一十八年不调！虽云亲故疏稀，岂无一二瓜葛闻问？寻亲认母，何能径入内衙？直吐肝膈，岂斗大之州，署冷官寒，不设阍人之启闭？终鲜臧获，青衣之在侧耶？及事败成擒，又何以统兵六万之多乎？种种不经，读者厌听。前人辄将此篇删斥，以为可有可无。噫！仙师学贯古今，胸罗造化，熟谙世态人情，典章矩矱，岂肯下此疏漏之笔？不知仙师寓意立言之高妙，正在于此，而非众人所能测识也。盖仙师直溯玄奘父母生身之由，以明作用金丹大道之本，后篇之八十一难基此，正果成真基此，总不外救活金色鲤鱼，以水生金，颠倒反覆之旨也。

夫金能生水，失水则就刀俎而不能全生。水能生金，得金则通神灵而且能救死。故全金之生，乃以自全其生；救金之死，即以自救其死。一贯之旨也,观音奉旨上长安之旨也。故母能生子,子又能生母,母子互相生,而丹法备矣。试观"满堂娇州衙生下一子,耳边南极星君叮嘱曰:'奉观音法旨,日后夫妻母子团圆,谨记吾言。快醒,快醒!'"实为提醒世人,岂只为满堂娇一人而设哉!"满堂"者,金也,开山之所出也。"江流"者,水也,金娇之所产也,金生水也。"私出江边抛弃",金生水也。"直流至金山停住",金生水也。"在江州衙内寻取母亲",水生金也。"忙进宅内将母救解",水生金也。"慌得玄奘拚命扯住",水生金也。然不辨世上诸般之伪,不知水中一味之真。此惟大士之神观,为能奉其的旨也。

观音奉旨上长安,欲长安观见大道也。无奈长安"改元贞观",仅能窥观仿佛,同女子之贞而已。上有贞观之主,则不能观见大道;而下有魏征之相,自不能启沃大观。"魏",音"伪",伪也;"征",外验也。观既贞而不大,则征自伪而不真,恭己无为之化邈焉,举世莫能观矣。此义非予穿凿,请观仙师篇首提出"贞观魏征"四字,大是分明。

试就玄奘父母之所遇而观其伪:开选擢元,授职之任,光蕊也。而任事者,实据贼刘洪,求贤用人之伪有征。以宰执之女而抛球自媒,失夫妇正始之道,婚礼之伪有征。命官死于盗,贼党横于官,君相不知,寮案莫问,君臣法度之伪有征。一官十八年不调,纵贼虐民而不知,铨选之莫之伪有征。缚一伪州,统兵六万,军政庙算之伪有征。文章为进身之阶,不知为杀身之梯,文章之伪有征。居官为荣身之地,不知为亡身之途,功名之伪有征。离母之任而生死不相闻,欲显亲而又以丐亲,荣辱之伪有征。挈妻同行,而分飞在顷刻,恩爱之伪有征。久历年所,父母不卜儿女之存亡,儿女莫通父母之音信,亲故不能周旋,交游亦无相接,眷属朋友之伪有征。

光蕊得官得妻,伪也;刘洪得官得妻,则伪中之伪也。光蕊得君得民,伪也;刘洪得君得民,则伪中之伪也。光蕊得死得生,伪也;刘洪得生得死,则伪中之伪。张夫人有子而无子,母子之伪。殷小姐有夫而无夫,夫妻之伪。开山夫妇有女而无女,孝慈之伪。

一切皆伪之征也,一切皆贞观也,总不如救全金色鲤鱼,水中之一味,为能贯彻始终,使骨肉团圆,真切受用也。救全之道,惟以水生之子报母恩也。"殷小姐毕竟从容自尽",其所观之贞乎,正与篇首"贞观"相照,结出本旨。"江流僧立意安禅",其所观之大乎,正与观音奉旨上长安相映,反结贞观之伪。惟在人之神观察识,而求夫父母未生前本来面目而可矣。

〔西游原旨〕上回道之体用,已穷究详细精密,知之确而见之真矣。此回教人在父母生身之初,溯其源,推其本,弃妄而归真也。

起首提出"贞观十三年",为西天取经之来脉,大有深意,学者不可不辨。夫"贞"者,正也,静也。"贞观"者,静正之观。老子云:"致虚极,守静笃,万物并作,吾以观其复。"虚极静笃,将以观其贞下起元、一阳来复耳。贞而观,观之正,炼己待时,静极而动,阴阳相交,先天真一之气从虚无之中凝结成象矣。古人云:"五千四十八黄道,正合一部大藏经。"五千四十八,乃天地静极而动,贞下起元之真经。以象喻之,五千四十八日为十四年。不言十四年,而言十三年者,是使人于贞观处,身体力行,脚踏实地,期进于还元也。此传中通关牒文之贞观十三年,西行取经,经历十四年径回,其为贞下起元可知矣。况传中以贞观十三年,叙唐僧生身之因;以贞观十三年,为唐僧上西之时;以贞观十三年之牒文,为唐僧取经东回之验,一部《西游》,总以为贞下起元为真经之正理、金丹之妙旨而发。此等处乃全部之眼目,数百年来读《西游》、评《西游》者,更无一人识得此意,竟作闲言过文看去。

细参此回,唐僧生时乃贞观十三年,及十八年报仇,已是贞观三十一年,何以后之唐僧所领通关牒文年限,又是贞观十三年?读者未免疑为作书者之破漏,殊不知此破漏处,正仙翁用意处。盖以生身之道在此,修真之道亦在此。《悟真》云:"劝君穷取生身处,返本还元是药王。"其妙在乎积阴之下,一阳来复。贞下起元之时,正贞观十三年之奥妙。若以闲言过文看过,埋没古人度世婆心。更有一等地狱种子,引入御女闺丹之邪术,以西天取经,谓取室女之经水;以十四年而取真经,谓十四岁女子之经粟。噫!将天堂之路竟变为地狱之门,仙佛之乡乃改为禽兽之域,生则定遭天谴,死则必当拔舌,求其为人而不可得,何敢望仙乎?仙翁于此回发明人生受生之因,先提出贞观十三年,以为学者起脚之地,使勇猛精进,以取真经也。

"陈光蕊","陈"者,东也,阳气发生之地;"光蕊"者,英华达外之象。"殷温娇"者,"殷"与"阴"同音;"温娇"者,温柔娇嫩之义。"又名满堂娇",娇而满堂,生气在内之义。是陈光蕊为真阳,殷温娇为真阴也。"温娇未曾许配,高结彩楼,抛打绣球卜婿。"绣球者,至圆之物,五彩所成,此太极而具五行之气也。"结彩楼而抛打",则太极动而生阴生阳矣。"打着光蕊,配为夫妻",一阴一阳之谓道,此先天真阴真阳,本于太极,未生身处也。

"除授江州州主，前至万花店，母亲染病"，真阴真阳本于一而极于万，一至于万，先天化为后天，真宝变为假物，其生身之母染病受疢，固其宜耳。母既受病，一病无不病，一伤无不伤，杀身丧命之祸，不旋踵而即至。于是而金色鲤鱼被人所捉矣，金色鲤鱼为水中金，鱼而离水，失其所养，烹割即所及也；于是而母子万花店分别，两不相见，孝慈全无矣；于是而洪江渡口，水贼刘洪现身，洪水横流矣；于是而陈光蕊真阳，被贼打死矣；于是殷温娇之真阴，而被贼所占矣；于是而江州真阳之位，被贼所任矣。噫！根本受伤，全家失陷，以至于是，真足令铁石心肠者，读之而凄然泪下矣。

释典云："一口吸尽西江水。"老子云："上善若水，利万物而不争。"夫利益之水，自有清水，而洪水何与焉？万花店别母上任，而遇洪江水贼之灾，是迷于清水而自蹈于洪水，自作自受，于贼何涉？何以陈光蕊尸首沉在水底不动，为龙王所救乎？龙王已有言矣："你前者所放金色鲤鱼即我，你是救我的恩人。你今有难，我岂有不救你之理？"夫水金者，即先天之真阳，生的水金即是生的真阳，龙王即陈光蕊之变相，光蕊救金鱼，龙王救光蕊，皆是自救其命，非他人能代其力者。仙翁犹恐人不知真阳为何物，故又演出"龙王把光蕊尸身口内含一颗定颜珠，休教损坏了，日后好还魂报仇"之语，以示其坎中一阳为黑中之白，即是先天真阳，若能将此真阳保之惜之，不教损坏，可以起死回生，可以还元返本。盖以真阳虽坎陷于水宅，未至全泯，犹有一息生机尚存焉。但因世人迷而不悟，弃真认假，为洪水所淹，纵有一息真阳发现，当面错过，犹如小姐"不觉生下一子"也。

仙翁慈悲，借南极仙翁奉观音法旨"耳边叮嘱"一篇言语，是提醒世人：欲脱生死，延年益寿，当急访真师，诚求附耳低言妙旨，诀破生身根由，静观密察，雪冤报仇，使夫妻相会，子母团圆，归根复命，返本还元也。"谨记吾言"，是教谨记"穷取生身"之言也；"快醒快醒"，是教快醒"非师不能自知"也。

独是金丹之道，有火候，有工程，有法度，有时刻，差之毫发，失之千里。况乎傍门三千六百，外道七十二家，以假乱真，以邪紊正，纵有一二志士，亦难识认真假邪正。仙翁慈悲，借"小姐弃子"一段，叙出著作《西游》度世苦心，不可不知。盖《西游》劈破一切傍门，指出至真妙道，钻开鬼窟，拔出天根，一字一点血，一句一行泪，其中父母生身来因，脚踏实地的火候工程，备细开载，使学者去邪术而归正理，弃傍门而究真宗，欲人人成仙，个个作

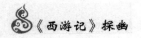 

佛也。

"又将此子左脚上一个小指,用口咬下,以为记验。"这个盘谜,非人所识。吾今若不用口咬破仙翁左脚上这一个小指,与大众看看,而仙翁写下血书一纸,终不得为记验矣。"此子"者,即金丹也。金丹而具性命之理,性为右,命为左。足者,动作行持之物。"小指"者,妙旨也。右脚上小指,则为性理修持之妙旨;左脚上小指,则为命理修持之妙旨。用口咬下左足小指,是命理修持之妙旨,必用真师口口相传也。盖丹法药物火候,书中无不细载,若只以书为的实,而不求师解,则其书横说竖说,散乱不整,千头万绪,茫然无所指归,岂能彻始彻终一以而贯? 若既读此书而更求师诀,即此为印证,则师之真假立时可辨,庶不为窃取真宝者之所误,谓之"记验",岂虚语哉? 后之取经回东,"通天河沾去经尾,至今经文不全",是末后一着,右足之妙旨。可见了性了命各有口诀,有为无为各有作用,这些妙旨,俱要师传,非可妄猜。总之,使读书者所以穷理而辨真伪,使求师者所以得诀而好行持,其慈悲为何如!

"取贴身汗衫一件,包裹此子,到了江边,大哭一场。正欲抛弃,忽见江岸岸侧漂起一片木板,将此子安在板上,用带缚住血书,系在胸前,推放江中,听其所之。"读到此处,我思古人,忧心有伤矣。夫《西游》大道,系仙翁身体力行而经炼,朝夕佩服而修持过者也,其中包裹金丹之理,至真切当,非有妄诞。"到了江边,大哭一场,正欲抛弃",正紫阳"欲向人间留秘诀,未逢一个是知音"之意。仙翁欲传于世,恨无其材,"大哭一场"者,哭其天下少知音也;"正欲抛弃",不敢轻传也。不敢轻传,而又不忍不传,"安放板上,缚住血书",是将金丹大道镌刻木板,流传后世也。道光云"不知谁是知音者,试把狂言着意寻"者,即是此意。"系在胸前,推放江中,听其所之",书流于世,已了自己度世之心愿,而人之知与不知,所不及料;"听其所之"四字,仙翁出于不得已之词,正欲人之急须收留,穷究实理,勿得轻慢之意。奈何世之迷徒,多以傍门外道视之。可知仙翁不特当日作书时大哭,至今而犹大哭不已。是仙翁有用之心思,竟置之无用之地。虽有悟一子之注解入其三昧,而于仙翁立言下笔时一片普度心怀,犹隐而未发。吾今发出,仙翁有知,可以收声不哭矣。

"此子顺水流去,金山寺长老法明和尚,修真悟道,闻啼哭之声,慌忙救起。"言此书此理虽为邪曲洪水所惑乱,终必有深明大法之和尚,修真悟道之长老,能以认真而救正。"取名江流",借笔墨之水而传流,道本无名,强名曰道,道本无言,言以显道也。"托人抚养",不敢自私,大道为公,"遇人不传秘天宝";"血书紧紧收藏",珍之重之,良贾深藏若虚,"传之匪人泄天机"。"江流长成十八",一阴现象之时,后天用事之日,顺行造化也。"法名玄奘",玄者,阳也;奘者,庄也;道本无为而法有作,以阳为庄,安身立命,是欲抑阴扶阳,以术延命,而返本还元耳。

要知返本还元之要,即父母生身之道,若不知父母生身之道、性命之由,只逞小慧,斗机锋,讲参禅,终是在鬼窟中作事业,顺行造化,而与大道无涉,何能保全性命? 骂其"姓名不知,父母不识",一切迷徒可以悟矣。"玄奘再三求问父母姓名",凡以求知生身之由,性命之源耳。"长老叫到方丈里,在重梁之上取下一个小匣儿,打开来取出血书一纸,汗衫一件,付与玄奘。玄奘将血书拆开读之,才备细晓得父母姓名并冤仇事迹,读罢,不觉哭倒在地。"金液还丹大道,至尊至贵,万劫一传,古今圣贤藏之深而隐之密,非可轻易授受者。若有真正学道之士,遇明师指点一言半语,即知性命根源生死关口,能不顿悟从前皆差,直下承当,而哭倒在地乎? 玄奘道:"十八年来,不识生身父母,至今日方知有母亲。此身若非师父捞救抚养,安有今日?"观此而度引之恩师重如泰山,誓当成道以报大德也。

"玄奘领了师父言语,江州衙内寻取母亲",不曰认识母亲,而曰寻取母亲,盖以母亲虽有,却被贼人所占,因而母子相隔,不能相见;今则于贼人处,而寻之取之,则母子相见,自能认识。及说出失散根由,"母子相抱而哭",久别而忽相逢,母不离子,子不离母矣。

金山寺舍鞋,教玄奘脱鞋认记,总以示脚踏实地之事,当在生身之处细认。"果然左脚上少了个小指",言不到认得生身之处,不能知丹经少此口口相传之妙旨也。母子既会,于此而父之生身可知,于此而母之生身亦可晓。此处又有辨:玄奘持血书寻取母亲,是认取生身之处,后天中之先天;小姐教稍书与婆婆、殷丞相①,先与香环,是认取未生身处,先天中之先天。此皆左脚口咬一妙旨,而非可略过者。

玄奘万花店寻访婆婆,当年万花店失散,今仍在万花店寻取,理也。"舌尖与婆婆舐眼,须臾之间,双眼舐开,仍复如初。"舌者心之苗,前之万花店失

---

① 稍:通"捎",捎带。

散,由于心之昏昧,致有杀身之祸,而婆心即变为瞎障;今则万花店认祖,由于心之灵明,即有团圆之机,而瞎障复开为婆心。一昧一开,总在万花店上点醒学人耳。夫万花店为可凶可吉之地,不吉则凶,不凶则吉,认取婆心则吉而不凶矣。当此时也,未生身之母已会,而未生身之父亦可见,更何有洪水之贼人足畏哉?殷丞相发兵捉贼,一鼓而擒,理所必然。从此而真阴救解,不复为贼所占;从此而真阳可还,即能死而复生。

光蕊说及万花店买放金色鲤鱼、龙王相救还魂公案,可知真阳伤之则无所依赖,而不得生;放之则遇难有救,而不得死。然其所以欲不死而长生,当于江州衙内生身处立其脚,于万花店母病处还其元,团圆相会,全家无恙,而当年之原本仍复如旧矣。

"玄奘立意安禅",有为而入无为;"殷小姐从容自尽",无为而化有为。仙翁《西游》一部大纲目在是。愿我同人读此血书一纸,急求明师诀破以修大道,勿为洪江贼所伤可也。

诗曰:

> 丹法原来造化机,逆生顺死妙中奇。
>
> 仙翁指出还元理,怎奈傍门自己迷。

# 第十回

# 老龙王拙计犯天条　魏丞相遗书托冥吏

〔**西游真诠**〕悟一子曰：世人读庸常平易之说，而指为怪异不经，何哉？盖隘于目，跼于步，睹兔园而不睹漆园，蹑青云而不蹑青牛，所见者小，而所趋者下也。如是篇，言贞观之君相不能大观，所作为者，皆在梦中耳。人无有不梦，无不知梦之幻，无不知世事如梦之幻，何独于唐之君若相梦龙求救、梦斩业龙，遂疑为荒唐不经耶？非特唐之君若相作是梦，即往古今来之人，亦无不可作是梦，又何疑于当日逢君之旨、丞相之意，而无不甘与之同梦耶？

君曰"朕梦如是"，相曰"臣梦亦如是"，将亦曰"臣梦如是"，寮寀百执，亦孰不曰"臣梦如是"？举国臣庶，亦孰敢不曰"臣梦如是"？斯时也，设有大观之士，正色执笏曰："此梦也，游魂为变也。"能明心见性，神观至真无上之妙道，知一切世情皆幻也，何况于梦！唐王能憬然觉悟，曰："固梦也。"则梦可不再梦，而泾河无断头之龙，相府灭斩龙之剑，云端泯落下之头，国门绝枭悬之首，不至于梦死、梦生，而梦梦不已也。无奈其为贞观也，所见之小也。以为违天之龙而求救于我，我能救而许之；行天之刑而授权于我，我能运而斩之。善伺君意者，则必从傍策之，曰："可救。"因而手谈借箸矣。巧合相心者，则必乘时献之，曰："可斩。"因而悬挂市曹矣。

然则是梦而梦犹易觉，非梦而梦则难觉。是梦而梦，有觉而解脱之时，伪中尚有真，观音将柳枝救脱是也。非梦而梦，终无觉而苏醒之候，伪中还有伪，魏征作书遗崔珏是也。魏征上欲掺天曹之刑，而人曹之刑皆其所掺可知；下将作阴府之弊，而阳世之弊不难自作可知。一伪无不伪，一征无不征，皆"观"之"贞"者为之也。仙师非以抑魏征也，特借以偷古来世情之变幻，无非伪征也，无不贞观也。

究而言之，不如不登科的进士、能识字的山人张渔、李樵为有下梢，有定见也。其言曰："争名的，因名丧体；夺利的，为利亡身。"可知名利皆伪，而争夺之为梦；"受爵的，抱虎而眠；承恩的，袖蛇而走。"可知爵宠之皆伪，而承受之为梦。又曰："前途保重，看仔细，'明日街头少故人。'"何等提醒警切！

袁守诚知鱼之投网，知命之犯岁，知雨之有数，先觉而不入梦也；泾河龙惑于夜叉，惑于断课，惑于赌赛，惑于鲥军师，则放心争胜，违法妄行，梦梦而入梦矣。唐王梦业龙求救，与诸臣会议怪梦；魏征梦斩业龙，对唐王梦中出神运剑；唐王梦业龙索命，而见鬼怕鬼，一团梦也。文武夜守宫门而镇鬼御鬼，举朝梦也。甚至唐王晏驾，魏征管保长生，似天子之死生，在其掌握。致书崔珏，称"梦中尝与相见"，以阎君之权柄，听其转移，岂不成大梦哉？唐王所以笼书入袖，瞑目不返矣。

此拙龙公案，乃唐王与诸臣心中自造之境象，其隐征，姑俟后篇发明，而其为梦，则与槐蚁蕉鹿同一痼寐，初何怪异之有？但老龙拙计，原非已出，而行雨差迟，自取天诛，奥旨深义，非名言可传。聊成一诗示意："云雨施行万物资，切须检点莫差迟。拙龙赌赛违玄旨，致使神锋项后随。"《阴符经》曰："火生于木，祸发必克。"其斯之谓欤？

今之时师，以御女采战之术迷惑世人，致取杀身之祸，亦即鲥军师叫老龙行雨克点违时，赌赛争胜，干犯天刑者也。可不鉴哉？仙师谓之"鲥军师"，其义显矣。


〔西游原旨〕上回已言生身之由，教人返本还元以修真矣。然世事如棋，富贵尽假，若不先自勘破，而仙道难期。故此回极写人生之假，使人从假处悟真耳。

"泾河岸边两个贤人，俱是不登科的进士，能识字的山人。"则是世皆浊而我独清，世皆醉而我独醒也。一渔一樵，天地间两个闲人；一吟一联，山水中一团妙趣。真是"潜踪遁世妆痴蠢，隐姓埋名作哑聋"，"身安不说三公位，性定强如十里城"。校之"争名的，因名丧体；夺利的，为利亡身；受爵的，抱虎而眠；承恩的，袖蛇而走"者，奚啻天渊之隔？至于"天有不测风云，人有暂时祸福"，特叹人世之性命无常，生死莫定耳。

"袁守诚"者，真性也；"泾河龙"者，人心也。人能持守真性而不失，则叫天天应，叫地地灵，天性之所出即天帝之所予，天帝之所载即天性之所包，故

"旨意上下雨时辰、数目,与那先生判断者毫发不差",此"至诚之道,可以前知"也。泾河龙争胜好强,师心自用,不知有天性可保,正如下雨改了时辰,克了点数,而不知大犯天条矣。夫人秉天地阴阳五行而生,身中即具五行之气、五行之德,是即天命之谓性,是性即天帝之旨,为终身遵守而无可违者。人能时时在念,刻刻留心,全而受之,全而归之,可以为圣,可以为贤。否则,重乎形色之性,而弃其天命之性,任心所造,一时不谨,即入地狱之门,可不畏哉?

"玉帝旨意,巳、午、未三时下雨三尺三寸零四十八点。泾龙只下三尺零四十点,改了一个时辰,克了三寸八点。"此中深意,人不可测。夫巳者阳之极,午者阴之始,未为土居中,阴阳相交,水土调和,絪缊之气,动而为雷,熏而成云,降而成雨,天地自然时中之道。"得雨三尺三寸零四十八点",三尺三寸,三十三之数,合之四十八,并得八十一,乃纯乾九九之数。阳极而以阴接之,水火相济,诚一不二,君子而时中,则与天为徒,先天而天弗违。"泾龙下三尺零四十点",三十四十,共得七十,七乃火数,火焰上,焰上则水火未济,而偏枯不中。"改了一个时辰,克了三寸八点",三八为二十四,乃阴阳之二十四气,所以造化万物者。今泾龙无知,一时之差,而即背乎天地造化自然之理,是"小人之反中庸,小人而无忌惮也。"无忌惮而反中庸,是自失其天之所命,与犯天条何异? 既犯天条,仰愧俯怍,已入死路,不知自悔,犹然假妆才能,争胜好强,自欺欺人,而不知早为有识者所看破。若不及早打点,无常一到,虽有知前晓后之神仙,通天彻地之真人,亦不过是指条生路,教你投生罢了,而欲救之不死,呜呼能之? "蝴蝶梦中人不见,月移花影上栏杆",离阳世而入阴界,此亦无可如何者。

泾龙子时求救,唐王五更告梦,此明示"阎王定下三更死,谁敢留人到五更"之意。最切处,是"一盘残局未终,魏征鼾鼾盹睡",盖言人恩爱牵缠,百忧感其心,万事劳其形,一往直前,不肯回头,自谓百岁不老,那知大限若至,一盘残局胜负未分,而早已鼾鼾盹睡,长眠不起矣。"魏征一盹,空中龙头落下",言不到死后,而心不歇也。魏征道:"是臣才一梦斩的。"呜呼! 人生一世,犹如一梦,不到此地,不知才是一梦也。"泾龙向唐王讨命,欲在阎王处折辨",言世人生来糊涂,死去糊涂,糊涂而生,糊涂而死,出尔反尔,在世既无可救之方,只可死后在阎君面前折辨折辨已耳,其他何能哉?

"唐王心中忧闷,心中惊恐;泾龙扯住,难分难解。"此非泾龙扯住难分难解,乃心之忧闷惊恐,自招阴鬼扯住而难分难解。"正南上,观音菩萨,将杨柳枝摆去鬼龙,救脱皇帝。"非观音救之,乃心之神明悔悟,自知罪过,而摆之脱之也。夫天堂地狱皆由心造,心之忧闷惊恐,而死期即到,难免恶鬼之扯;心之神明悔悟,而生机遂回,即有解脱之机。仙翁于此处写出观音救唐王一案,以示人当静观密察,而不可由心自造,走入死路也。倘不早悟,一迷到底,终为阴鬼所缠。及至腊月三十日到来,虽有唐王贵为天子,富有四海,买不得生死;三宫六院,九嫔八妃,分不了忧愁;文武百僚,忠臣义士,替不得患难,亦只在旁观望,送你瞑目而亡,而况于他人乎?

所可异者,是"魏征稍书于崔判官,许唐王回生,唐王袖书瞑目而亡"一段。既能稍书使唐王死而依旧复生,何不先稍书,使唐王长生而不死?特以稍书于天下后世学道之人,使早悟万般世事尽是虚伪,一生功业终为幻妄,须当勘破尘缘,俯视一切,急寻个大慈大悲救苦救难真正教主,提出地狱,返上天堂,脱离生死轮回之苦难;休待临渴掘井,忍饥思粮,而慌手忙脚,千方百计,济不得甚事,终亦必亡而已。噫!"试问堆金如岱岳,无常买得不来无?"

诗曰:

> 人生在世是浮沤,背理违天谁肯休。
> 任尔堆金多积玉,怎能买得命长留?

# 第十一回

## 游地府太宗还魂　进瓜果刘全续配

〔**西游真诠**〕悟一子曰：此篇正言唐王之入梦，以明阴阳感应之道，即男女赠答之理，有感必应，有果必报，毫发不爽也。

唐高祖曾梦身死，坠在床下，为群蛆所食，智蒲禅师解为亿兆趋附之象。太宗是梦，未之前闻。然昼之所为，即夜之所梦。地府之游，其"贞观"之幽隐乎！幽隐之恶，造于心而形诸梦。此处正宜提"心"字作主，以见人心之险，即成地狱之险，如影随身，不可泯灭。

篇中："太宗渺渺茫茫，独自一个，惊惶难寻道路，忙致私书求庇。见鬼门关，即有先主李渊及兄弟索命，折辨鬼龙公案，添注生死簿；游观地府，悚惧惊心；经十八层地狱，心中惊惨；目击奈河桥，心又惊惶；到枉死城，心惊胆战；见一伙鬼魅拦住，慌得无处躲藏，向崔判求救，借相良金银贿免；见六道轮回，判官叫太宗明心见性，直到阴司里无冤恨之声，阳世间方得享太平之福。凡百不善之处，俱可一一改过。"方结出正旨。可见阳世间不作不善之事，则阴司里自无地狱之险矣。处处俱从心上描写而出，皆太宗平日所为、问心难安之事也。

评《西游》者，此篇反不谈心，真不可解。最提醒处，在"众冤魂索命，判官道：'陛下得些钱钞与他，我才救得你。'太宗道：'寡人空身到此，那得有钱钞？'"此所谓"万两黄金将不去，一生惟有孽随身"也。判官谓得些钱钞可救，岂真可救哉？正谓此处钱钞不可到，用不着，如何救得你？下边借相良之金银，岂真可借哉？正谓阳间作恶有恶报，作善有善报，一到阴司，帝王之十三年，反不如匹夫之十三库；帝治之十五道，反不如匹夫所寄之一库也。妙意都在反面，读者切勿泥文。读至后相良夫妇所积者，系斋僧布施善果，

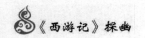

非尽属金银纸钞，自可晓然。

太宗因老龙之故而入大梦，一到鬼门关，宜撞见鬼龙索命。何以劈头撞见先主李渊及兄弟等，并不见鬼龙耶？仙师寓《春秋》之意于隐言之中，予发《西游》未发之义，以明仙师不言之隐：

隋纲不振，天下共逐其鹿。倡义旗而除残暴，救民水火，名正言顺。奈何用裴寂之诡谋，遣隋宫人入侍高祖，劫之以必从之势，陷父于不义，违天犯分，有干维皇。默运之诛，其谋臣补佐，实相成之。高祖云行雨施，失于检点，是即老龙为鲥军师所误，而违时克点，云雨差迟，惧天刑而遭慧剑，岂不宜哉？

泾河之龙，实李渊也，故曰"老"。"雨水共得三尺三寸零四十八点"，隐括"李渊"二字。通二字：三横为三尺，三直为三寸，四并三氵十八子，为零四十八点也。又合并凑用，象"四"字之形，分并各算，成四六二十四之数；合之三氵八字，为三八二十四数；共成四十八点也。去二字之三直，为克三寸；去"李"之"八、子"，为克八点。所余"李"之"一"，"渊"之"氵"，通而用之，得"泾"字。讳李渊而为"泾"也。龙潜于渊，老处于浊，泾河固其所也。

惟是太宗化家为国，谬云救父之危，而莫救天理之诛。伏甲玄武门，密言淫乱后宫，而自称功高不赏，不得已而有六月四日之举，实劫父杀兄得天下，与杨广同辙，是亦亡隋之续耳。

广以十三年而亡，世民以十三年而死，亦其宜也。甚纳巢刺王妃而矫诬续嗣，夫妇、父子、兄弟之伦，沦丧殆尽。诚不如李氏捐生投环，为妇道无亏；刘全拼死进瓜，为夫纲罔缺。宜其夺王姬之魄，生死而骨肉之，俾夫妇、父子、兄妹，莲蒂重开，团聚一堂。

至太宗推刃同气，友于之谊，固已渐灭无余，爰及彼妹矣。此阴阳果报，毫发不爽。故仙师就太宗口中，发出的旨，曰："朕回阳世，惟答瓜果而已。"南瓜者，南离，属心，言只要心地光明，结果为报也。《诗》曰："投我以木瓜，报之以琼李。匪报也，永以为好也。"李氏投环、刘全顶瓜者，投以木瓜也；翠莲借尸、玉英下降者，报以琼李也。男女，即阴阳之道；赠答，即果报之理。永以为好，虽死而犹可重生。较之私添二寿，假借一库者，虽回生而仍如大梦，相去为何如哉？

然太宗固一梦，而非真死，一切地狱境象，皆其心中所自设，故诸臣当回阳之际，道："陛下有甚放心不下？"此实录也。读东西将相一齐启奏道："陛下前朝一梦,如何许久方觉?""一梦"二字,显著明白。

按:太宗二十九岁践祚,改元贞观,寿五十三岁。实在位二十四年,初非三十三年也。今称贞观一十三年,上加二画,似属纰缪,不知其中原有妙义:盖高祖渊在位九年,实太宗宫掖诈谋,劫制窃踞。是武德虽拥虚位,而贞观预擅神器矣。移武德之九年,而加诸贞观之二十四,得非三十三年乎?一三加一为二三,二三加一为三三,三三适得九,故加二画,而已得加九年之义,又仙师加笔之精妙也。取十三年以为地府之游,所以拟亡隋之续;加二画以示阴窃之权,所以明无父之隐。迨后玄奘历十四年而返,已在虚加之外,太宗宜不及见之,故以三十三年之在位,结自西返东,序经度世之局耳。

后世论治道者,推唐之贞观,几致刑措,然大本既亏,一切枝叶皆伪耳,又何足观?仙师借以大言,欲修道者,修心炼己,以求大道。倘欺罔诈伪,寸心难安,即是自造地狱。故老龙听鲥军师,放心无忌,而难逃一剑;唐王求崔判官,放心不下,而虚添二画。与彼悟空放下心,打入森罗殿,自勾死籍,并除十类者,固同梦而异觉也。总能了道而放下心,则必如悟空之明消死籍,而竟可登天;不能了道而放心不下,则欲如太宗之暗添生期,而未免入地。天堂地狱,凭心所在。可乐可畏,可不慎哉!

附记:余尝游大梁,至古大相国寺。梵宇巍奂,檀遗千亩,不逊燕都之报国。最后一阁,高插苍冥,颜曰"藏经"。层梯而登,如螺之旋;四匝飞甍,朱栏环曲。俯视一切,如凫如蚁,云树出没,移步变态,亦一奇观也。中位庄严,傍列八柜,扃钥甚固,藏经在焉。右隅有男女立像,男则粗眉俗束,女则紫面袒怀,皆笑容可掬。叩引导寺僧,称即卖水之相公、相婆也。历叙太宗游地府、借楮锭、还魂修寺故事,一与《西游记》吻合。考其碑记,寺之创始,莫知所自,盛于北齐天保六年,修于唐睿宗,载累朝修举颇详,而无太宗相良之事焉。盖相良夫妇,实有修寺功德。塑像、藏经阁,相传至今不朽,知著书者,非尽属无稽而山市海楼也。噫!二老以卖水之佣,积金甚艰,能乐善好施,不为身谋,其所处者小,而所见者大也。即未能了道,亦观见大道之一节矣。老子曰:"后其身而身先,亡其身而身存。"相良夫妇有之。彼黩货悭吝、死不旋踵,甚有子孙为乞丐者,果何为耶?悲夫!

〔**西游原旨**〕上回已言世事之假,是教人在生前打点,早修阳世之正果。此回写地狱之苦,是教人知死后报应,先作根本之善因。

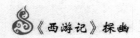

　　冠首一诗,慨叹世事皆假,无常迅速,惜命者须早回头。若不回头,临期万般皆空,当的甚事?试观唐王"渺渺茫茫,独自一个,散步荒郊草野之间",是万里江山归何处,荒郊野草一尸骸。到得鬼门关,"见先主李渊、先兄建成、故弟元吉,就来揪打索命",是骨肉恩情今何在,尽是冤孽讨债人。阎君问杀泾龙之故,太宗道:"朕宣魏征着棋,不期他化一梦而斩。这是人曹官出没神机,又是那龙王犯罪当死也。"可知人生在世,争胜好强,父子兄弟,诸般恩爱牵缠,俱系一梦。若不及早解脱,纵有出没神机之能,犯罪当死,焉能躲的阎君考问乎?

　　"生死簿上注定贞观十三年,判官将'一'字上添了两画,注定三十三年。"一为水,两为火,水火相济,前三后三,两而合一,便是不死之妙诀,还元之秘密。添之正所以示人贞于观而及早打点,以求延年益寿之方,而非言私添寿数作情也。试问阎王面前可以作私情乎?"惟答瓜果"一语,已足见还元反本,方是不死之果报。

　　太宗见不是旧路,而疑有差,判官道:"不差,阴司里有去路无来路。"又云:"送陛下'转轮藏'出身,教陛下转托超生。"正以示阴灵出壳,一去不返,只可转生而不能回生矣。最提醒人处,是"太宗道:'寡人空身到此,却那里得有钱钞?'"此处骂尽世间一切悭贪吝惜之徒,即富如大唐天子,死时且空身而去,带不得分文钱钞,况其他乎?闻此而不悟者,真地狱种子,仙翁亦无可如何矣。借相良所记金银一库,给散孤魂,岂真金银阴司可记?亦岂真阴司金银可借?特可记者,阳间之阴德;而可借者,改恶以从善。是默示人以善恶报应之不爽耳。

　　判官道:"千万到阳间做个水陆大会,超度那无主的冤魂。"冤魂者,迷人死后所成。超度冤魂,正以超度迷人,故曰"在阳间超度"。何为"水陆大会"?善性若水,修性之义;陆为地,脚踏实地,立命之义。性命合一,是谓大会。言能超度此冤魂者,惟此性命双修一乘之法,余二非真,切勿忘记。叮咛嘱咐,何其深切之至!又云:"凡百不善之事,俱可一一改过,普谕世人为善,管教你后代绵长,江山永固。"可见诸多地狱皆为不善者所造,若凡百不善一一改过,地狱何有?

　　"唐王贪看渭河一对金鱼,太尉扑的一声,望渭河推下马去,却就脱了阴司,径回阳世。"前因泾河之孽龙,去阳世而入阴司;今因渭水之金鱼,脱阴司而回阳世。出此入彼,出彼入此,其善恶报应,如影随形,毫发不爽。泾河龙王为孽龙，人心也，人心一发，至于死地；渭河金鱼为真龙，真性也，真性一现，即得生路。去人心而归真性，即是脱阴司而回阳世，善恶是非，生死之路分之矣。

太宗说："见阴司里不忠不孝、非礼非义、作践五谷、明欺暗骗、大斗小秤、奸盗诈伪、淫邪欺罔之徒，受那些磨烧舂剉之苦，煎熬吊剥之刑，有千千万万，看之伤心。"如此等类，岂但在阴司受报？而现世者比比皆然，特人不自知耳。御制榜文，句句牟尼，字字珠玉，可为尘世之明鉴，有不感悟而迁善改过者，必非人类也。

李翠莲为斋僧而受气自缢，刘全因妻死而捐躯进瓜，皆从真性中流出，视生死如一辙，富贵如浮云，虽死如生，死不死耳。其所死者幻身，而真身不能死，其所散者浊气，而真气不能散，宜乎"夫妻皆有登仙之寿"。翠莲借玉英之尸还魂，是有真性者死而复生，无真性者生而终死。

噫！以帝王富有四海，空身死去，带不得阳间分文钱钞；以匹夫担水度日，作善积福，反能记阴司十三库金银；以民间夫妻斋僧之因，而阎王夸为登仙；以帝王御妹寿却不永，而阎王反使促死。然则寿之长短，善恶长之短之，而不分其富与贵、贫与贱。前诗所云"古来阴骘能延寿，善不求怜天自周"之义，世人何乐而不为善乎？

诗曰：

> 天堂地狱在心头，善恶分明祸福由。
>
> 富贵不淫贫贱乐，可生可死有何愁！

# 第十二回

## 玄奘秉诚建大会　观音显像化金蝉

〔**西游真诠**〕悟一子曰:醯鸡谓瓮大,井蛙谓天小。非瓮果大、天果小,局于观也。

篇中复提"贞观"二字,以志建会之始,见为女子之贞观,而非大士之大观。若太宗之治绩,贞观矣,玄奘则进;傅奕之奏议,贞观矣,萧瑀则进,要皆贞观也。即如太宗赐玄奘五彩织锦袈裟,以为极华丽宠渥矣。岂知有佛赐锦襕袈裟、九环锡杖,为巍巍绚艳之至宝。得菩萨一番赞美,而太宗前踢袈裟,未免削然无色。如太宗命玄奘集诸僧参禅讲法,大开方便,谓之建大会矣。"菩萨拍着宝台,厉声高叫:'和尚!你只会谈小乘教法,可会谈大乘教法么?'"得菩萨将大乘三藏法指示,能超亡者升天,能度难人脱体,能修无量寿身,能作无去无来,而玄奘素所得力参讲之教法,已只可浑俗和光。何也?观至美而美者失其美,观至大而大者失其大也。

菩萨显出救苦真身,庄严色相,半空中落下简帖,内云"西方有妙文","求正果金身"。此西方之妙文,即金丹之正道也。玄奘愿往两天,号称"三藏",已包三藏之真经于一体,合三家之五行于一号。"三藏"二字,已是大乘。何谓"三藏"?以经数而言:五千零四十八卷为一藏,共计一万五千一百四十四卷。以五行而言:金水一家为一藏,木火一家为一藏,土一家为一藏。以阴阳而言:天为一藏,地为一藏,鬼为一藏。鬼,即二气之良能,盈天地间皆是也。

此时已得三藏之名,而未得三藏之实,故谓之"金蝉"。蝉者,鸣不以口,饮而不食,处卑而趋高,物中最清高之品,以喻"清净无为、真性涵空"之意。金乃百炼不磨、光明融结之体,以喻性体之虚灵。然性体虽具而命根未固,所谓"巍巍佛堂，其中无佛"也。故玄奘得小乘之法门，只如金蝉之空壳而已。必三家相见之后，方能充实命基，成真金不坏之体，而得见如来，此大乘教法也。

观音奉佛旨而来，已于五色锦襕袈裟、九环宝杖二物，显示其旨。玄奘受赐，已接得佛旨，了无剩义。袈裟，像五行之攒簇；九环，像九转之返还，故曰"显像化金蝉"。不曰度，而曰化，正如时雨之施一时，甲坼勃然生发矣。

读《西游》者，往后看去，无不以为希奇怪诞，疑惑不经。不知下文三徒，即三家相见，为药物也；八十一难，即九九返还，为火候也。夫五行之情状，九转之神灵，原变幻无定，不可测度。笔墨所到，俱是真实妙相，庸常至理。其中勇猛精进，防危虑险，及一切法度细微之旨，无不毕具。指明"西天天竺国大雷音寺我佛如来处"一句，大是显露。夙有仙骨者，若能熟读此书，察识奥妙，即如真人之亲授的旨，而锦襕袈裟、九环宝杖之至宝，可当身披执矣。

然玄奘必得三徒，而后能拜见如来，其义易明。三徒己了长生之道，命根坚固，自是万劫不坏，何以反以玄奘为师？甚说难晓。盖仙佛同道：佛曰"丈六金身"，仙曰"修成二人"，俱是有为而至于无为。了命不了性，如宝镜不磨而无光，非有为之真空；了性不了命，如筑室无基而安柱，是无为之空寂。故有为者，必见性明心，而始能超脱五行，三徒之皈依佛法是也。

无为者，必攒簇五行，而后能超凡入圣，玄奘之收伏三徒是也。三徒未尽者，无为之妙，玄奘有焉，故以为师。玄奘未尽者，有为之妙，三徒有焉，故以为徒。师徒合为一体，便是金丹大道，无上至真之大乘教法。直到上无底船脱壳之后，结出师徒彼此相济，两不相谢本旨。

祖师曰："人生如泡幻，若没个泡幻，大事无由办；若得大事办，安用此泡幻？"到上无底船而脱壳，正大事得办，为金蝉脱壳而化也。全书师以佛子，而命名"玄"；徒皆仙子，而命名"悟"。非悟不玄彻，非玄不悟彻。仙即佛，佛即仙，无二道，无二用也。

〔**西游原旨**〕上回已言善恶报应分明，而人之不可不为善也明矣。然"善人不践迹，亦不入于室"，若欲脱苦恼、明生死、超凡世、入圣域，以为天人师，非大乘门户不能。故此回由人道而及幽冥，自东土而上西天，以演无上至真之妙道也。

李翠莲借尸还魂，在皇宫乱嚷，不肯服药；见了刘全，扯住叫"丈夫"。此

"富贵不能淫,贫贱不能移,威武不能屈"也。夫妻还乡,见旧家业儿女俱好,一家团圆,乐何如之! 相良夫妻卖水,斋僧布施,不肯受不明之财,其曰:"若受了这些金银,就死的快了。"又曰:"就死也不敢受的。"是守死善道,轻富贵而重义气者也。彼刘全夫妻、相良夫妻,可谓看破世事,在尘出尘,门如市而心如冰,不为世事所动矣。读至此处,足令顽夫廉,懦夫有立志①,可为世道人心之一助。在家者尚有如此之高节,而出家者当赧然愧死矣。

玄奘不爱荣华,只喜修持寂灭,德行高隆,千经万典无所不通,亦可谓看破世事,足任天下大阐都僧纲之职,比一切皮相和尚高出一头矣。然仅受唐王五彩织金袈裟、毗卢帽,尘世所贵之物,朝夕而服之被之,高台演教,混俗和光,是不过外貌之饰观,有其名而无其实,其亦刘全、相良之同类。更何能不入沉沦,不堕地狱,不遭恶毒之难,不遇虎狼之灾,而超越人天哉?

菩萨持佛赐锦襕袈裟、九环锡杖,赞美许多好处,方是为圣为贤之宝物,作佛成仙之拄杖。袈裟、锡杖之妙义,前解已明,无庸再注。夫袈裟、锡杖,为道之体用,乃金丹有为无为之实理,是古今圣圣相传之妙道,若非大贤大德之人,承受不起,担当不得,虽有万两黄金,无处可买。故菩萨道:"他既有德行,贫僧情愿送他,决不要钱。"古人云"至人传,匪人万两金不换"者此也。

夫金丹大道,乃天下稀有之事,非同一切傍门谬妄。得其真者,虽凡夫俗子,立跻圣位。玄奘受佛衣锡杖,道之全体大用无不俱备,罗汉菩萨之职早已有分,自然威仪济济,瑞彩纷纷,较前之唐王所赐混俗和光之衣帽,不啻天渊之隔。古人所谓"附耳低言玄妙旨,提上蓬莱第一峰",正是此意。当斯时也,被服有衣,执持有杖,从此下学上达,前程有望。倘止以悟为事,安于小乘,不图实践力行,以期上进,如无衣无杖者同,衣杖何贵乎? 此玄奘正当台上念经谈篆宣卷之际,菩萨厉声高叫道:"你只会谈小乘教法,可会谈大乘教法么?"又云:"你这小乘教法,度不得亡者超升,只可混俗和光。我有大乘佛法三藏,能超亡者升天,能度难人脱苦,能修无量寿身,能作无来无去。"夫开坛谈经,乃空性中之小慧,以之度人为善则可,以之修道成圣则难。非若三藏妙典,成己成物,天人合发,能成金刚不坏之体,为佛子已上之事。盖佛

---

① 《孟子·尽心下》:"圣人,百世之师也,伯夷、柳下惠是也。故闻伯夷之风者,顽夫廉,懦夫有立志;闻柳下惠之风者,薄夫敦,鄙夫宽。奋乎百世之上,百世之下闻者莫不兴起也。非圣人而能若是乎? 而况于亲炙之者乎?"

法三藏,乃三家合一之妙道,正教外别传之深旨。能修持者,度亡度鬼,超脱一切,出生死而逃轮回,真实不妄。天下修行者,闻此可以猛醒,不为小乘所惑矣。

菩萨指出,佛法三藏"在大西天天竺国大雷音寺我佛如来处"。妙哉!仙翁已将先天下手之诀明明指示于人,不过借菩萨现身说法耳,而人自不知也。"西天"者,真金之本乡;"天竺国","天"为"二人","竺"为"二个",乃真阴真阳相会之地;"雷"所以震动万物而醒发,"音"而至于"大",则震动之声音,不知其闻于几万里;"如来"者,无所从来,亦无所去,是无声无臭大道之归结处。三丰云:"须知得内外的阴阳,同类的是何物件? 必须要依世间法而修出世间。顺为凡,逆为仙,一句儿超了千千万。"盖一阴一阳之谓道,阴阳相见,中藏先天之气,生天生地生人,为仙佛之源头,天地之根本,是即大西天真金之处,天竺国阴阳之乡,大雷音正觉之旨,佛如来圆成之地。真经在此,丹头在此。欲解百冤之结,消无妄之灾,舍此将谁与归? 正所谓"只此一乘法,余二皆非真"也。

噫! 前受袈裟锡杖,已付玄奘佛法矣,何以又教在西天取佛法? 盖前之受衣杖,是顿悟之学;今之取佛法,是实践之功。菩萨在空中现身,落下简帖,教西方取经,求正果金身,盖示其"知之尤贵于行之"也。噫! 欲求生富贵,须下死工夫,玄奘直要"捐躯努力,直至西天;不到西天,不得真经,即死也不敢回国",正"上士闻道,勤而行之"。唐王送紫金钵盂,又赐号"三藏",是明示人以金丹大道即我佛三藏真经教外别传之真衣钵也。

"宁恋本乡一撮土,莫爱他乡万两金",归根复命,返本还元,在是矣。此"玄奘秉诚建大会,观音显像化金蝉"之秘谛。"秉诚"者,至善之所在,无为之功,然不先有为,而不能大会;"显像"者,明德之所寄,有为之事,若不归无为,而亦非大会。惟于玄奘处而观音,于显像处而秉诚,则化金蝉而大会矣。上句"玄奘秉诚建大会",以无为入有为;下句"观音显像化金蝉",以有为化无为。有为无为,合而一之,有无不立,方是大而化之。不会而会,会而不会,会之大,化之神,不神之神,入于至神,无上至真之妙道也。

诗曰:

存诚去妄法虽良,究竟难逃生死乡。

何若金丹微妙诀,超凡入圣了无常。

# 第十三回

## 陷虎穴金星解厄　双叉岭伯钦留僧

〔**西游真诠**〕悟一子曰：舜曰："人心惟危。"庄子："愤骄而不可系者，其惟人心乎！"危也，愤骄也，深着人心之险也。《尚书》五子之歌曰"若朽索之驭六马"，以六马喻人心也。然御马在乎羁靮，御心在乎主敬。敬者，圣人所以成始而成终者也。故修行学道，出门头一步工夫，全要制御人心之险，不遭其陷阱也。

此回乃三藏西游第一步，众僧议论定旨，纷纷说得艰难。三藏曰："心生，种种魔生；心灭，种种魔灭。"说者谓此二句了了全部宗旨，别无些子剩却。噫！认人心为道心，是认心为道，认假为真，大错了也！不知此心种种皆魔，务须斩灭除根，切要坚强刚断而已。若心灭已了宗旨，何必又向西方取大乘真经耶？此便是肉眼愚迷，不识活佛真形有丈六金身之妙。如出门到山河边界，便错走了路径，忽然失足跌落坑坎之中矣。篇中显已演出，故"心生"、"魔生"二语，不过指出人心之险，教人首先下手，为起脚之地耳。

三藏疑二，即是陷阱；心慌，即是虎现。人心犹虎也，虎陷人与心之陷人无异，陷于心穴与陷于虎穴何殊？何以见之？诗结云："南山白额王。"南为离，为丙，丙火长生在寅，为寅将军，明指寅将军为心也。又恐世人不识，衬出熊、特二魔以证之。熊属火，寅中之所生；特属土，丙中之所生也。魔王曰："自送上门来。"总形容人心自陷之险也。然人心险于疑二，而不险于惟一，故山君曰："食其二，留其一，可也。"下文金星，即一之本性。二者，凡心；一者，道心。此时三藏昏沉沉无主，不能得命；得命之道，惟仗真一之金。"忽见老叟手持拄杖"，即本性之主持而可得命也，故谢老叟搭救性命。

老叟遂问："可曾疏失什么东西？"三藏答以"两个从人被食，而不知行李马匹在何处"。"老叟指道：'那不是一匹马，两个包袱？'三藏回头，果是他物件，心才放下。"此等闲言，却是要义。盖"二从人"为凡心，已陷阱而被食，三藏得见主持，而道心独存。一马两包袱，道心之象，乃原来之故物未失，而向西有基，才放下心也。金星引出坑陷而复指前有神徒，益指明既有道心，当坚心进发，人已共济，而难以独行自至也。

老叟道："此是双叉岭，乃虎狼窠穴。"又云："只因你本性元明，所以吃你不得。"此等观点，极大明显。三藏既而遇虎遇蛇，种种魔毒，明知心中自生，而无可解脱。孤身无策，只得放下身心，听天所命。此便是本性元明，灭却人心，暂存天心之一候也。然此处为天人去来交并之途，故身在峻岭之间而进退维谷。"双叉"之义，即墨子悲歧路，可以东南，可以西北之时也，所以有白额王、刘太保争持交战于其间。一人一兽，分明写出人兽之关，惟正可除邪，而欲不胜理。能主敬自持，勇猛刚克，则心魔自灭，而可食肉寝皮矣。

"刘"者，谓可胜殷，而遏刘止杀；"伯"者，谓能争长，而把持家政；"钦"者，内恭而外钦，主敬以自持也。"手执刚叉"者，刚强而不可屈，"号'镇山太保'"者，镇静而不可挠，主敬不在心之外，以为同乡；行敬即在孝之中，故为孝子。惟主敬，故身穴虎狼而不危；惟行孝，故独镇荒山而不险。以虎狼充家常之茶饭，刚足以除欲也；以念经尽超度之孝思，诚可以格幽也。"敬"之一字，固安危夷险之津梁也。然尚与虎狼为位，而不能超胶樊笼，只可镇保此山，而不能离越界外。到两界山未免畏阻，盖在天人之分途，而不能从一前进也，此之谓能留僧而不能送僧。

吁！山君食僧而留僧，食其二也；镇山食虎而留僧，留其一也。然则非虎食之，僧自食之；非钦留之，僧自留之而已。若双叉岭、两界山，则又有辨。"双叉"，为人兽相持之路；"两界"，为性命进止之途，不可不识。

〔西游原旨〕上回内外二丹之体用，已言之精详矣，然"非知之艰，行之惟艰"，是贵于身体力行，脚踏实地，方能不负所知，而完成大道。此回以下，彻始彻终，皆明行持有为之功用，直至过凌云渡以后，方是无为之妙，而不事作为矣。学者须要认定题目，逐节细玩，必有所得。请先明此篇之旨。

起首先题"贞观十三年九月望前三日，出长安关外，马不停蹄，早至法云寺"。"望前三日"，即十三日也；十三日，总以明十四经回之旨，即贞下还元之旨。贞而不行，即为贞观；贞而能行，即到贞元。"送出长安关外"，明其行也；"马不停蹄，早至法云寺"，明其行而有法也。上阳子曰："形以道全，命以术延。"术者，法也。造命之道，全在夺天地之造化，盗阴阳之祖气，若非有包罗天地之大机，转运阴阳之秘诀，其何以命为我有，长生不老哉？盖命理为有为之功，非若性理以道全形无为者可比。三藏行至法云寺，正以见有法而方可前行矣。

"众僧灯下议论上西天取经原由，有的说水远山高难度，有的说毒魔恶怪难降。"此便是衣食和尚所见之小，而不知难度处正当度，难降处正可降，实西天取经之旨。故三藏道："心生，种种魔生；心灭，种种魔灭。"言怕难度、怕难降，即"心生，种种魔生"；不怕难度，不怕难降，即"心灭，种种魔灭"。盖修行第一大病，莫过于生心，生心则有心，有心则千头万绪而不能自主，魔焉得不生？

"长老心忙，太起早了"，心忙则意必乱，意乱则目无所见，而所行所由阻滞不通，能不拨草寻路、崎岖难走乎？"又恐走错了路径，正疑思，又心慌"，俱写人心是非相混，邪正不分，中无主宰，所至之地，无往而非阱坑；所遇之境，无处而非妖魔。其曰"自送上门来"者，不亦宜乎？

噫！心之陷人，无异乎虎之陷人。虎之陷人食其身，心之陷人丧其命。诗云"南山白额王"，南者，离位，象心，是明言心即是虎也。魔称"寅将军"，属于虎。又有二妖，一曰"熊山君"，一曰"特处士"。熊为火，火性也；特为牛，意土也。言人心一起，则火性妄意而即遂之，是各从其类也。舜曰："人心惟危，道心惟微。"人心者，二心也，为妖为魔而吃人；道心者，一心也，为神为圣而救人。山君道："食其二"，明其人心生魔也；"留其一"，明其道心无魔也。魔生于人心，不生于道心，故"三藏昏昏沉沉，正在那不得命处，忽然见一老叟，手持拄杖而来，走上前，用手一拂，绳索皆断，对面吹了一口气，三藏方苏"。可见有拄杖者方能得命，存正气者昏沉可苏，道心之为用，岂小补云哉？

"三藏不知行李马匹在于何处，老叟用杖指道：'那不是一匹马，两个包袱？'三藏回头看时，果然是他的物件，并不曾失落，心才略放下些。"言陷阱在彼，拄杖由我，既去其二，则得其一，执两用中，包含一切，失去故物，而现前就有，至简至易，不假他求，至此地位，心可才略放下矣。不曰"放下心"，而曰"心才略放下"，特以双叉岭乃去兽为人之关，是后天中事，金星乃五行之一，尚出于勉强，故曰"心才略放下些"；待后两界山为自人登圣之域，是先天中事,收悟空,得五行之全,即入于大化,而可大放下心矣。

老叟道:"此是双叉岭,乃虎狼巢穴处,你为何陷此?处士是个野牛精,山君是个熊罴精,寅将军是个老虎精。"是不特为修道辨真假,而且为世道正人心。何以见之?口读圣贤之书,假称道学,而行多怪诞,非野牛而何?身着丝绵之衣,外像人形,而内存诡谲,非熊罴而何?品立万物之首,而天良俱昧,损人利己,非老虎而何?正所谓"人之所以异于禽兽者几希"。又曰:"左右尽是山精怪兽,只因你本性圆明,所以吃你不得。"正所谓"庶民去之,君子存之"也。

"相随老叟出了坑坎之中,走上大路。"则是入于坑坎,由于疑思而自误;走上大路,因有主宰而解脱。此学者修行第一步工夫。若不先在双叉岭将此虎穴跳出,则人面兽心,而欲上西天难矣;若不在此虎穴得此金星拄杖,则身不自主,而欲解脱虎厄也,亦难矣。颂曰"吾乃西天太白星,特来搭救汝生灵",言双叉岭非真金而不能脱灾免难,生灵无所依赖也。"前行自有神徒助,莫为艰难报怨经",言过此一难,而前行自有神徒相助,彼此扶持,人我共济,方可上得西天取得真经,而不得以艰难中途自止,有失前程也。此"陷虎穴金星解厄"之旨。

然金星解厄,不过是自己昏沉中一点刚明之气,而非他家不死之方,虽足以脱兽地而进人道,犹是一己之阴,未免"独自个孤孤恓恓,往前苦进,舍身拚命",而不能从容中道。若遇险阻处,依然陷虎穴故事,有何实济?"正在危急,只见前面两只猛虎咆哮,后边几条长蛇盘绕。左有毒蛇,右有猛兽。"此可见执一己而修,而前后左右无非毒蛇猛兽,终与毒蛇猛兽为邻也。"孤身无赖,只得放下身心,听天所命。"正写一己必不能成功,须求人而方可有益也。

"刘伯钦",钦者,敬也;"镇山太保",镇者,真金义也。君子敬以直内,故手执钢叉而不屈;君子义以方外,故与虎争持而不惧。此人道中之实理,而不失其固有之性。故伯钦道:"我在这里住家,专依打些狼虎为生,捉些毒蛇过活。"曰:"你既是唐朝来的,与我都是乡里。"曰:"我和你同是一国之人。"总言本性圆明,与虎狼为伍而不为虎狼所伤,是人而非兽矣。虽然,剥虎皮而食虎肉,只可以保一生而不入异路;念经卷而消罪业,不过是积来生而托生福地。伯钦有孝顺之心,孝为百行之原;三藏有荐亡之能,善为一生之宝。此乃人道之极,而实仙道之始,倘欲西天取经而见如来,在伯钦家歇马犹如

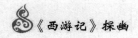

梦见，未免为有识者呵呵大笑矣。

伯钦送至两界山告回，三藏告求再送一程，伯钦道："长老不知。"是实言天下修行人，不知有此两界山也。夫两界山者，天人相分之路，天道能统其人道，而人道不能全其天道，以人道而欲行其天道，是乃以伯钦而欲过两界山也，难矣。故伯钦道："那厢虎狼不伏我降，我却也不能过界，故此告回，你自去罢。"此等处，须味"双叉岭伯钦留僧"之句。盖双叉岭为善恶之关，趋于善则为人，趋于恶则为兽，伯钦修己以敬，修己以安人，以敬留人，不能入于兽路，亦不能企于圣域。圣人云"不践迹，亦不入于室"者，即此伯钦留僧也。倘以留者只为兽路而留，差之多矣。此伯钦不得不告回，使僧自去也。

"三藏牵衣执袂，滴泪难分。"正写出修行浅见之流，执全人之道，而强执以修仙。彼安知五行山下有水中之金，为金丹全始全终，从有为入无为，以无为化有为，取得真经，见得真佛，超凡入圣，通天彻地者哉？噫！"原来只是这些儿，往往教君天下走"，不遇明师，此事难知。

诗曰：

> 未修仙道先修人，人与虎蛇作近邻。
> 急脱诸般凶恶念，小心谨慎保天真。

# 第十四回

# 心猿归正　六贼无踪

〔**西游真诠**〕悟一子曰：人心如稂莠，道心如嘉禾。若除尽凡心而无圣解，譬无谷而芟莨稗也。莨稗芟尽，一空田而已，如何便可填得饥债？祖师曰："鼎内若无真种子，犹将水火煮空铛"是也。提纲心猿之"心"，即道心也。道心，非心中思虑之神，乃五行中精一之神也。必得此心，方为真种，故有虞氏特著"道心惟微、惟精、惟一，允执厥中"之妙。读者错认人心为心猿，而不识美猴王为精一之真种，是认螟蛉作亲儿也。然此心未离于五行，犹是生死轮回之根蒂。必自有为而造至于无为，心佛两忘，善恶俱泯，方为超神入化，出世无上之大乘。

开首一词，本紫阳真人原文，字字牟尼，切须熟玩。其"知之须会无心诀"一句，明指不可执心之奥旨也。盖精一之妙，自虚空中来，不是心，不是佛，乃无相之真如，无体之真相。始，始于攒簇；终，终于浑忘。终终始始，万劫不坏者也。若主敬修心，总有伯钦之大力，亦仅可免于虎口，安能超出界外哉？然此事难知，故词内两以"知"字示人，谓能知得，方能行得也。如伯钦在两界山，见那猴求救，道："不知真假何如？"那猴道："是真！决不敢虚谬！"即世尊所云"我今为汝保任此事，决定成就"之意。绝顶揭起六字，猴精果然出穴，别有玄旨，非笔所能尽。惟知人心之不可不灭，道心之不可不生，灭人心，生道心，便是修道起脚。故救出心猴，而即别名"行者"，知之真而行之始也。

行之第一步，先在伏虎。"过了两界山，忽见猛虎。"此虎非心内陷心之虎，乃身外资身之虎，故曰："送衣服与我穿的。""一见行者，伏尘不动。"虎性不狂，与心猿归正无二。取作衣裳，可为一体。行者之伏虎，即三藏之降猴也，其旨微矣。老孙自夸"有降龙伏虎手段"，已预提下回降龙为第二步矣。

诗中有"一钩新月破黄昏"，绝色丽句，读者不过目为点缀晚景闲情，不知伏虎之后，而偃月之形已宛然成象矣。非可忽过！悟空与老者较论年岁，见光阴之迅速；唐僧与老者扳叙同宗，见人我之一家。师徒洗浴，一旦间去垢自新；讨取针线，百忙里留心补过。俱形容归正的行止，原无深义。至"忽见路傍闯出六人，大咤：'留下行李，饶你性命过去！'"此处"性命"二字，却是妙旨。前双叉岭未伏心猿，只是性本元明，命无主宰，故只得放下身心，听天所命，此命出于天。今已伏心猴，命有真种，故兼言性命。曰"饶你过去"，此命由于我，虽跌下马来，可放心没事矣。

心本空空无物，而实万物皆备，苟自私自利，从躯壳起念者，则为私藏；至大至公，会人物于一身者，则为公帑。不急公帑而厚私藏，是背主公而从贼党，所谓"你的东西全然没有，转来和我等要东西"也。故主德清明而六府修和，心君泰定而六官效职。眼、耳、鼻、舌、身、意，天之贼也，人不能见，而心无所主。眼看即喜，耳听即怒，鼻嗅即爱，舌尝即思，意见即欲，身本多忧，以致群贼党横，恣肆侵劫，而性命随之矣。故《楞严》曰："六人：眼入色，耳入声，鼻入香，舌入味，身入触，意入法。"此六贼为世贼，皆主人疏防开门揖入也。

悟空认得自为主人，"停立中间"，为不倚不流；"只当不知"，为刚强不屈。运动慧器，尽皆扑灭，剥夺赃物，借资衣粮，此以静御纷，以真灭假。非如人心之心与物俱扰者，诚为霹雳手段。倘临时稍有姑息迟疑，便是引贼入门，未有不着贼害，故曰："我若不打死他，他要打死你。"真阅历身心之棒喝也！唐僧不识各贼利害，一味慈祥，不能果断，这便是"做不得和尚，上不得西天"矣。故又借悟空之言语举动，以描写无主者之为害多端。唐僧心无主张，而曰"自主张"，乃是舍身拼命，已自己道出，何能了命？总由不能静观默察，以明夫精一不二所致，所以有观音化老母，捧衣帽，传咒语，指示迷津也。

老母曰："原是我儿子用的。"又曰："东边是我家，想必往我家去了。"又曰："我叫他还来跟你。"夫悟空为道心，即金公也。易纵而难伏，易失而难寻。但原是我家之物，特寄体在西，回东已有归意，切须认得"唤来"耳！故《悟真篇》曰："金公本是东家子，送向西邻寄体生。认得唤来归舍养，配将姹女作亲情。"老母指点极为明显。"嵌金花帽"，为金紧禁，前解已晰。此又添出锦衣一件，"定心真言"一篇，盖写出一个"怀"（懷）字来耳。衣上有帽，金为西四,立心穿戴,非"怀"(懷)字乎?怀(懷)字释义,本有去意,回来就已也。又如怀(懷)诸侯而天下畏服,怀(懷)刑而刻刻在念,道心自住,故曰:"若不服你使唤,熟念此咒,他再不敢去。"乃一字真言,诚然妙诀。

龙王劝悟空皈僧,叙黄石公故事,见虚心方成正果;菩萨教悟空回头,入紧禁法门,见一念自能生根。既无退悔,则可前行,而大道在望矣。虽然心猿归正,乃两两互发,非专属悟空。在悟空,为有为之心猿,入玄奘之佛门为归正;在玄奘,为无为之心猿,得悟空有为之道心为归正。"六贼",亦处处有益,足验道心。在玄奘,几遭劫害,可为磨砺之砭石;在悟空,一棒打杀,如获行道之资粮。曰"无踪者","踪",即无于归之内;"无",即归于正之中。一归无不归,一正无不正,心猿固真种子也。

〔**西游原旨**〕上回已言去兽心而修人道矣,然人道已尽,即仙道可修。故此回专言修仙起脚之大法,使学者不入于空性之小乘也。

冠首一诗,包含无穷,而其所着紧合尖处,在"知之须会无心诀"一句。修道者须期无心,无心之心则为真心,真心之心则为真空,真空中藏妙有,真空妙有,内含先天真一之气。此气号曰真铅,又名金公,又名真一之精,又名真一之水,乃仙佛之真种子,为古今来祖祖相传、至圣相授之真谛,非顽空禅学、守一己孤阴者可窥其浅深。

刘伯钦不能过两界山,敬只可以修性,而不能了命。听得山下叫喊,太保道:"是他!是他!"犹言欲修仙道而保性命,当知还有"他"在。他者何也?身外身也,不死方也。《悟真》云:"休施巧伪为功力,认取他家不死方。"又云:"要知产药川源处,只在西南是本乡。"盖性在己,而命在天,"他"即天之所命,若执一己而修,何以返本还元,归根复命,长生不死哉?

伯钦打虎,只是全的一个人道,不过引僧到两界山而别求扶持,非可即此为了事。故"石匣中有一猴,露着头,伸着手,乱招手道:'师父你怎么此时才来?来得好!来得好!救我出来,我保你上西天去也。'"天下一切修行人,错认人心为道心,或观空守静,或强把念头,妄想仙佛,彼乌知五行山下有先天真一之精?若能自他家而复我家,你救我,我保你,你我同心,彼此相济,上西天而见真佛,至容且易。盖先天真一之精,为生物之祖气,无理不具,无善不备,刚健中正,能以退群魔,除诸邪,所谓道心者是也。道心者,无心之心,不着于形象,不落于有无,为成仙成佛之真种子。自有生以来,阳极生阴，走于他家，为后天五行所压，埋没不彰。然虽为五行所压，未曾俱泯，犹有一息尚存，间或现露端倪，人多不识，当面错过。其曰："来得好！来得好！"即《悟真》所云"认得唤来归舍养，配将姹女作亲情"之义，亦即《参同》所云"金来归性初，乃得称还丹"之义。犹言复得来道心，性情如一，方为好；复不来道心，性情各别，不为好。好不好，总在道心之能来不能来耳。

　　然欲其来道心，须要认得道心；欲要认得道心，须要求明师口诀，揭开六个金字压帖。自来读《西游》、评《西游》者，皆将六个金字压帖错认：以六金字为六欲，以心猿为心，因其心有六欲，心不能归正，为六欲所压，揭去六欲，心方归正。果如其解，则宜先灭六欲，心猿方出，何以提纲先云"心猿归正"，而后云"六贼无踪"？况六个字为金字，乃佛祖压帖，岂有六欲为金，佛祖压帖为六欲乎？于此可知六个金字非六欲，乃我佛教外别传之诀也。两界山为去人道而修仙道之界，"欲知山上路，须问过来人"，金丹乃先天真一之道心煅炼而成，若非明师指破下手口诀，揭示收伏端的，即是六个金字一张封皮封住先天门户，"不识真铅正祖宗，万般作用枉施功"，而道心终不能归复于我。

　　六金字为"唵、嘛、呢、叭、咪、吽"之梵语，仙翁何语不可下，而必下此难解之梵语，使人无处捉摸乎？然不知仙翁立言用意处，正欲人知其梵语之难解也。盖此难解处，正有先天下手之口诀在焉。未得真传，"饶君聪慧过颜闵，不遇明师莫强猜"，此其所以为"唵、嘛、呢、叭、咪、吽"也。三藏拜祝揭帖，凡以求揭示妙旨耳。将六字"轻轻揭下"，是秘处传道、暗里示真之窍妙，非可与人共知共见者，虽欲不谓之"唵、嘛、呢、叭、咪、吽"，不能也。此阵香风，乃我佛教外别传之旨，若有闻得者，霎时腾起空中而脱苦难，不为尘世所累。古人谓"识得个中真消息，便是龙华会上人"，信然者。从此翻五行而收金精，何难之有？

　　"一声响亮，真个是地裂山崩。那猴赤淋淋跪下，道声'师父，我出来也。'"《悟真篇》云："赫赫金丹一日成，古仙垂语实堪听。若言九载三年者，尽是推延款日程。"夫人特患不得真诀耳，一得真诀，若直下承当，下手修为，即便惊天动地，跳出五行，净裸裸，赤洒洒，而大解大脱，无拘无束矣。

　　"法名悟空，混名行者"，是明示人以悟的还须行得，若悟而不行，则先天之气不为我有，不死之方未为我得，欲上西天见真佛，如缘木求鱼、画饼充饥，乌乎能之？

　　三藏得了悟空,正一阳来复,天心复见之时,由性以修命也;悟空归了三藏,正翻去五行,归于妙觉之秘,由命以修性也。此仙翁一笔双写,修性修命,总要揭过金字压帖,方能得真。倘误认提纲"心猿归正",或疑悟空是心,则是三藏收悟空,收心矣。果是收心,前面三藏出虎穴、过双叉,已是修心而收心,宜是休歇道成之时,又何必在两界山收悟空,上西天取经乎? 况于"须会无心诀"大相矛盾,何得谓心即是道,大圣即心? 其所谓心猿者,无心之心。悟得无心之空,则为心猿;行得空中之悟,则为归正。心猿而归正,悟空而行真,真空而藏妙有,妙有而含真空,无物无心,是真如法身佛,乃他家不死之方,而非言妄心之归正。三丰云:"无根树,花正开,偃月炉中摘下来。添年寿,减病灾,好结良缘备法财。从此可得天上宝,一任群迷笑我呆。"即此"心猿归正"之妙旨。悟到此处,方是揭下"唵、嘛、呢、叭、咪、吽"金字压帖;行得此事,方能翻过五行,而不为后天所累。此"伯钦告回,行者请三藏上马"也。

　　"忽见一只猛虎,三藏心惊。行者喜道:'师父莫怕他,他是送衣服与我的。'"学者须要细辨,莫可误认。此虎与双叉岭之虎不同,前双叉岭之虎,是凡虎;此两界山之虎,是真虎。凡虎乃吃人之虎,真虎乃护身之虎。故曰:"莫怕他,他是送衣服与我的。"观二"他"字可知。

　　"耳朵内取出金箍棒,被他照头一棒打死。"此道心一归,真虎自伏,绝不费力,较之伯钦打假虎而争持者,天地悬远矣。"强中更有强中手",不上高山,不显平地也。"脱下他的衣服来,穿了走路",以真情之道心,穿真虎之皮衣,可知道心即真虎,真虎即道心。仙翁恐人不知道心即真虎,故又演出悟空打虎一段以示之。

　　悟空得真虎皮而护身,三藏得了悟空而护身,同一"心猿归正"之天机。心猿归正,道心常存,挂杖在手,随心变化,无不如意,可以上的西天矣。故行者道:"我这棍子,要大就大,要小就小。刚才变作一个绣花针儿模样,放在耳内矣。但用时方可取出。"又道:"老孙颇有降龙伏虎的手段,翻江搅海的神通。大之则量充宇宙,小之则摄于毫毛。变化无端,隐显莫测。"道心之用,岂小补云哉?

　　金丹之道,所难得者,道心一味大药。道心若得,大本已立,本立道生,渐有可造之机,故曰:"半岭太阳收返照,一钩新月破黄昏。"太阳返照,一钩新月,俱写道心初复之象。道心初复,为偃月炉。《悟真》云:"偃月炉中玉蕊生,朱砂鼎里水银平。只因火力调和后,种得黄芽渐长成。"即"新月破黄昏"之意。但此新月破黄昏,乃窃阴阳、夺造化、转生杀、逆气机,为天地所秘,宜乎到庄院投宿,"老者开了门,看见行者这般恶相,腰系一块虎皮,好似雷公模样,唬得脚软身麻,口出谵语道:'鬼来了!鬼来了!'"即佛祖所云"若说是事,诸天及人,皆当惊疑"也。

本传中,行者到处,人皆认为雷公,大有妙义。盖道心者,天地之心,天地之心回转,一阳来复,坤中孕震,震为雷,故似雷公模样。阴下生阳,暗中出明,有象三日之月光,故为偃月炉。光自西而生,西为白虎,故腰系虎皮裙。此仙翁大开方便门,明示人以行者即偃月,偃月即虎。

古来注《西游》者,直以为悟空是心,吾何尝不谓是心,但以为天地之心则可,以为人心之心则非矣。故老者道:"那个恶的却非唐人。""恶"字,亚、心成字,言是心非心,乃天地之心,而非人心也。行者厉声高呼道:"你这个老儿,全没眼色。我是齐天大圣,原在这两界山石匣中的,你再认认看。"是叫醒一切没眼色之盲汉,须在天人分途之界再三细认,不得以人心为天心,以天心为人心,是非相混也。"老者方才省悟,道:'你倒有些像他。'"是一经说破,真知灼见,方才省悟天心是他家不死之方,非人心可比。"有些像他"者,天心人心,所争者些子之间,识不得天心,终是人心用事,纵天心常见,当面错过耳。

老者问出来的原由,悟空细说一遍,老者才下拜,请到里面。言天心之出,必有口诀,非师罔知。悟空与老者论年纪,说出在山脚下五百余年,老者道:"是有!是有!我曾记得祖公公说,此山乃从天降下,就压了一个神猴。直到如今,你才脱体。"可知后天中返先天之道,乃古今祖祖相传之道,不遇明师,虽活百岁,到老无成;已得真传,心领神会,霎时脱体。"一家儿听的这般话说,都呵呵大笑。"言此道至近非遥,至约不繁,"说破令人失笑"也。

老者姓陈,三藏也姓陈,"乃是华宗。"陈者,东也。先天真一之气,本是东家之物,交于后天,寄体在西,如我家之物走于他家,故有他我之分。一朝认得,唤回我家,他即我,我即他,他我同宗,彼此无二,浑然一气矣。行者讨汤水洗浴,去其旧染之污也;借针线缝裙,补其有漏之咎也。"今日打扮,比昨日如何?"已知今是而昨非。"这等样,才像个行者。"总要去假而存真。

以上皆"心猿归正"之旨。心猿归正,先天真一之气来复,丹头已得,可以起身上马,勇猛精进,一直前行矣。

"师徒们正走，忽见路傍吻哨一声，闯出六个人来，各执枪刀，慌的三藏跌下马来。行者扶起道：'师父放心，没些儿事，这都是送衣服盘缠与我们的。'"六个人，即六欲。六欲者，偷道之贼；心猿者，护道之圣。"三藏跌下马，行者扶起"，跌犹不跌，可以放心矣。但六贼虽能伤命，而得心猿真金运用，则六贼化为护法，亦可以助道之一力，故曰"送衣服盘缠与我们的"也。又曰："你却不认得我这出家人，是你的主人公。"盖心猿者道心，六欲者人心，道心者主人，人心者奴仆，主人现在，奴仆何敢猖狂乎？

及行者要分所劫之物，六贼乱嚷道："你的东西全然没有，转来和我等要分东西。"正以见"舍不得自己的，取不得别人的"也。"六贼照行者劈头乱砍，悟空停立中间，只当不知。"正舍得自己的东西也。"把六贼一个个尽皆打死，剥了他的衣服，夺了他的盘缠。"正对景忘情，取得他人的东西也。这等处皆是杀里求生，以义成仁，恻隐之至者。三藏反谓无恻隐之心，何其愚乎？故悟空道："师父，我若不打死他，他却要打死你哩！"此正是上得西天、作得和尚，其恻隐之心，孰大于此？三藏道："我出家人，宁死也决不敢行凶。"此寺妇之仁，听其六贼纵横，正是上不的西天，作不的和尚，其无恻隐之心，孰过于此？宜其悟空嫌絮聒，呼的一声，回东而去。噫！是非不两立，邪正不并行，悟空之去，非悟空自去，乃因三藏认假失真而使去之。

悟空一去，主张已失，而三藏欲舍身拚命归西，向一己主张，如何能主张的来？此观音菩萨不得不传与"定心真言"也。"定心真言，又名'紧箍儿咒'。暗暗的念熟，牢记心头，再莫泄漏一人知道。我去赶上他，教他还来跟你。"心真则心定，心定则勇猛精进，愈久愈力，戒慎恐惧，念头坚牢，自无一点泄漏，已失者而可返，已去者而可还也。

"绵布直裰"，为朝夕被服之物，使其绵绵若存，须臾不离也；"嵌金花帽"，为顶戴庄严之物，使其刚柔合宜，不偏不依也。"若不服使唤，你就默念此咒，他再不敢行凶，也再不敢去了。"一念坚固，顽心自化，真心常存也。

"老母化一道金光，回东而去。三藏情知是观音菩萨授此真言，急忙撮土焚香，望东礼拜。"这一道金光，非外来之金光，即我神光觉照之金光。知得此光，紧箍已得，急当回光返照，敬之拜之，而弗敢有替者。"收了衣帽，藏在包袱中，将《定心真言》念的烂熟。"是佩服在心，潜修密炼，念念归真，期必至于无一点滓质塞窒于方寸之内也。

悟空到得东海，见了龙王，问其不向西回东之故，行者谓唐僧"不识人性"。则知非悟空去，乃唐僧不识人性而去之。龙王以圯桥故事劝勉，悟空道："老孙还去保他便了。"此中又有深意。不知者直以为龙王勉力悟空，殊不知此即悟空伏虎之后而降龙也。真虎可以护身，真龙可以回心，此仙翁反面文章，世人安知？遇着南海菩萨，教"赶早去，莫错过念头"，正以降龙伏虎之后，则宜静观密察，努力前行，而不得错过了念头，中道自弃也。

"三藏道：'这帽子若戴了，不用教经，就会念经；这衣服若穿了，不用演礼，就会行礼。'"金箍者，果决而收束，一经收束，入我门中，不由的不会经、不会礼，所以戴在头上，一念生根，取不下，揪不断，再不敢欺心矣。古人云："一念回机，便同本得。"若非神观之大士，乌能有此大法？说到此处，方是"六贼无踪"之妙谛，而非言打死六贼即是无踪。

夫六贼者，眼、耳、鼻、舌、身、意也。眼、耳、鼻、舌、身、意，因色、声、香、味、触、法，而生喜、怒、爱、思、欲、忧。喜、怒、爱、思、欲、忧，皆从人心而出。欺心，则人心用事而六贼猖狂；不欺心，则道心用事而六贼自灭。提纲"心猿归正，六贼无踪"，是道心发现，六贼自然无踪，不待强制。古经云："得其一，万事毕。"即此道心之谓乎！果得道心一味大药，不但六贼无踪，方且攒五行，合四象，皆于此而立基矣。

诗曰：

　　　已修人事急修仙，这个天机要口传。

　　　翻过五行归正觉，霎时六贼化飞烟。

# 第十五回

# 蛇盘山诸神暗佑　鹰愁涧意马收缰

〔**西游真诠**〕悟一子曰：太白真人歌曰："龙从火里出，虎向水中生。"就一身之坎离而言，明阴中有阳、阳中有阴，阴阳颠倒之义也。心为离，属阳，为龙，离中之阴，则虎也；肾为坎，属阴，为虎，坎中之阳，则龙也。惟能伏虎，则离中之真水下降而从龙；惟能降龙，则坎中之真火上蒸而就虎。此谓水火既济而坎离交媾，内炼工夫，首先下手之要着也。

前回伏虎工程，已在山中收得；此回降龙作用，自须水里寻来。"蛇盘山"，状内脏之盘结；"鹰愁涧"，喻易溺之险津。"孽龙忽出吞马，忽潜无踪"，见潜跃之难测，而未降之狰狞；"老孙忍不住燥暴，嗔师父脓包"，见制服之有方，而畏阻之无益。"奉观音，遣金神暗佑"，明静观默察，见保守之宜先；"撩虎皮，叫泥鳅还马"，须持躬蟋视，宜驾御之毋弛。"两个一场赌斗"之形，子午二时交会之候。

"三藏道：'你前日打虎时，曾说有降龙伏虎手段，今日如何便不能降他？'"此处明提"降龙"一节，与前回"伏虎"紧紧对照。"行者到涧边，翻江倒海，搅得似九曲黄河泛涨。那孽龙在深涧，坐卧不宁。"盖欲降而静之，必先激而动之，即道诀中所谓"胁腹腰曲缘，黄河水逆流"。乃击运之法，正降龙之要着也。否则，任其潜跃，则龙从水出，不从意转而听吾令，何以能助吾之道耶？惟乾乾不息，常动常静，方能降得真龙。倘钻入草中，全无影响，便是脚跟歇息，不能前进矣。故必得一番诚心根究，寻其踪迹下落，不容顺其所之，戕害真机。此猴王所以急得念咒，而土地说出涧中利害也。

称"鸦雀不敢飞过，因水清照见自己形影，便认作同群之鸟，往往误投于水内。"明人不识水中有真龙而降之，乃反视水为无碍而溺之，正犹鸦雀无知,况影为群,而误投丧命也。天设陡涧,插翅难飞,中有骊珠,急宜探取。如何下手?运之以意,紧攀龙角,重任远致。吞白马,则意化为龙;变白马,则龙化为意。随意为变化,而龙性驯服,从心所欲矣。故见弼马温而控纵自如。然则伏虎必先伏凡虎,而真虎现,真虎无形,就猿为形。前回之杀虎,而剥虎皮为衣服是也。降龙必先降如龙,而真龙出,真龙无相,因马为相。此回之吞马,而变原马之毛片是也。特此龙虎在一身之内,筑基炼己而已。若欲配外五行而成大道,则必以申猴为虎,以亥猪为龙。不可泥文执象,错认龙虎,而盲修瞎炼也。

行者何以未能降龙,而借揭谛往请菩萨?盖龙为刚健之物,必以柔道临之。稍涉燥迫,其性愈张,非观音自在之道,不能驭也。即如前之伏虎,赖有自在之花帽以范围之也。故行者一见菩萨,便提花帽之法为制我之魔头,孽龙亦指行者为魔头,而总不能出自在之范围也。然降伏猖狂,由于自在;而向往灵山,必须作为。菩萨说出"须是得这个龙马,方才去得"。见自此,方才为健行之起脚也。叫出小龙来,道:"我曾问你何曾说出半个'唐'字?"意妙哉!不识取经之来历,到此田地,即为止境;识得取经之本旨,过此涯岸,都是前程。

菩萨道:"那猴头专倚自强,那肯称赞别人。"说者谓不能虚己,为学道之魔头;或谓行者倚自己急躁之勇,何肯赞他人自在之智,俱非也。此一段,乃仙师示人大道之秘要,为金针暗渡之妙法也。《道藏》万卷,只言玄关牝户。老子曰:"玄牝之门,是谓造化根。"明阴阳往来开斗之机也。交合绵续,根底出入,非天地之根而何?或以口鼻、心肾为玄牝者,是涉形相,不可以云"若存"也。董思靖曰:"神,气之要会。"曹道冲曰:"玄者,杳冥而藏神;牝者,冲和而藏气。"俞玉吾谓:"坎离两穴,妙合二土。混融神气,不落名相。"斯近是矣。噫!内炼之妙,已尽于此。然皆就一身而言也。正如鸦雀过涧,见影为群,未免误投毕命,深为可惜!故真人曰:"莫执此身云是道",此"猴头专倚自强"之误也。又曰"认取他家不死方",此"那肯称赞别人"之是也。

下文云:"今番前去,还有归顺的。先提起'取经'的字来,不用劳心,自然拱服。"深明劳心之非可言道,归顺之方可取经也。劳心为独修一物,归顺为攒簇五行。非悬空思想而得,是真实集义而生也。"菩萨摘下小龙明珠,吩咐用心,'功成然后超凡,还你金身正果。'"言自今以后,弗得自用其明,而努力加功,方才成就,切莫退悔之意。

最妙者，又在"行者扯住菩萨不放"，道四个"我不去了"，何也？降龙伏虎，只是一身坎离。算得筑基炼己，仍是凡人，何能了命出世？故曰："西方这等崎岖，保这个凡僧，几时得到？我不去！我不去！"正逼起下文，三家相见，人共去之妙也。菩萨一篇劝励之语，句句都是正言，并无譬喻。"又赠一般本事，摘下柳叶，变三根救命毫毛。"甚深微妙！了性谓之前三，乾之内爻也；了命谓之后三，乾之外象也。前三后三，总是一般，直到六爻纯乾，成就真金不坏，方为了当。然行者又以后三为了性，真变化莫测，而循环无端者矣。此才是大慈大悲度世释厄之本旨也。

行者同唐僧行到涧边，见上溜渔翁撑筏而渡。此一有底船渡凡僧，而超凡了性；末后凌云渡接引佛撑船以渡，方是无底船渡圣僧，而大圣了命。故曰："广大真如登彼岸，诚心了性上灵山。"是了性之彼岸，非了命之彼崖。到里社门投宿，受护法之马鞍，送虎筋穿结一鞭。所乘者龙，所策者虎，正当上路时候，故曰："菩萨送鞍辔与你的，可努力西行，切莫怠慢。"说者谓心猴归正，意马收缰，此事便有七八分了。乃仅窥心意之障碍，而未迹性命之堂奥者矣！便是"肉眼凡胎，叩谢不了，误了多少前程，活活笑倒大圣"也！此等藏头露尾情节，最易误人，故曰："本该打他一顿棒。"今分明解说，在乱堆中拣出宝贝，请诸人共拾取，料不吃老孙金箍棒矣。

〔**西游原旨**〕上回言先天真一之气来复，为修命之本，倘立志不专，火功不力，则懦弱无能，终不能一往直前，臻于极乐。故此回示人以任重道远、竭力修持之旨。

"行者伏侍唐僧西进，正是腊月寒天，朔风凛凛，滑冻凌凌，走的是些悬崖峭壁崎岖路，叠岭层峦险峻山。"俱形容西天路途艰难，而平常脚力不能胜任之状。盖修行大事，功程悠远，全要脚力得真。脚力之真，全在深明火候。火候明而脚力真，脚力真而火候准。"蛇盘山"，蛇为火，言火候层次之曲折；"鹰愁涧"，鹰利爪，喻冒然下手之有错。不知火候，冒然下手，便是假脚力，其不为蛇盘山、鹰愁涧所阻者几何？"涧中孽龙将白马一口吞下，伏水潜踪"，信有然者。何则？真正脚力，潜修密炼，步步着实，不在寂灭无为，一尘不染。倘误认寂灭无为即是修道，此乃悬空妄想，安能上的西天、见得真佛？岂不迁延岁月，枉劳心力乎？"行者道：'你忒不济！不济！又要马骑，又不肯放我去，似这般看着行李，坐到老罢。'"此等法言，真足为行道不力、着空

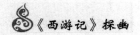

执相者之一鉴。仙翁慈悲,何其心切!

"空中诸神叫曰:'我等是观音菩萨差来一路神祇,特来暗中保取经人者。'"曰观音,曰神祇,曰暗保,以见金丹之道,静观密察,神明默运,步步着力,而不得以空空无为为事也。"众神是六丁六甲、五方揭谛、四值功曹、护驾伽蓝,各各轮流值日",此等处,数百年来谁人识得?谁人解得?若不分辨个明白,埋没当年作者苦心。此回妙旨,是仙翁拨脚力之真。真脚力之所至,即火候之所关,行一步有一步之火候,行百步有百步之火候。金丹之道,功夫详细,火候不一,"大都全籍修持力,毫发差殊不作丹",紫阳翁深有所戒;《火记》不虚作,演《易》以明之",《参同契》早有所警,一毫之差,千里之失。提纲"蛇盘山诸神暗佑"者,即此火候之谓。"六丁六甲"者,木火也;"五方揭谛"者,五行也;"四值功曹"者,年月日时也;"护驾伽蓝"者,护持保守也。总言脚力真实,火候功程,毫发不可有差。"观音差"者,非静观密察,而火候难准也。盖火候之真,全在脚力之实,无脚力而火候难施,故"诸神暗佑"。

在收白马之时,但收真脚力,须要有刚有柔,知进知退,若独刚无柔,躁进无忌,便是以意为马,而意马不能收缰,故"行者与孽龙相斗,那龙不能抵敌,撺入水内,深潜涧底,再不出头";"使出翻江搅海神通,孽龙跳出涧,变水蛇钻入草窠,并没影响"。原其故,皆由只知有己,不知有人,专倚自强之故。

"唤出土地,问那方来的怪龙,抢师父白马吃了",说出"师父"二字,则是"礼下于人,必有所得"时也。故二神道:"大圣自来是不伏天不伏地的混元上真,几时有师父来?"是言其傲性自胜,只知有己,不知有人也。行者说出观音劝善、跟唐僧取经拜佛因由,这才是回光返照,以己合人,修行者真脚力在是,所谓"谦尊而光,卑而不可逾"者也。

二神道:"涧中自来无邪,只是深陡宽阔,彻底澄清,鸦雀飞过,照见自己形影,便认作同群之鸟,往往误投水内。"是言其着空守静之士,悟得一己之阴,便以为千真万真,不肯进步,以此为止;到得年满月尽,方悔从前之差,终归大化。其与鸦雀水中照见形影,认作同群,误投水中,自丧其命者何异?此其所以为"鹰愁陡涧"。陡者,至危至险,最易陷人也。

仙翁恐人错会提纲"意马收缰"字样,以龙马为意,以收龙马为"意马收缰",入于着空定静之门户,故演出此段公案,以示意之非道也。何则?自古神仙虽贵乎静定,然静定不过是学人进步之初事,而非真人修道之全能。说出观音菩萨救送孽龙,"只消请观世音来,自然伏了",闻此而可晓然悟矣。倘以龙马为意,则观音救送时,已是收缰,何以又在鹰愁涧作怪? 又何以复请观音菩萨来降? 此理显然,何得以龙马为意? 若识得龙马非意而伏龙,则意马可以收缰;若误认意马是龙而伏意,则意马不能收缰。意马之收缰与不收缰,总在观音伏龙处点醒学人耳。盖观音救送孽龙,是教人在修持脚力上,先穷其理之真,而韬明养晦;今请观音来伏孽龙,是教人于脚力修持处,实证其知,而真履实践。然其所以修持脚力之真,以柔弱为进道之基,而非空空无物之说;以刚健为力行之要,而非胜气强制之意。是在有己有人,不失之于孤阴,不失之于寡阳,神光默运,顺其自然,是得脚力之真者。"请观音菩萨,自然伏了",一句了了。

及菩萨来,行者道:"你怎么生方法儿害我?"菩萨道:"若不如此拘系你,你又诳上欺天,似从前撞出祸来,有谁收管? 须是这个魔头,你才肯入瑜伽之门路哩。"读者至此,未免疑菩萨恐行者复有闹天宫之事,故赐金箍魔之;或疑是行者因自己有魔头,而分辩之。——皆非也。此等语,正为收伏龙马而设,其言在此,其意在彼。盖"诳上欺天,似前撞祸",是知有己,不知有人,专恃自强也;"须是这个魔头,才肯入我瑜伽之门",不恃自强而知有人矣。

菩萨说出那条龙是奏过玉帝讨来,为取经人做个脚力,凡马不能到得灵山,"须是这个龙马,方才去得"。观此而益知龙马非意。若以龙马为意,是欲以凡马到灵山,乌乎能之? "使揭谛叫一声'玉龙三太子',即跳出水来,变作人相,拜活命之恩。"玉龙三太子,即前解乾之三爻,其辞"君子终日乾乾,夕惕若,厉无咎"。此仙翁揭示静观内省,日乾夕惕,大脚力之妙谛,犹云"不如是,不足以为脚力"也。

小龙道:"他打骂,更不曾提出'取经'的字样。"菩萨道:"那猴头专恃自强,那肯称赞别人。"不提取经字样,便是专恃自强;不肯称赞别人,便是无有真脚力。既无真脚力,即不得为取经人;既不为取经人,而欲取经,难矣。然则取经须赖真脚力,欲有真脚力,须要屈己求人,处处提出"取经"字样,不必专恃自强,而脚力即是,不必更向别处寻脚力也。又曰:"今番前去还有归顺的,若问时,先提起取经来,却也不用劳心,自然拱伏。"行者欢喜领教。夫修真成败,全在脚力,脚力一得,从此会三家,攒五行,易于为功。然其要着,总在于提出"取经"字样。不提出"取经"字,仍是意马未收缰局面,虽有脚力,犹未为真。不但三家难会,五行难攒,即后之千魔万障如何过得? 所以后之唐僧四众所到处,必自称"上西天拜佛取经僧人"。此等处系《西游》之大纲目,不可不深玩妙意。其曰"还有归顺的,提起取经字,自然拱伏",良有深意。此乃天机,若非明造化而知阴阳者,孰能与于斯?若有妙悟者,能不欢喜领受乎?

"摘了小龙项下明珠",是不使妄用其明,有若无,实若虚也。"柳枝蘸出甘露,在龙身上拂了一拂,吹口仙气,即变作原来的马匹毛片。""柳枝"者,柔弱之木,"甘露"者,清净之水,是明示人以柔弱清净为本,日乾夕惕为用,一气成功,而不得少有间断也。观于龙变为马,可知金丹之道以龙为意,而非以意为龙。小龙吞马匹者,不用其意也;小龙变马匹者,借意配龙也。龙也、马也、意也,惟有神观者自知之。

"行者扯住菩萨不放,道:'我不去了!我不去了!似这等多磨多折,老孙性命也不能保,如何成得功果?我不去了!我不去了!'"是岂行者不去?特以写修行而无真正脚力者,俱因多磨多折,中途自弃,不肯前进者,比比皆然。数道几个"不去",正示人不可不去也。

菩萨再赠一般本事,将杨柳摘下三叶,变作脑后三根救命毫毛,教他:"若到无济无涯处,可以随机应变,救得急苦之灾。"噫!三叶柳叶,变三根毫毛,毛是何毛?毛在脑后,又是何意?若不打透这个消息,则不能随机应变,终救不得急苦之灾也。盖木至于柳则柔矣,叶至于柳叶则更柔;物至于毛则细矣,毛至于毫毛则更细;放在脑后,藏于不睹不闻之处也。总而言之,是教再三观察,刚中用柔,于不睹不闻至密之处,心细如毛,随机应变也。

"上流头一个渔翁,撑着一个枯木筏子,顺水而下。"木至于枯,则无烟无火而真性出,"从上流头顺水流下",顺其上善之本性,而不横流矣。"行者请师父上了筏子,不觉的过了鹰愁陡涧,上了西岸。"此西岸,乃性地之岸。何以见之?鹰愁涧为收龙马之处,龙为性,得其龙马,即见其本性,脚踏实地,非上了性之西岸而何?故曰:"广大真如登彼岸,诚心了性上灵山。"其不言命者,龙马不在五行之列,而为唐僧之脚力也。

菩萨差山神土地,送鞍辔鞭子。山神比心,土地比意。本传中,山神土地,皆言心意。此心此意,为后天幻身之物,而非先天法身之宝。龙马自玉帝而讨,秉之于天;鞍辔借山神土地而送,受之于地。则是心意只可与脚力以作庄饰,而不能为脚力进功程,故曰"你可努力而行,莫可怠慢"也。乃唐僧肉眼凡胎,以此为神道,是直以后天之心意为神道,认假作真,望空礼拜,有识者能不活活笑倒乎？彼有犹误认蛇盘山为小肠，鹰愁涧为肾水，小龙为肾气者，都该被老孙打他一顿棒。

诗曰：

　　　大道原来仗火功，修持次序要深穷。

　　　鉴形闭静都抛去，步步归真莫着空。

# 第十六回

# 观音院僧谋宝贝　黑风山怪窃袈裟

〔**西游真诠**〕悟一子曰：大道幽深，妙在静观密察，具一双慧眼，照见千头万绪，总是一事，莫被幻影空花遮迷了真宗实义。此三回，俱为十九回收伏天蓬而作，乃修真要旨。仙师恐世人不识，故提纲揭示"观"字，贯彻三回终始，令人观始观终，不可忽视。如此回，明独修一物之非道，而柔奸杀身更不可不知。

锦襕袈裟，天上之宝贝，即金丹之色相也。惟积德累仁，光明正大，尊师重友，指示默悟，可希服饵。倘机械变诈，有己无人，逞强尚滑，惯走傍门，皆是狼谋鼠窃之辈，非欲求长生，是自寻速死也！故修真根本，最忌机心。昔者端木子遇丈人于汉阴，抱瓮而灌，怜其劳也，教之以桔槔。丈人曰："吾闻有机械者，必有机事；有机事者，必有机心。机心存于胸中，则纯白不备；纯白不备，则神生不定；神生不定，道之所不载也。吾非不知，羞而不为也。"端木憱然惭俯。丈人复曰："汝方将忘汝神气，堕汝形骸，而庶几乎！而身之不能治，而何暇治天下乎？子往矣，毋乏吾事。"盖恶多机也。

行者撞钟笑道："你那里晓得，我这是'做一日和尚撞一日钟'。"又曰："是你孙外公撞了耍子的。"这谓之随缘安分，不设机心，逢场作戏，浑然天趣，忘机之真乐也。与下文老和尚动了奸心，广智、广谋长短计较，各使心机者大相反。

夫道非不可谋，然有己有人，合人我于一体，所求正也。求正者，谓之生机，生机者存。若老僧之利己妨人，行邪也。行邪者，谓之杀机。杀机者亡。道非不可窃也，然盗天地，窃造化，彼此无损，两国俱全，谓之知机。知机者，天机也。天机者，神。若黑熊罴之趋着机会，暗暗掳去，谓之乘机。乘机者，人机也。人机者，妖。天机现于自然，人机出于造作。如老僧骗袈裟到手，灯下痛哭，广智、广谋之刀杀火攻，人机也，乘机也，行邪自杀也。行者灵心坐照，忽听柴响，知有谋害，将计就计，上南天借辟火罩，护住唐僧，不管别人。因火助风者，此物来自照，和而不倡，知机也，天机也，求正除邪也。

篇中两变蜜蜂，现身设法，教人密密静观，当知有己无人、损人利己之非道。以反击，有金公不可无木母之妙。唐僧道"莫与人斗富"，为良贾之深藏；众人道"反害了自己"，为祸福之自召。傲语虽多，均非正意。熟读此，并可悟行文章之法。

〔**西游原旨**〕上回已言修道者须有真脚力，而后可以得正果。然脚力虽真，而不知阴阳配合，则孤阴不生，独阳不长，大道难成。故此回合下二回，先写其假阴假阳相合之假，以证真阴真阳相合之真也。

篇首"和尚见了行者，问唐僧：'那牵马的是个甚么东西？'唐僧道：'低声！他的性急，若听见甚么东西，他就恼了。'"东为木，属阴；西为金，属阳。"他的性急"，是有金无木，有西无东，金丹难就，算不得东西。

"和尚咬指道：'怎么有这般一个丑徒弟？'三藏道：'丑自丑，甚是有用。'"夫一阴一阳之谓道，阴阳相通，顺则生人生物，逆则成佛成仙，世法道法无有分别。所异者，凡父凡母而生幻身，灵父圣母而生法身，若遇明师咬破此旨，则说着丑而行着妙矣。

"观音"者，照视之谓；"禅院"者，空寂之谓。空观而无实行，故谓"观音禅院"。即释典所谓"巍巍佛堂，其中无佛"者是也。

"行者撞钟不歇，和尚道：'拜已毕了，还撞怎么？'行者笑道：'你那里晓得，我这是做一日和尚撞一日钟哩！'"此便是一日有一日之功果，日日有日日之功果，不得以空空一观为了事。其曰"你那里晓得"者，欲使其晓得也。因其人多不晓得，而反称大圣撞钟为野人，此等真野人耳。

行者道："是你孙外公撞了耍子的！"先天真一之气，自虚无中而来者，是为外来主人公。得此外公，灵通感应，曲直应物，潜跃随心，其修道如耍，绝不费力。彼一切执心为道，着空之徒，闻的此等法音，见说此等法象，能不唬得跌滚而叫"雷公爷爷"乎？

"老僧痴长二百七十岁。"此明示为心也。心属离，在南，其数二七，故长二百七十岁。"一小童拿出一个羊脂玉盘儿，三个法蓝茶钟。"此明明写出一

"心"字也。羊脂盘儿，象心之一勾；三个法盘蓝钟，肖心之三点，非心而何？"又一童提把白铜壶儿，斟了三杯香茶。"白铜壶，像肾中之精；斟了三杯香茶，乃肾气上升而交于心也。三藏夸为好物件，老僧道："污眼！污眼！这般器皿，何足过奖？"言无知之徒误认心肾为阴阳，或观心，或守肾，或心肾相交，是直以此中有好物件矣。殊不知心肾乃后天浊中之浊，若以这般器皿为好物件，真是污眼！污眼耳！

老僧问三藏有甚宝贝，三藏道："东土无甚宝贝。"示其我家无宝也。行者道："包袱里那一领袈裟，不是件宝贝？"言包罗万象，备具五行，不着于名相，不涉于有无者，方是真宝贝，而不得以心肾为宝贝。"众僧不知此等宝贝，听说袈裟，个个冷笑。"正"下士闻之，大笑去之"也。①

行者欲取袈裟，三藏莫教斗富，恐有错，所谓"传之匪人泄天机"也。又云："珍奇玩好之物，不可使见贪婪奸伪之人。一经入目，必动其心；既动其心，必生其计。诚恐有意外之祸。"所谓"君子遁世不见，知而不悔"也。

"老僧见了宝贝，果然动了奸心。"是执心而用心，直以动心为宝贝矣。"广智道：'将他杀了，把袈裟留下，岂非子孙长久计？'广谋道：'连人连马一火焚之，袈裟岂不是我们传家之宝？'"夫人之所以修心者，必疑其心之灵明知觉广智广谋，即是宝贝，而遂爱之惜之，以为长久计，以为传家宝。殊不知认此广智为宝，即是用假而杀真；认此广谋为宝，即是以邪而焚正。噫！日谋夜算，执守此心，君火一动，相火斯乘，君火相火一时俱发，能不火气攻心，玉石俱焚乎？

行者变作蜜蜂，从窗棂中钻出，看见和尚们放火，将计就计，南天门寻广目天王借辟火罩，罩住唐僧、白马、行李，房上保护袈裟。此暗密中钻研透彻，而知师心为害，将计就计，火里下种，借假修真之大机大用，较之放火谋宝贝者，何啻天渊？

"那些人放起火来，一阵风刮的烘烘乱着。正是星星之火，能烧万顷之山，把一座观音院，处处通红。"《悟真篇》曰："火生于木本藏锋，不会钻研莫强攻。祸发总由斯害己，要须制伏觅金公。"老和尚用智谋而图袈裟，正"不会钻研而强攻"；烧得观音院处处通红，正"祸发总由斯害己"。木之藏火锋也如此，安得如金公借辟火罩而保袈裟为至真乎？

---

① 《老子》："下士闻道，大笑之，不笑不足以为道。"

观音院正南黑风山黑风洞妖精，见正北火光熿亮，知是观音院失火，来救。此个妖精，即肾中妖精。黑风山黑风洞，状肾水之纯阴。肾属北，何以在观音院之南？此特取心火下降，肾水上升之义。心肾亦有相济之道，故黑风洞之妖，而来救观音院之火。

"他不救火，拿着袈裟，趁着哄打劫，飞转山洞而去。"噫！金丹圆陀陀，光灼灼，无形无象，至无而含至有，至有而藏至无，乃真阴真阳相济而成象者。是为先天真一之气，本于父母未生以前，岂父母既生已后心火肾水之谓哉？迷徒不知是非，舍去先天之真，摆弄后天之假，误以心为阳，肾为阴，心中之液为阳中之阴，肾中之精为阴中之阳，当午时而守心，子时而守肾，使心液肾气交结于黄庭，便以为丹。岂知守心则金丹已为心所害，如"观音院僧谋宝贝"者是也；守肾则金丹已为肾所陷，如"黑风洞怪窃袈裟"者是也。其黑风怪不能救火，而且盗去袈裟，不亦宜乎？故众僧道："唐僧乃是神人，未曾烧死，如今反害了自己家当。"可知执心之辈，尽是自害其家当，而不能成全其家当。自害其家当，终亦必亡而已，可不畏哉？诗云："堪叹老衲性愚蒙，计夺袈裟用火攻。广智广谋成甚用，损人利己一场空。"提醒世人，何其深切！

"行者把那死尸选剥了看，更无那件宝贝。"言执心为道者，皆以为此幻身有宝贝，以故千方百计，智谋运用，妄想修仙；果若幻身有宝，死后到底此宝归于何处？仙翁现身说法，"把死尸选剥了看，更无那件宝贝"，是明示人以这幻身无宝也。然则幻身无宝，可知守心者之非道，守肾者亦不真。即此二宗公案，仙翁已是一棒打倒了七八层重墙，彻底透亮，学者可以宽心前去，别寻宝贝下落矣。

诗曰：

迷徒不识本原因，误认皮囊有宝珍。

心肾相交为大道，火生于木自伤身。

# 第十七回

## 孙行者大闹黑风山　观世音收伏熊罴怪

〔**西游真诠**〕悟一子曰：《参同契》曰："是非历脏法，内观有所思。"言真阴、真阳之宝贝，非历观五脏、思想索取而可得。前回老僧身居观音院，思想谋得袈裟，比之内观其心而用心谋索者。岂知用心谋索，则心火灼炽，将心火自焚，未免大地火坑，非惟水不救火，势必真宝反陷入下田，如彼黑熊窃去袈裟也。此正误用心机之害，故篇首道："恨我那不识人的老剥皮，使心用心，今日反害了自己。"颇为醒露。

然舍观心强致之法，而致力于肾脏，乃袭抟砂炼汞之浮谈，尤是傍门外道。此一条黑汉，即下田之妖怪也。道士是其气，故名"凌虚"；秀士是其质，故穿白衣。称"佛衣会"者，明仅识其表之名，而未识其中实也。"黑风山黑风洞"，状水宫之气色；"铁盔、乌甲、皂袍、乌靴"，形坎府之情形。

行者一篇自叙，俱修真之的旨。惟"他说身内有丹药，外边采取枉徒劳"，正专指致力于肾脏炼汞采取者之非法，紧对后篇天蓬之自救，为真正本来天然配合也。

"那怪与行者争闹，至红日当午，收兵吃饭。"乃肾气当午而衰，心血当午而生之时，故如关门写帖，而请金池老上人也。谦曰"侍生"，居其下；尊曰"上人"，处其上，其义著矣。夫熊罴属火，而为黑汉，肾中之欲焰也；金池属木，而称丹房，心内之淫液也。彼此有相见之候，亦能裨益，可为党援。以气类交感，故曰："传他些服气法。"仙师恐人不解前和尚之为邪心，故有行者就变做和尚一节，以明和尚之即心猿也。"入其洞内，观其对联，静深幽居"之句，原是知命之处。但行采取之怪术，而不明交媾之神通，是不知命也。

迨经识破再战，胜负不分。行者道："我也硬不多，只战个手平。"盖行者之刚健,比之真金;熊黑之坚僻,比之顽铁。金铁不相入,旗鼓适相当也。但顽铁亦可化金,特未经点化以收服之耳。故又提出往南海寻观音一事,明仍须在"观心自在处"讨寻收伏之法。你看收伏之妙:既不令秀士蛇行,索性摔断,转白而为血;更不容道士狼籍,劈头作饼,化苍而成丹。

"行者见盘底下有'凌虚子制'四字,笑道:'造化!造化!'"此言下果有造化之机,故教菩萨将计就计,以认取袈裟也。

仙丹本不能舍此而成,特其作用舛错,故尔埋没宝贝。今即以其人之道,还治其人之身,不须另起炉灶,致滋跋涉,何也?真妄只争一念,彼此原无二理。苟能神明变化,此可为彼,彼可为此,便是和合丹头,潜通造化之妙。故菩萨可变妖精,妖精还是菩萨。总发明人我同源,绝非扞格,以起下文金公、本母之自相配偶,难以暂离也。

二粒仙丹,行者先吃,假者可从真而化;行者另变,真者可就假而变。变化无常,隐现莫测,一而二,二而一,总是无也。行者入口即收伏妖怪,见感应神交之理。"早已从鼻孔中出去",见转移神速之机。"行者恐耽阁工夫,意欲打死",所谓"无功功里施功","菩萨急止住道:'我有用他处。'"所谓"有用用中无用"也。"黑汉愿归正果,菩萨摩顶受戒,一片野心今日定,无穷顽性此时收。"得自在之心,而屏驰情之欲,势使然也。袈裟失而复得,熊黑径归大海,黑风洞不变作观者院。

〔**西游原旨**〕上回已言执心为道之害,以明真阴非关于心。此回复言守肾为祸之由,以见真阳不系于肾也。

"行者一觔斗跳将起去,慌得观音院大小和尚朝天礼拜道:'爷爷呀!原来是腾云驾雾的神圣,怪道火不能伤。'"言能一觔斗跳得出火坑者,方不是执心为道,一无所伤之大圣人。彼使心用心,反害了自己者,安能知此?

"行者到黑风山,见三个妖魔席地而坐,上首的一条黑汉,左首的一个道人,右首一个白衣秀士。"此三妖,皆肾宫之物。何以见之?黑汉为熊黑,属火,乃肾中之欲火;道士为苍狼,号凌虚,属气,乃肾中之阳气;秀士为白蛇,精色白,乃肾中之浊精。"席地而坐"者,三物皆后天有形重浊之物也。"讲的安炉立鼎,抟砂炼汞,白雪黄芽。"是用功于肾脏,而并服炉火药以补养者。

黑汉欲做佛衣会,是直以肾中精气为宝,虽知有佛衣之名,而不知其佛衣之实也。行者叫道:"好贼怪,你偷了我的袈裟,要做甚么佛衣会!"骂尽世间迷徒,窃取金丹之名,摆弄肾中阴精之辈。"把白衣秀士一棒打死",是不教在交感之精上做功夫也。又叫道:"作死的孽畜。"妙哉此语!一切愚人,误认阴精为真精,非意定于下元,即搬运于脑后。守下元者,终必底漏;运脑后者,终成脑痈。谓之作死则可,谓之作生则不可。其曰:"你认不得孙外公哩!"一切作死者可以悟矣。盖金丹是阴阳交感而成,从虚无中来者,是为外来主人公,又名真一之精,而非身内肾宫所生浊精之谓。说出外公系"大唐御弟三藏法师之徒弟孙行者",可知先天真一之精必有师传,而非可于一身猜量者。行者自道脚色来历,皆金丹之精髓,惟"我是历代驰名第一妖",最省人言,"只此一乘法,余二皆非真"也。

"两个斗了十余合,不分胜负。"盖欲念与道念并胜,势相敌而力相等也。"见一个小妖左胁下夹着一个梨木匣儿,从大路而来。"分明写出一个"情"字耳。小妖,喻"情"之"小";梨色青,喻"情"之"青"。"小"左而夹一"青",非"情"而何?夫欲动而情生,情生而心乱,是情为心肾相通之物。"劈头一下,打为肉酱",情亡而心死,心死而欲可以渐消矣。

"请帖上写着:侍生熊罴顿首拜启,上大阐金池老上人丹房。"心上而肾下,工家多以心为丹房,取肾气上升于心,以为取坎填离,故曰"传他些甚么服气小法儿"也。"变作和尚模样",是以道心变人心,以真作假,借假取真之天机。"到了洞门,却也是个洞天福地。对联写着'静隐深山无俗虑,幽居仙洞乐天真。'行者暗道:'亦是脱垢离尘,知命的怪物。'"盖肾中藏有后天精气,能保守此精此气,不肯恣情纵欲,亦算知命之一节;然不知先天真精、真气,仅以此为事,未免终是怪物,而不能成仙作佛。

"行者与妖精自天井斗到洞口,自洞口打到山头,自山头杀到云外,只斗到红日沉西,不分胜负。"言欲火一动,自下而上,由微而盛,势不可遏;虽有道心,莫可如何,焉能胜的?但红日西沉,肾气当潜,故曰:"天色已晚,明早来与你定个死活。"遂化阵清风回洞。晚者,肾气衰败之时;早者,肾气旺盛之时。是早而活,晚而死,当晚化风回洞,不其然乎?

唐僧问:"妖精手段如何?"行者道:"我也硬不多儿,只战个手平。"吁!以道心制欲火,如滚汤泼雪,随手消灭,何以只战个手平而不能制伏?然其所以不能制伏者,皆由知之不真,见之不到,欲在先而法在后。行者欲请观音菩萨来讨袈裟,方是静观密察,先发制人,不为欲所迷矣。行者以为观音有禅院,容妖精邻住,偷去袈裟;菩萨以为行者大胆,卖弄宝贝,被小人看见。

总以见真宝之失,皆由于失误觉察,自不小心,卖弄炫耀,开门揖盗耳。若欲降妖复宝,舍神观默运之功,余无他术矣。

"行者见道士拿一个玻璃盘儿,安着两粒仙丹。一棒打死,见盘底下是'凌虚子制'。笑道:'造化! 造化!'"凌虚子为气,玻璃盘为精,谬执心肾者,以心液为阴丹,以肾精为阳丹,故运肾气上升于心,心液下降于肾。"一棒打死",不令其错认阴阳,在心肾上作功夫。不在心肾上作功夫,是已悟得其假矣;悟得假,即可寻其真,而下边即有造化矣。行者将计就计,教菩萨变作凌虚,自己吃了两粒仙丹,另变一粒与妖精吃了,要于中取事。妙哉此变! 以自在而化苍慌,浊水之狼毒俱泯;以二假而归一真,欲念之邪火俱无。真中施假,假中用真,大机大用在是矣。

"菩萨变作凌虚,行者道:'还是妖精菩萨,还是菩萨妖精?'菩萨笑道:'菩萨妖精,总是一念;若论本来,皆属无有。'"盖邪念正念,总是一念,若无一念,邪正俱无;当其有念,而邪正分途。释典云:"烦恼即菩提,菩提即烦恼。"言其邪可为正,正亦可为邪也。行者顿悟,变作一粒仙丹,"走盘无不定,圆明未有方",活活泼泼,不逐方所也。"三三勾漏合,六六少翁商①",阴阳混合,不失一偏也。"瓦铄黄金焰,牟尼白昼光",光辉照耀,通幽达明也。"外边铅与汞,未许易论量",金丹自虚无中结就,非色非空,非有非无,非尘世之物所可比。

"妖精拈入口中,顺口儿一直滚下",将欲取之,必先与之,顺其所欲也。"行者在肚里现了本相,理其四平,乱踢乱打",不即不离,以真化假,渐次导之也。"那妖滚倒在地下,连声哀告,乞饶性命",正念在内,欲念自消,自重性命,理所必然。"妖精出袈裟,行者出鼻孔",假者一降,真者斯得,呼吸相通,感应神速也。

"菩萨将一个金箍丢在头上",箍住邪欲,不使猖狂也。"念起真言,那怪头疼",一念之真,自知悔过也。"行者意欲就打",金丹用真而不用假;"菩萨不教伤命",修道借假而须修真。"行者问:'何处用他?'菩萨道:'我那落伽山后,无人看管,要带他去作个守山大神。'"可知保精养气,不过暂以守此幻身,非言保精养气即是金丹之实落也。

---

① 翁:底本作"宫",据《西游记》本文改。按:勾漏,代指晋代神仙家葛洪;少翁,指汉武帝时方士李少翁。

菩萨摩顶受戒,熊罴跟随左右,"一片野心今日定,无穷顽性此时收",觉察之功,岂小焉哉?学者若能识得观音收伏熊罴怪之妙旨,则欲可制,宝可复,野心自定,顽性可收,不复在黑风山黑风洞为妖作怪矣。菩萨吩咐行者"以后再休卖弄惹事",其叮咛反复之意,何其切哉!

诗曰:

真阳不在肾中藏,强闭阴精非妙方。

会得神观微妙法,消除色欲不张遑。

# 第十八回

# 观音院唐僧脱难　高老庄大圣降魔

〔**西游真诠**〕悟一子曰：《易》曰："天地氤氲，万物化醇；男女媾精，万物化生。"明阴阳以交为用，天地交而为泰，山泽通而为咸，水火合而为既济。或以阴求阳，或以阳求阴；或阳感而阴应，或阴动而阳从，方能化生。飞潜动植，各有男女，总一阴一阳之道也。倘孤阴而寡阳，孤阳而寡阴，则阴阳之气专而不交，何能生化哉？《参同契》曰："牝鸡自卵，其雏不全。"又曰："使二女共室，颜色甚姝，虽有苏张结媒，毙发腐齿，终不相知。"其理甚明。

老庄之道，一本于《易》。故老子曰："玄牝之门，是谓天地根。""众夫蹈以出，蠕动莫不由。"庄子曰："至阴肃肃，至阳赫赫。"又曰："尸居而龙见，渊默而雷声，神动而天随。"盖一阴一阳，一动一静，互为其根，而太极乘乎其中。人能体夫太极，则天关在手，地轴生心，即是仙佛圣人了也。设有一念之差，则动静皆非天理，故君子贵慎独省察。设有一事之偏，则动静皆失其中，故君子贵格物致知。不能格物致知，而偏阴偏阳，独修一物，又何能成仙作佛而超凡入圣乎？

陈泥丸曰："别有些儿奇又奇，心肾原来非坎离。"缘督子曰："先天一气，自虚无中来。一点阳精，秘在形山，不在心肾，而在乎玄关一窍。"学者不识阴阳，不知时候，不能还返，只于自身摸索，而认取照照灵灵之识神以为真实，辗转差池。噫！道既非可外求，又非可自身摸索，真玄之又玄，难以察识。彼邪师迷徒，妄揣为御女闺丹之术，失之愈远。仙师提纲，特揭老、庄高妙之道示人，故曰"高老庄"。前二回，一是心之偏动而火炽，一是肾之偏动而气焰，固非道，而是难。若错观二者为道，变是一偏而遭难。能离此观，则脱此难矣。"行者将黑风洞烧做红风洞"，是转暗室而为光天，去祸地而就福

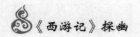

陵也。

师徒行路,时值春融,诗内"鸳鸯"、"蛱蝶"之句,俱形容定偶双飞之景象,乃阴阳交泰之妙文也。最提醒人处,在问地名一段。行者到处,未尝以问地名为急务。此处特再三致诘者,若云此处乃老庄真区处,不可不着意穷究也。若将此处说个明白,便是"与人方便,与己方便"。又妙在"问了别人没趣,须是问他才有买卖"二语。盖问别人,则非高老庄之道;而问他,则有买卖交易之妙也。末后行者见了妖精道:"原来是这个买卖。"心知默会,与此处相照应。

曰:"乌斯藏国界之地,叫做高老庄。"乌者,日之精;兔者,月之精。乌斯藏,则兔斯现,彼此交感,其界甚清,老庄之高端,在于斯。说出个女儿招了妖精,正是老庄之妙。以女嫁人,谓之娶,以男入赘,谓之招。老、庄之道,善事阴阳,不以顺行,而以逆用。顺行,则凡父、凡母而成人道;逆用,则灵父、灵母而成仙道。女之招男而配,如月之得日而明也。故道家以月喻道体,其旨甚显。师徒引见,太公说出第三女翠兰招福陵山人女婿。"三女",为少女之妙;"福陵",做为多福如陵之高也,隐寓兑女艮男名象。

太公怕行者相貌之丑,老孙道:"丑自丑,却有本事。"又言女婿嘴脸行迹亦怪。行者道:"入夜之时,就见好歹。"这都是描写世人皮相之俗见,不知披褐怀玉,老蚌含珠,其中实有成仙作佛之窍妙也。行者手捻兵器,打破魔关,道:"你叫声女儿,可在里面么?"老儿叫出女儿,哭诉怪态道:"他云去雾来,不知踪迹。"要须从幽独里寻获亲女形容、迷途内讨取嫡婿下落,却勿泥常执迹,昧却夫妻颠倒之故也。

"行者变得就如那女子一般",非变相也,现本相也。何也?真乙之气,乃水中之金,外阴而内阳,本为女子,故就外阴而言,则行者为妻,理也。读者着眼此处,仙师明指行者为女子,弗拟为变相。其下文推病措词,叹气陈情,曲肖两口情态。老孙做老婆,老猪做老公,真天造地设一对,绝色正头好夫妻也。这都是实义,如目为游戏幻境。迨说出五百年前大闹天宫的老孙,老猪即知其来历,足以相制,往外就走。行者紧紧追随,如鹰搏兔,如猫捕鼠,情性使然,所谓"五百年前结下的因缘",匹配已定,不可拆离者也。请进后篇而详其说。

〔西游原旨〕上二回已劈破心肾之假阴假阳非修仙之本旨矣,此回特言金木之真阴真阳,为丹道之正理,使人知彼我共济、大小并用之机也。

"行者将黑风洞烧作个红风洞",已是去暗投明,舍妄从真,可求同类之时。提纲"观音院唐僧脱难",所脱者即误认心肾之难。盖在心肾而修丹,是丹之遭难,即僧之遭难;取袈裟而归僧,是僧之脱难,即丹之脱难。唐僧者,金丹之法象,欲成金丹,非真阴真阳两而合一不能,"行者引路,正是春融时节",乃春日融和,天地纲缊,万物化淳,阴阳和合之时;诗内"鸳鸯睡,蛱蝶驯",隐寓有阳不可无阴之意。

远望一村人家,三藏欲去告宿,行者道:"果是一村好人家。"子女相得,方为好人家;子自子,女自女,算不得好人家。"行者一把扯住少年道:'那里去? 我问你一个信儿,此间是甚么地方?'"经云:"恍兮惚兮,其中有物;惚兮恍兮,其中有象;杳兮冥兮,其中有精;其精甚真,其中有信。""问一个信儿",即问此恍惚杳冥中之信、好人家之信,这个信即安身立命之地,不可不问者。那人不说,行者强问,三藏教再问别个,行者道:"若问了别人没趣,须是问他,才有买卖。"这好人家,为真阴真阳聚会之地,正是有买卖处,不得舍此而在别处另寻买卖也。

那人说出:"乌斯藏国界之地,叫作高老庄。"《易》曰:"一阴一阳之谓道。"《参同契》云:"牝鸡自卵,其雏不全。"今云乌斯藏国界,明示乌藏兔现,阴阳交接之处,返本还元,正在于此,不得不究问个明白也。说出"太公女儿三年前招了妖精,太公不悦,请法师拿妖"等语,行者呵呵笑道:"好造化! 好造化! 是凑四合六的勾当。"夫大道以阴阳为运用,凑四合六而成十,以阴配阳而结丹,此等天机,至神至妙,行者既明根由,如获珍宝,能不欢天喜地而谓"好造化"乎?

太公见行者相貌凶丑,有几分害怕,行者道:"丑自丑,却有些本事。"言作佛作仙之本事,说着丑,行着妙,降妖除怪,非此本事不能也。"三藏道:'贫僧往西天拜佛求经,因过宝庄,特借一宿。'高老道:'原来是借宿的,怎么说会拿妖精?'行者道:'因是借宿,顺便拿几个妖精要耍的。'"一问一答,俱是天机。此"宝庄"也,正缘督子所谓"吾有一宝,秘在形山,不在心肾,而在乎玄关一窍"之宝。"特借一宿",正以此中有宝而当宿,舍此之外无宝而不可宿,则是借宿乃为本事,拿妖乃是末事。故曰:"因是借宿,顺便拿几个妖精要耍。"非言拿妖即是本事也。

"妖精初来精致,后变嘴脸。"真变为假,正变为邪,非复固有,失去本来面目矣。"云来雾去,飞沙走石。又把小女关在后宅,半年不得见面。"假阴作怪,真阴掩蔽,理所必然。行者道:"入夜之时,便见好歹。"此语内藏口诀,非人所识。古者取妇必以昏时,昏者夜也,不入夜则非夫妻之道,就是好歹难以识认;入夜之时,而真假立辨矣。

"行者与高老到后宅,见两扇门锁着,原来是铜汁灌的。"明示真为假摄,埋藏坚牢,门户甚固,不易攻破。"行者金箍棒一捣,捣开门扇,里面黑洞洞的。"此仙翁打开门户,直示人以真阴所居之地,里面黑洞洞,幽隐深密之至,而非外人所可窥测者。"高老叫声'三姐姐',里面少气无力的应了一声:'我在这里。'"真阴虽不可见,然一息尚存,外面叫而里面即应者是也。"行者闪金睛,向黑影里细看,只见那女子云鬓蓬松,花容憔悴。"真为假迷,原本已伤,若非金睛之大圣,见不到此。此真阴之出处,显而易见,学者亦当效行者,在黑影里仔细看认,可乎?

"云来雾去,不知踪迹",即"出入无时,莫知其乡"也。真者已见,假者即知,真假分明,可以施法矣。故曰:"不消说了,让老孙在此等他。"正知之真而行之果也。"行者变的与那女子一般,坐在房内。"男变女相,假中有真,阴中藏阳,指出行者为阴中之阳,以见八戒为阳中之阴也。"见了妖精,暗笑道:'原来是这个买卖。'"见之真而知之妥,不见真阴,不成买卖。《悟真》云:"恍惚之中寻有象,杳冥之内觅真精。有无从此自相入,未见如何想得成。"正行者遇妖精有买卖之义。

"行者使个拿法,托着妖精长嘴,漫头一料,扑的掼下床来。"俱是大作大用。怪之力在长嘴,迎其力而托着,不欲其着声也。"漫头一料,掼下床来",不使其着色也。妖精疑其有怪,行者道:"不怪!不怪!"明示其真阳而制真阴,法当如是,制之正所以亲之,不得以制为怪。《参同》云"太阳流珠,常欲去人。卒得金华,转而相因"者,此也。

"行者教脱衣服睡",使去旧染之污也。"行者坐在净桶上",告其迁善自新也。那怪说出"家住福陵山云栈洞,猪刚鬣姓名",又云:"我有天罡数变化,九齿钉把,怕甚法师?"则知木火本自天来,非寻常妖怪可比,特未遇制伏,以故为妖为怪,弃真入假耳。"及闻齐天大圣名头,就害怕要去。"水能制火,金能克木,木火之害怕金水,理也。

"开了门,往外就走,被行者一把扯住,现出原身,喝道:'那里走!'"正是夫妻见面,不容拆离;阴阳相会,莫可错过也。"那怪化火光回山,行者随后赶来。"所谓并蒂连枝,夫唱妇随,姻缘到日,逃不去,走不脱。"你若上天,我就赶到斗牛宫;你若入地,我就追至枉死狱。"此阴阳感通,一气循环,同声相应,同气相求,无情之情,不色之色。"假眷属非真眷属,好姻缘是恶姻缘",彼以世之男女为阴阳者,安足语此哉!

　　诗曰:

　　　　辨明心肾假阴阳,急问他家不死方。

　　　　木母金公同类物,调和决定到仙乡。

# 第十九回

## 云栈洞悟空收八戒　浮屠山玄奘受心经

〔**西游真诠**〕悟一子曰：自十六回观音院，至此云栈洞，结出金木交并，真阴、真阳之大作用，方是打开心中之门户，而不落于空亡。名为真空，空而不空，即《心经》所谓"色即是空，空即是色"也。故提纲以"悟空收八戒"，"玄奘受《心经》"，紧对顶联，明收得八戒，乃受得《心经》也。"云栈"者，上天之车；"浮屠"者，超地之级。下学上达，层次而进，自有为而至于无为之的旨也。

申猴属金，金生水，西四北一，一五也；亥猪属木，木生火，东三南二，一五也。二五之中，自有戊己，合为一五也。阳中有阴，阴中有阳；生中有克，克中有生；所谓迭为宾主，互作夫妻者也。就常道之五行而言，木火属阳，为夫；金水属阴，为妻。猴，妻也；猪，夫也。就颠倒之五行而言，阳中为真阴，为妻；阴中为真阳，为夫。猴，妻也，而实夫；猪，夫也，而实妻。真阴、真阳，妙在戊己，故曰"二五之精，妙合而凝"。《中庸》曰："君子之道，造端乎夫妇。及其至也，察乎天地。"解得"至"字，为尽性至命之至，便已言下了悟。世人不循中道，谬执偏阴偏阳，盲修瞎炼，既不识道，何能得道？岂不可悲可涕！

篇首"火光结聚现相"，猪为南斗生气之精，离宫炳耀之色。"九齿钉钯"，阳数至九而极，兆真阴之形象，运用随钯而转，专任载之气机。老猪自叙本事一篇，紧与老孙自叙本事一篇相对，"配阴阳"、"分日月"、"调龙虎"、"吸金乌"等句，俱九转大还丹之髓。行者与他一场大战，不即收服，收兵各转，点醒"高老庄"三字，以回顾本旨。何也？盖恐世人以战胜为善，而不知以不战屈人之为善之善者也。金丹之道，非采战之术，于此可见。

行者述"天蓬临凡，因错投了胎，其实灵性尚存"，又说"天神下界，这等个女婿，也不坏家声"，见是阴阳之正气，非凡间邪祟可比，以起下文"只没个三媒六证以调和之"故耳。何以故？夫妻作合，全凭媒妁。若无媒妁，性情不谐，即《参同》所谓"言语不通非眷属"是也。故行者复行索战，曰"不像你强占人家女子，又没个三媒六证"等语，其意直注前途之水怪沙僧为媒妁，而特于此处伏其义，以发明夫妻之不谐有由来也。奥义深文，得所未有。读者俱作拌舌滑稽，闲闲瞥过，埋没了也。

行者究问，是高老家筑地之钯？老猪夸美，为老君亲炼之铁，授自老子，都是真言。"不能筑动老孙一些头皮"，木不能克金也。老猪一闻西天求经之言，去了钉钯，何也？盖亲受观音之的旨，知独倚钉钯，乃是偏执，不可以得正果，所谓舍己从人，不专倚自强也。故曰"何不早说取经之事，只倚凶强上门打我"。正与行者收伏小龙时，菩萨道"那猴头专倚自强，那肯称赞别人"相应。老猪真心发愿，焚巢纳械，自缚投诚，盖木性顺义而恋金，曲木从绳而受直也。八句诗中，阐明金木相生、相克之理，宾主相交合之情。夫妻不隔，情性无乖，为西方极乐之造端也。

迨收服归来，高老认得女婿，三藏喜得吾徒，起名"八戒"，去邪归正，已可安排筵宴，欢庆团圆矣。下文"八戒扯住高老，请我拙荆"，见情缘之难断；"行者、八戒也吃素酒"，见曲蘗之易耽；"受了一丝，千劫难修"，见货利之多累；"取经不成，还来做婿"，见道心之易退；又道"恐一时有些差池，却不和尚误了做，老婆误了娶"，见盲修瞎炼之无功。处处都是孺子之歌，切勿看作闲情打诨也。三众辞别，投西而去。诗内"情和性定诸缘合，月满金华是伐毛"，上句揭过收八戒，下句起下受《心经》。盖已收八戒，金丹有象，故行过了乌斯藏界，即遇乌巢禅师，何也？日西月东，为双丸之分照；乌藏兔显，实一气之交辉。缘合月满，乃是真诠。皓月禅心，从可印证。此《心经》一卷，所以即于此处出现，如月中藏乌，明朗无垢；传授密谛，指示迷津，端在斯矣。

三藏拜问路途，禅师道："路远终到，魔瘴难消。"故授以《心经》，只可消除魔瘴而已。其中原未有西天端的，故结曰："此乃修真之总经，作佛之会门也。"三藏扯住，再问西天端的，而禅师已历历指明，曰："你问那相识，他知西去路。"行者知而冷笑道："不必问他，问我便了。"三藏还不解其意。下面扯住行者的话，正是问我。行者道："他骂我兄弟两个一场。"乃暗答西天大路，故三藏道："他讲的西天路径，何尝骂你？"一以为骂我是指路，一以为讲路而

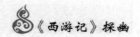

非骂。一师一徒，一问一答，全是禅机，语语显露，急须省晓。行者道："你那里晓得？他说'野猪挑担子'，是骂的八戒；'多年老石猴'，是骂的老孙。你怎么解得其意？"曰"那里晓得"，乃是要人晓得；曰"怎么解得"，乃是要人解得。禅师曰"他知西去路"，是交与行者传言；行者曰"问我便了"，是替那禅师代说，已是了了。八戒道："禅师晓得过去、未来之事。"已知他分明说了。"但看他'水怪前头遇'这句话，不知验否？"噫！妙哉，神哉！前途魔瘴甚多，何以只提"水怪前头遇"一句？他两个口中，分明将西天大路说出来了，三藏何须再问？

〔**西游原旨**〕上回已言真阴消息，足以配真阳而修大道矣。然不得其火候之实，而真阴未可以收伏。故此回指示收伏火候之真，使阴阳和通，归正觉而破室碍也。

"那怪火光前走，大圣彩云后跟。"老猪为木火，老孙为金水明矣。"那怪把红光结聚，现了本相，取出一柄九齿钉钯来战。"九齿为九九阳极生阴之象，此火中出木，真阴现相，为丹道最贵之物，而非若木中之火伤生害命者可比。

老猪自叙一篇，先言修真之旨，后道堕凡之由，以见修真即可以为仙，堕凡即同乎异类。其中最贴切老猪处，是"自小生来心性拙，贪闲爱懒无休歇。不曾养性与修真，混沌迷心熬日月"四句。曰性拙，曰贪闲，曰爱懒，曰混沌，是皆明有真阴而未遇真阳之象。悟能者，能此性；八戒者，戒此性。识得此能此戒，而老猪木火之实理已得，可以了性。

"两个黑夜里，自二更直战到东方发白，怪不能敌，化风回洞。"老猪真阴，老孙真阳，东方发白，阳盛阴衰，老猪不能敌老孙，自然之理。"行者战败妖怪，恐师父盼望，且回高老庄。"金公者为真情，本母者为真性，性主处内，情主御外，倘有真情而无真性，内外不应，顾头失尾，护手误足，金丹难成。"恐师盼望，且回高老庄。"是以一人而顾内外之事，乌乎能之？总以写有金公不可无木母之义。

行者述天蓬临凡，"因错投了胎，其实灵性尚存"；又说天神下界，"这等个女婿，也不坏家声"。可知真阴乃先天所生，非同后天邪祟之物，修道所宜收留，而不得置之度外者。虽然，真阴岂易收哉？不易收而欲收，是必有道焉。"行者打开门，教出来打。"是仙翁打开门户，与天下修行人指示阴阳相配之道耳。故曰："我就打了大门，还有个辨处。像你强占人家女子，又没个三媒六证，又无些茶红酒礼，该问个真犯死罪哩！"上阳子云："天或有违，当以财宝，精诚求之。"三丰云："打开门，说与君，无花无酒道不成。""有个辨处"者，即辨此财宝花酒也；"无个媒证茶酒"者，即无此财宝花酒也；"真犯死罪"者，即犯此无财宝花酒之罪也。盖夫妻作合，必有媒娉；金木相并，须赖黄婆。若无媒娉黄婆，即少茶红酒礼，便是一己之私，钻穴相窥，强占苟合，焉能光明正大，夫妻偕老，生子生孙，成家立业，以全天下希有之事？其曰"真犯死罪"，犹言不知此媒证茶酒之礼，而强配阴阳，则阴阳难合，大道难成，终久是死罪一名，而莫可拯救也。

"钉钯"一诗，俱道性命之真把柄，观于"煅炼神水铁"一句，不解可知。"钉钯不曾筑的行者一些儿头皮"，老猪属木，老孙属金，金能克木，木不能克金。然金能克木，而究不能收伏木者，何也？盖以言语不通，未可遽成眷属耳。及行者说出西天取经、高老庄借宿，老猪即丢钯唱喏，欲求引见。是言语已通，各无嫌疑，而输诚恐后矣。然言语之通，皆在观察之妙，使不能观察火候之真，因时下手，难以为功。故曰："本是观音菩萨劝善，教跟取经人往西天拜佛求经。"又曰："何不早说取经之事？只倚强上门打我。"盖不说取经人，则是观察不到，言语不通而强制；说出取经人，则是观察已到，言语已通而自合。此等大法，才是三媒六证，茶红酒礼，夫妻欢会，出于信行，而非强占良女者可比。"将云栈洞烧作破瓦窑"，改邪归正，妖窟灭踪矣。老猪道："我今已无挂碍了，你引我去罢。"阴阳合一，金木相并，何挂碍之有？

前文"打开大门，有个辨处"，所辨者即辨此说出取经之事，而后阴阳相会之处；亦即辨此须有三媒六证、茶红酒礼，而后阴阳相得之处；亦无非辨此观音菩萨劝善，跟随取经人，而后阴阳和合之处。不辨到此处，非真阴真阳配合之道，而路途窒碍，无可下脚；能辨到此处，知真阴真阳相交之理，而门户通透，左右逢原。天下学人若有辨到此处者，方是打开大门，而知真阴真阳，非心非佛，不落有无，不着方所，阴阳配合，有人有己，物我同源，彼此扶持。

不特此也，还有个辨处：诗云"金性刚强能克木，心猿降得木龙归。金从木顺皆为一，木恋金仁总发挥"。金所以克木，有从革之象，然木不得金则木曲不直，未可成器用。惟金从木性，而木顺其金之义；木恋金情，而金爱其木之仁，则一阴一阳之谓道矣。"一主一宾无间隔，三交三合有玄微。"木在东，主也；金在西，宾也。今则反主为宾，反宾为主，以虎驾龙，交合一处，内外同气，金木相并矣。"性情并喜贞元聚，同证西方话不违。"真阴者性也，真阳者情也，性情相合，即是阴阳相交；阴阳相交，贞下起元，金丹有象，而极乐可以渐到矣。

"老猪先名悟能，别名八戒。"盖以示其柔而不能，不能而须悟能，既能须当顺守其正，而更戒能。"八戒扯住高老道：'请我拙荆出来，拜见公公、伯伯。'行者道：'世间只有火居道主，那有火居和尚？'"妙哉此语！夫金丹大道，药物有斤两，火候有时节，丝毫难差错。当阴阳未合，须借火煅炼，以道为己任，是为"有火居道士"；及阴阳已结，须去火温养，以和为尚，是谓"无火居和尚"。倘不知止足，而持未已之心，未免一朝遭殆辱，其祸不浅。此中亦隐寓真阴真阳相会，而真土之调和所不可无者。

"高老将一丹盘，捧二百两散碎金银奉献。"此中又有深意。阴阳相见，金丹已隐隐有象，"二百两散碎金银"，是阴阳虽见，未得真土融和，未免犹散碎不整，未成一块。故三藏道："我们行脚僧逢处化斋。"言前途尚有真土可以劝化入门，不得自暴自弃，以此为止也。又云："若受了一丝之贿，千劫难修。"言修道者当阴阳聚会之时，而不调和温养，是不知止足，贪图无厌，一丝之差，便有千里之失，可不慎诸？

诗中"情和性定诸缘合，月满金华是伐毛"。性情合一，二八相当，外丹成就，月满之象。月满而圆陀陀，光灼灼，一片金花，通幽达明，降除内魔，正在此时。故三众行过了乌斯藏界，即有浮屠山乌巢禅师修行矣。浮屠乃节节通透之物，示心之宜通而不宜滞；乌巢乃团圆内虚之象，示心之宜虚而不宜实；禅乃无为清净之义，示心之宜静而不宜动。一卷《心经》妙义，仙翁已于"浮屠山乌巢禅师"七字传出，不必读《心经》，而《心经》可知矣。

三藏问西天路，禅师道："远哩！远哩！"噫！不知者谓三藏得行者、八戒，是阴阳已合，大道已成，西天可到之时。殊不知，阴阳配合，命基坚固，正是脚踏实地勇猛精进之时。若以此为西天不远，是直以起脚之地为歇脚之乡。"远哩！远哩！"其提醒学人者，何其深欤！又云："路途虽然遥远，终须有到之日，却是魔障难消。我有《多心经》一卷，若遇魔障，但念此经，自无伤害。"观此而知其《心经》原以为消魔障而设，并未言"上西天"之一字。前所谓"伐毛"者，即此《心经》消魔障也。今云"消魔障"者，不过消其妄心耳。心即魔，魔即心，非心之外别有作魔者。故曰："但念此经，自无伤害。"又曰：

"此乃修真之总径,作佛之会门。"言径言门,是修行所入之径路门户,而非修行所证之大道归结。所可异者,《心经》既不关乎西天大路,受《心经》何为?然无《心经》,魔障难退,盖魔障是魔障,西天路是西天路。但未到真阴真阳相见之后,而《心经》未可受;到得真阴真阳相见之后,而《心经》方可受。何则?真明真阳一会,而心之魔障显然,受《心经》而消魔障,如猫捕鼠。至于西天大路,别有妙旨,非《心经》可能企及。"三藏扯住,定要问个西去路程端的。"是明言《心经》非西天端的,而更有端的也。

禅师"笑说"一篇,俱是西天路途,其中包含《西游》全部,读者莫可略过。试申之:

"道路不难行,试听我分付。千山千水深,多障多魔处。"言道路本不难行,而千山千水多魔多障而难行耳。"若遇接天崖,放心休恐怖。"言道之难行,如接天之崖,倘恐怖畏惧,中途自弃,则难登升,故教放心而休恐怖,方可自卑登高,下学上达也。"行来摩耳岩,侧着脚踪步。"言傍门外道喧哗百端,如摩耳岩之险,最易误人,侧着脚步,小心谨慎,堤防而过,勿为所陷也。"仔细黑松林,妖狐多截路。"言三千六百傍门,如黑松林遮天幔地,皆野狐葛藤,一入其中,纵遇高明,意欲提携,早被邪伪所惑而不能回头矣。"精灵满国城,魔主盈山住。"言在国城者,狐朋狗党,哄骗愚人,尽是精灵之鬼;在山者,穷居静守,诈妆高隐,皆为魍魉之鬼。"老虎坐琴堂,苍狼为主簿。"琴堂所以劝化愚人,今无知之徒,借祖师之经文,以为骗财之具,与"老虎坐琴堂"者何异?主簿所以禁贪婪,今邪僻之流,依仙佛之门户,妄作欺世之术,与"苍狼为主簿"者何异?"狮象尽称王,虎豹皆作御。"言师心自用,妆象迷人,以盲引盲,误人性命,凶恶而过于虎,伤生而利于豹,如此等类,不可枚举,俱是死路而非生门也。"野猪挑担子,水怪前头遇。"言诸多傍门尽是魔障,惟有野猪木火之柔性,任重道远,足以挑得担子;水怪之真土,厚德载物,能以和合丹头。"多年老石猴,那里怀嗔怒。"石猴为水中之金,"多年"则为先天之物而不属于后天,金丹之道,取此一味大药以剥群阴,是所谓"怀嗔怒"也。"你问那相识,他知西去路。"正所谓"得其一,万事毕"也。故行者笑道:"不必问他,问我便了。"

"三藏不解得",非三藏不解得,言此等妙理,天下学者皆不解得也。行者以为骂了兄弟两个一场,而非讲路;三藏以为讲西天大路,而非骂。骂两个正是讲大路,讲大路而故骂两个,骂之讲之,总说西天大路。——此不解之解为妙解,学者解得乎?行者道:"你那里晓得?'野猪挑担子',是骂八戒;'多年老石猴',是骂老孙。你怎么解得?"此解西天路,是阴阳之道,骂八戒骂老孙,正讲一阴一阳之谓道。——此不解之解而明解,学者解得乎?八戒道:"这禅师晓得过去未来之事,但看他'水怪前头遇'这句话,不知验否?"此解西天大路,五行之道,金木相并,水火相济,若得真土,五行攒簇,西天大路,无有余剩。"不知验否",正以见其必验。——此不解之解又为至解,学者解得乎?师徒问答,西天大路,明明道出,若人晓得骂即是讲,讲即是骂,则阴阳五行俱已了了,才是打开心中门户,而不落于空亡。——是为真解,学者解得乎?若不晓得,不解得,"你问那相识,他知西去路"。

诗曰:

> 震兑交欢大道基,金从木顺是天机。
> 打开个里真消息,非色非空心不迷。

# 第二十回

## 黄风岭唐僧有难　半山中八戒争先

〔**西游真诠**〕悟一子曰：此明既受《心经》，急须下手，弗误认心即是道，而自阻前程也。

篇首一偈，言修道者有法。法从心生，还从心灭。所以生法、灭法者为谁？须自己辨别明白。若云既然皆是自己心，又何用别人说？只须就心下功，是欲扭铁出血，挽空作结，而期无为，万无是理。此是认贼为子，何能到心、法两忘地位？不知其间有他家不死之方。休教他瞒我，先须识透五行，一拳打彻障碍，其心可无心，而法自可辍矣。这才是碧天秋月，彼此无分，性命俱了也。若云即心即佛，而不识非心非佛，谬解诗中"既然皆己心，何用别人说"之句，系责成自己之要诀，岂不错了门户？故起语云："这一篇偈子，乃是玄奘师悟彻了《多心经》，打开了门户。"若言心即是道，道无不了，何以云只"打开了门户"？其必仆仆再往西天，取何真经？岂西天之真经，非别人之说乎？此其说可晓然而悟矣！

《参同契》曰："乾坤其易之门户。"悟空、悟能，乃《易》之门户，即《心经》之门户也。得了悟空、悟能，便是打开了门户。从此下手修为，方可造其堂奥矣。前乌巢禅师恐唐僧不识《心经》门户，故指示"野猪"、"石猴"，令行者说出。长老已解其义，故长老常念常存，一点灵光自透，分明是"日落西山藏火镜，月升东海现冰轮"境界。大道在望，急须前进。倘只从自家心上摸索，而认取灵灵昭昭之识神，以为真实，不知有西天之大路，如恋家的一般，谓之"恋家鬼"，何能超脱尘俗？故前人有讥驻颜住世，而不能脱壳飞升者，谓之"守尸鬼"，其说相似。行者说个"恋家鬼"，骂尽自来执心用功者。

三藏道："悟能，你若在家心重时，不是出家的了。你还回去罢。"呆子原无退悔言语,而设此一段话头,岂真行者赃埋呆子哉?特借呆子以发明修心而恋心,犹出家而恋家也。你看呆子"死心塌地前来",死心前来,复是心法,而下手用功,却须手段。但能死心而无手段,则在在棘手,去路不通,故老者摆手摇头道:"去不得西天,难取经。"及行者说出本事,而老者道:"你想必有些手段。"又曰:"你既有这样手段,西方也还去得。"此真老、庄指示之妙谛也。故提老者为主,下文"庄南两个少年人,带着一个老妈妈,三四个小男女"一段影子,正老、庄《道德》、《南华》玄妙中之秘要,惊愚骇俗的故事,去得西方的大手段也。

八戒又提"在高老庄时,常吓杀凡人",即说破鬼神惊骇者是。行者笑道"不要乱说,把那丑也收拾些",即"说着丑、行着妙"者是。下文献茶、问姓嗣、叙年庚,俱引起黄风岭难行,须有大手段如老孙者,方才去得之意。饿鬼添饭半饱,俱形容西方路远,须志愿难满如老猪者,方才担得之义。盖心本非道,倘谓心即是道,而期必于心,乃以心缚心而横截去路,便是黄风岭虎怪计脱金蝉,而捆缚定风桩上也。何以故?风为巽木,黄为中央,横于心胸如岭蠢然。虎怪之转辗执迷,即己心之辗转期心也。你看虎怪"抠住自家胸膛,把皮剥下,站立道傍",形容模样,句句宛肖"心"字。故喊道:"吾党不是别人,乃黄风大王部下前路先锋。"盖执心为道,是半途惑乱,拦住去路也。

"八戒赶那怪到乱石中,取出两口赤铜刀。""乱石",为坚顽错杂之非纯;"两口",为左右参差之非一,"赤",象心之本色;"刀",象心之坚忍也。故虎怪为执持己心,乃山中阻路之先锋,何用别人说也。八戒为死心下手,乃半山中开路之争先,一拳先打彻也。试看"三藏心慌,口里念着《多心经》",那怪亦慌,使"金蝉脱壳计",忽然化虎,忽然剥皮,俱见此心不死,而辗转自用为魔之状。正念经时,即驾风摄去之时,非虎怪使金蝉摄金蝉,乃金蝉自使金蝉摄金蝉也。"双手捧着唐僧,奉献大王","绑在后园",乃唐僧自捧、自献、自绑,而心遭毒害,不可解脱矣。

八戒、行者识破虎皮即金蝉之壳,知为中计,一守一战,直抵妖洞。行者努力,战败虎妖;八戒相机,一钯筑杀。此先除我心之固,必打破真空之障碍也。自此可搜剪魔根,救全金蝉之体,此等手段,就如夫妇和谐,一倡一和,内外相助为理一般,又何家难之有哉?故结云:"法师有难逢妖怪,情性相和伏乱魔。"

此篇"法"字起,"法师"结,下篇提纲紧接"护法",分明示人修真之法,有暗伏照应、灰蛇草线之妙,明眼人自当觑破。

〔**西游原旨**〕上回已言真阴真阳相会,为金丹作用之真矣。然不得真土调和,则金木水火各一其性,而金丹未可以遽成。故此回合下篇,先教人除去假土之害,舍妄以求真也。

篇首一偈,示人以不可执心为道,必须心法双忘,方为脚踏实地之功,语语显露,无容冗解。其中最提醒人者,是"莫认贼为子,心法都忘绝。休教他瞒我,一拳先打彻"四句。一切学人,误认昭昭灵灵之识神以为真实,而遂执心修行。殊不知此神乃后天之阴神,非先天之元神,是乃生生死死轮回之种子,若只执此而修,则是认贼为子,焉能到心法两忘地位,出苦海而了生死?须知其间别有个秘密天机,为他家不死之方。若能辨的明白,不被瞒过,打的透彻,方能心法两忘,一无所疑,而脚踏实地矣。盖他家不死之方,非色非空,本于先天,显于后天,出有无而不碍,本生死而不昧,藏之则为真空,发之则为妙有,名为不神之神。修行人于此认得真实,一拳先打破心中之障碍,则心不期正而自正,意不期诚而自诚,方是无上至真一乘之妙法,不落于中下之小乘也。

"玄奘悟彻了《多心经》",因收行者、八戒而悟彻;"打开了门户",因收行者、八戒而打开。未收行者、八戒之先,则不能悟彻《心经》,打开门户。夫玄牝为阴阳之门户,玄为阳,牝为阴,"玄牝之门,是为天地根",实指玄关一窍而言。打开门户,是打开玄牝之门户,而非言心为修道之门户也。打开门户,念兹在兹,妄可破而真可归,一点灵光自然透出,上西天有基,大道在望,正是"日落西山藏火镜,月升东海现冰轮"之时。倘不知有他家不死之方,而强制自心,以期成道,名为恋家之鬼,便是出不得家,上不得西天。故八戒怕饥惜力,呼为"恋家鬼"。

三藏道:"你若在家心重时,不是个出家的了,你还回去。"言恋家而出家,身虽出家,心不出家,不如不出家之为妙。呆子道:"我受了菩萨的戒行,又承师父怜悯,情愿伏侍师父往西天,誓无退悔。"夫金丹之道,造化之道,天人所秘,万劫一传,倘遇明师指破端的,九祖沾恩,急当猛醒回头,下苦修炼,誓必成道,以报师恩,而不容少有懈怠者。"担着担子,死心塌地",方是不为心累,而可上西天取经矣。"早到了人家门首",是死心塌地之效。此边死心,不恋我家;那边早到彼岸,已是他家。立竿见影,何其神速!"见一老者,

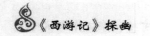

嘤嘤念佛"，言此死心不恋心，便是返老还婴之真念，即此一念，而佛在是矣。曰："去不得，西天难取经。要取经，往东天去罢。"言不死心而恋心，所走之处尽是回头路，步步阻滞，难以前进也。

老者呼行者为"痨病鬼"，是不知他家有不死之方；行者笑老者"没眼色"，是笑其我家是纯阴之体。"小自小，颇结实"，个中有宝非虚比；"皮里一团筋"，幻身之内有真身。老者道："你想必有些手段。"言不死心者，而没手段也。行者叙出本身来由，作齐天大圣的本事，又晓得捉怪降魔，伏虎擒龙。此等道法皆系大圣人真着实用，在根本上作事，而非求之于心中者。夫此根本之事，内实有捉怪降魔、伏虎擒龙的秘诀。"老儿听得，哈哈笑道：'你既有这等手段，西方也还去得。'"盖不笑不足以为道。"老儿抬头一见八戒嘴脸，慌得一步一跌，往屋里乱跑。"盖不惊不足以为道。

"老者道：'一个丑似一个。'八戒道：'我们丑自丑，却都有用。'"夫子女相合而为好，阴阳相交而为丑，"这个道，非常道，说着丑，行着妙"也。"那老者正在门前相讲，只见庄南有两个少年人，带着一个老妈妈，三四个小男女。"言此丑中有用之趣，正老庄之东三、南二、北一、西四、中十，五行攒簇之妙旨。"八戒调过头，把耳朵摆了几摆，长嘴伸了一伸，吓得那些人东倒西歪。"读者未免疑是形容其丑，而不知实有大机大用。识得此者，方知丑中之妙，而得用中之真，其可惊可疑之事不解而明。

行者教八戒"把丑收拾起些"，是叫外圆内方，潜修密炼也；"八戒把个耗子嘴揣在怀里"，是被褐怀玉，老蚌含珠也。"蒲扇耳贴在后面"，"艮其背，不获其身"也；"拱着头，立于左右"，"行其庭，不见其人"也。老者请斋，三藏、行者俱道"勾了"，虚心也；"八戒只管教添"，实腹也。俱以明非修心之小道，乃大法之运用。

三藏见旋风而心惊，是执心而有心也；行者乃抓风而去闻，是知心而无心也。"跳出一个斑斓猛虎，慌得三藏跌下马来。"是虎之来，由于三藏见风心惊而来，虎即心之变象也。"那虎直挺挺站将起来，把自家胸膛往下一抓，把个皮剥将下来，站立道傍。"言心之惊动，即如虎之站起，抓胸剥皮，心胸一坏，皮肤亦剥，内外受伤。心之为害，岂其浅鲜？

怪物自称"黄风大王前路先锋"，黄风者，不定之土，妄意也；心动而意不定，是心即意之先见者，故曰"前路先锋"。"乱石丛中，取出两口赤铜刀，转身迎斗。""赤"象心之色，"铜刀"象心之柔恶，"两口"者，二心也。一心者，静心；二心者，动心。心动而千思万想，伤天害理，无所不至，非刀在乱石丛中乎？

"八戒、行者赶来，那怪使个金蝉脱壳计，那师父正念《多心经》，被他一把拿住，扯将去了。"噫！心一动而全身失陷，非怪之来摄，皆心之自摄。怪使金蝉脱壳，而摄金蝉长老，是明示金蝉自脱自摄，提纲所谓"黄风岭唐僧有难"者即此。然其难皆因"见风惊心"一念之起所致，自作自受，于怪何涉？其为黄风岭老魔"自在受用"，不亦宜乎？当此之时，若非有智慧之大圣，安能知其金蝉脱壳之妄念？非金睛之悟空，讵可见的黄风妖洞之昏迷？"行者骂道：'你这个剥皮的畜生，弄甚么脱壳法儿，把我师父摄去。'"真蛰雷法鼓，教人猛醒。天下修人心而着空执相剥皮脱壳者，尽是畜生，并无人类。盖剥皮是在肉皮囊上做活计，脱壳是在恶心肠上作工夫，以幻身为法身，以人心为道心，认假弃真，内无主意，惑乱致之。安得天蓬举钯，着头一下，筑他九个窟窿，以此为戒乎？

"行者道：'兄弟，这个功劳算你的。'"读者勿作闲言看过，大有妙义。盖雄心好胜，皆由自己生魔。八戒为性，属内，我也，宜八戒出力。故行者赶逐，八戒截杀。其提纲所谓"半山中八戒争先"者，心在人身之半中，八戒争先，是以戒为先，不使心之为害也。《参同契》曰："性主处内，情主御外。"性情如一，内外合道，心之张狂，于何而有？故曰："法师有难逢妖怪，性情相和伏乱魔。"

诗曰：

心动意迷志不专，修行往往被他牵。

劝君戒惧勤防备，莫起风尘障道缘。

# 第二十一回
## 护法设庄留大圣　须弥灵吉定风魔

〔**西游真诠**〕悟一子曰：此承上言，既扑灭虎视之自雄，尤要扫除鼠首之多歧。盖心有识神而独取自用，是炫明失明，遭照未照，其害在识而不识。能识识神之非真，则识不神之为真，故曰"炼神须炼不神神"。学者不识"不神神"之指归，或察琐而生魔，或疑深而多惑，或误落于傍门，或模棱于两可，俱是盲修瞎炼，谓之"狂瞽"。韩子曰："不能审得失之地，谓之狂。"神不守舍，而病在心，如狂风之震动无定也。孔子曰："未见颜色而言，谓之瞽。"心火入于肝，而攻于目，如黄风之吹人受伤也。故蓄久不化者则成蛊，积迷不解者则多难，总由不明，故致不断。《礼》之所以戒"犹豫"，《书》之所以贵"果断"也。去犹豫而成果断，要在于惟明。明仍不离识神，乃是点眼之药，极为紧切。此篇中眼科先生为大眼目，灵吉菩萨是点眼之后而开光明也。拨迷朦之瞽见，发不昧之妙观，则定猖狂无定之风，而绝鼠首两端之惑矣。

鼠性善窃多疑，出穴不果，每持两端，故老妖为灵山脚下老鼠成精。你看"老妖低头不语，默思计策。"又"闻言愈加烦恼，道：'这厮却也无知，我倒不曾吃他师父，他转打杀我家先锋。'"都是无定见，而反说别人不是的情状。"老妖仔细观看，见行者身躯鄙猥，不满四尺"，便是轻觑不明。"行者道：'你这儿子，却没眼力！'"便是面嘲不明。"照头一下，便长六尺，有一丈长短。"盖言四大一身，原有丈六真身，而非可以外貌皮相也。行者现身设法，老妖错认虚头。二人争战洞外，行者使身外有身手段。是以多御纷，未免眼花淆杂，故受害在目矣。"老妖吹出黄风本事"，是以狂济惑，岂不天地为昏，故所攻在眼矣。此段阐发乱不可以止乱，起下惟明足以止乱也。

"毫毛变的小行者，如纺车儿乱转"，"火眼金睛，莫能睁开"，"八戒不敢睁眼抬头,不知胜负,不知死活,正在疑思之时",俱描写狂惑无准,方失灵明之候也。因不灵明而致狂惑,因狂惑而愈失灵明。欲治狂惑,须先治灵明,故"行者道:'救师父且等再处。不知可有眼科先生,且教他把我眼医治医治。'""二人停身观看,乃是一家庄院,影影的有灯火光明。"已于昏昧中得借一隙之明。"兄弟借宿,与庄老拜见叙坐。行者即问道:'贵地可有卖眼药的?'""老者道:'他叫做三昧神风,吹了还想得活哩?'"又道:"曾遇异人传了一方,名唤'三花九子膏'。"此三花聚顶,九转还丹之妙方也。八戒笑道:"先生,你的明杖儿呢?"行者道:"你照顾我做瞎子哩。""八戒哑哑暗笑,行者吸吸的笑",俱是隐讽暗嘲,言彼盲修瞎炼者,不曾见得眼科先生也。庄生曰:"灭眦可以却老。"亦是。

　　点眼药一节。"护法",即是识神。设庄,全为点眼药、留大圣而设,乃点全体之眼药也。设庄之"庄",与庄生之"庄"何异?"行者忽醒,八戒故猜",莫作诨语看过,俱发明胸无定见,而俗眼无知也。颂中"妙药医眼痛,降怪莫踌躇",既明且断,灵明可得之时矣。故下文即现灵吉菩萨之号,而有金星指明也。八戒道:"暗保师父,不能现身明显,故此点化仙庄。"见此眼药,乃老庄密传秘授,非可显露之妙谛也。

　　行者道:"等老孙去洞里打听打听。"八戒道"讨一死活的实话"、"假若死了"、"若未死",俱是狐疑难决,未得灵明的话头。"行者到他门首,尚关着睡觉。变蚊入洞,小妖还打鼾睡。"俱是懵懂昏昧,梦梦不醒的境象。老怪道:"门上谨慎。只怕那阵风,不曾刮死孙行者。"俱畏惧疑惑之态。又见"一层门关得甚紧,钻进去",已入其三昧矣。见"定风桩上绑着唐僧",乃拘挛束缚,无以自解之端。师父"心心只念悟空、悟能",可见心难自主,而别求救护,只念《多心经》,终何济哉?

　　小妖报道:"见一个大耳的,不见昨日那个。"所见之小也。老妖道:"孙行者不见,想必风吹死了,再不那里求救兵去了。"所见之惑也。众妖道:"吹杀了是我们的造化,只恐吹不死,却怎生是好?"所见之怯也。总系乱猜乱说,畏首畏尾,两端莫定之词。忽自供道:"除灵吉菩萨来,才定得我风势。"所谓情虚无实,识神自首,不刑自招也。

　　金星者,明断慈祥之宿,"用手指南"、"化作清风不见","八戒下拜知感",所谓指点之恩师,如同父母,誓常成道,以报大恩也。行者直上须弥,往里观看,只见"满堂锦绣,一屋威仪。金焰玉烟,慧剑善会"等句,俱状灵吉之大法力，不可以言传之妙也。定风丹圆明而有准，飞龙杖迅疾而神通，"现了本相，却是黄鼠。因偷盏内清油，灯火昏暗，走在此处成精"。乃就睹失明之实录也。"拿上灵山，去见如来。"正是施大法力，打破疑团，得光明相，重见如来也。"二人把一窝狡兔、妖狐、香獐、角鹿，尽情打死"，又何狡诈、狐疑、獐惶、角岔之有？这谓之"请灵吉救真僧，找出向西大路"。噫！莲台佛刹花无数，眨起眉毛仔细看。

〔**西游原旨**〕上回已言心之猖狂，须借戒行而除去矣。此回专言意之疑虑，当依灵明而剿灭也。

篇首"黄风洞老妖低头不语，默思计策"，黄为主色，喻人之意；风吹不定，喻意之无主；"低头不语"，正起意思维之象；"默思计策"，乃疑虑妄想之机。"拿一杆三股钢叉，跳出洞来"，意念一动，邪正不分，是非莫辨，犹豫不决，而股股叉叉，三思不决矣。

妖精见行者身躯不满四尺，呼为"病鬼"，是未免在躯壳上起见，而误认幻身为真身矣。认幻身为真身，则必认假意为真意，便是有眼无珠，蒙昧不明。行者谓之"忒没眼力"，情真罪当，何说之辞？

"那怪打行者一下，行者把腰一躬，足长了六尺，有一丈长短。"盖人受先天之气而生，原有丈六金身，圆陀陀，光灼灼，净裸裸，赤洒洒。修之者，希贤希圣，成仙作佛，本属真材实料，而非演样虚头。若以演样虚头观之，即是没有主见，疑惑不定。

黄风洞老妖与大圣相战矣，何以行者使身外身手段，被妖一阵黄风刮在空中，不能拢身？夫天下事，惟少者可以御多，定者可以止乱。以多御多，愈滋其多；以乱止乱，益致其乱。此惑乱内起，而外法无用。原其故，皆由于心之不明，故意之不定；意不定，而心愈不明。行者能不被妖风一口，把火眼金睛刮得紧紧闭合，莫能睁开乎？噫！心有不明，而意无忌惮，所作所为，尽成虚假，欲望成道，殊觉为难。此求眼科先生，先救其明，不容已也。行者道："救师父，且等再处。不知这里可有眼科先生，且教他把我眼医治医治。"修真之道，全要灵明不昧，若昧其明，将何所修？不救师父，先治其眼，实得修真之三昧。

"二人寻人家过宿，只听得山坡下有犬吠之声，乃是一家庄院，隐隐的有灯火光明。"犬为真土，灯光者，暗中之明。行者因治眼而寻宿处，真土已有影响,乃暗中生明之机,正护法点眼之时。老者说出"曾遇异人传了一方,名唤三花九子膏,能治一切风眼"。三花者,三家;九子者,九转。言此灵明之眼药,系真人口传心受,三家合一,九转还元之妙方,不特能止意土之妄动,而且能开一切之障碍。"点上眼药,教他宁心睡觉。"宁心而心明,睡觉而大觉,此等妙方,真是"万两黄金买不得,十字街头送至人"。真诀已得,可以展开铺盖,安置放睡矣。

"八戒笑道:'先生,你的明杖儿呢?'"言须在先打彻,方有灵明挂杖。"行者道:'你照顾我做瞎子哩!'"言其被他瞒过,即是睁眼瞎子。"呆子哑哑的笑",笑其瞎也;"行者运转神功",运其明也。

呆子抬头见没人家,寻马寻行李,疑其"躲门户、怕里长、连夜搬"。俱是描写无知呆汉,疑惑不定,措手忙脚,不知有此眼科先生之点眼也。颂中"妙药与君医眼痛,尽心降怪莫踌躇"。灵明一开,魔怪难侵,可知降怪为点眼以后之事,若未点眼,而怪难降。

行者道:"这护驾伽蓝和丁甲、揭谛、功曹,奉观音菩萨法旨,暗保师父。"盖修持大道,火候工程,年月日时,毫发不得有爽,若非明师附耳低言点破妙旨,此事难知。八戒道:"他既奉法旨,暗保师父,所以不能现身明显,故此点化仙庄。"盖道高毁来,德修谤兴,既得师传,则当潜修默炼,点化成真,不可泄露机关,现身招祸。此仙翁至切之叮咛,示学人避祸保身之法也。

"行者变作一个花脚蚊虫,飞入洞里。"此变非人所识。夫蚊虫日则潜藏,夜则高飞,取其明能夜照。"花脚"者,五色俱备,蚊虫而花脚,则为五行精一之明。以行者五行精一之神,而变五行精一之明,是"神而明之,存乎其人",无处不照矣。"见老妖吩咐门上谨慎,怕不曾刮死孙行者。"是神明其放意不定,狂惑无主也。"却见一层门,关的甚紧。钻进去,定风桩上,师父心心只念悟空、悟能。"是神明其徒悟一念之空,不能解脱也。

行者道:"我在你头上哩,你莫要心焦,今日务必拿住妖精,救你性命。"一切迷人,不知身外身之神明妙用,只于自身摸索,非投于执空,即流于放荡。执空,则缚于定风桩上而不能脱;放荡,则入于黄风洞而莫可出。苟非看破此中消息,运动神机,焉能拿得妖精,救得性命? 其最妙处,是行者道"我在你头上哩!"噫! 莫执此身云是道,须知身外还有身。又"嘤嘤的飞在前面",去暗投明,"不识不知,顺帝之则"也。

妖精说出"除了灵吉菩萨,其余何惧?"神明明到此处,识神自破,真灵可得，而假土可灭矣。"行者听得他这一句话，不胜欢喜。"所谓"得其一而万事毕"者，此也。然此得一之窍，非明师指点，实难自知。八戒道："要知山下路，须问过来人。"正前篇"若说自己有，何用别人说"也。及问灵吉住处，老者告"在直南"，南者离明之地，正真灵居住之乡，灵而居明，则系灵明可知。"老者疑为取他的经，行者道：'不是取他的经，我有一事烦他，不知从那条路去。'"夫真经人人具足，个个圆成，处圣不增，处凡不减，无待借取他人，自己本有，然不知道路，而真经未可以得。"不取他经"者，以示经本自有，无容假借也；"一事烦他"者，以示道路不知，须赖师传也。金星指明羊肠路，八戒感拜救命恩，言既得师传，恩同再造，誓必勇猛精进，以报师恩，而终身不可有忘也。

简云："上覆齐天大圣听，老人乃是李长庚。须弥山有飞龙杖，灵吉当年受佛兵。"盖意之不定，由于心之不明；心之不明，由于志之不果。金星而告灵吉住处，由果而成其明，既明且哲，刚柔得中，进则可以有为，退则可以自守，进退无碍，何事不成？"老猪学得乌龟法，得缩头处且缩头"，正退则可以自守，用其柔也；"行者纵觔斗，寻菩萨降妖"，正进则可以有为，用其刚也。

行者到菩萨处所见胜境，俱曲肖灵明之妙相，至于"静收慧剑魔头绝，般若波罗善会高"，非灵明不昧者，孰能与于斯？定风丹，比圆明而邪风不起；飞龙杖，喻果断而妄念不生。

"菩萨教行者诱他出来，我好施法。"将欲取之，必先与之。"那怪张口呼风，灵吉将飞龙杖丢下，化作一条八爪金龙，抓住妖精，摔在岸边。"此乃以一御纷，以定止乱，较之使身外身，以多御多，以乱止乱，何其迅速！

"现了本相，是个黄毛貂鼠。"黄为土色，鼠性善疑，是为不定疑二之意土也。然意土妄动，皆由灵明罔觉，假者得以借灵生妄，无所不至，如偷去琉璃盏清油，灯火昏暗者何异？曰"灵山脚下老鼠成精"，可知非灵山本有之物，乃后起之根尘。"拿去见如来处置"，言不见如来本性，邪正相混，而此物未能处置也。

"撞入里面，把一窝狡兔妖狐、香獐角鹿，尽情打死。"意土既定，而狡猾兔跳狐疑，獐狂角胜之病，自然灭踪。从此救出婴儿，找上大路，假土已去，真土可收矣。

诗曰：

狷狂惑乱失灵明，大要留心念不生。

拄杖如能常稳定，何愁妄意不归诚。

# 第二十二回

## 八戒大战流沙河　木叉奉法收悟净

〔**西游真诠**〕悟一子曰："紫阳真人曰：'虎跃龙蟠风浪粗,中央正位产玄珠。果生枝上终期熟,子在胞中岂有珠。'"此回之真谛也。攒簇五行之妙,全在戊、己二土。土为五行之中央,主于四季,各十八日。分而布之,运四时而生成万物;合两主之,统九宫而妙会一元。故金、水得土而凝聚,木、火得土而调和。戊为阳土,己为阴土,金、水、木、火,各有戊己位于中宫,则五行攒簇而还为太极。太极也,强设之名也。土虽五行之一,实五行之极。在人之身为真意,意真则诚。诚则动静皆真,而性情得中,君子所以必诚其意。沙僧,真土也。其"流沙"、"弱水"、"骷髅"、"卷帘"等义,俱见于第八篇中。此篇特明金、水、木、火不能离土,得此土而正位中宫,则金丹之作用备,而圣胎结矣。

前乌巢禅师偈云："野猪挑担走","多年老石猴","水怪前头遇"。遇者,姤也,指其遇合之妙,乃相藉向西之大道,故首云："行过了黄风岭进西,却是一派平阳之地。"然何以忽有大水阻路而难渡? 非难渡也,正以难渡处遇之而得渡,为向西之大道也。黄为中央正色,故就黄风岭以引起五行之要领。八句诗中,形容五色兼备之体,九宫具足之象,字字可玩。

八戒与那怪交战,木遇土而相克也。那怪自叙一篇,见三五各为一五之妙,内云："先将婴儿姹女收,后把木母金公伐。"乃的旨也。二人两番争战,俱因急躁不能收服,何也? 情意未洽之时,有委曲调剂之功,非倚强迫促所得而强制。所以悟空以急躁求静,而静益成躁;水怪以退避为动,而动急愈难静也。故"八戒求万全之策","行者劝师父且莫焦恼",下文"去化斋歇息",见用功之宜缓而不宜骤。论"驾云难驼",见凡夫之能渐而不能顿。谕

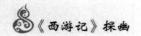

"诸法莫施,要穷历异邦",见钝质之贵劳而不贵逸。言"做得拥护,不能先去取经",见进修之从难而不从易也。

八戒入水索战,叙出宝杖来历,只看"长短在心,粗细凭意"等语,分明是真意之运用,慧照之从心也。"这一番水底打出水面",即《参同契》所谓"言语不通非眷属"也,词中已用明指出。盖阴阳交媾,必由真土,如夫妻作合,必须媒妁。言语不通,两情睽隔,自不和谐。词内"只因木母克刀圭"一句,明指悟能为木,悟净为土矣。

"那怪只在河边闹吵,不肯上岸",形容流性未定,在两可出入之间,最难捉摸。燥心一乘,自必潜匿,无从下手。此行者心焦性暴,就纵觔斗,而那怪隐迹潜踪,渺不可见矣。仍须反己静观,请出观音菩萨,以究明本来面目,故行者径上南海,参见菩萨。菩萨道:"你这猴子,又逞自强,不肯说出保唐僧的话来。你若肯说出'取经人'时,断然归顺。"盖保护取经,为三人之同志。说出"取经人",即言语已通,两情和悦,彼此输心,自然投合,而猜忌悉泯矣。

菩萨唤惠岸,取红葫芦,叫悟净皈依,把九个骷髅按九宫布列,安葫芦在中,就是法船一般。善哉!大士慈航渡世,显示金丹之制度。人能则而驾之,流性自定,安澜可渡,免沉沦而登彼岸,实基于此。"葫芦",乃二土成圭之象。"在中"则妙合而凝。"九宫之布列",皆为我用,于此安身立命,又何险阻之有?

诗曰:"五行匹配合天真,认得从来旧主人。炼己立基为妙用,辨明邪正见原因。金来归性还同类,木去求情亦等伦。二土全功成寂寞,调和水火没纤尘。"言阴阳匹配,方合天真,旧主已失,而今可认得,此立基之妙用,为去邪存正之原因也。金去而来归,复还本性,彼我原是同类,金木亦非异伦,乃二圭成全,而结就圣胎,从此寂寞而温养调和,尚何水火之尘迹哉?此大士法船一只,即龙女献珠一粒,乃人生之原本也。故卷帘大将,为真阴、真阳之真土,夫妻作合之黄婆,结胎立基之要妙也。

"木叉叫出悟净,诚心归顺。取下骷髅,结下九宫,安葫芦在中,请师坐于其上。飘然稳渡,浪静风平,不多时身登彼岸。"真安身立命,脚踏实地之大作用。然何以又云"清净无为"?盖有为而已不与,如观音使木叉示法,而身不往。运用在悟空、悟能,结船在悟净,而三藏安享无为,虽有为而实无为者矣。迨木叉收了葫芦,骷髅化为阴气,二土成真,九宫浑化,从此脚跟已定,金丹成象,而无为之道渐彰。噫!金丹作用之法,灼然见于此。

〔**西游原旨**〕上回已言假土为祸，借灵明之性可以降伏矣。然假土已降，而真土斯现，此回专言收伏真土、和合四象、攒簇五行之妙用也。

"唐僧三众过黄风岭，进西却是一派平阳之地。"犹言过黄风之假土，即至平阳之真土矣。真去而假来，假去而真来，理所必然。然已到平阳之地，何以又有八百流沙河、三千弱水深乎？殊不知真土即在假土之中，假土不在真土之外，流沙比假土之流性不定，弱水比假土之易于陷真，流沙弱水正是借假修真之处。

河中钻出一个妖精，"一头红焰发蓬松，两只圆睛亮似灯"，具有火也；"不黑不青蓝靛脸，如雷如鼓老龙声"，具有木水也；"身披一领鹅黄氅"具有土也；"腰束双攒露白藤"，具有金也；"项下骷髅悬九个，手持宝杖甚峥嵘"，九宫相穿，挂杖在手，土运四象也。总言真土备有五行，罗列九宫，无不挂杖而运用之。

"八戒与怪大战"，木克土也。"大圣举棒，望那怪着头一下，那怪转身钻入流沙河。"此躁性太过，而真土潜藏也。"行者道：'我们拿住他，不要打杀他，教他送师父过河，再作理会。'"沙僧为真土，非假土可比，"打杀"何以和四象？教送过河理会，犹言过得此河，方能五行相会也。

何以大圣道"我水里勾当不十分熟"？大圣为水中金，水为金生，何以不熟？又金入水不溺，入火不焚，何以不可去？此中别有妙义。盖收伏真土，在柔而不刚，金公坚刚之性，木母阴柔之性，取其用柔而不用刚也。八戒下水与怪复战，那怪自叙本身一篇，其中卷帘、流沙、骷髅，俱系真土之象，以见有金公木母，而黄婆之不可无者。

"八戒虚幌一钯，回头诱怪上岸，行者忍耐不住，劈头就打，'飕'的又钻入水中。"总以见不能从容缓图，急欲成功，不但真土不能输服，反致真土潜藏不见。故八戒道："你这个急猴子，便缓着些儿，等我哄到高处，你挡住河边，却不拿住他也。"此处收伏真土之火候作用，明明道出矣。盖急则坏事，缓则成功，不到高处，未可下手，已离河边，疾须收伏。此千古不易之诀，收伏真土之妙法也。

"三藏道：'怎生奈何？'八戒道：'求得一个万全之策方好。'"可见急躁则非万全之策，缓着方有万全之策也。"行者化斋教睡"，缓着也；"凡胎骨重，驾不得云"，缓着也；"携凡夫，难脱红尘"，缓着也；"保的身命，替不得苦恼",缓着也;"要穷历异邦,不能勾超脱苦海",缓着也;"就是先见了佛,不肯把经与你我",缓着也;"若将容易得,便作等闲看",缓着也。"三藏道:'怎生区处?'"即没万全之策,还须八戒下水,还是急而不缓。

那怪叙出宝杖长短由心,粗细凭意,系是神兵,不是凡器,可知为真土,而非假土可比。然土虽真,若不得和合之法,则彼此言语不通,未可投诚。"两个从水底打到水面,正是:宝杖轮,钉钯筑,言语不通非眷属;只因木母克刀圭,致令两家相战触。"盖言语通,则彼此同心,土能载木;言语不通,则彼此争持,木能克土。土木之生克,总在言语之通不通处点醒耳。八戒佯输,那怪不肯上岸,便是嫌疑未去,信行不周,非可收伏之时。而欲强制,急为我用,犹如饿鹰凋食一般,到底着空,何益于事?

夫金丹大道,全在火候爻铢不差,若少有差错,未许完成。金木相并,金丹已宛然有象,然黄中不能通理,虽含四象而道难就。何则? 土为万物之母,所以和四象、配五行。《悟真篇》曰:"离坎若还无戊己,虽含四象不成丹。"是有真土而金丹易成,无真土而金丹难就。虽然,真土在流沙,以克土者降土,土争持而不伏;以土生者制土,土反藏而不出。是将何所用其功?是必有道焉。苟非自在观察,到得清净之地,不能发其真诚。故行者教八戒莫厮斗,往南海寻寻观音来。八戒道:"正是! 正是!"不厮斗而往南海,去强制而归清净,悟到此地,正是收伏真土之大机关,大作用。言语已通,可以施为矣。

"菩萨道:'你这猴子,又逞自强,不肯说出取经人的话来,若肯说出取经人的话,他自早早归顺。'"可见前之三次大战,皆由不肯说出取经人之故。提纲"八戒大战流沙河",是徒以戒求净,而净者反不净;以战制流,而流者更觉流。所谓大战者,明讥其争胜好强,而不能静观密察也。

"菩萨取出一个葫芦,吩咐惠岸,教在水面上只叫'悟净',他就出来了。"此等妙诀,如谷应声,何其省事? 葫芦者,二"土"合一,成"圭"之象。己为静土,戊为动土,动静如一,戊已归真而为净。悟其此净,真土自出,不求皈依而皈依矣。

"把九个骷髅,接九宫布列,葫芦安在当中,就是法船一只。"谓之法船,真法船也! 土居中央,九宫布列,八卦、五行、四象,尽在其中,圆满无亏,金丹成就。得之者再造乾坤,别立世界,超凡地,入圣域,能成不朽功业。不徒唐僧能渡流沙河,而历代仙真,无不藉此而渡流沙河也。

诗云："五行匹配合天真，认得从前旧主人。炼己立基为妙用，辨明邪正见原因。金来归性还同类，水去求情亦等伦。二土全功成寂寞，调和水火没纤尘。"此攒簇五行之实理，乃仙翁开心见掌之法言，若人悟得其中妙义，则金丹有为之道，已是了了。噫！"自从悟得长生诀，年年海上觅知音。不知谁是知音者，试把狂言着意寻。"其如人不识者何哉？

"木叉到流沙河水面上，厉声高叫道：'悟净！悟净！取经人在此久矣，你怎么还不归顺？'那怪闻说'取经人'，急出来向木叉作礼。"读者至此，不能无疑。八戒为木，木叉亦木，何以八戒屡战而不服，木叉一叫而出礼？菩萨已有言矣："若肯说出取经人，他自早早归顺。"前八戒之战，不肯说出取经人，以木克土，是言语不通，专依自强也；今木叉之叫，已经说出取经人，土来就木，是言语已通，本于自在也。自强者以力制，故不归顺；自在者以德感，故自诚服。一出勉强，一出自然，天地悬隔。悟的此净，方能收得真土；悟不得此净，即收不得真土。高叫"悟净！悟净！"叫醒迷人者多矣，不知学人悟得否？悟净归了唐僧，又叫作沙和尚，即有为真土之作用。

"依菩萨法言，骷髅结作九宫，葫芦安放当中，长老坐上，左有八戒，右有悟净，行者在后，牵了白马。"以《河图》为体，以《洛书》为用，五行攒簇，三家相见，结就婴儿，浑然太极矣。"不多时，身登彼岸，得出洪波。又不拖泥带水，幸喜脚干手燥，自在无为。"此所谓"一粒金丹吞入腹，始知我命不由天"。弃有为而入无为，即在此时。"木叉收了葫芦，那骷髅一时解化作九股阴气，寂然不见。"盖金丹成熟，取而服之，点化凡躯，如猫捕鼠，霎时之间，群阴悉化。从此师徒们同心向西而行，见佛有望矣。

诗曰：

真土匿藏流性中，恃强戒定不成功。

若非伏气行柔道，彼此何能言语通。

# 第二十三回

## 三藏不忘本　四圣试禅心

〔**西游真诠**〕悟一子曰：五行攒簇，结就圣胎。原本已得，性命有基。从此保守温养，脱胎渐几神化，天仙可证。窃恐世人，错认攒簇妙道，为采阴补阳之邪说，见色而迷，沉沦欲海，忘本溺文，殊可悲悯。故此急提女色之易惑，切须坚持谨慎，不可忘了本来面目。所以道"这回书，盖言取经之道，不离了一身务本之道也"。

噫！仙师立言之妙，"务本"二字，贯彻始终。若浅窥肤视，便埋没却神理。此"本"非为已近内之义，乃前贯首回，先天地而为先天之灵根；后彻五庄观，后天地而又为先天之灵根也。人人具足，不少欠缺。失之者，务之而还返，还即还吾身中所本有；未失者，务之而不忘，忘须忘吾身中所本无。失而复得者，务之而葆固，固即固吾身中之本有而去，去而幸归。故曰"取经之道，不离了一身"。

诗内"乖猴牢锁"、"劣马勤兜"，从性地上打点；"木母金公"、"黄婆赤子"，从命根上作用。既识真消息，即是大智慧。任重道远，全赖精勤。稍有懈怠之心，便是担荷不力，未免逸欲渐萌；苟有躁进之意，亦是驰情躐等，必致纵轶难收。八戒嫌担重，要马快，遂成病根。比如行者举棒而猿乖，奔突而马劣也。

提纲"试禅心"，原极显见。特微妙之处，却又在言外。盖以"试禅心"为正意，而仍寓丹法。何也？试心者，试之而已，一二丽艳，已足消魂，何待四美？不知一阴一阳之谓道。师徒四众，自宜四配，乃真阴、真阳对待之数，缺一不可。特能见色不色，对景忘情，方是坚刚不坏之体。学者离境而绝物，不难将身而强制；遇境而接物，每至移情而丧守。欲得真实造诣，必从磨涅中打过；欲识足色真金，必由烈火中煅来。四圣之试，如试金石之试。金遇试金石，而程色自现；心遇四圣之试，而圣、凡毕露也。天下最易动心者，莫如美色，遇此而不动，则无可动其心者。此化女以试之，即如架火以炼之，唯有真金不动而已。

丹法以女求男，如招赘然，非寻常夫妻可比。故化作四圣，为坐产招夫形状，而以八戒为婿，沙僧为媒也。但四圣非他，只是真一之气。以一化四，而千变万化，皆出其中，仍即如大圣之真金，而能变化不测耳。惟大圣见之，而情知点化也。本文隐指可明。

那妇人道："我是丁亥年三月初三日酉时生，故夫比我年大三岁。""大三岁"，即是属申。申者，猴也，即真一之气也。此庄为属猴者所遗，其妻与女，非属猴者所有而化身耶？母女四人，岁共九十九，阳数之极，老阳化阴，化女之理也。《白虎通》曰："火之为言化也。"可知金能化火，而火又能化金。化为四女，为四炉之烈火，诸物遇之，无不销烁。始赖之而结丹者，终赖之而炼丹。此一化也，为金丹最要之火功，足以锻炼成真者也。

何以明其为火？那妇人道："我是丁亥年。""丁"非火乎？"亥"非生火之木乎？"在松柏林中"，非木盛而火旺乎？若然，则其夸张田产牲畜、绫罗绵乡之盛美，俱火之光焰也；其称道真真、爱爱、怜怜之姿色，俱火之精神也；其称春夏秋冬之受用，俱火之运动也。其"忽然大怒，转进屏风，关上腰门"，乃火之起伏也；其不嫌八戒貌丑，遂招为女婿，只要干得家事，乃火之不分玉石也。其"忽然一声开门，红灯提炉，香云霭霭，环佩叮叮，引众女礼拜"，乃火之声气决烈，旋绕熬煎也；其"留下一对纱灯，带领呆子，层层引进，满堂中银烛辉煌"，乃火之闪烁明通，严密而无可藏匿也；其言三女疑难，给与手帕盖头，撞婚不着，乃火之性情无定，活活泼泼，而不可以捉摸也；其又转进房里，递与珠衫一件，绷住呆子，乃火之转辗束缚，玲玲珑珑，而不可以趋避也；"这些人早已不见，那得大厦高堂、雕梁画栋"，乃火之变幻起灭，神奇灵速，而不可以形求也。至八戒"左扭右扭，忍耐不住，数个'从长计较'；放马丢缰，叫娘议婚，自夸本事，'不用商量'淫心紊乱，带我常拜几拜，'都与我顶盖头'，捞不着，你招我；穿珠衫，跌倒地"，俱是一经火炼而飞飏腾越不能自主，牢笼捆制而自失本原也。

篇中最关键处，是八戒道"我幼年间，也曾学得个熬战之法"二语，以采战妄为者，每以女色为鼎器，信采阴补阳之邪说，以自焚其身，正如飞蛾之投

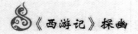

火,哀哉! 故诗中结出本意,曰:"痴愚不识本原由,色剑伤身暗自休。"此离身取经,而不能务本之害也。

颂内云:"从此洗心须改过",乃是要旨,见结丹之后,切须洗心戒欲。若不戒欲,原本得而复失,殊为可惜。若能从此不忘原本,方为有德。故又曰:"从正修持须谨慎,扫除爱欲自归真。"

〔**西游原旨**〕上回三家相见,五行攒簇,命基坚固,大本已立矣;大本已立,本立道生,再加向上功夫,防危虑险,戒慎恐惧,须要将此本修成一个永久不坏之本,方无得而复失之患。

冠首一诗,大有妙义,学者须宜细玩。曰"奉法西来道路赊,秋风渐渐落霜花"者,言金丹之道,自东家而往西家,乃杀里求生,祸里寻恩,如秋风霜花,而收敛万物也。曰"乖猿牢锁绳休解,劣马勤兜鞭莫加"者,言猿乖马劣,心意放荡,最能害道,稍有放荡,性乱命摇,生死所关,是必牢锁勤兜,十二时中,不可懈怠也。曰"木母金公原自合,黄婆赤子本无差"者,木母为真阴,金公为真阳,黄婆为真土,赤子为丹元,言本来真阴真阳原自和合,真土丹元并无差错,其不合有差者,皆因心意不定,不合有差耳。曰"咬开铁弹真消息,般若波罗到彼家"者,"般若"梵言智慧,"波罗"梵言彼岸,言金丹之道,须要识得阴阳,辨得五行,认得心意,而后真假分明,邪正判然,五行可攒,金丹可就,智慧光明,直登彼岸矣。直登彼岸,即是本立,欲其本立,须要务本,故曰:"取经之道,不离了一身务本之道也。"务本之道,即静观密察,神明默运,务此五行攒簇之本。提纲"三藏不忘本",即不忘此五行攒簇之本。"四圣试禅心",即静观密察,以保守此五行攒簇之本。不忘而保守,则原本得而禅心定,禅心定而原本固,务本之道,可以了了。

"三藏师徒,了悟真如,顿开尘锁,跳出性海流沙,浑无罣碍,径投大路西来,正值九秋。"是已悟得有务本之道,由东家而求西家,正当因时而行,随地而安,返朴归淳之候,不容稍有怠惰者。奈何正走处,三藏问歇处,八戒嫌担重,沙僧说马慢,行者赶马跑,猿乖马劣,无戒无行,尚欲木母金公自合,黄婆赤子无差,乌乎能之? 原其故,皆由失误觉察,不能返观内照,以至于此。仙翁于此处演出"试禅心"一案,提出观卦妙旨,以示务本者必须大观神观,方是务本大作用、真法程。

观卦☷☴上巽下坤,顺时巽行,所以以中正示人也。但中正之观,非孤阴寡阳,乃大观而合神观,神观而运大观,神明默运,鬼神不知,蓍龟莫测,非可与人共知共见者。此中消息,非明眼者,焉能拟议其一二? 故"行者见半空中庆云笼罩,瑞霭遮幔,情知是仙佛点化,他却不敢泄露天机,只道:'好,好,好! 我们借宿去也。'""仙佛点化"者,圣人以神道设教也;"不敢泄露天机,借宿"者,以神观而合大观也;曰"好,好,好! 我们借宿去",正以见安身立命务本之学,舍此观察妙用,别无他术矣。

"一座门楼,垂帘象鼻,画栋雕梁",即观卦之象。观卦上二奇,非垂帘乎? 下四偶,非象鼻乎? 上阖下辟,非画栋而雕梁乎? "向南三间大厅",其厅必在北,下三阴也。"中间一轴寿山福海的横披画",九五一阳也。"一张退光黑漆的香几",一二三四五爻,四黑而上一光也。"几上放一个古铜兽炉",即上九之一阳也。"两边金漆柱,贴一幅大红纸的春联",四阴爻两开之象也。"六张交椅",六爻也。"四季吊屏,母女四人",皆四阴爻之象也。

"妇人丁亥年八月初三日酉时生",亥为壬,丁壬合木,三为木数,八月为酉,妇人为坤,上巽木,下坤土,仍取观象。观为八月之卦,故妇人生于八月也。妇人为坤阴,其夫必为乾阳,乾上坤下,为天地否,观自否来。否上乾,三九二十七;下坤,三六一十八:阴阳之数,共计四十五。曰"前年丧了丈夫",则有丈夫时,只是四十二岁。曰"我今年四十五岁",四十二而加三,则是四十五。曰"故夫略大三岁",是大而不大,就未变观卦时言之。三女,三阴也,因坤索乾,阳为阴伤,内外纯阴,故三女具有六九五十四之数。是皆言其观卦,亦无深意。独是观之时义,有"童观"、"窥观"、"大观"之别,不可一概而论,须要辨其是非,分其邪正,方能由我运用,丝毫无差,纵横自在无遮栏矣。

寡妇夸奖女儿貌美,家当富足,欲坐山招夫,即六二之"窥观",所见不远也。八戒闻的富贵美色,心痒难搔,忍耐不住,扯师父作理会,即初六"童观",所见不大也。三藏不以富贵动心,美色留意,推倒恩爱,出家立志,欲其功完行满朝金阙,见性明心返故乡,即六三"观我生,进退",能观己之可否,以为进退,不忘本也。行者"从小儿不会干那般事",即上九"观其生,君子无咎",不观于假而观于真,能务本也。"悟净蒙菩萨劝化,受了戒行,跟随师父,怎敢贪图富贵? 宁死也要往西天,决不敢干此欺心之事",即六四"观国之光",以小观而求大观,知务本者也。"行者跟八戒,在后门看放马"一段,即九五"观我生,君子无咎",不特能观己之是非,而且能观人之邪正,此神观

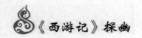

兼能大观,所谓"中正以观"也。

噫!观之大小是非不同,若不知其吉凶祸福,尽是小人妇女之见,势必逐境迁流,随物运转,迷心忘本,"脱俗又还俗,停妻再娶妻",而莫知底止矣。提纲"试禅心"者,即试此心之遇境定不定耳。"四圣试"者,即神大其观,以试其心,使其心之常定耳。独是试者,不特试其心,而并试其观。能神大其观,则禅心可定而不忘其本;不能神大其观,则猿乖马劣而忘其本。由心以试观之神大不神大,由观以试心之能定不能定,所谓"中正以观"者在此,"观天之道,而四时不忒"者,亦在此。观之中正不中正,即关乎心之能定不能定。夫心之不能定者,皆由见景而动情也。动情之事,莫如财色二者。人自无始劫以来,骨积如山,孽深似海,财以乱其性,色以伤其命,生于此而死于此,种根深厚,所以人皆不能解脱。惟大圣人知得其中利害,幽明通彻,有无兼该,静观密察,神明默运;防闲于不睹不闻之地,用功于无色无声之中;看的明,识的透,不为色魔所欺,不为淫性所瞒,所谓中正以观,不忘本而能务本者也。

彼世间采战呆子,邪说淫辞,以美女为仙子,以妇人为炉鼎,以绳索为宝衣,认假为真,爱爱怜怜,妄想取他家之阴,以补我家之阳。岂知妄作妄为,出丑百端,原本已昧,天根早坏,尽是在鬼窟中作生涯,黑夜里做事业,无取于人,已伤于己。诗中讥云:"痴愚不识本原由,色剑伤身暗自休。"堪为定评。

务本之道,何道耶?而乃贪财好色乎?沙僧叫"着鬼",真着鬼也;行者说"受罪",真受罪也。颂中"从此洗心须改过,若生怠慢路途难"。千古箴言!吾劝同人,未返其本者,急须戒慎恐惧,千方百计,以务其本;已返其本者,更须防危虑险,大化神化,不忘其本。始终务本,而不可别生意见者。故结曰:"从正修持须谨慎,扫除爱欲自归真。"

诗曰:

若还原本急明心,莫被尘缘稍有侵。

返照回光离色相,绝情绝欲退群阴。

# 第二十四回

# 万寿山大仙留故友　五庄观行者窃人参

〔**西游真诠**〕悟一子曰：此合下五六篇，总发明服食金丹为一身之原本也。篇中借"五庄观人参果"，阐金丹之理；偕清风金击子敲果，明月丹盘接果，显金丹之名。其义本诸《中庸》"位天地，育万物"，立天下之大本，而可以与天地参。化板腐之意旨，为神奇之解悟，深足破聋晓俗。读者自昧，反指为荒诞不经，是犹松柏之鼠，不知堂之有美枞也。

参者，叁也。《易》曰："叁天两地而倚数。"一、三、五，叁天之数；二、四，两地之数。叁三而九，老阳之数；叁两而六，老阴之数。两三一二为八，少阴之数；两二一三为七，少阳之数。皆叁天两地也。叁两相乘，五也，而总归于一。一益偶而叁，叁五以变三。相叁为叁，相五为五，推而至于百千万亿，及于无穷，无非叁两也，无非一也。故天道无端，惟数可以推其机；天道至妙，因数可以明真理。理因数显，数从理出，可相倚而不可违，故曰"倚数"。一者何也？先天真乙之气也。

朱子曰："天以阴阳五行化生万物，气以成形而理亦赋焉。是理不离气，气不离理也。"金丹之道，以养气为主。养气之要，在于"集义"。若不能"集义"而仰愧俯怍，则理失而气阻，何能浩然充塞天地？故神仙之道，到孟子"养气"之说，而发露殆尽；至称是"集义"所生者，而丹法几备矣。彼守空寂，而不明"集义"、"养气"心之功，终亦必亡而已矣。

人生如驹隙梦蝶，天命靡常，亟须回光返照，绝欲循理，廓然大公。理得而性复，性复而命凝，浩然自得，此之谓"集义"、"养气"，此之谓"安身立命"。其至要处，则在慎独。一念灵明，存诚去妄，须臾不离。天之所以与我者，惟此；而我之所以行德达道者，惟此。惟此作主，不牵于情感，不滞于名义,得失常变,始终罔问,是之谓能慎。慎则心地虚豁,便是未发之中,便是立天下之大本,便是人生本来面目。不落有无,不堕方所,无声无臭,浑然太极。孔子之"乐在其中",乐此也;颜氏之"不改其乐",乐此也。李延平之"默坐体认",体认此也;陆象山之"先立其大",先立此也。陈白沙之静中坐出端倪,此即端倪也。未识此者,须静以察此;既识此者,须静以养此。静极而动者,须动以体此;应事接物者,须临境以验此。所谓"察动静有无之机,全虚圆不测之神"者,此也。大本既立,而千枝万叶,莫不畅茂条达,所以能为天地立心,为生民立命,参天地而育万物也。

虽然,学道至全此神,昭昭灵灵,能纷应万变,能极往知来,齐一生死,超凡入圣,以为至矣尽矣,真实而无以复加矣。奈何此神为后天之阴神,非先天之阳神,四大解散,未免孤立,仍为天地所规域,而不能规域乎天地。务必安此神于至阳之处,而后能全得一个原本。原本在生我之处,不离乎先天真乙之气。盖理虽不杂于气,而实不离于气,故气化之所在,即神理之所在也。气无昭昭灵灵之神,而有杳杳冥冥之神。不神之神,乃为至神;至神之神,乃为至真。世人言及此神,茫然不识。所谓即识,亦不知从何处下手,甚有以"索隐行怪"一语抹煞者。试思《河》、《洛》、大《易》,为古神圣道法之祖,周、孔所心传而开示后世者,其所言阴阳顺逆之数,先天后天颠倒之理,果是索隐行怪否乎?予非谓全此昭昭灵灵而不昧者之非正道,谓有造乎极而始足以全昭昭灵灵而不昧者之为至真也。故曰:"欲得谷神长不死,须从玄牝立根基。"

请明此篇之义,篇首八戒被私欲捆缚,迷却原本;行者巽语微嘲,百般提醒,激发他羞恶天良。《西江月》一首内云:"只有一个原本,再无微利添囊。好将资本谨收藏,坚守休教放荡。"盖言未失者当保守,已失者当还返,既失而还返者当谨慎,只有一个,更无加增。观此,知彼采战之邪妄,正如八戒晕倒昏迷,不省人事者也。八戒惭愧道:"从今再不敢妄为。"此学者悔悟入道之机,故作者特于收煞贪色之害中,曲曲写出。本者,一也。一之数,备于五而极于万。提纲言"万寿山",而万万之无尽者,已摄于万;言"五庄观",而五五之难穷者,已统于五。五者,叁天两地,总不离于金、木、水、火、土。配之五伦,为仁、义、礼、智、信;合之一元,为混沌太极也。

篇中提明"混沌初分,鸿濛始判,天地未开之际,产成这件灵根"。此灵根,即首回之灵根,而有先后天之辨。彼先天地而为产天地之灵根,所谓"有物先天地"，即"先天而天弗违"也；此后天地而为天地产之灵根，所谓"中有一宝，秘在形山"，即"后天而天弗违"也。出乎先天，入乎后天。先、后天之灵根，总是一气，总是大本，总是五行之祖。学道者，能于后天中得此先天之一气，即能就此一气，统御后天之万理，而不落于孤立也。提纲曰"大仙"，天地间惟此本之大也；曰"行者"，天地间惟此五行之行也；曰"留故友"，留故者，已然之迹也；曰"窃人参"，窃人参，赞天地之能也。篇中"只将'天地'二字供奉香火"，即明本旨。童子道"这两个字，下边的，还受不得我们的香火"，言其属阴，而不足以同天之妙也。

长老阅历万寿山好景，幽趣非常，以为雷音不远，行者笑道："早哩，早哩！"盖三藏到此地位，虽认得原本，而不能省察；再进，则原本自原本，而仍非我得。必须兢业诚求，精心向往，方才完全不失。所谓"识得原本，好做工夫"，非空空悟得便是灵山也。故行者说得如许艰难，着他猛省，所以道："只要你见性志诚，念念回头处，即是灵山。"即《周颂》所谓"学有缉熙于光明"，非可虑难间隔，致使原本得而复失也。

"惟西牛贺洲五庄观出此'草还丹'，又名'人参果'。"西为少阴之方，于时为秋，秋为万物结果之候。果者，阴中之阳，即后天中之先天一气，人参天地而成果，一理也。"草"，从甘、从日、从十。二人配偶，而备天一、地十、东、南、西、北、中央之数，中有至阳，合而成象，故曰草。草者，早也，言须急早还丹也，即金丹之真金，还元之嫡子也，故曰"镇元子"。人能食饵，能参天地而成万物，岂不与世同君耶？"三三千年而结果，闻一闻，活三百六十；吃一个，活四万七千。""门下散仙，不计其数，见今还有四十八个。只带四十六个上天，留下两个看家：一，一千三百二十岁；一，一千二百岁。"逐数解之，但合叁天两地之数，错落形容其妙，乃是实理，非是空谈，总不外一五而推至于万万也。

镇元子吩咐清风、明月，打人参果接待故人。二童引孔子之言，疑非同道，乃深晓世人执儒疑道之异趋。大仙溯如来之会而明为故人，指示世人明道与儒之同原也。师徒到观，流览景致，睇视里联，访清风、明月，礼"天地"香火，说出元始天尊请听混元道果，俱形容两地叁天之实际，为先天真乙之奥妙，而人自不识也。行者谓其捣鬼，非行者果嗔也，明世人皆自圣予雄，即灵悟如行者，犹不能输服听信，宜乎知音之少也。三藏不识异宝，战战兢兢，远离三尺，非三藏果不识也，明世人皆肉眼凡胎，虽宿根如三藏，犹难以指示

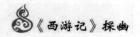

而承受，宜乎自弃之多也。

八戒垂涎，计较尝新；行者隐身，爬树偷果；落下不见，拘土地查问。明金丹人人俱爱，倘知之不真，不能遽食也。行者自称为"盖天下有名的贼头"，非诨语也。盖此道窃天地，夺造化，诚为理窟中之渠魁。土地道："这果与五行相畏：遇木而枯，遇水而化，遇火而焦，遇土而入。敲以金击方下，用丝帕衬垫方可。"盖金丹为混沦元气，不落一偏。落于一偏，不成正果，丝毫不容差错，所谓"毫发差池不结丹"也。

大圣偷得三个，三人分食，三人同志也。八戒贪心不足，嚷出做破，不能防危也。二童毁骂长老，三藏说："仁义为重，教他陪你个礼罢。"而三徒反行抵赖，正是长老之不能就食金丹，而伏后回之推倒树根也。盖金丹备五行而配五德，长老之疑畏，不智也；三徒之抵赖，不信也。不智不信，五德已缺其二，五行已偏于三。根本既摇，树果泯灭，岂非理数之必然乎？

按：波斯之西，有国曰大食。其王常遣人乘船，将衣粮入海，经涉八年，未极西岸。海中见一方石，石上有树，枝赤叶青。树上结生小儿，长六七寸，见人不语而皆能笑，动其手脚，头着树枝。人摘取，入手即干黑。其使得一枝还，今在大食王处。观此，则天地间原有此树，绝非荒唐，仙师特借以阐发金丹之道，有参天地之造化耳。郊岛寡闻者，不识有小儿树，又何能识有金丹之妙哉？

〔西游原旨〕上回言得丹以后，加以防危虑险、静观密察之功，方能保其原本矣。然而知之不真，用之不当，则原本非可易得。故此回合下二回，劈破诸家傍门之妄，指出修持原本之真，使学者细为认识耳。

篇首，呆子因色欲而捆缚，行者百般笑谑，是笑其昧本伤身，自取罪祸。《西江月》一词，极其明白，其中所言"只有一个原本，再无微利添囊"，语浅而意深，读者须当细辨。盖此原本，乃生天生地生人之根本，顺之则死，逆之则生，修道者不过修此本，返本者不过返此本，还元者不过还此本，归根者不过归此本，复命者不过复此本。始终一个原本，亦无可增，亦无可减。其有增减者，以其未至于原本而增之减之耳，并非原本之外而可增可减也。

"行者道：'你可认得那些菩萨么？'八戒道：'我已晕倒昏迷，认得那是谁？'"是乃迷本而不识本，不识本而晕倒昏迷，亦何足怪？行者与简帖，沙僧称"好处"，真是穴上下针，痛处用药，呆子能不追悔前非，死心踏地乎？三藏道："如此才是。"言不如此，而原本不能复不能保也。

"忽见一座高山，花开花谢山头景，云去云来岭上峰。"此天地造化之机，阴阳消息之密，为万寿山五庄观之影，而非闲言混语，读者大要辨别。三藏欢喜，盛夸好景，亦可谓识得原本矣。虽然，知其好，尤当行其好，倘知之而不行之，则好者自好，于我无与，而原本终非我有。此三藏疑为雷音不远，而行者笑其"早哩"也。

"八戒问：'要走几年才得到？'行者道：'这些路，若论二位贤弟，便十来日也可到；若论我走，一日也好走五十遭，还见日色；苦论师父走，莫想！莫想！'"此等处，人多略过，而不知实有妙理存焉。修真之道，有上、中、下三法：生而知之者，上也；学而知之者，次也；困而学之者，又其次也。生而知之者，安而行之也；学而知之者，利而行之也；困而学之者，勉强而行之也。八戒、沙僧学而知、利而行者，故往西天"十来日也可到"；行者生而知、安而行，顿悟圆通，直登彼岸，故"一日也好走五十遭，还见日色"；唐僧困而学、勉强而行，必须步步脚踏实地，方能得济，若有怠慢，大道难成，故曰："若论师父，莫想！莫想！"又曰："只要你见性志诚，念念回首处，即是灵山。"可谓提醒世人者多矣。然见性志诚，念念回首，特为学人入门之道，而非仙佛堂室之奥。若谓见性志诚、念念回首处即是灵山，又何必向灵山取经？此可晓然而悟，勿为作者瞒过。以上师徒问答，总以见欲上灵山，必经万寿山；欲到雷音寺，必历五庄观；欲见如来面，先食人参果也。

山名"万寿"，乃万物资始而资生；观名"五庄"，乃五行并行而不悖；仙号"镇元子"，乃真金永劫而常存；混名"与世同君"，乃混俗和光而不测。"观里有一异宝，乃是混沌初分，鸿濛始判，天地未开之际，产成这件灵根。盖天下四大部洲，惟西牛贺洲五庄观出此，名唤草还丹，又名人参果。"夫"灵根"者，先天真一之气也，此气生于天地之先，入于五行之内，藏之则为真空，发之则为妙有，亘古常存，坚刚不坏，故曰"惟西牛贺洲五庄观出此"。"草还丹"者，草乃蒙昧之象，丹乃圆明之义，言当于蒙昧之处而还其圆明，已包五行在内矣。"人参果"者，"参"与"生"同音，犹言为人生之结果。又"参"与"叁"同体，天得一以清，地得一以宁，人得一以灵，言人与天地为叁之结果。此果在儒门为一善，在释门为一义，在道门为一气，是一者乃生人之原本。得此一本，散之而二仪、三才、五行、八卦、万事万物无不流行；归之，摄万而八卦，八卦而五行，五行而三才，三才而二仪，二仪而一本。正所谓"一本散为万殊,万殊归于一本"。总之,一在五中,五在万中,万本于五,五本于一,此人参果出于万寿山五庄观也。

"三千年一开花,三千年一结果,三千年才得熟",九九纯阳之数也。"只结三十个果子",即《参同契》所谓"六五坤承,结括终始",五六得三十也。"其形如三朝未满的小孩相似",即三日一阳生于庚也。"四肢俱全,五官咸备",四象五行,无不藉此而生也。"人若有缘,得闻一闻,就活了三百六十岁",三百六十,坤阴六六之数,真性之地,若能闻的,顿悟圆通,可以了性也。"吃一个,就活了四万七千年",四者金数,七者火数,金火同宫,九还七返,造命之道,若能修而服之,长生不死,可以了命也。噫! 此中滋味,闻得者千中无一,而况吃得乎?

"大仙因元始天尊邀他到上清天弥罗宫中,听讲混元道果。"此混元道果即人参果,非人参果外别有混元道果。其所谓"混元道果"者,乃"无名,天地之始";"人参果"者,乃"有名,万物之母"。总是一物,不过就有无而言之,"听讲"者,即听讲此也。"大仙门下出去的散仙,也不计其数。"言万事万物皆本于一也。

"现如今还有四十八个徒弟,都是得道的全真。当日带领众仙弟子上界听讲,止留下两个最小的看家。清风只有一千三百二十岁,明月才交一千二百岁。"噫! 此处仙翁妙义,数百年埋没而不彰。虽悟一子慧心妙解,未能见到,而况他人乎? 四十八而共大仙,则为四十九,七七之数,隐示"七日来复"之旨。"带领众仙弟子上界,止留下两个",四十八而留两个,则带领四十六上界,乃乾之初、二、三、四、五爻,五九四十五,并大仙则为四十六。上界则下虚,乾五虚一实,为剥☶。"留下两个最小的","两"为阴数,"小"为阴象,"留"者,止而不进之义,言止其阴而不上进也。"清风只有一千三百二十岁",统剥之初六、六二、六三、六四也。初六、六二,二六一千二百岁;六三、六四,二六一百二十岁,乃共合一千三百二十岁。"明月才交一千二百岁",乃剥之六五,一六为六百岁;上九一爻,变一六,为六百岁。"才交"者,将交上爻而犹未交也,隐寓其剥之上爻"硕果不食"。

"留而为故人赠馈",待其一阳来复也。提出"奉唐王旨意取经,不可怠慢他",特以故人久不相见,偶一来此,不可怠慢而当面错过者。此仙翁不但为后人指示真宝,而且为后人指示大法,其如人不识者何哉? 大仙者,命也;金蝉者,性也。原人自受生之初,性命一气,是即"天命之谓性",故曰"兰盆会相识"也。

"四众来到门首，果然是福地灵区，蓬莱云洞，清虚人事少，寂静道心生。"俱以写清虚寂静，即道心灵根所生之处，即老子所云"致虚极，守静笃，万物并作，吾以观其复"也。"万寿山福地，五庄观洞天"，以见灵根出于万万五行之中，为一定不易之理也。能知得此处，镇于此处，即是"生长不老神仙府，与天同寿道人家"。非说大话唬人，乃说实话告人也。"正殿上中间，挂着五彩妆成的'天地'二大字。""五彩"者，五行也。五行乃天地之所生，灵根者所以生天地，天地既生，而灵根又藏于天地五行之中，一气而五行，五行而一气，天地适成其天地。夫天者一气浑沦，统阴阳，运五行，生万象，礼当供奉。地者，重阴之物，乃顺承天，故曰："下边的还受不得我们的香火，是家师诳佞出来的。"说出"诳佞"，则不宜供奉也明矣。

人参果，非真金之击不落，非圆虚之盘难接。清风上树敲果，明月树下接果，此清明在躬、灵根可得之机。二童前殿奉献，唐僧远离三尺，以为孩儿。此遇而不识，当面错过，真是眼肉胎凡，不识仙家异宝也。"那果子却也跷蹊，又放不得；若放多时，即僵了，不中吃。"噫！此又是诀中之诀，妙中之妙，直示人以火候端的。先天之气，如露如电，易失而难寻，若一稍放，即失其中，生中带杀，非复固有。《悟真篇》云："铅遇癸生须急采，金逢望后不堪尝。"正此"不中吃"之妙旨。

八戒知其为宝，教行者取金击子去偷，是遇之而能识也。行者使隐身法取金击子，"其盗机也，天下莫能见，莫能知"。"窗棂上挂着一条赤金"，乃明哲而果断也；"有二尺长，指头粗"，执两而用中也；"底下是一个蒜头子"，圆成而不亏也；"上边系一根绿绒绳儿"，一气而运转也。

"推开两扇门"，打破玄牝之门也。"却是一座花园"，空花而无实果，下乘也；"过花园，又是一座菜园"，食之而无滋味，中乘也；"走过菜园，又见一层门，推开看处，只见那正中间有株大树"，此"中有一宝，秘在形山，不在心肾，而在乎玄关一窍"，上乘也。"叶儿似芭蕉模样"，至洁至净而无浊质也。"直上去有千尺余高"，二五之精，妙合而凝也。"根下有七八丈围圆"，七八一十五，圆成之象，本乎太极也。"向南枝上，露出一个人参，丁在枝头，风过处似乎有声"，即剥之"硕果"，剥极而复，恍惚有象，杳冥有精也。"金击子敲下果子，寂然不见"，是不得其火候之真，而丹不能遽食也。

行者疑为土地捞去，土地道："这宝贝乃是地仙之物，小神是个鬼仙，就是闻也无福闻闻。"盖还丹者,地仙之事;大丹者,天仙之事。然天仙必由地仙而始,地仙即是天仙之根,彼鬼仙顽空小乘,安有此果?观此而天下道人,若有闻闻此道者,便是无量之福,焉敢望其得道乎?

"果子遇金而落,遇木而枯,遇水而化,遇火而焦,遇土而入。"言此果虽出五行之中,而不得犯五行之器也。"敲时必用金器"者,贵于果断也。"打下来,却将盘儿用丝帕衬垫接果"者,丹盘示其虚心,丝帕示其严密,以虚心严密为体也。"吃他须用磁器,清水化开食用"者,磁器示其光明,清水示其清净,以光明清净为用也。此仙翁借土地现身说法,示人以收服金丹之作用。

既知作用,下手可得。"敲了三果,兜在襟中",会三家而入中央,令其住而不令其去也。"三人一家一个受用",人人自有,家家现成,不待他求也。噫!金丹不易得,既得之后,尤不易保。倘不知止足,持盈未已,便是囫囵吞下,莫有尝出滋味,与不吃者等,其祸即不旋踵而至。此八戒嚷吃,二童查出人参果缺少,大骂之所由来也。古人谓:"还丹最易,火候最难。"信有然者。

提纲"万寿山大仙留故友"者,言当于此万有之中,留其现在之原本也;"五庄观行者窃人参"者,言当于此五行之内,窃其未来之原本也。篇中三藏身经五庄观,不识人参果,而当面错过;八戒既识,行者能窃,已得原本,而不能防危虑险,以致得而复失:俱是不知"留故友,窃人参"之妙旨。不知留,不知窃,原本已失,取何真经?结尾处,行者道:"活羞杀人!"堪为定评。

诗曰:

> 五行精一是灵根,生在乾家长在坤。
>
> 君子得舆留硕果,趁时窃取返阳魂。

# 第二十五回

# 镇元仙赶捉取经僧　孙行者大闹五庄观

〔**西游真诠**〕悟一子曰：前诗云："只有一个原本，再无微利添囊。"八戒之既得而贪添，三藏之未识而推阻，或过或不及，俱是鲜能知味，昧却本来。本实先拨，道由何生？若不将此根本推究明白，培植完固，则是弃本逐末，而不识袖里机关；欲暗渡陈仓，而不知脚根软弱。饶你用尽巧思，穷极变态，终是幻情假相，转辗差池。三番两覆，没个解救法，岂不耽误了前程？几时到得西天，见得佛面？所谓"项后有光犹是幻，云生足下未为仙"也。此如大圣推倒树果，而二童锁闭层门矣，故曰："坏了我五庄观仙根，若能够到得西天参佛面，只除是转背摇车再托生。"词严义正，面命耳提，真蛰雷法鼓，化雨兹帆矣。

行者笑出根由，二童骂成贼状，八戒嚷打偏手，俱是认妄为真，焉得不捐真从假，弄神倒树，断绝丹种？"大家散火"一语，正如树倒猴狲散，切当不易。诗中"悟空断送草还丹，明月清风心胆寒"，最为提醒。盖必先有为，而后驯致于无为。若止悟空中之空，而不识空中之果，空空一悟，有何结果？这不是在悟空处断送了还丹？虽有清风、明月，何能玩赏？终久倒在尘埃，不能济事。

倒锁、说谎之策杂施，起死回生之法安在？添荼提茶，乃谬用虚拘之见；关门恶骂，止造设口舌之场。解锁夜行，暗中摸索而已，纵暂脱牢笼，难逃罗网；乘睡奔驰，起倒跋跻而已，虽努力向前，终成落后。此镇元仙所以唤醒二睡童，而究明根本之受害，赶过九百里，而捉回昧本之狂行也。使袖里乾坤的手段，是提挈傀儡的线索，所谓"天关在手，地轴生心"者是也。"每一个拴在一根柱上"，见人人总离不得一个根本，岂容不依本而立？恼取龙皮七星

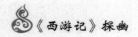

鞭鞭打，见个个须推问出一个根原，岂可不痛思而知？

"打腿"者，打其脚桩不实，如何胡行乱走？"替打"者，替其再三推敲，方可趱行前进。倘自倚聪明，施行小慧，欲借蒲柳之姿，为脱胎换骨之计，这是用假为真，虽真亦假。如夜半潜行，无非梦境。此师徒变柳树为幻身，而昧却人树是真身，长老能不在马上摇桩打盹也。一经责治，情虚自败，大仙赶上，依然捉回，仍前绑住。把三个都使布裹，又把漆漆。盖昧本者，由于不能返照自明。布帛多眼，通身裹好，使其通身生眼以求明；外加漆漆，使其外暗内明以自照也。若不能返照而悟本，亦是与死期不远，即如此夹活大殓，漆好入土，亦算造化，谁曰不宜？

行者独令下油锅，何也？油者，水也；锅者，金也。下架以木火，中实以石土，虽聚五行色相，终是易染脂膏。且隔截乖和，不能一体。学者不明内本之深源，而徒事外流之成迹，其涸也，可立而待致。推倒仙根者，此可惩真妄；认假作真者，此可验其竭。倒树，倒灶，一理也，总是一场大闹。树倒猴散，锅漏油干，扰嚷激烈，悔之何及？噫！下油锅之难，如上西天之不易。下得油锅，方才上得西天。悟空能下不下，不能下不下；能上不上，不能不上。不能保唐僧，下不下，上不上，不上不下，如何是好？要保唐僧下锅上天，仍须内省返观，请出观音菩萨。

〔**西游原旨**〕上回言金丹系先天灵根凝结而成，得之真者，即可窃阴阳，夺造化，长生不死。乃无知之徒，或着于顽空小乘，或流于御女闺丹，或疑为炉火烧炼，不但无裨于性命，而且有害于根本，欲望成仙，不亦难乎？故仙翁于此回力劈其妄，使人于真金处还其元，于五行中复其本也。

篇首行者吃昧心，八戒嚷偏手，二童毁骂，是骂其昧心迷本，不知金丹妙用之辈也。天下修行人，不知访求明师，予圣自雄，妄猜私议，不着于空，便执于象。着空者，或疑修道必须心中空空洞洞，一无所有而后可。殊不知一昧于空，灵根有昧，已伤生生之本，如大圣拔脑后毫毛，变假行者陪着悟能、悟净，用"绝后计"推倒神树者何异？"寻果子，那里得有半个。"是仅悟其空而能净，空空一悟，有何结果乎？噫！灵根本自空不空，造化五行尽在中；无限迷徒学寂灭，损伤仙种路难通。其曰："叶落枒开根出土，道人断绝草还丹。"岂虚语哉？

金丹之道，一阴一阳之道也。阴阳合体，和气熏蒸，灵根常存，是大家合火而为好；今但悟空而无实行，孤阴寡阳，阴阳相隔，生机全息，仙种断绝，是大家散火而不好。其曰"好！好！好！大家散火"，火散丹漏，好在何处？诗云："三藏西临万寿山，悟空断送草还丹。枒开叶落仙根露，明月清风心胆寒。"是专在空处而断送还丹，清风明月能不倒在尘埃乎？真乃可畏可怕。更有一等无知之辈，闭目静坐，入圜观空，屏去人事，隔绝往来，只知一己之阴，不知他家之阳，俱系推倒仙树之流，犹欲妄想成真，焉有是理？故曰："若能勾到得西方参佛面，只除是转背摇车再托生。"骂之的当，真堪绝倒。

八戒问起"旧话儿"来由，行者说是观音菩萨赐的"紧箍儿咒"，是乃觉察自悟，知的一己之阴不是道，已足解顽空之锁矣。然既脱顽空之锁，而不知不空之果，欲望西天见佛，犹如黑夜逃走，不辨道路，终是在睡梦中作事。清风、明月鼾鼾沉睡，不亦宜乎？何以瞌睡虫"是与东天门增长天王猜枚耍子赢的"？盖言未识真宝，妄作妄为，是猜枚耍子，瞌睡未醒，所走尽是回东之路，而非上西之路也。

"大仙自元始散会，回到观中。殿上香火全无，人踪俱寂。"坏却灵根，徒落一空，纯阴无阳，香火人踪何在？"念动咒语，喷一口水，解了睡魔，二人方醒，将上项事细说了一遍，止不住伤心泪落。"一切顽空之辈，不得真师口诀，昧却先天一气之妙旨，昏沉一生，终无解脱之时；若一经点破，如梦方觉，回思上项之事，能不伤心泪落，而知为人所弄乎？

"大仙赶上三藏，变作个行脚全真。"此变妙哉！前推倒仙树，是徒悟一空而不知实行；今变作行脚全真，是以实行而全其真悟。悟所以为行，行所以成悟，才是袖里乾坤的手段，提携傀儡的机关，乃培植灵根之大法门、大手段。"捉僧回观，每一个绑在一根柱上。"示其人人有个灵根，当下可以返本，当下可以还元，而不得以顽空寂灭之学，误认人根而昧却仙根也。"叫徒弟取出皮鞭来打一顿，与人参果出气。"打之，正所以不使着空耳。不打别处，而独打腿，打其脚根不实，悬空妄想也。以上劈顽空之害灵根也。

行者解放三众，伐四颗柳树，变作四人相貌，仍旧黑夜逃走。既解一己之孤阴，又疑外边之采取，是欲借花柳之姿，以为避死之具，妄作妄为，仍是夜里生涯，何益于事？故大仙呵呵冷笑道："你走了也罢，却怎么绑些柳树在此冒名顶替？"噫！天下在妇女身边用心机，血肉团上作活计者，尽是冒名顶替，昧却惺惺使糊涂。大仙赶上，提回四众，使布裹了，行者笑道："好，好，好！夹活儿就大殓了。"又教浑身裹漆，止留头脸在外，烧着油锅，将行者扎一扎，"与我人参果报仇"。行者道："好歹荡荡，足感盛情。"此等闲言冷语，大有趣味。盖采取之徒，灵根已坏，尚欲妄想成仙，不知早是夹活就殒。似此如黑似漆的邪徒，空具面目，而不知认取真实，安得遇着镇元大仙一概捉来，尽扎油锅内，好歹荡荡，为金丹大道出一口气，足感盛情矣？此劈采战之坏灵根也。

大圣把石狮子变作本身模样，真身跳在空中，是离采战而又入炉火也。"石狮"者，五金八石炉火之师。炉火门户，虽种种不一，俱是借烧炼之术，哄骗人财。当往锅里一掼，"烹"的响了一声之时，已去其真而入其假。此等作为，只图摄盗他人脂膏，而不知灵根已坏，有伤本来面目。"'锅漏了！锅漏了！'说不了，油漏得罄尽。"盗去真物，锅内一无所有，非锅漏而何？"锅底打破，原来是一个石狮子。"世之愚人，听信烧炼假术，耗费资财，不到倾家败产、囊空底尽之时，不知为邪师所误。曰："被他当面做了手脚。"曰："怎么捣了我的灶？"曰："拿住他，也是抟砂弄汞，捉影捕风。"又曰："你怎么弄手段捣了我的灶？"行者笑道："你遇着我，就该倒灶。干我甚事。"描写愚人被哄的一番口吻，如闻其声。然被邪师所哄者，皆由自己不明，因而邪风得入，与人何涉？行者道："我才自己要领些油汤油水之爱，但只是大小便急了，若在你锅里开风，恐怕污了你的熟油，不好调菜吃。"此言骂尽世间信炉火而妄想服丹者，只可服大小便已耳，其他何望？

以上历历说来，诸多傍门尽是坏却灵根，而不知培植灵很，屡题"与人参果报仇"，可晓然矣。提纲所谓"镇元仙赶捉取经僧"者，即捉此坏灵根之迷徒；"孙行者大闹五庄观"者，即邪行大闹，只知坏灵根而不知生灵根之迷徒。噫！"道法三千六百门，人人各执一苗根。要知些子玄关窍，不在三千六百门。"

诗曰：

人人妄想服金丹，弄尽傍门枉作难。

抛去珍珠寻土块，俱将原本并根刬。

# 第二十六回

# 孙悟空三岛求方　观世音甘泉活树

〔**西游真诠**〕悟一子曰:此正言服食金丹,为修身之原本也。昔五祖弘忍大师,授六祖卢惠能偈曰:"有情来下种,因地果还生。无情既无种,无性亦无生。"能受毕,又曰:"衣止汝身,勿传也。"慧明追叩其法,六祖曰:"不思善,不思恶,正当恁么时,还我明上座,本来面目。"明大悟,曰:"密语处还更有意否?"六祖曰:"我今与汝说者,即非密也。汝若返照,密却还在汝边。"六祖令向北接人。六祖后至曹溪,又被恶少寻逐,乃晦迹于四会怀集之间,方了大事。

夫无种何能生果? 无情何能成性? 性之不能离情而存,犹果之不能离地而生也。六祖不思善恶时,已是还我面目,而又云"非密,还须返照"。令向北接人,所接何人? 可晓然解悟矣。否则,如身经五庄观,而当面磋过人参果,岂非无情无种,而何能有性有生?

薛道光和尚,妙悟绝尘,敏慧圆通,终自返照,谓非上乘。访求真人,及得指示,汗流浃背,顿悔从前之错,乃弃僧袈还俗,隐于通都大邑,倚有力者为之了其大事,方成正果。此道光之返照求方,而屈已受益也。可知徒悟非为真种,而无情难以了性。

孟子曰:"夭寿不贰,修身以俟,所以立命也。"景禅师曰:"百尺竿头不动人,虽然得入未为真。百尺竿头更进步,十方世界是全身。"《悟真篇》曰:"药逢气类方成象,道在希夷合自然。一位金丹吞入腹,始知我命不由天。"皆言尽性而至于命,得先天之至精为最上乘之大道也。学道者修身处世,莫倚自强;须虚心下人,戒欺求教,至于损之又损,而后能益。

悟空出神变化,本事高强,保护唐僧,以为刚强无敌矣,岂知食人参果之

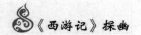

保护唐僧更为刚强无敌！悟空何能出得镇元之手，何也？空悟不如实果也。篇首八句，切指病根，其"刚强更有刚强辈"一结，乃深晓胶滞自是之辈，终属痴迷而已。

镇元仙用手揪着行者，是接引唐僧的机括。要他还树，是着他培植唐僧的根本。又曰："你若医得树活，我与你八拜为交，结为兄弟。"盖有无相济之谓友，手足扶持之谓悌。仙家本有为，而造至于无为，有即是无。不能为有，焉能为无？佛家本无为，而造自于有为，无仍为有。不能无无，焉能有有？默契同心，原成连理，总要求一个起死回生之法也。

此篇虽言猴王之三岛求方，实乃两家之合一原本。大仙岂不能医树？而必请观世音者，所以明无又在有之先，而敦化之有源泉也。师徒原各有灵根，而必推镇元仙者，所以明我即在人之中，而彼此之无二气也。从此察识寻求，而海上三星，亦无以加其妙，自辐辏于五庄观，而添寿、添福、添禄矣。即东华圣祖，亦未能过其神，自赞美于五庄观，而曰福地、曰洞天、曰灵根矣。虽瀛洲九老，亦不能更进一筹，自惊异夫五庄观，而惟趋以相迎，饮以琼浆，食以碧藕矣。

八戒扯福星，讨果子，乱番搜检，正见其无也；行者笑方朔，没桃偷，彼此相谑，亦明其非有。俱从人参果上映带描写，打诨游戏之中，实形容人参果非易得之意。直到普陀岩上，见观音菩萨，方识得希夷一品，少林真味也。见熊黑尚有缘而成正果，岂唐僧反无法以救灵根？镇元之灵根，开辟由天；净瓶之甘露，造化由我。诗称：成得有为之身，久经真妙之法。洵是全书真谛！

《金刚》偈云："若以色见我，以音声求我，是人行邪道，不得见如来。"盖真妙之法，甚深而难窥，全在一心返照，静观密察。稍着一毫声色，便非无声无臭本体，是人行邪道，而与如来隔绝矣。又云："一切有为法，如梦幻泡影，如露亦如电，应作如是观。"解者谓一切有为，皆属虚妄，只解得个驹隙蝶梦、石火镜花而已，有何实落受用？从来善立言者，一字必有一义，未尝重说，何况世尊？四句偈为全经要指，岂可止解一"空"字，而置"梦幻"、"泡影"、"露电"等字为一义？故能识"如梦幻泡影"之旨，则能识"如露亦如电"之机。世人不识甘露、掣电为灵根之真味，实相弃有为而入无为，以为观见而悟矣，吾不知其观个甚么？见个甚么？悟个甚么？到了腊月三十夜，终亦解散泯灭而已，深可悲痛！

《华严经》云："若能随顺众生,则为随顺供养诸佛;以大悲水浇益众生,则能成就诸佛菩萨智慧花果。"请观音来到后园,将柳枝蘸出甘露,以柔弱为入道之津。把行者手心里画了一道起死回生的符,以把握为凝真之驭。看水出为度,不许犯五行之器,以无倚为运用之准。灵根超五行而独存,甘露敦化原而资物。根之枯者,得之而复荣;实之落者,得之而复完。"果树回生,多了一个",岂非返本还元、归根复命之明验? 是即"以大悲水浇益,而成就花果"也。

"大仙急令取金击子,敲下十个,铺设丹盘,各食一个,共成人参果会。"言金丹人人有分,大仙不过作东道主,以自尽故人之情而已。自此,金丹完就,服饵入口,树死复活,如人死复生。仙家宝贝已得,前往西天有基。尽是长生不老之仙,何虑不见丈六金身之佛哉?

"结为兄弟,两家合为一家",因缘结果之妙道如是。学者倘自倚刚强,而不肯屈服推敲,访求请益,何从识万寿山中五庄观人参果之异宝乎? 故祖师曰:"吾有一宝,秘在形山。"诸人还识得么?

〔西游原旨〕上回已言诸多傍门,尽是坏却原本,非徒无益,而又害之。故此回教学者虚心下气,屈己求人,务须得个返本还元之诀也。

冠首一诗,为通篇之骨髓,学者不可略过。盖言修道者,忍耐傲性,不耻下问,访求真师,期于明道,不得自称高强,随心所造,有误性命。最醒人处,是"自古虚心不是痴"一句。盖虚心者,实腹之因;实腹者,虚心之效。提纲"孙悟空三岛求方"者,虚心也;"观世音甘泉活树"者,实腹也。《悟真篇》云:"虚心实腹意俱深,只为虚心要识心。不若炼铅先实腹,且教守取满堂金。"言未能实腹之先,必当识心虚心而求悟;既悟之后,尤当苦炼真铅而不虚。"孙悟空求方"者,虚心求悟也;"观世音活树"者,炼铅而行也。"三岛求方"者,悟空而不知炼铅也;"甘泉活树"者,实腹而兼能虚心也。要之,非虚心而无实腹之方,则炼铅无计;非炼铅而行实腹之道,则虚心归空。悟之行之,内外相通,体用俱备,方是无上一乘至真之妙道。

"大仙用手搀着行者道:'我也知道你的本事。只是你今番越礼欺心,纵有腾那,脱不得我手。'"盖礼下于人,必有所得,虚心于己,方受人益,今越礼而不能礼下于人,欺心而不能虚心受益,越礼欺心,成何本事? 欲之还元,如画饼充饥。又云:"我就和你同到西天,见了你那佛祖,也少不得还我人参树。"灵根为作佛之根本，不知还灵根，将何而见佛？既欲见佛，岂能舍灵根而他求？亦岂能不活灵根而还元乎？又云："若医得树活，我与你八拜为交，结为兄弟。"大圣者，先天之灵根；镇元者，后天中所藏先天之灵根。灵根还元，先天后天合而为一，浑然太极，二八一斤，团圆不亏，圆陀陀，光灼灼的也。

行者求方，何以限三日？三日者，一阳震动，天心复见之候，为灵根之生门。若不知而错过，灵非我有，入于死户，便是推倒仙树，断了仙种。"行者求方"者，正求此处培植灵根之方耳。培植灵根之方，即起死回生之方。然此方在于他家，如何得为我用？是非虚心诚求不可。

他家之方为何方？乃尽心、知性、立命之方。"三星"象心之三点，"围棋"象心之三点而围一钩。真心空空洞洞，不着于物，不着于色，故居于"白云洞"，有"黍米之丹"。求方于三星，尽心而明心也。"东华"为真性之地，"帝君"为真性之主，观于"主人认得无虚错"、"太乙还丹"等义可知。求方于东华，尽性而修性也。"九老"者，九九纯阳之数，为命理之极功。童颜鹤鬓，自在酒歌，是夭寿不贰，修身立命之道。求方于九老，至命而修命也。

夫此心、性、命之三物，不落于幻形，不出于声色，倘误认肉团之心为真心，形色之性为真性，幻化之身为真身，差之多矣。执肉团之心而修心，则是在白云洞外，松阴之下，寻三星着棋耍子，虽有黍米之丹，不过救得人心禽兽昆虫之物，而于灵根两不相涉。"八戒扯住寿星笑道：'你这肉头老儿，帽儿也不戴个来，却像是人家的奴才。'"是明示认肉团之心为真心，便是以奴作主，自昧其真。故曰："无方，无方！"执形色之性而修性，则是在声闻之中，风影之内，寻东华荒居吃茶，虽有太乙之丹，只不过治得识性尘缘生灵，而与灵根并不相关。行者呼东方朔为"小贼"，说帝君处莫偷的仙桃；东方朔呼行者为"老贼"，言师父处没偷的仙丹。是明示认形色之性为真性，便是认贼为子，自失其宝。亦曰："无方，无方！"执幻化之身而修命，则是在丹崖朱树之下，寻九老谈笑耍耍，虽有自在之乐，只不过留此幻化之身，一饮一食，而于灵根有何实济？九老道："你也忒惹祸。"是明示认幻化之身为真身，是不知"吾所以有大患者，为吾有身"。故曰："实是无方。"

噫！认的假心、假性、假身之假方，可得修真心、真性、真身之真方。提纲"悟空"者，悟其假也；"求方"者，求其真也；"孙悟空求方"者，弃假而存真也；"孙悟空三岛求方"者，是于假中而辨真，于真中而悟假也。"岛"象形山，喻人之色身也。肉团之心，形色之性，幻化之身，俱为有形之物，故谓"三岛"。认此三岛则无方，离此三岛则有方，有即在无之中，真即在假之内，真真假假，有有无无。观察到此，"须知绝隐千般外，尽出希微一品中"，"少林别有真滋味，花果馨香满树红"，不着于空，不着于色，非心非佛，以之成正果，脱凡尘，何难之有？"菩萨道：'你怎么不早来见我，却往岛上去寻？'"言在假处搜寻，而不知在真处早反也。假处搜寻则无方，真处早反则有方，搜假无方则有心，反真有方则虚心，虚心之不痴，有如是。

菩萨说出"与老君赌胜，杨柳枝在丹炉里炙得焦干，插在瓶中，一昼夜枝叶复旧"的公案，真是慈悲教主，普济群生也。"老君"者，乾刚也；"观音"者，巽柔也。天下事，惟至柔者惟能胜刚，而至刚者不能制柔。插在瓶中，枝叶复旧，是致其洁清而不轻自用也。行者笑道："真造化！"言惟此神观妙用为真造化，彼三岛之方，安得以造化论？

诗中"过去劫逢无垢佛，至今成得有为身"、"甘露久经真妙法，管教宝树永长春"等义，最为醒人。曰"无垢"，曰"有为"，则非一切顽空之事可比；曰"甘露"，曰"宝树"，则非一切执相之徒所知。真空不碍于妙有，观窍而兼于观妙，这才是"希微一品"、"少林滋味"，人参果死而复生，即在是矣。

"菩萨把杨柳枝蘸出瓶中甘露，把行者手心里画了一道起死回生的符。"是以柔弱为运用，以清净为根本，以持守为要枢也。"但看水出为度"者，即老子所云："上善若水，善利万物而不争。"上善则水清，不争则不泛，清而不泛，乃为源头活水。源头活水，天一所生，为先天真一之水。那个水虽生于五行之中，而不犯五行之器，一犯五行则为后天之物，而非先天之真。故必用玉瓢温柔真空之性舀出，从头浇下，自始至终，顺其所欲，渐次导之，而不容有一毫之伤损也。

"八戒、行者、沙僧扛起树来，扶得周正，拥上土。"三家相会，五行攒簇，金丹成就，浑然一中，大本立矣。"菩萨将杨柳枝洒尽那玉瓢之水"，以有为成无为，以无为施有为，有为无为，一以贯之，从此死者可生，枯者可活，真玄之又玄。非大士之神观妙用，岂能及此？"那树依旧青枝绿叶，浓郁阴森。果子多了一个。"不特树之已死者可生，而且果之已失者亦可得，真水之运用，神哉！妙哉！"大仙把果子敲下十个，作人参果会。"总以见灵根得生，收园结果，圆成无亏，而本来之故物无伤无损。

诗云"万寿山中古洞天，人参一熟九千年"，言人参果藏于万万之中，非煅炼至于纯阳之时,而不能成熟也。"灵根现处枝芽损",言灵根为仙佛之祖脉,宜藏而不宜现,一现其根,则先天气散,枝叶伤损而死矣。"甘露滋生果叶全",言能以清净之水温养滋生,自微而著,由缺而圆,则生矣。"三老喜逢皆旧契,四僧幸遇是前缘",言灵根结果,三家相会,四象和合,包含一切,空而不空矣。"自今会服人参果,尽是长生不老仙",言能于五行之中得此先天一气,凝结而成丹,自可由是一气而统御万物,则生生不息,寿同天地矣。

"菩萨、三老各吃一个,唐僧知是仙家宝贝,也吃了一个,悟空三人亦各吃一个,镇元子陪了一个,本观众仙分吃了一个。"言金丹人人有分,不得其方,而未可遽食。何则?人禀天地阴阳五行之气而生,具有先天灵根,处圣不增,处凡不减,而其所以能窃阴阳、夺造化、起死回生者,非天生之大圣虚心请益勇猛精进不能也。"众圣各回仙府,镇元、行者结为兄弟。"天人混合,内外如一,还丹成就,大丹可冀,西天大道,可以直前矣。噫!"金虾蟆,玉老鸦,认得真的是作家。"

诗曰:

要活灵根有妙方,不须别处问端详。

慈悲净水勤浇灌,攒簇五行即返阳。

# 第二十七回

## 尸魔三戏唐三藏　圣僧恨逐美猴王

〔**西游真诠**〕悟一子曰：三藏已服食人参果，乃金丹入口矣，自是脱胎换骨，神爽体健。但得丹之后，全要明心见性，脱去凡胎，换去凡骨。倘认不真、看不破，似慈爱而或流于姑息，似智谋而或蔽于狙奸，则仁过而反致容邪，智昏而未免弃正。此尸魔之所以三戏，圣僧之所以恨逐也。尸魔非他，即修道者之躯壳是也。本阴鬼而幻妄，能惑人于不觉。见为红颜矣，不知实为白骨也；见为少艾矣，不知实为老悫也。见为生菩萨矣，不知实为鸠盘荼也；见为可惜可怜矣，不知实为愚我弄我也。

盖人身有三尸，忌人成道，每乘假寐之时，告人罪过。学道之人，若滞形著相，不先斩灭三尸，终难脱胎换骨而飞升玉京。故恋身者，为守尸之鬼，而尸之中我不一而足；存身者，惟灭尸为要，而尸之投我莫可测识。甚矣，尸之蛊惑人也。此回"三藏正行到嵯峨之处，而肚中饥"，正尸之索我以素餐，而乘人于易食时也。行者道："师父不聪明。"正言其见不透彻。三藏溺我怙私而心中不快，此以饥渴之害为心，害而智识昏昧，为从邪失正之根苗也。

三藏自两界山，收伏行者以来，崇正除邪，知勇兼足，厥功实伟。僧亦知其不可一刻暂离，何忽嗔其常怀懒惰之心，而追溯两界山救伊性命之恩，反沾沾然若有德色？作者之意微矣！两界山，为邪正两立之地，向以身在峻岭之间，为见性之界，造命之始，故收服行者以筑其基。今以"行到嵯峨之处"，为了命之界，存性之根，故放弃行者，以昭其鉴。在行者，见才智之不可恃，功业之不可矜；在三藏，见汨罗之孤忠当察，淮阴之肤绩易猜。篇终大圣叙出"长安有刘伯钦送路，到两界山救我"一段，至"鸟尽弓藏，兔死狗烹"诸语，真一字一泪，使千古英雄涕泗陨零。

　　然疑忌之故，必由于阴柔之离间；放逐之事，多出于谗口之排讪。八戒认白骨为红颜，信噬我为斋僧，是以拖尾蛆为香米饭，癞虾蟆为炒面筋矣。尸魔之三戏，障眼法也。愈出愈奇，到底难瞒识者，终成白骨。大圣之扑杀，明眼人也。至再至三，功高反受贬书，埋没赤心。世态变幻，事情颠倒，今古同调，无足怪异。惟弟妒其兄，而萧墙之内，忽起翻飞；师嫌其弟，而函丈之间，顿生摈斥。物蠹而虫入，人疑而谤兴。总由于见不善而不能退，见善而不能举也。

　　《敲爻歌》有曰："达命宗，迷祖性，恰似鉴容无宝镜。寿同天地一愚夫，权握家财无主柄。"故性体元明，而无一毫之欺蔽者，乃为立命之后，无为之极功也。昔者达摩，九年面壁，参悟了彻，方得只履西归。性命双修之妙道，始于躯壳，终于脱壳。不以红颜视红颜，而以白骨视红颜；不以白骨视白骨，而以红颜视白骨，则几矣。

　　有视白骨一法，虽小道，亦有可观。想左脚大趾烂，流恶水，渐渐至胫、至膝、至腰，右脚亦如此。渐渐烂过腰，至腹、至胸，以至颈项，尽皆烂了，谁有白骨。须分明历历观看，白骨一一尽见，静心观良久，乃思观白骨者是谁？是知身体常与我为二矣。又渐渐离白骨观看，先离一丈，以至五丈、十丈，乃至百丈，千万丈，是知白骨与我不相干也。常作此想，则我与形骸，本为二物，我暂在于形骸中，岂可将此形骸终久爱护而常住其中？如此，便可齐一生死，亦为看得透彻，脱壳出世之一法也。

　　篇中之"夫人"，乃与我同宿同行之夫人，非作配作合之夫人。若误为作配作合之夫人，尚隔一层，而非切肤之尸魔也。初戏为女子，月貌花容，分明是个妖精，长老却不认得。花言巧语，"愿将此饭斋僧"。八戒就要动口，此以食色为性，而不能践其形也。行者回来认得，当头就打，把一个假尸首打死在地下，顷刻间而长蛆施尾，虾蟆乱跳矣。食色，果是性乎？否乎？再戏为老妇人。"老年不比少年人，满脸都似荷包褶"，即前之美少女子也。行者认得，举棒便打，把个假尸首又撇在路傍之下。瞬息之间，少者老而老者死矣，少可危而老更不可危乎？三戏变为老公公。行者笑道："我是婴虎的祖宗，你怎么袖子里笼了个鬼来哄我？我认得你是个妖精。"大圣棍起处，打倒妖魔，现了本相，脊梁上有一行字，叫做"白骨夫人"。移时之际，少者老，老者死，死者枯矣。少者、老者、死者，总成一白骨而已。虽曰"三戏"，实似三戒；虽曰"三杀"，实是三生。三藏不以为恩，而反以为怨；不以为功，而反以为罪，其惑滋甚。是何异于三娶孤女之五伦，而谓其扑妇翁；三告杀人之曾参，而致贤母投杼也？

"昧却惺惺使糊涂"，取纸磨墨写贬书，赏罚不明，举措倒置，良可三叹！所以学道至人，有杀三尸、制三彭之明断；有三伐毛、三洗髓之全能。若爱护其躯壳，而不知其为白骨，则阴气之侵扰，何日脱体？阳德之鉴观，终难超跻，仍是两界山未曾收服猴王时局面。虽服食金丹，而重遭魔障，何能善始而善终？此圣僧恨逐猴王而自失其美，不可哀哉？行者临去，涕泣濡滞，尽礼尽志，忠恳丹衷，惓惓不忍，深得古纯臣去国恋主之义。读至"腮边泪坠，停云住步，良久方去"之语，令我两眸淫淫泪下。

〔**西游原旨**〕上三回劈破诸多傍门，指明还丹妙旨矣。然丹还以后，急须空幻身而保法身，以期超脱，方为了当。否则，随其假象，不能明心见性，是非莫辨，其不至于半途而废、自暴自弃者几希。故此回至三十一回，俱演幻身陷真之害，使学者弃假以救真耳。试明此回之旨：

篇首"长老自服了草还丹，真是脱胎换骨，神爽体健"，正当放下身心，努力前进，直造如来地步之时，奈何正行到嵯峨之处，而以肚中饥饿为念，使行者化斋吃，此便是以饥渴之害为心害，不肯放下身心，自起妖魔之端。故行者陪笑道："师父好不聪明。"言以饥渴之小端，起贪痴之妄念，其不聪明，孰过于此？真乃耳提面命之忠言。乃三藏不以为忠，而反不快，自恃两界山救命之恩，骂其懒惰，何哉？夫修真大道，务期无心，今以化斋为事，而不以大道为尊，虽金丹入口，犹是两界山未曾收悟空的局面，未免得而复失，岂能保其无虞乎？此行者化斋而去，妖精乘间而来矣。

唐僧之肚饥而思斋，不过为此幻身耳。殊不知此身乃一堆臭骨，系天地之委物，一旦数尽命终，彼谁而我谁？彼与我绝不相关者。试观尸魔一戏而美貌花容，再戏而满面荷褶，三戏而老者白骨，少者老而老者死，可畏可怕。学者若不先将尸魔勘破，在在尸魔，处处尸魔，一步一足，一举一动，无往而非尸魔，必将认假为真，以真作假，邪佞当权，正士退位，吾不知将何底止矣。三藏以食起见，八戒以色动心，皆以食色之性害却天命之性者，尸魔为之也。

行者一觔斗点将回来，认得这女子是个妖精，故曰："他是个妖精，要来骗你哩。"一语提醒天下后世，慈悲多矣。"掣铁棒，望妖精劈头一下。"知之确而行之果，何其切当！"那怪使个'解尸法'，把一个假尸首打死在地下。"

是明示少年美貌尸首之假,而不可认以为真也。"妖精又变化个老妇人,行者亦认得是假,更不理论,举棒照头就打。那怪依然脱化,又把个假尸首撇在路傍之下。"是明示老年伶仃尸首之假,而不可认以为真也。"妖精又变作一个老公公,行者亦认得是假,送他个'绝后计',打倒妖魔,断绝了灵光,化作一堆粉骷髅。"是明示老少尽假,美丑尽假,老死之后,一堆粉骨,而不可认以为真也。

行者道:"他是个潜灵作怪的僵尸,在此迷人败本,被我打杀,现了本相。他那脊梁上有一行字,叫作'白骨夫人'。"噫!说到此处,一切迷徒,可晓然悟矣。夫僵尸而迷人败本,行者认得是白骨,而即打死,盖不欲其潜灵作怪,迷人败本也。此等手眼,非大圣义精仁熟之至善,其孰能与于斯?唐僧不知僵尸白骨之假,听阴柔之诮而性乱心迷,于打美女而逐行者,于打老妇而逐行者,于打老者而逐行者,不以行者为行善,而以行者为行恶,是非不辨,邪正不分。到底谁为善,谁为恶?彼行者之打白骨,真是"行善之人,如春园之草,不见其长,日有所增";彼唐僧之逐行者,真是"行恶之人,如磨刀之石,不见其损,日有所亏"矣。

行者道:"师父错怪了我也!这厮分明是个妖精,他有心害你,我替你除了害,你倒信了那呆子诮言冷语,屡次逐我,我若不去,真是个下流无耻之徒,我去!我去!"观此而金公岂忍须臾离去哉?其所以离去者,为阴柔进诮,认假昧真,屡被所逐,出于万不得已耳。

"大圣止不住伤情凄惨,对唐僧道声:'苦呵!'"此仙翁凄惨一切修行人之苦。其苦者,苦其为尸魔所阻,一昧其真,即归原地,是性之不明,即命之未了,"昧却惺惺使糊涂",欲望成道,岂可得乎?故行者追忆两界山故事,为修道者之鉴戒。

"大圣见三番两覆不肯转意回心,没奈何才去。半空里又想起唐僧,止不住腮边泪坠,住步良久方去"等义,总以见金公之去,非出本心,乃唐僧之再三逐去;非唐僧逐去,乃八戒之诮唆逐去;亦非八戒逐去,乃尸魔之戏弄逐去;亦非尸魔逐去,乃唐僧因食色自戏自诮,自逐自去耳。误认食色,金公一去,五行错乱,四象不和,大道去矣。提纲曰"圣僧恨逐美猴王",言金公为起死回生之大药王,逐去行者,即逐去药王,药王一去,性乱命摇,前途之难,即不旋踵而至。

噫!一纸贬书,明写出迷徒谋食不谋道,有伤根本;一张供状,三根毫毛,暗点破学者对假而认真,再三斟酌。愿我同人,急速醒悟,视红颜如白骨,视香米饭如长尾蛆,视炒面觔如癞虾蟆,庶不为尸魔所愚而逐去金公也。

诗曰:

人生大患有其身,为食为衣坏本真。

若也阴柔无果断,霎时认假失元神。

# 第二十八回

## 花果山群猴聚义　黑松林三藏逢魔

〔**西游真诠**〕悟一子曰:《春秋正义》:"人臣事君,三谏不从,有放弃之礼。"盖不忍刑戮,姑放弃不用也。大圣三杀尸魔而遭贬,即三谏见疑而放弃,故三藏特弛金、紧、禁以逐之耳。此乃信谗远德,举措失宜。妇寺之仁也,而已流于残忍;愤激之气也,而或至于猖狂。谁为厉阶? 惟佞之故。心君昏惑,而上下内外,莫不扰乱阽危,深可悚惧,提纲"聚义"、"逢魔"之所由著也。义者,事之宜。群妖杀伤平民,不义甚矣。何以云"聚义"? 盖上好仁,而下未有不好义者。在上既以不杀妖魔为仁,在下自必以能杀良民为义。帅仁帅暴,则效有机理,势之相召也。然则,群妖之聚义,非大圣聚之,三藏使之聚也;大圣之杀猎人,非大圣杀之,三藏使之杀也。聚之、杀之,发于暴而由于仁,杀可止杀,而生适开杀,行恶于善之中也。聚之、杀之,出于猴王,而成于八戒。诛妖为不仁,而聚妖可为义,寓善于行恶之内也。呜呼! 天下事,恶固不可为,而善亦不可为;善固可为不善,不善亦可为善,有如是哉!

作者著其旨于"重修花果山",以明用舍乖张、妍媸失实者,其弊必至上下之间附仁窃义,而倡乱作孽,罔所顾忌,其害可胜悼哉? 行者贬回花果山而聚魔杀人,是犹反者顺,而顺者复反,岂不大负如来一片收服婆心? 大圣道:"千日行善,善犹不足;一日行恶,恶自有余。"虽大圣之追思,实三藏之自道也。自道自犯自遭魔,其受病之根,止在"听信狡性,纵放心猿"也。此"放心"二字,又与前说"放心"更进一层,非为恶去善之"放",乃未能精察义理,而认恶为善、认善为恶之"放"。非义精仁熟者不能体悉,非俗情尘见者所能肤窥。

篇中寓意之奥妙,设象之神奇,统以"黄袍郎"作骨,直贯至三十一回,第而倒射美猴王返花果山、着赭黄袍时也。金丹之道,以金为夫,以木为妻,调和作合,不可偏胜。今美猴遭贬,而贪狼夺席,舍金公,用木母,颠倒错乱,是昔之开辟花果山而推献黄袍者,今遭贬花果山而逊位黄袍矣。何也?金衰而木旺矣。其中黄婆失陷,赤子逢危,大道已堕迷城,莫能振拔。猴王不得已,乃返本归原,聚义以图兴复,岂真能自适其适,恝然忘三藏哉?何谓"黄袍郎"?奎宿属木而克土。我克者为妻,土色黄,为黄婆;克我者为夫,木克土,为黄郎。"袍"者,木包土外,而为黄土之衣,又黄袍加身,乘时行权之象也。其形容魔状,称"青脸蓝手",总状木色之青。

夫唐僧既服金丹,而灵明忽昧,性堕迷城,是死中得活,而活中又趋死也。正如独处黑松林而昏昏闷闷,不觉倒走回头路,闯入黄壤恶地矣。那怪闻说是个和尚,呵呵笑道:"这叫做个'蛇头上苍蝇,自来的衣食'。"又呵呵大笑道:"我说是上邦人物,果然是你。正要吃你哩,该是我的食,自然要撞将来。就放他放不去,走也走不脱。"这等言语,俱是阐发"天堂有路不肯上,地狱无门闯入来"之意,即谚所云"阎王不请,自来投到"。故将两个徒弟、行李马匹,一齐招出,而定魂桩上之肉,不几葬于贪狼腹中乎?

三藏已身莫保,而沙僧犹寻化斋人,贪求世味,正如呆子尚在梦中,懵懵懂懂,不知早已失却主人公也。寻至"碗子山波月洞",方知是妖。山如饮食之器,而载吸其舌;洞为皮月之薮,而破烂肢体。诚为人肉出产之乡,亦为人肉归宿之地也。成乎主者反乎主,出乎尔者反乎尔。彼方思食我之肉,我转欲化彼之斋。世间呆子,若个省悟,急须狠下手,与老魔头一场厮杀。

〔西游原旨〕上回言认食色而起尸魔,阴柔无断,则是信任狡性而纵放心猿矣。此回专言纵放心猿之失,信任狡性之害也。

大圣被唐僧赶逐,回至花果山,"见山上花草俱无,烟霞尽绝,峰岩倒塌,林树焦枯"等语,以见心猿一放,根本受伤,花果剥落,虽有修道之名,而无修道之实矣。因追思当日被显圣二郎神、梅山七弟兄放火烧山公案,大圣凄惨。此中大有妙义:前放火烧山之时,是悟空服丹以后,而能顺天遁藏之时;今纵放心猿回山之时,正唐僧服丹以后,而不能明心见性之时。一藏一放,道之成败得失系之,识者能不怀古而凄惨乎?

说出"唐三藏不识贤愚,逐赶回来,写立贬书,永不听用",则是不识贤愚,邪正罔分,以真为假,以生为杀,以杀为生,而生杀颠倒,真假反覆。此大圣使狂风,飞乱石,兴妖作怪,打死多少人马,鼓掌大笑,自谓快活之所由来也。曰："我跟着唐僧,打杀几个妖精,他就怪我行凶,今日来家,却结果了这许多性命。"言以杀妖为行凶,即可以伤人为行善,此便是善恶不分。"千日行善,善有不足;一日行恶,恶常有余。"纵放心猿,一至于此,可不畏哉!

大书特书曰:"重修花果山,复整水帘洞,齐天大圣。"夫齐天大圣之名,原以为纯阳无阴,去邪从正,统御乾天而号之。今使风飞石,伤命无数,是背天大妖,而何得称为齐天大圣? 此中不可不辨。大圣已有言矣:"我为他一路上捉怪擒魔,使尽了平生的手段,几番家打杀妖精。他说我行凶作恶,把我逐赶回来。"噫! 以捉怪擒魔历劫不坏至仁之大圣,而谓之行凶作恶至不仁,是以大圣为大妖矣。以大圣为大妖,自然以大妖为大圣,以妖称圣,唐僧自称之,于大圣无与也。提纲"花果山群妖聚义",以大圣降妖至仁为至不仁,则当以大圣聚妖至不义为至义,群妖聚义,唐僧自聚之,于大圣无涉也。一是无不是,一差无不差,皆唐僧信任狓性,纵放心猿之故。心猿一放,狓性当权,阴柔无断,则必担荷不力,委卸图安。此唐僧上马,八戒开路,沙僧挑担,不觉领入黑松林昏暗之地矣。

"正行处,长老兜住马,教寻些斋吃。"心猿一放,懦弱无能,即是正行之处,忽兜其马,而不能前进。原其病根,只在化斋而误认白骨之错。长老下马,沙僧歇担,八戒化斋,全身无力,四大平放,错至如此,尚可言哉? 八戒追念"行者在日,老和尚要的就有;转到自己身上,没化斋处"的情节,俱是法言,读者勿作过文看过。盖行者为水中之金,乃金丹全始全终之物,始而有为,终而无为,无非此水金之运用。修行者得此一味,余皆易事。不徒唐僧离不得行者,即八戒、沙僧亦离不得行者。所以前唐僧两界山先收行者,而后收八戒与沙僧。今以吃斋误认白骨而逐去行者,是失其本而依其末,尚欲化斋充饥,真是蒙昧无知,在睡梦中作事。正如"呆子把头拱在草内,只管鼾鼾熟睡"也。金木不并,水火不交,阴阳失散,沙僧之真土岂能独存? 长老因天晚要寻歇处,使沙僧寻八戒,所必然者。呜呼! 使八戒欲充其腹,使沙僧欲安其身,总以见在白骨上作活计,而致五行散乱,各不相顾。故唐僧情思紊乱,错了路头,独自一个,无倚无靠,本来要往西行,不期走向南边,误入碗子山波月洞妖魔之口矣。

"来到塔边,见一个斑竹帘儿挂里面。破步入门,见睡着一个青脸獠牙的妖魔。"学者若能于此等处究得明白,即可识得此妖,而不肯破步入门。花果山有水帘,碗子山有斑竹帘。花果山为开花结果之处,水帘洞为成仙作佛之脉,帘遮洞口,外暗内明,其中有天造地设的家当,为历圣安身立命之真去处也。碗子山所以盛饮食，波月洞所以养皮肉，竹而有斑，非清白之物，斑竹成帘，非通明之象，帘挂洞里，外明内暗，其中如黑暗阴司地狱，乃妖精伤天害理之深窟阱也。唐僧化斋图吃，欲歇图安，入其网中，自寻其死，是谁之过？那妖魔呵呵笑道："这叫作蛇头上苍蝇，自来的衣食。"乃是实录。又道："我说像上邦人物，果然是你，正要吃你哩！该是我口内食，自然要撞将来，就放也放不去，就走也走不脱。"僧以白骨起见，而欲吃斋；妖即以人物起见，而欲吃僧。妖欲吃僧，皆因僧欲吃斋，僧斋未吃，即遭魔吃，自送其口，妖岂有心？如何能去？如何能脱？放不去，走不脱，吃斋之僧人不即为定魂桩之魔食乎？幻身之误人，甚矣哉！

此边早着魔口，那边犹说化斋、寻歇处，真是梦里说话，不识时务，冒冒失失，憳憳懂懂之呆子。你看八戒见是寺院，疑是在那里吃斋；下文妖精见面，说"有一个唐僧在我家，安排些人肉包儿与他吃哩！你们也进去吃一个儿何如？"可知为幻身而思吃斋动魔者，非是吃斋，即是吃人肉包儿。何世间呆子认真，进入魔口者多也？

妖精打扮，分明写出水金一去，木火土真变为假之象。何以见之？"青脸红须赤发"，非水火乎？"黄金铠"，非土乎？"丹桂带"，非木火土三物之假合一乎？"蓝靛焦筋手，执定追魂取命刀"，非柔木用事而金公退步乎？妖名"黄袍怪"，非阴土积厚而真金掩埋乎？妖精为木，巽也。☴巽上二阳、下一阴，具有坤土之始气，其端甚微，其势乃盛，内包坤之全体，且木为土之毛羽，故曰"黄袍"。黄者，土色；袍者，包衣，言为土之包罗也。"系是奎木狼下界"①，奎内二土，内土而外木，其为巽也无疑。外为夫，内为妻，故奎木狼又为坤宫公主之夫。狼者，贪毒之谓也。毒则不仁，贪则不义，是明示其误认狡性，不用金公，而狼毒不仁；惜爱白骨，只谋口食，而贪图不义。不仁不义，狼之为魔，尚可言哉！

吾愿道中呆子急须醒悟，速于碗子山波月洞，以真木土与假木土狼力争持，勿为妖精所愚，而作上门的买卖也。

诗曰：

从来用义以成仁，杀里求生最妙神。

这个机关知不的，行行步步起魔尘。

---

① 此句是联系后文而言。

# 第二十九回

## 脱难江流来国土　承恩八戒转山林

〔**西游真诠**〕悟一子曰：犹龙氏曰："杳兮冥兮，其中有物；恍兮忽兮，其中有精。其精甚真，其中有信。"此回宝象国之百花羞，被妖精摄做夫妻，杳无音信。回朝而忽逢取经之唐僧，捎书寄信，乃其演义也。十三年前，八月十五日夜，中秋之吉也，查与文牒内开"贞观一十三年秋吉日"相符。盖取经原是取宝，当立心起行之时，而此宝已宛然成象，所谓"才办肯心、玄珠有象"是也。故唐僧至此地位，虽在杳冥恍忽之中，而不觉有真信潜通于其间。此取经之岁月日期所由，与魔摄公主同时。

篇首云："妄想不复强灭，真如何必希求？"即"断除妄想重增病，趋向真如亦是邪"之义。"若能一念合真修"，则诸垢灭尽，当下迷悟判然矣。此时也，唐僧一念，迷而不悟，昧却金精，因迷本性，仍如江流遭难时一般。故如被妖魔将无知赤子缚在定魂桩上，犹前初生时弃置江流浮于板上，性命莫保，杳冥恍惚，无主之候也。岂知其中忽有公主一问，乃是土能和合四象，暗地生金之妙。从此一信潜通，而江流难脱。木土因之而交会，金公因之而返还。土之为功，真坤宫之公主也。

紫阳曰："五行四象全藉土，三元八卦岂离壬。"离壬不成三元八卦，非土不合四象五行也。此坤宫之公主，所以为救全江流之主。然壬水长生在申，又必由土中之申，方成坤体，始克以去魔存悟，申猴因土而为用，其旨微矣。八戒、沙僧战不能胜者，木不能克木，而木反能克土也。百花羞为女士之班头，三公主乃坤宫之少女。"宝象国"，象庚金出现之方，洵取经之要路。"定魂桩"，定香信暗传之会，实救主之的音。方当交战之时，而高叫黄郎，撇刀止杀，土能主静也。先解唐僧之缚，而伪梦金神讨愿救僧，妄可成真也。诗中"险遭青面兽,幸有百花羞",以明木带青色而成精,花占春魁而为信也。信者,意土也。坤之少女,既生既育,乃女之终而称婆;婆能调和夫妇而为媒,故称黄婆。公主者,黄婆也;唐僧者,赤子也。母必护其子,故信行而脱难;子必顾其母,故信至而僧留。

国王得书,便问文武:"谁救公主?"更无人应,真是木雕泥塑。盖木不能以断木,土不可以胜土,已伏必需金公之义。即木精如八戒,土精如沙僧,总是一偏,而未可制胜,正逆出非金精不可,而必需急图还返也。文武就举唐僧,唐僧说出徒弟,虽为世绝俗,变化非常,亦何能舍真金而独立为功哉?盖八戒虽极变化之大,不离木耳。呆子道:"看东风犹可,西风也将就。若是南风起,把青天也拱个大窟窿。"书称"呆话",却是真话。何也?八戒本是木母,东风方长之际,西风凋谢之候,南风朱明盛夏之时,故可参天而直上,乃变化之实理也。

八戒饮酒承恩,腾云先往;沙僧饮酒帮工,纵云赶去。水土齐心,筑破妖洞。是欲以我克者救其我克,克我者胜其克我,必不得之理也。此八戒力气不加,而转困山林,负国王之恩宠。沙僧措手不及,而攒蹄捆住,失手足之维持矣。八戒者,木也。黄婆为土。木不能救土,然能依木以庇身,故入藤萝而安然自睡。沙僧者,土也。黄郎为木。木胜则土困,然能比土以为援,故虽被缚而旋经主解。噫!公主,坤宫之土,内黄婆也;沙僧,流沙之土,外黄婆也。二土俱入洞中,虽分内外,实同一气,有相济相成之妙用。请读下回自见。

〔**西游原旨**〕上回金公一失,木土不真,婴儿遭难,皆由迷于幻妄之假,而不悟本原之真。故此回于生身处提醒学人,使于迷处而求悟,于假处而寻真也。

冠首词云:"妄想不复强灭,真如何必希求。"言妄想强灭则不灭,真如希求则不真矣。"本原自性佛齐修,迷悟岂拘前后。"言根本佛性无修无证,在人迷悟之间耳。"悟即刹那成正,迷而万劫沉流。"言一迷一悟,当下邪正分明,天地悬隔也。"若能一念合真修,灭尽恒沙罪垢。"言一念之真足以破千万之假,而不必强灭希求也。此词不特为此回而发,乃上贯白虎岭,下接莲花洞,为五回中之脉络,读者须要着眼。

"长老在洞内悲啼烦恼,忽见那洞内走出一个妇人来,扶着定魂桩,言是宝象国王的第三个公主,乳名叫作百花羞。只因十三年前,八月十五日夜,玩月中间,被妖摄去,杳无音信回朝。"此明言绑于定魂桩而不能解脱者,皆因真金无信之故耳。何以见之？魂为木，桩亦系木，言为柔木所定而无金以克之也。"三公主"者，坤宫少女为兑，宝象国为坤，乃真宝现象之处。花属阴，地逢雷处，天根透露，一阳来复，其气足以剥群阴而上进，故名"百花羞"。阳气一复，浸而渐长，进至六爻，纯阳无阴，二八一斤，金精壮盛，正中秋月满，团圆之象。然阳极必返于阴，一阴来生，伏于阳下而成姤，真阳失陷，不为我有，如八月中秋，玩月中间，被妖摄去，杳无音信矣。何以云十三年以前摄来？十三年为唐僧取经起脚之时，又为江流僧生身父母遭难之时。言唐僧到此，了命之后，不能了性，为幻化躯壳而逐去金公，为妖所获，虽已服丹，犹是未出长安时局面，焉能全得父母生初之因，而脱苦恼之难？若欲脱此苦恼，非得父母未生以前之真信不可。然欲得之，必先见之。《悟真篇》云："恍惚之中寻有象，杳冥之内觅真精。有无从此自相入，未见如何想得成。"长老忽见洞中走出宝象国三公主，正是恍惚杳冥中真宝之象，父母生身之真信也。

"公主笑道：'长老宽心。'"此处宽心，大有妙旨，即词中"妄想不复强灭，真如何必希求"也。又曰："你既是取经的，我救得你。那宝象国是你西方去的大路，你与我稍一封书儿，去拜上我那父母。我就教他饶了你罢。"言西方取经，不可不得此宝信，若得此宝信，即可见父母未生以前面目，不复为妖所陷，即词中"一念合真修，灭尽恒沙罪垢"也。噫！此宝信最不易得，此宝信所关非小，后之返金公，除妖怪，救唐僧，取公主，无非此一信之根苗运转。故宝信一得，解脱唐僧，叫回黄袍矣。其诈说"梦魂中忽见个金甲神人讨愿，喝我醒来"等语，是信行而真金渐有回生之机，如梦喝醒，由迷渐悟也。然不向前门放出，而在后门放出者，何故？盖以已往者既不可咎，而将来者犹有可追，须当鉴之于前，而戒之于后也。

唐僧见了国王，陈说："三公主娘娘，被碗子山波月洞黄袍妖摄去，贫僧偶尔相遇。"噫！偶尔相遇，是两事暗同，不谋而相合也。唐僧不识真假，逐赶金公，图谋口食，而遭碗子山波月洞之妖拿住；公主赏玩月华，正在欢娱，忽起狂风，而被碗子山波月洞之妖摄去。公主被妖，正在十三年前八月十五日；唐僧起脚，在贞观十三年秋吉日。时同而魔同，正以示唐僧逐赶金公之时，正公主不觉一阵狂风之时；唐僧破步入门，见睡着个青脸獠牙妖魔之时，正公主忽见闪出个金睛青面魔王之时；把唐僧绑在定魂桩苦恼之时，正把公主摄去深山难分难辨之时。唐僧之为公主稍书通信，正以自通其信；公主之为唐僧解救，正以自救其生；不但自救其生，正以救金公，使金公救唐僧，而并救己。

　　然则公主虽为己土，而实阴金。吾于何见之？吾于"三公主"见之。三公主兑金，辛金也；行者申金，庚金也。三公主即行者之变相，故亦能救唐僧脱难。然只能救之而脱于妖洞，不能救之而脱于国土者何？盖以兑之少女，代坤行事，具有己土，为内黄婆，内黄婆只可通信，解一时之厄难，而不能护持保长久之安全。必须待后金木相并，救出戊土外黄婆，方能大解大脱。而非江流遭难时候，仍得复仇报本，乃见生身父母之面目矣。

　　国王问那一位善降妖，呆子便应道："老猪会降。"又问："必然善能变化。"八戒道："也将就晓得些儿。"此处大有妙义，不可作呆语看。若以呆语看去，便是呆子，不善降妖，不善变化。盖前者遭妖之难，皆由八戒之进谗；今者宝信已通，还须八戒而出力。变化者，以假阴而变真阴，以狡性而变本性，非此之变，安能反得金公、救得公主、降得妖精、脱得唐僧乎？"八戒变的八九丈长，却似个开路神一般。"八九一十七，一阴来生，为巽，属木，非变也，真阴之本相也。"东风犹可，西风也将就；若是南风起，把青天也拱个大窟窿。"东风为木，西风为金，南风为火；木能生火，火属离，乾中虚而为离，非"把天拱个大窟窿"乎？

　　八戒、沙僧打上妖门，道："你这泼怪，把宝象国三公主骗来洞内，强占为妻一十三载，我奉国王旨意，特来擒你。"少女开花，三日出庚，己土自有戊土之夫，而非可以顺五行，木克土作妻。"奉国王旨意"，是已得宝象之真信而来擒妖，非复前阴柔之进谗而去招妖。提纲"承恩八戒转山林"，所承者即此真信之恩，所转者即此阴谗之林。诗中"算来只为稍书故，致使僧魔两不宁"。言不得此真信，邪正不分，而僧魔不能相持；得此真信，是非立判，而僧魔两不相容。

　　特可异者，信已相通，则宜妖败而僧胜，何以八戒败走，沙僧被捉乎？盖八戒、沙僧，外五行之木土；妖精、公主，内五行之木土；金公一去，柔木用事，虽有外五行之木土，乌能胜贪狼之狂妄？沙僧被捉，木能克土；八戒败走，假能胜真。虽然，八戒宜败不宜胜也。何则？妖魔之生，由于金公之去，金公之去，由于八戒进谗；今奉信而欲降妖，仍须复还金公，方可全得此信，除假以救真。事从何败，还从何兴，此理之必然者。请读下文，自知端的。

　　诗曰：

　　　　脱难须当脱难根，若无义道难终存。

　　　　纵然信宝忙中现，难免转时戒定惛。

# 第三十回

## 邪魔侵正法　意马忆心猿

〔**西游真诠**〕悟一子曰：善岐黄者，必理其脾；识治体者，务崇其本。中宫为百骸之资生，脾理则病瘳；民命实万化之极蒂，本固则邦宁。苟元气不实，而邪气得以干其脏腑，人咎邪气之为患，非邪气也，自伤元气以招之也。内戎不除，而外戎得以薄其门庭，人怒外戎之为祟，非外戎也，自作内戎以酿之也。故邪之妄行，足以浸正而害法，如意之无主，不能从心而听命，势使然也。修道者，与治病治国一理。中土失陷，性金不返，心迷而命厄，固其所也。

老妖撇却沙僧，怒讯浑家书信，亦知外乱由于内戎。不知公主之信，思去邪归正之信，真信也。魔之持刀欲杀，亦是以邪浸正。公主抵死放赖，其信也。然信既行矣，吐真则败信，天下事有不必信以成其信者，此类是也。沙僧之代为讳饰，非信也。然信既行矣，指实则害信，天下理有信口不必信心，而不病其为信者，此类是也。公主、沙僧，一信相为，变通一气，相为救护。主救僧，僧救主，主又救僧，僧又救主，循环无端，暗相运用，终济大事，总出一信之真实无妄为之也。

半山语有云："知妄为妄，即妄为真。"公主、沙僧之配妖、哄妖是也。又云："认妄为真，虽真亦妄。"唐僧、八戒之逐猴、变虎是也。昔者大圣遭二郎之侵凌，而变虎飞遁，自主也。二郎急用照妖之镜，以圣为妖也。今者三藏遭黄郎之厄难，而变虎牢笼，不自主也。黄郎缓施巧佞之舌，以善为恶也。其致祸之根源，由三藏听八戒之谗言，而误贬行者，故行者复归花果山，而感伤二郎之侵凌。因而国王亦误信黄郎之巧说，而错认爱婿，使唐僧羁留宝象国，而身受黄郎之魔障。国王认老妖为佳婿，认圣僧为猛虎，一如三藏认白骨为红颜，认诛妖为戕善已耳。

　　老妖明知公主寄信，得沙僧一番折辩，而忽转怒为喜，何也？非真被公主、沙僧所愚也，亦将计就计，借此一信，以图阄国而啖僧。盖隐忍其小忿，而希售其大奸也。故为公主设宴压惊，而忽然换服，称诣国认亲，而忽然一变文人入朝。奇哉，妙哉！仙师寓意，隐讽后世人主，以言取人而滥加荣宠，甚至尚主揽权，沉酣酒色而噬人无忌，陷害忠良而欺君跋扈也。何以言之？奎宿为天上之文星，黄袍为地下之黄甲。"八月十五夜，摄去公主"，分明桂子天香月中落。"带箭射虎救公主，虎精假作取经人。"一片花言巧语，依稀金门射策之谈词佳制也。朝端喷法水，顿教佛子失真身，牙爪狰狞噉宝殿，可谓口能吐绣虎，燕饮啖娇娃，颇赖神驹施剑术，反遭腿中满堂红，真是手可劈雕龙。其言如是，其行如是，文人无行，岂不可畏也哉？故君子不以言举人，而至人必以信是主。

　　信者，真实无妄之谓。如天地之有四时，气至不爽；如江海之有潮汐，候至不爽。五伦无信则败伦，百行无信则丧行。故君臣一德则教化隆，夫妇同心而生育就。倘上下相欺，内外尚诈，未有不亡身而败家灭国。"信"，为人之言，发于心而司于口。言不由衷，则为妖言；莠言自口，则为长舌。妖言惑听，长舌倾城。贝锦作，而屈子沉忠沦于鱼；谗嫉兴，而伯奇死孝杀于峰。颠倒是非，则鹿可为马；淆乱真赝，则亥可为豕。金蝉化为猛兽，慈爱备极凶锋，均舌魔为之害也。

　　三藏变虎，亦奚足怪？然老魔认亲，先以射虎为媒，进言之工也。大凡奸人进言，始于亲溺，既亲溺，则奸言易投；继以树功，藉树功，则宠幸自固。故巧言如簧，而铁笼锢金色之头陀；利口噬人，而歌舞晏青脸之孽怪。兴言及此，罔不涕痛。曾为马走，能不垂缰？所由小龙从身显化，鞠躬救主，成败利钝，非所计也。忠臣义士，当由此而激发奋兴。木母之感而往，金公之激而来，散而复合，昧而复明，岂非一念之诚，遐迩无不贯格也哉！妙哉！小龙委曲献媚，式歌且舞，顺其所欲也。睥睨乘间，五花八门，攻其不备也。何异穷图之匕，博浪之锤？事虽未济，颇足大快人意。无奈满堂红击中后尘，犹幸御河水苟全性命。伏枥忍疼，寡侣哀鸣。诗称"马猿失散，金木凋零，黄婆分别，道义消疏"，诚可感叹。

　　八戒忽然梦觉，耳闻白马口吐人言，回思白虎岭白骨夫人一节情事，应知化虎原于白骨，黄袍由于白骨。因困生悔，因悔生悟，便是转危为安机括也。小龙说出"有仁有义的猴王，管情拿住妖精"，乃真人出现而魔孽潜消，

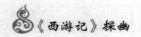

端木澄源之策也。滴泪衔裙,情词谆废,八戒能不尽心遄往乎?

八戒见行者,"却往草崖溜阿溜的"。"溜",极忸怩不前之态。行者见八戒,携手相搀,往水帘洞里去耍耍,示招隐恋故之情。惟缘八戒不吐真言,而虚情假意,故行者亦托言不出,而甘退林泉。八戒别去,岂真肯遽去?欲假别以发后言;行者不去,岂真忍不去?即不去以索讨真信。八戒既别而回头指骂,骂其怒而来追;行者不去而差跟探听,探其实而使不去。两家各藏心计,总是不忘师父。行者既得真信,能不发露真心?

〔**西游原旨**〕上回宝信有象,已足以破妄而救真。然究之假不能破、真不能救者,皆由真金失去,法身无主,虽有土木,无所用力。故此回极言妄之为害最深,使人急求真金,以完大道也。

老怪以公主暗通书信,走了风讯,取沙和尚对证,此正对证内外二土之信耳。公主放赖,说"无书信",沙僧说"何尝有书信",是真信暗通,二土相合,信在其中,非可使外魔得知者。外虽无信,正所以示内有信。此公主不死,沙僧解脱,内外相济,二土成圭,"与人方便,自己方便"之要着也。

夫二土合一,土能生金,金公返还,救正降邪,正在此时,何以老妖又上宝象国作祸乎?此等处,须味提纲"邪魔侵正法"之句。《西游》一书,经目者万万人,而并未有在此处着意留神者。即悟一子慧心铁笔,只取奎木狼"奎"字,注为文人失行之状。噫!此时金本相隔,真土受困,正仙翁说法,天花乱坠之时,而忽出此一段世情闲言,与前后文绝不相关,以是为解,是岂当日立言之本意哉?吾今若不为仙翁传神写意,必将埋没而不彰矣。奎木狼老妖,是柔木而且有阴土者,木旺而土受克,则土顺木,而木之为害尚可量乎?然其为害之端,总在僧认白骨,听信狡性,纵放心猿也。心猿一放,性乱情迷,五行错乱,以幻身为真身,以食色为天性,宝象国不依然长安城,碗子山不依然双叉岭乎?此即邪魔而侵正法也。"邪魔"乃唐僧认白骨,自邪自魔,非唐僧之外而别有邪有魔也;"侵正法"乃唐僧误逐行者,自侵其正,非唐僧之外而别有侵正者也。

"老妖心头一转,忽的又换了一件鲜明的衣服。"此装饰其白骨也。公主道:"你这等嘴脸相貌,恐怕吓了他。"是恶其白骨之丑也。老妖变作个俊俏文人,是爱其白骨之美也。公主道:"莫要露出原嘴脸来,就不斯文了。"是恐其白骨美中不足也。"见了国王,君臣们见他人物俊雅,还以为济世之栋梁。"

是仅以白骨取人也。及问住处，老妖道："臣是城东碗子山波月庄人家。"观此，而惜白骨者，尽是碗子山坡月洞之老妖。古人谓衣架、饭囊、酒桶、肉袋者，同是此意。又问："公主如何得到那里，与你匹配？"此乃问唐僧遭魔与公主遭魔匹配之由，即前唐僧对国王言"与公主偶尔相遇"，同一寓意。

唐僧当了命之后，不能了性，而犹以白骨为真、口食为重，与当日出长安未过两界山之时何异？前双叉岭，伯钦采猎为生；今老妖，自幼采猎为生。前贞观十三年，唐僧正在危急之际，只见一人手执钢叉，腰悬弓箭，自那山坡前转出；老妖十三年前，正在山间打猎，忽见一只猛虎驮着一个女子，往山坡下走。前太保举钢叉平胸刺倒猛虎；今老妖兜弓一箭射倒猛虎。前太保把唐僧引到山庄，拿菜饭请家歇马；今老妖将女子带上本庄，把汤水灌醒，救了他性命。两两相照，若合符契。

老妖道："不知他得了性命，在那山中修了这几年。"又道："那绣橄上坐的，正是那十三年前驮公主的猛虎，不是真正取经之人。"此言大是醒人！正以见了命不了性，正如贞观十三年出长安，在虎狼穴中作伍。未能了性，不是真正取经人局面，妖精使黑眼定神法，把长老变成一只猛虎，亦何足怪？

噫！前出长安，陷于虎穴，得金星拄杖而脱危厄；今在宝象，变为猛虎，因逐去金公护法而遭大难。此所谓"迷悟不拘前后"也。前在两界山，因悟而收行者，服金丹，所谓前，"悟即刹那成正"也；后在白虎岭，因迷而放行者，侵正法，所谓后，"迷则万劫沉流"也。一悟而五行攒簇，一迷而五行失散，苟非大脚力乾乾不息之君子，其不为伤性而害命者几希，此白马垂缰救主之所由来也。

"小龙在空里，见银安殿，八个满堂红上，点着八根蜡烛。那妖独自个尽量饮酒吃人肉哩。小龙笑道：'这厮不济！在此处吃人，可是个长进的？'"是明言修道者不知暗中静观密察，朝乾夕惕，以道为己任，而只爱此幻化之身，晏安自息，以饮食为重，欲往前进，成其正果，有何实济？未免为明眼者在傍而窃笑矣。

既悟其不济，当求其有济，下手施为，正在此时。妖以误认白骨而生，小龙即变美貌宫娥，以取其欢心；妖以贪口食而起，小龙即酌高酒歌舞，以顺其所欲。是"将欲取之，必先与之"，故老妖不觉入其术中，解下宝刀，而失其把柄；小龙得以借其利刃，丢开了花刀，而趁空暗劈矣。当是时也，其曲在妖，其直在龙，则宜手到成功，立刻殄灭，而何以又被一根熟铁满堂红着其后腿，钻入玉水河逃其性命乎？盖以三家不合，五行失散，妖之滋害已甚，心中贪恋幻身，误认白骨，熟炼生根，坚固如铁，虽欲狠力向前，终是着空落后，焉能成功？其与一根熟铁满堂红打着小龙后腿者何异？

诗云："意马心猿都失散，金公木母尽凋零。黄婆伤损通分别，道义消疏怎得成。"孟子曰："配义与道，无是馁也。"今唐僧因贪图口食一念之根，外而不能集义，内而不能保真，阴阳五行各不相顾，火候工程全然俱无，背道失义，其馁尚可言欤？谓之"道义消疏怎得成"，千真万真。世间呆子，听到此处，能不暗中悔悟，如梦才醒乎？《易》云："不恒其德，或承之羞。"是恒心乃为修道之要着，一有恒心，虽不能除邪而救正，亦可以渐悟而归真。

小龙一口咬住八戒不放，教请孙行者，是欲以性求情，同心努力也。噫！金丹之道，阴阳之道也，阴阳和通而大道生，阴阳乖戾而邪气盛。了命之道，以阴阳为运用；了性之道，以阴阳为根本。倘孤阴寡阳，两不相睦，性理不修，即命理有亏，何能到得如来地步？八戒要散火，小龙滴泪道："莫说散火的话，你请大师兄来，他还有降妖的大法力。"观此，则真阳须臾而不可离者，一有所离，虽有真阴，是孤阴不生，亦不过散火回炉而已，安有大法力救真而灭假？提起白虎岭打杀白骨一案情节，分明是因白骨而狡性进谗赶逐金公，今日而复回金公，非真性发现而难以挽回也。小龙说出行者是个有仁有义的猴王，教八戒去请，这才是有生有杀、生杀分明、邪正各别、金公返还、唐僧脱难之由。

"八戒到了花果山，不敢明明的见，却往草崖边溜"，已悔其既往者之不可咎；"混在那些猴子当中，也跟着磕头"，尚知其将来者之犹可追。行者呼八戒为野人，欲使其舍妄而从真；八戒说行者不识羞，是教其勿喜新而厌故。"有甚贬书，拿来我看"，反言以激其改过；"师父想你，着我来请"，尊师以速其报本。"用手搀住，和我耍耍"，是叙其离别之情；"师父盼望，你我不要"，是启其复旧之志。"既赶退了，再莫想我"，是欲探其真；"不敢苦逼，诺诺告辞"，是欲试其假。"不作和尚，倒作妖精"，骂其道心不生；"好意请他，他却不去"，激其真性发现。一言一语，尽是天机，正"白马咬着八戒，教请行者"之妙旨。学者若能于此处具只眼，看的透彻，急须捉回八戒，在他身边讨问个老实下落可也。

诗曰：

若将白骨认为真，便是邪魔害法身。

脚力诚然归实地，何愁斗柄不回寅。

# 第三十一回

## 猪八戒义释猴王　孙行者智降妖怪

〔**西游真诠**〕悟一子曰：梵语"释伽"者，即华言"能仁"也。仁主生，义主杀。杀以卫生，杀即是生。故能生而不能杀，非能仁也。前行者杀三尸为义，实为能仁。八戒以为非义，三藏以为非仁，冤遭贬斥，是谓内仁而外义，不知义即仁者也。八戒感悟龙马谆告之诚，追悔扑灭白骨之事，跪请行者解救倒悬，此以义释仁者之冤，而使之复任枢密，得专生杀之权也。故小龙曰："他是个有仁有义的猴王，管情拿得妖精，救得师父。"以仁义言，则为大道运用之端；以金木言，则为丹法相生之妙。一阴一阳，一夫一妻，颠倒配合，而不可暂离者也。金，义也；木，仁也。木恋金而顺义，金爱木而行仁。互相为用，合成正果。乃本诸一性，自配元神，虽曰兄弟，实同一气；虽曰妖魔，实共五行。若能斩绝尘缘，还原归本，便臻大觉矣！

篇首一词，极为明彻。然仁义之道，惟信为主。人之于信，犹水火金木之于土。水火金木，无土则无由生，人而无信则无以立。行者拒八戒而不行者，恶其言之不实也。言一不实，则无以成契合而善行藏，故小猴奉猴王之令，道："那八戒不大老实。"怒而拿回。美猴看菩萨之面，道："我且不打你，你即老实说，不要瞒我。"不老实，即不信；老实，即信。与公主寄信之信相照应。言除魔返正之道，务在真心实意。惟此一信，为之转旋，切忌弄虚头、施狡舌也。

行者道："老孙身回水帘洞，心逐取经僧。"盖忠臣去国，不忍一日忘君；大圣归山，岂忍一日忘僧？可见前之不去者，非其本心；拿回八戒，正思同往耳。八戒两边乱张，道："看看那条路儿空阔，好跑。"何也？已逆知行者捉回之意，故作直言无益，不如作乘空跑回之态，以激其速发诚心，乃假拟虚影，

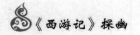

以勾取真神之妙也。

　　说知黑松林金宝塔放光,宝象国三公主寄信,黄袍怪变俊俏文人,入朝与国王认亲,把师父变作老虎。白马说:"师兄是个有仁有义的君子。"这些情节言语,而行者自不觉勃然怒、怦然动矣。然非一激,行者难以即行,何也?贬者,唐僧之命也;请者,非唐僧之命。是犹为王留行,而未可以暂留也。故得妖精一骂之激,行者若为除魔出,不为救僧出;若为己仇出,不为僧难出。虽无唐僧之命,亦可以行。故行者即佯信以自决曰:"不是我去不成,既是妖精骂我,我和你去。"此大圣出处之光明,权宜之妙用,而迥不由人也。

　　大圣径出门来,群猴拦住,特晓之道:"我保唐僧这桩事,天上地下都晓得。他倒不是赶我回来,倒是送我来家自在耍子。"盖今此一出,又似为天上地下任此大事,而不专为己为僧。前此一贬,又似唐僧爱我而故贬我,逸我而非劳我,真义精仁熟而不可以辙迹求也。行者下海净身,乃是洗心涤虑;"八戒识得行者是片真心,更无他意。"此时金木交并,而信行乎其间,何事不济哉?

　　虽然,善用兵者,避其锋锐之气,而击其虚;善除邪者,顺其方张之势,而乘其隙。倘饶慷慨激烈之勇,而鲜含蓄沉几之力,直前过刚,近于用壮,敢必太甚,近于浚恒,易戒之矣。故惟几也,能通天下之志;惟深也,能成天下之务。自古豪杰之士,未有不用智谋而能除邪去佞者,此大圣智降黄袍,所以为仁义之实学也。

　　行者抓住二小妖。欲取其父者,先取其子,攻其所必救也;欲救其母者,必卸其子,去其所受病也。欲以两个换一个,而沙僧解缚者,以土救土也。此"醍醐灌顶,甘露滋心。一面天心喜,满腔俱是春"。乃真景实际,而非形容想象语也。公主责行者无信义,行者道公主行不孝,都从根本上讲究道学。一是畏夫之克我,而欲全信;一是说主之附我,而全其信。公主寄信者,行孝也;行者降妖者,行义以全其孝也。义以成信,信以成义;信义合谋,而智行乎中。故公主藏身,而行者变相矣。

　　妙哉!"行者就变做公主一般模样。"夫金能克水,而反变为土,以甘受木克者何?《素书》曰:"非诈术,无以息寇破奸。"诈,所以行其信也。老氏曰:"舌柔齿刚。齿惟刚,故折。舌积久而不敝者,以其柔也。"柔,所以遂其刚也。孙子曰:"欲取之,必过与之。"与之,正以取之也。行者之变公主,信而以诈行,刚而以柔用,欲取过与之妙道,所谓智也。故如猫拖老鼠,哭啼啼,假慈悲,酷肖娘儿们死别生离,柔肠寸寸断。又如蝎入虎口,软绵绵,肚里刺,做出夫妻间刑夫克子,狐媚惑人情。拆夫妻,做夫妻;杀孩儿,哭孩儿;弹宝贝,吞宝贝。全以智胜,非可以形迹求也。及行者现出本相,又变为三头六臂,乃变三奇成六偶,重整乾坤,天地位而万物育,顺承天施,剥极反复之象也。故后回"唐僧复得猴王,向西而行,又值三春时候"矣。

大圣打走地下之妖精,查出天上之奎宿。玉帝差本部收伏,而宝象国公主来历已明。霎时间带回本国,父母重逢,公主遂寄信之愿,唐僧成带信之功。前以佞口喷水而失其性,变其形;今以真言喷水而妖气退,原体复。无复白骨夫人之迷惑矣。盖邪正分途,只争一念,而真妄参悟,原是同原。公主一信之诚,而去妄从真之道,尽是矣。倘认妄为真,乃是魔非圣,虽金丹入口,仍如放心而已,可不察哉? 大圣复归三藏,虽是弟之归师,实如心之附体,君之返国,所谓心正莫不正,君仁莫不仁者。是故结言:"君回宝殿定江山,僧去雷音参佛祖。"

自二十八回至此,总明得丹之后,仍须见性明心,由勉冀安,由劳冀逸,以渐至于无为而化,读下篇正文内师徒问答自明。

〔西游原旨〕上回金木相见,兼之二土归一,金丹亏者将圆,散者将聚矣。此回实写五行攒簇、并力成真之妙,示学者明心见性以归大觉也。

词云:"义结孔怀,法归本性。"言兄弟式好,彼此扶持,以义相结,道法两用也。"金顺木驯成正果,心猿木母合丹元。"言木性爱金顺义,金情恋木慈仁,金木相并,合为丹元也。"共登极乐世界,同来不二法门。"言了命之后必须了性,极乐界、不二门,皆示真性之地也。"经乃修行之总径,佛配自己之元神。"经者,径也。凡言取经者,使其悟修行之总径也;凡言见佛者,使其见自己之元神也。"兄和弟会成三契,妖与魔色应五行。"行者、八戒、沙僧为兄弟者,比三家相会之象;千魔百怪为祸害者,喻五行相克之义也。"剪除六门趣,即赴大雷音。"务在六根不着,四大皆空,五行悉化,三家相会,明心见性,即赴大雷音而炯炯不昧矣。总言性之不可离命,命之不可离性,犹有仁不可无义,有义不可无仁,仁义并行,方是金丹大道。

行者把八戒捉回要打,八戒教看师父面上饶了罢,行者道:"我想那师父好仁义儿哩!"行者之降妖除怪,唐僧以为不仁,八戒以为不义,是仁义反覆,不仁不义,孰大于此? 八戒又道:"看海上菩萨之面。"说出观音,是已观察得真,悔悟行者之降妖除怪为至仁至义,而纵放心猿之错矣。夫以至仁为不仁,以至义为不义者,皆因夫妻不和,阴阳偏孤,中无信行之故。中无信行,即不老实,故行者教八戒"老实说"。八戒将黄袍怪的事备细告诉,及说出白马教请等情,"望念'一日为师'之情,千万去救他一救",此老实说,信在其中,言语已通,而为眷属,性情相和,仁义并用矣。

八戒又用激将之法,设为"黄袍叫骂"一段,此以性求情,木性爱金顺义也;行者即气得抓耳挠腮,暴燥乱跳,此以情归性,金情恋木慈仁也。行者道:"不是我去不成;既是妖精骂我,我和你去。"岂真行者不去,因妖精骂而去乎?妖精之骂,出于八戒之口,非妖精骂,乃八戒骂也。骂行者,正所以请行者;请行者,正所以请其义;请其义,而知降妖除怪非不义者之所为。曰"我和你去",正以八戒知有义而去,非果以妖精之骂而去也。噫!前八戒以行者降妖为不义,故有花果山群妖相聚之为义;今八戒请行者降妖为有义,必知白虎岭进谗逐去为不义。提纲云"猪八戒义释猴王",即此以义全仁,以仁行义,始而以不义逐,既而以有义复,非"义释"而何?

"大圣与八戒携手驾云而行。"性情和合,夫唱妇随,内外相通,何事不济?行者"下海去净身子",是去其旧染之污也。"八戒识行者是片真心",从今而自新改过也。"抓过二孩,去换沙僧",先除其假,以救其真也。"沙僧一闻'孙行者'三字,好便是醍醐灌顶,甘露洒心,一面天心喜,满腔都是春。"金木相并,真土脱灾,五行攒簇,四象合和,去者已还,失者仍返,本来故物,圆成无碍。到此地位,非醍醐灌顶、甘露洒心而何?

然此攒簇五行、和合四象之事,须要在生身之处先辨真假,真假明而去假归真,可不难矣。行者教八戒、沙僧"把两个孩子抱到那宝象国,白玉阶前一掼,说是黄袍妖精的儿子,激回老妖,以便战斗",此先辨真假也。两个小孩,一为食性,一为色性,乃食色之性也。一切迷徒,错认食色之性为本性,以故见色迷心,因食起见,贪恋不舍,昧却真宝。"把两个孩子抱到宝象国,白玉阶前掼下",是教在生身之处,辨别邪正,弃假认真,去其食色贪图之性,复其本来天良之性耳。

能复本性,真宝有象,方是全的信义。而公主反说"这和尚全无信义",是直以认假弃真为信义矣。故行者道:"你来的日子已久,带你令郎去认认他外公去哩。"盖先天真性自虚无中来者,是为外来主人公,非一身所产之物。认得外公,不为假者所伤,有信有义,孰大于此?若认不得外公,随风起尘,见景生情,以假伤真,无信无义,孰大于此? 故行者笑道:"你如此夫妻儿女情重。你身从何来? 怎么就再不想念你的生身父母? 真为不孝之女。"《悟真篇》云:"劝君穷取生身处,返本还元是药王。"夫生身之处,即生我之处,生我之处,为先天之真宝;我生之处,为后天之假物。倘只恋我生之处,而不穷生我之处,则为不智;不智则不能真履实践,为不信;不信则不能所处合宜,为不义;不义便不能返本还元而见娘生之面,为不孝。说到此处,真足令流落他乡之子,惭愧无地而想念父母;迷失根本之徒,泪如泉涌而猛醒还乡矣。

公主说出"无人可传音信",行者道:"你有一封书,曾救了我师一命,书上也有思念父母之意,待老孙与你拿了妖精,带你回朝。"此乃口诀中之口诀,火候中之火候,天机密秘,仙翁慈悲,大为泄露,时人安知? 经云:"不求于乾,不求于坤,不求于坎,不求于离,专求于兑。"盖兑者,坤之少女,具有坤之真土,代坤行事,内藏先天之真信,为成仙作佛之根本。学者若得此一信,于此一信之中以法追摄,渐采渐炼,可以灭假,可以归真。《易》曰:"不远复。"又曰:"复,其见天地之心乎!"即此兑之一信,而可以归坤见象也。

然兑虽有信,而兑已为巽之假土摄去,何以能复归于坤? 是必有法焉,非智取不能。"行者就变作公主一般模样,在洞中专候那怪。"此藏真变假,借假诱真,逆以顺用,鬼神不能测,筮龟不能占,天下莫能见、莫能知也。"见了妖精,痛哭诉说"一段情节,纯是天机,全以智取,不大声色。始而以夫妻之道哄,既而以父子之情动,一言一语,在心地上揣摸;一举一动,在疼痛处下针。外虽不信,内实有信,故妖精不觉在深密处,将真宝吐露矣。其所谓"打坐工,炼魔难,配雌雄,炼成这颗内丹舍利"等义,是仙翁恐学者错认宝贝、内丹字样,以为修心即修道,故着"打坐工、炼魔难"以晓之耳。

夫修行之所难者,以其真宝不能现露耳。若真宝一现,金丹隐隐有象,弹指间即可以去假而复真。"行者假意放心头摸了一摸,一指头弹将去",放去人心也;"把那宝贝一口吸在肚里",收其道心也。"把脸抹了一抹,现出本相道:'妖精不要无理,你且认认,看我是谁?'"放心而明心,明心而见性,真心透露,人心泯灭,本性发现,形色无存,大机大用,非聪明智慧之大圣,岂能到此?

"妖精忽然醒悟道:'我像有些认得你哩!'"言食色之性与真性相去不远,性相近也。行者道:"我是你五百年前的旧祖宗哩!"食色之性系后天之性，真性乃先天之性，先天入于后天，后天昧其先天，习相远也。

妖精说出拿唐僧时"何曾见说个姓孙的"，行者告其"惯打妖怪，将我逐回"，是明示人金公去而妖怪来；金公不去，妖怪不来。何则？金公者，惯打妖怪者也，失去金公，妖怪谁打？彼唐僧逐去金公而遭大难，不亦宜乎？

"行者变三头六臂，六只手使着三根棒。"三头者乾也，六臂者坤也。三头六臂者，刚中有柔也；六只手使三根棒者，柔中有刚也。刚柔不拘，变化无常，全在法身上用工夫，不于幻身上作活计，以之灭妖，散其从而擒其首，其事最易。行者与老妖相战，使一个"高探马"的势子，是示我之真空也；又使个"叶底偷桃势"，乃取彼之实果也。"顶门一棒，无影无踪"，原非我固有之物；"天上查看，少了奎星"，始知是平空而降。"三公主思凡下界"，妄念迷却真性；"奎木狼兜率宫烧火"，下苦更须修真。假者既除，真者可得，不特公主出得碗子山，得回宝象，而且唐僧解脱妖邪法，仍复真身。

"行者取水，念动真言，望那虎劈头一喷，即时退了妖术，长老现了原身。"所谓"若能一念合真修，灭尽恒沙罪垢"也。"长老定性睁眼，才认得是行者。"一念之真，心明而性定，性定而心明矣。曰："早诣西方，径回东土，你的功劳第一。"一念之真，善恶分明，邪正立判，不复为白骨所愚，误入碗子山波月洞矣。

噫！公主之稍书于国王，有信也；行者之惯打妖怪，有义也；八戒之义释猴王，有仁也；行者之智降妖怪，有智也；国王之重礼奉酬，有礼也。仁、义、礼、智、信，无非此一念之真而运用。唐僧吃斋之一念，几不免于魔口；公主稍书之一念，而终得以回国；白马忆心猿之一念，而五行得以相见。一念之善，即是天堂；一念之恶，即是地狱。一迷一悟，天地悬隔，可不畏哉！倘服丹之后，不能俯视一切，五蕴皆空，而犹以幻身为真，未免积久成蛊，难逃"半夜忽风雷"之患。仙翁演出碗子山一宗公案，在宝象国结果，以示明心见性，方可全得此宝；不能明心见性，而此宝终在魔手，总非未生身处面目。结尾曰："君回宝殿定江山"，明心也；"僧去雷音参佛祖"，见性也。明心见性，无为功溥，真超极乐矣。吾愿学者在白虎岭、碗子山波月洞谨慎一二。

诗曰：

性去求情仁合义，金来恋木义成仁。

智中全信分邪正，礼道全行保本真。

# 第三十二回

## 平顶山功曹传信　莲花洞木母逢灾

〔**西游真诠**〕悟一子曰：此回解得提纲"平顶山、莲花洞"六字之妙，则下文三回之遣山压顶、烧丹炼药、装天放天，四回之如意法宝金绳套孙行者、葫芦装者行孙，五回之女娲炼石补天、芭蕉扇出真火、瓶装行者孙之妙，一齐俱解。

山则山矣，何谓平顶？篇首劈提"师徒们一心同体，共诣西方"。西者，兑位也。兑者，☱也，二金一土也。坤三交乾为兑，兑为少女。兑①之上爻⚋，统坤土之六，为六百里。兑之下☰，属乾金，为金角、银角。土星平，金星角，以像山峦也。佛祖曰："吾有一宝，秘在形山，诸人还识得么？"圆觉禅师曰："顶门上照耀，无道之道，谓之真道。"此蚌含明月，即平顶山之妙义也。

"中有一洞，名唤莲花。"花者，阳气所发。莲花开于阳极阴生之候，即《悟真篇》所谓"次发红花阴后随"，又"少女初开北地花"是也。盖兑为少女，内发金莲，身兼五宝，可转宝为妖，亦可转妖为宝。修丹之士，信妖之有宝，运动神机，能盗转紫金葫芦，毕竟葫芦还姓孙，则装魔化魔而成金丹。苟疑宝之非魔而晏安诞妄，不能转脱幌金绳圈套，唐僧还是魔口食，则装人化人而成邪魔。

子野真人曰："正人行邪法，邪法悉归正；邪人行正法，正法悉归邪。"顺逆反覆，出此入彼，全要灵台明净，洞晓宗旨，方无疑惧。故特提《心经》数语，以指迷津。又恐未识《心经》之妙，不先有作而急趋无为，故又提"功成之后，缘罢法空，自然身闲"，以明功效之次第。

---

① 兑，底本作"坤"，校者改。

功曹化樵夫传信。此信即阐发宝象国百花羞之信,而特以年月日时之不爽,以纪其传报之真,故紧顶上篇以作提纲。最醒处是"须要发昏"一语,何也?《礼》:"娶妇以昏时。"阳往阴来之义也。加"女"作"婚",鲜不因婚而发昏者。遇此魔而不发昏者,世无其人。诗曰:"彼昏不智。"又曰:"视尔梦梦。"真堪痛哭流涕。行者一哭,乃欲邀结心友,以共炼此魔也。盖力弱形单,则临炉无济;同心协力,则正果可成。师徒言下了了,故云:"若要过此山,必须猪八戒。"猪为亥木,木能生火,倘不得火候之细微,而灰心散漫,何能攒簇施功?八戒不猛烈扶持,而动称"散火",乃是修丹第一大患。

巡山一役,策励学人,探寻个中消息,切莫呰窳自陷之意。历叙八戒说谎疑惑情状,人以八戒之呆为可笑,而不知乃形容举世学人着魔谬见者,为大可哭,故行者冷笑以当哭。冷笑之哭,痛于陨涕也。

仙师恐读者不解其中图写形容之义,特著"画影图形"四字,一以示道体之神,一以寓形容之意。若曰:"此形容传神之妙道耳",岂果真状八戒之呆乎?切须领会红草坡睡下伸腰,心之发昏而目不明也。啄木虫锥嘴出血,心之发昏而口不谨也;飞来耳根又一下,心之发昏而耳不聪也。外三宝不灵,则其心之冥顽,已化为石。参石头为师友,而石山、石洞,无之而非石矣。"我心匪石",而谓石中有金,谬指金穴,妄揣"钉钉铁叶门",果《心经》之真谛乎?"老猪心忙记不真",一言了当。内三宝不灵,则其心之狐疑,已化为鬼。虎过了,风来了,鸦叫了,飞走动植,无之而非鬼。"载鬼一车",而不亲受耳提面命,谓可强猜变化,能自得师造心境之邪魔矣。自惊自怪,与人何尤?平顶山莲花洞,金、银两大王,能不现在当前乎?一鼓被擒,自遭灾难,总由不能洞晓火候之真信,而率意冥行误之也。

仙师体天宣教,托为"画影图形"之说,写出龙马负图之像,以显道源,故曰:"连马五口。"师徒一图,明《河图》三五之精,总一太极也。噫!数言玄妙难描写,一幅丹青了化工。熟玩后三篇,而得其妙。

〔**西游原旨**〕上回结出:得丹之后,急须看破色身,万有皆空,明心见性,以入无为之道。然未得丹之先,五行错乱,遽行无为之道,何以能返本还元,归根复命,以得真宝乎?故此回合下三、四、五回,俱明火候端的,五行真假,使人身体力行,脚踏实地也。

篇首"唐僧复得了孙行者,师徒们一心同体,共诣西方",则是阴阳相合,五行一气，金丹真宝已隐隐有象矣。然此宝藏于后天阴阳五行之中，若非深明火候，勇猛精进，下一番死工夫，则此宝终在他家，未可遽得。

曰"离了宝象国"，是结上文宝象国之案；曰"又值三春景候"，是起下文莲花洞之事。三春景候，乃春尽交夏之时。春者，木气发旺之时；夏者，火气煅炼之时。由春而夏，天地造化自然之理，即修道者真履实践，煅炼身心之道。奈何唐僧正行之间，又见一山挡路，叫徒弟仔细，又妄想身闲。此便是认假为真，火候不力，在肉皮囊上作活计，仍然白虎岭局面，焉得不生其魔障？故行者提《心经》"心无罣碍，方无恐怖"以警之；又以"功成之后，万缘都罢，诸法皆空，自然身闲"提醒之。可知心有罣碍恐怖，未易万缘都罢；不能万缘都罢，未易诸法皆空；不能诸法皆空，未许身闲也。

夫心有恐怖，无危险而自致危险；妄想身闲，欲清净而反不清净。此四值功曹所以传信也。"四值功曹"者，年月日时，四值之火功。"传信"者，即传其火功不力，恐怖而有危险，身闲而不清净之信。盖恐怖而有危险，平处即有不平，故有平顶山；身闲而图清净，净处即有不净，故有莲花洞。这个山，这个洞，便是生魔之由，故有金角、银角之两魔。金比其性刚，银比其性柔，角比其过亢。刚属阳，柔属阴，金角银角，即阴阳偏胜不中不正之魔。此两魔，即后天之阴阳，故随身有后天五行之宝。紫金红葫芦，火也；羊脂玉净瓶，水也；七星剑，金也；芭蕉扇，木也；幌金绳，土也。唐僧三徒，先天五行；两魔五宝，后天五行。先天能以成道，后天能以败道。若欲复先天，须当炼后天；后天不化，先天不纯。故四值功曹道："若保得唐朝和尚过去，也须要发发昏哩！"又曰："要发三四个昏。"三四为七，火之数。以火煅炼，后天化，先天纯，即《参同》所谓"昏久则昭明"也。

行者道："我们一年常发七八百个昏儿，这三四个昏儿易得发。"一年者，四象一气也；七八百者，七八一十五，三五合一也。四象一气，三五合一，纯阳无阴，金丹成熟，我命由我不由天，故曰"发发儿就过去了"。可见金丹之道，未有不昏而能昭明者。昭明之道，全在火功；火功之力，全在心无罣碍、无恐怖、不图身闲，期必化尽后天阴气，而不容丝毫渣质留于方寸之中。

何以两魔画影图形要拿唐僧乎？金丹之道，《河图》五行之道，《河图》一、三、五、七、九，先天五行，属于法身，唐僧四众有焉；二、四、六、八、十，后天五行，属于幻身，金角银角有焉。先天无影无形，后天有影有形，画影神要拿他师徒，是以后天而败先天也。知此者，以先天而化后天，魔可归圣；不知此者,顺后天而伤先天,圣即成魔。此中消息,非得口传心授之火候,不能腾挪乖巧,运动神机,以真化假,借假归真也。

行者照顾八戒入山,打听妖精多少,是使其打听真假,在不睹不闻处,戒慎恐惧,以运火候耳。八戒"巡山编谎"一段,是仙翁形容世间不知真假之呆汉,在肉皮囊上用工夫,或入山静养,或守空寂灭,以为得真,自欺欺人,视性命为儿戏,可不误了大事?此等之辈,都该"伸过孤拐来,打一顿棍,以为记心"。《悟真》云:"不辨五行四象,那分朱汞铅银。修丹火候未曾闻,早便称呼居隐。不肯自思己错,更将错路教人。误他永劫在迷津,似恁欺心安忍?"噫!修真之道,毋自欺之道,若欺心而修道,不识其真,焉识其假?不辨其假,焉得其真?真假不分,火候不明,自惊自怪,乱猜乱疑,自招其魔,焉得不为魔困?"道路不平,被藤萝绊倒,为小妖所擒",理所必然。

大抵金丹之道,博学之,审问之,慎思之,明辨之,笃行之。若不能学、问、思、辨,必至真者为假,假者为真;欲求其真,反入于假;欲去其假,反伤其真。提纲所谓"莲花洞木母逢灾"者,即此一戒为净、不知火候之灾。修道者,可不先究火候乎?

诗曰:

修真火候要周全,年月日时一气连。

未悟河图深奥理,方才举步有灾愆。

# 第三十三回

# 外道迷真性　元神助本心

〔**西游真诠**〕悟一子曰：金丹之道，本于《周易》八卦，八卦本于《河图》。天不爱道，龙马负图而出，接引万古迷蒙，所谓"无字之真经"也。《洛书》一图，一、九、三、七，位四正；二、四、六、八，位四隅；五居中位。盖金水相生，天一地四为一五；木火相生，地二天三为一五；土数居中，为一五。五行攒簇，三五妙合，循环无已之真精也。然天一生水，地六成之；地二生火，天七成之；天三生木，地八成之；地四生金，天九成之；天五生土，地十成之。理数生成，顺逆颠倒，隐显莫测，莫非先天真一之气为之盘旋而已。

修丹至人，知五行顺行，木能生火；知五行颠倒，母隐子胎，而火反生木，阳中有真阴，天三生木之真妙也。知五行顺行，金能生水；知五行颠倒，于复产母，而水反生金，阴中有真阳，地四生金之真妙也。知之者谓之明，不为外道所迷；得之者谓之神，不出元本所有。子舆曰："尽其心者，知其性也；知其性，则知天矣。"知者知此，尽者尽此而已。

篇中"装天、放天"之喻，即"袖里乾坤，壶中日月"之义，原无奇异。仙师特为演理标新，广布雅俗，使贤愚共见，以期明悟者默察而自得之。如篇首"将八戒拿进洞去"，八戒，木也，兑金克之。"浸在净水池中"，八戒，木中有火，兑泽克之，顺行而遭魔也。就图而论，三藏为太极。"只见祥云缥缈，瑞气盘旋"，乃天地氤氲之象。

"行者在马前丢开解数，上三下四，左五右六"，如作敷演闲文，固失其妙；解为三奇四正，五花六门，亦失其真。马前解数，正示龙马《河图》之数。天三生木，地四生金，三、四为金、木交并。金木藉土而交并，故左五为天五生土，右六为地六成水。举修丹之至要，而概括全图也。然三包天一生水，地二生火,木中有水,金中有火也。三五互包,天七成之,金慈恋木,木顺从金也。三五互包,地八成之。三五总一五,一五总一土也。三六互包,四五互包,天九成之。木能生水,金能生火也。四六互包,地十成之。尽阴阳五行理数生成之起伏也。五六互包,既十而归一,仍一太极。举逆用还返之理,而顺在其中。惟此,先天真一之气,上下左右盘旋,即一幅《河图》、《洛书》,一部《周易》,而丹法逆用之道,又已显露,真仙笔也! 故魔见之,道:"话不虚传果是真。"

兑为白虎,虎之将噬人也,必先卑其势。魔欲善图唐僧,故先为柔下之体,以塞其足,失其中而为魔。盖兑宫第五卦,水山蹇之变化也。"行者背在背上",自兑之艮也。艮为山,艮其背,故止而不行。山泽通气,故能遣山。遣至于三,则为三阴,加于三阳而成泰。泽山咸者,即地天泰,故曰"泰山压顶",地上于天也。两界山之五行,泰山之二气,同一交合,先天入于后天,能不艮其背,止而不行? 所以挟沙僧、挈三藏,均止而不行也。

"紫金红葫芦",离卦,火也,属心,精细鬼持之;"羊脂玉净瓶",坎卦,水也,属肾,伶俐虫持之。坎离不相离,用金葫芦而玉净瓶随行,理也。"底儿朝天,口儿朝地",即颠倒之象。能逆制离火而不使炎上,能融万物之真,故为老君盛丹之宝。何以叫应即装入? 声者,心之气。同声相应,同气相求,如离宫之雌鸣,而能呼坎宫之雄,以相倡和,故能化丹成魔,亦能化魔成丹。感通之妙,只争应与不应,正用邪用,一呼一吸之间耳。

大圣压于五行山,是道心之不能离尘;此压于泰山,是道身之不能离世。故有"树大"、"名高"之叹。夫人欲超脱尘圜,莫若体全真道;欲全真道,莫若炼服金丹。所贵顿然省悟,神明自来。此即元神助道,而重负可徙,肩累可息,而紫金葫芦之宝贝,不为魔所操弄矣。行者变为老全真,自命神仙,不但自度,而愿度人,其气量固足包乎天地。

装天之说,原非荒诞,然何以天卒不可装,而惟用哪吒之请,往北天门借真武皂雕旗,遮蔽南天日月,以哄骗二怪? 此仙师另是一意,故设此象,所以指示假托神仙之流,每用河车运水灌顶之谬术,哄骗世人金玉宝贝,而迷悟真性涵空之本心也。彼假托神仙者,见面须钱。贪痴之人,惟知可炼金银,希得其术,虽极精细伶俐者遇之,亦甘心尊信受度,不吝真宝,输诚恐后。此辈虽非白日抢夺,亦实黑天哄骗。

行者变一尺七寸长紫金红葫芦,像人之一身也。《韵府》载曰:"尺宅寸田,可以治生。"《黄庭经》曰:"尺宅,面也,两眉间为寸田。"今云"七寸",则并中田、下田,而通于七窍也。人身亦为紫金红葫芦,量可装天。若未得金丹,乃为假象,故为假葫芦。既无装天之实量,不得不用欺天障眼之法。

"哪吒脚踏风火轮",比运河车也;"真武皂旗",比玄水也;"北天门",比水府也;"南天门",比顶门也;"日月星辰",比两目也。"抛上葫芦,展开皂旗,遮闭日月",比车水上顶门而灌脑闭目也。"乾坤黑染,宇宙靛性",岂是虚事?此等法术,诚墨天墨地,如身站苦海危崖,一经塌脚,便堕入重渊,沉沦不返。可惧、可惧!何如放了天,不事转运遮闭,为青天白日,早见日光正午耶?奈何精细、伶俐之怪,信为养家治生之妙,而竟以真易假,所谓迷真性而失本心也,殊可悲悯!读者倘认二魔遣山为外道迷真,六甲徙山为元神助本,失之肤矣。

〔**西游原旨**〕上回言不知药物火候,大道难行,非徒无益,而又有害。此回劈开外道,使学者心会神悟,借假修真,于后天中返先天也。

篇首:"二魔拿了八戒,浸在净水池中,过两日腌了下酒。"是直以一戒入净,即可服食金丹。故老魔道:"拿了八戒,断然就有唐僧。"唐僧者,太极之象,乃攒簇五行而成,岂可以一戒求之乎?若以一戒为道,是在一身之中求矣。夫一身所有者后天之气,其必以为祥云照顶,瑞气盘旋,即是修行好人,殊不知"项后有光犹是幻,云生足下未为仙",岂可于后天一身求之?众妖不见唐僧,二魔用手指说,是指其一身有形有象之物为道。古仙云:"莫执此身云是道,须知身外还有身。"又正阳公云:"涕唾精津气血液,七般灵物总皆阴。若将此物为丹质,怎得飞升上玉京?"一连三指,三藏能不打三个寒噤乎?打寒噤者,惊其不知有身外法身之神通耳。

"行者理开棒,在马前丢几个解数,上三下四,左五右六,使起神通,剖开路,一直前行。"此分明写出金丹火候之秘也。上三下四而为七,乃解"七日来复"之数也;左五右六,五六得三十,乃解一月三阴三阳六候之数也。一阳震,二阳兑,三阳乾;一阴巽,二阴艮,三阴坤。三阴三阳,一气运用,周而复始,阴符阳火俱备。此等作为,真着实用,皆法身上运神通,本性中施手段。故怪物看见,忽失声道:"几年都说孙行者,今日才知话不虚传果是真。"

既知其真,则宜输诚恐后,改邪归正,不在幻皮囊上用工夫矣,何以又云"猪八戒不曾错拿,唐僧终是要吃"乎?一切迷徒,错认人心为道心,或疑心之神通广大，修心即可得丹，而遂孤寂守静，一无所为，假妆老成，自负有道，欺己欺人。其变作跌折腿的年老道士，非变也，乃怪物之本相也。怪物之所恃者，着空之学。认定行者，遣三山在空中劈头压倒行者，是认心定心，欲以一空其心，完成大道，只知空而不知行。行者被压，沙僧被挟，唐僧被拿，行李马匹摄入妖洞，四象落空，火候无用，大道已堕迷城。此提纲所以谓"外道迷真性"也。夫金丹者，真性也；修丹者，修真性也。修真性之道，有药物，有火候，有工程，急缓止足，毫发不得有差。今无知之徒，欲以顽空寂灭之学而修真性，非是修真性，乃是迷真性也。真性一迷，更将何修？道至如此，尚忍言哉！

"大圣压在山下，思念三藏，痛苦伤情。追忆两界山师父揭压帖救出，又遭妖魔遣山压住，可怜八戒、沙僧与小龙化马一场。"此仙翁痛苦伤情，悲其一切不得师诀，迷真性之辈也。两界山，是真师揭示口诀，救道心而真履实践之时；平顶山，是不得真师口诀，昧道心而悬虚不实之时。一救一昧，天地悬隔。原其道心之有昧，由自大自尊，只知有己，不知有人，欲向其前，反成落后，犹如泰山压顶，寸步难移。其曰："树大招风风撼树，人为名高名丧人。"不其然乎？修行者静观密察，悔悟到此，即是元神不昧之机，可以揭示道心之时。

"五方揭谛说出压的五百年前大闹天宫的齐天大圣，土地、山神才恐惧，念动真言咒语，把山仍遣归本位，放起行者。"可知道心乃先天之物，真空而含妙有，妙有而藏真空，能以闹天宫、作大圣，非若后天人心可比。若得真师揭破妙谛，一念之真，道心发现，止于其所而不移，即可以脱顽空之难矣。行者要打山神土地孤拐，是不容在人心上作孤阴拐僻之事，须当细认道心。山神、土地说出"那魔神通广大，念动真言咒语，拘唤轮流当值"，是明示真念之中即有杂念值事，还宜预防人心。盖人心道心，所争者毫发之间，人心所到之处即是道心所到之处，道心所知之处即是人心所知之处，但有先天后天真假之分，道心属于先天为真，人心属于后天为假。先天入于后天，人心值事，道心不彰，真藏于假中，假生于真内，真假不分矣。故行者听见"当值"二字，却也心惊，仰面高叫道："苍天！苍天！既生老孙，怎么又生此辈？"假者当值，真者受难，不得不惊耳。既知真假，宝贝即在眼前，可以下手修为，借假归真，以真化假矣。

紫金红葫芦象心，属火，精细鬼执之；羊脂玉净瓶象肾，属水，伶俐虫执之。何以"宝贝底儿朝天，口儿朝地，应一声就把人装了，一时三刻化为脓"乎？后天心肾水火之气，亦有相济之道，但相济出于自然，非有勉强。外道邪徒每每以烧丹炼药为外丹，以心肾相交为内丹，内外相济，日久气聚血凝，或得臌胀，或得痞块，或结毒疮，日久成蛊，一时大发，化为脓而死者，不计其数，谓之"能装千人"，确是实话。行者闻之，能不心中暗惊乎？

何以行者变假葫芦而并净瓶得之耶？葫芦者，心也；净瓶者，肾也。肾气随心而运转，心静则肾静，心动则肾动，肾之动静，随乎心之动静。变一尺七寸长的大紫金红葫芦者，一为水，七为火，心变而肾气即化，故变一得两，自然而然。

"装天"一段，悟一子批为心肾相交，似非本义。夫人心者，精细伶俐，机谋小见，后天而奉天时，只可装人；道心者，真空妙有，量包天地，智充宇宙，夺造化，转璇玑，先天而天弗违，故能装天。以装天之宝而换装人之宝，非换也，借假复真，以真化假，虽天地神明不可得而测度，而况于人乎？况于鬼神乎？玉帝依哪吒，以真武旗遮闭南天门，助行者成功，即"先天而天弗违"之义。要装就装，要放就放，装放随心，造化在手，皆神明不昧所致。因其神明不昧，所以随心运转，故提纲曰"元神助本心"。元神不昧，自然道心常存；道心常存，自然人心难瞒。山神土地遣山放行者，哪吒展旗助行者，皆"元神助本心"之道。一元神不昧，而本心腾挪变化，左之右之，无不宜之。精细伶俐之人心，能不把真宝交与乎？

噫！外道迷真性而以假伤真，元神助本心而以真化假，伤真则真者亦假，化假则假者亦真，是在乎神而明之，存乎其人耳。

诗曰：

> 河图妙理是先天，顺则生人逆则仙。
>
> 闭艮开坤离外道，阴阳转过火生莲。

# 第三十四回

## 魔头巧算困心猿　大圣腾挪骗宝贝

〔**西游真诠**〕悟一子曰：《阴符经》云："天有五贼,见之者昌。"人能见此而逆修之,则宇宙在手,万化生心。天者,心也。五贼者,心中所具五行之性。五行各一其性,则互为戕贼。吾之元气皆为所贼,而天心困矣。篇中二魔道："我们有五件宝贝",即五行之性也。能见之,而心除妄想,体若太虚,则戈戎不兴而为贝;不能见之,而心起杂念,互相戕克,则戈戎倚伏而为贼。读至结末"大圣道:'你这老官儿,纵放家奴为害,该问你钤束不严的罪名。'老君道:'不干我事。此是你师徒应有魔难,非此,不成正果也。'大圣心中了然"数语,遂彻的旨。

"紫金红葫芦",象离火炎上,外阳而内阴,炎如葫芦而色红,万金乌紫日之性也。"羊脂玉净瓶",象坎水温润,外阴而内阳,润如玉瓶而色白,乃玉兔净月之性也。"七星剑",象艮七兑金,乃山泽通气之性也。"芭蕉扇",象震木巽风,乃风雷相搏之性也。"幌金绳",象乾刚坤柔,二气互缠,长短自如,幌然不定,即中土立性也。形备八卦,总属五行。二魔母子,分持其宝,各一其性,故为妖怪。小妖妄想装天,以致性宝失守,而咎仙神会打诳语,不知认假为真,先由自错,乃经试验装天之假,犹然地下乱摸乱寻,不忍弃去,见真之易失而假之难舍也。

行者变化苍蝇,而如意佛宝随身亦变,却是实理。坎、离二物,为造化之根,众夫蹈以出,蠕动莫不由。在魔身为魔宝,在佛身为佛宝。苍蝇身上亦可容,岂属虚语?二魔误用坎离,已失其性,反嗔假粧神仙之哄骗,复欲用其意识之性,强制先天,故计请老母以取幌金绳。绳者,两股交错而不一;幌者,心思疑惑而无准。九尾狐狸所主持,以狐性善疑;九尾,纷纭也。差巴山虎、倚海龙，状其错认龙虎，自持有伏虎降龙得力手段。行者密察其中根基，打杀其得力而变其得力，扑灭其狐疑而化其狐疑，所谓认假为真，虽真亦假；知假为假，即假是真也。

行者变老奶奶进洞，八戒笑行者露尾，明假中之真，终难泯灭，窃宜高见。魔头欲献唐僧肉延寿，行者要割八戒耳下酒，明假中之假，亟清两耳，听之须聪。真人度世，言不虚设，不徒供人笑嘲诙谐，弗轻读过。先天之道，不滞于形质，不落于见闻，圆陀陀，赤洒洒，不挂一丝毫。行者不得不现身设法，化作满洞红光而散，所谓"聚则成形，散则成气"也。

《金刚》偈云："若以色见我，以音声求我，是人行邪道，不得见如来。"故滞于形声者，还是魔口之食；落于名相者，未免芦腹之装。行者用金绳扣魔头，即是魔绳挂体，怎出得魔绳圈套？魔头用金绳扣猴头，分明魔遇魔头，怎动得光头一毫？二魔用葫芦装行者，叫行者，是以音声求我，何妨假名以应妄？行者就葫芦叫二魔，亦即以音声哄魔，却从假化以显真。

断金绳，止须纯钢三五锉，慧性现而智识自泯；出葫芦，无妨叫化两三声，色身亡而慈悲普渡。金圈子紧紧扣项，"项后有光犹是幻"，尚须解脱；葫芦里浑然乌黑，个中有宝未成丹，急求点化。莫道葫芦君自有，千般巧作总成空。何如假手换将来，一会腾那便是我。故曰："饶君手段千般巧，毕竟葫芦还姓孙。"孙行者，行者孙，顺逆颠倒，总一姓孙。咦！从"姓孙"二字悟入，不出子女生子生孙之妙。取坎填离，还返之天机毕露。"绰个气儿，便装了去也。"愚人妄猜，为房中之术，就误了。

〔**西游原旨**〕上回微示变化后天水火，借假归真，以真化假之旨。此回与下回，实写变化之真火候。

《悟真篇后序》曰："顺其所欲，渐次导之。"老子云："将欲夺之，必固与之。"固与者，即顺其所欲也。顺其所欲，腾挪变化，而后天阴阳无不为我所用，无不为我所化。故前回顺其精细、伶俐之所欲，即得葫芦、净瓶；此回顺其老狐之所欲，而即得幌金绳；顺其二魔之所欲，金绳失而复得，葫芦去而又还。一顺欲而妖魔不能测其端倪。

然顺其所欲工夫，总在真中用假，借假复真耳。但真中用假，须要识得真；借假复真，须要知的假。篇首："两个小妖将葫芦拿在手中，争看一回，忽抬头不见了行者。"不知真假也。伶俐虫道："莫不是孙行者假变神仙，将假葫芦换了我们真的去?"不识真假也。不识真假,未取于人,先失其己。此等之辈,枉施精细伶俐,如地下乱摸,草里胡寻,那里得有宝贝乎? 殊不知真宝并不在精细伶俐,而在乎不识不知也。行者变苍蝇儿,即不识不知之象。"蝇"与"婴"同音,"苍"者五色俱化。婴儿不识不知,顺帝之则,非色非空,即色即空,真空妙有,寂然不动,感而遂通,感而遂通,寂然不动,即是如意佛宝,即是如意金箍棒。故曰:"随身变化,可大可小,苍蝇身上亦可容的。"一不识不知,其真在我,其假在彼,便是识得真假,可以借假归真,真中用假矣。

二魔不用精细、伶俐,差常随伴当巴山虎、倚海龙,请老奶奶吃唐僧肉,就带幌金绳,要拿孙行者。《悟真篇》曰:"四象五行全藉土",又曰:"离坎若还无戊己,虽含四象不成丹。"盖土之为物,所以和四象、合五行,为五行四象之母,但有先天后天之分,先天之土为真意,后天之土为妄意。真土成圣,为圣母;假土为魔,为魔母。压龙洞老狐,是假土而压生气,故为后天阴阳之母。行者为心猿,道心也,妄意之假土一动,道心受伤,故魔以幌金绳要拿孙行者。龙为性,虎为情,虎巴山而张狂,龙倚海而凶恶,此后天气质之性情,非先天真空之性情,故为阴阳二魔之常随伴当,又为请狐疑妄意之使者。

提纲"魔头巧算困心猿"者,是言气质之性情一动,意念不定,如绳之交错荡幌,悬虚不实,而道心有困矣。"行者在傍,听的明白",是不识不知,静中悟的气质之发,而不为假者所瞒矣。因其悟的假,故将二妖打作一团肉饼,不使假龙假虎巴倚作怪而起妄意;因其悟得假,故能变假诱假,打死老狐之妄意,而得金绳,倚假以归真;因其悟得假,故能假中用假,以一赚两,魔头不识,倾心拜叩,输诚恐后。此等作用,皆袖里机关,惟举高明远见者知之。"八戒吊的高,看的明",此其证耳。

"行者不吃唐僧肉",是不在肉皮幻囊上做作也;"要割八戒耳朵下酒吃",是戒慎恐惧,在不睹不闻处用工也。《悟真》云:"休施巧伪为功力,认取他家不死方。壶内旋添延命酒,鼎中收取返魂浆。"识的他家不死方,则能延命,能返魂,有无不立,色空不拘,满洞红光,聚则成形,散则成气,而变化无端矣。何以行者与魔相争,使幌金绳扣魔头而反为魔扣乎? 金丹之道,有当紧者,有当松者。紧者本也,为先;松者末也,为后。物有本末,事有终始,知所先后,则近道矣。葫芦属心,净瓶属身,金绳属意。欲修其身,先正其心;欲正其心,先诚其意。是诚意宜先宜紧,正心修身宜后宜松。先得葫芦、净瓶,后得金绳,是宜紧者反松,宜松者反紧,谓之"不知松紧"。不知松紧,所以出不得魔之圈套。

　　然欲诚其意,先致其知。金箍棒变作钢锉,把圈子锉作两段,脱将出来,是格物而知至矣,知至而松紧之法可得。知其松紧之法,于是而诚意,则意可得而诚矣。行者变小妖,以真用假,粗中取细,真绳笼在袖里,假绳递与那怪,是知至而意诚。意诚则真土复还,假土自灭,主宰在我,从此而正心修身,可不难矣。故曰:"大圣得了这件宝贝,急转身跳出门来,现了原身,高叫妖怪。"夫"现原身"者,示其真土在我也;"高叫妖怪"者,示其假土在彼也。真假分明,腾挪变化,颠之倒之,纵横逆顺莫遮栏。行者孙,者行孙,孙行者,颠来倒去,总是一行,总是一孙。一而三,三而一,三家一气,意诚而心即正。故入葫芦,出葫芦,随心变化,出入无疾。

　　最妙处是"行者装入葫芦内"一段。古人云:"一毫阳气不尽不死,一毫阴气不尽不仙。"入葫芦叫娘,所以穷取生身之处;叫天,所以还其父母未生以前;化孤拐,所以化其偏倚之行;化腰节,所以归于中正之道。故曰:"化至腰时,都化尽了。"拔一根毫毛,变作半截身子,正"一毫阴气不尽不仙";真身变蟭蟟出外,正"一毫阳气不尽不死"。

　　又却变作倚海龙,正于一毫阴气不尽处,而倚假以修真也。因其倚假修真,故两魔不知真假,左右传杯,全不防顾。而行者藏真与假,无不随心所欲。意诚而心正,心正而人心已化为道心。"大圣撤身走过,得了宝贝,心中暗喜道:'饶君手段千般巧,毕竟葫芦还姓孙。'"噫! 千变万化,总在一心;千变万化,总是一孙,但在真假上分别耳。认得真假,则假亦归真;认不得真假,则真亦成假。真变假者为魔,假变真者为圣,是在修道者善于腾挪变化,神明默运耳。

　　篇中毫毛变葫芦,变金绳,变小妖,变轿夫,变假身,妖怪皆不能识。修行者若识得真中用假,倚假修真,则诚意、正心、修身之道得,左之右之,无不宜之矣。

　　诗曰:

　　　　休施巧伪枉劳心,别有天机值万金。

　　　　扑灭狐疑真土现,腾挪变化点群阴。

# 第三十五回

## 外道施威欺正性　心猿获宝伏邪魔

〔**西游真诠**〕悟一子曰：二童子盗天宝而作魔，则五宝转为五贼；孙大圣盗天宝而伏魔，则五贼转为五宝。同一天宝，同一盗机，而邪正判然，顾在修炼与不修炼之辨耳。

金、木、水、火、土，天之宝也，即人之宝；天之性也，即人之性。偏施其性，而互为欺克，则火以水为贼，水以土为贼，土以木为贼，木以金为贼，金以火力贼。各贼其贼，各性其性，而失其正性矣。和合其性，而互为相生，则金生水，水中之真阳又能生金之阴，金之阴反能生木之阳，金木交并而为宝；木生火，火中之真阴又能生木之阳，木之阳反能生水之阴，水火既济而为宝。交为子母，迭作夫妻，而共获其宝矣。此之谓攒簇五行，逆修造化，即女娲氏炼五色石以补天是也。

五色石者，土也。修炼之法，全藉意土。土无定位，而分配四季，寄体中宫，火藉之而不焰，水藉之而不泛，金藉之而长存，木藉之而不凋，故《悟真》曰："五行四象全藉土。"金、木、水、火，住于四隅，以土论之，为外道；土居中宫，以金、木、水、火论之，为心猿。外道施威者，偏施其性，非金丹之正法也，故欺正性；心猿获宝者，收获其宝，得金丹之正道也，故伏邪魔。提纲二语，极为明显。读者强泥心猿为人心，浅窥外道为邪魔，失其旨矣。首冠一诗云"本性圆明道自通"，一语了彻全旨。又云："清浊几番随运转，贞元劫数任西东。"正明五行反覆，转运生生之妙也。故曰："此时暗合孙大圣的妙道。"

大圣又称"行者孙"，名无定名，上下左右，颠倒靡常，而总一行者，即土无定位，而总一土，道体固如是也。前幌金绳亦土，惟恍惚无定，而大圣得以纯钢之真金收之。因得此真宝，入葫芦而不化，以土能息炎也；因得此真宝，旋得此葫芦，以火遇土而归状也；因得此真宝，旋得玉净瓶，以水见土而混一也；因得此真宝，尽得芭蕉扇、七星剑，以金木遇土而交并也；因得此真宝，反装银角、金角，金银遇土而返本也。

篇首故劈提大圣"自得了那魔真宝"一句，承上起下，以明金绳为坤女真土之宝也。此仙家修炼逆制之妙，比之女娲氏以坤地补乾天，同一事理。天为至阳，而阳中有真阴，故天一生水而下润；坤为至阴，而阴中有真阳，故地二生火而上炎。乾男坤女亦然。太上道祖以坤宫之阳，补乾宫之缺，开示万世。所称"一座昆仑山脚下，有一缕仙藤，上结着这个紫金红葫芦"，为盛丹之至宝，不可不知。据理而推，原有雌雄两个，但雄里雌为假，雌里雄为真。雌不能装者，假不能成丹也；雄能装者，真能成丹也。

"底儿朝天，口儿朝地"，颠倒呼应之理也。装银角而摇响，乃白金入于火宫，化为一气，即"掇来归一处，化作一泓水"是也。其进本"周易文王、孔子圣人"诸其人，仙师特①借发课一段，以明其原耳。银角装入葫芦而化，非受死也，魔归真性，乃是受生。八戒道："莫哭，与你令弟念卷《受生经》。"却非要语。作丹之法，先制白金以为丹头，而巽风配火正在此时。火非凡火柴炭之吹嘘，乃五行自然之运用。

特设"老魔心中大怒"一段，以明火功之候。置净瓶于不用，而用扇、剑者，巽风震木雷出地奋之象。"望南方丙丁一扇，只见地上出火，烈焰飞腾，燌天炽地"，进阳火之候也。"大圣避火，入莲花洞取羊脂玉净瓶，老魔退伏石案，昏昏默默睡着，大圣静悄悄潜拔芭蕉扇"，退阴符之候也。妙在词内"致令金火不相投，五行错乱伤和气"二语。读者谓金角为金，心猿为火，金火争战，克制之常理也。不知申猴藏金水，金角坐木火。水有生金之气，火有生木之气；金木有交并之气，木火有既济之气。金木交而水火济，如金木不交，则金火不投，而"五行错乱伤和气"矣。修丹之士，惟要金火相投。金火一投，五行自簇也。

"老魔战败，径往西南上投压龙洞而去"，从生我处求生，指"西南得朋"之义，故得狐阿七之助。"狐阿七合一，径投东北而来"，从死我处反本，指"东北丧朋"之义，故遭猪八戒之钯。阳火、阴符俱尽，金角自当归原。"大圣解下净瓶，罩定老魔，叫声'金角'，应声装去"，呼吸相通，不烦心力。"收了

---

①　特，底本作"时"，据文义改。

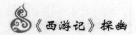

七星剑,扫净诸邪",俱用真土之意。而出其不意,自然天机,非由强制,此正金火相投,而不伤和气也。

太上化瞽者,索还五宝,说出被盗之由,曰:"非此,不成正果。"言不见此五贼,则如瞽者;能索还此五宝,则成正果。化贼为宝而备历艰难,乃修道者必有之事,太上何预焉?"葫芦、净瓶内倒出两股仙气,仍化为金银二童子。"归性还元,总是一金。正是"缥缈同归兜率宫,逍遥直上大罗天"。金丹作用之妙如此,有志之士,急须向平顶山莲花洞,寻讨个中消息。然则金葫芦之宝,金角所主,何以反装银角?玉净瓶之宝,银角所主,何以反装金角?金装银,真雄化假雌,结丹之颠倒;玉装金,假雌化真雄,脱胎之颠倒。噫!天机泄发殆尽。

尝读西儒利玛窦先生《天地形说》:天体,一大圆也,地定居于中。上下四旁皆人物,而脚心与脚心相对。盖天气清而升,地质浊而沉。四围皆天,则地自不得不定居于中。以至中之处,为至下之处,故人物无不得中而立。此阐尧、舜、羲和以来所未发,真卓越千古。历法于地心起数,因之而无敝,皆由心之灵明,神悟所至,非心包天地之外乎?人固有装天地之葫芦也。

〔西游原旨〕上回诚意正心,假归于真,已是道心用事。此回实写道心点化群阴之火候。

篇首一诗,言修道者本性圆明,俯视一切,翻身之间即可跳出网罗。但此性非空空无为即可了事,须要在大火炉中煅炼成就,方能变化不测,长生不死。盖修炼之法,非可强制,当随气运,转浊而归清,返朴还淳,贞下起元,由东家而求西家,自西家而归东家,东西相会,金丹到手,方得逍遥物外,一点灵光注于太空,万物不得而伤,造化不得而移。故曰:"此诗暗合孙大圣的道妙。"犹言孙大圣即是本性,本性即是道心。本性者,体也;道心者,用也。体不离用,用不离体,本性得道心,自然一点神光注空,千变万化,无处不通。故曰:"他自得了那魔真宝,溜出门外,现了本相,厉声叫门。"此道心发现,正当消化人心之时。前盗金绳是从妄意中盗回真意,此是从人心中盗回道心。真意复,则道心可复;道心复,则人心可灭。行者真葫芦,真心也,真心即是道心;妖怪假葫芦,假心也,假心即是人心。道心者,阴中之阳,为雄葫芦;人心者,阳中之阴,为雌葫芦。

"老君解化女娲,炼石补天。"是阴中藏阳,以阳解阴,取坎中之戊土,点化离宫之己土，借实以补虚也。妖精说："补到乾宫缺地，见昆仑山下一缕仙藤，结着个紫金红葫芦。"乾宫缺地，即离也；一个紫金红葫芦，即离中虚也。是直以离宫修定、空守人心，即是补天之道矣。行者说："补完天缺，行至昆仑山下，有根仙藤，结着两个葫芦。我的是雄，你的是雌。"两个葫芦，一离一坎也。坎中满为道心，离中虚为人心，以道心之真雄，化人心之假雌，方是炼石补天之妙道，而不落于顽空寂灭之学。

"行者将真葫芦底儿朝天，口儿朝地，叫银角。银角应了一声，倏的装在里面。"正坎离颠倒，以真化假之妙。人心已化，纯是道心，复见天良本性，非补天而何？本性既复，圣胎有象，可以无为，温养十月，待时而脱化矣。故曰："等老孙发一课，看师父甚么时候才得出门。"这个天机密秘，本诸周易文王、孔子圣人、桃花女先生、鬼谷子先生，口口相传，心心相授。彼一切执人心，不知死人心，自取灭亡者，闻的此言，能不慌的魂飞魄散，跌倒在地，放声大哭乎？

夫人心具有识神，为生生死死之根蒂。人心不死，道心不生，因死的人心，方能生的道心。道心常存，人心永灭，死人心，正所以生道心。故八戒道："妖精莫哭，请我师徒下来，与令弟念卷《受生经》。"既云人心已死，道心常存，何以行者与老魔争战，老魔一扇子，平白地搧出火来？夫人心虽死，犹有后天气质之性未化，足为道累，若不将此气质化过，虽有道心，大道在望，未许我成。故曰："大圣见此恶火，却也心惊。"当斯时也，急须腾挪变化，弃其假而脱其真，救其真而灭其假，庶乎火光可化为金光，妖洞可变为净瓶矣。

"老魔哭入洞中，静悄悄莫个人影，独自个坐在洞中，伏在石案之上，昏昏默默睡着。芭蕉扇褪出肩头，七星剑斜倚案边。"正气质之性动极而静，可以返真之时。"行者轻轻上前，拔了扇子，回头就走。"是将气质根尘之性连根拔出，不容丝毫留于方寸之中，以为后累也。既云连根拔去，则魔即可当时扫除，何以又有一场好杀？夫人自先天失散，后天用事，识神作妖，带有历劫根尘，与夫秉受气质之性，更有现世积习之气，内外纯阴，掩蔽先天真阳，虽人心气质之性消化，若积习之气未能消灭，犹有后患。积习之气，即妄情也。"这一场好杀"，即真情妄情相混之象。

其曰："宝剑来，铁棒去，两家更不留仁义。"宝剑者，妄情之杀气；铁棒者，真情之正气。真妄相逢，真欲灭假，假欲伤真，故不留仁义也。"一翻二覆赌输赢，三转四回施武艺。"一为水，二为火，三为木，四为金，一翻二覆，三转四回,水火木金,由假而变真也。"盖为取经僧,灵山参佛位。致令金火不相投,五行错乱伤和气。"金丹之道,务期金火同宫,金遇火而还元,火遇金而返本,九还七返,五行自然攒簇而相和。其不和者,皆由取经之人不明火候,而金火不能同宫,五行错乱而不相和。"交锋渐渐日将晡,魔头力怯先回避。"夫天下事,邪正不并立,真假不同途,虽真假邪正相争,到底假不胜真,邪不胜正,老魔敌不住大圣,理固然也。但妄情之为害最大,若不能消灭追尽,虽能一时勉强制伏,解妖之困,食妖之食,未免尚在妖洞,有时潜发,以一妄而会诸妄,以一情而起诸情,狐朋狗党,复伤真情。老魔会集压龙洞大小女妖与狐阿七,此其证也。

狐者,疑惑不定之意。"阿七"者,七情也。因妄情起而意不定,意不定而情愈乱,七情并起,为祸最烈。然幸其水、火、木、土已皆返真,虽有外来积习之余孽,亦可渐次而化。"教沙僧保师父"者,谨于内也;"着八戒同出迎敌"者,御其外也。谨内御外,内外严密,狐疑可除,妄情可化,燥金归于净瓶,声叫声应,绝不费力。七星剑也归了行者,五贼化为五宝,假五行尽返为真,五行攒簇,四象和合,山已净,妖已无,出妖洞上马走路,无阻无挡矣。

老君变瞽者,说明五宝来由,二童偷宝下界。可知先天交于后天,五宝即转为五贼,而兴妖作怪矣。然其所以兴妖作怪者,皆由主人公不谨,纵放家奴,约束不严,而妖之怪之。其曰"非此不成正果"者,正以示无假不能成真,非邪无由复正,借后天炼先天,借先天化后天。彼一切盲修瞎炼,妄想身闲曰非净,而在皮囊上用工夫者,皆是不知后天阴阳五行之魔难。此中机密,惟天纵之大圣心中了然。

老君收得五件宝贝,五行攒簇,合而为一。"揭开葫芦、净瓶,倒出两股仙气,化为金银二童子,相随左右。"阴阳混化,假变为真,到此地位,圣胎完成,霞光万道,"缥缈同归兜率院,逍遥直上大罗天",大丈夫功成名遂,岂不快哉!

诗曰:

> 五行攒簇已通灵,别立乾坤再炼形。
> 剥尽群阴无滓质,虚空打破上云軿。

# 第三十六回

# 心猿正处诸缘伏　劈破旁门见月明

〔**西游真诠**〕悟一子曰:《西游》一书,阐《河》、《洛》无字之真经,明阴阳颠倒之妙道,指万世修真之正路。前文隐言曲喻,殆无剩义。兹特发明历来仙圣月明要旨,取《悟真篇》印证。是书为金丹之的传而作,非可谬认拜佛取经,为禅门修性空法也。

明镜止水,皓月禅心,古今谈道者谓圣修佛诣,至此已极。不知圣之所谓"神",有不可知;佛之所谓"果",有不可无。舍老君之事,我谁与归?

上篇老君明五贼以定心君,内丹也,实即外丹之理。理无内外,而丹有内外。内立而外斯就,外就而内斯成。内而外,外而内,内而又外,内外同原,打成一片。功分终始,始以基终,终以了始,又始而始终,终以终始,内外始终,反覆颠倒,玄之又玄,莫可名状,圣之所谓"神",佛之所谓"果"也。

篇首"对师父备言老君之事",虽承上文,实起下意。行者道:"师父,只要定性存神,自然无事。"即"止水禅心"之意,能无事而已,何丹之有? 三藏以为行久,盼到西天,行者笑道:"还不曾出大门哩!"言定性存神而希金丹,是犹望西天而未出大门,故曰:"不必挂念,且自放心前进,还你个'功到自然成'也。""放心"者,一切放下,正是收心不放,放乃不放也。"前进"者,诸凡不前,惟是退后密修,自后乃进也。功到必先有事,自成则非强为,语味深长,不可作怂恿走路话头读过。

进敕赐宝林寺,长老点头道:"鳞甲众生都拜佛,为人何不肯修行?"叹空有宝林之名,而无宝林之实耳。僧官少打道人,举世皆然,无足怪异。行者打碎石狮,单传独调,骇众惊迷。"不方便,你就搬出去。"可为圆便,不是老孙创说,效法他夺舍投胎。"若不打,抬也抬进来。"曾经棒喝,虽然和尚回头，毕竟是皈依二乘。"一裹穷"，自家制造，孤修枯坐，一包穷骨内无丹，辱没了法宝珠林。"四张床"，师徒联榻，三家会合，五行攒簇，方成妙赏不尽，当天明月。

盖仙佛一体，俱由修金丹而成。若正心猿而伏诸缘，只就一己修持，纵能入定出神，不过阴灵而已，未臻纯阳大觉，亦是傍门。故提纲著"劈破傍门"，以棒打宝林寺为演义，特指明月中天，为先天法象之规绳也。此处正言采炼先天真谛，点省全书题目，故曰："我等若能温养二八成功，见佛容易，返故园亦易。"可见非金丹成功，万难见佛面、返故园也。"返故园"，即"返本还元"之义，不可以思乡浅窥阐发。

月之上、下二弦，本薛真人《悟真》原注。"前弦、后弦"一诗，乃《悟真篇》原文，只易末句"煅成温养自烹煎"为"志心功果即西天"，明此即西天，别无西天。西天取经之本旨，在于煅炼金丹，有功有果，非同空寂。读此，可豁然晓矣。惟是举世学人，见丹书千经万卷，无不以月为喻，而错认本性圆明，万缘不挂为真实。又错认月得阳光而苏，如人得金丹而生。又错认月为阴阳交合、消长盈亏之理，而终莫知其的，以致畸行的说，虚揣实取，空费心力，而终不能印证真一之大道。正如水中捞月，教人无处着手。今特指示月明之真谛，使人人得所依据，免致仰天悬想，误堕旁门也。月者，即伏羲氏所画之《先天八卦图》也。修丹之士，能勘透个中消息，药物火候口诀，下手温养工夫，结胎脱胎，性命双修之妙，无不毕贯矣。

三十日，纯阴，坤卦☷也。初三日，坤孕一阳于庚上，震卦☳也，火候也。初八日，坤生二阳，兑卦☱也，前弦也，药物也，阳也，一八也。十五日，纯阳，乾卦☰也。十六日，乾生一阴于申上，巽卦☴也，火候也。二十三日，乾生二阴，艮者☶也，后弦也，药物也，阴也，二八也。《参同》曰："坎离者，乾坤二用也。二而无交位，周流行六虚。往来既不定，上下亦无常。"故圣人采此二八，而坎离生乎其中，所谓"抱一函三"也。诀曰："先天一气化乾坤，艮兑盘旋震巽门。惟有六虚生妙用，坎离消息道为尊。"此月明之真言，解悟明彻，即是西天取经矣。

沙僧又指出：水中之金，乃五行攒簇，全凭土配，三家同会，方见月圆，"水火相搀各有缘"，括尽既济、下手、温养之妙诀。八戒又指明圆缺不全之妙，即《参同》"三日月出庚"，本书末回真经不全之秘要，又指明月圆之后，要功满三千，以应天诏。三徒各就本质阐发修炼玄机，而金丹始终口诀尽泄。

又恐空念《心经》，而不知大乘真经之的，故行者以念经之差，真经未取晓悟之，此所谓劈傍门而见月明意。"月到天心处，风来水面时。这般清趣味，料得少人知。"为此诗者，其知道乎？

〔**西游原旨**〕上回结出五行归真，阴阳浑化，方是金丹之妙旨。然诸多傍门，以假乱真，学者不能识认，未免为时师所误。故此回先劈其傍门之妄，而直示先天之学也。

篇首行者"备言老君之事"，是言先天之学，须要万有皆空，脚踏实地，自有为而入无为，方能入于神化之域。倘悬虚不实，步步生心，又怕山势崔巍，又怕有魔障，胡思乱想，虽上路四五个年头，犹如未出大门一般，岂不令有识者呵呵大笑乎？曰："定性存神，自然无事。"曰："且自放心前进，还你个'功到自然成'也。"盖定性存神，自无魔障；放心前进，自见功效。故"师徒们玩着山景，信步行时，早不觉红轮西坠，已到宝林矣"。红日西坠，即皓魄东升之时，为阴阳交接之关。阴阳交接，即是阴阳相和；阴阳相和，其中生气不息，万宝毕集，所谓众妙之门，又谓玄牝之门。这个门，在恍惚杳冥之间，若非放心而不执心者不能见。

"此山凹里一座寺院，上有五个大字，乃是'敕赐宝林寺'。"此大书特书，示人以真宝聚积之处，使学者留心细认，而不可当面错过也。何以见之？"山门里两边坐着一对金刚"，此乃真阴真阳之法象；"二层门内有四大天王"，此乃金、木、水、火之四象；"三层门里有大雄宝殿"，此乃太极涵万象，道之体；"后面有倒座观音普渡南海之相"，此乃回光返照，道之用。有体有用，真宝在是，谓之"宝林寺"，是耶？非耶？若有人于此处讨问出个消息，安身立命，可以脱轮回，超生死。奈世人为尘缘所迷，不自醒悟，甘入轮回者，何哉？故三藏见妆塑的鱼鳖虾蟹，点头叹道："鳞甲众生都拜佛，为人何不肯修行？"言此宝林寺，人人俱有，个个都见，不肯修持，空有宝林之名，而无宝林之实，诚不如龟鳖虾蟹者多矣。

僧官不方便，使声势，骂尽世间炎凉和尚败坏教门之辈。噫！佛氏开方便门，使人人为菩提萨埵，今入其门而不知其门，住于宝林之地而不知其中有宝，作孽百端，可不哀哉？此行者不得不打破门扇，为一切迷徒指条明路，曰："赶早儿将干净房子，打扫一千间，老孙睡觉。"盖世人不知自己有宝者，皆因贪嗔痴爱，积满中怀，"打扫干净"，是不容一物留于方寸之中也；"老孙睡觉",是使其早自觉悟,须当假中寻真,以不方便变而为方便也。曰:"和尚不方便,你就搬出去。"曰:"和尚莫处搬,着一个出来打样棍。"此等闲言冷语,耳提面命,棒喝之至。一切寂灭顽空、参禅打坐、口头三昧、师心自用、不知方便者,可以猛醒回头矣。

"和尚排班迎接,有的披了袈裟,有的着了偏衫,有的穿一口钟;十分穷的,把腰裙披在身上。"总言其酒肉和尚,衣裳架子,外面妆严,内无实学,虽居宝林,甘入下流,即有现在家当,不能享受,真所谓一裹穷汉,能不为高明者所暗笑乎?

"僧官磕头,众僧安排茶酒饭,铺设床帐。"此心猿一正,诸缘俱化,大开方便之门矣。"禅堂中灯火光明,两稍头铺设藤床。"是除去无明之障碍,而渐入自在之佳境,参微求妙,辨理寻真,正在此时。

唐僧出门小解,见明月吟诗,其曰"万里此时同皎洁,一年今夜最明鲜。今宵静玩来山寺,何日相同返故园",是直以空空一性之静,希望返归本原,而不知有阴阳相当、两国俱全之妙谛,只可谓之小解,不可谓之大解。故行者道:"师父只知月色光华,心怀故里,更不知月中之意,乃先天法象之规绳也。"盖先天消息,阳中生阴,阴中生阳,先取上弦金八两,次取下弦水半斤,以此二八,合而成丹,以了大事,其法象与月之盈虚相同。故曰:"我等若能温养二八成功,那时节,见佛容易,返故园亦易。"言得此真阴真阳两弦之气,煅炼成丹,吞而服之,点化群阴,方可以归根复命,返本还元,从有为而入无为,渐至神化,登于如来地位。否则,空空一性,焉能深造自得以归大觉?

行者诗云:"前弦之后后弦前,药味平平气象全。采得归来炉里炼,志心功果即西天。"此言采取水中金一味,煅炼成真,还为纯阳,功成果正,即是西天,此外更无西天可到也。

沙僧诗云:"水火相挼各有缘,全凭土母配如然。三家相会无争竞,水在长江月在天。"此言坎离药物,须赖中土调和,方能水火相济,三家相会,合为丹元。圆陀陀,光灼灼,如月在天中;净裸裸,赤洒洒,似水在长江矣。

八戒诗云:"缺之不久又团圆,似我生来不十全。他都伶俐修来福,我自痴愚积下缘。但愿你取经还满三途业,摆尾摇头直上天。"此言先天秘旨,始则自缺而圆,阴中生阳以结胎;既则自圆而缺,阳中用阴以脱胎。一逆一顺,盈虚造化在内,不得长圆而不缺,所以为不全。然须用火得宜,毫发无差,取真消假,摆去后天阴浊之物,复还先天根本之性,即可以出凡笼而入圣域矣。

　　三徒所言，纯是天机，其中包含先天后天造化。三家相会，四象和合，五行攒簇，还丹大丹，有为无为，下手窍妙，火候时刻，无不详明且备。劈破一切傍门，直登千峰顶上，真是大法大解。彼三藏只以一性而望成道者，瞠乎其后矣。

　　噫！一性且不能了道，何世之愚徒终身念经而妄想超脱者，彼安知经在于取，不在于念？若只曰念，吾不知所念者是那卷经儿？岂不令人可笑哉？

　　诗曰：

　　　　身在宝林莫问禅，心猿正处伏诸缘。

　　　　中和两用无偏倚，明月当空照大千。

# 第三十七回

## 鬼王夜谒唐三藏　悟空神化引婴儿

〔**西游真诠**〕悟一子曰：上言月体之合先天，而未显坎离之妙用。此以下俱明邪师不识月明的旨，执心肾为坎离，空闭尾闾之穴，认他姓为亲儿，以致邪乘离位，而真陷坎宫也。设言乌鸡国一案因果，指出阿母婴儿，母子会合重逢，方是取坎填离、金丹入口、起死回生之正道。亟须辨明。

提纲"鬼谒三藏"，明失陷之由，在于误认全真；"神引婴儿"，见救全之法，在于取信子母。鬼王道："我家住在正西，号为乌鸡国。"金鸡三足。乌，日中之阴，乃心君也。君火亢炎，非水不济。南来全真，祈雨润泽，久旱逢雨，水火既济，明乾坤交感，而乾变为坎、坤变为离之象也。离中之虚，阴☲也，必得坎中之真阳以实之，方全乾体之真。苟认一身心肾之假象，执水火内交为真，是错认"西南得朋"之义。犹正西国王，结拜钟南山祈雨之全真，为兄弟，同寝食，假夺其真，而真者反陷矣。

坎者，在先天本正西；离者，在先天本正东。离中真灵，寄体于西，故坎中之真主，即离中之真主，不得而二视之也。坎象井。《坎》卦，☵上下二爻，八角四方，明透如琉璃，故云："八角琉璃井边。""忽起万道金光"者，坎中之一真金也。一能生万，故有万道。"推下井内，盖住井口，移一株芭蕉栽上，变做我的模样，占了江山国土。"喻言谬认心肾为坎离者，空闭尾闾之穴，而逆陷其真；矫托君心之泰，而窃行其假也。

称"都城隍"、"海龙王"、"东岳阎君"、"会酒"、"亲友"、"弟兄"等语，俱状其与阴神一气而为伍，明"四大一身皆属阴"也。此设言鬼王拜谒，辨明邪正之意。说出本宫太子，乃真阳之嫡脉，救主之根裔。然必从伊母生身之处，讨求消息。若母子隔绝，子不能尽孝通诚，无由报母恩而拯父难，明阴阳失其宗位,天性何能复全?"留下白玉圭①",圭以彰信,二土相成,取夫妻合意同心之义,非外假模样,内无实用者所能有此。故云:"我还托梦与正宫,教他母子们合意,好凑你师徒们同心。"一篇鬼话,纯是天机。

三藏忽绊一跌惊醒,正是梦中方觉。行者道:"师父,梦从想中来。心多梦多,似老孙一点真心,专要见佛,更无一个梦儿到我。"言梦者蒙昧不真,真人无梦也。三藏亦真人,何以有梦?昔心斋谒阳明公,居然客位,及问:"真人无梦,孔子何以梦周公?"阳明曰:"这正是梦真。"心斋闻而愕然,遂下拜,执北面礼。三藏所梦,从论月中来。"鬼"、"云"者,即月魂也。正是梦月中之真,不是梦假。故行者见月光中,果然放着一柄白玉圭,曰:"此事是真。"然此事,人多生疑,不肯毅然下手。行者满口担承道:"都在老孙身上,只要你依我而行。"即佛祖所云"我今为汝保任,成此希有之事"之意。下手之妙,在先结婴儿。何以结婴?不外坎离既济之道。"变红金漆匣,放玉圭在内",乃二土同心,就是引婴儿来见秘法。妙哉!

"大圣变二寸长小和尚,钻在匣里"奇变偶,大变小,先天、后天无定体,有质、无质无常形。"这匣内宝贝,能知一千五百年过去、未来之事。"岂非三五之精灵耶?命名"立帝货",能立天下之大本,而使"帝出乎震",化宝贝而成真人,非伊、周、霍、葛之谓?大圣变作白兔儿,为月魂,阴中真阳之精。非此精,不能结婴,有阴阳不测、出神入化之妙。故太子箭中白兔,而大圣钻入红匣。阴动即为阳,阳静即为阴,所谓神化也。

三藏称"东土求经进宝",太子道:"东土其穷无比。"何也?金公虽东家之子,实寄生于西。西富东贫,固其所也。切须认得唤来,不使流落他乡,方能母子相见,子报父恩也。故唐僧说:"你的父冤未报枉为人。"行者从匣中跳出,由三尺之童而至于长大,只而瞬息之间。过去、未来、现在,古今如是,人人如是,事事如是,据理而知,何烦数推?但能识得现在称孤者是谁,则千万年真知灼见,已了彻无遗矣。

夫人身自乾坤交感之后,而生身之真父已失陷于坎。现在者,纯阴之假体而已。人人错认为真,都在梦中。行者不得不正色直指,道:"那化风去的,是你生身之老父。现坐位的,是那祈雨的全真。"何等斩绝明快?奈何迷人不信,反视献白玉圭者为骗我宝贝之人耶。须知名外有名,身外有身,"箭

___
① 圭,底本作"珪",改,下同。

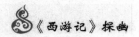

中白兔,就是老孙"。若认得白玉圭而深信不疑,便可念养育恩而替亲报仇。

仙师此篇,句句从生身父母处显露道妙,故曰:"请问你国母娘娘一声,看他夫妻恩爱之情如何? 只此,便知真假矣。"此乃悄语低言,密保性命之事,可谓叮咛切嘱。

〔西游原旨〕上回阐扬金丹始终妙旨,则知非空空一性者所可能矣。然不空则必有果,欲知其果,须在生身之处辨别是非邪正,方能返本还元。此回合下二回,发明道之顺逆,使人溯本穷源,从新修持,依世法而修道法也。

篇首:"三藏坐于宝林寺禅堂中,灯下念一会经,直到三更时候,虽是合眼朦胧,却还心中明白。"此即宝林之地,幽明相通,阴中生阳,坤下复震,为吾身中之活子时也。"梦中见一条汉子,浑身上下水淋淋的。"此坎卦之象。坎外阴而内阳,"一条"象中之一实,"上下水淋淋"象外之二虚。又浑身水淋,坎为水也。坎中一阳,为先天真一之气,此气隐而不现,因有半夜地雷震动,阴阳相感,激而有象,乃足以见之。其曰"梦中见"者,先天之气在于恍惚杳冥之中,贤者过之,愚者不及,每每不识,当面错过。故那人道:"师父,我不是妖怪邪魔,你慧眼看我一看。"是欲教人细认坎中一阳为先天正气,而不得以后天妖邪视之也。

"头戴冲天冠",上偶也;"腰系碧玉带",中实也;"身穿赭黄袍",外土也;"足踏无忧履",下虚也;"手执白玉圭",坎中孚也。"面如东岳长生帝",坎中一阳,能使"帝出乎震"也①;"形似文昌开化君",坎中真水,为万化之根本也。"家住正西,离此四十里,号乌鸡国","正西"金之方,"四十"金之数,坎中一阳属于金也。"乌鸡国"为离,坎中一阳,自离宫来也。何以见自离来?"五年前,天旱三年",五者,乾之九五,刚健中正,大人之象;"天旱三年",自五而前进于上,亢阳也。"钟南全真",即亢阳之义。"请他祈雨",阳极则必以阴济之。"只望三尺雨足",三阴而配三阳,地天交泰,则始物生物,万物因之而被恩。"多下二寸"者,阴胜于阳也。"国王、全真,八拜作交,同寝食者二年。"乾纯则必交于坤,乾坤一交,乾受坤之阴气,中虚而成离;坤食乾之阳气,中实而成坎。坎中孚,为万物之生气,故游春赏玩,八角琉璃井中

———

① 《周易·说卦传》:"帝出乎震,齐乎巽,相见乎离,致役乎坤,说言乎兑,战乎乾,劳乎坎,成言乎艮。"

有万道金光也。

"推下井去，石盖井口，拥上泥土。"艮为石，又为土之高者，上艮下坎为蒙，坎陷真宝，阳入阴胞，蒙昧不明，"一者以掩蔽，世人莫知之"矣。"移一株芭蕉栽在上面"，芭蕉为风木，属于巽，上巽下坎为涣，真宝既陷，蒙昧不明，阴阳散涣，由是先天入于后天，后天乱其先天，真者埋藏，假者当权，是全真窃乌鸡之位，国王入八角之井，邪正不分，以假欺真，大失本来面目。此落井伤生冤屈之鬼，不得不赖大圣辨明也。既赖大圣辨明，何以谒三藏？此不可不辨。三藏为性，大圣为命，无思无为，三藏有之；取坎填离，非大圣莫施。此隐示一性不能成真，必了命方可以复本。其谒三藏，是欲三藏求大圣，尽性而至命也。故曰："你手下有个齐天大圣，极能斩妖降魔。"此语可以了了。

"本宫有个太子，是亲生的储君。"此太子乃震也。震为乾之长男，本乾宫所生。先天乾居南，坤居北，乾坤交姤，一阳走于坤宫，变为后天坎离，乾移于西北，坤迁于西南，乾为老阳，坤为老阴，老阴老阳处于无为，兑金代母而行事，震木继父而现象。然其所以使不远复，而"帝出乎震"者，坎中一阳为之。震下之阳，即坎中之阳。曰"亲生储君"者，后天坎中之阳，即先天乾宫之中实，既为乾实，则此一阳即统乾之全体，震为坎之亲生，理有可据；且水能生木，非亲生而何？若以本宫太子为坎中一阳作解，非仙翁本意。"禁他入宫，不能与娘娘相见。"先天为后天邪阴所隔，中无信行，母不见子，子不见母矣。

"鬼王恐不信，将手中白玉圭放下为记。""白玉圭"为坎中孚，孚者信也，坎中一阳，中有真土，"圭"者二土合一，不信因全真窃位，记圭乃真阳一现。坎中之阳不能自现，必借震雷而出，故将白玉圭教太子看见，睹物思人也。"此仇必报"者，报即报复，即一阳来复也。有此一复，"长子继父体，因母立兆基"，母子相见，戊己二土，合而为一，共成刀圭，金丹有象，生身之道在是。故曰："我托梦于正宫皇后，教他母子们合意，好凑你师徒们同心。"母子属内，师徒属外，内为体，外为用，彼此扶持，人我共济，内通而外即应，外真而内即成，内外相信，邪正分明，大事易就。噫！鬼王一篇言语，顺行、逆用之天机明明道出，真足以点枯骨而回生，破障翳而明眼，三藏能不绊一跌而惊醒乎？

三藏道："我刚才作了一个怪梦。"言不知生身之处为真觉，即不知生身以后为怪梦；知得才作了一个怪梦，而不梦之事可得而知矣。行者道："梦从想中来，心多梦多。似老孙一点真心，专要见佛，更无一个梦儿到我。"可见多心即是梦，若一无心，便是真心，真心无梦，即或有梦，亦是见真之梦。三藏道："我这梦不是思乡之梦。"不是思乡梦，而梦真矣。"将梦中话一一说与行者。"金丹大道，万劫一传，人所难得，若有得之者，真是梦想不到之事，下手速修，犹恐太迟，"一一说与行者"，知之还须行之也。所以行者道："他来托梦与你，分明是照顾老孙一场生意。必然有个妖精，等我替他拿住，辨个真假。"顿悟者，渐修之起脚；渐修者，顿悟之结果。顿悟之后，不废渐修之功，修真灭假，借假全真，真假分明，本立道生，生生不已，则长生而不死，是谓一场生意。否则，空空一悟而不实行，则真假相混，理欲相杂，生生死死，生死不已，则有死而难生，是谓一场死意。若欲转死为生，辨别真假，舍老孙，其谁与归？

"月光中放着一柄白玉圭，行者道：'既有此物，想此事是真。'"月光中白玉圭，坎中真阳也。一经说破，明明朗朗，失去故物，现在眼前，不待他求，直下承当，真实不虚。"行者拔根毫毛，变做个红金漆匣儿，把白玉圭放在内。本身变做二寸长的小和尚，钻在匣内。"此变天机密秘，非人所测。红金漆匣儿为离，二为火，故色红；离本乾金之体，故为红金漆；匣者中空，离中虚也。白玉圭放在匣内，取坎中之一阳，填离宫之一阴，流戊就己，二土合为刀圭，即老子所云"恍兮惚兮，其中有物；惚兮恍兮，其中有象；杳兮冥兮，其中有精；其精甚真，其中有信"也。行者变二寸长的小和尚，钻在匣内，以大变小，以一变二，大小无伤，两国俱全，一而神，两而化，神化不测，正引婴儿之大机大用，而非可以形迹求者。变的宝贝，"能知一千五百年过去未来之事，名为'立帝货'"，此三五合一，圆陀陀，光灼灼，净裸裸，赤洒洒，乃象帝之先，诚立帝之奇货贵宝，所以为头一等好物。

"行者变白兔儿，在太子马前乱跳。"兔者，阴中之阳，乃月生庚方之象。"太子一箭正中玉兔，独自争先来赶，只在面前不远。"此一阳来复，不远复也。太子问三藏是那方来的野僧，三藏道"是东土上雷音拜佛求经进宝的和尚"。由东上西，凡以为取经之故，取经正所以进宝；取之由西而回东，进之自彼而还我，示其他家有宝也。太子道："你那东土虽是中原，其穷无比，有甚宝贝？"东者我家，西者他家，我家之宝自有生以来寄体他家，犹虎奔而寓于西，迷而不返，是西富而东贫。"东土有甚宝贝？"示其我家无宝也。宝为何宝？即水中之金。水中之金为真阳，即生身之父。真阳失陷，不知复还，即为不孝。三藏说"父冤未报枉为人"，堪足为古今来修道者之定评。

行者跳出匣，太子嫌小，行者把腰一伸，就长有三尺四五寸。小为二，二属火；"一伸"，一属水；"三尺"，三属木；"四五寸"，四属金，五属土。言此先天一气从虚无中跳出，其形虽微而不著，然其中五行俱全，五德俱备，而非可以浅窥小看也。"行者长到原身就不长"，乃安其身于九五，"刚健中正，纯粹精也"。

行者道："你那国之事，我都尽知，我说与你听。"盖金丹大道，须要知始知终，始终洞彻，纤毫无疑，方能一往成功。否则，知之不确，见之不真，枉费功力，焉能成丹？噫！欲知山上路，须问过来人，倘不求师诀，而私度妄猜，何由辨得真假，分得邪正？知之且不能，何况于行？"我说与你听"一句，可以了了。师何所说？所说者，先天后天之真假耳。

"五年前全真祈雨，后三年不见全真，称孤的却是谁？"盖言先天乾阳九五，位乎天德而全真；后天一姤，女德不贞而有假。不见全真，则必称孤者是全假，乃太子不知个里消息，反以为三年前摄去白圭者是全真，三年后坐皇帝者是父王，未免以真为假，以假为真。假且不知，真何能晓？此行者闻言，而"哂笑不绝"也。笑者何？笑其此中别有个密秘天机，而真假立判。学者若不将此天机审问个真实，何以能救真？何以能除假？

"太子再问不答，行者道：'还有许多话哩！奈何左右人众，不是说处。'"盖生死大道，至尊至贵，上天所秘，只可暗传秘授，而非可与人共知共闻者。"太子见他言语有因，退出军士。"是已认得行者高明，为人天之师，可以闻道之机。故行者正色上前道："化风去的是你生身之老父，现坐位的是那祈雨之全真。"正以过去佛不可得，现在佛不可得，未来佛不可得，三佛既不可得，则必现在者是假而非真。知其现在之假，则一千五百年过去未来现在之真，可以顿悟而得之。

而太子乃不自信，以为乱说者，何也？特以言语不通，无以示信，而难以认真。"行者将白玉圭双手献与太子"，是授受已真，言语相通，可以辨得真假之时。而太子犹以为"骗我家宝贝"之人，不能辨别者，何也？是必有故焉。当未闻道，急欲求其知；既已悟道，急欲求其行。倘空悟而不实行，虽有一信而无结果，犹是睡梦中生涯，与不信者相同，有甚分晓？故行者说出真名，唤悟空孙行者，及国王梦中一段缘故。又云："你既然认得白玉圭，怎么不念鞠育恩情，替亲报仇？"夫修道所难得者，先天真信；既有一信可通，即可于此一信之中勇猛精进，以道为己任，返还真阳，除灭妖邪，不得忘本事仇，自取败亡。

噫！仙翁说到此处，亦可谓拔天根而凿鬼窟，然犹恐人不识，又写出太子狐疑，行者教问国母娘娘一段，使人于生身之母处，究其真阳虚实消息耳。何则？自乾坤交错之后，真阳失陷，邪魔窃位，而真阴亦被所伤，夫妻隔绝，母子不会，此中音信不通，何以返故园而示同心？太子见圭，父子已有取信之道；然父子主恩，夫妻主爱，恩以义结，爱以情牵，恩不如爱之契，夫妻不相通，即父子不相见。

"行者教太子回本国，问国母娘娘一声，看他夫妻恩爱之情，比三年前如何？只此一问，便知真假。"此乃溯本穷源之论，读者须当细辨。太子得白圭，是已得真阳之信；行者教问母，复欲见真阴之信。真阳之信，必须从宝林中讨来；真阴之信，还当向本国内究出。真阳在坎，具有戊土；真阴在离，具有己土。土者，信也。二信相通，阴阳合一而为真；二信不通，阴阳偏孤而为假。盖真阴阳本于先天，假阴阳出于后天，惟真阴能知真阳，亦惟真阴能知假阳。不见真阴，不识假阳，亦不识真阳，故欲知生身之父，必先问生身之母。"只此一问，便知真假"，确是实理。说到此处，真是脑后着捶，教人猛醒。故太子道："是！是！且待我问我母亲去来。"此乃"附耳低言玄妙旨，提上蓬莱第一峰"。直下承当，无容再问。

"跳起身来，笼了白玉圭就走。"知之确而行之果，大丈夫建功立业，正在此时。何以"行者又扯住，教单人独马进城，从后宰门进宫见母，切莫高声大气，须是悄语低言，恐走消息，性命难保"？特以金丹大道，乃夺造化、转乾坤之道，鬼神所忌，天人不悦；既知消息，只可暗中潜修密炼，不得在人前高张声气，自惹灾祸，误伤性命。"太子谨遵教命"，可谓善全性命而报师恩者。

此回细写金丹秘诀，发古人所未发，不特言大道之体用，而且示穷理之实功。诀中之诀，窍中之窍，若有知音辨的透彻，真假即分，邪正立判，而生身之父母即在现前，成仙作佛，直有可必。吾不知道中学人，听得此言，亦能如太子回心道"是！是！待我问我母亲去来"否？

诗曰：

> 黑中有白是真阳，生在杳冥恍惚乡。
>
> 若待地雷声动处，神明默运返灵光。

# 第三十八回

## 婴儿问母知邪正　金木参玄见假真

〔**西游真诠**〕悟一子曰：篇首一诗云："逢君只说受生因，便是如来会上人。"言人能知受生之因从何而来，即知不死之方亦从此而造，岂不超然大觉，为如来会上之人？宣圣曰："未知生，焉知死。惟知生，而后能知死。"紫阳真人曰："须将死户为生户，莫执生门号死门。"程子曰："人能原始，知得生理；便能要终，知得死理。"均是此义。

"一念静观尘世佛，十方同看降威神。"言心致其洁清而身不与，此佛在尘世中广有，不在西天。体无分人我而法自灵，此神在虚无降来，不涉名相也。《华严经》云："菩萨属于众生，若无众生，一切菩萨终不成无上正觉。"即"尘世佛，十方同看"之义。"欲知今日真家主，须问当年阿母身。"言我今日修丹，而欲知其真妙之主，必须体究当年生我之阿母何故而有我，而后可以晓然悟矣。即《悟真篇》所云："劝君穷取生身处，返本还元是药王"是也。"别有世间曾未见，一行一步一花新。"言此法教外别传，世所罕见。苟人能知之而行到此一步，自"一步一花新"，而步步生莲花矣。即紫阳真人云："欲向世间留秘诀，未逢一个是知音。"又丹经云："一铢进罢一铢灵，金莲朵朵无人识"是也。篇中设象演义，莫非发明诗中之意，所贵"得言忘象，得意忘言"者耳。

叙娘娘得梦，"记得一半，忘了一半"，盖夫妻会合，原属半假半真，况在梦死之乡乎？遗忘后半，寓有秘旨，直至下文行者、八戒金木参玄，方见真假也。太子问："母亲，宫里夫妻恩爱何如？"娘娘道："这桩事，到九泉之下不得明白。"说到冷暖迥别，情缘隔绝，可悟恩爱者是正，间隔者是邪。此全真空闭尾闾而假作夫妻，认他姓为亲儿而暗成父子，遏绝天机，违悖真性，非邪而何？若欲救正除邪，必须夫妻母子相信合一，而后可以救出前身，不致沉沦埋没。

娘娘认得白玉圭，合诸夜梦，嘱子急请圣僧，辨明邪正，以报父恩。总一圭二土，会意联心，从死中求活，害里生恩。即《悟真篇》所谓："若会杀机明反覆，始知害里却生恩"者是。但"欲求天上宝，须用世间财"。必先聚法财，以助道用。行者"刮一阵聚兽阴风"，"果有无限的野兽"，齐声洪福，唱凯回城，即此意也。然此事修者如牛毛，成者如兔角，只因真假未能确见耳。真假之辨，在孤修、共济之分。孤修，则假而难成；共济，则真而易就。若不精心穷究，参透玄机，则认假为真，认真为假，错行下手，难见真宝，何能起死回生，除邪返正？即"行者心中有事，睡不着"，与师父计较。计成后行，正极深研几，师徒传道之密旨。

"行者到八戒床边，叫偷宝贝"，曰："我和你去偷。"八戒曰："做贼我也去得。"曰："得了宝，我就要。"曰："那宝贝，就与你。"满心欢喜，两个纵祥云，径到芭蕉树下井边。此金公、木母合意同心，全木交并，夫唱妇随，窃天地之玄机，盗杀中之生气也。修丹志士，能于此处参透真妙，便有真宝下手处，所谓"阊阳会上无人识，只与芭蕉作晚参"者是也。

八戒下井，忽见水晶宫，问龙王取宝贝，即"取坎填离"之象。龙王引八戒见乌鸡王尸，指为宝贝，称"行者有起死回生之意，凭你要甚么宝贝都有"。此寓丹道返还之妙，阴阳颠倒之用。若能转生杀之机，逆而修之，则灾中变福，害里生恩，所谓"五行顺行，法界火坑；正行颠倒，大地七宝"者是也。

八戒一把摸着那尸，不肯驮出。行者道："那个就是宝贝，如何不驮上来？"八戒参坎中之一画，为死质而非宝；行者参坎中之真主，为生气而是宝，正金木相参之玄妙也。八戒驮回宝林寺，称"师兄和我说来，他会救得活"。岂真行者无意，而捉弄他报仇？大圣有起死回生之意，龙王早已言之，特借八戒以指世间实有起死回生之药，宜急早寻求耳。死者尚可生，何愁生者不可仙？隐然言表。吁！衮冕弗驻颜，尧桀同朽骨。人不修金丹，生涯在鬼窟。

〔**西游原旨**〕上回指明阴阳失散之由，教人于生身处推究其真假。此回承上，细发实理，阐扬奥妙，使人先救其真，以便除假耳。

篇首一诗，包括无穷道理，非可寻常看过。曰："逢君只说受生因，便作如来会上人。"言人之不能保性命而超脱，皆由生不知来处，死不知去处，醉生梦死，碌碌一生；若有高明之士，晓得个中消息，原其始而要其终，于受生之处辨的真实，即死我之处分得清白，便可渐登如来地步矣。"一念静观尘世佛，十方同看降威神。"言佛在尘世，不在西天，能于尘世中见佛，则为真佛；蠢动含灵，与我一体，无所分别，能于十方中同看，则得不神之神，而为至神。释典云"百尺竿头不动人，虽然得入未为真。百尺竿头更进步，十方世界是全身"者是也。"欲知今日真家主，须问当年阿母身。"言未生身处，阴阳合体，父母两全；生身以后，阴孤阳寡，真中有假。欲知今日家主如何是真，须问当年阿母何者是假。辨出真假，则真者是生，假者是死，而受生之因可知矣。"别有世间未曾见，一行一步一花新。"言此生身之道，人所难知，若有知得者，虽愚迷小人，立跻圣位，由卑登高，下学上达，而一行一步，如花之开放而日新矣。昔佛祖修丈六金身者此道，达摩只履而西归者亦此道，岂若今之二乘顽空之小道乎？

"娘娘作了一梦，记得一半，忘了一半。"此处无人知得。紫阳翁曰："上弦金八两，下弦水半斤。两弦合其精，乾坤体乃成。"金丹之道，一阴一阳之道，阴阳相停，二八相当，合而为丹，中悬一点先天之气，从无而有，凝结圣胎，超出天地，以脱生死。倘阳求而阴不应，阴求而阳不随，彼此不通，造化何来？真主失陷，妖邪夺位，虽有真阴，则孤阴不生，独阳不长，有一半而无一半，何以能了其道而成其真？"记得一半"者，即下弦阳中真阴之一半；"忘了一半"者，必须还求阴中真阳之一半。

太子问娘娘三年之前与三年之后夫妻之事，娘娘道："三载之前温又暖，三年之后冷如冰。枕边切切将言问，他说老迈身衰事不兴。"此中滋味，须要尝探。盖三载之前，二气絪缊，纯一不杂，夫唱妇随，阴阳和合而相得，故曰"温又暖"；三年之后，两仪错乱，真假不分，孤阴寡阳，阴阳情疏而性乖，故曰"冷如冰"。"枕边切切将言问"，阴欲求阳也；"老迈身衰事不兴"，阳不应阴也。总以见阴阳相交则得生，阴阳相隔则归死，阴阳交与不交，生死关之。若能悟得生者如此，死者如此，塞其艮之死户，开其坤之生门，是即婴儿问母，震生于坤，三日出庚，一阳回还，救活前身之大法门。从此扫荡妖魔，辨明邪正，而生身父母之恩可以报矣。

然其所以能报生身之恩者，总在于内外二信之暗通。《入药镜》云："识刀圭，窥天巧。""刀圭"即内外二土之信相合而成，"天巧"即阴阳二八相配而就。识得此戊己二土之信，方能窥得此阴阳二气之巧。"巧"者奥妙不测，生身造化之天机。太子取白玉圭，递与娘娘，戊土之信通于内；太子问母之后，复返宝林，己土之信通于外。内外相通，二土合一，阴阳渐有会合之日，生身之道在是。紫阳翁所谓"本因戊己为媒娉，遂使夫妻镇合欢"者，即此之

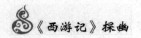

谓。辨别到此，而一切张狂角胜、狷寡孤独、执相顽空无限野物行藏，可以捻断筋，置于路傍而不用矣。

夫修真之道，人所难知者，受生之因耳。苟能知之，急须下手，内外共济，先救其真，后灭其假，犹如反掌。此行者欲同八戒捞井中尸首，要打有对头的官事。不然，真者未出，而只在假处着力，究是一己之阴，而总未参到奥妙处，则是真假犹未辨出也。

行者叫八戒，"有一桩买卖"要做，曰："妖精有件宝贝，我和你去偷他的来。"此非谎言，恰是实理。坎中真阳，乃先天之宝，因妖之来而被陷，已为妖宝，故真者死而假者生。今欲归复其宝，仍当乘妖不觉而去偷，方为我宝，庶能真者生而假者灭。此乃卖假买真之一事，非做此买卖，而真宝难得。"八戒道：'你哄我做贼哩！这个买卖我也去得，偷了宝贝，我就要了。'行者道：'那宝贝就与你罢了。'"夫道者，盗也；其盗机也，天下莫能见，莫能知。不做贼，做不成这桩买卖；必做贼，而这桩买卖方可成的。八戒为木火，具有离象，推理而论，水上而火下，水火既济，坎离颠倒，偷来坎中一阳，而归离中一阴，宝与八戒，非是虚言。

行者叹花园，是见其败而欲其兴；八戒筑芭蕉，是去其空而寻其实。金箍棒放八戒下井，须知得水中有金；水晶宫向龙王讨宝，要识得个里天机。龙王指尸首为宝贝，八戒讶尸首为死人，是明示认得真则死物为活宝，看不透则活宝即死物，在知与不知耳。故龙王道："元帅原来不知。"言人皆不知坎中一阳为宝，而多弃之也。又云："你若肯驮出去，齐天大圣有起死回生之意，凭你要甚宝贝都有。"坎中一阳，为生仙作佛成圣之真种子，若能驮得出，救得活，则本立道生，千变万化，随心所欲，大地山河，尽是黄芽，乾坤世界，无非金花，是在人之肯心耳。

行者捉弄八戒驮死人，八戒捉弄行者医活人，并非捉弄，实有是理。非八戒不能驮出，非行者不能医活，驮出正以起其死，医活正以回其生。八戒木火，行者金水，外而金木交并，内而坎离相济，死者可生，生者不死，为起死回生之真天机。此中妙趣，非深明造化、善达阴阳者，参不到此，辨不到此。假若参到此，辨到此，"你只念念那话儿，管他还你一个活人！"

诗曰：

向生身处问原因，子母相逢便识真。

金木同功真宝现，法财两用返元神。

# 第三十九回

## 一粒金丹天上得　三年故主世间生

〔**西游真诠**〕悟一子曰：紫阳真人曰："一粒金丹吞入腹,始知我命不由天。"言金丹从阳世间而得,命由自造,不由于天。兹提纲云"天上得",岂不说远,起人疑难? 不知言天上者,乃人中之天,而非天上之天也。

八戒道："师父,莫信他。他原说不用过阴司,阳世间就医得活。"行者道："待老孙阳世间医罢。""我如今去寻太上老君,求他一粒九转还魂丹来,管取救活他。"盖老君妙道,阳世间自有,人人可办,不在天上,只要人寻得着耳。吕祖曰："闻说世人皆寻我,踏遍天涯没个人。"仙人度世之心,甚于世人求度。奈世人绝无受度功德,不肯笃信坚心,优游自弃,觌面磋过,纵①有真人,何能强其受度? 俱归于死而后已。兴言及此,深可痛哭!

八戒守尸而哭,其悲卞璞而哭乎? 石中空有连城宝,我的天,其怜楚覆而哭乎? 乞师拯救却嫌迟,我的人,其哀锄麟而哭乎? 道大几曾得见容,我的天,其为崩城之哭乎? 夫死妻儿不再圆,我的人,其为长沙之哭乎? 人生未死心先丧,我的天,一哭之中,数黄道黑,包涵无限救世苦衷。哭到伤情之处,闻者自当感恸,宁惟长老滴泪心酸哉?

行者到离恨天兜率宫,老君吩咐："看丹的童儿,各要仔细,偷丹的贼又来也。"及大圣借丹不与,往外就走。老君恐怕来偷,赶上叫住,俱见金丹为窃夺造②化之物,由我不由天,并非老君所能吝。恐其来偷而不得不与,即是偷得而非与。其盗机也,天下莫能见,莫能知矣。

---

① 纵,底本作"总",改。
② 造,底本作"道",改。

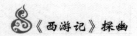

　　行者叫："沙和尚,取水。"黄婆调和之意。口吐金丹,入于尸腹。三藏道："得个人度他一口气便好。"行者"呼"的一口清气,吹入咽喉,"一声响亮,那君王气聚神归"。盖还丹本无形质,不过一口清气。"气聚神归",即"金来归性初,乃得称还丹",而旧王返还故国矣。

　　水衣皇帝,自坎宫而来,人多惊疑,故行者特明指之,道："这本是乌鸡国王,乃汝之真主也。"教国王换道服,情愿上西天,行者何以又道"不要你上西天,你还做你皇帝"? 盖在位得道之君,正可行尧舜之道,点化天下,积功累行,传诸万世,超度群迷于无穷。比之韦布之功行三千,奚啻万万倍? 此即西天,何必要再上西天耶?

　　篇中一诗,发《悟真》之所未发,传诸经之所不传。读者认为撮合闲言,将天机密旨,等之俚语,未经真师指示真诀故也。如起句云："西方得诀好寻真",若未得诀,纵有真宝在目,何能灼见? 次云："金木和同却炼神",金公、木母和合丹头,此千经万卷同义。若未得诀,则未免错认"和同"为闺丹御女之术,落于邪僻,又何能得真? 如"丹母空怀懵懂梦",谓即鬼王托梦,一半记不真之意。不知丹实有母,母实有懵懂而不令伊知之妙也。如"婴儿长恨赘疣身",谓即全真窃位,太子为赘疣,喻大道之有婴儿,犹非空虚相也。不知婴儿实非有身,婴儿又实有身为赘疣之妙也。如云"必须井底求原主",谓即八戒入井驮回鬼王,喻"取坎填离"之意。不知井底原主非有相,井底原主又实有相,必须求者,乃已①失而必求诸人,方能成丹也。如云"还要天堂拜老君",谓即行者向老君借还丹,寓炼丹要宗老子之意。不知老君不在天之天上,老者实在人之天上。"还要拜"者,乃稽首而还求诸天,方能得丹也。结云："悟得色空还本性,诚为佛度有缘人。"言得丹之后,能见性明心,了悟色即是空,空即是色,还归本性,同虚空相,方能佛度有缘,见佛即是仙、仙即是佛也。凡有仙缘之人,能参透是诗,金丹作用秘诀已毕,充栋经书,俱可不用。

　　师徒引国王供状,魔王望空而去,大家认了旧主人,即"真精既返黄金室,一点灵光永不离"是也。只在本身、阳世而得度,不在于阴司、天上、来生、异世也。下文魔王战败,假若摇身变服,仍作国王模样,岂不令人无可辨识? 何以变得与三藏一样,致有《紧箍咒》语之可辨? 仙师寓言原主之真假有一定,而师传之秘语有分歧。倘见两个师父,不知谁真谁假,不能辨识而

------

　　① 已,底本作"日",改。

误认下手,反害其真,故念念那话儿而有验,方是秘传之真诀;口里乱哼而无验,即是无传之假话。

行者跳高些,急图高见切手。文殊照妖镜,定住青狮异形。"佛旨差来,报水灾之恨",言受其害者皆误认自作之孽。"是个骗狮子,不能玷污",乃孤修空门之徒。狮者,师也。青狮者,强猜之师,假师乱真师,其为魔可胜悼哉!今世间广有骗狮,安得文殊菩萨照妖镜速来收去?照妖镜,即识人之慧眼也。

〔**西游原旨**〕上回识得生身之处,即可以死中求活,害里生恩,还元而返本。然或人疑其生顺死安,世间必无此起死回生之术,故此回仙翁教学者于世法中修道法,于死我处求生机也。

篇首行者要到阴司里讨国王魂灵,八戒道:"他原说不用到阴司,阳世间就能医活。"盖到阴司里求活,阴司里已无可生之理;阳世间医活,阳世间实有不死之方。夫阳世间之所以能医活者,以其有太上老君九转还丹之妙道在也。若离此道,尽是阴司之路,而别无可医活之法。奈何愚昧之徒,不自回头,为名利所牵,恩爱所结,一旦数尽命终,阎王讨债,莫可抵当,只落得三寸咽喉断,万事一场空,可叹可悲。"呆子泪汪汪哭将起来,口里不住的絮絮叨叨,数黄道黑。哭到伤情之处,长老也泪滴心酸。"一哭之中,包含无数苦情,讥讽多少痴汉!若人悟得哭中意,便是千峰顶上人。

行者到离恨天兜率宫,老君吩咐看丹的童儿:"仔细,偷丹的贼又来了。"言此不死之方,乃盗天地之造化,贼阴阳之气机,非为易得之物。"老君说没有,大圣拽步就走;老君怕偷,把还丹与了一丸。"言此盗机也,先天而天弗违,后天而奉天时,天且弗违,而况于人乎?况于鬼神乎?

行者接了丹,回至宝林寺,叫八戒过去"在别处哭",金丹到手,已有回生之机,何哭之有?"教沙僧取些水来",沙僧为真土,土为万物之母,水为万物之本,非土不生,非水不长也。"行者口中吐出金丹,安在国王唇内,一口清水,冲灌下肚","只是一味水中金,但向华池着意寻"也。"有一个时辰,肚里呼呼的乱响","莫厌秽,莫计较,得他来,立见效"也。"只是身体不能转移","大都全藉修持力,毫发差殊不作丹"也。"元气尽绝,得个人度他一口气"者,"休施巧伪为功力,认取他家不死方"也。"不用浊气而用清气"者,"铅遇癸生须急采,金逢望后不堪尝"也。"一口气吹入咽喉,度下重楼,转绛宫,至丹田,从涌泉倒返泥丸。呼的一声响喨,那国王气聚神归。"金丹大道,得其真者,一气成功。百日功灵，曲直而即能应物；一年纯熟，潜跃而无不由心。颠倒逆用，无所窒碍；呼吸灵通，其应如响。古人谓"赫赫金丹一日成"，岂虚语哉？此一口气，乃先天真一之清气，而非后天呼吸之浊气。学者慎勿以咽喉、重楼等字样，疑为色身之物。故丹经云："莫执此身云是道，须知身外还有身。"

"国王翻身，叫声：'师父！'跪在尘埃道：'记得前夜鬼魂来拜谒，怎知今早返阳神。'"盖金丹大道，至简至易，约而不繁，若遇明师诀破，在尘出尘，住世出世，一翻身之间，即可死而复生，阴里还阳，"不待他生后世，眼前获佛神通"，而当年主人公直下可以再见矣。

"众僧见那个水衣皇帝，个个惊疑。"天下迷徒，误认幻身为真身，错看水脏为坎位，每于肾中采取。殊不知人自乾坤破卦而后，先天真气迷失他家，一身纯阴无阳，若执此身而修，焉能得成大道？及闻身外身之说，他家不死之语，多惊之疑之而不肯信，非谓其妄，必言其愚。噫！道之不明，吾知之矣。贤者过之，愚者不及。故仙翁不得不借行者现身说法道："这本是乌鸡国王，乃汝之真主也。"犹言此身外身，乃本来之真主，若离这真主，而别求一个真主，则即非真主。认得这真主，方为辨明邪正；认不得这真主，而邪正犹未辨明也。

然真者已见，以真灭假可也，而何以脱了冠带，换了僧衣乎？盖真已在我，不妨用假以破假，用假即所以保真，不用真而用假，藏真而不露其机也。所以众僧欲送，行者止住道："快不要如此，恐泄露事机，反为不美。"则知不泄漏事机，方为尽美。

诗云："西方有诀好寻真，金木和同却炼神。"西方之诀，即金丹大道之诀。得此真诀，方可寻真；不得真诀，不可寻真。何则？得真诀而阴阳相和，刚柔得中，方可炼精一之神矣。"丹母空怀懞懂梦，婴儿长恨赘疣身。"坤土失真，无由会其乾金，已无资生之德，而空怀懞懂不明之梦；震木隔绝，是已流于外院，早失恃怙之恩，而长恨赘疣幻化之身矣。"必须井底求原主，还要天堂拜老君。"言必须寻出坎中之阳，以点离宫之阴，方能全得先天一气，而归根复命。然坎中之阳，不得老君九转金丹之道，而未可以归之复之。"还要"者，离此金丹之道，而必不能也。"悟得色空还本性，诚为佛度有缘人。"色者，非世之有形之色，乃不色之色，是为妙有；空者，非世之顽空之空，乃不空之空，是为真空。若悟得真空含妙有，妙有藏真空，真空妙有归于一性，则了命而了性，有为而无为，即是与佛有缘，而为佛度矣。此金丹之始终，大道之本末，在尘世间而有，在人类中而求，老君非自天生，释迦不由地出，是在人之修之炼之耳。

提纲所谓"一粒金丹天上得"者，言此金丹大道，为天下希有之事，人人所难逢难遇者。若一得之，犹如从天而降，当自尊自贵，怀宝迷邦①，不得自暴自弃，有获天谴。"三年故主世间生"者，言修炼大丹，还系圣贤事业、丈夫生涯，依世法而修道法，不拘在市在朝，非等夫采战、炉火、闺丹、顽空执相、一切鸡鸣狗盗暗渡陈仓之辈。所谓"世间生"三字，提醒世人者多矣。

魔王欲取国王之供，行者代叙一篇，其中先天失散聚合之机，跃跃纸背。最着紧处，是"转法界"、"辨假真"六字。"转法界"，是期于必行；"辨假真"，是期于必悟。悟以为行，行以全悟，非悟不行彻，非行不悟彻，一而二，二而一。行者降魔，是悟而行也。行者何以"教大家认了旧主人，然后去拿妖怪"？盖认得真者，方可降得假，"西南得朋"也。"魔王逃了性命，径往东北上走"，"东北丧朋"也。是明示生我之处还其元，死我之处返其本也。

噫！主之真假易认，师之真假难识。易认者，果遇明师，一口道破他家坎中之阳，即知我家离中之阴，而真假立判。难识者，傍门三千六百，外道七十二品，指东打西，穿凿圣道，或有指男女为坎离者，或有指心肾为坎离者，或有指子午为坎离者，或有指任督为坎离者，如此等类，千条万余，以假乱真，以邪混正。一样讲道论德，为人之师，谁真谁假，实难辨认。

祖师慈悲，借八戒说道："教念念那话儿，不会念的便是妖怪。"盖金丹大道，有口传心授之妙，一得永得，非同傍门曲径，虽真假之外样难辨，而真假之实理各别。果是真师，密处传神，暗里下针，一问百答，句句在学人痛痒处指点，言言在学人头脑处着紧，是为"会念那话儿"。若是假师，妄猜私议，口头虚学，及其问道，九不知一，口里乱哼，是谓"不会念那话儿"。会念那话儿是真，不会念那话儿是假，此真假之别，照妖之镜。吾愿世之学道者，速举照妖镜，照住青毛狮子，勿听妄猜私议之邪说淫辞，而误认后天之人心为真，先天之真阳为假，现在者为真，化风者为假也。

诗曰：

　　金丹大药最通神，本是虚无窍里真。

　　窃得归来吞入腹，霎时枯骨又回春。

---

① 《论语·阳货》："怀其宝而迷其邦，可谓仁乎？"朱熹注："怀宝迷邦，谓怀藏道德，不救国之迷乱。"

# 第四十回

# 婴儿戏化禅心乱　猿马刀圭木母空

〔**西游真诠**〕悟一子曰：此合下三篇，皆明得丹之后，全要见性明心，上彻下悟，扫除六欲，参禅定慧，面壁无为，而几神化也。

首叙行者叫道人穿戴原服，手执白玉圭，上殿称孤，乃大隐不妨居朝，而风动天下，泽及万民也。至称"我还做我的和尚，修功德去"。此言韦布之士，成丹之后，若贪、嗔、痴未除，功行不满，则是修命不修性，亦为顽仙滞迹，难超三界。如《敲爻歌》所云："只修祖性不修丹，万劫轮回难入圣。达命宗，迷祖性，恰似鉴容无宝镜。寿同天地一愚夫，权握家财无主柄"是矣。仙师故特着红孩儿、黑水鼋之邪火孽水，以教人了悟。

慧禅师诗云："有物先天地，无形本寂寥。能为万象主，不逐四时凋。"命也，即性也。性有善无恶，心则不能无偏全，后天气质清浊歧之也。故欲尽性，莫若死心；死心者，死其害性之心。欲死心，莫若忘机。忘机者，忘其扰心之机。欲忘机，莫若养气。养气者，养其动心之气。红孩儿者，赤子之心。心为火藏，质阳而性阴，外明而内暗。炎上，则怒气冲天；始燃，则伏机在本。"结聚火气，直冒九霄"，怒气也。"赤身无衣，吊在树梢"，伏机也。忽起忽落，变动莫测之象，持戏渝害正之昧心，欲弄倒护正之明眼，是其机也。"徒费心机"一语，乃心妖之供状耳。"三徒各执兵器，似乎要打。""长老怒猴子弄鬼，大怒，又兜住马便骂。"俱形容相激成怒，禅心惑乱也。"枯树涧"，木枯则火发，溯心妖生旺之乡。"红百万"，火盛则色炽，状心妖煊赫之势。托言遭劫被掳而求救，捏称田产、亲族以致酬，皆极拟心妖一片闪烁之机械也。

"八戒把戒刀断索放怪"，不能见心而破戒放心。"长老教孩儿上马带去"，未能制性而介带任性。"不要二僧驮，欢喜行着驮"，火笑而肆意克金。

"只好三斤重""这等骨头轻",金明而潜怀息火,迷悟相参,邪正互持之候也。故诗曰:"道德高时魔瘴高,禅心本静静生妖。心君正直行中道,木母痴顽蹭外蹰。意马不言怀爱欲,黄婆无语自忧焦。客邪得志空欢喜,毕竟还从正处消。"言定中忽动,不能正定,是静生妖也。

心本正直,火动则木迷,不能致知,是"蹭外蹰"。犹阴阳二蹰之脉,不由正行也。迷则意不听命于心,而生爱欲,爱欲生则正定乱,自受忧焦之客邪。惟能从正处定静,动而静,静而动,一如正定,斯客邪无能肆志。此诗是阐发提纲"猿马刀圭木母空"之义,乃禅心乱之实害。言禅心一乱,不能正定,则猿马之金水,刀圭之二土,木母之木火,失其五行之实性而亦空。即"火生于木,祸发必克"之旨。

"大圣心中怨恨",正定而动也;"那妖心头火起,弄一阵旋风,飞沙走石",不正定而动也。"师父不见踪迹",心昧而性迷也。"行者、八戒商量各散",禅心乱而五行空也。沙僧道:"有始无终。"言能修命而不能修性也。然能有始有终者,全藉意土。意诚则心正,而邪妄可消。沙僧者,意土也。故行者曰:"既然贤弟有此诚意,我们还去寻那妖怪,救师父去。"大圣着实心焦,意诚而心正也。"变作三头六臂",乾三坤六,重整乾坤,上下定位,正定也。

"往东打一路,往西打一路,打出一伙穷神来。"噫! 妙矣哉! 盖诚意必先致知,未能致知而诚意,是愚非诚,何能明心见性? 是以君子贵极深研几,穷神知化,以尽其变。"披一片,挂一片,裈无裆,裤无口。"穷之极也,明穷究其神,而极尽其化也。"六百里钻头号山,共该三十名山神,三十名土地。"言坤舆辐员,广袤六百,即《参同契》所谓"六五坤承,结括终始","六十幅,分共一轴"是也。盖地二生火,能钻头炎上,离明焕号之象。顺承天施,则调和其性,而生育万物;大地火亢,则偏枯其性,而焚槁生灵。众神道:"把我们头也磨光,弄得少香没纸,血食全无。""毁庙宇,剥衣裳,不得安生。"非火性之蕴隆为害而何? 如贪吏势焰,酷烈为虐,胲民膏而剥地皮者,其心其害,亦犹是也。

曰"枯树涧火云洞",指其木火架炎,薰灼蔽天之状。说出伊父母为牛魔、罗刹,本属妖邪,在火焰山炼成三昧,乃邪炼之三昧,是邪之极,非正定之三昧,正之极也。号"圣婴大王",婴而自圣,婴而自王,婴而自大,无知而已。正是"未炼婴儿邪火胜",急须"心猿木母共扶持"。可惧可危。

〔**西游原旨**〕上回结出欲辨道中真假，须赖明师传授之真，是道之求于人者也。然道之求于人者已得，而道之由于己者不可不晓。故此回合下二回，极写气质火性之害，使学者变化深造而自得真也。

篇首"行者把菩萨降魔除怪之事，与君王说了，教上殿称孤"，是真假已明，正当正位称尊，独弦绝调，超群离俗之时也。国王请一位师父为君，行者道："你还做你的皇帝，我还做我的和尚，修功行去也。"以见真正修道之上，以功行为重，而不以富贵动心。若今之假道学而心盗跖者，能不愧死？

夫好物足以盲目，好音足以聋耳者，为其心有所也。心一有所，而性命即倾之。"三藏见大山峻岭，叫徒弟堤防。"是未免因险峻而惊心，心有所恐惧也。故行者道："再莫多心。"何其了当！盖多心则心乱，心乱则气动，气动则火发，故师徒们正当悚惧之时，而即有一朵红云，直冒到九霄空里，结聚了一团火气也。噫！此则悚惧，彼则冒云，出此人彼，何其捷速！当此之时，若非有眼力者，其不遭于妖精之口者，几何人哉？

"大圣把唐僧掇下马来，三众围护当中。"自明而诚，防危虑险也。故妖精道："不知是那个有眼力的，认得我了。"以是知妖之兴，皆由心之昧，心若不昧，妖从何来？"沉吟半晌，以心问心。"此即有二心矣。心若有二，不为恶，则为善。举世之人，皆是弃善而行恶，若能去恶而从善，则超世人之一等矣。然此不过人道之当然，而于仙道犹未得其门也。盖善恶俱能迷人，一心于恶，则邪正不知，必至违天而背理；一心于善，则是非不辨，必至恩中而带杀。噫！恶中之恶人易知，善中之恶人难晓，是心之着于恶而为妖，着于善而亦为妖。"妖精自家商量道：'或者以善迷他，却到得手。但哄他心迷惑，待我在善内生机，断然拿了。'"机者，气机也。气即火，心为火脏，火一动而心即迷，心一迷而火愈盛，为善为恶，同一气机，心之迷惑，岂有分别？

"妖精变作七岁顽童，赤条条的身上无衣，将麻绳捆了手足，高吊在那松树梢头。"七者，火之数；赤者，火之色；高吊树梢，木能生火；顽童者，无知之谓。是明示心不明而火即生也。

"红云散尽，火气全无"，火之隐伏也。"口口声声，只叫救人"，善里生机也。"长老教去救"，禅心已乱也。行者道："今日且把这慈悲心略收起，这去处凶多吉少。古人云：'脱得去，谢神明。'"言机心一生，不分善恶，吉凶系之，是在乎神而明之，方可脱得灾厄，而不为邪妖所误。

"妖精道:'我先把那有眼力的弄倒了,方才捉得唐僧。不然,徒费心机也。'"明镜止水,足以挡魔;镜昏月暗,适足起妖。明不倒而昏不来,明一倒而昏即至。此妖费心机,而唐僧被迷也。

"枯松涧",树至于枯,木性燥而易生火;"红百万",红至于万,火气盛而必攻心。"金银借放,希图利息",心之贪多而无厌;"无赖设骗,本利无归",心之克吝而难舍。"发了洪誓,分文不借",心无恻隐而不仁;"结成凶党,明火执杖",心无羞恶而不义。"财帛尽行劫掳",足见心之隐忍;"父亲已被杀伤",诚为心之毒恶。"掳其母而作夫人",心好色而不好德;"吊其子而教饿死",心喜杀而不喜生。妖精一篇鬼言谎语,虽是以善迷人,却是机心为害。其曰:"若肯舍大慈悲,救我一命,回家酬谢,更不敢忘。"此又机心之最工者。然而伎俩机关,虽能哄其俗眼,到底难瞒识者。故行者喝一声道:"那泼物,有认得你的在这里哩!"夫妖虽祸,若认得则妖不妖,不认得则不妖亦妖。

"长老心慈,教孩儿上马。"是已为善机所迷,而禅心乱矣。禅心一乱,失其眼力则不明,不明而火发,真金能不受克乎? 此妖精不要八戒、沙僧驮,而要行者驮也。"行者试一试,只好有三斤十来两。"三为木,十为土,两为火,言木能生火,火能生土,则妖精为心火明矣。行者道:"你是好人家儿女,怎么这等骨头轻?"火性炎上而易飞,非骨轻乎?

诗云:"道德高隆魔障高,禅机本静静生妖。"道高一尺,魔高一丈,理所必然;禅以求静,静反生妖,势所必有。"心君正直行中道,木母痴顽躧外趄。"然静中之妖,惟心君正直,能以行中道而不为妖摄;柔性痴顽,每多走奇径而投于鬼窟。"意马不言怀爱欲,黄婆无语自忧焦。"性迷而脚跟不实,如意马而怀爱欲;心乱而中无主宰,如黄婆而有忧焦。"客邪得志空欢喜,毕竟还从正处消。"客邪之来,由于禅心不定;禅心不定,客邪得以乘间而入。若欲客邪消去,毕竟以定而止乱,以正而除邪,庶乎其有济焉。以上即提纲所谓"婴儿戏化禅心乱"之意。禅心一乱,身不由主,为魔所弄。虽有行者浩然之正气,足以掼成肉饼,扯碎四肢,其如忍不住心头火起,一阵旋风,走石飞沙,八戒、沙僧低头掩面,唐僧被摄,大圣情知怪物弄风赶不上,五行落空,全身失陷,大道去矣,即提纲所谓"猿马刀圭木母空"也。

原其落空之故,皆由失误觉察,不知善恶,禅心有乱,不能正心,散火所致。然欲正其心,必先诚其意。沙僧闻行者"自此散了"之语,述菩萨劝化、受戒改名、保唐僧取经、将功折罪之事,是觉察悔悟从前之错,而意已诚矣。

意诚而心即正,故行者道:"贤弟有此诚意,我们还去寻那妖怪,救师父去。"

然正心诚意之学,全在格物致知。若不知其妖之音信,则知之不真,行之不当,不但不能救真,而且难以除假。"行者变三头六臂,把金箍棒变作三根,往东打一路,往西打一路,打出一伙穷神来。"此刚化为柔,东西搜求,探赜索隐,钩深致远,极其心之变通,所谓格物而致知也。

"披一片,挂一片,裤无裆,裤无口。"分明写出一个离卦☲也。心象离,离中虚,故为穷神。"披一片",象离之上一奇;"挂一片",象离之下一奇;"裤无裆",象离之中一偶;"裤无口",象离之上下皆奇。总以见有火而无水之象。"六百里钻头号山",离中一阴属坤,为六百里。"三十名山神,三十名土地。"二三为六,仍取坤数。

"钻头"者,火之势;"号山"者,怒之气。"枯松涧",比枯木而生火;"火云洞",喻怒气而如云。"牛魔王儿子",自丑所穿为午;"罗刹女养的",从巽而来即离。"火焰山修了三百年",是亢阳之所出;"牛魔王使他镇守号山",是妄意之所使。"乳名红孩儿",似赤子之无知;"号叫圣婴大王",如婴孩之无忌。描写妖精出处,全是一团火性,略无忌惮之状,所以为婴、为圣、为大王,而为大妖。格物格到此处,方是知至。知至而意诚心正,从此而可以除假修真矣。

"三徒找寻洞府,沙僧将马匹行李潜在树林深处,小心守护",是真土不动,而位镇中黄。"行者、八戒各持兵器前来",是金木同功,而施为运用。故曰:"未炼婴儿邪火盛,心猿木母共扶持。"

诗曰:

　　善恶机心最败行,机心一动燥心生。

　　未明这个凶吉事,稍有烟尘道不成。

# 第四十一回

## 心猿遭火败　木母被魔擒

〔**西游真诠**〕悟一子曰：古仙云："欲要情归性，先教火返心。两般成一物，遍地总黄金。"又云："欲保长生先戒性，性火不败神自定。木还去火不成灰，人能戒性还延命。"夫情生于性，而随善恶以外驰者，皆火为之变动运用也。万物非火不生，非火不灭。故火之为用至神，为善有力，为恶尤有力。

性，其本也；心，其舍也；意，其机也；气，其发也。"至大至刚"，"充塞天地"，不可掘挠。人能善养其气，则心不动而性自定，与天为徒。孟子言"直养浩然而无害"，即调也，直也，定也，三昧之真谛也。言"存心养性以事天，夭寿不贰以立命，集义所生，顺受其正"，金丹之道，已无剩义。噫！此道至孟而发露殆尽矣！仙师是篇，为不善养气而害心者发，故特演《孟子》"养气"章全旨。庄子曰："恬以养气。"孟子以"勿忘勿助"为善养，皆养于未养①发之先，迨已发而逆制之，则落后着矣。

篇首一词，善养难言之要诀也。曰："善恶一时忘念，荣枯都不关心。晦明隐现任浮沉，随分饥餐渴饮。神静湛然常寂，昏冥便有魔侵。五行颠倒到禅林，风动必然寒凛。"词义已明，无庸赘疏。所谓明心见性，而万缘皆空，一丝不挂。湛然而勿忘，常寂而勿助，正恬然养气也。末二句，即不能恬，不能勿忘助，虽身到禅林，遇境必动，而不为善养。

夫火以烟为使，气以怒为形，故孟子借"舍黝血气之勇"，以明其害；仙师借"红孩儿火气之邪"，以著其妖。火即气也，烟即怒也，其义一也。"五辆小车儿"，轻捷易动之象。"按金、木、水、火、土"，火之能统五行，犹心之能统五

---

① 养，疑为衍字，当删。

藏,怒之能七情。即词内云:"生生化化皆因火,火遍长空万物荣"是也。"妖精战不胜,往自家鼻子上便捶,口里喷出火来,鼻子里浓烟迸出,闸闸眼,火焰齐出",俱状其怒气顿发而摇动其心。观其自家捶鼻出血,放火闭门为胜之状,盖自反不缩而惴,又以无惧必胜为主,以见其血气之勇也。

八戒曰:"这厮放赖,不羞!"又曰:"放出那般无情火来。"又曰:"不济。"又曰:"没天理,就放火了。"真行状也。"八戒慌了,撇下行者,不与恋战",未能配义与道而馁也。沙僧欲以相生相克之理制胜,以水克火,不得于心,勿求于气,告子之强制也。行者到东洋求雨助功,龙王喷水泼火,宋人之揠苗助长也。"好一似火上浇油,越泼越灼。"非徒无益,弄得"火气攻心,三魂出舍",而又害之也。"气塞胸膛喉舌冷,魂飞魄散丧残生。"苗则槁矣。

"八戒、沙僧将行者盘膝坐定,使一个按摩禅法。""须臾间,气透三关,转明堂,冲开孔窍,叫了一声:'师父!'沙僧道:'哥呵,你生为师父,死也还在口里。'"必有事焉,而勿期其效,心勿忘也。"同到松林下坐定,少时间,却定神顺气",想到"请观音菩萨才好",是"集义所生",而渐入善养之妙境矣。然集义所以养气,而知言又所以集义。不能知言,则见理不明,真假罔辨,而动静举措失宜,义无由集。

妖精寻出如意皮袋,去赚八戒,"变作一个假观音等候"。"如意"者,生于其心;"假观世音"者,发于其言;"皮袋"者,詖词也。词有詖、淫、邪、遁,专言詖,以明其心之蔽,举一以例余也。八戒不识真假,"见像作佛",听信詖词,装于袋内,不能知言而被赚,袭义而义不集也。妖精道:"你大睁着两个眼,还不识得我!"明不知其所蔽也。八戒在袋里骂道:"你千方百计,骗了我吃,管教你遭天瘟!"言生心害事,而实自害其天也。

行者忍疼到妖洞,不敢迎敌,"即变做一个销金包袱丢下"。此变之妙,几令人不可测识。盖心为火藏,不欲炎上。字从包,包也。包则炎上,包合虽妙,终蓄而不舒。包袱丢下,并包而不用,何等解脱! 故变为包袱丢下,以息炎也。"销金"者,以火烁金之象。古人篆"心"字文,只是一个倒"火"字,不从包而令火下伏,即行者"变包袱丢下"之旨,亦即予前解"放下心"之旨也。又变苍蝇儿探听,不先救八戒而跟六健将,是小心默察以辨其本,不事争持,暂解以制其发也。此举已潜通三昧矣。

〔**西游原旨**〕上回言心乱性迷,邪火妄动。此回言邪火作害,五行受伤也。

篇首《西江月》一词，极言修性之理，言浅而意深，所当细玩。"善恶一时忘念，荣枯都不关心。"言真性涵空，忘物忘形也。"晦明隐显任浮沉，随分饥餐渴饮。"言当随缘度日，外无所累，内无所绕也。[1]"神静湛然常寂，昏寞便有魔侵。"言神静则外物不入而常寂，神昏则妄念纷生而起魔，不可不谨也。"五行颠倒到禅林，风动必然寒凛。"言五行散乱，各一其性，彼此相戕，最能害真。若能颠倒用之，则杀中求生，害里寻恩，五行一气，即可到清静真空之地。否则，顺其五行之性，认假弃真，如风之动，必然寒凛，未有不伤生害命者也。古仙云："五行顺行，法界火坑；五行颠倒，大地七宝。"善用者，五行能以成道；不善用者，五行能以败道。善与不善，只在顺逆之间耳。

篇首："行者、八戒来到火云洞口，魔王推出五辆小车，将车子按金、木、水、火、土安下，手执一杆丈八长的火尖枪。"车者，轮转之物，象火气之盘旋不定；"车子按金、木、水、火、土安下"，火性一发，五行听命，为火所用，即"五行顺行，法界火坑"也；"火尖枪"，象火之锋利；"丈八长"，比火之急速。行者叫"贤侄"，那怪心中大怒，火生之根也；行者提五百年前，与牛魔王结七弟兄，那怪不信，举枪就刺，火之起发也。"一只手举着火尖枪，一只手捏着拳头，往自家鼻子上捶了两拳。"比火气内发，上攻头目，内外受伤，把持不定，左右飞扬，无可解救之状。八戒道："这厮放赖不羞，捶破鼻子，淌出些血来，搽红了脸，往那里告我们去也。"骂尽世间暴燥放赖之徒，真为痛快。"妖精口里喷出火来，鼻子里浓烟迸出，闸闸眼，火焰齐生，五辆车子上火光涌出。"火性一发，身不自主，浑身是火，上下是火，五脏六门，无非是火。"红焰焰大火烧空，把一座火云洞，被烟火迷漫，真个是熯天炽地。"火之为害甚矣哉！

写火一诗，备言邪火为害，显而易见，惟有"生生化化皆因火，火遍长空万物荣"之句，读者未免生疑。殊不知天地纲缊，则为真火，能统五行而生万物；阴阳乖戾，则为邪火，能败五行而伤生灵，此妖精之邪火，而非天地之真火，真为邪用，真亦不真。

噫！放出这般无情之火，皆由火上炎而水下流，火水未济之故。八戒道："不济。"又曰："没天理，就放火了。"言放火者皆是伤天害理不济之流。沙僧因不济，而用生克之理争胜。行者道："须是以水克火。"以水克火，宜其

---

[1]　绕：疑应为"扰"。

水火相济而火可不炎，何以龙王喷下水，好似火上浇油，越泼越灼乎？此处不可不辨：妖精之火，是三昧真火，在内；龙王之水，乃借来之水，在外。以外之假水，而泼其内之真火，不特不能止其焰，而且有以助其势。

行者不怕火只怕烟者，何故？火者暴性，发于外者也；烟者怒气，积于内者也。暴性则一发而即退，怒气则盘久而不化，烟更甚于火也。其所谓"老君八卦炉，巽位安身，不曾烧坏。只是风搅烟来，熻作火眼金睛，至今怕烟。"此又有说：言八卦炉真火煅炼，借柔巽之风，而得成不坏之躯；风搅烟来，熻成火眼金睛；因回风混合，而乃以韬明养晦，所以怕烟也。

"那怪又喷一口，行者当不得，纵云走了。一身烟火，暴燥难禁，涧水一逼，弄得火气攻心，三魂出舍。可怜气塞胸膛喉舌冷，魂飞魄散丧残生。"呜呼！火发于外，烟聚于内，燥火妄动，能使真金消化；怒气生嗔，直教道心遭殃。一口恶气，伤害性命，至于如此，可不畏哉？"踡跼四肢伸不得，浑身上下冷如冰。"皆是实事，并非虚言。此提纲"心猿遭火败"，金公受伤之因。

"沙僧抱上岸"，土能生金也；"八戒扶着头"，木能成金也。"推上脚来，盘膝坐定"，定神以息气也；"两手搓热"，阴阳须相和也。"仵住他的七窍"，捕灭七情，不容内外而相通也；"使一个按摩禅法"，极深研几，须当按摩而归空也。"须臾气透三关，转明堂，冲开孔窍"，冷气消而和气生也。"叫一声'师父呵'"，言此处须要记得师父，不得因小愤而误大事，有背当年度引之命言。故沙僧道："你生为师父，死也还在口里。"生之死之，刻刻当以师父为念，誓必成道以报师恩也。

行者想起"请观音菩萨才好"，可见前之遭火败，皆由不能觉察神观，以致燥性妄动而受害。今欲请观音，是已悟得今是而昨非，客邪之气，渐有消化之机矣。然何以妖精取如意皮袋，换上一条口绳，变作一个假观音，哄引呆子装于袋内乎？盖邪火一动则心不正，心不正则意不诚，意不诚而伪妄百出，不得不听命于心。是意者，乃心盛物之皮袋，故曰如意皮袋。欲正其心，先诚其意，此圣经口传，条目之绳墨。今换上一条，则意必不诚可知。意不诚，则必先不能致知。妖精变假观音，是非真知，而为假知，乃失致知之实矣。

"呆子忽见菩萨，那里识得真假？这才是见相作佛，即停云下拜。"是真假不分，不能格物也；不能格物，对妖精而说妖精，自然不能致知；不能致知，则意不诚，装于如意皮袋，理有可据。噫！意不诚，则心必不正，故不但不能降妖，而且为妖所装。故妖精道："猪八戒，你有甚么手段保唐僧取经？请菩萨降我？你大睁两眼，不认得我是圣婴大王哩！"言不能格物，无以致知；无以致知，则知之不至，而欲意诚心正，即是睁眼瞎子，识不得真心实意，其不为假心假意所装者几希。心意尚且不识，凭何手段而取真经？适以成其圣婴大王而已。

"行者到洞前，不敢相迎，变作一个销金包袱。""销金"者，销化其性于无形；"包袱"者，包含一切而归空。先哲云："人若不为形所累，眼前便是大罗仙。"正行者变销金包袱之意。"妖精不以为事，丢在门内。"此所谓"贼不打贫家"也。"好行者，假中又假，虚里还虚，拔根毫毛，变作包袱一样。他的真身又变作一个苍蝇儿，丁在门枢上。"妙哉此变！令人莫测。毛变包袱，空无所空也；真身变苍蝇儿，即经云"专气致柔，能如婴儿乎？"婴儿不识不知，顺帝之则。"丁在门枢上"，是真空妙有，妙有真空，动静如一，止于其所而不迁也。所可异者，行者变蝇儿，是为婴儿，岂妖精非婴儿乎？特有说焉：妖精之婴儿，是无知之燥性；行者之婴儿，是本来之真空。一邪一正，天地悬隔。

"听得八戒在皮袋里呻吟，恶言骂道：'你怎么变假观音哄我？若我师兄到来，大展齐天无量法，满山泼怪一时擒；解开皮袋放出我，筑你千钯方称心。'"一切迷徒，误认肉团顽心为本来之真心，以心制心而收心，妄想成仙作佛，解脱灾厄，是已放心而已，何能收心？不能收心而仍放心，便是呆子，不识真假。装入皮袋里面受闷气，而犹说大话骗人，旗枪不倒，能不为有识者所暗笑乎？何则？肉团顽心非我本来真心，其中所具者，不过六欲耳。一着此心，则六欲并起，云雾遮空，风生火动，掀兴兴掀，烘烘腾焰，客邪塞满，闷气蒸人。何异使六健将请来老大王吃肉做寿，可不叹诸！吾愿天下修行者，急须一声飞下闷气皮袋，定住六欲，躲离妖洞，别求个方料可也。

诗曰：

> 暴燥无情不可当，阴阳反覆丧天良。
> 真心本性同伤损，怎似虚容是妙方。

# 第四十二回

## 大圣殷勤拜南海　观音慈善缚红孩

〔**西游真诠**〕悟一子曰:性者,天命也。命其与天同大,命其与天同久,命其由我不由天,特不命其甘食悦色,故浑然天理而无恶。其发也,亦浑然天理而尽善,则谓率性。人能率性,即是执中,即是真如,即是金丹、圣人、仙、佛了也。苟有一毫偏徇乖拂,则非浑然天理。其偏徇乖拂,皆恶也,皆邪魔也,皆人心之私欲昏蔽为之也。浑然天理者,仁而已矣,即慈善也。欲全浑然天理,须养气;欲养气,须死心;欲死心,须息机;欲息机,须集义;欲集义,须知言;欲知言,须去蔽;欲去蔽,须致知。所谓修炼也。

篇中行者变化牛魔王,正道而变邪魔,非率性也。父子拜见,彬彬有礼,性也,而为行其中。孩儿自称"愚男",愚则蔽而不明,无能致知,性也,而真无由见。天性之大,莫如父子。父欺其子,视假子为真子;于昧其父,认假父为真父。小妖一齐跪下道:"大王,自己父亲也认不得。"言从假失真,而昧生身之天性也。夫昧天性而求长生,是犹问假父请生身八字,烦张道陵推算子平五星,以希同天不老之寿,其可得乎? 违天悖伦,与儿子打爷,忤逆不孝的何异? 良心觉现,能无满面羞愧? 也有假充道学、谬认天性者,亦如行者之假充魔王,充作打围样子,猎取道德也。

"坐在南面当中",居之不疑也。所计者,安身养老之远虑;所夸者,变化无方之异术;所会者,视人似我之巧相;所持者,雷斋之假素;所识者,逢六之天文。此丧心灭性,作恶多端,不自知其为吃人,为生之邪魔。行者所由变真作假,而现身设法,复化假从真,而呵呵笑来也。变则①变人所不识,早须

---

① 则,底本作"作",改。

睁开蔽眼；笑则笑伊所未知，何不缩下钻头？只在根本处指破愚蒙，不在对垒时整顿旗鼓，譬如治水者争上流，纵火者得上风也。"不须虑，等我去请菩萨来。""径投南海，直至落伽崖上，倒身下拜。"何其明彻万里，直达要津耶！

"菩萨听说，大怒道：'那泼魔敢变我的模样！'将手中宝珠净瓶往海心里一掼。行者道：'这菩萨火性不退。'说不了，只见那海中翻波跳浪，钻出一个乌龟来。那龟驮着净瓶，爬上岸来，拜了廿四拜。行者道：'原来是管瓶的。'菩萨叫：'行者，去拿净瓶。'莫想动得分毫。菩萨道：'你不知，常时是个空瓶，如今抛下海去，这一时间，共收了一海水在里面。你那里有架海的力量，所以拿不动也。'"噫！妙矣哉！评者谓，乌龟驮瓶，与下文莲瓣渡海、龙女拔毛等问答，俱闲闲铺叙，与正文无关，不过与红孩儿作衬贴。如画家所云"芳草落花成锦地"，作此落花，以点缀芳草而成锦地已耳。不知此段仙师运正理而成妙相，正是正文。其设想落笔，时有神造鬼幻之化工，非人力所能至。一百篇中，尤为绝笔也！

老子曰："慈，故能勇；俭，故能广；不敢为天下先，故能成器长。"昔着文、武一怒而安天下，孔子一怒而诛少正卯，大勇也。惟其大慈，故能大勇。妖精变假菩萨，似是而非，以伪乱真，邪魔之第一，为害最烈。菩萨，大慈也，故大怒道："那泼魔敢变我的模样！""将手中净瓶住海心一掼"，见之明而勇之果也。所谓"慈，故能勇"。《淮南子》曰："有精而不使，有神而不用，契大浑之朴，而立至清之中。"俭之道也。"常时是个空瓶，抛下海去，一时收了一海水，拿不动。"空瓶为至俭，惟其至俭，故能至广，即"芥纳须弥，毛吞大海"之义。所谓"俭，故能广"。《书》曰："必有容，德乃大；必有忍，乃有济。"明气量含弘而有涵养之力也。

甲虫三百六十，龟为之长，取其守雌而善养。圣人作《易·颐卦》初九，取象于龟，以明君子自养者如此。"见海中翻波跳浪，钻出龟来，驮净瓶上崖"，从容负重，举人所不能举，岂非"不敢为天下先，故能成器长"？此与红孩之钻头邪胜而无养者，正相反。行者合掌道："是弟子不知。"予亦合掌曰："是弟子不知。"不知天下后世，读此书，得予解者，亦合掌曰"是弟子不知"否？

"菩萨右手轻提净瓶，托在左手掌上"，左右逢源而运掌自得，乃正定之三昧也。然一海之水既收瓶内，龟钻下水，水又何来？不知瓶内所取者，乃一海之气，不涉形质，故菩萨曰："我这瓶中甘露水，与那龙王喷水不同，能灭那妖三昧火。"持三昧之真水，而制三昧之邪火，以神用而不以形用，极善养之妙用，尚何心火之妄动哉？盖心妄动则逞雄，炎上而为烈焰；心正定则守雌，润下而为甘露。烈焰者，焚心之妖孽；甘露者，灌心之灵剂。乌龟，诚红孩之对症金针也。

夫净瓶，涵养真气，充浩静定，非茫荡守中而绝外缘，是无为而化有为之妙道。苟涉一毫利用色相之心，则莫得而窥其涯涘矣。故菩萨又以龙女、宝瓶之难舍，明非易得到手之功用。非菩萨难舍也，自纵欲者啬而致菩萨难之也。故行者要除紧箍儿，菩萨曰："你好自在。"舍，非纵也。行者拔毛，恐无救命，菩萨道："你一毛也不拔，教我善财也难舍。"啬，故难舍也。财色为正定之外诱，善财为真性之妙用。菩萨明善财之难舍，示人于财处见其善，善处神其用，舍处辨其难，难处悟其舍耳。此下先师，融真设象，理窟神机，乃天女散花之境，非可慢读。

出污泥而独净者，莲也，故瓣莲堪作普渡之慈航，一气吹开烦恼去，何愁苦海无边。平其情而致和者，忍也，故罡刀可结菩萨之法座，纵身端坐霭云生，不怕号山有难。龙女劈莲花，而载登彼岸；惠岸借天罡，以化就莲台，皆见性明心也。

菩萨扳倒净瓶，倾水如雷；垂下杨枝，化刀如钩。读者心谓倾水治火，先发以制；诱坐莲台，伏刀就擒，不事战功，善之善者也。皆失其妙。不知扳倒净瓶如雷响，即迷也，盖指其迷之故，而使其自悟。以悟攻迷，而迷者益迷；以迷引迷，而迷者自悟。故善诱之道，令其善悟，不如令其善迷。坐上莲台学菩萨，即悟也。盖闻其悟之门，而使其知迷。以悟入悟，而悟者似迷；以迷醒悟，而悟者愈悟。故善化之法，使其悟彻，不如使其迷彻。倾瓶写"迷"字，来、来、来，试看陆地远洪涛，何处小车骈故辙？刀尖作"悟"台，坐、坐、坐，谁知荣窟尽机锋，怎奈虚刀挥至空！行者大怒，善诱之大慈；妖精大怒，着迷之大悟。

妙哉！菩萨两问不答，息其争勇矣。妖精一枪刺心，洞其窍。"坐在当中"，指定处何曾正定？须知无住生心，打打去来，死心时才是生心，急求一齐放下。"三个顶搭"，分明了"心"上三星，顶天立地号三才，不向火炎里钻头。"五个箍儿"，体备了身中五德，敛神聚气还性善，乐得金窝中自在。"称为善财童子"，人性本善，而才无不善，即以其善善之而已。此善养浩然之气，见性明心，大慈大悲之妙道也。要其指归，不外"正定"二字，故曰"片言能识恒沙界,广大无边法力深"。

〔**西游原旨**〕上回言火性飞扬、亢阳为害之由,此回言静观密察、改邪归正之功。

篇首:"行者暗想当年与牛魔王情同意合,如今我归正道,他还是邪魔。"是明示邪火妄动,皆由根本处不清,根本若清,火自何来?"行者变牛魔王,拔几根毫毛变作几个小妖,充作打围的样子。"是教在生身根本处作个权便,打点护持,从真化假也。"六妖忽见假牛魔王,跪请。行者入洞,坐在南面当中。"不偏不倚,处中以制外也。

妖精说出"吃唐僧肉,愚男不敢自食,特请父王同享",言误认人心为道心,而妄想服丹,犹如欲吃人肉而希图长寿。曰"愚男",真不知真假,愚之至者。"行者闻言,打个大惊,问:可是孙行者师父?"言金丹大道自有真心实用,若以人心为道心,便是自误性命,其害非浅。"大惊"者,惊其不知死活而妄为也。故行者摆手摇头道:"莫惹他! 莫惹他! 那个孙行者,你不曾会他。"言认不得道心,惹不得人心;识得道心,方可灭得人心也。道心为先天精一之神,从虚无中来,不着于空色,不着于有无,神通广大,变化无端,先天而天弗违,后天而奉天时,天且弗违,而况于人乎? 况于鬼神乎? 十万天兵不曾捉得,妖精焉能惹得? 确是实理。其曰:"变苍蝇、蚊子、蜜蜂、蝴蝶,又会变我的模样,你却那里认得?"言真心用事,大小不拘,隐显莫测,随机应变,非一切执人心者所能认得也。

"作善事"、"持雷斋",仙翁明示人以金丹下手之窍,而后人多误认之,或认为雷斋之假素,或视为过文之闲言。噫! 差之多矣。盖生身之道,在"七日来复"之时。《易》曰:"复,其见天地之心乎!"天地之心不可见,因有地雷复卦,始见天地之心。复卦上坤下震,坤为土,震为雷,牛魔属土,土而持雷,非复卦乎? 一阳来复,即至善之端倪,作善而持雷斋,理在则然。曰"辛酉日,一则当斋,二则酉不会客",辛酉为兑,自兑至坤,不远复,"一则当斋",先以割食为要;"二则酉不会客",不为客邪所侵。《易》曰:"先王至日闭关,商旅不行,后不省方。"正是此意。若有知的作善事、持雷斋,则天地之心来复,一善解百恶,而见本来面目,何燥性邪火之有? 乃妖精不晓持雷斋之由,以为作恶多端,"三四日斋戒,不能积得过来"。三四日,七日也,正"七日来复"之义。不知"七日来复",是认不得自己生身之处,故小妖道:"大王自己父亲也不认得。"骂尽天下暴燥之徒，是皆认不得自己父亲也。

然持雷斋而究不能化迷者何？此又有道焉。真者固当知，而假者亦不可不晓。倘不明妖精出身之由、下手之的，而欲强制其性，则妖精必"哏"的一声，枪刀簇拥，出于不及觉矣。故行者现出本相道："你却没理，那有儿子好打爷的。"言不知真假之理，必将以假认真，以真作假，而不识生身父母，即是儿子打爷，忤逆不孝，何以为人？此妖王所以满面羞惭，而行者化金光出了妖洞矣。此等处，大露天机，口诀分明。若个识得，则知生死机关不由天造，性命枢纽总在当人，至简至易，最近最切，可以呵呵大笑，得其上风，不须忧虑。从此请菩萨而降妖怪，自不费力矣。

行者径投南海，见了菩萨，是已离燥性而归清净矣。"将红孩儿事说了一遍，菩萨道：'既是他三昧火神通广大，何不早来请我？'"言燥性之发，皆由失误觉察，若一心洁净，神明内照，性情和平，燥气自化，更何有火之妄动乎？行者说出"妖精假变菩萨"，是燥性而乱真净也；菩萨听说，大怒道："那泼魔敢变我的模样？"是真净而制燥性也。"将手中宝珠净瓶往海心里一掼"者，真空而含妙有，以心清性净为体也；"海当中钻出个龟来，驮着净瓶，爬上岸来"，妙有而具真空，以惜气养神为用也。"菩萨教行者拿瓶，莫想拿的分毫。菩萨将右手轻轻的提起净瓶，托在左手掌上。"言清静制燥火之法，贵于从容，不贵于急迫，贵于自然，不贵于勉强，得其真者，如运掌上，左之右之，无不宜之。"乌龟点点头，钻下水去"，此中趣味，惟善养神气者为能默会，彼一切刚强自胜者安能知之乎？

"菩萨坐定道：'我这瓶中甘露水，能灭那妖精三昧火。'"言静定真水，足以灭妄动邪火，正所谓"甘露掣电，浇益众生"者是也。菩萨说龙女美貌，净瓶是个宝物，恐行者骗去，言财色之最易动心。行者教念松箍儿咒，除去作当，菩萨道："你好自在。"言真念之不可松放。菩萨教拔脑后一根毫毛，行者道："但恐拔下一根，就拆破群，将来何以救命？"言小心护持，一毫不得有差。菩萨道："这猴子一毛也不拔，教我善财也难舍。"言大道为公，舍己而必须从人。"行者道：'不看僧面看佛面，千万救我师父一救。'菩萨才欣然出了潮音仙洞。"言屈己求人，虚心而即能受益。菩萨教悟空过海，行者恐露身体，得罪菩萨，言正心诚意，无欺而必当自慊。"善财龙女去莲池"，善舍者即到净地。"劈瓣莲花放水上"，中空者可入波澜。"行者上花瓣，先见轻小，到上边比海船还大。"洁净处进步，莲花一瓣，即可结法船一只。"菩萨吹口气，早过南海,登彼岸,脚踏实地。"解脱处用功,烦恼无涯,刹那间快乐没边。

借来罡刀变莲台,凶器而可化法器,不妨在中间端坐;扳倒净瓶如雷响,真物而暂作假物,还须于迷里把握。"捏着拳头与妖索战,许败不许胜",言积习之气,能渐化而不能顿除;"放了拳头,那妖着迷,只管追赶",言客邪之妄,宜放去而不宜执着。妖精两问而不应,颠沛处常现自在;菩萨一刺化金光,急忙中总是真空。"莲台儿丢了,且等我上去坐坐",是凶恶已入慈善之范围;"杨柳枝往下指定,把刀柄打打去来",是柔弱能定暴燥之劣顽。"刀穿两腿,丢长枪,用手乱拔",是暗示邪行乱走者,急须丢开而拔出;"刀变倒钩似狼牙,莫能拔的",乃直指忍心害理者,及早钩倒而退步。"痛苦求饶,不敢为恶",乃迷极自返而顿悟;"摩顶受戒,金刀剃头",即柔道取胜而渐修。"留下三个顶搭,称名善财",言正定之三昧,还在善舍;"罡刀都脱尘埃,身躯不坏",言解脱其尘埃,即全本真。三箍归于一观,三家原是一家;一箍化为五个,五行不离一气。

噫!无穷野性归静定,多少顽心化善根,此提纲"观音慈善缚红孩"之旨。观此以除妖为慈,不慈之慈,乃为大慈;以化妖为善,不善之善,乃为至善。岂等夫唐僧不分好歹救解妖精慈善之谓乎?学者若能于"慈善"二字悟得透彻,真是:"片言能识恒沙界,广大无边法力深。"

诗曰:

清心寡欲是良医,气质全消进圣基。

性静原来无暴燥,神明自不入昏迷。

# 第四十三

## 黑河妖孽擒僧去　西洋龙子捉鼍回

〔**西游真诠**〕悟一子曰：此篇承上红孩，能正性而参悟大慈，真心明则野心化。起下黑鼍，不能养真性而翻波逐流，妄心动则真性摇，以结性由心动，而不善养气之害。上是存其心，此是养其性也。

菩萨收去海水，童子归了正果，行者解放三藏、八戒，笃志投西。此火性自起者已伏，而水性外驰者尚存。"忽听水声"，而心又动，不能心如止水也。故行者再提《多心经》，以明六贼。眼、耳、鼻、舌、身、意，天之六贼；色、声、香、味、触、法，世之六贼。天之六贼不明，则世之六贼分乘；世之六贼不除，天之六贼合盗。互相戕贼，元气随之而丧，皆由不能忘机死心以招之也。故曰："招来这六贼纷纷，怎生得到西天见佛？"若要成功，须是洗心养性，不使心中有一毫爱、欲、贪、嗔、痴而已。

贪痴之害，莫甚黑水滔天，小鼍为孽。"衡阳峪黑水河神府"，指肾宫而言，其中自有真神。小鼍恃强，占夺其府，则为贪痴不正之气。自称"愚甥"，显然供状。愚者，是非非是之谓，与前红孩自称"愚男"对照，皆切着其贪昧不明，而非以示谦也。

夫鼍居黑水而自名洁，犹人怀浊念而不知污。龙王对大圣说出"是舍妹第九个儿子，因妹夫错行了雨，被天曹着魏征丞相斩了，遗下舍甥，在黑水河养性修真，不期他作此恶孽"。第九子，少子也。鼍洁，其少子；鼍洁，非其次子乎？观此，予前注老龙为李渊，信然否乎？伊父处泾阳之浊水，而行雨差迟。伊子亦处衡阳之黑水，而作此恶孽。与泾为衡，殆其家法也。知天曹着魏征斩其父，而不知三藏往西取经，为超度其父。并不知三藏取经，为谁之所使，而昧心悖行，反思蒸食取经人之肉，是情欲贪炽，而只顾遂其所蒸，不

· 268 ·

知有父之性,亦不知有己之命也。噫!昧性伤伦,污孰甚焉!其源既污,其流自不能洁,何洁之有?篇中复提天曹斩孽故事,以见不存心养性而不能事天,则犯天理之诛也。

摩昂提兵讨罪,一战就擒,请大圣定夺。行者道:"你强占水神之宅,倚势行凶。"真不易谶语。救出唐僧、八戒,"看敖家贤父子情面,饶他死罪",押转西洋。由其党援而姑从宽典,实邀天幸也。夫心统六欲,六欲之中,惟黑水最为难制。仙师另作一篇,隐言曲喻,举其大者,以结束"见性明心"之旨,暗与斩孽龙、游地府相照,仅指其心之暧昧而设象立言,其义微矣。

"河神作起阻水法术,将上流挡住。须臾,下流撤干,开出一条大路。"乃拔本塞源之法,逆制水性而不使下流,诚养性修真之要领。开出西行之大路,红孩缚而黑鼍回,得善养之三昧矣。然书中凡妖魔擒获唐僧,必称"金蝉化身,十世修行的元体真阳,有人吃他一块肉,延寿长生"者,何也?盖此书专为金丹正道而作,彼妖魔者,寓行邪造孽,妄希长生之徒,将比之炼就金丹为修成有质之物,故曰"金蝉化身",曰"十世修成元体真阳",曰"有人吃他一块肉,长生不老"。不知还丹本无质,非如唐僧血肉之躯壳可比,此其所以为邪魔妖孽也。

自号山至黑河,洋洋数万言,弘辨奇文,阐尽玄机奥理,而一本子舆氏善养心诀者。此书者,或曰为钟吕之流亚,而不知其直接孟子之道脉耳。识者鉴焉。

〔**西游原旨**〕上回结出,火性之发,须赖清净之观而归正果,是性之害于内者,不可不知。此回水性之流,当借真金之断而返本原,是性之流于外者,不可不晓。

篇首"红孩儿正性,起身看处,颈项手足都是金箍,莫能褪得分毫,已是见肉生根,越抹越痛。"前此口鼻眼耳都皆出火,莫能止得暴燥,是失误觉察,善恶不分,而忽来一身之疾病;今者颈项手足都是金箍,已是见肉生根,是已经醒悟,一念正定,而抹着自己之痛苦。静中回思,能不叹今是而昨非?抚衷自叩,当反悔前迷而后悟。噫!觉察到此,如一点甘露,洒尽尘埃,双手合掌,紧抱当胸,更何有无情之火放出哉?

"菩萨念动真言,把净瓶倾倒,将一海水依然收去,更无半点存留。"盖法所以除弊,弊去则法无用;船所以渡河,河过则船宜弃。净瓶倾出海水,所以制顽野之性;海水仍归净瓶,所以化勉强之功。有为而入无为,良有深旨。其曰"妖精已降,只是野性不定,教一步一拜,直拜到落伽山,方才收法",是顿悟之机,功以渐用,不到至清至净之地,而不可休歇罢功。"五十三参拜观音",正以见养气忘言,形色归空,由勉强而抵于神化也。

"行者、沙僧放出八戒,解脱师父。"火性一化,而本来天真无伤无损,不特能出号山之厄难,而且可收火云之宝物。古人所谓"火里栽莲"者,正是此意。虽然,自古及今,修道者皆以养性为要着,能强制火性者,百间中有一二;能强伏水性者,千中未见其人。何则? 火性上炎,为祸最烈,其退亦最速;水性下流,为害虽缓,其退亦最迟。夫上炎者一也,而下流者多端,无限情欲,无非水性之所生。孔子"四十而不惑",孟子"四十不动心","不惑"者,不为水性所惑,"不动"者,不为水性所动,古圣贤年四十而水性方化,则知水性为人生之大患。修道者若不先将此物扫荡干净,前途阻滞,大道难成。故仙翁紧接红孩儿一案,提醒后人,言降火性之后,急须降水性也。

三藏闻水声而动心,此未免又在有水处留神,而性复为水所引去,开门引盗矣。行者以《心经》"眼耳鼻舌身意,色声香味触法"警之,是欲谨之于内,以祛其外耳。三藏又以功行难满、妙法难取为念,此未免又在功行处留神,而性复为道所牵扯,思乡难息矣。行者道:"功到自然成。"沙僧道:"且只捱肩磨担,终须有日成功。"此即《心经》"无罣碍"。无罣碍则无心,无心则"有用用中无用,无功功里施功",不求速效,可以深造而自得。彼三藏闻水声而惊心,因功行而生心,惊心生心,即不能死心;不能死心,则心随物转,性为物移,虚悬不实,何以能三三功满,到得如来地位?《了道歌》云:"未炼还丹先炼性,未修大药且修心。性定自然丹信至,心静然后药苗生。"此中滋味,可与知者道,难为不知者言。三藏不能死心而生心,宜乎师徒们正话间,前面有一道黑水滔天,马不能进矣。此黑水即昏愚流荡之水,修道者不能死心踏地、真履实践,即是为黑水河所挡。"上流头有一人棹下一只小船儿",系去清就浊之辈;"船儿是一段木头刻的",乃飘摇不定之物。去清就浊,飘摇不定,性相近而习相远矣。随风扬波,逐境迁流,日复一日,年复一年,不知回头,淬在孽河,无影无形,而莫知底止,可不畏哉?

行者道:"我才见那个棹船的有些不正气,想必就是这厮弄风,把师父抛下水去了。"不正气,便是弄风,弄风即是情欲纷纷,陷溺其真。曰"才见"者,犹言不到此无影无形之时,不见其陷之易、溺之深也。若有能见到此处者,急须和光同尘,脱去牵连,利便手脚,直下主杖,一声的扑进波浪,分开清浊之路,钻研出个根由可也。

"衡阳峪",阳气受伤,系至阴之地;"黑水河",源头不清,乃至浊之流。沙僧骂妖怪弄悬虚,是骂其脚不躧实地;妖精笑和尚不知死活,是笑其心不辨是非。虚悬不实,是非不辨,弃真认假,以假伤真,昧本迷源,去西海真金所产之处,而陷于黑水之孽河,兴妖作怪,自暴自弃,不以为辱,反以为荣,以愚为洁,自称得世间之罕物,请客速临,惟恐不至。愚莫愚于此,不洁莫过于此。谓之"供状",真供状也!

西海龙王说出"舍妹第九个儿子,妹夫错行了雨,被人曹官梦里斩了,遗下舍甥,着在黑水河养性修真,不期作恶"一段情由,是明言弃天爵而要人爵,背正入邪,犹如在梦中作事,自取灭亡。若能鉴之于前,反之于后,从黑水孽河中养性修真,不为所溺,亦足消其前愆。不意有一等无知鼍怪,恣情纵欲,遂心所欲,外而作孽百端,内而妄想延年,搬运后天纯阴至浊之物,古怪百端,无所不至。彼乌知此身之外还有一身,系先天太乙生物之祖气,不着于有无,不落于形象,至无而含至有,至虚而含至实,得之者可以与天齐寿,超凡入圣也?

"太子提一根三棱简",是会三归一,至简之道;"鼍怪拿一条竹节鞭",是节节不通,愚昧之行。"太子与妖怪争斗,将三棱简闪了一个破绽"者,将欲取之,必先与之也。"一简而妖精右臂着伤",何争强好胜之有?"一脚而妖精跌倒在地",何悬虚不实之有?"海兵一拥上前,绳子绑了双手,铁锁穿了琵琶骨,拿上岸来。"以正制邪,出孽水而登彼岸,何飘流不定之有?噫!只此一乘法,余二皆非真,一简一脚,而水性之妖即制。彼一切去清就浊,昏愚无知,专在皮囊上作功夫者,适以绳绑锁穿,自取其祸,何济于事乎?

西海者,清水也;黑河者,浊水也。居清水者,以正而除邪;占浊水者,以假而伤真。以正除邪者,终得成功;以假伤真者,终落空亡。邪正分判,真假各别,是在乎天纵之大圣人,自为定夺耳。太子捉鼍回海,众水已归于真宗;河神塞源止流,道法早开其大路。从此内外净洁,长途可登。故结曰:"禅僧有救来西域,彻地无波过黑河。"

诗曰:

> 水性漂流最误人,生情起欲陷天真。
>
> 此中消息须看破,断绝贪痴静养神。

# 第四十四

# 法身元运逢车力　心正妖邪度脊关

〔**西游真诠**〕悟一子曰：此三篇专为辟傍门外道而发。傍门如由径窦而希入堂奥，委蛇曲直、诡谲不端、能归正果者，百不得入，何也？ 既昧始进之基，必歧中途之辙；若外道，如驰逐于垣墉隧路，并不得其傍门。妖妄丛至，邪淫乱经，适足以杀其躯而已。

篇中虎力、鹿力、羊力三道士，傍门外道，兼而有之。傍门三百六十，惟开三关，运河车，上夹脊，并泥丸，补脑还精之说，《黄庭》、《灵枢》暨诸仙真经论具载，后人不得真传，误相授受，似是而非，最易迷惑成害。

广成子曰："丹灶河车休矻矻，鹤胎龟息自绵绵。"盖人身有天地，一呼一吸，息息自有根蒂。任督二脉，随气转运，乃天运自然之盘旋，如河车然。妄作者，开三关，运辘轳，注意用力，牵筋摆骨，一切恶状，逆天害理，决裂大道。不知河车天造地设，神运不停，才经人事造作，便扼塞壅滞，血结气凝，异毒痼病旋生，乃促死之方也。车迟国界，在黑河、通天河之间，即河车迟滞之义。

"师徒闻声，猜以地裂山崩，雷声霹震，人喊马嘶"，俱形容造作反常，可惊可骇之意。"行者见攒簇许多和尚扯车，着力打号"，见非攒簇五行，和合四象，氤氲自然之道也。"车子装的都是砖瓦木植之类"，见采取者，系滓渣重浊之物。历叙高坡、夹脊小路、大关，"都是直立壁陡之崖，那车儿怎么拽得上去？"皆直指其用力之妄，而不识转运河车之神妙也。

行者变云水全真，与监工道士诘问原由，"径往滩上，过了双关，转下夹脊"，无一毫致力，其间何等便捷随机。众僧说："他会烧丹炼汞，点石成金。"若傍门道流，以运河车为内炼，以烧炼铅汞服食为外炼，此其内外二丹之始终,以盲引盲,深信诚求,如狂如骛,究至到老无成。即稍获延年,终是鬼窟生涯。故和尚道"走不脱","不得死"。不死不活,非长寿,乃长受罪而已。安得西天取经的罗汉,齐天大圣的神通,与人间报此不平之事耶?

行者道:"五百个都与我有亲。"佛说:"一切有情,都成眷属。"原是廓然大公,无内无外,今苦苦不放,何为广大慈悲?"掣出金箍棒,一棒打杀",即韦驮举降妖杵,打灭妖魔,救度众僧也。行者现出显化原身,众僧拜请降妖归正,"早将车儿拽过两关,穿过夹脊,提起来摔得粉碎,把那砖瓦木植尽抛下坡坂"。善哉、善哉! 还法身之元运,碎车力之濡滞;秉一心之忠良,正妖邪之夹脊。直捷痛快,智勇兼足,身心性命,人人皆可保全。

最妙在大圣拔毛一截,各教捻在无名指甲里,用拳握定,叫声即应,各有大圣现前护卫,不怕魔侵一法。无名指属心,言人能心细如毛,拳拳在念,随念是圣,安有魔障? 个个人心有仲尼,僧僧手里有大圣,寂然不动,感而遂通,至真至妙之道也。先师写得神奇,读者切须领会。这便是智慧光明,如梦初觉,即智渊寺老和尚,一见行者就拜道"爷爷来了"也,岂非太白金星在梦中提救人性命耶?

三僧私赴三清观,吹灭灯光,变太上、元始、灵宝,示佛即是仙,仙即是佛,教虽分门,原无二体。冷落智渊寺,便是吹灭三清观。倘两家各藏心计,僧人馋口窃供养,道士掩耳摸金铃,未免令有识者呵呵大笑。

〔**西游原旨**〕上回言修道者当尽心知性,内外洁净,方可以自卑登高,渐造圣贤之业。然三教门人,不知有"天下无二道,圣人无两心"之旨。在儒者,呼释道为异端之徒;在释道,呼儒门为名利之鬼。且释谓仙不如佛,道谓佛师于仙,各争其胜,竟不知道为何物。释失佛氏教外别传之诀,将真经竟为骗取十方之资;道失老子金液还丹之旨,将秘箓乃作伪行邪道之言;儒失中庸心法之道,将诗书借为窃取功名之具。自行其行,三而不一。殊不知,三教圣人,门虽不同,而理则惟一。若不知中庸心法之道,即不知教外别传之道,亦不知金液还丹之道;如知金液还丹之道,即知教外别传之道,亦知中庸心法之道。一而三,三而一,一以贯之。仙翁于此回,合下五、六回,劈破傍门邪行,使学者急求三教一家之理而修持之也。

如此回:"三藏师徒过了黑水河,一直西行,忽听得一声吆喝,便是千万人呐喊之声。八戒以为地裂山崩,沙僧以为雷声霹雳。"俱写西天路上,千奇百怪，有无限不经不见、出人意外之事。"行者起到空中，睁睛观看，见一座城池，倒也祥光隐隐，不见甚么凶气纷纷。"此城池喻人之幻身，言此幻身亦为修道者之所赖，非他妖邪之可比，特用之不得其道，虽有祥光，殊觉难保。

"许多和尚扯车，一齐着力打号。车子装的都是砖瓦木植之类。滩头上坡坂最高，又一路夹脊小路，两座大关。关下之路，都是直立陡壁之崖，那车儿怎么拽得上去。虽是天气和暖，那些人却也衣衫蓝缕，看像十分穷迫。"此劈运河车、转辘轳之妄行也。夫《法华》"三车"，所以引愚迷而入真觉；广成"河车"，所以示正气而发道源。金丹大道，惟取先天真一之气，以为超凡入圣之本，而一切后天有形滓质，皆所不用。无知之徒，闻此三车、河车之说，遂疑为运肾气，自尾闾，上夹脊，过双关，至玉枕，而还精补脑；或有后升前降，为河车运转。似此作为，是撤却先天金玉珍珠有用之宝，而搬弄后天砖瓦木植无用之物，以真换假，"十分穷迫"，岂是虚语？

行者变云水道人，问出"三力"兴道灭僧来由，走在沙滩，呵呵笑将起来，是笑其不知河车运转之妙，而只在臭骨头上作活计也。"三力"又会炼丹炼汞，点石成金。天下修行者，多以凝结精血为内丹，烧铅炼汞为外丹，妄想以此为修性了命之具，直至气血凝滞而出疮癣，火毒攻外而烂肌肤，求生不得，求死不得，不过多受苦楚而已，何能长寿延年乎？此等冤屈，若非暗中天神默佑，遇着取经的真罗汉，齐天的大圣人，为教门秉忠良之心，为人间报不平之事，一棒打杀监守工夫之小道，焉能解得脱、逃的出耶？

行者道："我是孙行者，特来救你们的。"众僧道："我们认得他。"又云："梦中常会。"又云："金星说知。"盖先天之气，行住坐卧，须臾不离，窹寐相通，昼夜无碍，特鱼相忘于江湖，人相忘于道术，在道而不知有道，若不遇慈祥明师，密处传真，未易认的。"行者哄得众人回头，他却现了本相。"天下迷徒，妄作妄为，皆因不肯回头，以致自误性命，与道相隔，愈求愈远。若知的百般扭捏尽是荒唐，一身气质都为虚假，则假者一弃，而真者即得，大道在望，先天不远也。

"行者使神通，将车儿拽过两关，穿过夹脊，提起来掼得粉碎，把些砖瓦木植抛下坡坂。"噫！"附耳低言玄妙旨，提上蓬莱第一峰。"先天精气为后天精气之主宰，先天一通，后天自顺，使神通碎车，全以神运，而不在色相中用力，此即提纲"法身元运逢车力，心正妖邪度脊关"之旨。然人皆将此题目误认，多不得正解。吾窃有辨焉：法身者，先天本来真性，又名谷神，又名元神。

《悟真》云："要得谷神长不死,须凭玄牝立根基。"玄牝者,阴阳之门户。元字乃"二""人"成字,在天为元,在人为仁,为阴阳之关口,是曰双关;为生死之道路,是曰夹脊。中含一点先天之气,似明窗尘,似云中电,非有非无,非色非空,名为真一之精,又名真一之水,又名真一之气,又名真铅,又名真种,又名河车。修道者逢此元会,而运转此气,即是运转河车,而"谷神不死,是为玄牝"。此系不睹不闻法身上之夹脊、双关、河车,而非有形有象色身上之夹脊、双关之谓,故曰"法身元运逢车力"。知此者即正,迷此者即邪。若有能知得修色身之为邪,修法身之为正,则是心正而不为妖邪所惑,即已将妖邪度过了夹脊双关,而再不在色身上用功夫矣,故曰"心正妖邪度脊关"。明理者,自能领会。

"大圣把毫毛拔下一把,每一个和尚与他一截。"言人人有此一气,须当认真。"都教捻在无名指甲里。"言个个具此法身,不得着相。"捻着拳头,只寻走路。"得一善,则拳拳服膺而弗失之也。"若有人拿你,攒紧拳头,叫一声齐天大圣,我就来护你,就是万里之遥,可保全无事。"择善固执,呼吸相通,感应神速,靡远弗届,得其一而万事毕矣。"众僧有胆量大者,捻着拳头,悄悄的叫'齐天大圣',只见一个雷公站在面前,手执铁棒,就是千军万马也不敢近身。"盖以金丹大道,人不易得,间或得之,多惊疑而不敢下手,若有出世丈夫,勇猛男子,直下承当,信受奉行,潜修暗炼,立竿见影,随声即至,片刻之间,还丹可得,而虎兕不能伤,刀兵不能加矣。"此时有百十个叫,足有百十个大圣护持。"言此先天一气,人人具足,个个圆成,处圣不增,处凡不减,现在就有,不待他求也。"叫声'寂',依然还是毫毛在指甲缝里。"此放之则分灵布散,变化无端;收之则细入毫毛,无声无臭。这个妙旨,实三教一家之理。孔门所谓中庸者即此道,释氏所谓一乘者即此道,老子所谓金丹者即此道。乃成仙作佛为圣为贤,智慧之源渊,岂禳星礼斗、希望万岁不死、枉劳功力者,所能窥其涯岸哉?

行者到三清观,想道:"我欲下去与他混一混,奈何孤掌难鸣,且回去照顾八戒、沙僧,一同来耍。"噫!行者变化多端,岂真怕"三力"而不敢混,必待八戒、沙僧相帮乎?此中别有妙意。国王惑于"三力",兴道灭僧,是已不知有释氏之道矣,不知释氏之道,焉知老氏之道?不知老氏之道,焉知孔门之道?一灭三灭,一兴三兴。国王兴道,不知所兴者何道?国王灭僧,不知所灭者何道?道至如此,尚忍言哉?今欲一混,而照顾八戒、沙僧同来,是欲混

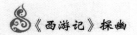

三家而归一家，以一家而统三家。

"八戒变老君，行者变元始，沙僧变灵宝，把三个圣像抛在水里。"僧变道而仙佛一理，三入水而三教同源。三清观即是智渊寺，智渊寺仍是三清观。三而一，一而三，何得以三而视之？又何得以不一而分之乎？夫三教一家之道，虚灵不昧之道。得之者，在儒可以为圣，在释可以作佛，在道可以成仙。若能细为寻摸，即能得其消息。然不知有彼此扞格，呼吸自然相通之理，闻其说而害怕远走，不下肯心，当面错过，则是在儒而不知有道义之门，在释而不知有不二法门，在道而不知有众妙之门。未得三教之实，谬执三教之名，失其本而认其枝，各分门户，争胜好强，皆系无知孩童之小儿，终久跌倒，一灵归空，入于大化，而莫可救矣。何则？三教一家之道，至近非遥，悟之者立跻圣位，迷之者万劫沉流。以其最近，视以为常，人多弃之。殊不知平常之中有非常之道在，古人所谓"道可道，非常道"者是也。

"八戒忍不住呵呵大笑"，不笑不足以为道；"小道士吓得战战惊惊"，不惊不足以为道。"老道士闻言，一声号令，惊动两廊道士，大大小小，点灯着火，往正殿上观看。"即佛祖所云"若说是事，诸天及人，皆当惊疑"者是也。噫！"自从觅得长生诀，年年海上访知音。不知谁是知音者，试把狂言着意寻。"

诗曰：

运气搬精俱作妖，谁知法身自逍遥。

若于根本求元运，无限邪行一笔消。

# 第四十五回

## 三清观大圣留名　车迟国猴王显法

〔**西游真诠**〕悟一子曰：此篇明圣水金丹，本由修炼，而非可祷求；真性悟空，全以神用，而不事声色。劈破傍门，指出真谛。冷语闲情，处处警策。

虎力、鹿力、羊力三道士，自称大仙，禳星诵经，希图长生保国，既不识大道正宗，何能辨三清真假？心疑圣驾降临，拜求圣水金丹，犹世人瞻星礼斗，扶鸾降乩，而求延寿长生，瞽惑已甚！大圣允留圣水，"三仙或抬一缸，或掇一盆，或移一瓶"，如世人信行八段锦、六字诀、十六字呼吸，暨炼秋石、红铅服食，自矜一瓶一钵，远胜承露金茎，而望延命邀天眷也，深可胡卢而笑。

三僧各溺一溺，非善谑，乃是善解。盖咽津纳气，皆属阴质；秋石红铅，滓渣秽浊，多由于溺，故直晓之曰："你们吃的是一溺之尿！"虽三教圣人，亦有指溺言道者，如释典云："道在干屎橛。"《南华》云："道在屎溺。"《大学》云："如恶恶臭。"至若臭腐，自化神奇。坤贞克，敦元复。最浊之中，即有至清。溺，未始不可言道，奈何世之学道，竟有从事于溺者，岂不大可笑耶？善哉，大圣云："索性留个名罢。"特以世人胡思乱想，不知道为何物，故不得不大声疾呼，留下道号，以提醒愚蒙也。大呼曰："道号、道号，你好胡思！那有三清，肯降凡基？吾将真姓，说与你知。"行者无父母，何有于姓？姓系菩提祖师所命，性命之真传也。姓者，性也。若曰汝等以道为号，亦知道之号乎？何胡思妄想乃尔？岂有三清上圣，降于浊世，轻度凡夫之理？皆尔等不知真性之故也。吾今将真性说与你知，你们亦知自己所吃者，都是一溺之尿乎？此非予强解，请看"索性留名"，何以并不留名，而止云姓？又何以并不留姓，而止云"真姓"？读至结云"至真了性"句，可晓得矣。仙师以"大圣留名"作一提纲，特明道之名号，惟真性而已。古者神女感天而生子，"姓"字故从女，

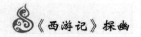

"姓"固寓真性生化之妙道。噫！"姓"以寓名，"姓"以代性，"姓"以名道，"姓"以应号。信口拈来，头头是道，玄妙莫测，神哉、妙哉！

师徒赴朝，老道一告，大圣一诉，乡老一奏，皆叙车迟国祈雨，僧、道斗法之由。仙师即祈雨一法，以明傍门、正道之悬殊，非可止认祈雨为大圣之显法也。道也者，本一性而贯诸法，显真体而融事理，超群有于对待，冥物我而独运。本非法，不可以法法；本非显，不可以显显。非可执显法而求也。

"道士登台，以令牌为号。"令牌者，木之一气。一声、二声、三声、四声，号令全从声色上安排，是真法也，而非真性。性之感通有定，法之号召难准，故风云雷雨，所以有应、有不应也。大圣以棍子为号。"金箍棒"者，五行之全理。一指、二指、三指、四指、五指，全在神化上运用，是真性也，而统真法。法之空即法，法之显惟性，故风云雷雨，所以无不响应也。所谓定性存神，静功祈祷，神明独运，而不大声以色也。若离性而言法，是犹就法而祈雨泽，舍本逐末之术，非真性之妙法。故行者道："是傍门法术，不成个正果，算不得我的他的。若能叫得龙王现身。"即真性发现，动静一致，隐显莫测，不属于显而显自章，不局于法而法自在也。

行者一呼，龙王即忙现了本相，"四条龙在半空中，度雾穿云，飞舞向金銮殿前"。呼吸相通，何其神速广运？岂彼傍门外术所能偷其变化，测其首尾哉！结云："广大无边真妙法，至真了性劈傍门。"显已说出。昔吕祖听黄龙机禅师说法，师语曰："座下何人？"吕曰："云水道人。"师曰："云尽水干何如？"吕不能对。师复曰："黄龙出现。"吕顿悟，龙现为真性，炼水金犹未了真。留诗云："自从一见黄龙后，始悔从前错用心。"行者云尽水干之后，而唤黄龙王现身，即此义也。彼晚学末流，悖真性而务傍门，抑何不知道号哉？

〔**西游原旨**〕上回提明金丹之道，系三教一家之理，故此回示真破假，使学者悟假以求真耳。

"三力"诵经拜祝，求赐圣水金丹，是直以圣水金丹为外来之物，可求神而得矣。噫！圣水金丹，是为何物，岂求神而可得哉？夫所谓圣水者，乃先天至清之神水；所谓金丹者，乃先天太极之本象，即《中庸》诚明之道。而缁黄之流，失其本真，流于外假，疑金丹圣水为有质之物，或诵经祈神，或步罡拜斗，妄想圣水从天而降，金丹平空而来。更有一等无知之辈，服秋石、炼红铅、吞浊精、饵经粟，秽污不堪，丑态百出。明系吃肾水经丹，而反以为服圣水金丹,妄想延年益寿,是岂道之所以为道乎? 此仙翁不得不借大圣三清观留名,现身说法也。

"三力"或抬大缸,或掇砂盆,或移花瓶;三僧溺尿,"三力"尝呷。骂尽世间一切痴迷,真堪绝倒。故行者道:"我索性留个名罢。"犹言留个道之名耳。"大叫道:道号道号! 你好糊思! 那个三清,肯降凡基?"言道本无名,强名曰道,其号名曰道者,亦不过强号其名,而非实有道之名。盖道也者,视之不见,听之不闻,搏之不得,以言其有则却无,以言其无则却有,有无不立,难以拟诸形容,圣人以心契之曰道。是道也,即金丹也。以其至清,又曰神水。是水是丹,人人本有,不待他求。倘失其内而求于外,乱猜乱想,必须神明临凡赐丹,那有三清而降凡世以赐丹乎? 曰:"吾将真姓,说与你知。"姓者,性也。真姓者,真性也。道以真性为主,真性即道,道即真性,非真性之外,而别有所谓道者。曰:"大唐僧众,奉旨来西。良宵无事,下降宫闱。吃了供养,闲坐嬉嬉。蒙你叩拜,何以答之? 那里是甚么圣水,你们吃的是一溺之尿!"世间迷徒,不知真假,供养邪师,受其愚弄,听信臭秽之行,自谓服食圣水,焉知所吃者尽是一溺之尿乎? 留名者,即留真性为三教道号之名,彼一切邪行曲径,焉得号为道乎? 先天真性,至无而含至有,至虚而含至实,知之者,勤而修之,可以脱生死,出尘缘,非有形有质者可比。《中庸》曰:"天命之谓性,率性之谓道。"是性者,天之所命,性即天,天即性,性道一天道也。知其性则知天,能率性而行,与天为徒,与时偕行,生气长存矣。

仙翁慈悲,于此篇祈雨斗法之中,借假写真,示学者道法两用之旨,虽云祈雨,而其意仍含丹道,读者不可不知。《易》曰:"天地绚缊,万物化醇。"道光曰:"天地之气绚缊,甘露自降。"是雨为阴阳和气熏蒸而成。国王对三藏道:"敢与国师赌胜祈雨么?"赌胜则失其和气,而着于声色,非阴阳相济之道,即是不雨之由。故行者笑道:"小和尚也晓得些祈祷。"小者,阴也,柔也。以大称小,刚以柔用,阴阳相当,和气致祥,祈雨之善法,生物之大道在是。写道士铺设雨坛,安置规式,有声有色,不得和气中正之象,如见其形。四声令牌响动,风云雷雨,俱不相应,是法不从本性中流出,全用勉强,非出自然,以力相制,神不驯顺。其曰"龙神不在家里",真实录也。行者厉声道:"龙神俱在家里,只是这国师法术不灵,请他不来。等和尚请他来你看。"盖和则内外共济,感应灵通,是龙神在家里;不和则彼此相隔,所为阻滞,是龙神不在家里。龙神在家不在家,只在和不和上讲究,而非徒以法术求也。

行者将棍指空中,风云雷雨,无不随命,是法于本性中施为,全以神运,不动声色,寂然不动,感而遂通。故问:"和尚怎么不打令牌,不烧符檄?"行者道:"不用,不用!"是"有用用中无用"也。又云:"我们是静功祈祷。"是"无功功里施功"也。行者在空中,先止住诸神,不容助道士祈雨,诸神莫敢或违,是"先天而天弗违"也。后吩咐"伺候老孙行事",诸神无不如命,是"后天而奉天时"也。要雨就雨,要晴就晴,"与天地合其德,与日月合其明,与四时合其序,与鬼神合其吉凶"也。此等施为,有无不立,从容中道,以言其无,则至虚至静,以言其有,则至灵至神,真空妙有,一以贯之,两者相需,不可偏胜。倘离法以修道,则非真空,为顽空;离道以行法,则非妙有,而执有。

行者道:"这些傍门法术,不成个正果,算不得你的我的。"言有人有己,两国俱全,方是金丹大道,真着实用;若有己无人,偏孤不中,便是傍门小法,不得正果,算不得人我并用一阴一阳之道也。又云:"若能叫的龙王现身,就算他的功果。"龙王者,真性也;功果者,妙法也。法所以成性,性所以行法,道法两用,彼此扶持,露出一点乾元面目,方是阴阳相济、有功有行、结果收完之大机大用。否则,不知真性,有法亦假,虽百般作用,徒自劳苦,何功果之有?

行者叫龙王现身,龙王急忙现了本身,在空中穿云度雾;教众神各自归去,龙王径自归海,众神各各回天。噫!真性运用,真空不碍于妙有,妙有不碍于真空,放之则甘露掣电,利益众生,藏之则无形无色,归于本源,或隐或现,因时而用,知进退存亡,而不失其正者,方是妙法,方是真性。故结曰:"广大无边真妙法,至真了性劈傍门。"观此,有真法而无真性,且不能感应灵通,谓之傍门,不得正果,而其身外南宫法术之无用可知。

此篇中言性言法,直入三昧,学者不可以篇中赌胜、祈雨字句,误认提纲"法"字为南宫之法,是特道中之法耳。所谓显法者,乃显其体用具备之妙法;赌胜者,乃赌其有用无体之空法。子野云:"正人行邪法,邪法悉归正;邪人行正法,正法亦归邪。"正显法、赌胜之秘谛。读者若于结二句参出意味,而知吾言为不谬矣。

诗曰:

> 三教原来是一家,牟尼太极即金花。
>
> 若无大圣留真诀,叶叶枝枝尽走差。

# 第四十六回

## 外道弄强欺正法　心猿显圣灭诸邪

〔**西游真诠**〕悟一子曰：此篇明真性百炼不磨，异端终归泯灭。人身难得，急须访遇真师，诚求实学，切勿嗜奇好胜，误端傍门，自取亡身之祸。

道士谬倚学术，耻败身名，欲赌斗坐禅，求胜异名。"云梯"，傍门而兼外道也。坐禅一门，即闭息一法，如忘机绝虑，亦能入定出神。奈精神属阴，难成正果。古人比之磨砖作镜，下此者则谓之众木橛。兹称"云梯"，大约盘坐开关，注想顶门，渐想渐高，腾空直上，妄希冲举之邪说，分明魑魅伎俩，实为外道。不知佛无坐相，坐佛即是杀佛。故行者道："但说坐禅，我就输了。我那里有这坐性？"三藏道："我幼年间，遇方上禅僧讲道，那性命根本上，定性存神，在生死关，也坐二三个年头。"可见坐非真禅，乃幼年间方上游僧之浮谈耳。不但坐二三个年头，直坐到老，也无济事，真禅固不专在坐也。虎力纵身直上，唐僧撮起空中，即注想冲举之状。何以一被大臭虫而缩项，一犯长蜈蚣而叮鼻？均有妙义，深讥坐禅者在臭骨头上用功，毒心肠上致静耳。释典云："生前坐不卧，死后卧不坐。原是臭骨头，何用作工课？"道经云："烦恼毒蛇，睡在汝心。"吕公试僧人禅性，而现为小蛇者是也。

至"隔板猜枚"，即射覆之技，精于六壬、奇门、著卜推测者，能得其术，非关身心性命，亦为外道。柜中"山河社稷袄，乾坤地理裙"，何以变做一件"破烂流丢一口钟"？盖数无定情，而理有一致。二不如一之精，华不如朴之约，贵不如贱之安。新者必趋于蔽，常者不保其迁。目不可恃也，智不得窥也，数不足拘也。忆逆者反多遗照，静待者物无遁形。神而明之，存乎其人，故至诚之道，乃真知实见，不事推测，可以前知。鹿鹿何为乎？鹿力之绌，固其所也。

又猜仙桃，而何以为核？盖肢体易剥，硕果不食，落实如泡，独存惟仁。任瞽见者，胸有成竹；中肯綮者，目无全牛。善鉴者不泥于迹，知个中生生不已之机；陋识者仅察其貌，昧此内化化无穷之妙。灵明默运，变动不居，往来无朕，鬼神莫测，所以君子贵精于《易》。神羊何智乎？羊力之绌，不亦宜乎！

又猜道士，而何以变为和尚？妙哉此变！泯人我于无间，浑仙佛为一体。老孙变老道，佛师即是道师；道童变佛子，道徒原是佛徒。"剃下光头"，有法何曾有发？无法之法深于法；"穿上黄衣"，色空远胜色葱，正色之色极乎色。"敲动木鱼"，隐然脑内诵《黄庭》；"念声阿弥"，劈破脊梁来出世。"钻将出来，齐声唱采"，此天花乱坠时也。"道可道，非常道；名可名，非常名。"彼执名定相，虎视眈眈，抑何鄙哉！虎力之绌，自取其蔽也。三力不自悔，学端傍门，难欺正法，又自多幻术，谬希得志。行者即以其人之术，还杀其身，行者何心焉？

古有战去其头而能言"无头亦佳"，甘剖腹剜心而不避，就汤镬沸鼎而如饴者，皆本真性磨炼而成，视身为幻，而非以幻事身。故气有聚散，理无聚散，得其理则浩气与之俱存；形有死生，性无死生，明其性则神灵因之不昧。君无圣不圣，忠荩必不可贰也；父无慈不慈，孝思必不可匮也。有驾驭白刃沸鼎之精神，而不为白刃沸鼎所屈抑，若以白刃沸鼎为幻妄而已。此即如行者太乙金精，曾经八卦炉中煅过，乃一念之真性为之也。故能修真性者，遇大难，临大节，如伯奇、孝己、伯邑考、申生死于孝；关龙逢、文天祥之身首异处，比干剖心，孙揆锯身，方孝孺、铁铉、景清、黄子澄、练子宁诸公，寸寸磔裂死于忠。俱是明哲保身，而修真了命，毫无损伤也。若孔光、胡度、苏味道、褚渊、冯道之流，临难苟免，虽长生延寿，则已失真性，而毁伤其肢体矣。行者本真性之全体，原非幻相，特现身设法，以辨明真假之有若是耳。故提纲曰："显圣灭邪。"头可断，真性之头不可断，"长出一个"，砍犹不砍也。腹可剖，真性之腹不可剖，"依然长合"，剖犹不剖也。油锅不可浴，真性可浴，"翻波顽耍"，油祸不能损真性也。

妙在"油锅内行者假死"一段，提醒世人，明惟真性之运用，穿金透石，入水不溺，入火不焚；兵刃不能损其体，虎兕不能伤其形；出有入无，死生一致，非有死生知识心意存乎其间。一落死生知识心意，便带尘缘世念，不能到此地位。三藏祭文道："生前只为求经意，死后还存念佛心。"是着死生知识心意而论，失其真矣。故八戒道："师父，不是这祷祝。"曰"无知的弼马温"，不落知识也；曰"该死的泼猴头"，不拘死生也。曰"猴儿了帐"，何心之有？曰"马温断根"，何意之有？"行者忍不住，现了本相"，分明形容出一团真性来也。盖性无死生，死了显魂之说，非系真谛。行者闻言，掣棒打杀，道："我显甚么魂！"言性为生前之至灵，而非死后之显魂也。学道者，早向生前修炼真性而可矣。

三力不知真性，误踹傍门。生前习茅山开剥之幻术，炼身外冷龙之左道，唤雨呼风，点金炼汞，妄希长生保国，昧本逐末，自欺欺人。知伪学可以奢愚，不知伪久则败；知幻法可以警俗，不知幻久必亡。故虎头不免于犬口，鹿脏竟喂诸鹰肠，羊骨终糜烂于釜鬻，而冷龙莫之救。此国王所由放声大哭道："不遇真传莫炼丹"，"徒用心机命不安"。又曰："点金炼汞成何济，唤雨呼风总是空。"何其深切著明哉！

〔**西游原旨**〕上回结出至真了性，方是真法，而一切在外施为，皆非真法矣。然或人疑为于一身而修，故此回劈寂灭顽空之伪，与夫卜算数学之假，使学者知有警戒，急求明师，归于大道，以保性命耳。正阳公云："道法三千六百门，人人各执一苗根。要知些子玄关窍，不在三千六百门。"正此回之妙旨。

且如禅学不一而足，然总以定坐为主，均谓之坐禅可也。"云梯显圣"，此劈道家之默朝上帝，僧家之默想西方也。其法定坐，或注想顶门而出，或注想明堂而出，由卑渐高，自近及远，久之亦能阴神出壳，若一旦数尽，终归大化。《悟真》云"不移一步到西天，端坐诸方在眼前。项后有光犹是幻，云生足下未为仙"者是也。

"道士拔脑后发，捻成团，变臭虫，咬长老。"此劈脑后存神之小法也。其法坐定，注意玉枕，存神不散，以为凝神修真。殊不知，久之阴气团聚，血脉壅滞，先觉痒而后觉疼，不得羊羔风，必得混脑风，而欲妄想完道，非徒无益，而又害之矣。

"行者变七寸长的蜈蚣，在道士鼻门里叮了一下，道士坐不稳，一个觔斗翻将下来，几乎丧命。"此劈鼻头闭息之法也。七者火数，心为火脏。蜈蚣者，毒物。其法坐定，紧闭六门，心绝万有，鼻气不出不入，始则一息，渐至数息、百息、千息、万息，久之息定，以为胎息得道。殊不知气塞于内，君火一发，相火斯承，君火相火一时并发，火气攻于头目，神昏眼花，头重脚轻，身不

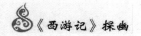

由主,举步之间,翻觔斗而跌倒,终必性命难保矣。

其曰"隔板猜枚",此虚猜之学也。虚猜之学,足有千百条,如星学、风鉴、占卜、算数等事,与夫一切无师之学,虽门户不一,皆谓之一猜可也。何以见之?板者,书板;圣贤性命之学,尽载于经书之内;不得真传之辈,横拉斜扯,各分枝叶,窃取圣道,毁谤真言,如隔板猜枚一般,有何实据?娘娘将一套宫衣放在柜里教猜,国王将一个桃子放在柜里教猜,一切虚猜之学,错用聪明,枉费心思,以假为真,纵能精通数理,极往知来,足以卜山河之远近,定社稷之兴衰,明乾坤之休咎,察地理之吉凶,只不过图其一衣一食而已,其于身心性命,无益有损,反为赘疣。怎知的大修行人,心知神会,识得此中机关,不以假伤真,不以外害内,敛华就实,破烂流丢之内,而藏一口灵钟,寂然不动,感而遂通;干干净净之中,而有一个核仁,生机不息,永久长存。故国师猜宝贝为"山河社稷袄,乾坤地理裙",唐僧道:"不是!"国师猜桃子,唐僧道:"不是!"务外失内,因假伤真,不是不是! 实不是也。更有一等无知修行之辈,不明"天地无二道,圣人无两心"之旨,妄猜私议,误认童身为元身,偏执道教为有道,以为少者可成,老者难修,学道得实,学释落空。是盖不知古人七十八十,尚可还丹,了性了命,仙佛同源也。

"行者变老道士一般容貌",是老小一道,而不得分其彼此;"搂着童儿剃下头来,窝作一团",是老小一法,而非可别其难易。"头便像个和尚,只是衣裳不称",道士和尚,总是一体,何论衣裳不称?"葱白色鹤氅,变作土黄色直裰",鹤氅直裰,依然一物,岂可黄白相分?"两根毫毛,变作一个木鱼",两而归一,道可为僧;"木鱼递在童儿手里,叫徒弟",一即是两,僧可为道。其曰:"须听着,但叫道童,千万莫出来。若叫和尚,口里念着阿弥陀佛钻出来。切记着! 我去也。"噫! 仙翁慈悲,叮咛我后人者,何其深欤!"叫童儿千万莫出"者,始则有作无人见,了命而长生不死,盗天地,窃阴阳,所以固命基而不落于空亡;"叫和尚,念阿弥陀佛出来"者,及至无为众始知,了性而无生无死,打虚空,破混沌,所以全性理而不着于色相。始则有为,终则无为,非有为不至于无为,非无为不成其有为,有为无为,合而一之,形神俱妙,与道合真,性命双修,无上一乘至真之妙道。而岂修性不修命,修命不修性,一偏之见可比乎? 故"虎力叫道童,那里肯出来",是未免知修命而不知修性,强欲脱化,万无是理。"三藏、八戒叫和尚,童儿念佛出来",是已经修命而即修性,性命合一,有无不立,物我归空,出躯壳而超凡世,为圣为贤,作佛成仙,三教一家之道,正在于此。"两班文武齐声喝彩",儒、释、道三家合为一家,执中精一,抱元守一,万法归一,一以贯之。说到此处,一切隔板猜枚、不中不正、流于外假者,能不唬的拑口无言乎?

"三力"要赌砍头、剖腹、下油锅,行者现出本相道:"造化! 造化! 买卖上门了。"夫"三力"所恃者,着空之学,故亦能砍头、剖腹、下油锅。然究之以假弄假,是为人机。人机者亡,有何造化? 有何买卖? 行者所有者,先天之性,故"砍下头来能说话,剜心剖腹长无痕。油锅洗澡更容易,只当温汤涤垢尘"。以真灭假,借假修真,是为天机。天机者存,实有造化,实有买卖。造者,造其真;化者,化其假;买者,买其我之所本有;卖者,卖其我之所本无。能知买卖,方有造化;能知造化,方现本相。然非现本相而无造化,无造化而无买卖,其中妙趣,非深通阴阳者不能知之。

其曰:"我当日学一个砍头法,不知好也不好,如今且试试新。"夫头何物,而可砍乎? 如云可砍,谁其信之? 殊不知此所谓头者,非幻身之头,乃道中之头。舜曰:"人心惟危,道心惟微。"心即头也,去人心而生道心,革故鼎新,故曰:"试试新。"然新之之法,须在先发制人,倘不知其根源,是非混杂,吉凶莫辨,欲求其真,乃涉于假,欲去其假,反伤其真矣。故曰:"大胆,占先了。"占先而可砍头无妨矣。砍下一个头,去人心也;长出一个头,生道心也。虎力不知求道心,第以去人心为能,是未明人心如茅草,道心如佳禾,仅能除茅草,而不能种佳禾,犹是一块空田,焉能济的饥渴? 故虎力人头不到,须臾倒在尘埃。此劈强制念头之流,在凶恶顽心上作活计也。

鹿力要赌剖腹剜心,行者道:"正欲借刀剖开肚皮,拿出脏腑洗净,方好上西天见佛。"夫人上不得西天,见不得真佛者,由于闲居为不善,无所不至,瞒心昧己,脏腑不净。今行者欲剖开肚皮,洗净脏腑,是乃处心无亏,光明正大,可以质诸天地鬼神而无疑,何天不可上? 何佛不可见? "爬开肚皮,拿出肠脏,一条条理勾多时,依然安在里面,照旧盘曲。捻着肚皮,吹口仙气,依然长合。"此等处不可不辨。盖圣贤之道,有体有用,有本有末,有条有理,有内有外,有收有放,有开有合,有动有静。拿的出,安的上;可以收,可以放;爬得开,长的合。体用俱备,本末兼该,内外如一,条理得法,动静有常,随物应物,变化无端。彼鹿力不知条理脏腑,而徒以寂灭为事,是犹如饿鹰把五脏心肝抓在别处受用,弄得空腔破肚,少脏无肝,终久一命而亡,有何实事? 此劈忘物忘形之流,在万法归空处枉劳碌也。

羊力赌油锅洗澡,行者道:"小和尚一向不曾洗澡,这两日皮肤燥痒,好歹荡荡去。"夫金丹之道,阴阳之道,倘有阴无阳,有阳无阴,则水火不济,而真者难得,假者难除。何则?阴阳相合,二人同心,其利断金,即能成好。如阴阳相隔,彼此不和,各怀一心,必生其歹。行者欲油锅洗澡,是欲其去于燥而就于湿,洗其歹而成其好。其曰"文洗不脱衣服,不污坏衣服,武洗任意翻觔斗,当耍而洗",大有妙意。盖无为了性之道,文洗也;有为了命之道,武洗也。了性之道,顿悟圆通,内无所积,外无所染,万有皆空。如明镜止水,物来顺应,风过无波,如如稳稳,以道全形,即古人所谓"本来无一物,何处惹尘埃"也。了命之道,功以渐行,须要消尽无始劫来生死轮回种子,必先盗阴阳、夺造化、运斗柄、转法轮,手握乾坤,口吞日月,逆顺不拘,随机应变,跳出跳入,以术延命,犹如脱衣服在油锅里翻耍,即古人所谓"若会杀机明反覆,始知害里却生恩"也。

"八戒见了,咬着指头道:'怎知他有这般真本事。'"言有真本事,方可以翻的波,斗的浪,自在顽耍,无拘无束。然此真本事,乃人我共济之道,非一己孤修之事。故行者道:"他倒自在,等我作成他捆一捆。"他家我家,作成一家,本事之真,莫过于此。"正当洗浴,淬在油锅底上,变作个枣核钉儿,再不起来。"锅者,土釜也。枣者,丹圆也。核者,水木也。钉者,金火也。四象和合,归于真土,五行一性,金丹圆成,住火停轮,正在此时。"淬在锅底,再不起来。"明老嫩,知止足矣。其曰:"小和尚身微骨嫩,俱已消化。"群阴消尽,十月霜飞,丹已成熟之日也。

国王教拿三个和尚,三藏高叫道:"赦贫僧一时,我那徒弟自从归教,历历有功。徒弟死在油锅之内,我贫僧怎敢贪生。"言修真之道,还丹在一时,温养须十月,历历火功,毫发不得有差,必须生死不二也。"赐半盏凉浆水饭,到油锅前烧一张纸钱",必须水火相济也。"也表我师徒一念",必须表里如一也。金丹之道,不着于生死,不落于心意,至无而含至有,至虚而含至实,非无非有,非虚非实。三藏以"生前只为求经意,死后还存念佛心"为祝,是直以生死为事,心意为道矣。故八戒道:"不是这样祷祝,等我祝。"何等醒人!

曰"闯祸的泼猴子",祸里生恩,以杀而卫生也。曰"无知的弼马温",沐浴温养,以阴而济阳也。曰"该死的泼猴子",死心忘机,以真而灭假也。曰"油烹的弼马温",烹炼熏蒸,以逸而待劳也。曰"猴儿了帐,马温断根",有为无为，合而一之，齐一生死，性命俱了；以言其有，则形神俱妙，以言其无，则万缘俱寂；非色非空，即色即空，非有非无，即有即无，有无不立，色空一致。即《中庸》所谓："曲能有诚，诚则形，形则著，著则明，明则动，动则变，变则化。""行者忍不住现了本相，赤淋淋站在油锅底道：'你骂那个哩！'"此明则诚，诚则明，圆陀陀，光灼灼，净裸裸，赤洒洒，不挂一丝毫，而原来之本相复现矣。其曰："你骂那个哩！"乃直指能在滚油锅底站者，才是本相；不能在滚油锅底站者，不是本相也。

噫！金丹大道，大火里栽莲，泥水中拖船，从有为入无为，由无形生有形，阳神出现，身外有身，皆系真着实用，而不知者反以为寂灭顽空、孤阴精灵之鬼。"一棒打杀监斩官"，正不容其监守工夫之辈误认也。彼羊力不知文洗武洗之为何如，而徒以意冷心灰，炼成无情之物，背乎世道人事，一朝误入大火坑中，若遇狂风一阵，挣爬不出，则必霎时骨脱皮焦肉烂，而无所恃矣。曰"冷龙"，曰"羚羊"，盖以劈避尘离俗之徒，只在冷淡人情处作工夫，而不知有超凡入圣之大道也。

其曰"五雷法真，其余都躔了傍门"者，诸多傍门俱不能归乎仙道，惟五雷之法为真法，然法虽真，若不遇金丹点化，则亦不能成正果。盖五雷法，能代天济世，救拔生灵，如张天师、三茅真君、萨真君、许真君等，皆以五雷正法而积功累行，故曰"法真"。至于一切顽空着相之事，不积一德，不立一行，依些小法乘，而欲妄想神仙，不特不知修道，而并不知修德，谓之"其余尽躔傍门"，谁曰不然！

篇中猜"流丢"，猜"桃核子"，猜"和尚"，俱是行者在唐僧耳朵边暗说，以见金丹大道，非遇真师附耳低言，诀破其中奥妙，非可强猜而知。若不遇真师，弄尽傍门，非徒无益，而又害之矣。故国王放声大哭道："人身难得果然难，不遇真传莫炼丹。空有驱神咒水术，却无延寿保生丸。圆明镜，怎涅槃？徒用心机命不安。早觉这般轻折挫，何如秘食稳居山！"又云："点金炼汞成何济，唤雨呼风总是空。"此仙翁哭尽一切傍门，不求真师，而妄冀修仙，即如"三力"之赌胜争强，车迟之枉功空劳。吾愿同道者过车迟国，勿为外道所欺，急灭诸邪可也。

诗曰：

> 傍门外道尽争强，弃正从邪命不长。
>
> 别有心传真口诀，入生出死上天堂。

# 第四十七回

## 圣僧夜阻通天河　金木垂慈救小童

〔**西游真诠**〕悟一子曰：车迟国王误信河车之力，几致丧命。赖行者打碎车辆，早除妖道，救全真性，保固山河。一经省悟，便属智渊，方知禅门有道，不可偏心也。"也敬僧，也敬道，也养育人才"，真是三教同归一性，广大智慧之正法门也。

性者，天也。知性、知天，原是一贯，固通天之实学也。仙师虑世人知性为性，而不知性为人我一体，有偏全纯驳之辨，乃执一己而修，鄙滞不通，如夜行失路，阻截难前，故此特着通天河三篇精义，设大士竹篮收鱼之妙相，以指引万世迷津，即佛祖教外别传之正法眼、太上得一还元之秘密旨。学者能知此一事，则性体归元，金丹之道备矣。

但通天之路，坦荡无陂，不能行者少，即能知者亦少，故不得不标榜立石，傍注十字，曰："径过八百里，亘古少人行。"然此道人人咸具，家家自有。唐僧道："今宵何处安身？"行者道："到人家之所再住。"篇中曰："做斋的人家。"曰："望见一簇人家住处。"曰："有四五百家。"曰："径来人家门首。"下文逐节点醒"人家"二字为眼，自将陈家庄作骨，寓笔之妙，不即不离，如灰蛇草线，令人寻绎难穷。读至后回结穴处，方见其神。所谓"此般至宝家家有，自是愚人识不全"是也。

三藏向老者借宿，老者道："东土到我这里，有五万四千里路。你这等单身，如何来得？"三藏道："我还有三个徒弟，保护贫僧，方得到此。"盖通天适当十万八千之中，乃修道者至中不偏之路，不容稍有移易差殊，非执己孤修者所能至。世人说到这里，无不骇疑惊怪，莫肯承当。故三藏叫："徒弟，这里来。"而老者看见，唬得跌倒在地，说怪说丑所由来也。岂知其中实有降龙伏虎之能,非可以信不信。迨师徒斋罢,二老欠身道:"你等取经,怎么不走正路,却踌到我这里来?"行者道:"走的是正路,只见一股水挡住,不能得渡。"一问一答,均明通天河为修道正路,到陈家庄,乃见得渡通天河之要道。迹非正路,而实正路也。

说出"灵感大王"。"灵",为生育之灵;"感",为云雨之感。虽甘雨庆云,足以长养万物,而恣情纵欲,还能斲丧真元。恩中带杀,慈里伤人,每每消耗真阴、真阳,就如好吃童男、童女一般。此喻言其隐微,岂真吃童男、童女哉?故曰:"只因好吃童男女,不是昭彰正直神。"乃是潜通造化,混一阴阳之至精,而未可以形迹浅窥。

老者道:"我们这里属车迟国元会县所管,唤做陈家庄。""元"为真元,"会"为运会,有转轮不息之机,本家家具足之物。可知陈玄奘住在陈家庄,家庄即有玄奘,玄奘不出家庄,同宗一气,非有二姓,非可求之玄渺,而失之家内也。

"一秤金",名虽童女,只八岁,实二八之真阳;"陈关保",名虽童男,只七岁,实两七之真阴。"轮次祭赛",分明令人各家示宝;"预修亡斋",乃是叫人早修善死,"一秤"者,气味和平之准则;"关保"者,关雎天保之始终。此般至宝,纵弃破家财,万两黄金何处买?"极为灵感,知大小美恶,生时年月莫那移。"噫!妙哉!"关保"是行者化身,行者变关保,何曾有二?一化二,奇变偶,请认识"阴里阳精"是水金。"秤金"是八戒变体,八戒变秤金,真个就像,一是八,阳生阴,须认得"阳里阴精"是木火。

两般至宝像丹头,原要两个丹盘。金木交欢去耍子,不过为金鱼一味。"先吃男,后吃女",喻两段工夫,不着于形质,何有伤损?金丹始终真妙法,说不出玄之又玄,刚道得"造化"发其机。"打开门,抬男女",已和盘托出,不由于造作,原无矫强。药物阴阳尽在兹,莫胡猜傍门邪行,少不得哭哭啼啼嘱付伊。

〔**西游原旨**〕上回结出诸多傍门外道,到老无成,终归大化者,皆由不得真传,而不知有三教一家之理耳。故仙翁于此回先提出三教一家之旨,使学者急求明师,讨问出个真正不死之方,以归实地耳。

行者除去"三力",国王请至智渊寺,是识破傍门之假,而可返智渊之真矣。行者对国王道:"再不可偏心乱信。望你把三教归一,也敬僧,也敬道,也养育人材。"盖偏心则道自道,僧自僧,儒自儒,而非精一执中之理,信何有焉?三教归一,无偏无倚,无过不及,至中不易,信在其中,而大道在望。

唐僧道:"今宵何处安身?"行者道:"到有人家之处再住。"《悟真》云:"休施巧伪为功力,认取他家不死方。"子野云:"药出西南是坤位,欲寻坤位岂离人。"他家、人家,即西南坤位。天下迷徒,闻说一己纯阴,必求他家,或疑为妇女,或猜为炉火,或认为幻术,大失古人提携之苦心。所谓"西南坤位"者,乃阴阳始交之处,天地于此位,人物于此生,仙佛于此成,古人号为玄牝之门、生杀之舍、阴阳之窍、生死之关、三关口、偃月炉,诸般名号,等等不一,总而言之曰"他家"。今云"到人家之所再住",可谓超脱一切矣。

然此他家不死之方,若无明师指点,非可强猜而知。师徒们正行处,听得滔滔浪响,八戒疑为尽头路,沙僧说是一股水,唐僧道:"不知。"八戒道:"不知,不知。"俱写不遇明师,纵大道在望,而当面不识。此提纲所谓"夜阻通天河"也。

石碑上三个篆文大字,乃"通天河"。河者,水行之通路,道之脉也。水至通天,则彻古今而充宇宙,位天地而育万物,非寻常之脉可比。曰篆文,则源头必系羲皇以上流传至今,非新闻近传可同。夫金丹大道,精一执中之道也。精一执中之道,即穷理尽性至命之道。性者阴也,命者阳也,尽心知性,安身立命,阴阳混合,性命俱了,是所谓"天命之谓性,率性之谓道"。以之希贤希圣希天而无难,故曰"通天河"。

何为"径过八百里,亘古少人行"?东土至通天河,五万四千里,东土至西天,十万八千里,则通天河系是取经之中道。中也者,不偏不倚之谓,如月八日上弦现于天心,阴阳平分之象,故曰"径过八百里"。这个中,为混成之物,先天而生,后天而藏,人人具足,个个圆成,不待外求,切在当身。以其最近,人多弃之。贤者过之,愚者不及,智者过之,不肖者不及,故曰"亘古少人行"。若有知音者,见到此处,急须问个渡口,寻个法船,则他家不死之方,远在千里,近在咫尺也。

"他家不死之方"为何方?即攒簇五行、和合四象之方。"一簇人家住处,约摸有四五百家",即五行攒簇、四象和合之家。"路头上一家儿",囫囵太极,道之体,"无名,天地之始"也;"门外竖一首幢幡",一气包含,道之用,"有名,万物之母"也。"内里有灯烛荧煌,香烟馥郁",万理纷纭,无物不备,"玄之又玄,众妙之门"也。夫众妙之门,即玄牝之门。"那门半开半掩",乾阖,坤辟,"玄牝之门,是谓天地根"也。"里面走出一个老者,挂着数珠,口念阿弥陀佛出来","谷神不死,是谓玄牝"也。然欲不死,其中有体有用,有火有候,体用本诸卦象,火候准夫爻铢,一毫不得有差。若非明师口传心授,诀破谷神不死之妙,则此玄牝之门终久关闭而未易打开,虽道在迩而求诸远矣。

"三藏道:'贫僧问讯了。'那老者道:'你这和尚来迟了。'"正所谓"拜明师,问方儿,下手速修犹太迟"也。老者道:"来迟无物了。早来呵,我舍下斋僧,尽饱吃饭,熟米三升,白布一段,铜钱十文。你怎才来?"盖长生不死之道,人人有分,不论贤愚,个个家下有熟成的三升米,足以充饥;有朴素的一段布,足以护体;有十全的真法财,足以运用。若不及早醒悟,错过时光,未免在世空来一场,所谓"趁早不寻安乐地,日落西山奔谁家"也。

三藏道:"贫僧是取经的,今到贵处天晚,听府上鼓钹之声,特借一宿,天明就行。"释典云:"乾坤之内,宇宙之间,中有一宝,秘在形山,诸人还识的否?"贵处,即中有一宝之处;中,即玄关一窍;宝,即先天一气,水中之金。不识此处,便是天晚,急宜寻借宿处;既识此处,便是天明,还当猛力行持。然行持之法,非一己孤修,须人我共济,故老者道:"你这单身,如何得来?"三藏道:"还有三个小徒保护,方得到此。"夫人我共济之道,乃阴阳交感之道,说着丑而行着妙,如呼谷传声,立竿见影,寂然不动,感而遂通。其中有降龙伏虎之真本领,捉怪擒妖之大手段。彼一切肉眼凡夫,见此真相,吓的战战兢兢,疑其是妖而不信;念经和尚,闻此大道,惊得跌跌爬爬,撞灭灯火而跑净者,真是轮回种子、地狱孽根,而未识得此超凡入圣之功果,能不为有识者嘻嘻哈哈所笑乎?

"行者点上灯烛,扯交椅请唐僧上坐,兄弟坐在两傍,老者坐在前面","老者与和尚一问一答的讲话","老者姓陈,唐僧也姓陈","那里有个预修亡斋? 这也与我们取经一般,多费跋涉",总以见一阴一阳为取经之妙道,执中为取经之正路也。二老道:"你等取经,怎么不走正路,却跄到我这里来?"行者道:"走的是正路,只是一股水挡住,不能得渡。"通天河为至中之道,为取经之正路;陈家庄为阴阳之道,是执中之正路,认不得阴阳,即识不得中道,欲行中道,先合阴阳,此理之一定不易者。但执中之道,贵乎认得阴阳,尤贵乎识得先天真一之精。此精至虚至灵,寂然不动,感而遂通,在先天而生阴阳,在后天为阴阳所生。阴阳合,则元神不昧,能以生物;阴阳背,则识神借灵生妄,能以伤物。曰:"虽则恩多还有怨,纵然慈惠却伤人。只因好吃童男女,不是昭彰正直神。"何等清切!

"陈家庄,系车迟国元会县所管,大王一年一次祭赛,要一个童男、一个童女献他。"元者,二人;会者,交会。识得此真阴真阳交会之地,方能入得正路,出得车迟国交界。否则,身经其地而不能保全真阴真阳,即是顺从大王任食男女,不敢违例,乖和失中,赌胜赛强,仍是车迟国"三力"局面,何能入得正路?原其故,皆由一味清澄,而不知配合丹元,虽有真阴真阳,适以成魔口之食已耳,将何所贵?

"一秤金八岁,陈关保七岁。"七八一十五,月圆之象。"止得两人种",一阴一阳之谓道,关雎天保,人伦造化,生生之道在是。彼不知修养,轮流祭赛,而自送其死,预修亡斋,未到超生,早已寻亡者,可不叹诸!"三藏止不住腮边流泪",可谓哭尽一切矣。

夫世人不肯专心修道者,必疑神仙须天生,金丹须神授,而非凡人所可能。殊不知万物之中人为贵,可以与天地并立三才,而参赞化育。"舍下有吃不着的陈粮,穿不着的衣服,家财产业也尽得数。"若肯善舍其财,即可买得长生之路。昔道光得杏林之传,杏林嘱曰:"此道非巨富大力者不能,汝急往通邑大都,依巨富有力者为之。"后道光复俗,一了大事,是依财而了大事也。又丹经云:"凡俗欲求天上事,寻时须用世间财。若他少行多悭吝,千万神仙不肯来。"是非财而天宝难求也。

二老家当颇有,可谓巨富矣;行者道:"亏你省将起来。"可谓大力矣。"五十两可买一个童男",五行攒簇,可以救真阳而保命;"一百两可买一个童女",抱元守一,可以救真阴而了性。"不过二百两之数,可就留下自己儿女后代,却不是好?"修性修命,两段功夫,即可阴阳如一而长生不死,其好为何如?噫!真阴真阳,人岂易知?施法施财,人岂易行?更有一等地狱种子,不知法财两用之诀,或认为买女鼎,或猜为买金石,此辈当死后,托生臭虫,永不得人身矣。"老者滴泪道:'你也不知。'"正以哭迷徒不知有此真阴真阳、法财并用之道也。

"大王甚是灵感,常来人家行走","此般至宝家家有"也;"不见其形","自是愚人识不全"也。"只闻一阵香风,就知是大王,争忙焚香下拜。他把匙大碗小之事都知道,老幼生时年月都记得,只要亲生儿女,他方受用","纵识朱砂与黑铅,不知火候也如闲"也。"不要说二三百两,就是几千万两,也没处买这一模一样同年同月的儿女",“大都全藉修持力,毫发差殊不作丹”
也。“陈清入里面,将关保抱放灯前,小儿那知死活,笼两袖果子,吃着耍
子",“恍惚之中寻有象,杳冥之内觅真精”也;“行者见了,变作关保一般模
样,两个攒手,灯前乱舞",“有无从此自相入,未见如何想得成”也。此等真
诀,有无一致,两家同心,见之的而行之当,“一抹而现了本相”,全以神运,不
着形色,大机大用,莫可思议。老者跪在面前道:“老爷原来有这本事!”吾亦
跪在面前道:“原来有这本事!”不知天下后世学人,亦肯跪在面前道“原来有
这本事”否?

　　然有此本事,须要于此本事处,一步步脚踏实地,从有为而入无为,方是
性命双修之道。若仅有为,不能无为,仅了其命,未了其性,是只知其一,不
知其二,未免命基上坚固,而于性体上有亏。故行者道:“可像你儿子么?”老
者道:“像像像! 果然一般无二。”犹言了命只可完得阳之一般,而未全的阴
之二般也。

　　行者道:“这等,可祭赛的过么?”老者道:“忒好! 忒好! 祭得过了。”
《敲爻歌》云:“达命宗,迷祖性,恰似鉴容无宝镜。寿同天地一愚夫,权握家
财无主柄。”性者阴也,命者阳也,阳极而不以阴济之,命立而不以性成之,则
忒好而不好,祭过而不中,终非金丹阴阳混成之道。“陈清磕头相谢”,乃谢
其救真阳而了命也;“惟陈澄也不磕头,也不说谢”,尤望其救真阴而了性也。
“倚着屏门痛哭”,正以见了命不了性,乃是偏倚之见,中道不通。哭者,正哭
其不了性而仅了命,不得到超凡入圣之地位也。

　　行者教八戒变女儿,“索性行个阴骘,救两个儿女性命”。观此而知,修
命为阳,修性为阴,性命双修,方可祭的灵感,而灵感莫大矣。“一则感谢厚
情”,了命也;“二来当积阴德”,了性也。“陈澄抱出一秤金女儿到厅上,一家
子不拘老幼内外,都来磕头礼拜,只请救孩儿性命。”真阴一见,匹配真阳,方
是一家完成,不偏不倚,两国俱全,二八一斤之足数矣。“女儿穿的花花绿
绿,也拿着果子吃。”绿者,阳也;花者,阴也。性命俱了,阴阳归真,浑然一
气,圆成太极,大丹凝结,正在此时。前抱出关保,笼着两袖果子吃,是还丹
阴阳中之果,乃结丹之事;今抱出秤金,也拿着果子吃,是大丹阴阳中之果,
乃凝胎之事。还丹是后天中返出之先天,从阴阳中取,故云“笼了两袖果
子”;大丹是先天中之一气,从太极中化,故云“拿着果子吃”。此等处不可
不知。

"八戒变女儿,变过头,变不过身",了性而必须了命;"八戒步罡,行者吹一口仙气,果然把身子变过,与女儿一般",了命更须了性。性命双修,有无一致,阴阳混化,形神俱妙之道。学者若能见到此地,宝眷完全,真阴真阳,可以留得矣。曰"不可放他哭叫,恐大王一时知觉,走了风讯"者,内则阴阳相合,防危虑险以助外;曰"等我两人耍子去"者,外则金木相并,施为运用以保内。三丰云:"类相同,好用功,内药通时外药通。"正是此意。

然此内外合一之道,皆出自然,并非强作,倘误认为强作,便是一己之阴,而非廓然大公之理。"捆了去,绑了去,蒸熟了去,剁碎了去。"明示强制之法,可一概尽去而不用也。

"两个红漆丹盘,请二位坐在盘内,放在桌上,抬上庙去。"还丹大丹两段工夫,必须性命双修,方成妙道。"四个后生,抬着二人,往天井里走走,又抬回放在堂上。"先天后天,四个阴阳,还当内外并用,才为上乘。"先吃童男",当先进阳火而了命超凡;"后吃童女",后须运阴符而了性入圣。噫!说到此处,内外造化,详明且备,这已是响响亮亮,明明朗朗,打开前门,抬出真宝,哭哭啼啼,为后生指示端的。奈何"欲向人间留秘诀,未逢一个是知音",此仙翁所以不得不哭耳。

诗曰:

> 执中精一有真传,药物工程火候全。
>
> 金木同功离坎辏,后天之内复先天。

# 第四十八回

## 魔弄寒风飘大雪　僧思拜佛履层冰

〔**西游真诠**〕悟一子曰:《南华经》云:"北溟有鱼,化而为鹏。"鱼者,阴中之阳;北溟属水,寓言水中有真金也。化为鹏者,朱雀也。南方属火,图南九万,阳数已极,火中又能化木。总此一味水中金之循环无端,转运不穷也。学道者,能收得水中金一味,何患不圣、不仙、不佛?世多下士,非但不肯深信,莫不为鹦鸠之笑。不知此道至切至真、至近至简,绝非荒唐幻渺也。昧此者,犹如有家而不知家在何处,俱在醉生梦死之乡而已。

劈叙陈家庄众信人等祭赛一节,言众人能信行者、八戒之变化,而直至灵感庙里,认出金字牌位,叩头谨遵,此之谓主人澄清,不敢混度年例,方可各回本宅也。善哉大圣,天篷曰:"我们家去罢。"曰:"你家在那里?"曰:"往老陈家睡觉去罢。"曰:"呆子,又乱谈了。"曰:"反说我呆子,只哄他要要便了,怎么就与他当真?"曰:"为人为彻,才是全始全终。"一叩一应,互相发明,堪使流落他乡之人,顿思故里;寄迹天涯之子,猛整归鞭。家家自有家,莫在他家歇宿;家家还有家,切弗自家做梦。不做呆,要要过去便为真;休乱谈,全始全终方是彻。敲击之下,清彻贯耳,奚啻暮鼓晨钟,醒迷破寐。行者与怪问答,不过道出一个家常旧例。八戒筑怪赶上,早已寻得两个通天巨鳞。既明踪迹,有法擒拿。径回陈家,男女无恙,宾主师徒,合志谈心,喜可知也。

水中①之金,蕴真阴真阳、五行四时之气。原是陈家故物,未能收服。鱼跃于渊,道自昭察。道自道,我自我,与我无与。我囿于道之中,而为道所规弄。生老病死,成住坏空,悉由于道。造化小儿,无心为之;取经唐僧,有心

---

① 中,底本作"申",改。

甚急。专欲逆挽造化,争衡作对,此未经收服之水金,所以随有捉弄唐僧之心事,实唐僧之有心自为之也。

慈哉,鳜婆发救僧伏怪之婆心,演炼性休心之善法。若目为助妖为虐,是执象泥文,而非以意逆志,何足以窥作者之精义哉?盖《心经》之妙,妙于无心。心有方所,所非妙心。昔有野狐化女子,能知人心所在,以心有所也。大安和尚置心于四果阿罗地,狐女遍觅不得。予谓特狐女耳,置心之心即其所,何以遍觅不得?予即以其置心之心知之。予何心知之?唐僧取经之心甚急,急于功程,不知进退存亡,各有其候。岂知逆施造化,俱出于自然,有心之为害匪浅。

鳜婆道:"久知大王有呼风唤雨之神通,搅海翻江之势力。"唐僧既抵河干,见风平浪静,自觅扁舟,瞬息就渡。待至中流,而显其势力神通,出其不意,何等快捷,又何用弄风、降雪、结冰诱陷之拙策耶?盖弄风、降雪、结冰者,若故阻之,使不得轻渡,以中其神通势力;若故险之,使不得慢渡,以息其神通势力。非救僧伏妖之婆心乎?大雪降成,冰至寒也。寒彻则梅芬,遇奇则计活,故冷之极者和之胎,塞之甚者通之舆。不历严寒,不足以炼其真性也。层冰八百里,最险也。冒险则堕机,鉴危则利步。故"履虎尾"者受其咥戒,"履霜"者知其几。不陷重渊,不足以休其躁心也。

唐僧之急性躁心,鳜婆知之有素,特在通天正路之处,故作此难,以寒冰炼其性,以堕渊休其心,其殆即大士之化身欤!何以知其然也?看后回大士不待行者之告,而先赴竹林制器。鳜婆,即大士也。大士收鱼之时,并无鳜婆出现。大士,即鳜婆也。鳜婆一言一动,无非为保全唐僧、安置大王之计,可晓然矣。究而言之,灵感大王,即一灵感大士,灵感之号如故,而以一大士化大王也。然则大王之弄风、弄大雪、弄唐僧,即鳜婆之弄大王、弄唐僧,皆大士之弄大王、弄唐僧,总一大士之遵奉佛旨,接引取经人也。

三藏道:"贵处时令,不知可分春夏秋冬?"见天道有自然之运,不可不知其候。又曰:"贫僧不知有山河之险。"见地道因一定之理,不可不知其变。又曰:"世间事,惟名利最重。似他为利的,舍死忘生。我弟子奉旨尽忠,也只是为名,与他能差几何?"见贪利图名皆是累,不可不知其害。苟躁心是用,层冰慢履,则为造物所规弄之常久,而不能为造命立命之君子矣。故必洞晓阴阳,深明时候,知进识退,防危虑险,忘机绝念,息影休心,方能不失其正。若急思前进,则过犹不及,道在目前,当面蹉过。

沙僧道："忙中恐有错"一语，极为提醒。盖通天河为取经之正路，河中之怪物未收，何能得渡？水中金为通天之妙道，水中之真金未得，拜佛无由。经是水金，不是文字。佛即在家，不在西天。思拜佛而冒险，何如留住陈家为不错？草包马足，真为草草；踏冰而行，却是妄行。自蹈重渊，一沉到底，唐僧自取，与怪何尤？

鳜婆道："不敢、不敢！且休吃他，宁耐两日，从容自在受用。"何其敬慎小心，从容自在。不特使唐僧无损，抑能使怪物有容，开三徒拯溺之门，留大士伏魔之地，谓非自在之化身谁乎？三徒回至陈家庄，说明灵感弄法。径赴水边，寻师擒怪，返本还元之机在斯矣。

〔**西游原旨**〕上回言金丹之道，乃真阴真阳两而相合之道。但阴阳相合，出于自然，而非强作，倘不能循序渐进，急欲成功，则其进锐者其退速，反致阴阳不和，金丹难成，大道难修。故此回写其急躁之害，使学者刚柔相当，知所警戒耳。

篇首"陈家庄众信，将猪羊牲醴，与八戒、行者，抬至灵感庙里，将童男童女设在上首。行者看见香花蜡烛，正面金字牌位上写'灵感大王之神'"。此等处有天机存焉，若不明口诀，枉自猜量。曰庙、曰神、曰灵、曰感，则是神妙不测，灵感非常，乃大药所产之处，所谓"众妙之门"者是也。其中包含一切，阴阳五行，无不俱备，不可以色相求，不可以心意度。人能知之，信受奉行，以礼相求，高抬上供，而虚舍生白，恍惚有物，杳冥有精。即于今年今月今日今时，直下清澄，一无所染，下手修为，谨遵条例，毫发不差。则一时辰内管丹成，立地回家，主人无事，可以安然自在矣。

虽然，金丹之道，变化无端，火候不一，须当识急缓，知止足，辨吉凶，随时变通，方能有济。方其无也，期其必有；及其有也，更期其必无。无而有，有而无，各有其时，不得混例。众信供献男女，各回本宅，是还丹已得，而归于家矣。但此由无而有，生身以后之家，非自有而无，未生身以前之家。若误认未生身以前之家，差之多矣。"八戒道：'我们家去罢。'行者道：'你家在那里？'八戒道：'往陈家睡觉去。'"陈家为真阴真阳交会之地，乃还丹之事，而非大丹之道，只了的前半工夫，尚有后半工夫未能了的。今欲往陈家睡觉，是直以还丹为大丹，而欲歇休罢工，如之何，其可乎？故行者道："与他了这愿心才是。"又道："为人为彻，一定等大王来吃了，才是个全始全终。不然,又教他降灾贻害,反为不美。"言丹未还,急须求其还,若丹已还,急须求其脱,方是大化神圣之妙道,全始全终之功运,不贻后患之全能。否则,以还丹为尽美,到家稳坐,不知大解大脱之尽善,终为幻身所累,是反为不美,何时是了?此温养十月,待时脱化之功所由贵。

"常年先吃童男,今年先吃童女",其即温养之功乎!吃童男者,用刚也;吃童女者,用柔也。用刚者,凡以为阴阳未和,金丹未得而设。今阴阳已和,金丹已得,自有天然真火,炉中赫赫长红,弃有为而就无为,渐入神化。所谓"知其雄,守其雌"者,正在此时。其曰"不敢抗违,请自在受用",已是了了。"八戒现了本相,筑下怪物冰盘大小两个鱼鳞",大小无伤,两国俱全,以阴济阳,正"自在受用"之妙旨。

所可异者,是"怪化狂风,钻在通天河。行者道:'不消赶他了,这怪想是河中之物,且待明日设法拿他,送我师父过河。'"之语。通天河为精一执中、还元返本之道,宜取得真经,过河又将何为?若不将此理辨出个来由,仍是前面唐僧夜阻通天河局面,终过不得河,通不得天,取不得经。说到此处,千人万人,无人识得。盖金丹之道,以调和阴阳为始基,以阴阳凝结为中途,以打破虚空为尽头。由陈家庄而至通天河,是调和阴阳,而归于至中之道,阴阳凝结,金丹有象,已到大圣人地位。孟子曰:"大而化之之谓圣,圣而不可知之之谓神。"圣不如神之妙,允执厥中,乃是大而化之之圣;打破虚空,方是圣而不可知之之神。不知之神,乃谓至神,而无字真经,可以到手矣。然则还丹为大丹之始,脱化为大丹之终,通天河为取经之中道也无疑。"不消赶他"者,精一而还丹,有为事毕也;"想是河中之物"者,执中而保丹,无为事彰也;"且待明日,设法拿他,送我师父过河"者,执中用权,将欲脱化此中也。孟子曰:"执中无权,犹执一也。所恶执一者,为其贼道也。"精一执中,其易知乎?知得此一,知得此中,方是入到精一执中之妙处。

失去故物,一齐搬回,交付旧主人,由命修性,从有为而入无为,自在睡觉,从容中道,圣人矣。但长生之道,务期无心,最怕有心。无心则阴阳合一而归中,有心则阴阳各别而失中。故妖怪有心要捉唐僧,即有鼍婆献冻冰之计。然冻冰之计,皆由唐僧取经心急所致。夫阴阳之气通和则温暖,而冰可化水;阴阳之气闭塞则寒冷,而水冻成冰。取经心急,是阴阳不和,水冻成冰之象,我以此感,彼以此应,自计自陷,与鼍婆、灵感大王何涉?噫!修道何事,而岂可急躁侥幸成功?夫道者,自然之道,结胎有时,脱胎有日,功到自成，无容强作。"唐僧心焦垂泪，见其层冰，欲奔西方"，是不居易而行险，岂自然之道乎？沙僧道："忙中恐有错。"此的言也。

"草包马蹄，踏冰而行"，示草昧无知之冒进；"横担锡杖，防备落水"，写横行不直之狂徒。"放心前进"，得意处那知失意；"马不停蹄"，向前处谁知退后。"冰底下一声响亮"，夜半忽有风雷吼；"平空里三人落水"，毫发差殊不作丹。心急性燥，至于如此，虽金丹有象，而不能从容自在享用，终必入于石匣，而不得出头矣。故二老道："我等那般苦留，却不肯住，只要这样方休。我说等雪融，备船相送，坚执不从，致令丧了性命。"此皆经历棒喝之语，何等醒人！

古人云："一毫阳气不尽不死，一毫阴气不尽不仙。"群阴剥尽，丹自成熟，方是性命双修之大道。若了命之后，而不知明心见性，坚执一偏，妄冀神化，则性之未了，即命之未全，稍有所失，前功俱废，性命两伤矣。故结曰："误踏层冰伤本性，大丹脱漏怎周全？"观此，而吾所谓通天河为结大丹之事，可不谬矣。

诗曰：

　　五行攒簇已还元，住火停轮是法言。

　　若也持盈心未已，有伤和气必遭寒。

# 第四十九回

## 三藏有灾沉水宅　观音救难现鱼篮

〔**西游真诠**〕悟一子曰：金丹，真阴、真阳之气交结而成，法天地自然之运，历四时七十二候，贞下还元，毫无矫强造作。彻悟老子"观微、观妙"之义，方知至道不繁，简易自在，取而服之，尽性至命，立跻圣位矣。

此篇正明收服金丹下手之妙用，即观音奉旨上长安，释厄救难之密谛，乃一部《释厄传》之大元本、大结穴。篇在四十九者，明"大衍之数五十，其用四十有九"，在此也。仙师笔不能尽显，特描写观音鱼篮妙相，昭示后人，其中蕴义无穷，包涵万象，非洞晓阴阳，深明造化者，未易窥其一二。读者谓《西游》无多伎俩，每到事急处，惟有请南海菩萨一着，真扪槃揣籥之见也。

二徒计议下水寻师，八戒驮行者真假二身，明三人同志，急须问友寻师。身外有身，岂可当面不识？曰："老孙在这里。"耳根头，叫不醒呆人胡弄。曰："你还驮着我。"做声处，你还有我的原身。快走快走莫迟疑，抬头便是水鼋第。变虾母，问虾婆，大肚姆姆说生机；见石匣，听石匣，活墓真师哭死路。噫！若得弟子同寻至，何患真经不到家？

三藏恨声而哭，历叙水灾，非恨水也。正言自生时以至归泉，莫非水之为用，不可忽也。行者叫道："师父，莫恨水灾。经云：'土乃五行之母，水乃五行之源。无土不生，无水不长。'"即"四象五行全藉土，九宫八卦岂离壬"之义。言下分明，无须注脚。行者探明消息，着八戒、沙僧入水索战而不同往者，何也？怪本水中真金，合阴阳五行之气，攒簇已成，特因阴符、阳火之运用未到，时候不来，故不能返本还元，以归正果。只须八戒之木火煅练，沙僧之真土以制伏之耳。

"手执一根九瓣赤铜锤"，纯阳数足，特立独行之象。八戒道："你假做甚么灵感大王,专在陈家庄吃童男、童女。我本是陈清家一秤金,你不认得我也?"非欲大王认得也,正欲修丹之士认得。此时唯有女相出现,而无事乎童男也。"三个在水底下一场好杀",不可仍认作攒簇五行结胎时候,乃胎成之后运火十月之攒簇也。

词云"有分有缘成大道",阴阳交媾也。"相生相克秉恒沙",加火煅炼也。"土克水,水干见底",水得土而凝也。"水生木,木旺开花",木得水而荣也。参禅法,则混融而归一体;炼还丹,则分见而伏三家。"土是母,发金芽,金生神水产婴娃",言土能生金水也。"水为本,润木花,木有辉煌烈火霞",言木火能煅金也。"攒簇五行皆别异,故然变脸各争差",言此煅炼之时,虽亦攒簇之象,而火候情形,时时变换,皆别异不同,故二僧与怪相战而变脸争差,有由然也。读者认此词为五行生克套语,失其妙谛矣。

"二人诈败,引出水而战。未三合,又淬于水。"火功未足,未可收伏也。"二人还去索战",火功再进也。鼍婆对大圣说出"大闹天宫、混元一气、太乙金仙齐天大圣,如今皈依佛教。大王今后再莫与他战了"。夸大圣之始末,乃以明金丹为混元一气,从八卦炉中煅炼而成。火功既足之候,急宜退守,以待运通超脱。即崔公《入药镜》所云:"受气吉,防危凶。火候足,莫伤丹。天地灵,造化悭"是也。故下文妖精道:"贤妹所见甚长,把门紧闭了。""任君门外叫,只是不开门。"行者道:"你两个只在河岸上巡视着,不可放他走了。"俱是罢功守城,防危虑险,恐有"夜半忽风雷"之患也。

丹阳祖师曰:"水中火发休心景,雪里开花灭意春。"即怪物高垒千层,闭门不出之候。定性归真,有自然而然之妙。普陀自在之菩萨,所以有不期然而自动者矣。菩萨不待行者拜问,"不许人随侍,自入竹林里观玩"。早知妖精当收伏之时,应预制收伏之器,对神观之妙用,非可令人共知也。令大圣"聊坐片时,待菩萨出来"。因时候未至,自须守待,无所用其躁心也。

见红孩儿笑道:"你那时节,魔业迷心,今朝得成正果,才知老孙是好人。"正明此时乃婴儿现相之时。今日之魔,亦如红孩儿,非得菩萨运神功收伏,不成正果。虽了性、了命一理,而收伏各有时节也。"行者心焦,恐迟了,伤师之命。"时过而金丹走失,失其命矣。"菩萨吩付,只等他自己出来。"见金丹之脱胎有候,须待其自出来也。

描写菩萨竹林之妙相,皆自天然,不假装束,显男女于一相,分清浊为两般。忽忙中却甚自在,坐忘内全是条理。神观法器真玄妙,甘露慈云洒碧空。噫，妙哉！通天河妖怪根源，惟菩萨识得；竹林里削篾做甚，岂诸天能知？重整家事无多物，只手提个紫竹篮儿。救取唐僧莫误时，拘不得那着衣登座。未梳妆的菩萨，却像似逼将来的稳婆。上溜头拴篮儿，分明是逆流间的渔父。

菩萨念颂子道："死的去，活的住。死的去，活的住。"神哉、神哉！生死机关，尽在手中，下手妙诀，不离口授，其颠倒去来之妙，言不能显，第就浅义而论："住"者，人之主，心苗与肾气而交结，故成活，入我"门"来便是"阃"。"去"者，一之亡，七情与歹意而俱存，故就死，到得"敝"时应自"毙"。活者，神也，气之清，故上达而住，得一以成佳妙，离人以自主持，住其自住，非菩萨住之也。死者，物也，质之浊，故下流而去，着水则犯法纲，如刃则遭劫运，去其自去，非菩萨去之也。经云："菩萨于法，应无所住。"今云"住"，生于活也，活即无住，无住生住也。去由于死，死即住也，住故去。颂子之显义也，其秘妙处不能笔显。

"亮灼灼一尾金鱼"，忽然自入篮来，特菩萨能神观其候耳。菩萨何心哉？溯其本来，出自莲花而无染。究其手段，由于九转而归一。"海潮泛涨"，明其降世成精之因缘。"掐指巡纹"，计其数足还元之时候。"运神功，织竹篮，收怪现相"，以示凡人，大慈大悲，灵感有如此，盖大王即一大士之化身。经云："观音菩萨，成就如是功德，以种种形，游诸国土，度脱众生"是也。大士得龙女、红孩，而显了性之宗源；大王得童男、童女，而现了命之根蒂。是一是二。陈家庄众信人等，家家自有灵感大士鱼篮之妙相，自有收伏灵感大王之妙法，奈何不敬信而尊奉之哉？

大王收入鱼篮，唐僧即已得命，老鼋仍归故宅还元，即是通天已成普渡慈航，何用打船办篙？"忽然河中高叫"，从知"悟本成灵"，"端的是真"，"怎敢虚谬"？放心稳渡胜层冰，"歪一歪，不成正果"；踏盖站身分左右，牵上马，确是河图。噫！白鼋背上，放出五色毫光；通天界里，话尽无生玄妙。返本还元，全凭自在；脱壳成真，须问佛祖。能上无底船，盖缘此处种灵根；取得有字经，还从是河经历去。朝天发誓不差池，我问我问休忘记。

〔**西游原旨**〕上回言躁性为害之由，此回言脱胎火候之妙。《悟真》云：

"纵识朱砂与黑铅①,不知火候也如闲。大都全藉修持力,毫发差殊不结丹。"盖以金丹易得,火候最难,时刻未至而妄动,则丹不熟而易漏;时刻已到而不脱,则火有过而反伤。过与不及,皆非精一执中之道,火候之不可不谨有如是。

"三人寻师,同下水底",言三人同志,切须防危而虑险;"八戒一跌,把行者毫毛变的假身飘起去,无影无踪",言一毫有差,早已无影而无踪。沙僧道:"还得他来,若无他,我不与你同去。"言三家相会,而方能成丹;"行者在八戒耳朵里高叫道:'悟净,老孙在这里。'"言金火同宫,而才得济事。"八戒道:'是我的不是了,你在那里作声? 请现原身出来。'"莫执此身云是道;"行者道:'你还驮着我哩,我不弄你。'"须知身外还有身。"你快走! 快走!"当外绝诸缘,猛烹而急炼;"呆子只管念诵着陪礼",必内念纯真,静观而密察。"行有百十里远近,望见水鼋之第",攒簇功完,还元有望;"行者道:'悟净,有水么?'沙僧道:'无水。'"云散水涸,大道可成。"大圣离八戒耳朵,变作长脚虾婆",言金丹成就,须罢功闲暇,而心归休歇;"两三跳,跳到门里面",言道有变通,宜抱元守一,而跳入虚无。"妖精、鳜婆商量,要吃唐僧,行者留心",言"惟精惟一,允执厥中"为成全圣胎之要着,不可不谨;"大王把唐僧拿在石匣,等徒弟不来,就要享用",言"人心惟危,道心惟微"为人生死活之关口,不可不知。

噫! 千般比喻,说不尽长生妙诀;一口石棺,直指出寻死根由。"三藏在石匣里嘤嘤的哭",欲向人间留秘诀,未逢一个是知音;"师父恨水灾,望徒弟来",不知谁是知音者,试把狂言着意寻。

诗中最提醒人处,是"前遇黑河身有难,今逢冰解命归泉"二句。黑水河一案,乃幻身上事;通天河一案,乃法身上事。黑水之流性不定,足以溺幻身;通天河之躁心不休,足以沉法身。通天河若不能过的,即过的黑水河,亦仅能保的幻身之不溺,安能保的法身之不沉乎? 仙翁于此处,照应黑水河故事,是欲教人于通天河速脱法身,以了大事。若个丈夫,于此水厄中打的透彻,究的明白,真经易取,故园易返。何则?"土乃五行之母,木乃五行之源,无土不生,无水不长",离却水土,即失生生长长之造化,全不得性命,完不得大道。然欲全性命,莫若先去人心,若肯放去人心,则道心常存,厄从何来?

① 与(與):底本误作"无(無)"。

难从何有？行者道："你且放心，我们擒住妖精，管教你脱难。"真乃蛰雷法鼓，震惊一切矣。

"八戒叫怪物送出师父"，是圣胎凝结之后，用十月抽添之功也。曰："我本是陈清家一秤金，你认得我么？"曰："乖儿子，仔细看钯！"是金火同宫，仔细抽添，抑阴扶阳之机关。"沙僧亦掣宝杖，上前夹攻"，是真土调和，黄中通理，防危虑险之要着。

诗云："有分有缘成大道，相生相克秉恒沙。"金丹之道，是集义而生，非义袭而取，须是生克并用，剥尽群阴，方了得恒沙罪垢，而不为后天所累也。"土克水，水干见底"，水得土而不泛，逆运也；"水生木，木旺开花"，木遇水而生荣，顺生也。"禅法参修归一体"，顿悟渐修，合而为一也；"还丹包炼伏三家"，彼此扶持，三家相会也。"土是母，发金芽，金生神水产婴娃"，土生金，金生水，金水相停，中土调和，婴儿有象也；"水为本，润木花，木有辉煌烈火霞"，水生木，木生火，水火烹煎，柔木用事，煅炼成功也。"攒簇五行皆别异，故能变脸各争差"，五行各一其性，彼此相贼，不合而必使之合，不和而必使之和，损之又损，增之又增，随机应变，直到无可增损处，攒族五行而成一家，七返九还，归于纯阳无阴之地矣。此等妙诀，非善通阴阳深明造化者，不能知之。

"三人斗经两个时辰，不分胜负。"火候未到也。"沙僧八戒诈败，回头就走。"急欲脱化也。"那怪才出头，行者与战，未经三合，遮架不住，打个花，淬下水去。"火候未到，未可遽脱也。"妖精败回，说出毛脸雷公火眼金睛和尚，鳜婆打一个寒噤道：'亏你识俊，逃了性命。若再三合，决然不得全生。'"盖圣胎气候未足，须用火以熏蒸，气候已足，须止火以休息，此丹法之大关节。倘不知止足，而轻举妄动，一朝伤胎，大事即去，可惧可怕。昔达摩少林冷坐，三丰武当面壁，均是保性命而善于全生者。又说出"五百年前大闹天宫太乙金仙齐天大圣，皈依佛教，神通广大，变化无端"，以见金丹为先天一气凝结而成，乃难得易失之物，幸而得之，火候一到，便宜小心护持，守雌不雄。"再莫与他战"一语，真玉律金科，不可有违者。

"把门关紧，任君门外叫，只是不开门。"谨封牢藏，不使泄露也。"行者教八戒、沙僧在河岸上巡视，不可放他走了"者，戒慎恐惧，以备不虞也。"行者去普陀，拜问菩萨"者，顺其自然之脱化，不用勉强之作为也。"菩萨不许人随侍，自入竹林里观望"者，神观密察，虚心静养也。"聊坐片时，待菩萨出来，自有道理"者，时刻不到，必须等候；时刻若到，自然脱化也。"善财不离菩萨左右,行者笑道:'你那时魔业迷心,今朝得成正果。'"净地之不可不近,躁心之不可不除也。"迟了恐伤吾师之命"者,时过而圣胎有亏也;"等待他自己出来"者,不及而法身难脱也。

菩萨"竹林"一诗,妙相自如,并无庄饰,丝毫莫染,尘埃全无,俨然胎完十月,婴儿出胞之象。菩萨道:"你且在外边,等我出来。"不急不迫,出于自然也。噫!此等处皆是重安炉鼎、再造乾坤、另置家事之大作大用,乃为"圣而不可知之"之神,彼诸天及人,安能知之?诸天道:"我等不知。"又云:"必然为大圣有事。"可以了了。

"菩萨手提一个紫竹篮儿出林,道:'悟空,我与你救唐僧去来。'"是明言抱一守中,为超脱圣胎之法器;真空自在,乃解救真身之妙诀也。"行者请菩萨着衣,菩萨道:'不消着衣,就此去也。'"时未至而不容有强,时已至而不容有缓也。"菩萨撇下诸天,纵祥云腾空而去。"道成之后,丹房器皿,委而弃之,身外有身,功成人间,名注天上,超凡世而入圣基,度己毕而去度人,正在此时。虽然,岂易易哉?苟非有猛烈丈夫,果决男子,一勇成功,不能逼的出此等自在法身脱离苦海,而在道中度化群迷也。

"菩萨解下丝绦,将篮儿拴定,抛在河中,往上流头扯住。"言圣贤精一执中之道,在源头清水处整顿丝纶,而不向下流浊水里去下钓钩也。"口念颂子道:'死的去,活的住。'念了七遍,提起篮儿,但见篮儿里,亮灼灼一尾金色鲤鱼,还斩眼动鳞。"言生死机关,须要口传心授;还丹妙用,总在"七日来复"也。

《悟真》云:"不识真铅正祖宗,万般作用枉施功。"学者若不遇明师,诀破真金一味,虽一阳来复,当面错过,不相识认,难以为力。"菩萨收了金鱼,叫救师父。行者道:'未曾拿住妖精,如何救得师父?'"正以不知,当面错过矣。"菩萨道:'这篮儿里不是?'八戒沙僧道:'这鱼儿怎生有这等手段?'"所谓一经说破,如同本得,现前即是,不待他求也。

"金鱼本是莲池养大的,每日浮头听经,修成手段"者,金丹大道,以清净为本,出污泥不染,而借真经修养也。"九瓣铜锤,是一根未开的菡萏,被妖运炼成兵"者,先天大道,一气运用,而不着于五行;九还七返,而须赖其修持也。"不知那一日海潮泛涨,走到此间。"此般至宝,人人俱有,个个现成,因其不识,随风扬波,走失于外,离清源而就浊流矣。"今早扶栏看花,却不见这厮出来。"言必早自醒悟,当知我家无真宝。"掐指巡纹,算着他在此成精。"言急寻师指点,还有他家不死方。"未及梳妆,运神功织就竹篮儿擒他。"全以神运,不假色求,实腹而虚心,虚心而实腹,真空而妙有,妙有而真空,虚实兼用,有无悉备,法财两用,一以贯之。

噫!此等大作大用,何妨在众信人等面前,画出个鱼篮观音菩萨的影神,现身说法,分开邪正之路,指出还元大道,揭去其假,驳出其真,明明朗朗,与大众相见乎?是道也,最近非遥,至简至易,知之者立跻圣位。非同炉火采战一切邪术,寻船办篙,或买女鼎,或买金石,自欺欺世,花费人间财物者可比。佛云:"若以色见我,以声音求我,是人行邪道,不得见如来。"特以还元之道,《河图》之道也,在儒则为精一执中,在释则为教外别传,在道则为九还七返,乃三教一家无字之真经也。

"老鼋自叙出身"一篇,学者切莫误认,乃仙翁自写其作书之心耳。言此通天河还元之道,实历代祖祖相传,圣圣相授,而至仙翁,因悟本修真,养成灵气,将自己身体力行之功,尽寓于通天河三篇之中,以共后世。但恐有无知之徒,惑乱仙经,引入邪道,借此为证,以盲引盲,即伤许多性命,败坏正道。若有知音,存圣人心肠,收去一切怪物,扫尽无数妖氛,息邪说而防淫辞,正人心而明大道,成己成物,度引群迷,俱入大觉,即是仙翁功臣孝子,讵不恩重如山乎?读至"发誓:'我若不送唐僧过此通天河,将身化为血水。'"之句,我思古人,不禁惨然泪下。彼地狱种子,而犹毁谤圣道,甘入下流者,其不将身化为血水者几何?

"老鼋有四丈围圆的一个大白盖",四象五行,包含在中,一而神者,太极之象,道本无名。"歪一歪儿,不成正果",顿悟圆通,无作无为也。"四众白马,站在白鼋盖上",五行四象,流行于外,两而化者,《河图》之数,道以言显。"歪一歪儿,就照头一下",功以渐修,有体有用也。

"众人岸上焚香叩头,都念'南无阿弥陀佛',只拜的不见形影方回。"谷神不死,是谓玄牝,玄牝之门,是谓天地根。知得此中消息,自宜脚踏实地,诚心志念,一步步行去,直到不睹不闻无声无臭处,方是未生身以前家乡,不得在半途而自废。若错认五行攒簇即是尽头之地,是不知有无生无灭之大觉,为幻身所拘,纵能延寿身轻,如何脱得本壳?吾劝同道者,到得五行攒簇之时,欲脱本壳,还须与我问佛祖一声,不知肯响允道"我问,我问!"否?

诗曰:

> 心忙性燥道难全,纵是丹成有变迁。
>
> 静养婴儿归自在,随时脱化出尘寰。

# 第五十回

## 情乱性从因爱欲　神昏心动遇魔头

〔**西游真诠**〕悟一子曰:《西游》一书,讲金丹大道,只讲得"性命"二字,实只是先天真乙之气。修性命者,修此一气,性命双全,而还归于一。反反覆覆,千变万化,不离其元。

诸篇立说,或先明了性,而后可了命;或先明了命,而后可了性。或明了性,即是了命;或明了命,即是了性。或专明性,而命无二理;或专明命,而性有同原。或明了性不了命之偏,或明了命不了性之昧。或明了命之先先了性,了命之后后了性。或明性之不了,而落于虚伪;或明命之不了,而入于妖邪。或明傍门不能了命,而反失其性;或明枯寂不能了性,而无由了命。或明性为物欲所诱而不能了,或明命为幻妄所误而不能了。或未能尽知其性之初而不能了,或未能尽知其命之妙而不能了。或正言,或反说,或寓意,或设象,或戏谑闲情,发本然之理;或冷语微词,示下手之功。或隐指其要诀,或显露其真传。横竖侧出,旁通曲喻。千魔万怪,无非只讲得修"性命"二字,只修得先天真乙之气而已。

首七篇,原有伦次。以后,或有伦次,或无伦次。颠来倒去,篇篇各有深义。如造化之雕刻万物,并无重复,归总本于一元。《参同契》曰:"孔窍其门。"子舆氏曰:"引而不发。"惟善读者,能神观默察,而有以自得之耳。如此篇,明遇境而迁,不能安身立命,即《易》所谓"思出其位",《中庸》所谓"不能素位而愿外"之义,总由操守不固,工夫未到所致。

篇首《南柯子》一词,心地工夫,在绵绵无间,句句彻透。何以劈提"南柯"二字?言世路险巇,幻如南柯。若有心贪着,不能随遇而安,出此入彼,便似做南柯梦矣。凡人情境遇,难忍者,莫如饥欲,故易动者,莫如饥寒而思衣食。篇中师徒心和意合,归正求真,所以修性命也。倘遇饥寒,自当固穷,不可妄动。三藏见楼台欲化斋,行者望气色劝勿入,寓有叩侯门而求利达,戒冰山而慎行止之意。

"请下马,平处坐下,切莫动身。与个安身法儿,画一道圈子,叮咛不可走出圈外,只在中间稳坐。"即"素位"而行,不可"愿外"。此之谓有坐性,非果画一圈子可当玉帐术也。有坐性无坐性,不在坐而在位。"素位"而行,便是有坐性,不出圈子。一或"愿外",便失坐位,虽终日痴坐,亦是无坐性,出了圈子。处富贵如无有,有坐性也;处贫贱如固有,有坐性也;处患难如无事,有坐性也。随遇顺受,悠然自得,不坐亦坐。苟胸次扰扰,心为境转,有性无性。出此圈,即入彼圈,所谓入于罟擭陷阱之中,而莫之知避也。师徒俱端然坐下,行者不避千里,化斋供师,分内之事,亦是有坐性而不愿乎外。

直至"古树参天,一邨庄舍。柴扉响处,走出一个老者,手拖藜杖,仰面朝天道:'西北风起,明日晴了。'后边跑出一个哈巴狗儿来。"又道:"你走错路了。往西天大路,在那直北下。"又"心中害怕,道:'这和尚是鬼! 是鬼!'"又"举藜杖就打,行者道:'老官儿,凭你怎么打,只要记得杖数明白。一杖一升米,慢慢量来。'老者闻言,把门关了,只嚷'有鬼! 有鬼!'""行者道:'道化贤良释化愚。'""使个隐身法,捉干饭满钵而回"噫,妙哉! 仙师寓言隐奥,莫可测识。读者谓不过点缀村落吠大,野老鄙啬之情景已耳。岂知乃隐讥有位而窃禄苟容者,自谓能识天时而察人事,仗势头而看风色,实为仰愧俯怍之人,乃是无坐性而出圈子者,殆即纲目书莽大夫之流欤?

何以见之?"古树参天",非身居木天乎?"手拖藜杖",非太乙杖藜乎?"邨舍柴扉",非倚迹于莽乎?"朝天看风,跑出哈巴",非看风苟容,仰有愧于天乎?"你走借了路,往西天路,在直北下。"不自知面北之非,而告人以向西之错,于心有愧,故曰:"是鬼! 是鬼!"心傍着鬼,非俯有愧于人乎?"老者举杖就打。行者道:'老官,只要记得杖数明白,一杖一升米。'"盖惟仗记录卜升迁,只知窃禄自温饱,于心有愧,故说:"有鬼! 有鬼!"回顾衾影,能不自己愧杀乎?

篇中八戒曰:"我不比那村莽之夫",已下其人注脚。此其人既非贤良,非道可化。此又非愚,非释可化。似此仰愧俯怍之徒,在位而出位,口是心非,言诈行违,分明老贼,诚不如潜形隐面之辈,捉取干饭,事亲供师,反得至恭至敬也。仙师盖有为而言,所以激励臣节,为千古立有位之防,即《孟子》

"齐人"之喻,贤者自贤,愚者自愚,此有良贵者,所以不愿人之膏粱之味也。

唐僧惑于呆子坐牢之说,一齐出了圈外,坐于公侯之门,静悄悄全无人迹,非无人也,即昏夜乞人,如在鬼窟里作生涯也。"呆子入见,黄绫帐幔,象牙床上,白媸媸的一堆骸骨。"见位至公侯而不修性命,明眼人视之终是一堆白骨。呆子洒泪浩叹,"英雄豪杰今安在"一句,深可猛省。"见帐幔火光一晃",见石火之易灭。"见桌上锦绣绵衣",见朱紫之惑人。"不管好歹,拿出背心",见服官之不择。"四顾无人,谁人知道",见四知之罔畏。"立站不稳,扑的一跌",见荣辱之靡常。"把两个背剪手,贴心捆了",见刑法之易罹。唐僧因饥出圈,而惊动魔头;呆子因冷贪着,而中其机械,皆因爱欲而情乱性从,不请自来,与魔何尤?此修天爵者,所以不愿人之文绣也。行者得饭到圈,不见人马,回看楼台,忽成怪石,黄粱未熟,瞬息变迁,沧海桑田,真堪歌哭。总由不能稳坐,共守性命,妄动出圈,贪图温饱所致,岂不错走了路,闯入妖魔口里去耶?

老翁指出"金峣山金峣洞独角兕大王",兜鍪为首铠,争战之具。兕加独角为兀,王加独角为主,出位兜诅不肯宁静,兀主不臣之象,比之古之骧兜然。故篇首叙师徒正行处,忽遇大山,点缀出石多岭峻,三藏兜住缰绳字样。早以峻岭衬出崇山,以兜缰映带骧兜。至此处忽作"峣"字,寓放骧兜于崇山之义也。骧兜与共工相助为虐,作乱于圣世,不臣之甚,出位之尤者,仙师特引以为圣僧魔头之喻。"老翁现相,称山神土地,收下斋钵,待救出唐僧,还奉唐僧,以显大圣之至恭至孝。"明山神非越位滥受,见大圣为分内恭敬也。

"大圣找寻妖洞索战,魔头闻言欢喜,道:'自离本宫,未试武艺。'"收其欢喜,兜诅出位,好动之情,非可以动胜也。"行者战不能胜而焦躁,丢起金箍棒,变作千百条。"是以动聊动,而益以就其动。动圈套,老魔取出圈子,把金箍棒收做一条套去,全归于动。而动者不可收拾,皆由我一念之动,自先主张也。故曰:"道高一尺魔高丈,性乱情昏错认家。可恨法身无坐位,当时行动念头差。"

〔西游原旨〕上回结出:金丹大道,须得水中金一味,运火煅炼,可以结胎出胎,而超凡入圣矣。然真者易知,而假者难除,苟不能看破一切,置幻身于度外,则千日为善,善犹不足;一日为恶,恶常有余。纵大道在望,终为邪魔所乱,何济于事?故此回合下一二回,举其最易动心乱性者,提醒学人耳。

冠首《南柯子》一词,教人心地清净,扫除尘积,抛去世事,绵绵用功,不得少有差迟,方能入于大道。师徒四众,心和意合,归正求真,是以性命为一大事,正当努力前行,轻幻身而保法身之时,奈何唐僧以饥寒之故,使徒弟化斋饭吃了再走,此便是以饥渴之害为心害,而招魔挡路,不能前进之兆。故行者道:"那厢不是好处!"又道:"那厢气色凶恶,断不可入。"言此厢是我,那厢是魔,因饥渴而思斋,则魔即因思斋而起。"断不可入",犹言断不可以饥渴而情乱起魔也。盖情一乱,性即从之,情乱性从,为物所移,身不由主,便是"无坐性"。行者取金箍棒,将平地上周围画了一道圈子,请唐僧坐在中间,对唐僧道:"老孙画的这圈,强似那铜墙铁壁,凭他甚么虎狼魔鬼,俱莫敢近,但只不可走出圈外。"圈者,圆空之物,置身于中,性定情忘,素位而行,不愿乎外,虽虎狼魔鬼,无隙可窥。此安身立命之大法门,随缘度日之真觉路。曰:"千万千万!"何等叮咛之至!

"行者纵起云头,寻庄化斋。忽见那古树参天,乃一起庄舍。柴扉响处,走出一个老者,手拖黎杖,仰面朝天道:'西北风起,明日晴了。'说不了,后边跳出一个哈巴狗儿来,望着行者汪汪的乱吠。"此分明写出一个贪图口腹小人形像出来也。吾于何知之?吾于行者寻庄化斋知之。"见古树参天,一起庄舍。"非心中有丰衣足食富贵之见乎?"柴扉响处,走出一个老者,手拖黎杖。"非小家子出身,内有贪图,而外妆老成乎?"仰面朝天道:'西北风起,明日晴了。'"非仰风色而暗生妄想乎?"说不了,后边跑出一个哈巴狗儿来乱吠。"狗者,贪食之物;哈巴者,碎小之物;乱吠者,以小害大之义。总写小人贪图口腹,损人利己,无所不至之象。噫!修道者,若图口食而乱情,与哈巴狗相同,养其小者为小人,尚欲成道,岂可得乎?故老者道:"你且休化斋,你走错路了,还不去找大路而行?"修行者不以大道为重,因食起念,便是走错道路,身在此而心在彼,外虽人形,内实是鬼。老者害怕是鬼,岂虚语哉!

"六七口下了三升米",无非口食之见。"走三家不如坐一家",当须抱道而亡。"缠得紧,举杖就打",打不尽世间贪汉。"记杖数,慢慢量来",活画出教门魔头。老者嚷"有鬼",行者呼"老贼",骂尽一切为口腹而轻性命之徒,妙哉!

"行者使隐身法,满满的抓了一钵盂干饭,即驾云回转。"老子云:"吾所以有大患者,为吾有身。及吾无身,吾有何患?"夫人以饥渴起见者,无非为此身耳。为此身,则身即为大患。使隐身法,置身于无何有之乡,忘物忘形,虽满掗钵盂，而以无心持之，何患之有？彼唐僧阴柔无断，出了行者圈子，坐于公侯之门，弃天爵而要人爵，舍内真而就外假，养小失大，何其愚哉！殊不知人之幻身乃天地之委物，无常若到，一堆骨骸骷髅而已，有何实济？“呆子止不住腮边泪落道：‘那代那朝元帅体，何邦何国大将军。英雄豪杰今安在，可惜兴王定霸人。’”一切养小失大之迷徒，可以悟矣。

修道者若看不破幻身之假，遇境迁流，逐风扬波，即是呆子进富贵之家，观见锦绣绵衣，暗中动情，拿来三件背心儿，“不管好歹”矣。夫好者好心，歹者歹心，因衣食动念，是背好心而生歹心，不管好歹，非“背心”而何？独是背心一件而已，何至于三？此有说焉。举世之人，醉生梦死，皆为贪、嗔、痴三者所误，故脱不得轮回，出不得苦难。夫不知止足则为贪，懊悔怨尤则为嗔，妄想无已则为痴，此三者名为三毒，又谓三尸，又谓三毛。古人有“除三毒、斩三尸、伐三毛”之义。学者若不谨慎，一有所着，三件并起，情乱性从，莫知底止，其谓“三件背心”，不是虚语。

三藏道：“公取窃取皆为盗。”言见物起念，虽未得手，而早已留心，与窃盗相同，何能修道？此等之徒，自谓隐微密秘，无人知觉，彼安知“暗室亏心，神目如电”？故君子戒慎乎其所不睹，恐惧乎其所不闻也。身为心舍，心为身主，背心而身不能自主，“立站不稳，扑的一跌”，良有以也。

“这背心儿赛过绑缚手，霎时把八戒、沙僧背剪手贴心捆了。三藏来解，那里解得开。”此等处，尽是打开后门之法语。盖能存其心，虽身被绑缚，而心可无损；仅惜其身，则心有所背，而身亦遭殃。“背剪手贴心捆了”，还以其人之术制其人。“三藏解不开”，自己受捆，当须自解，而非可外人能解者。唐僧因食而出圈，八戒、沙僧因衣而受捆，俱系自作自困，自入魔口，谓之“不请自来”，恰是实语。

唐僧说出“西天取经，因腹中饥馁，着大徒弟去化斋。两个徒弟爱小，拿出衣物，要护脊背，不料中了大王机会。”噫！取经何事，而可因饥思斋，因寒爱衣？世之思斋爱衣，而不中金兜山金兜洞兕角大王机会者，有几人哉？

“金兜山”者，土厚而金埋。“独角兕”者，意动而行凶。唐僧、八戒为衣食而意乱，致遭魔手，是金兜山独角大王，即唐僧之变相，其魔乃自生之，而非外来者。若欲除去此魔，先须除去衣食之见，衣食看轻，而魔渐有可除之机。故土地道：“可将斋饭钵盂，交与小神收下，让大圣身轻，好施法力。”可知心有衣食之见，而法力难施也。

既云"身轻好施法力",何以行者将金箍棒变作千百条盈空乱下,老魔取出圈子,把金箍棒收作一条,套将去乎?夫天下事,惟定者可以制乱,惟少者可以御多,意动无忌,可谓乱矣,一而变千,盈空乱下,是以乱制乱,以多御多,不特不能降魔,而且有以助魔,故逃不得妖精圈子。

其曰:"妖魔得胜回山洞,行者朦胧失主张。"最为妙语。要之,主张之失,非行者与妖魔争战时失去,已于唐僧出圈子时失去矣;非于出圈子时失去,早于思想吃斋,一念之动失去矣。结云:"道高一尺魔高丈,性乱情昏错认家。可恨法身无坐位,当时行动念头差。"可谓叫醒一切矣。

诗曰:

情乱性从爱欲深,出真入假背良心。

可叹皮相痴迷汉,衣食忙忙苦恼侵。

# 第五十一回

## 心猿空用千般计　水火无功难炼魔

〔**西游真诠**〕悟一子曰：兕者，丑土，在人为意，意放而肆无忌惮，则心随意转，无所主持，失其把柄，是昧却定理，而套去金箍棒矣。"大圣空着手，滴泪叫道：'岂料如今无主杖。'"言没了主意也。人能主意以格天，天不能强人以主意。若意被物迷而身遭困厄，不知自反，徒虔心告天，是犹失意罪臣。没有棒弄，惟事修词饰敬以希君听，虽称"战栗屏营，深躬以闻"，极尽情文，有何裨益？适以成其欺昧而已。

大圣上天启奏一段，刻画人臣诈妄之状，为君者亦何能取臣心，而使之主诚惆乎？玉帝降旨，可韩司同大圣去查。《周本记》以何姓为韩后。韩者，何也，言可作如何而谘询之义。故细查缴旨，而玉帝亦不自主，即着孙悟空挑选天将。天师许旌阳亦曰："但凭高见选用天将"而已。

行者既选李天王父子，又选雷公合力，而玉帝一如其所请，见天帝、天师亦不能为之主也。哪吒太子使出法来，变化多端；魔王取出圈子，望空抛去，把六般兵器套去；邓、张二公不敢放雷，天王道："似此怎生结果？"见天神亦不能为之主。再请彤华宫之火德纵火，把火龙等又套去。再请乌浩宫之水德灌水，水都往外出来。见水火为无情有质之物，亦不能为之主。再将自己毫毛变做小猴，把小猴又套去，收了本相，见远取无益，渐有近取诸身之义。不知在皮毛间致力，又何足以制其一意之放荡乎？

众神计议道："魔王好治，只是圈子难降。除非得了宝贝，后可擒妖。"盖降魔之计，莫先夺魔之所恃；夺魔之恃，莫先善己之所用。故邓、张二公道："若要行偷礼，除大圣再无能者。"偷者，潜移默运之谓。为仁由己而不由人，唯能反躬刻责，潜移默运于心中，自可忽得故物，非可因偷桃、偷丹而浅解其

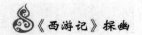

为长技。故行者偷入妖洞，而忽见金箍棒，此偶然忽悟，而主杖还归于本人也。然不保其复失者，以偷见为一隙之明，未能洞见全体，而终难脱彼圈套也。

土居中宫，金、木、水、火，环相为用；分寄四隅，金、木、水、火，环相为体。离本宫而偏胜，或土积而金埋，金箍棒套矣；或土障而水阻，水势不胜套矣。土之为正，为至神；为邪，亦为至神。此丑土窃弄其圈，而善套诸物也。故脾败则病危，意邪则事乱。善岐黄者，务理其脾；善生理者，先伏其意。意能害心而乱五德，即土能害性而乱五行也。夫欲收伏意土，非思虑、智谋、威力、强制之所能致功，此天神、雷公、火德、水神之所以无用也。故提纲曰："心猿空用千般计，水火无功难炼魔。"

〔**西游原旨**〕上回言意土妄动，心失主杖矣。然失去主杖，若不得其自失之由，任你用尽心机，终落空亡，极其巧伪，到底虚谬。故此回极写其肆意无忌，使学者钻研参悟，深造自得耳。

篇首"大圣空着手，两眼滴泪道：'岂料如今无主杖，空拳赤手怎施功？'"言修行者失去主杖，即如孙大圣失去金箍棒相同，尚欲尽性至命以了大事，万无是理。何则？意之为功最大，其为祸也亦最深。有主意者吉，无主意者凶。失去主杖，便是失去主意。主意一失，性乱命摇，脚跟不实。当斯时也，虽上帝掌造化之权，亦未能造化我以主意；虽天师代天宣化，亦未能宣化我以主意；虽哪吒善于降妖，亦未能降伏我之无主意；虽火星能以纵火，亦未能烧死我之无主意；虽水伯精于运水，亦未能淹灭我之无主意；虽雷神专于发雷，亦未能打坏我之无主意。

玉帝道："着悟空挑选几员天将，下界擒魔去罢。"许旌阳道："但凭高见，选用天将。"哪吒兵器被套去，雷公雷？恐套去，火星火器都套去，水伯河水难进去，总以见主意之失，皆由贪图。贪图非天神水火所使，皆出于一己检点不到，因而出了我圈，入于魔圈。欲脱魔圈，仍须自省返照，非可妄想天神水火制伏者。否则，不求于己，借仗于外，是无主意之中，而又失主意，失之又失，必至全失主意，为魔滋甚，焉能脱得魔之圈套？

"行者与魔走拳，将毫毛变作三五十个小猴"，是已舍远而求诸近，舍物而取诸身矣。然何以又被魔王圈子套去？行者生平以毫毛变本身，变诸物，无不随心所欲，感应灵通，今一战套去，读者无不疑之。殊不知，毫毛变化，用之于有主意之时则可,用之于无主意之时则不可。毫毛者,身外之法身,以外制外,易于为力,立竿见影。意土妄动,自起之魔,属内,以外法身而伏内魔,难于为功,故仍出不得妖精圈套。提纲所谓"心猿空用千般计,水火无功难炼魔"者是也。

夫空用无功,皆由不识魔之出处、圈之来由也。众神道:"魔王好治,只是圈子难降,除非得了他那宝贝,然后可擒。"盖魔所恃者圈套,行者所恃者金箍棒,金箍棒一失,行者上天入地,无所用其力,究为魔所规弄。若欲治魔,莫先去圈;若欲去圈,莫先得棒。棒一得而主杖由我,魔之圈套亦可渐有解脱之时。此行者、诸神谋偷圈之计,而先得金箍棒也。

夫道者,盗也。其盗机也,天下莫能见,莫能知,故曰偷。不但此也,且魔之来,乘人之不觉,而因之弄圈套以作祸;学者之修道,亦当乘魔之不觉,而方能盗圈套以脱灾。故提闹天宫偷桃、偷丹故事,以明了性了命,总一盗机,而无别法。闹天官,所以窃来生生之造化;入金兜,所以偷去死死之根由。

妙哉!"行者变麻苍蝇儿,轻轻的飞到门缝边钻进去。"此变之义,非人所识。本传中行者变苍蝇,不一而足,今忽变麻苍蝇,大有深义。苍蝇儿者,五德备具之婴儿,苍至于麻,不识不知,五德悉化,形色归空,毫无着染之至。修行人若钻研醒悟到此,是即忽见故物,复得主杖之时。主杖一得,原本即复,先发制人,出其不意,纵横自在莫遮栏,群妖胆战心惊,老魔措手不及,已莫如我矣。故结曰:"魔头骄傲无防备,主杖还归与本人。"吾愿失去金箍棒者,速于魔之无防备处,偷回主杖可也。

诗曰:

　　　自无主杖用何动,外面搜求总落空。

　　　任尔登天能入地,终归大化入坑中。

# 第五十二回

## 悟空大闹金𡲤洞　如来暗示主人公

〔**西游真诠**〕悟一子曰:慧禅师曰:"有物先天地,无形本寂寥。能为万象主,不逐四时凋。"指炯炯不昧,无形无息,天性之真去处而言。此篇如来示者,即指示此也。言为意之主者在虚中,知意之主者在坐照。惟得主人公,而意土可定;惟知主人公,而主人公可得。若涉闻见智识之力,而欲情定意宁,是犹请天神、雷将、火德、水星,而终难出其圈套。即有偶觉暂悟,忽得故物之时,亦如偷营劫寨,偏师奇兵之剽掠而已。

"行者偷得金箍棒。又要偷他圈子,做掏摸买卖,见圈而不知圈为何物,不能下手。只见火器明晃,如同白日,见一切套去兵器等物,即满心欢喜,跨龙纵火而回。"此即偶觉暂悟而忽得故物,所谓逐末昧本,旋得而难保旋失也,其"八戒、沙僧、长老仍捆住未解,白马、行李亦在屋里,"如何走得路耶?故老魔道:"贼猴啊,你枉使机关,不知我的本事!"诚不知本也。诸神以为得志,一齐再战。"众神灵依然赤手,孙大圣仍是空拳。"盖爝火之明,何能烛迷天之昧?毫无执持,莫可致力,其奈意土之妄动何?故老魔叫:"小的们,动土修造。"要"杀唐僧三众谢土,大家散福受用"。土动则伤性害命,言下分明。

"火德怨性急,雷公怪心焦,水伯闷无语。"均聪明才识,忆逆谋度,乖和失中之象。其致此之由,非如来慧眼观看,何能瞭然?"如来"者,无所从来,亦无所去,即"天之所以与我无可损益者"是也。"慧眼"者,即本性灵明,返观内照,表里莹彻,纤毫弗存,不迎不随,自然明净,明镜止水是也。"行者早至灵山,四方观看,忽听有人叫道:'孙悟空,从那里来?'"非果至灵山也,灵台方寸地即是,忽然悟到如来境界,故曰:"初来贵地。"如来曰:"你怎么独自到此?"盖人所不知,而己所独知之地。

"如来听说,将慧眼遥观,早已知识,对行者道:'那怪物我虽知之,但且不可说破。'"云此物唯须自己了悟,难假言说,所谓"无法可说,是名说法"也。又道:"我这里着法力助你。""行者道:'如来助我什么法力?'如来即令十八尊罗汉开宝库,取十八粒金丹砂,各持一粒,与悟空助力。陷住他,使他动不得身,拔不得脚。"妙矣哉!"十八"者,"木"也,解作木能克土为助力,乃据理空谈,叫人何处致力?十八粒金丹砂,令十八尊罗汉取之,各取一粒也。"十八"加"各"为"格",言能格此物,方能收此物,所谓"打开金宝藏,令人各认取"也。故欲诚意必先致知,致知在于格物。"物"字从"牛",《说文》云:"牛为大物。天地之数,起于牵牛。"天地得牵牛而成运,人身得诚意而协中。

然何以十八粒金丹砂又尽套去?金丹而曰"砂",金丹之肤鞈也。仙师特下此一转者,惟恐学人误认格物为博物,而未明格物之精义,终不能致知。必能知至,方谓之能格物。若只格物而不能真知,虽格尽羲皇以来之书,胸罗甲乙;格尽宇宙以内之物,博综动植,仍是远涉泛求,骛外逐末,与性命无关。所谓"自笑从前颠倒见,枝枝叶叶外头寻"也。亦何能使此物身不动,脚不挪,被伊一一圈去?"十八罗汉个个空手停云",名称搜罗满腹之汉,实为停云空手之尊,格安在哉?必能知之至,然后能格之尽。择善,则格之尽;惟精,则知之至。择善以明理,惟精以执中,始能降伏此物而无难。如来令降龙、伏虎二尊在后吩付者,吩付此也。"二尊对行者道:'悟空,你晓得我两个出门迟滞者何也?'行者道:'不知。'"惟知此降龙、伏虎之要妙,而后为格之尽、知之至也。

罗汉道:"如来吩付:'失了金丹砂,就叫孙悟空上离恨天太上老君处寻他踪迹。'"老君为鼎卦之五爻,五虚中而能容物,故能止意而不动。金刚琢,为鼎之黄耳,刚以柔节,金而兼玉,始终如一,故能套诸物而无遗。前第六回,用此宝贝,打中大圣之时,诠解已悉。此明老君失中之由,在于童子昏昧,非真老君失其虚中,而令意土纷扰也。明人心自有灵童,而昏昧不觉,以致率意冥行,为邪作怪,使性命莫保也。夫以化魔之器具,而反为害圣魔头,总此一物之纵放出入而已。此收伏还返之机,贵自己密察,而非他人能助。

"行者眼不转睛,东张西看",神观也。"忽见童儿盹睡,青牛不在,道:'老官,走了牛也,走了牛也!'"正寻着脚色,真知实见也。"童儿忽醒",如梦始觉。"今已七日","七日来复,天心复见"之候也。查出偷去金刚琢,方为物格而知至矣。"老君执芭蕉扇",执清虚之气而致虚中之物,即"执中存诚"之义。"高叫:'牛儿,还不归家?'那魔即认得主人公,一扇而圈子丢,再扇而本相现。"所谓"一声唤转灵童子,二气还虚本太清"。"老君跨牛归天,众神取兵回去,师徒整装离洞。"意定心宁,妙在如来之慧眼指示。学道者,各具如来之慧眼,奈何独不自认主人公哉?

篇中老君道"七返火丹,吃了一粒,该睡七日"之语,另有妙谛。"七返"为炼成之神火,服食之后,醉骨酥筋,原有七日大休歇,正是大醒,非大寐也。仙师特于昏睡放牛处,闲闲逗露耳。还丹之妙,各篇已经尽泄,明考察焉。

〔西游原旨〕上回言意土放荡,须要自有主张,方可济事矣。然不能格物致知,则根本不清,虽一时自慊,转时自欺,或慊或欺,终为意所主,而不能主乎意,何以能诚一不二乎?仙翁于此回写出格物致知,为诚意之实学,使人于根本上着力耳。

大圣得了金箍棒,是已去者而返还,已失者而复得,本来之故物仍未伤也。"妖怪道:'贼猴头,你怎么白昼劫我物件?'行者道:'你倒弄圈套,抢夺我物,那件儿是你的?'"妙哉此论!古人云:"烦恼即菩提,菩提即烦恼。"总是一物。魔夺之则为魔物,圣夺之则为圣物。其所以为魔而不为圣者,皆由背真心而失真意,不自醒悟,全副家业,件件为魔所有。倘有志士,自知主张,直下断绝万缘,件件俱可还真,虽有魔生,亦奚以为?

行者战败妖怪,要偷圈子,"变作一个促织儿,自门缝里钻将进去,迎着灯光,仔细观看"。促者,急忙之义;织者,取细之义。言当于颠沛流落之时,急宜粗中用细,借假悟真,依一隙之明,而钻研真实之理也。

"只见那魔左胳膊上套着那个圈子,像一个连珠琢头模样。"左者,差错之谓。圈子为中空之宝,魔套左膊,是为魔所错用,已失中空之本体,若能见得,则错者渐有反中之机。然知之真,则宜取之易,何以魔王反紧紧的勒在膊上,而不肯脱下乎?盖圣贤作事,防危虑险,刻刻谨慎,恐为邪盗其真;而邪魔作怪,鸡鸣狗盗,亦时时用意,恐被正夺其权。邪正并争,大抵皆然也。

"行者又变作一个黄皮虼蚤,钻入被里,爬在那怪的膊上,着实一口,那怪把圈子两捯。又咬一口,也只是不理。"此变亦渐入佳境矣。虼蚤者,土气所变;黄皮者,中土之正色。虼蚤咬魔,是以真土而制假土。然以土制土,虽能去外假而就内真，究竟两不相伤，而真宝未可遽得也。"行者料道偷他的不得，还变作促织儿，径至后面。"既知真土不能去假土，即须借此一知之真，极深研几，推极吾之真知，欲其知之无不尽也。

"听得龙吟马嘶，行者现了原身，解锁开门，里面被火器照得明晃晃如白日一般。"此穷究入于至幽至深之处，由假悟真，忽的暗中出明，虚室生白之时。故各般兵器，一把毫毛，无不真知灼见。"大圣满心欢喜，呵了两口热气，将毫毛变作三五十个小猴，拿了一应套去之物，跨了火龙，纵起火势，从里面往外烧来，把小妖烧死大半。"言故物一见，阴阳相和，就假变真，三五合一，里外光明，是非立判，不待强制，而妖氛可去大半矣。

"行者得胜回来，只好有三更时分。"曰"三更时分"，曰"只好有三更时分"，曰"得胜回来，只好有三更时分"，时不至三更，则阴阳未通而不好；时不至好，则邪正不知而难分；若不得胜回来，未为好，未为三更，未为时分。"只好有三更时分"，正在得胜回来。此清夜良心发现，意念止息之时。

然虽意念一时止息，若不知妄动之由，则魔根犹在，纵诸般法宝到手，其如意土乘间而发，必至旋得而旋失，终在妖魔圈套之中作活计。故魔王道："贼猴呵！你枉使机关，不知我的本事，我但带了这件宝，就是入大海而不能溺，赴火池而不能焚哩！"言不知其本，魔盗其宝，肆意无忌，入水不溺，入火不焚，恣情纵欲，罩获陷阱，无不投之。洞门一战，众神兵仍被套去，"众神灵依然赤手，孙大圣仍是空拳"，此不知本之证耳。"老魔叫小妖动土修造，又要杀唐僧三众来谢土"，是明示不知意土虚实消息之本，而欲强制，适以助其意之妄动、意之无主而已，有何实济？"火星怨哪吒性急，雷公怪天王心焦，水伯无语，行者强欢"，是写知之不至，中无定见，意未可诚之象。

"行者说出佛法无边，上西天拜佛，教慧眼观看，怪是那方妖邪，圈是甚么宝贝"，是欲诚其意，必先致知也。佛祖道："悟空，你怎么独自到此？"言独悟一空，而意不诚也。行者告佛："圈子套去一概兵器，求佛擒魔，拜求正果。"言知至而后意诚也；"如来听说，将慧眼遥观，早已知识"，致知而知至也。又云："那怪物，我虽知之，但且不可与你说破，我这里着法力，助你擒他。"言致知必先格物，物格而后知至，知至而后意诚也。

"令十八尊罗汉，取十八粒金丹砂，各持一粒。教行者与妖比试，演出他来，却教罗汉放砂陷住他，使动不得身，拔不得脚。"悟一子注"十八"加"各"为"格"字，最是妙解！然格则格矣，何以使行者演出，罗汉定住乎？盖格物者所以致知,致知所以诚意,诚意不在致知之外,致知即在格物之中,物即意也,知得此意,方能格得此意;格得此意,方谓知之至;知之至,方能意归诚。但"格"非只一"知"而已,须要行出此格物之实功。"教行者与妖比试,演出他来"者,将欲取之,必先与之也。"教罗汉放砂陷住,使动不得身,拔不得脚"者,欲存其诚,先去其妄也。此等妙用,皆在人所不知而己独知处格之,故不可说破也。

但不可说破之妙,须要知的有主乎意者在。若不知其意之主,则意主乎我,而我不能主乎意,未可云知至。知不至而欲强格,纵有降龙伏虎之能,亦系舍本而逐本,落于后着。如以金丹砂陷妖,而反滋妖张狂,丹砂尽被套去,势所必然。金丹者,圆明混成不二之物,金丹而成砂,非金丹之精一,乃金丹之散涣。以散涣之格而欲定张狂之意,其意之妄动,千变万化,起伏无常,顾头失尾,将何而用其格乎?原其故,皆由知之不至,而意无所主,故格之不真。格之不真,意安得而诚之乎?

二尊者道:"你晓得我两个出门迟滞何也?"是欲天下人皆晓得格物而后知至也。行者道:"不知。"是言天下人皆不知知至而能物格也。及罗汉说出如来吩咐:"若失金丹砂,就教上离恨天太上老君处,寻他的踪迹,庶几可一鼓而擒。"此方是知其意之有主,不是假知假格,而于根本上致知,知至而意可诚矣。

太上老君为乾之九五,为刚健中正之物。因其刚健至中至正,故有金钢琢。金钢者,坚固不坏之物,至正之义;琢者,虚圆不测之象,至中之义。刚健中正,主宰在我,妄意不得而起,能主其意,不为意所主。格物格到此地,方是格之至;致知知到此地,方是知之至。"一鼓可擒",知至而意未有不诚者。如来后面吩咐者,即吩咐此;如来有此明示者,即明示此。彼假知道学,口读虚文,为格物致知,而心藏盗跖者,乌能知之!

"行者见老君,眼不转睛,东张西看。"欲其格物无不尽也。"忽见牛栏边,一个童儿盹睡。行者道:'老官,走了牛也!走了牛也!'"欲其知之无不至也。"惊醒童儿,说出在丹房里拾得一粒丹,当时吃了,就在此睡着走牛之故。老君道:'想是前日炼的七返火丹,吊了一粒,被这厮拾吃了,该睡七日,那畜生因你睡着,遂乘机走了。'"七返火丹,乃虚灵不昧之物。"吊了一粒",已失去房中真宝;"拾得一粒",是忽得意外口食;"该睡七日",一阴来姤,而神昏心迷,歹意乘机而出,无所不为矣。童子因吃丹而盹睡失青牛,唐僧因吃斋而情乱入魔口，同是因口腹而失大事，可不畏哉！

老君查出偷去金钢琢，行者道："当时打着老孙的就是他！"同此一中，同此一意，有主意者，允执厥中，则成仙作佛而降魔；无主意者，有失其中，则兴妖作怪而伤真。主意得失之间，邪正分别，而天地悬隔矣。

老君执了芭蕉扇，叫道："那牛儿还不归家，更待何日？"那魔道："怎么访得我主人公来也？"芭蕉扇乃柔巽渐入之和气，牛儿乃放荡无知之妄意，以渐调妄，放荡自化，意归中央，中为意之主理也。"一扇而圈子丢来"，何圈套之有？"两扇而怪现本相"，何自欺之有？"原来是一只青牛"，诚一不二，有主意而意即诚矣。"老君跨牛归天"，执中而意归无为；"众神各取兵器"，修真而法须有作。有为无为，合而为一，解苦难，找寻大路，正在此时。

吁！灵童一盹，意动盗宝，即弄圈套，乖和失中，莫知底止而伤性命；灵童一醒，意诚得宝，即返金钢，精一执中，随出鬼窟而归正道。一盹一醒，生死系之。彼一切而因衣食自入魔口，失其主意者，乃道门中瞌睡汉耳，焉能知此？"正走间，听得路傍叫：'唐圣僧，吃了斋饭去！'"身已经历，试问你再思吃斋否？

诗曰：

究理必须穷入神，博闻多见未为真。

果然悟到如来处，知至意诚养法身。

# 第五十三回

## 禅主吞餐怀鬼孕　黄婆运水解邪胎

〔**西游真诠**〕悟一子曰：行者敬师，虽取非其有，犹不失一片恭孝之心。土地之言，大似为亲受污定论。彼窃禄而苟容，衣锦而猴冠者，分明是柴扉老杖藜，狗吠金𡎺洞，装衣露骨而已。均任意出位，全无坐性。虽侥幸得免，能不愧死？

三藏道："早知不出此圈，那有此杀身之害。"行者道："都因你不信我圈子，却叫我受别人圈子。"盖人圈、我圈，总属一圈。二"人"合意同"土"而成"坐"，人不合意而离土，则人自人，土自土，即无坐性而出圈。所争在一念，离合之间，而诚妄分。出此入彼，惟贵自知。如来指示根源，诚坐性离合之觉路，安身立命之正法也。故曰："涤虑洗心皈正觉，餐风宿水向西行。"

上言修性之根源，至矣尽矣。然圣人言尽性以至于命，未尝专言性也。谓性之尽者命之至，命即在尽性之中。是圣人以适中不易之道，范围天下后世，使智、愚、贤、不肖，咸能俯而就，跂而及也。故罕言命，以其理为至微，恐启人以幽隐难知之端。惟于《周易》阴阳交泰之道，坎离既济之妙，万物化生之机，娓娓言之而不倦，初未尝绝人以自至也。此下三篇，明修命而结圣胎，在得先天真乙之壬水以成真，非可执一己以修，而成孤阴、孤阳之假象也。

尝读《外彝杂志》："东北海角有女人国，无男子。照井即有孕，生女也。"篇中称"西梁女国"，即指其地，将借以寓男子一身纯明无阳之象。钟离公曰："涕唾精津气血液，七般灵物总皆阴。若将此物为丹质，怎得飞神上玉京？"盖男子自破体以后，先天真阳已泄，非唯精属阴，气亦属阴。若执一身修命而欲返真阳，即《参同契》所云："牝鸡抱卵，其雏不全。以女妻女，以阴炼阴。胡为乎而纲缊，胡为乎而化生"也。修丹之士，读仙真上圣诸书，有

"男子怀胎,与妇女无殊"诸语,遂思以自家精血交结丹胎,作身里夫妻之妙。此无真师指示,误认玄旨,便是三藏、呆子渴饮子母河水,而结就鬼孕,致成身患也。

"那婆婆哈哈的笑道:'你们在那边河里吃水来？好耍子,好耍子!'"似此朦昧,真堪绝倒。婆子说出子母河,迎阳馆驿、照胎泉。言子母合流而俱纯阴,迎阳驿递而非驻驿,照胎得双而唯生女,绝无阳也。人苟炼阴结胎,有形成质,分明是"血团肉块"。"男身既无产门,如何脱出？"非从"胁下裂窟窿",即"错了养儿肠,弄作胎前病"。"轻手稳婆",不知何处下手,"只恐挤破浆包",还须用药堕胎。此等冷语举动,处处机锋,无非扮演出一剧谬作妄为、寻死觅活丑态,以讥刺世人痴愚也,不可作戏耍打诨看过。

婆子指出,"正南上有解阳山破儿洞落胎泉"。夫三藏、呆子所饮子母河阴水,尚未至迎阳驿馆,未染阳气,可云解阴,何以云解阳？盖以人不解此水为真阳,特着"解阳"二字以名山,谓能解此阳水之真源,始足以破阴水之假结,非可认破阴胎为解阳也。正南者,离明正阳之位。泉者,井也。井为坎,坎中有真阳先天真乙之壬水、乃坎离交感之地,细缊之中,激而成真。三元八卦,皆不离真乙之水而变。自开辟以来,凡有形质者,莫不由此而成变化。故圣人取此真水,吞入腹中,点我阴汞,则一身阴邪之气,悉皆消灭,即《悟真》所云:"潭里日红阴怪灭"者是也。

真阴、真阳之义,篇中一诗甚明,明者自能解识。此称"如意真仙","改作聚仙庵,护住落胎泉"者,人能得此真水而修身,无不如意。原是真仙水之所在,即仙之所聚,非可轻易而得之,能无护住哉？但欲求真水,须要钱财买办。若无钱时,只可挨命。婆子之言,句句指迷,真有救世婆心。

行者闻言,驾云到山,见老道人备述通名,而真仙发怒者何？盖真乙之水,顺道而取之则成人,逆而取之则成仙,顺取则易,逆取则难。易则如意,难则未得如意。兹之拂怒战争,喻逆取而难得,如意而不得如意也。不得如意,舍不得善财之故。此所以忽提"圣婴大王"、"善财童子",彼此较论。其间若无黄婆调剂,从中取事,终难下手。沙和尚属土,即黄婆也。"行者径返村舍,叫沙和尚乘机取水。和尚取出宝杖,打倒道人,取了水去。"明非用黄婆宝杖,不能得水也。行者"夺过真仙如意钩",真乙到手也。"折为两段","又一抉作为四段"。钩者,乙也。盖以真乙化两仪,两仪化四象也。真仙又称先生,所执者钩,所护者水,隐括先天真乙壬水之义。"笑呵呵,驾云而

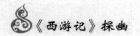

返"，见不如意而逆取，适得如意也。

诗中之义，却有深味。言若炼真铅之阳，必须此真阳之壬水。壬水，即真铅也，故曰"真铅若炼须真水"；得此真水之阳，而调和我真汞之阴，则我之汞自干，故曰"真水调和真汞干"；然真汞之阴、真铅之阳不相配合，难得其气，是有形质而无母气，不能成丹，故曰"真汞真铅无母炁"；务必如灵砂飞升之灵药，有气无质者，方是仙丹也，故曰"灵砂灵药是仙丹"；若只就一身而修，不过咽津吞气，吸邪餐液而已，纵成胎象，乃是纯阴之病，故曰"婴儿枉结成胎象"；惟有黄婆调和金水，而施功下手，则为真妙之道，故曰"土母施功不等闲"；明此者，即是"推倒旁门宗正教，心君得意笑容还"矣。

此水"只消一口，就解了胎气"。即真乙之气入鼎点汞，解造作之鬼孕，成自然之仙胎，有一举两得之妙。彼吞阴餐质者，岂非口业自祸哉？故结云："洗除口孽身干净，销化凡胎体自然。"篇中老婆子说出"要割肉做香袋"一段，是言取水之时，大用现前，如入虎穴取虎子，有性命之关，不可不小心慎防之意，然已伏下文女国之可畏矣。

〔西游原旨〕上回结出：修道者须要遇境不动，正心诚意，攻苦前进，方能无阻无挡，了性了命矣。而不知者反疑为修性在内，修命在外，或流于红铅梅子，或疑为采阴补阳，丑态百出，作恶千端，深可痛恨。故仙翁于此回，合下四五篇，借假写真，破迷指正，以见金丹乃先天之气凝结而成，非可求之于人者也。

篇首"金岘山山神、土地捧钵盂叫道：'圣僧呵！这钵盂饭，是孙大圣向好处化来的，因你等不听良言，误入妖魔之手，且来吃了饭再去，莫辜负孙大圣一片恭孝之心。'"据理而论，金丹正理，以金公为养命之源，衣食财物，俱金公所运，是金公所化之食，在好处化来，足以生法身而脱幻身。迷徒不知就里机关，图谋世味外衣，重幻身而轻法身，以故误入魔手，多生苦难。"莫辜负孙大圣一片恭孝之心"，正提醒学者，保性命而完大道，须知得金公有一片恭孝之心，足以成仙作佛，而不容逐于外诱，自暴自弃也。

"三藏道：'早知不出圈子，那有此杀身之害。'行者道：'只因你不信我的圈子，却教我受别人的圈子，多少苦恼。'"盖出此圈即入彼圈，出彼圈即入此圈，邪正不两立，忠奸不同朝，理所必然。倘能于此处知之真而见之确，回光返照，致虚守静，则意诚心正，整顿鞭鞍，上马登程，而可渐达极乐矣。故曰：

"涤虑洗心皈正觉,餐风宿水向西行。"释典云:"百尺竿头不动人,虽然得入未为真。百尺竿头更进步,十方世界是全身。"即此"皈正觉"、"向西行"之妙旨。

然正心诚意虽为修道之要着,而非大道之究竟。古圣仙师,与天地合其德,与日月合其明,与四时合其序,与鬼神合其吉凶,先天而天弗违,后天而奉天时,了性了命,形神俱妙,与道合真。正心诚意,犹是一己之阴,而非人我两济、阴阳交通之理。故紫阳教人"认取他家不死方"也。但他家不死之方,密秘天机,万劫一传,非同一切傍门外道可比。更有一等地狱种子,闻"他家"二字,遂认为妇人女子,竟将古人普渡之法船,变为铁围之路引,我思古人,忧心有伤矣。请明此篇之意。

"四众正行处,忽遇一道小河。"此乃修行人不期而遇、邂逅相逢之境界。"一道小河",一小道而非大道可知。"澄澄清水,湛湛寒波",写秋波动人之尤物;"那边柳阴垂碧,微露茅屋几椽",状柳巷易迷之花乡。行者指人家是摆渡,乃误认红铅可以接命;八戒放行李叫撑船,是错视娇娃而为慈航矣。噫!道为何物,岂可于妇女求哉?若一认妇女,行李马匹俱上妇人之船,全身受疚,无一不在妇人之域,可不畏哉?奈何世有无知之徒,以首经为壬水,以梅子为金丹,采取吞餐,秽污百端,以妄作真①,望结仙胎,是何异唐僧、八戒见子母河水清而吃乎?殊不知妇女乃世间纯阴之物,经水乃后天浊中之浊,安有先天至阳之气?若谓男子得女子之经可以长生,何以女子得男子之精终归于死?男得女,女得男,不过顺欲而取其欢喜,安能超凡入圣而完大道?"西梁国尽是女人,并无男子。"女人无阳,显而易见,何待细辨。

"国中人年登二十岁以上,方敢去吃那河水。吃水之后,便觉腹痛有胎,至三日之后,到迎阳馆照胎泉边照去,若照得有了双影,便就降生孩儿。"古者女子二十岁方嫁,三日经过之后,男女交媾,女得男精结胎,而号为双身。是特世间生人之道则然,至于成仙之道,取灵父圣母先天之气,凝结而成圣胎,其理虽与生人之道相同,其用实与生人之道大异。一圣一凡,天地悬隔。彼饮子母河有质之浊水,而妄想结无形之仙胎,则所结不过是血团肉块,不但不能成仙佛之胎,适以结地狱之种。提纲云"怀鬼孕",情真罪当,骂尽一切迷徒。

---

① 妄:底本作"耍",据义改。

"八戒道:'要生孩子,我们却是男身。那里开得产门,如何脱得出来?'行者道:'一定从胁下裂个窟窿钻出来。'沙僧道:'莫扭莫扭,只怕错了养儿肠,弄做个胎前病。'八戒道:'那里有手轻的稳婆,预先寻下几个。'沙僧道:'只恐挤破浆包耳。'三藏道:'买一服坠胎药吃了,打下胎来罢。'"此等闲言冷语,棒喝敲打,足令顽石点头矣。

婆子说出:"正南上解阳山破儿洞,一眼落胎泉,那井里水吃一口,方才解下胎气。""正南"者,离明之地;解阳山,解说真阳之理;破儿洞,开破无知之妄。"一眼"者,为正法眼藏;"落胎"者,为涅槃妙心。"泉"者,源头活水,至清而不混,有本而流长;"井"者,坎水之象。"吃井水一口,方才解下胎气",是取坎中一阳,填离中一阴也。取坎填离,水火相济,阴阳相合,中悬先天一气,自无而有,凝结圣胎,是谓男儿有孕,不着于形象,不逐于有无,光明正大。佛祖教外别传者即此道,道祖九转还丹者即此道,解阳者即解此道,破儿者即破不是此道。若有解得破得者,则结圣胎之道得矣。

"道人称名如意仙,破儿洞改作聚仙庵。"坎中一阳为生物之祖气,是为真乙之水,三元八卦皆本于此,天地人物皆出于此,能得之者,一得永得,无不如意,足以空幻身而归正觉,非聚仙而何?然此真乙之水,最不易得,亦须由我亦由天。上阳子云:"天或有违,当以财宝精诚求之。"又丹经云:"欲求天上宝,须用世间财。"此丹诀中最为要紧之法程,缁黄之流,千人万人,无有知者。御女邪徒,用钱钞以买鼎,烧炼贪夫,骗金银而置药,此等愚迷,当入拔舌地狱。殊不知求宝之财,乃世间之法财,而非铜铁之凡财。若无此财,则真宝不得,而仙佛遥远,焉能成其大道?故曰:"落胎泉水,不肯轻赐与人,须要花红表礼,羊酒果盘,志诚奉献,方可求得。"学者若能于此处打的透彻,则金丹有望。否则,不辨法财,天宝不得,只可挨命待时而死,再转来世生产罢了。

行者到解阳山取水,道人要花红酒礼。行者道:"不曾办得。"道人笑道:"你好痴呀。"又曰:"莫想,莫想!"又曰:"不得无礼。"又曰:"不知死活。"夫礼者,所以表真心而示真意,倘无礼而求真水,则心不真而意不诚,强求强取,无礼之至。是我欲如意,而彼得以如意之物制我,虽真水现前,未为我有。

"大圣左手轮棒,右手使桶。"是左右恃强,予圣自雄,只知有己,不知有人也。"被道人一钩,扯了一个踉蹡,连索子通吊下井去了。"未取于人,早失其己也。"行者回至村舍,教沙僧同去,乘便取水。"此有人有己,人己相合,不倚自强,真水可得之时。

"大圣与真仙在门外交手,直斗到山坡之下,恨苦相持。"此外而勤功煅炼,努力以御客气,所以除假也;"沙和尚提着吊桶,闯进门去,取出宝杖,一下把道人左臂膊打折,向井中满满的打了一桶水。"此内而防危虑险,乘间以祛杂念,所以救真也。除假救真,内外相济,取彼坎中之一阳,填我离中之一阴,还于乾健坤顺之本面,圣胎有象,可以弃有为而入无为矣。故曰:"我已取了水去也,饶他罢。"真者已得,假者自化,住火停轮,正在此时,不饶何为?

"妖仙不识好歹,就来钩脚,被大圣闪过,赶上前推了一交。"噫!以上称"先生",称"真仙",独此处忽变"妖仙",读《西游》、解《西游》者,皆将此紧要处轻轻放过,余所不解。夫上之称先生、称真仙,是采取之功,当真一之水未得,造化在他,须借彼不死之方以结丹,故曰真。此处称妖仙,是温养之事,及真一之水已得,造化在我,只凭我天然真火以脱化,故曰妖。"不识好歹来钩脚",是"若也持盈未已心,不免一朝遭殆辱"也;"赶上前推一交",是"慢守药炉看火候,但安神息任天然"也。

"夺过如意,折为两段,又一抉,抉为四段。"两加四为六,隐示"坤六断"之义。何以知之?坎中一交,原是乾家之物,因先天乾坤相交,乾之一阳,走于坤宫,坤实而成坎;坤之一阴,入于乾宫,乾虚而为离。取坎中之一奇而填于离,则离变而为乾;还离之一偶而归于坎,则坎变而为坤。宜抉两段,又抉四段矣。试观"掷之于地",而愈知坎变为坤无疑矣。"再敢无礼"一语,正言不取坎填离,乾坤不合,圣胎不结,则无礼;能取坎填离,水火相济,玄珠有象,则有礼。

最可异者,篇中屡提"花红酒礼,方与真水",何以行者沙僧无花红酒礼而得水?岂不前后矛盾?说到此处,天下道人,无能达此。殊不知取水时,正有花红酒礼,而人自不识也。"乘机取水而就走",酒礼也;"庵门外交手,斗到山坡下",酒礼也;"取出宝杖打道人",酒礼也;"向井中满打一桶水",酒礼也;"取了且饶他",酒礼也;"把妖推了一交",酒礼也。一棹全礼,件件抬出,为天下后世学人个个细看,要取真水而完成大道,此等礼物,一件件不可缺少。噫!这个天机,悟之者立跻圣位,迷之者万劫沉沦,到得收园结果,悟者自悟,迷者自迷。"那妖仙战兢兢忍辱无言,这大圣笑呵呵驾云而起。"邪正分途,大抵然也。

诗云"真铅若炼须真水"者，真铅外黑内白，内藏真一之壬水，炼真铅须用此真水也。"真水调和真汞干"者，真汞外实内虚，内有虚灵之火，用真铅之真水，调真汞之灵火，水火相济，以铅制汞，汞不飞扬而自干矣。"真汞真铅无母气"者，铅汞虽真，若不知调和，铅自铅，汞自汞，灵丹不结，是无母气也。"灵砂灵药是仙丹"者，铅汞相投，其中产出先天之气，温养十月，铅飞汞干，只留得一味紫金霜，名曰灵砂，又曰灵药，虚圆不测，至灵至圣，是所谓仙丹也。"婴儿枉结成胎象"者，若不知灵丹是先天虚无之气结成，误认为女子经元，或吞餐，或采取，妄想结成婴儿之胎，是鬼窟中生涯，而枉用心计也。"土母施功不等闲"者，金丹大道，用黄婆真土，钩取真阴真阳，以生先天之气，自无而有，凝结圣胎，而非等闲执假相、弄后天者可得窥其一二也。"推倒傍门宗正教，心君得意笑容还"者，有志者若推倒一切傍门之伪，而归于金丹正教，则心有主宰，不为邪说淫辞所惑，步步得意，而还丹不难矣。

"大圣、沙僧得了真水，径来村舍，道：'呆子几时占房的？'"此千古不传之秘密，而仙翁泄露于此。夫修道所患者，不得真水耳，若得真水，金丹有象，可以入室下功，以了大事，自不容已。"几时占房"，其意深哉！曰"只消一口，就解了胎气"，曰"若吃了这桶水，好道连肠子肚子都化尽了"，金丹入口，点化群阴，如猫捕鼠，至灵至圣，仙翁婆心，点化迷途。说到此处，一切采取邪术而怀鬼孕者，当亦解悟矣。故结曰："洗净口业身干净，销化凡胎体自然。"吾愿同道者，速解阴浊之鬼胎，勿误吞子母河之水，急结真一之圣胎，当即求落胎泉之水可也。

诗曰：

痴迷每每服红铅，怀抱鬼胎妄想仙。

怎晓华池真一水，些儿入腹便延年。

# 第五十四回

# 法性西来逢女国　心猿定计脱烟花

〔**西游真诠**〕悟一子曰：修丹之士，才闻真乙之气，由阴阳交感而结，遂谬猜为男女配偶，待时采取而得，是采后天浊乱之阴，而非采先天真乙之气也。盲师以迷引迷，决裂至道，此等造作，不惟伤命，并乱法性。仙师特借西梁女国为喻。诗曰"国内纯阴独少阳"一语，燎然斩截。盖男女媾精，万物化生。女得之为人种，男得之为仙种。交媾迥别，顺逆不同。女国老少妇女，一齐鼓掌欢喜道："人种来了，人种来了！"言以女见男而喜悦，不过求顺其所欲，而为顺则成人之化生已耳。至迎阳驿照胎泉，一路所见，贵贱服饰，都是形容纯阴无阳之景象，明人道尚未能成，何由成仙作佛？

驿丞启奏，女王便满心欢喜，称"夜来梦见，乃今日喜兆"，道："我国中自混沌开辟之时，累代帝王，更不曾见个男人至此。我愿与他阴阳配合，生子生孙，永传帝业。"夫亘古及今，从无与男人阴阳配合，生子生孙。今见男人而欲顺其所欲，成开辟以来希有之事。是犹亘古及今，从无与女人阴阳配合，顺其所欲，而成仙作佛者。如见女人而欲与配合，顺其所欲，成开辟以来希有之事，岂不是夜来做梦耶？故成仙作佛，虽不能离男女化生之道，第非形交而顺其所欲，乃神交而逆用其机也。此女见男为可喜者，男见女为可哀，哀其能丧我真元，而性命随之矣。惟在炼性忘情，遇境逆制为要。

"太师、驿丞到馆议亲道喜，侍立称臣；说吉梦，夸国富；传旨排驾迎亲，铺设摆宴，列妇女，盛銮舆"，描写奇遇易摇之境。"女王近前扯住三藏，娇语叫道：'哥哥。'同携素手，共坐龙车；倚香肩，偎桃腮；会宴择吉，成亲登位"，极拟销魂夺志之事。"又见笙歌韵美，红粉妖娆；十指尖尖，捧杯安席；一张交椅，龙床请坐，娇滴滴笑道：'御弟哥哥又姓陈。'"又道："我与你添注法名，好么?"以女而添男,分明"好"字;以"陈"而称唐,隐示东来。"哥哥、你我"之称,宛然两口;问姓书名之态,曲尽多情。夫人情之最易动者,莫如女色,而况乎一国女色之王?而况乎一国女色之主而惟我一人是爱?而况乎一国女色之王、之美、之富贵,而礼仪备至,千娇百媚,智慧多情,并肩倚腮,为开辟以来希有罕遇,而处于必不可拒之势,万分难制之时?危哉、危哉!

评者谓,三藏八十一难中,当以此为第一大难,洵知言哉!所赖以起死回生者,幸有行者"假婚脱网"一计。行者道:"师父只管允他,老孙自有处治。"天下之理,刚者可以柔制,柔者不可以刚制。女国,柔道也。女王招夫而逊位,柔而更柔,柔之至者刚之至,我将何以用我刚神哉?行者道:"师父放心,到此地,遇此人,不得不将计就计。"盖彼以至柔制我,我即以其至柔御彼。凡彼之柔,皆为我用,又柔之至者也。

何以故?取经之道,必经女国地,不可避也?女国惟人,人不可伤也,务在得其通关信宝,两全其美而后可。三藏道:"徒弟,我们在这里贪图富贵,谁去西天取经?却不望坏了我大唐帝王?"行者道:"你若执法不允她,她便不肯倒换关文,不放我们走路。俏或意恶心毒,喝令多人割了你肉,做什么香袋。"此寓言我大国而真阳受伤也。又道:"我等岂肯善放?一定要和她动手。""这一国的人,却不是怪物,还是一国人。若打杀无限平人,你心何忍?"此寓言彼小国而真阴受伤也。《悟真篇》曰:"大小无伤两国全。"言彼既无伤,我亦有济,方成妙道。行者预定定身法,而设"假亲脱网"之计,只骗他把通关文牒用了印,交付与我,以便西行,"一则不伤她的性命,二来不损你的元神",岂非彼此无伤,两全其美?此假亲、定身而脱网者,无非为得其通关宝印。若无女国之通关宝印,无路取经,故必须女王添注法名,亲手画押也。西女为取经之正路要站,所以设有迎阳驿、照胎泉,与他国之通关牒文不同。

"三藏并倚香肩,同登凤辇,到西关之外。"行者三人,"同心合意,结束整齐"。"长老对女王拱手道:'陛下请回,让贫僧取经去也。'"八戒至驾前嚷道:'我们和尚家,和你这粉骷髅做甚夫妻?'"一声喝破,须知国色不过骷髅,假亲无非为道。一得关文应解脱,三人同志切防危。《敲爻歌》曰:"守定烟花断淫欲,行禅唱咏胭粉词。"《丹经》曰:"不色之色乃真色,不交之交乃神交。"此法性西来,计脱胭花之旨也。

女王于牒文内独提出"陈"字,明自东部抵西。东为震男,西为兑女。噫!震、兑交欢,似世法而非世法;阴阳配偶,假夫妻而是夫妻。顺而不顺,逆以成其顺；用而不用，洁以善其用。离女色不离女色，真交媾非真交媾。"路旁闪出女子"，忽把唐僧摄去，烟花风月之间，可畏也哉！

〔**西游原旨**〕上回言金丹之道，务在得先天真一之水，而不可误认房中之邪行矣。然妇女虽不可用，而妇女犹不能避，是在遇境不动，见景忘情，速当解脱色魔，打开欲网，以修大道。万不可见色迷心，伤其本真，有阻前程。从来读《西游》、评《西游》者，多以此篇误认，或猜修道者必须女人，不流于采战，必入于色瘴；或疑修道者必避女人，不入于空寂，便归于山林。此皆不得真传、妄议私度之辈，何不细味提纲二句乎？曰"法性西来逢女国"者，言女国，西天必由之路，而女国不能避。曰"逢"者，是无意之相逢，非有心之遇合，是在逢之而正性以过之，不得因女色有乱其性也。曰"心猿定计脱烟花"者，言烟花，修行必到之乡，而烟花不可贪。曰"用计脱"者，是对景而无心，并非避世而不见，特在遇之而心定以脱之，不得以烟花有迷其心也。逢之脱之，言下分明，何等显然。

篇首"唐僧在马上指道：'悟空，前面西梁女国，汝等须要谨慎，切休放荡情怀。'"仙翁慈悲，其叮咛反复，何其深切！彼行房中邪术者，是亦妄人而已，与禽兽奚择哉？"国中不分老少，尽是妇女"，纯阴无阳也。"忽见他四众，整容欢笑道：'人种来了！人种来了！'"言男女相见，为顺其所欲，生人之种，而非逆用其机，生仙之道。虽仙道与人道相同，然一圣一凡，天地悬隔矣。"须臾塞满街道，惟闻笑语"，写尤物动人，足以乱真，可畏可怕。

"行者道：'呆子，拿出旧嘴脸便是。'八戒真个把头摇上两摇，竖起一双蒲扇耳，扭动莲蓬吊搭唇，发一声喊，把那些妇女们唬得跌爬乱躲。"读者勿作八戒发呆，若作呆看，真是呆子，不知道中之意味也。"把头两摇"，摆脱了恩爱线索；"将耳竖起"，挡住了狐媚声音；"扭动莲蓬"，出污泥而不染；"发出喊声"，处色场而不乱；"拿出旧嘴脸"，发现出一团真性；"唬跌妇女们"，运转过无边的法轮。诗云"不是悟能施丑相，烟花围住苦难当"，即"说着丑，行着妙"，神哉！神哉！

"女人国自混沌开辟之时，累代帝王，更不曾见个男人。国王愿招御弟为王，与他阴阳配合，生子生孙，永传帝业。"驿丞以为"万代传家之计"，犹言混沌初分，累代帝王，并不曾见有个男子得女子而成道，女子得男子而成道者。只可男女配合，恣情纵欲，生子生孙，为万代传家之计。若欲成道，乌乎能之？

"太师说出一国之富、倾国之容，八戒叫道：'我师父乃久修得道的罗汉，决不爱你托国之富，也不爱你倾国之容。快些儿倒换关文，打发他往西去，留我在此招赘如何？'太师闻说，胆战心惊，不敢回话。"此写世间见财起意、见色迷心之徒，是不知久修得道的罗汉，不爱此富贵美色，而别有阴阳配合，以女妻男，坐产招夫。此真惊俗骇众之法言，彼一切在女人身上作话计者，安能知之？况此女人国，乃上西天必由之路，不过此地，到不得西天，见不的真佛；过得此地，方能到得西天，见的真佛。女人国都是人身，却非妖精怪物可比，精怪可以打杀，人身不可以伤损。此行者"到此处，遇此人，不得不将计就计"而"假亲脱网"也。

"待筵宴已毕，只说送三人出城，回来配合"者，假亲也；"哄得他君臣欢喜"者，假亲也；"使定身法教他们不能动身"者，脱网也。"一则不伤他的性命，二来不损你的元神，岂不是两全其美"者，无损于彼，有益于我，有人有己，大小无伤，两国俱全，其美孰大于此？彼以幻身而采取者，是乃苦中作乐，其美安在？仙翁将过女人国之大法，已明明和盘托出，犹有一般地狱种子，或采首经粟子，以为一则不伤他的性命，二来不损我的元神；或交合抽纳红铅，以阴补阳，为假亲而非真亲，如此等类，不一而足，重则伤其性命，轻则损其阴德，大失仙翁度世之本原。殊不知心中一着女人，则神驰性迷，未取于人，早失于己，可不慎诸？

"女王凤目蛾眉，樱桃小口，十分艳丽，真个是丹桂嫦娥离月殿，碧桃王母降瑶池。呆子看到好处，忍不住口角流涎，心头鹿撞，一时间骨软筋麻，好便是雪狮子向火，不觉的都化去。"以见美色迷人，易足销魂。古人谓"生我之处，即死我之处"，良有深意，不是撰说。"女王与唐僧，携素手，共坐龙车，倚香肩，偎桃腮，开檀口，道：'御弟哥哥，长嘴大耳的是你那个高徒？'"曰："御弟哥哥，你吃素吃荤？"曰："御弟哥哥又姓陈？"写出一篇狐媚殷勤爱怜之意，曲肖人间淫奔浪妇情态，有声有色，若非有大圣人能以处治，安得不落于网中？吕祖云："二八佳人体似酥，腰中仗剑斩凡夫。虽然不见人头落，暗里教君骨髓枯。"盖人自无始劫以来，以至千万劫，从色中而来，从色中而去，诸般易除，惟此色魔难消，修行人若不将此关口打破，饶你铁打的罗汉，铜铸的金刚，一经火灼，四大俱化，焉能保的性命，完全大道？释典所谓"袈裟下大事不明，最苦；裙钗下大事不明，更苦"者是也。

"女王取出御印,端端正正印了,又画个手字花押,传将下去。"唐僧自收三徒而后,历诸国土,未曾添注法名,而女国何以忽添? 此中有深意焉。世间之最易动人者,莫如女色,最难去者,莫如女色,遇色而不能动,则世更无可动之物,遇色而不能不动,则世无有不动之物。故必于女国过得去,方为悟空、悟能、悟净,而三家合一,五行攒簇。过不得去,不为悟空、悟能、悟净,而三家仍未合,五行仍未攒,是有空、能、净之名,未有空、能、净之实,犹如出长安时单身只影相同,何得云人我同济、彼此扶持? 故三徒必于途中收来,必在女王手中注名画押,端端正正,印证过去,才为真实不虚。赐金银,行者不受;赐绫锦,行者不受;而惟受一饭之米,亦在包容之中。外虽受而内实无受,特以示色不能动心,而无一物可能动者。

"三藏赚女王送三徒出城,行者、八戒、沙僧同心合意,结束整齐。"三人同志,防危虑险也。"三人厉声高叫道:'不必远送,就此告别。'长老下车拱手道:'陛下请回,让贫僧取经去也。'"夫假亲,凡以为赚哄印信,而欲脱网之计,若印信已得,关文已换,前途无阻,正当拜别女国,奔大路而取真经,时不容迟缓者也。八戒道:"我们和尚家,和你这粉骷髅做甚夫妻?"真是暮鼓晨钟,惊醒梦中多少痴汉。一切迷徒,闻得此等法音,当吓得魂飞魄散,跌倒而莫知所措矣。

"三藏上马,路傍闪出一个女子喝道:'唐御弟,那里走? 我和你耍风月儿去来。'弄阵旋风,呼的一声,把唐僧摄将去了,无影无踪。"此烟花之网已脱,而风月之魔难除,色之惑人甚矣哉! 学者早于女国举一只眼,勿为烟花风月所迷,幸甚!

诗曰:

烟花寨里最迷真,志士逢之莫可亲。

对景忘情毫不动,借他宝信炼元神。

# 第五十五回

## 色邪淫戏唐三藏　性正修持不坏身

〔**西游真诠**〕悟一子曰：此篇明女色伤人，其毒与蝎相敌，故曰："毒敌山。"称"琵琶洞"者，象蝎之形。蝎至成精，阴毒无比；女至淫邪，伤人益甚。行者伤其头，八戒伤其口，如来痛难禁，菩萨不敢近，俱形容其毒之不可当，非蝎状妇人，是妇人状蝎也。

上文国色之女，处女也，人也，取经必由之正路，非得其掌国之信宝，不可以西行。能假婚定身而脱网，不但修命更修性。此风月之女，淫女也，取经误走之邪径，若遭其伤人之马钩，必至于中毒。倘不能坚持真性而沾染，不但害性并害命。故遇国色之女，以修命之术修性，性由命全；遇风月之女，以修性之真修命，命由性保。提纲"色邪淫戏"、"性正修持"所由著也。

西梁女辈都道"是白日飞升之罗汉"，"错认了中华男子"，正指女国乃修丹者白日飞升之真去处，不可错认了中华男子为人种，而不知其有如此超脱也。悔悟回朝，无损有益。唐僧当第一大难之中，而行第一大用，在得女王通关信宝，添注名字之妙。仙师恐世人强猜妄想，谓有所沾染而得之，乃抛身入身，至于坏身，而莫之能救，故又设此一喻，以示儆戒。

青石屏门坚牢，未易打破；蜜蜂采花贪恋，最难分解。"人肉馅"，包藏祸心；"澄沙馅"，隐充国色。"富贵荣华"，犹堪共赏；"清闲自在"，独嗜欢娱。"正好念佛看经做道伴"，分明佛口蝎心，如羊伴虎；莫道"百岁和谐真个是"，须知猴头佛手，倒马钩猪。女主是人动以礼，犹可将计就计；此怪是邪欲害命，急宜强打精神。劈破递素馍，三藏几乎打开一藏；囹圄与牵包，道心却能不露人心。两个攀谈恐乱性，二徒急救是防危。奋勇相持，方识妇人兵器利，那怕你八卦炉中炼过闹天金箍额；滥淫贱货，骂她哄来做老公，空费了高老庄上磨成拱地铁嘴锋。

善哉三藏,真僧真戒体,雨意云情不见不闻,全然不动念,煅就我万两精金;妖哉妇人,阴邪阴毒手,摩弄捆缚一声一递,叫道好夫妻,几吸人一腔骨髓。慈哉菩萨,明其脚,知其尾,指其本身降伏处,除非特达光明;神哉昴星,现其相,昂其头,高其叫喝死在坡,真个见睍雪消。阳官临而阴精伏,潭日红而阴怪灭,惟在正性修持,不使物欲摇乱而已。故曰:"割断尘缘离色相,推干金海悟禅心。"

尝读释典,姚秦鸠摩罗什,神僧也。著《实相》二卷,诵于草堂寺。姚兴及群臣大德沙门千余人,肃容观听。罗什忽下座谓兴曰:"有二小儿,登我消欲障,须妇人。"兴乃召宫女进之,一交而生二子焉。此真僧何以破荤? 兴又逼令妓女十人,别立解舍而受之,此与抱琵琶何异? 彼时诸僧多效什受室。什乃聚针盈钵,谓诸僧曰:"若能见效食此者,乃可畜室耳。"因举匕进针,与常食不别。诸僧愧服乃止。盖什已修成真金不坏之身,故能进针生子,以消欲障,非破荤也。受妓以游戏三昧,非抱琵琶也。示寂时,薪灭碎形而舌不烂,示不朽者在也。未成金丹,岂容破荤抱琵琶?

〔**西游原旨**〕上回言女色之来于外,此回言邪色之起于内。然外者易遏,而内者难除,故仙翁于此回写出金丹妙旨,使学者寻师以求真耳。

篇首"大圣正要使法定那些妇人,忽闻得风响处,不见了唐僧",盖色魔之兴,兴于己,而非出于人,倘不能戒慎恐惧于内,而徒施法强制于外,胸中早有一妇人在,是未取于人,闻风已被妖精摄去,有失于己矣。

"行者云端里四下观看,见一阵风尘滚滚,往西北上去。急回头叫道:'兄弟,快驾云赶师父去。'响一声,都跳在半空里去。"言当此至危至险之处,急须看的破,打的开,借假修真,人我共济,即可跳出罗网,平地腾空,而呼吸灵通,其应如响也。

"慌得西梁国君臣女辈,跪在尘埃,都道:'是白日飞升的罗汉,我们都有眼无珠,错认了中华男子,枉费了这场神思。'"言此女国为邪正分判之处,圣凡相隔之乡,能于此不染不着,在尘出尘,方是超凡入圣、白日飞升的真罗汉。若于此而以假认真,借女求阳,即是枉费神思、有眼无珠的真瞎汉。说到此等分明处,一切迷徒,认人种为仙种,误女子为他家者,可以不必惊疑,自觉惭愧,一齐回头矣。

《黄鹤赋》云："当在尘出尘，依世法而修道法；效男女之生，发天机而泄天机。"即女国假亲脱网，哄出信宝，上西天而取真经之妙旨。噫！无情之情为真情，不色之色为真色，全以神交，而不在形求，不遇真师，此事难知。倘未晓个中机关，稍存丝毫色相之见，即被妖精一阵旋风，摄入毒敌山琵琶洞矣，可不惧哉？

"毒敌山"，状阴毒之莫比；"琵琶洞"，像蝎子之可畏。言女色之毒害伤人，如蝎子之锋芒最利，倘不知而稍有所着，为害不浅。此行者不得不进洞，察个有无虚实也。盖色魔之种根甚深，为害甚大，若不知妖之有无虚实，而冒然下手，则妖乘间而遁，枉费功力。察之，正所以欲知之，知其有无虚实而后行事，则不着于色，不着于空，而色魔可除矣。

"大圣变蜜蜂儿，从门缝里钻进去，见正当中花亭之上，端坐着一个妖魔。"是教在宥密不睹不闻处，探望贪花好色之心妖也。"两盘面食，一盘是荤馍馍，一盘是素馍馍"，荤馍馍，人心也；素馍馍，道心也。道心人心，荤素两盘，显而易见，凭你受用，在人择其善者而从之，其不善者而改之耳。

"三藏想道：'女王还是人身，行动以礼；此怪乃是妖邪，倘或加害，却不枉送性命？'只得强打精神。"均是色也，而人怪不同。女王为人中之色，人中之色，全以礼运，故用假亲之计，即可以脱网；妖邪为怪中之色，怪中之色，暗里作弊，必须强打精神，方能以保真。

"女怪将一个素馍馍劈开，递与三藏。三藏将一个荤馍馍，囫囵递与女怪。女怪道：'你怎么不劈破？'三藏道：'出家人不敢破荤。'"妙哉！荤馍、素馍，指出邪正不同；劈破、囫囵，明示圣凡各异。素可以破，道心不妨随手拈来；荤不可破，人心须当一概推去。此等密秘天机，不着于幻相，不落于空亡，须当在不睹不闻处辨别真假，不宜向视听言动中打探虚实。

"行者在槅子上，听着两个言语相攀，恐师乱了真性，忍不住现了本相，执铁棒喝道：'业畜无礼！'"是未免疑于假之摄真皆由视听言动之错所致，而必一定非礼勿视、非礼勿听、非礼勿言、非礼勿动而后可。殊不知，心不在焉，视而不见，听而不闻，食而不知其味，倘一着于视听言动，便是在色身上起见，即被女怪一道烟光把花亭罩住，真者掩而假者出矣。

"女怪拿一柄三股钢叉，出亭骂道：'泼猴怠懒！怎敢私入吾家，窥我容貌？'"言在色身上用功夫者，是未得师传，私窥小见，误认人心为道心，以心制心，股股叉叉，非特不能救其真，而且反以助其假。特以金丹大道，一得永得,天关在手,地轴由心,点化群阴,如猫捕鼠,毫不着力。若股股叉叉,慌手忙脚,顾头失尾,顾前遗后,势必呼的一声,发动焦燥,鼻中出火,口内生烟,全身股叉,不知有几只手可以捉摸,有多少头脸可以照顾乎?

"那怪道:'孙悟空,你好不识进退!我便认得你,你却认不得我。你那雷音寺里佛如来,也还怕我哩!'"言不识真空中进退行持,而第于声色中乱作乱为,是以色见我矣,"以色见我,是人行邪道,不得见如来"。原其故,皆由不知在法身根本上穷究,而错向骨头肉皮上认真。

"倒马毒桩,把大圣头皮上扎了一下。"是耶?非耶?何为"倒马毒桩"?马属午,火也;桩者,木也,取其木能生火也。《悟真》云:"火生于木本藏锋,不会钻研莫强攻。祸发总由斯害己,要须制伏觅金公。"《阴符》云:"火生于木,祸发必克。"言不知大道,强攻冒钻,如倒马毒桩,火发于木,自害本身,于人无与。"行者抱头皱眉,叫声:'利害!利害!'"岂非木本藏锋,祸发害己乎?"疼疼疼!了不得,了不得!"言一切迷徒,不到自知苦楚之时,不知着色了不得命,了不得性也。

释典云:"汝识得老婆禅否?汝识得皮壳子禅否?"倘不识得此等禅法,终在鬼窟中作生涯。任你空寂无为,一尘不染,机锋应便,口如悬河,禁不住色心一着;纵你刀斧锤剑,威武难屈,雷打火烧,天神不怕,保不定色魔来伤。彼不知邪火锋利,而妄作招凶,在女色上起见用功夫者,适以成其脑门痈而已。如此举止,黑天乌地,夜晚不辨道路,伤其元本,不知死活,尚欲得好,怎的是好?

"行者哼道:'师父在他洞里没事,他是个真僧,决不以色邪乱性。'"言真僧心内没事,虽外有色,决不能乱性。非若假僧心里有事,虽外无色,而亦常乱性者同。然则乱性不乱性,不在色之有无,而在心之有事没事耳。

"女怪放下凶恶之心",凶恶由心而放也;"重整欢愉之色",欢愉由心而整也。"把前后门关了",妖不在外也;"卧房内收拾烛香,请唐僧交欢",色邪在内也。"恐他生心害命",害由心生也。"步入香房,那怪作出百般的雨意云情",心中作出也;"长老漠然不见不闻,全不动念",心中不动也;"缠到半夜时候,把那怪恼了",心中着恼也。噫!"胸中正,则眸子瞭焉;胸中不正,则眸子眊焉",正亦由心,邪亦由心,有诸内而后形诸外也。邪在内乎?在外乎?可见色邪戏弄而不能解脱者,总由于将一个心爱的人儿,一条绳捆在内里,不肯开放。如吹灭灯,失去光明,一夜睡觉,糊涂活计,再说甚的?

仙翁慈悲，度世心切，真是鸡声三唱，惊醒梦汉。天下修行人闻此法言，当亦自知痛痒，悔悟前错，能不啐一口道："放放放！"丢开人心，去其色相乎？何以八戒道"放放放！我师父浪浪浪"？大道以真空为要，真空不空，不空而空，倘放去人心而不知道心，则空空无为，入于茫荡，未免随放随浪，放之不已，浪之不已，而真者仍未得，假者终难除也。此又不得不在深密处，再打听打听也。

"行者变蜜蜂，飞入门里，见两个丫鬟枕着梆铃而睡。入花亭子观看，原来妖精弄了半夜，辛苦了，还睡哩！"梆铃者，中空之物，有声有音，言一切迷徒，罔识真道，百般作为，不着于色，必着于空，着于空则是在声音中求矣。"只听得唐僧声唤，行者飞在头上，叫：'师父！'"，是以声音求我也。"唐僧认得声音，道：'悟空来了，快救我命！'"是以声音求我，而着于空也。"行者问：'夜来好事如何？'三藏咬牙道：'我宁死也不肯如此。'"是不着于色也。"他把我缠了半夜，我衣不解带，身未沾床。"是乃着于空也。"他见我不肯相从，才捆我在此，你千万救我取经。"是以一空而妄想成道也。"妖精只听见'取经去'一句，就高叫道：'好夫妻不作，取甚么经去？'"是以声音求我，是人行邪道，不得见如来也。

"行者出洞，道及衣不解带，身未沾床，八戒道：'好！好！好！还是个真和尚，我们救他去。'"言顽空之徒，直认阴阳造化，我身自有，空空无为，即可还丹，庸讵知人自先天失去之后，一身纯阴无阳，若执一身而修，焉能还元返本，归根复命哉？

"呆子举钯望石门一筑，唿喇筑做几块，把前门打破。女怪走出骂道：'泼猴！野彘！老大无知。怎么敢打破我门？'"言既不以色求，又以声音求，是前执幻相而着于色，既有亏于行，今求声音而归于空，必至伤其戒，大违"即色即空，非色非空"之妙道，真乃无知之徒，妄行之辈。何则？着色而真即失陷，归空而真难返还，倘谓顿悟禅机，万法皆空，无作无为，说禅道性，即是得真，吾不知所得者何真？其即口头声音之真乎？噫！以声音为真，只图口头三昧，机锋斗胜，而不知已是空中着色，早被邪魔在嘴唇上扎了一下，了不得性，了不得命，却弄作个肿嘴瘟，何益于事？其曰"只听得那里猪哼"、"侮着嘴哼"，骂尽世间持经念佛、禅关机锋顽空之辈。《真经歌》云："持经咒，念佛科，排定纸上望超脱。若是这般超生死，遍地释子作佛罗。又叹愚人爱参禅，一言一语斗巧言。言尽口诀难免死，真个佛法不如此。"顽空之坏事误人不浅,谓之"好利害",岂虚语哉！观于着色而了不得道,着空而了不得道,则必有非色非空之道在。若非遇大慈大悲救苦救难度世之真人,问出个真信因由,何能保全性命？

"菩萨半空中现身,说出妖精来历,教往光明宫,告求昴日星官,方能降伏。"是教人神观密察,以灵明之光,而破色魔之障碍也。"星官把八戒嘴上一摸,吹口气,就不疼。"摸去声音,何疼之有？"把行者头上一摸,吹口气,也不痒。"摸去色见,何痒之有？"行者、八戒将二门筑得粉碎",是打破色空无明之障碍。"那怪解放唐僧,讨饭与吃",即可解真空养命之根源。"妖精要下毒手,行者八戒识得方法,回头就走",不着于色也;"那怪赶过石屏,行者叫声:'昴星何在？'星官现出本相",不着于空也;"原来是一只双冠子大公鸡,昂起头来,约有六七尺高",非色非空,内外合一,静则无为,动则是色,色空不相拘,动静无常法,性命双修,大公无私,在源头上运神机,本来处作活计,约而不繁,立竿见影,取坎填离,水火既济之高着也。"六七尺",六为水数,七为火数,喻其水火颠倒之义。

"叫一声,那怪即时现了本相,原来是个琵琶来大小的一个蝎子精。"言了命之道,不过是"大小无伤,执中精一"之一句,而即可返本还元。"再叫一声,那怪浑身酥软,死在坡前。"言了性之功,亦只是"剥尽群阴,天人浑化"之一着,而即归无声无臭。前后两段功夫,一了命而一了性,总是不二法门,从有为而入无为。

"八戒一脚踏住那怪胸前道:'业畜,今番使不得倒马毒了。'"是戒其不可再在肉团心上作顽空事业。"那怪动也不动,被呆子一顿钯,捣作一团烂酱。"是不容复向幻皮囊上作执相活路。"大小丫鬟跪告:不是妖邪,都是西梁国女人。"可知的外边女人,不是妖邪,何伤于我？"前后被这妖精摄来的。师父在香房里坐着哭哩！"明指出内里精灵,自起色欲,最能害真;寻出丹元,三家相会,而圆成无亏;一遇师指,真阳可得,而阴邪易灭。

"摄来女子,指路回家。琵琶妖洞,烧个干净。"内无所损,外无所伤,上马西行,见佛有望。结云:"割断尘缘离色相,推干金海悟禅心。"其提醒我后人者,何其切哉！

诗曰：

色中利害最难防,或着或空俱不良。

正性修持归大觉,有无悉却保真阳。

# 第五十六回

## 神狂诛草寇　道昧放心猿

〔**西游真诠**〕悟一子曰："如来说：'诸心皆为非心，是名为心，所以者何？过去心，不可得；现在心，不可得；未来心，不可得。'盖心体空空，物物而不物于物，无内无外，廓然大公；不迎不随，行所无事；如鉴如谷，物来顺应。如是，则虽万变纷拿，而此中莹然，未尝与之俱扰；寂然，未尝与之俱驰，即此便是心。若物未至，而有迎物之心；物既至，而有滞物之心；物已去，而有逐物之心。是即如来所说"诸心皆为非心"。非心害心，尘积而鉴暗，垢壅而谷窒矣。故有心乃是放心，无心方是收心。

然养心于无，则又有无所而仍放，放则性昏命摇而趋于死，心之所以为死之根蒂也。唯心死而性彻，性彻则命定，而复于生初。长生之诀务无心，无心之诀务死心，死心之诀务忘机，忘机之诀务养气，养气之诀务恬静而不狂。此三篇，首言着意有心之为害，中言着意无心之为害，终言着意有心无心之并为害。直到如来面前一棒打死六耳猕猴，方结出死心妙谛。噫！说到这里，无人深识，无人承当，故仙师不得不出其辩才，散天女微妙舌根，敷演三则，以昭示来。兹识与不识，非所逆计也。

篇首统冒一词，云"灵台无物谓之清"，言心体本虚也；"寂寂全无一念生"，心体本无物，故心贵无心也；"猿马牢收休放荡，精神谨慎莫峥嵘"，言有心即放也；"除六贼，悟三乘"，死心以收心也；"万缘都罢自分明"，心死而性复也；"色魔永灭超真界，坐享西方极乐城"，性复而命全也。

三藏遭女魔之难，"咬钉嚼铁，以死命留得真身"。譬如遇风涛而问维楫，历峻岭而肃缰衔，死心而不放矣。然舟之覆，常覆于安澜；马之踬，恒踬于坦道者何也？由心放而不能死心之故。"师徒当平阳之地，八戒举钯上前赶马，催促大家走动。行者把金箍棒幌一幌，喝了一声，那马溜了缰，如飞似箭。长老挽不住缰绳，让他放了一路辔头。"俱状意马躁进，着意而心放。心才放，则主人失守，而贼众豸生。故"正走处，忽听得一棒锣声"，"坐不稳，跌下马来"。此着意行动而有心，心放之为害，即张拙《见道偈》所云："断除妄想重增病，趋向真如亦是邪"是也。

贼众道："我们在这里起一片虎心，截住要路，专要些财帛。"夫挡要路而专要财帛，起一片虎心者，都是有心作贼，利己害人。虎似好汉，而虎心即是畜生心，何论这世那世？三藏言"那世里变畜生"者，亦有心劝善，欲令这世回头耳，未免又在有心处遭魔。贼闻言所以大怒，敲打捆吊，无所不至，以冀必得，不知杀身之祸，已踵其后。

"三徒见师父吊在树上，行者肩上背着蓝布包袱，到前边叫师父，问什么勾当。三藏道：'这伙拦路的要买路钱。因我身边无物，却把我吊在这里，只等你来计较。'行者道：'你怎么与他说来？'三藏道：'他打得我急了，没奈何，把你供出来了，是一时救难的话。'行者道：'承你抬举，正是这样供。'"妙哉！仙师都写的是包苴说合的情形，吊打虚招的扳害，忽入一"供"字，曰"没奈何，把你供出来"，曰："承抬举，正是这样供。"分明指的是贪墨吊打，衣冠中之大盗，而实描写性命中之危微。

行者诳许多金，连包贡献，又引古书"德者，本也；财者，末也"二语，曰："此是末事。"盖恐此书古僻深奥，非念"之乎者也"，而为挡路截劫者，所能读到解说，以见举世学人读书，如此二语也不能读得。贼道："将盘缠留下，免得动刑。"行者道："说开，盘缠须三分分之。"曰："就要瞒着他师父留起些地。"曰："若多时，也分些与你。"语语宛肖酷刑禁吓、说事过钱、行贿分赃口吻。即听讼一节，而状有心作恶之为害，即《大学》"就岸狱之末而释畏志之本"之义。

行者奋用神威，扑杀二贼，原未为过。奈长老既不顾行者，倒走了错路，反姑息草寇，而祝其独告姓孙之人，致激动行者性子，"有玉帝天王等诸神，随你去告不怕"之语。此有心为善之为害，而道昧神狂而心放也。篇中写得错综陆离，读者须当融会贯彻。

"长老怀嗔，师徒们面是背非"，有心而心放也。"三藏用鞭指道：'我们到那里借宿去。'"盖有心为善而不辨是非，即是纵贼豢寇而道昧，未免错定作恶之门矣。"行者厉声叫道：'雷公是我孙子，夜叉是我重孙，马面是我玄孙！'"有心夸慢而神狂也。"师徒草堂吃斋,问姓问儿,说出恶逆行踪。行者道:'似这等不肖之子,要他何用? 等我替你寻他来打杀罢。'"有心除恶而心放也。"杨子结伙打门,见白马,问来由,知取经和尚借宿。走出草堂,拍掌笑道:'兄弟们,造化、造化! 冤家在我家里。'"意动而贼现,贼现而道昧,道昧而心放。在家里,不放乃放也。"老儿放走师徒,贼兵追及长老。行者道:'放心,放心。'"放而不放,不放而放,总放也。

大圣提"金箍棒打倒多人,三藏在马上看见,慌得放马奔西。行者取逆子首级,到唐僧马前"。有心诛恶而神狂,神狂而心放也。总因有意"大家走动",有心"寻来打杀"放之也。"长老口中念起'紧箍儿咒'来,道:'我不要你了,你回去罢。'行者叫道:'莫念、莫念,我去!'说声'去',遂不见了。"念咒本以收心,今反念以放心,可知有念乃是有心之放,有心之害。心如此,非"寂寂全无一念"之旨也,故结曰:"心有凶狂丹不熟,神无定位道难成。"

〔**西游原旨**〕上回结出:尘缘割断,金海推干,离色相而悟禅心,是明示人以修道必须死心,而不可有心矣。故仙翁于此回发明有心为害之端,教学者自解悟耳。

篇首一词,极为显亮,学者细玩。曰"灵台无物谓之清,寂寂全无一念生",言心本空洞无物,是心非心,当寂静无念为主,不可以心而着于心也。"猿马牢收休放荡,精神谨慎莫峥嵘",言当收心定意,而不可放荡;畜精养神,而不宜狂妄也。"除六贼,悟三乘",言死心而行道也。"万缘都罢自分明",言心死而神活也。"色魔永灭超真界,坐享西方极乐城",言色相俱化,群阴剥尽,变为纯阳,性命俱了也。

"三藏咬钉嚼铁,以死命留得一个不坏之身。"是已去死地而入生路,出鬼窟而上天堂,不复为心境所累,已到平阳稳当之地,正宜死心忘意,不可因小节而损大事,处安乐而放情怀。"八戒教沙僧挑担",便是担荷不力,得意处而失意。"说肚饥要化斋",又是因食起见,收心后而有心。"行者教马快走",心放也;"那马溜了缰",意散也。"长老挽不住缰,忽的一声锣响,闪出三十多人,挡住路口,慌得唐僧坐不稳,跌下马来。"放心而意乱,意乱而心迷,强人当道,长老跌马,势所必然。

夫金丹之道,中庸之道;中庸之道,方便之道。倘不能循序而进,急欲求效,躁举妄动,未免落于人心,而有二心。以二心欲取真经,妄想成方便之道，即是两个贼人起一片虎心，截住要路，专倚自强，打劫法财，方便何在？不能方便，是不知解脱之大道，而千头万绪，零零碎碎，剥化群阴，如何得过？讵不害杀我也？何则？大道贵于无心，最忌有心。无心者，清净圣贤之心。有心者，争胜好汉之心。争胜而能伤道，如猛虎而能伤人。作好汉，即是变畜生。畜生心，即是好汉心。心可有乎？不可有乎？倘未明其中利害，遇急难之处，一有人心，为贼所弄，绳捆高吊，悬虚不实，三家不会，五行相离，于道有亏，有识者见之，能不呵呵大笑耶？笑者何？笑其有心作事，葛藤缠扯，如打秋千耍子，焉能完的大道？

　　"行者认得是伙强人，暗喜道：'造化！造化！买卖上门了！'变作个干干净净的小和尚，穿一领细衣，年纪只有二八，肩上背着一个蓝布包袱。"以大变小，有心也；曰"干净"、曰"细衣"、曰"蓝布包袱"，是着于色也。"三藏认得是行者声音，道：'徒弟呵！还不救我下来？'"是着于声也。着色着声，皆是有心，有心即是人心造化，非是干其直行正道，适以干其盘缠勾当而已，有甚实济？

　　"三藏道：'他打的我急了，没奈何，把你供出来，说你身边有些盘缠，且教他莫打我，是一时救难的话儿。'行者道：'好倒好，承你抬举，正是这样供。'"犹言不好好的将人心抬举形容一番，与大众这样供出，不知人心之为害何如也。正是这样供出，而人心端的可以显然易见矣。

　　噫！修道何事，而可着于声色乎？一着声色，妄念纷生，贪财丧德，无所不为。心即贼，贼即心，便是包藏祸心，走回头路，不知死活，为贼所困。当斯时也，纵能整顿刚气，打倒贼头，终是以心制心，以贼灭贼，虽解一时之急难，而未可脱长久之危厄。故三藏恼行者打死贼头，把尸首埋了，盘作一个坟堆，早已种下祸根矣。

　　三藏以孙、陈异姓，祝贼"只告行者"，是心有人相也；八戒谓"他打时，没有我两个"，是心有我相也；行者祝出"天上地下诸神，情深面熟，随你去告，不怕"等语，是心有众生相也；三藏又道"我这等祷祝，是教你体好生之德，为良善之人，怎么认真？"是心有寿者相也。"长老怀嗔上马，大圣有不睦之心，师徒都面是背非。"机心一生，五行错乱，四象不和，大道已昧，故不觉借宿于盗贼之家矣。

　　"老者见了三徒，战兢兢摇头摆手道：'不像……不像人模样！是几……是几个妖精！'"盖道心活活泼泼而无像，无像则非色非空，而不着人心；人心勉勉强强而是几，是几则认假失真，而即为妖精。一真百真，一假百假，人心惟危，道心惟微，有像无像，性命关之，可不慎哉？

"三藏陪笑道：'我徒弟生的是这等相貌。'"是心有色相，而欲以色见我矣。"老者道：'一个夜叉，一个马面，一个雷公。'行者闻言，厉声高叫道：'雷公是我孙子，夜叉是我重孙，马面是我玄孙哩！'"是心有声音，欲以声音求我矣。"那老者面容失色，三藏挽住，同到草堂。只见后面走出一个婆婆，携五六岁一个小孩儿，也出来惊问。都到草堂，唱喏坐定，排素斋，师徒们吃了，渐渐天晚，掌起灯，问高姓高寿，又问几位令郎。老者道：'只得一个，适才妈妈携的是小孙。'"等语，俱是写有人心、昧道心之由。

一切迷徒，错认人心为道心，在声色场中寻真，自吃了昧心食，不肯醒悟，欲以灯光之明，照迷天之网，妄冀了性了命长生不死。殊不知，道心者圣贤之心，人心者贼盗之心，不修道心而修人心，其所抱者不过贼种而已，安能得的仙种？真足令人可叹可怜！何则？道心者本也，人心者末也，能务本而以道心为任，则本立道生，天关在手，地轴由心，位天地而育万物，道莫大焉。不务本而以人心为用，是打家劫道，杀人放火，相交的狐群狗党，出入无时，莫知其乡，与道远矣。

行者以不肖而欲"寻来打杀"，是有心而除恶也；老杨谓"纵不才，还留他与老汉掩土"，是有心而留恶也。留恶除恶，总是人心，总是有心。"师徒们在园中草团瓢内安歇"，全身受伤，而道昧矣。然道之昧，皆由不能看破人心，祛除一切，以致窝藏祸根，开门揖盗，认贼为子，自己米粮，把与他人主张。其曰"冤家在我家里"，不其然乎？"老者因众贼意欲图害，念远来不忍伤害，走在后园，开后门放去四众，依旧悄悄的来前睡下。"以见杀生救生，不出意念之间，前边起意图害之时，即是后边动念不忍伤害之时。意也，念也，总一放心也，总在睡里作事也。

"长老见贼兵追至，道：'怎生奈何？'行者道：'放心！放心！老孙了他去来。'"此处放心，与别处放心不同。别处放心，是无心而放有心；此处放心，是有心而放无心。读"老孙了他去来"，非有心之放而何？"行者把那伙贼都打倒，三藏在马上见打倒许多人，慌得放马奔西。"心放，则神不守室而发狂不定；神狂，则意马劣顽而不能收缰。即能捕灭众贼，究是人心中生活，而与大道无涉。

"行者夺过刀，把穿黄的割了头来，提在唐僧马前道：'这是老杨的儿子，被老孙取将首级来也。'"黄者土色,意土也。有心定意,而意仍在,有意有心,不放而放,不荡而荡。

"三藏跌下马,把紧箍儿咒念有十余遍,还不住口。"神狂则意不定,意不定则杂念生,前念未息,后念复发,念念不已,大道已堕迷城,纵放心猿,势所必至。"快走!快走!免得又念。行者害怕,说声去,一路觔斗云,无影无踪。"人心一着,道心即去,结出"心有凶狂丹不熟,神无定位道难成",有心之昧道,一至于此,可不慎诸?

诗曰:

> 大道修持怕有心,有心行道孽根深。
>
> 却除妄想重增病,因假失真无处寻。

# 第五十七回

## 真行者落伽山诉苦　假猴王水帘洞誊文

〔**西游真诠**〕悟一子曰：犹龙氏曰："人之大患，以我有身；我若无身，又复何患？"予则曰："人之大患，以我有心；我若无心，又复何患？"《南华经》曰："吾守形而忘身，观于浊水而迷于清渊。"予则曰：吾守心而忘身，观于浊水而迷于清渊。何以故？有心为取法。有心为不善，为取非法；有心为善，为取非非法。一切圣贤，皆以无为法而有差别，应舍非法，舍非非法，舍法何心何有？故无守无心，明万法之幽邃矣。

然谓无心而放心于无，其为害甚于有心，何以故？圆明未照，为善恶混淆，所谓茫荡空也。"大圣起在空中，进退两难；还见唐僧，更不答应，兜住马，即念'紧箍儿咒'。"放心于无，而落于茫荡空也。岂知无心之无，有而不有，放而不放，所以去得西天。若一味茫荡，如何去得？"行者曰：'只怕你无我去不得西天。'三藏道：'实不要你。'又念真言，更不回心。"是真茫荡空矣。大圣只得又起空中。盖欲无心而并放真心，不能强人而使之悟是心也。

"忽然省悟道：'这和尚负心，且告诉观音菩萨去来。'"观音者，神观察识之清净海也。行者道："那长老背义忘恩，反将弟子驱逐，直迷了一片善缘，更不察皂白之苦。"迷心不察，其无心为害，不已甚乎？菩萨道："三藏一心秉善，你打杀许多草寇，据我公论，还是你的不善。"若曰一心为善，而不善之心宜放也。行者道："纵是我不善，也当将功折罪，不该这般逐我。"若曰心有功有罪，嗔心之为不善，而并放其为善之心，其可乎？此告诉观音菩萨者，非诉苦也，在神观慧照之处，分剖心之宜放不宜放，而论定其妙理也。

论到念"松箍儿咒"，方是心无拘束，复还元体。然"'紧箍儿咒'传自如来，却无甚'松箍儿咒'"，无咒可传，出于自然而然，不到如来地位，不能解脱也。故曰："我去拜告如来,求念'松箍儿咒'去也。"妙哉菩萨,放之既不可,松之又不得,曰："你且住。""端坐莲台,运心三界,慧眼遥观,遍周宇宙。"即《金刚经》云："应如是住,如是降伏其心",已默示无心之妙境矣。"霎时开口道:'悟空,你师父顷刻有伤身之难,不久便来寻你。你只在此处,我与唐僧说,还同你去取经,了成正果。'大圣皈依,侍立于宝莲台下。"噫! 一心清净观,是佛真实义;定慧不相离,住心三皈处。放而不放,无心之真也。故提纲曰:"真行者落伽山诉苦。"

"三藏五更时出了村舍,又饥又渴。呆子纵起空中,仔细观看,一望全无村舍。"是神不守舍,有舍而不见舍,观之不真。如欲疗饥,而不能得斋;欲止渴,而不能得水,无心之假境界也。故忽见假行者,而认为真行者;见假水,而认为真水。见假行者"无我去不得"之言,而认为真来缠我。见假行者变脸,而认为真行者变脸;见假行者轮棒研脊背,而认为真行者轮棒研脊背。已自一片昏迷,能无昏晕在地,包袱牒文一并失去而不知? 此不辨善恶真假,而无心之为害也。

"八戒托钵化斋,无心之间,忽见草舍,变容乞饭。已得满钵,又遇沙僧舀水,欢欢喜喜而回。"盖以为其心清净,空无烦恼,若见满钵矣。岂知"白马撒缰,在路旁长嘶跑跳,行李担不见踪迹"乎? 心因求静而转纷驰,假之乱真也如是。八戒道:"还是孙行者赶走的余党,来此打杀师父,抢了行李。"沙僧道:"师父还未伤命。"长老道:"好泼猴,打杀我也。"归罪行者之赶走贼党,而不归咎唐僧之赶走行者。知师父之未伤命,而不知师父之已失心。见行者之打杀我,而不见似行者之打杀我;不见我之赶逐行者,而致来似行者之打杀我。致来似行者之打杀我,抢去包袱,而以为真行者之打杀我,抢去包袱也。师徒识昧目迷,总缘无心之故。

八戒要讨包袱,安息师父于化斋之家。妈妈道:"刚才说是东土往西天去的,怎么又有一起?"八戒笑道:"就是我。"盖人只一心而真假分,何曾有二? 真去则假来,假来则所行所见无非假矣。沙僧曰:"我去,我去。"则亦未免走到假处去也。故曰:"身在神飞不守舍,有炉无火怎烧丹。五行生克情无顺,只待心猿复进关。"言唐僧空具法身,而行者之真神不守,如有空炉而无火煅炼。虽有药物,而五行各一,其性何能成丹? 必待行者之真心来复,神运烹炼而后可。

"沙僧直抵花果山水帘洞,见行者高坐石台,朗念牒文,念而又念。行者抬头，不认得是沙僧，叫：'拿来，拿来！'"盖认假为真而真者去，虽念念从真而不见真；认真为假而假者来，虽抬头遇真而犹见假。假行者曰："我打唐僧，抢行李，不因不上西天，亦不因爱居此地。我今熟读了牒文，自己上西方拜佛求经，送上东土。我独力成功，叫那南赡部洲人立我为祖，万代传名也。"奇哉、妙哉！独力成功者，欲一体孤修以成道，即放心之妄想；立祖传名者，欲专心自用以传经，非无心之真谛。沙僧笑道："自来没个'孙行者取经'之说"，若说行者可取经，则即心可以悟道，如来何以必令金蝉转东到西，而授以三人护法也？岂不是枉费神思，有何实用？此处已透起下篇"一体难修真寂灭"之秘旨矣。故假行者道："贤弟，你但知其一，不知其二。"一心是真，二心是假；一体是假，二体是真。岂可知其一而不知其二哉？双关妙谛，贯彻前后文，不可忽读！又曰："难道我就没有唐僧？"盖不识真心之妙，而弃真从假，则假心自现。而唐僧假，八戒假，沙僧假，白马假，一假则无不假矣。西方拜佛求经，亦第文焉而已，何能身抵其域哉？故曰："假猴王水帘洞誊文。"

"沙僧打死假僧"，显出真土。"到南海拜菩萨"，诚溯本穷源之意。"忽见行者站立在旁"，可知真心不离净土，而真意自会真心也。菩萨道："悟空到此，今已四日。我更不曾放他回去，那里有另请唐僧，自去取经之事？""你与悟空同去看看。是真难灭，是假易除。"盖取经必须真僧，真僧必须真心。真假混淆而无以深识吾心，则无以深识吾真，乌乎可？

〔**西游原旨**〕上回言真心纵放，皆因有心作为之故。然学者或疑心之既不可有，则必空空无物，如枯木寒灰，至于无心而后可。殊不知，有心有有心之害，无心有无心之害，若一味无心而不辨真假，则其无之失，更甚于有。故此回急写无心之受害，使人分别其真假，不得以空空无物为事也。

篇首"大圣被唐僧放去，起在空中，踌躇良久，进退两难"。是明示人以有心不可，无心亦不可，必有不有不无者在。此仙翁承上起下之笔，读者须要认定。

"大圣独自忖量道：'还去见我师父，还是正果。'"道心一去，空具法身而无实果，难以还丹，可知道心之不可无也。乃唐僧见之，复念咒以逐之，是不以道心为贵，而徒以空寂是务，何以了得大事。故行者道："只怕你无我，去不得西天。"唐僧之所依赖者金公，金公即道心。非特唐僧离不得，即八戒、沙僧亦离不得。今舍去金公，欲仗土木之用以见佛，岂可得乎？

唐僧道："你杀生害命，如今实不要你了。快去！快去！"杀者义也，生者仁也，义所以成仁，杀所以卫生，不论是非，一味慈祥，乃寺妇之仁，真放心而不知回心者。不知回心，皆由不能静观密察，以明邪正得失之理耳。此"大圣见师父更不回心，忽然醒悟道：'这和尚负了我心，我且向普陀告诉观音去来。'""负了我心"者，背其道心也；"告诉观音"者，欲其辨别也。

"见了菩萨，放声大哭"，此非行者大哭，乃仙翁大哭天下后世空寂之流，不知有道心之可求也。"菩萨教善财扶起道：'你有甚么伤感之事？明明说来。'"财法两用，人我共济，空而不空，不空而空，无伤于彼，有益于我，内外感通之理。若失其感通，是谓顽空，殊非我佛教外别传之妙旨。"明明说来"，是教说此伤感之事、着空之事耳。

"行者垂泪道：'自蒙菩萨解脱天灾，保唐僧取经，救解魔障，洗业除邪。怎知长老背义忘恩，直迷了一片善缘，更不察皂白之苦，将弟子驱逐。'"行者一路为唐僧护法，步步出力，时时扶持，义莫义于此，恩莫恩于此，而反驱之逐之，是欲背恩义而行良缘，皂白不分，此其所以垂泪也。

菩萨问皂白原因，行者将打草寇之事，细陈一遍。菩萨道："唐僧一心秉善，据我公论，还是你的不善。"一心秉善，则是秉善之一心，宜收不宜放。"还是你的不善"，是不善之二心，宜放不宜收。

行者道："纵是我的不是，也当将功折罪，不该这般逐我。"言有罪者固为不善则当逐，而有功者乃为至善，则不宜逐。又云："万望菩萨将《松箍儿咒》念念，褪下金箍，交还与你，放我逃生去罢。"金箍原所以收道心而上西天，今西天未到，而放去道心，是欲松金箍而半途褪下，焉能见得真佛，取得真经？故菩萨道："《紧箍咒本》是如来传我的，却无甚松箍咒。"性命大道，以无生无灭为休歇之地，若不见如来金面，而金箍不可松也。

"行者欲上西天拜佛，菩萨道：'且住，我看你师父祥晦如何？'慧眼遥观，遍周宇宙，霎时间开口道：'你师父顷刻之间，即有伤身之难，不久便要寻你。我与唐僧说，教他还同你去取经，了成正果。'"噫！此处谁人识得？以唐僧而论，唐僧以行者为道心；以行者而论，行者以唐僧为法身。有身无心，则步步艰难；有心无身，则念念虚空。唐僧离行者无以了命，行者离唐僧无以了性。身心不相离，性命不可偏，金箍咒不但为行者而设，亦为唐僧而传。定慧相赖，诚明相通，此金丹之要着。菩萨止住行者，是止其道心，不得法身而不得松箍。"教唐僧还同去,了成正果"者,是言其法身,不得道心而难成正果。此即菩萨教行者明明说来皂白之苦。提纲所谓"诉苦"者,诉此等之苦耳。道心可放乎? 不可放乎?

夫天下事,善恶不同途,忠奸不同朝,孔子用而正卯诛,秦桧用而岳飞亡,正退邪来,假除真至,理之所必然者。三藏放去行者,而根本已伤。本已伤,而枝叶无倚。未几而八戒化水去矣,未几而沙僧催水去矣。一去无不去,而单身只影,无所藉赖,假行者能不一声现前,其应如响乎? 假行者之来,由于真行者之去而来;非因真行者之去而来,由唐僧逐真行者时,已暗暗而来矣。其逐真行者,是不知其真而逐。不知其真,安知其假? 假即在真之中。不知其假,焉知其真? 真不在假之外。假假真真,真真假假,不辨真假,无心着空,是非混杂,必将以真作假,而放去其真;以假作真,而招来其假。是以真行者而认为假行者,见假行者而亦误为真行者。

"骂道:'泼猴狲,只管缠我作甚?'"噫! 此等举止,施之于真行者则可,施之于假行者则不可。真行者同声相应,同气相求,虽百般受辱而不忍远离。假行者外恭而内倨,情疏而貌敬,若稍有犯,性命所关。故假行者变脸道:"你这个狠心泼秃!"可为放道心者之一鉴。盖道心去,狠心来,"脊背上被铁棒一砑,昏晕在地,不能言语",背其道心,自取灭亡,出乎尔者反乎尔,情真罪当,何说之词! 两包之中和,落于假行者之手,"驾勉斗云,不知去向"。大道已去,无心之为害有如此,可不畏哉? 当此昏晕之时,而世间呆子,犹有襟兜饭,钵舀水,路上欢欢喜喜,岂知法身倒在尘埃,白马撒缰跑跳,行李担不见踪迹,而真衣钵已失乎? 八戒疑是孙行者赶去余党打杀师父,抢夺行李;唐僧误认真行者缠我,打杀我。不识真假,尚可言欤!

"八戒扶师父上马,直至山凹里人家安息。妈妈道:'刚才一个食痨病和尚化斋,说是东土往西天去的,怎么又有一起?'八戒道:'就是我,你不信,看衣兜内不是你家锅巴饭?'"舍却真空妙道,而徒恃戒净,一尘不染,是直在山凹里安息,害食痨病,妄贪口味,而不知西天取经,并不在一尘不染。若以一尘不染可以成道,是以真空取经,而又以顽空取经,吾不晓取的是何经? 其必所取者,是剩饭锅巴之假经焉耳! 空有其名,而无其实,何济于事? 其曰"就是我,你不信",言不识其假,难识其真也。不识真假,则一假无不假,此唐僧使沙僧讨行李,亦入于假路而罔知也。

其曰:"身在神飞不守舍,有炉无火怎烧丹。"身者,真性法身也。神者,元神真心也。有性无心，如有炉无火，而丹难成也。曰："五行生克情无顺，只待心猿复进关。"道心一去，五行错乱，各一其性，不相顺情。若欲五行攒簇，四象和合，非道心来复不能也。

"沙僧直至花果山，见行者高坐石台，把通关牒文，念了从头又念。"是直以空空一念为取经始终之妙旨矣。最提醒人处，是牒文上"贞观十三年秋吉日，有宝印九颗。中途收得大徒弟孙悟空行者、二徒弟猪悟能八戒、三徒弟沙悟净和尚"。夫西天取经之道，即九转金丹之道，金丹之道，在五行攒簇，三家相会，攒之会之，要在真履实践处行去，不向顽空无为处得来。倘误认空念为真，而不知实行其路，即是还未登程之日，九颗宝印，三家五行，尽皆付之空言已耳，焉能见诸实事？此其所以为假行者也。"假行者抬头，不认得是沙僧"，是讥其顽空之徒，不识有此合和四象之妙道耳。

假行者道："我打唐僧，抢行李，不因不上西天，亦不因爱居此地。今读熟了牒文，自己上西方拜佛求经，送上东土，我独力成功，教南赡部洲人立我为祖，万代传名也。"人我共济，彼此扶持，为万代祖祖相传之妙旨，今只知有己，不知有人，若欲一空了事，独力成功，作万代相传之事业，能乎否耶？故沙僧道："师兄言之欠当！自来没个孙行者取经之说。菩萨曾言：取经人乃如来门生金蝉长老，路上该有这般魔瘴，解脱我等三人，作个护法。若不得唐僧去，那个佛祖肯把经与你？却不是空劳神思也？"三家者，乃修道者之护法，所以保性命而解魔瘴。然不能身体力行，着于空道，虽有三家，而真经难得。若谓孙行者可以取经，则是空空一心，有何道理？既无道理，即是佛不肯与经，岂非空劳神思，枉费功力乎？

假行者道："贤弟你但知其一，不知其二。"一者道心，为真心。二者人心，为假心。但知其一心之真，不知其二心之假，则邪正相混，真假不分。是行者二矣，唐僧二矣，八戒二矣，沙僧二矣，白马亦二矣。当斯时也，真者俱无，假者尽发，若非真土先将假土捕灭，则假土而合假五行，不至于伤其性命者几何？"沙僧掣出宝杖，将假沙僧劈头一下打死。"此乃诚一不二，真土现而假土即灭，诚意也。意诚则心必正，心意相会，即在此时。然不能静观密察，而真心犹未可以见。

"沙僧到南海见菩萨下拜，忽抬头见孙行者站在傍边。"是欲辨其假，当先究其真，真不见而假难识也。"沙僧骂行者又来隐瞒菩萨。菩萨道：'悟空到此，今已四日，我更不曾放他回去，那有另请唐僧自去取经之事？'"言能静观密察，而真心不离，方能取经，若只空念而无真心，则一己纯阴，与取经之道远矣。

沙僧道："如今水帘洞有一个孙行者。"言在净海者是真，而占水洞者必假。菩萨道："你同去看看，是真难灭，是假易除，到那里自有分晓。"言两不相见，真者不见真，假者不见假，必须于花果山生身之处彼此相会，而真假邪正可以判然矣。故结云："水帘洞口分邪正，花果山头辨假真。"

诗曰：

> 无心不是着空无，如有着空入假途。
> 试问参禅修静客，几人曾得到仙都？

# 第五十八回

## 二心搅乱大乾坤　一体难修真寂灭

〔**西游真诠**〕悟一子曰：人只一心，有心者此心，无心者此心。有心，有有心之真假；无心，有无心之真假。其相貌体用无二。若未能灭假从真，则二心互持混乱不分，是非莫辨，何能攒簇五行而修真寂灭？

此篇着笔行文，俱写二心扰乱情状，而提纲注意，其实在于"一体难修"句上。盖"一体难修"之秘，即在"二心扰乱"之内。故只在于打死猕猴之后，叙明"依旧合意同心"六字；作四句诗，以结出攒簇五行修丹本旨。仙师说法传神之妙，可谓凿鬼窍而拔天根矣！

行者、沙僧"两道祥光"，一本良心，一有疑意，已倒射起"合意同心"之义。"二人洞外细看，果见一个行者，种种一般无二。"是三藏放真行者时，一并放来也。"搅在一处，不分真假"，乃伏于自己幽独之中，非他人可代为认识者，故即落伽山神观之目，亦所难明。何也？二心俱心，非外观所能见而使之一也。即暗念紧箍之咒，亦所难剖，何也？二心本一心，非咒语所能强别而使之二也。虽有诸天之眼力，天王之照妖镜，亦所难辨，何也？二心总一行者，目力有所不能穷，照鉴有所不能及也。即知己莫如友，而后先变辙，隐显殊情，不可定也；知弟莫如师，而始合中离，忽来忽往，不可测也。甚矣，真假二心之难认也。以其至幽至冥，而非可以显迹外貌观，是必仍于幽冥中求之。故入幽冥森罗殿，而索之于猴簿，而无二心，并无一心，已于大闹时一笔勾之矣。

说到无心之谛，则知二心俱妄。住而听之，自有真谛。故地藏菩萨道："且住、且住！等我着谛听与你听个真假。"谛听者，人所不知，而己所独知之地。谛听俯伏在地，须臾知怪。不曰"视"而曰"听"，不曰"听"而曰"谛听"。

黜聪堕明，而以心谛为听，明之广而聪之至也。又“不可当面说破，不可助力擒他”。何以故？盖心有自欺之力，知无缚心之法。知此心者此心，昧此知者亦此心。二心互持，心自不听命于知，反能悖知而扰幽冥之神，故不能擒。谛听所说，诚为真谛，不可不敬而听之。曰“佛法无边”，已直指无心之妙境，二心之并害矣。

诗曰：“人有二心生祸灾，天涯海角致疑猜。欲思宝马三公位，又忆金銮一品台。北讨南征空扰攘，东驰西逐若飑陨。禅门须学无心诀，静养婴儿结圣胎。”熟玩末二句，须知无心方是一，真心不属心。试听如来说法，有无俱不立，色空两无倚，始达妙音也。

二心兢斗，至雷音胜境，大众听他两口一声，亦莫能辨。观音特来拜告者，知心为心，而不知为四猴混世，扰乱乾坤也。故如来笑道：“汝等法力广大，只能普阅周天之事，不能遍识周天之物，亦不能广会周天之种类。”言不能格物之尽，而深明混世之心耳。

“四猴”，指心之四智而言。灵明本于先天，知识起于后天。由有后天之智识，而先天之灵明因之而扰，故必扑灭知识之心，而后灵明之心自现。假悟空乃六耳猕猴，“六识”之谓也。如来不令起此六识，将钵盂圆空之器盖着落下，现出本象，即以灵明之心，劈头一下打死，死心之妙谛如是。然此种至今尚存，而谓“至今绝此一种”者，以有如来之钵盂，悟空之金箍棒，至今尚存以绝之也。

《书》曰：“不识不知，顺帝之则。”《诗》云：“上帝临汝，毋贰尔心。”识知非传心之妙道，一心乃上帝之天心。假行者既除，而假唐僧、假八戒自一齐打死，夫而后心无歧趋，道可潜修。去其心之似道，明其道之合心，阐合意同心之要诀，炼五行攒簇之真机；整装车马，大道在望矣。故结云：“大道中离乱五行，降妖聚会合元明。神归心舍禅方定，六识祛除丹自成。”此“真寂灭”之真禅，“一体难修”之的旨。

〔**西游原旨**〕上二回一着于有心，一着于无心，俱非修真之正法。故仙翁于此回，力劈二心之妄，拈出至真之道，示人以诀中之诀、窍中之窍，而不使有落于执相顽空之小乘也。

如提纲所云“二心搅乱大乾坤”者，“二心”为人心、道心，人心道心，真假不分，则阴阳相混，而搅乱乾坤矣。“一体难修真寂灭”者，“一体”为一己之性，"难修"者，孤阴寡阳，难入正觉。惟有体有用，彼此扶持，本性圆明，方能入于"真寂灭"矣。

"行者与沙僧，纵起两道祥光。大圣本是良心，沙僧却有疑意。"盖因真假未分，故不能同心合意、彼此输诚耳。

"到了花果山，二人洞外细看，果见一个行者与大圣模样无异，种种一般无二。"噫！真假迥别，邪正大异，何以云"一般无二"？殊不知人心为后天之识神，道心为先天之元神。元神本诸太极，具诚明之德，盗造化，转生杀，超凡入圣，起死回生，为功最大，真人亲之，世人远之；识神出于阴阳，具虚妄之见，顺行造化，混乱五行，喜死恶生，恩中带杀，为害最深，世人赖之，真人灭之。二心之力相当，势相等，道心所到之处，即人心能到之处。其所以有真假之别者，只在先天后天耳。古今修行人，多不识真假，认人心为道心，修之炼之，到老无成，终归空亡，不知误了多少人矣。

"大圣掣铁棒骂道：'你是何等妖精？敢变我的相貌，占我的儿孙，擅居吾仙洞？'那行者见了，公然不惧，使铁棒相迎。二行者在一处，不分真假。"修真之道，道心为要，须臾不离，稍有放纵，人心窃权，生生之道夺矣，仙佛之位夺矣，全归于假，而本来主杖亦夺矣。真真假假，杂于幽独，真为假乱，何能分别？

"沙僧在傍，欲待相助，又恐伤了真的。"虽同业同事之良友，不能辨其幽独之真假也。"两个嚷到南海，菩萨与诸天都观看良久，莫想能认。"虽高明善鉴之天目，不能辨其幽独之真假也。"菩萨暗念《金箍儿咒》，两个一齐喊痛，只叫：'莫念！莫念！'"虽口授心传之真言，亦不能咒幽独之真假也。"嚷到灵霄殿，玉帝使李天王照妖镜照住，众神观看，镜中乃是两个孙悟空影子，金箍衣服，毫发不差。"虽上帝临汝，无二尔心，亦不能使幽独之无真假也。"嚷到唐僧面前，三藏念咒，一齐叫痛，却也认不得真假。"虽受业度引之恩师，亦不能禁其幽独之无真假也。"嚷到阴司，教查假行者出身。判官从头查勘，更无个假行者之名。再看毛虫文簿，那猴字一百三十条，已是孙大圣得道之时，一笔勾消，自后来凡是猴属，尽无名号。"言二心混乱，是未得道之时，若已得道，水火既济，阴阳合一，不特人心已化，而且道心亦空，人心道心，可一概勾消，至于二心名号，虽执掌生死之冥王，亦不能折辨幽独之真假也。曰"你还当到阳间去折辨"，言此幽独中事，不必于死后在阴司里辨其是非，还当于生前向阳世间别其真假也。

"正说处，只听得地藏菩萨道：'且住！且住！我着谛听与你听个真假。'"既不容在阴司里折辨，又不容在阳世间分别，盖以自己幽独中之真假，而非可在外面辨别也。曰"听"者，不着于色也。曰"谛听"者，不着于声也。佛云："若以色见我，以声音求我，是人行邪道，不得见如来。"能于幽独无色无声处，极深研几，而真假可判然矣。"谛听奉地藏钧旨"，此即所奉鸿钧一气之旨，所谓"地藏发泄，金玉露形"者是也。"就于森罗庭院中，俯伏在地"者，是"戒慎乎其所不睹，恐惧乎其所不闻"也。"须臾抬起头来"者，即"莫显乎隐，莫显乎微"也。曰"怪名虽有，但不可当面说破"者，"人所不知，己所独知"也。曰"又不能助力擒他"者，"故君子必慎其独"也。曰"当面说出，恐妖精搔扰宝殿，致令阴司不安"者，知其假而说其假，仍是人心用事，能扰幽独不安，真者受累，假者猖狂矣。曰"妖精神通，与孙大圣无二。幽冥之神，能有多少法力？故此不能擒他"者，假在真中，真在假中，知之而即欲除之，仍归于假，不但不能去假，而且有以蔽真，"不能擒拿"，确是实义，即释典"断除妄念重增病，趋向真如亦是错"也。

曰："'佛法无边。'地藏早已醒悟，对行者道：'若要辨明，须到雷音寺如来那里，方得明白。'两个一齐嚷道：'说得是！说得是！'"如来者，无所从来，亦无所去，真性之地，见性方能明心，心一明，而心之真假判然，可以不复有二矣。

诗云："禅门须学无心诀，静养婴儿结圣胎。"婴儿者，不识不知，顺帝之则，真空妙有，妙有真空，心不期其无而自无，不期其死而自死。人能如婴儿之专气致柔，而无心之妙诀已得，凝结圣胎，何难之有？如来讲出"知空不空，知色不色，名为照了，始达妙音"，可谓超脱一切矣。

"二行者嚷到雷音，大众听见两个一样声音，俱莫能辨，惟如来早已知之。"言此种道理，诸天及人，皆不能识。惟具真空之性者，一见而邪正即分，不为假所乱真矣。

"正欲说破，忽见来了观音参拜。如来道：'汝等法力广大，只能普阅周天之事，不能遍识周天之物，亦不能广会周天之种类。'"观音者，觉察之神，觉察之神仅能阅周天之事，不为所瞒。如来者，真空之性，真空之性，不空而空，空而不空，无一物不备，无一物可着，离种种边，故能遍识周天之物，亦能广会周天之种类。《法华经》"如来放眉间光，照遍三千大千世界"者，即是此意。

　　"四猴混世"者,贪、嗔、痴、碍之四心也。"六耳猕猴"者,喜、怒、哀、乐、恶、欲之六识也。六识兼该四心,在宥密中飞扬作祸,蜂毒无比,以如来妙觉圆空之真性盖着,借大圣铁棒中正之道心捕灭,方是不着于有,不着于无,有无不立,至简至易,死心而无心。口传心授之真诀,正在于此。

　　"行者求念松箍咒,如来道:'你休乱想,却莫放刁。我教观音送你,好生保护他,那时功成归极乐,汝亦坐莲台。'"盖无心之妙道,知的还须行的,必当静观密察,真履实践,愈久愈力,由勉强而抵神化,不到人心灭尽、功成极乐之地,而道心不可松放休歇。道心可无乎?

　　噫!道心常存,人心永灭,假者即去,真者即复。一去无不去,假行者死,而假唐僧、假八戒,无不于此而死;一复无不复,真行者复,而包袱行李,当时察点,一物不少。菩萨径回南海,归于清净之乡;师徒同心合意,离了冤怨之地。谢了山凹人家,整束马匹行囊,找大路而奔西天,自有不容缓者。

　　诗云:"中道分离乱五行,降妖聚会合元明。神归心舍禅方定,六识祛除丹自成。"总言人己不合,则错乱五行,识神起而真性昧;彼我共济,则祛除六识,元神归而大丹成。

　　此篇仙翁用意,神出鬼没,人所难识,写上句全在正面,写下句全在反面。"二心搅乱大乾坤",本文明言矣。至于"一体难修真寂灭",其意微露而不显。试举一二以为证:观音南来参佛,一体一用也;如来钵盖猕猴,行者打死,一体一用也;如来教行者好生保护唐僧成功,一体一用也;菩萨送行者与唐僧,一体一用也;唐僧必须收留悟空,一体一用也。有体不可无用,有用不可无体,体用俱备,空而不空,不空而空,真空妙有,一以贯之,可以辨的真假,不为二心搅乱,而易修"真寂灭"矣。

　　诗曰:

　　　　隐微真假谁能知,须要幽独自辨之。

　　　　非色非空归妙觉,借真除假见牟尼。

# 第五十九回

## 唐三藏路阻火焰山　孙行者一调芭蕉扇

〔**西游真诠**〕悟一子曰：二心者，不但是道心、人心间杂，即道心不力，半途疑贰者亦是；不但是一人二心，即三徒三心，而与唐僧不合一者亦是。何也？必三家合一而结婴儿。若只一体孤修，难修真寂灭也。故"三藏遵菩萨教旨，收了行者，与八戒、沙僧剪断二心，锁笼猿马，同心戮力，赶奔西天"。既结上文修性之要旨，又起下文修命之妙义。此篇火焰山者，乃火之炎上真阳也。真阳必得真阴相济，而得中和，生万物。苟偏阳无阴，则至道失中，法性不圆，虽有千思万虑之能，终成幻妄。走了东西错路，何能收结金丹，炼成大道？

篇首特冠一词，以示性命妙谛。云："若干种性本来同，海纳无穷。"言人己无二性，非可离人而独立。"千思万虑终成妄，般般色色相融。"言思虑之神并般般色相，总成幻妄，切须融化。"有日功完行满，圆明法性高隆。"言能知人己之性本同，而合体同修，至功完行满，而法性圆明无上也。"休叫差别走西东，紧锁牢笼。收来安放丹炉内，炼得金乌一样红。"言只此自东至西，一路为取经之正道，休叫差别错走西东。谨谨修持，收归自己炉内，方可炼我金乌之阴丹，而成一样之阳丹也。"朗朗辉辉娇艳，任叫出入乘龙。"言得此圆陀陀、光灿灿之元本，任我乘龙直上天也。

三藏问："秋天反有热气？"八戒疑为斯哈哩国，日落之处；沙僧疑为秋行夏令之故。见路旁庄院，一片都是红，不过引起火焰山之气色耳，原无深义。老者道："敝地四季皆热，正是西方必由之路。"指明修丹者，惟此真阳之处经炼而成，舍此别无取经之道也。"红车儿"、"热气糕"，又提火焰之气色。逆入火里，下种之妙，必须真阴相济，而后能生育也，故曰："若要糕粉米，敬求铁扇仙。"芭蕉扇一扇息火，二扇生风，三扇下雨，乃三阴生而坤道成之义。铁扇仙坐落在西南方翠云山芭蕉洞，西南即坤方，《易》云"西南得朋"是也。"翠云"、"芭蕉"，借碧洞秀郁，能消暑气之意。

　　称"花红表里等物，诚求方得"，即"欲求天上宝，须用世间财"也。樵子说知铁扇公主即罗刹女，牛魔王之妻，行者不觉大惊。借扇之难，想起红孩儿及解阳山破儿洞故事，见罗刹所爱者善财。今不见善财，而无花红表里等物，径欲空手借扇，岂不又与解阳山破儿洞一辙乎？虽得毛女通殷勤，难解罗刹心头怒。只因善财不见面，一扇推开八万路。行者、罗刹，一问一答，逐段曲曲描写，总寓言欲求真宝，非财不得，任尔令色巧言，顽头强力，亦属无用也。

　　行者被阴风刮到小须弥山，叹道："好利害妇人！"知妇人不得不近，又不容易近也。记得灵吉菩萨，访问消息路程，说出"芭蕉扇本是昆仑山混沌开辟以来，天地产成的一个灵宝，乃太阴之精叶，故能灭火"。分明指出太阴之真水，能制烈焰之真火。若用定风之宝而善法以取之，何虑不成大功？灵吉助以定风丹，诚修持必需之法则也。行者既得定风丹，复回借扇，连被三扇，巍然不动。如本固邦宁，民安国富而求战，有取于人，无损于己矣。

　　"噙丹口中，变作蟭蟟，入其腹内。"言必推心置腹，令其勿隐勿瞒，如见其肺肝，而后可得其相济。此非可弄术以欺之，在真诚以动之也。行者道："老孙一生不会弄术，都是些真手段、实本事，已在尊嫂尊腹之内耍子，已见其肺肝矣。"此本理气感通之神用，而非有造作之术也。《诗》云"式饮庶几"。"式食庶几"，乃是以诚相动。故曰："我知道你饥渴了，我送个坐碗儿解渴。"又曰："我再送个点心你充饥。"此等恭敬诚求之妙喻，真笔歌墨舞，极文人之乐事矣！

　　然我以诚求，而彼以伪应者何？罗刹先有言矣，曰："陷子之仇，尚未报得；借扇之意，岂得如心？"子者，母之息也。母不见子，则无利以悦其心。虽用吾恭敬之心，而未用我亲爱之意。才能得扇，而不能得其真扇。以其情未尽输，而真宝犹匿也，总由我未能深识耳。故行者得假扇而不能辨，取而误用之，一扇、二扇、三扇，而火光益炽矣。

　　夫火为取经必由之路，既不能别转无火之方；扇为取经济火之宝，又不可假借无用之物。自必依有力为之，盖"见金夫而不有躬"也。"头顶偃月冠"之老人，自能深明炉火中之法物。古仙云："偃月炉中摘下来"，良有秘旨。故曰："若还要借真芭蕉，须是寻求大力王。"寻求大力之义，一以结求取真阴，必须善用法财；一以起下真阴走失，如大力王之难制。句内包涵要诀，如神龙夭矫，莫测其首尾。

〔西游原旨〕上三回指出了性妙谛，已无剩义。然性之尽者，即命之至，使不于命根上着脚，则仍是佛门二乘之法，总非教外别传之道。故此回紧接上回，而言了命之旨。

冠首一词，极为显明，学者细玩。曰："若干种性本来同，海纳无穷。"言蠢动含灵，俱有真性，物性我性，总是一性，当海纳包容，合而一之，不可谓我一性、物一性，而彼此不同也。曰："千思万虑终成妄，般般色色和融。"言千思万虑，终成虚妄，须将诸般色相，一概和融，不得有些子放过也。曰："有日功完行满，圆明法性高隆。"言功以渐用，自勉强而归自然，必三千功满，八百行完，内外合道，方能圆明无亏，法性高隆也。曰："休教差别走西东，紧锁牢辔。"言自东家而求西家，自西家而回东家，有一定之正路，火候不得争差，须要紧锁心猿，牢辔意马，谨慎小心，绵绵用功也。曰："收来安放丹炉内，炼得金乌一样红。朗朗辉辉娇艳，任教出入乘龙。"言先天大药，须随时采取，收归我丹炉之内，用天然真火煅炼，剥尽群阴，如一轮红日出现，朗朗辉辉娇艳，圆陀陀，光灼灼；体变纯阳，为金刚不坏之身，入水不溺，入火不焚，步日月无影，透金石无碍，隐显莫测，出入自便，不为阴阳所拘，而乘龙变化，与天为徒矣。

"三藏收了行者，与八戒、沙僧，剪断二心，锁辔猿马，同心戮力，赶奔西行"，此紧锁牢辔，收丹入炉，正当用火煅炼成真之时。然煅炼成真，须要有刚有柔，阴阳相济，方能见功。故曰"历过了夏月炎天，却又值三秋霜景"也。夏月者，火旺之时；三秋者，风凉之时。过夏月而值三秋，阳极以阴接之。修丹之道，刚中有柔者亦如是。若只知刚而不知柔，欲以一刚而了其道，是何异八戒以热气蒸人，而认为斯哈哩国天尽头乎？故大圣笑道："若论斯哈哩国，正好早哩！似师父朝三暮二的，这等耽阁，就从小至老，老了又小，老小三生还不到。"三者木数，二者火数，朝三暮二，是木火用事，燥气不息，便是为火焰山挡住，耽阁日程，如何到得道之尽头处？"三生还不得到"，此实言也。"沙僧以为天时不正，秋行夏令"，独刚不柔，阴阳不济，有违时令，正在何处？

"火焰山"者,火性炎上,积而成山,则为无制之火,喻人所秉刚燥之火性也。火性无制,遍历诸辰,八卦生气,俱为所灼。故"有八百里火焰,四周围寸草不生。若过得山,就是铜脑盖,铁身躯,也要化成汁哩!"然火性虽能为害,若得真阴济之,则阴阳得类,火里下种,生机不息,而万宝无不告成焉。故曰:"若要糕粉米,敬求铁扇仙。"

"铁扇仙"者,巽卦之象。☴巽为风,故为扇。巽上二阳属金,铁为金类,故为铁扇。巽二阳一阴,阴伏阳下,阴气为主,故又名铁扇公主。巽为坤之长女,其势足以进三阴,而包罗坤之全体,故又名罗刹女。巽之初阴,柔弱恬澹,故有翠云山。巽为柔木,故有芭蕉洞。翠云山在西南方者,西南为坤,纯阴之地,为生巽之处,又为先天巽居之位。"芭蕉扇,一扇息火,二扇生风,三扇下雨,及时布种收获,故得五谷养生。"三扇者,自巽至坤三阴也。火焰山,乾之三阳也。以三阴而配三阳,乾下坤上,地天相交而为泰,布种及时,收获有日,养生之道在是。但真阴宝扇非可易求,必用"花红表礼,猪羊鹅酒,沐浴虔诚,拜到仙山,方能请他出洞,到此施为"。古人所谓"凡俗欲求天上宝,用时须要世间财。若他少行多悭吝,千万神仙不肯来"也。

何以牛魔王为罗刹女之夫?牛属丑,为坤土,统巽、离、兑中之三阴,为三阴之主,故为牛王,为罗刹女之夫。此土在先天则为真为圣,在后天则为假为魔,故又为牛魔王。坤土为魔,巽之真阴亦假,其魔尤大,此其所以不得不大惊也。"心中暗想:当年伏了红孩儿,解阳山他叔子,尚且不肯与水;今遇他父母,怎生借得扇子?"以见真阳为难借之物,而真阴亦非易得之宝。若无善财,而真阴不能遽为我用也。

"行者径至芭蕉洞口见毛女"一段,分明写出一个巽卦☴来也。何以见之?"行者径至洞口,两扇门未开",乾极而未交坤也。"洞外风光秀丽,好个去处",好者,阴阳相会,去者,阴阳两离,言乾交于坤,正大往小来之时也。"行者叫:'牛大哥开门。'洞开了。"乾交坤,一阴生而成巽也。"走出一个毛女",巽之一阴也;"手提花篮",巽下一阴中虚也;"肩担锄子",巽上二爻属金也。"真个是一身蓝缕无妆饰,满面精神有道心",真阴初现,无染无着,一团道气,与物未交之象。当斯时也,以财宝精诚求之,而真阴垂手可得。否则,不知有礼之用、和为贵,恃一己之能,妄贪天宝,则必薄言往愬,逢彼之怒矣。故毛女通了姓名,"罗刹女听见'孙悟空'三字,便是火上浇油,脸红心怒。骂道:'这泼猴今日来了。'拿两口宝剑出来。"阴之为福最大,为祸亦最深，倘不能于受气之初，善取其欢心，则空而不实，阳自阳，阴自阴，两不相信，难以强留，必至变脸争差，生机中带杀机。古人谓："受气吉，防成凶。"可不谨哉！

曰"如何陷害我子？"曰："我儿是圣婴大王，被你倾了。我正没处寻你，你今上门，我肯饶你？"夫子者，母之所欲爱，今不能顺其所欲，而惟空是取，是有伤于彼，而益于我，焉有此理？行者说出："善财在观音菩萨处，实受正果。"罗刹道："你这巧嘴泼猴，我那儿虽不伤命，再怎得到我跟前见一面？"不知善舍法财，谬执一空为正果，是言语不通，不成眷属，无以示同心而昭实信，虽有真宝，何能到手？

曰："要见令郎，有何难处？你且把扇子借我搧息了火，到南海请他来见你。"曰："嫂嫂不必多言，老孙伸着头，任尊意砍上多少，是必借扇子用用。"曰"嫂嫂那里走，快借扇子用用。"写出无数着空妄想之状，如见其人。始而以巧言取，既而以令色求，殊不知"巧言令色，鲜矣仁"，舍不得自己的，取不得他人的，空空何为乎？故曰："我的宝贝，原不轻借。"

噫！欲求生富贵，须下死功夫。然何以两个交战，罗刹女取出芭蕉扇，一扇阴风，把行者搧得无影无形，莫想收留住乎？盖金丹之道，药物有老嫩，火候有时刻，倘知之不详，采之失当，过其时而药物不真，则一阴来姤，其端甚微，其势最烈，以阴消阳，自不能已，莫想收留得住，一阴而足以敌五阳也。

"大圣飘飘荡荡，左沉不能落地，右坠不得存身。"阳为阴消，破奇为偶，自下而上，中虚而分左右，阳化为阴之象也。"如旋风翻败叶，流水淌残花，滚了一夜，直到天明，落在一座高山，双手抱住一块峰石。"此明示人以自姤而至剥也。"落在一座高山上"，是剥之上卦为艮也。"双手抱住一块峰石"，剥之下五阴而上一阳之象。"定性良久，却才认得是小须弥山"，剥之上卦为艮，艮为山，为乾之少男，故曰"小须弥山"。"定性"者，一阳定于剥之上也。君子不忧剥而忧姤，姤则消阳，滋害莫过于此，故可忧；剥则渐有可复之机，故不忧。"叹道：'好利害妇人！怎么把老孙吹送到这里来了。'"好者，姤也；妇人者，阴也。言姤之一阴锋利毒害，不至于剥尽其阳而不止。"把老孙送在这里"，剥极于上也。

"行者追忆当年灵吉降黄风怪故事，欲下去问个消息，好回旧路。"居今而思古，已有返本之机；自上而欲下，暗藏归根之道。降黄风所以定假阴，回旧路所以进真阳，剥极而复之消息，正在于此。若于这等处，能想起问消息，可谓知道中之法音,故"正踌躇间,而忽有钟声响亮"矣。

灵吉说出"芭蕉扇,本是混沌开辟,天地产成的一个灵宝,乃太阴之精叶,故能灭火。假若搧着人,要飘八万四千里,方息阴风"者,言真阴本于先天,藏于后天,用之当,自后天而返先天,则能灭火而生圣;用之不当,以后天而破先天,则起阴风而伤人,是在真假之别耳。"要飘八万四千里方息"者,自地而至天,八万四千里,喻其自初爻而至上爻,六阳变六阴,乾变为坤之象。"须弥山至火焰山,只有五万余里"者,剥之五阴爻也。"还是大圣有留云之能,止住了"者,留其上之一阳,而不使其剥尽,"硕果不食",仙道也。"若是凡人,正好不得住"者,顺其姤之尽剥而难以挽回,"小人剥庐",人道也。

"菩萨将一颗定风丹,安在行者衣领里面,将针线紧紧缝了。"仍取剥卦"顺而止之"之象。有此顺止之道,则不动不摇,宜其宝扇可得矣,何以行者到翠云山,罗刹女骂道"没道理",而不肯借乎? 此有说焉。盖定风丹,是我能止于阴气顺行之中,不为阴气伤我之道,非我顺其阴气所欲而止之,使其阴气顺我之道也。仅能止于顺,而不能顺而止,便是没道理之顺,乃拂其彼之所欲,强彼遂我之所欲,真宝如何肯献? 故罗刹道:"陷子之仇尚未报得,借扇之意岂能遂心?"夫遂心如意之道理,须先要正心诚意。正心诚意者,变化其假心假意之阴气也。

"罗刹搧不动行者,急收宝贝,走入洞里,将门紧紧关上。"此止其阴气不上进,动归于静之时也。"行者见关上门,却就拆开衣领,把定风丹噙在口中。"此剥卦上之一奇拆开,化而为偶,坤卦六阴之象也。"行者变作一个蟭蟟虫儿,从他门隙里钻进。"此静极而动,微阳潜于纯阴之下,复卦之象也。《易传》曰:"复,其见天地之心乎!"天地之心,非色非空,非有非无,不离乎身心,不着于身心,真空而含妙有,妙有而含真空。天地之心一复,阴中藏阳,黑中有白,幽隐不欺,邪气难瞒,神而明之,已见其肺肝矣。

曰:"'我先送你个坐碗儿解渴。'却就把脚往下一蹬,那罗刹小腹之中,疼痛难禁。"曰:"'我再送你个点心儿充饥。'又把头往上一顶,那罗杀心痛难禁。"此等作为,是皆在心腹宥密中解散躁气,切身痛苦处点化邪阴,乃从本性原身上,运用真手段、实本事,非一切在身外有形有象处弄术者可比。有此真手段、实本事,故能入罗刹之腹,出罗刹之口,出之入之,出入无疾,随心变化,而阴气不能侵伤矣,此提纲"一调芭蕉扇"之义。

但复之为义,是复其真阳,调其假阴,非调其真阴也。假阴或可以勉强而制,真阴必还须自然而现。倘不辨真假,误认假阴为真阴,未免欲求其真,反涉于假。以假阴而灭假阳,不但不能息火,而且适以助火。一搧而火光烘烘,二搧而更着百倍,三搧而火高千丈,惹火烧身,自取其祸,即是"迷复凶,有灾眚"。曰:"不停当!不停当!"可谓不知真假者之明鉴。

"八戒欲转无火处,三藏欲往有经处,沙僧以为有经处有火,无火处无经,诚是进退两难。"俱写不得真阴,而躁火难息、真经难取之义。噫!欲知山上路,须问过来人。苟非遇明师说破真阴端的,钩取法则,非可强猜而知。"正商议间,只听的有人叫道:'大圣不须烦恼,且来吃些斋再议。'"是叫醒迷人,"作施巧伪为功力,须认他家不死方"也。不死之方为何方?即钩取真阴,阴阳相当,水火相济之方也。

仙翁慈悲,恐人不知阴阳相当之妙,故借土地演出咸、恒二卦,微露天机以示之。恒卦☳☴,震、巽合成。"老人身披飘风氅",下巽也;"头顶偃月冠",上震也;"手执龙头杖",震为龙也;"足踏铁鞴靴",巽之二阳属金也。咸卦,兑、艮合成。"后带着一个雕嘴鱼鳃鬼",雕嘴者,上兑属金,又为口也;鱼鳃者,下艮上一奇而下二偶也;"头顶一个铜盆",兑金上开下合也;"黄粱米饭",兑上爻属土,土色黄也。恒之义,巽缓而动,刚中有柔,柔中有刚,刚柔相需,能以恒久于道,所谓"君子以立不易方"也。咸之义,本止而悦,柔而藏刚,刚而用柔,刚柔得中,能以感化于人,所谓"君子以虚受人"也。立不易方,虚以受人,即"顺其所欲,渐次导之"之功,以此而行,无物不能化,无物不可感。仙翁已将钩取真阴过火焰山之大法明明道出,而人皆不识,何哉?

噫!说时易,行时难,是在依有大力者,而后为之耳。"土地控背躬身,微微笑道:'若还要借真芭蕉,须是寻求大力王。'"吾不知一切学人,肯控背躬身否?若肯控背躬身,虚心求人,则大力王即在眼前,而芭蕉扇不难借,火焰山不难过也。

诗曰:

阴阳匹配始成丹,水火不调道不完。

用六休教为六用,剥中求复有余欢。

# 第六十回

## 牛魔王罢战赴华筵　孙行者二调芭蕉扇

〔**西游真诠**〕悟一子曰：大力王为真阴之主，欲得真阴，必先寻大力。牛为阴土而大力，为魔王则更大，谓其易纵而难擒。《参同契》曰："太阳流珠，常欲去人。卒得金华，转而相因。"言人身阴精，为太阳之流珠，如铅里之汞，易于走失。若能得金华之铅气以制之，则可转而济火之炎，以相固结。此牛王之赴华筵，而转得与罗刹相会，即影借金华铅气之义，而因得会合真明之妙也。心属火，肾属水。火为阳，水为阴。猿以喻阳，牛以喻阴。其初则同原，而继则相射，终相为用。"五百年前曾结兄弟"，溯其由来也。

土地道："这火原是大圣放的"，实为确理。先天八卦颠倒而入于后天，离火所由偏胜。人见君火之偏胜，而不知由己之颠倒致之，故曰"你也认不得我了"。曰"五百年前大闹天宫时"，曰"老君八卦炉内煅炼"，曰"开炉时蹚倒落下余火"，曰"我本是守炉的道人"。其说井然，非牵合之枝论。离火非得坎水，不能济炎而成中道，故必寻求大力，以借真阴。真阴者，水也，巽女主之，非借大力，不能必得，故须从百万家财之处，求大力王也。

然有大力者，必有色欲之外诱。"现在积雷山摩云洞"，言雷动而云行雨施，恣情纵欲也。"玉面公主，百万家私"，言财色两齐，而其欲易纵。"弃了罗刹，久不回顾"，言罔顾真阴，久而不返。火焰益炽，无可相济。"寻着牛王，拜求来此，方借得真扇"者，言须戒欲制情，保固弗失，如夫妻相守而不离，然后可得真阴以济炎也。"积雷山坐落在正南方"，离位也，后天真阴之所，乃为外宅次妻，非如铁扇之元配，为先天而有真扇也。

"行者找寻消息，忽见松阴下有一绝色女子，手折了一枝香兰，袅袅娜娜而来。"正阴精出现之象。至假意探问，托词激怒，以及吓走跟随，倒怀撒娇，哭笑温存,诸般情态,写得有声有色,恍然如见其形,如闻其语。所以明尤物动人,堪爱堪怜;大力之系恋,销魂夺魄也。

牛王与行者相见,话旧叙温,说明善财极乐之故,已见善财之宜舍矣。牛王道:"害子之情,被你说过;你才欺我爱妾,打上我门,何也?"分明道出善财可舍,而美色必争,以见大力殉色之由。

大圣叩求周济,借扇息火,说到"兄长开天地之心,同小弟到大嫂处一行"。言坎离济会,为天地之心;夫唱妇随,乃阴阳之道。长兄不到大嫂处,则真阴不相见,而真阳不相济矣。牛王以欺妻灭妾而狠力争持,总状其好色不好德之意。忽闻"早临安座"之请,而罢战赴筵者,言既迷于色,则必耽于酒,非此则彼,神情淆乱。沉沦水窟而横行乱走,能不自失其辅身之脚力?然酒者,水金也。得金华而罢战,有转而相因之机。故行者卒得金睛兽,而变牛魔王;魔王卒得散华筵,而来会罗刹也。

"乱石山碧波潭",浊中还有清;"蟹介士不知礼",横行岂无直?大圣窃兽变形,径到芭蕉洞,读者谓骗借真扇之幻术,不知乃采取真阴之实理。火眼金睛之大圣,而跨辟水金睛之神兽,水火有相见之象。心猿以为之心,牛魔以为之体,心肾有交济之形。夫见旧妻,而亲爱益饶;妻见金夫,而绸缪愈密。形虽假合,理有真机,其宝不觉吐露其间,固有天然之妙用也。极拟夫妻叙阔,姿态横生,或謦笑中带妒,或肃雍内含娇;或假怒里默逗真心,或娇嗔处勾取实话。携手温腮,跃跃然描画出戏水双鱼;雨意云情,几几乎洗不清巫山十二。读者谓深得夫妇闺中比昵之情状,然遗却寓言妙道矣。

其曰:"大王宠幸新婚,抛撇奴家,今日那阵风儿吹你来的?"言恋身外之妻而抛身内之妻,一朝返顾,为可幸也。其曰:"非敢抛撇,只因玉面公主招后,家事冗繁,朋友多顾,是以稽留在外,却也又置得一个家当了。"言被财色外诱,迷恋稽留,不能内顾,因致外重而内轻也。

"其故意发怒骂道:'那泼猴几时过去了?'"又拍胸道:"可惜、可惜!夫人错了,怎么就把这宝贝与那猴狲?恼杀我也!"言取经之道,非得真阴,不能前进,岂能舍真扇而过去?又岂能舍我而得真扇?若夫人就与宝贝,俱是错也。其曰:"大王燕尔新婚,千万莫忘结发,且吃一杯乡中之水。"言身内夫妻为真结发,身外夫妻为离乡水,切勿贪恋情缘,忘却水源也。其曰:"我因图治外产,久别夫人,早晚蒙护守家园。"言夫妻失位,而阴阳偏置,欲辅阳光,必壮水之王也。其曰:"'妻者,齐也。'夫乃养身之父。"言阴阳两齐,而草木芳菲,真阴无阳,不能长养万物也。至并肩俯就,交口哺果,相倚相偎,吐出宝贝,明阳尊阴卑而相吞相啖之妙,有非形容譬喻所能及者。

大圣得宝,暗想出神;罗刹酒酣,真情说法。盖宝贝原是我家故物,由于纵欲荡情,丧失真实,以致胡思乱想,不能复识。故罗刹道:"大王,你想是昼夜贪欢,被那玉面公主弄伤了神思,怎么自家的宝贝事情也都忘了?"世人梦生醉死,得此数语,大可猛省。"左手大指头捻着七缕,念一声'呬、嘘、呵、吸、嘻、吹、呼',即时长一丈二尺。这宝贝变化无穷,八百里火焰,可一扇而消。"言按住七情之牵挂,而运用一气之指归,则真阳自长,而变化无穷,九宫八卦,莫非此水之妙用。息火济炎,有何难事?

大圣真宝入手,演试方法,未得口诀,撺在肩上。此不能收伏入口,变化从心,所以不免得而复失也。牛魔王散华筵,辟水兽已被窃,铅散而真汞失驭。解蟹介横行之因,悟悟空偷兽之计,见省悔而还返有机。驾云径归翠云,罗刹撞骂"天杀",夫妻俱不谨,故致真宝失守,而彼此匆忙也。猴狲赚奶奶宝贝,牛王拿奶奶兵器,真假阴阳俱错乱,木、金、水、火一齐争。

〔**西游原旨**〕上回言复真阳而调假阴之功,此回言勾取真阴之妙。

篇首,土地说:"大力王,即牛魔王。"何为大力?牛为丑中己土,己土属于坤,己土宜静不宜动,静则真阴返本,动则假阳生燥,为福之力最大,为祸之力亦不小,故曰"大力"。欲得真阴,莫若先返己土,己土一返,真阴斯现,真阴一现,亢阳可济,大道易成也。

大圣疑火焰山是牛魔放的,土地道:"不是! 不是! 这火原是大圣放的。"夫火者,亢阳之气所化,牛魔王属阴,大圣属阳,宜是大圣放,而非牛王放可知。原其故,"大圣五百年前大闹天宫,老君八卦炉煅炼,蹬倒丹炉,落下几块砖,余火所化"。先天之气,阳极生阴,落于后天,无质而变有质,失其本来阴阳混成之性,水火异处,彼此不相济矣。"兜率宫守炉道人失守,降下为火焰山土地。"道不可离,可离非道,由水火不济,而遂天地不交,为否矣。

"牛王撇了罗刹,在积雷山摩云洞,招赘狐女。"是弃真就假,静土变为动土,狐疑不定矣。积雷山,比真阳而有陷;摩云洞,喻真阴之无存。阳陷阴假,火上炎而水下流,即未济之义。"玉面公主",离中一阴也。"有百万家私,无人掌管,访着牛王,招赘为夫"者,是贪财而好色。"牛王弃了罗刹,久不回顾"者,是图外而失内。"若寻来牛王,方借的真扇"者,是返其离中一阴,而归于坤宫三阴也。"一则扇息火焰,可保师父前进"者,取坎而填离也;"二来永灭火患,可保此地生灵"者,以离而归坎也;"三则教我归天,回缴老君法旨"者,地天而交泰也。仙翁说到此处,可谓拔天根而凿理窟,彼一切师心自用,知有己而不知有人之辈,可晓然矣。

行者至积雷山,问玉面公主路径,又问摩云洞坐落,即未济"君子以慎辨物居方"也。辨物居方,是于未济之中,辨别其不济之消息,居方以致其济耳。女子骂罗刹"贱婢无知",又骂牛王"惧内庸夫",行者骂女子"赔钱嫁汉",皆示阴阳不和,未济之义。

"牛王闻女子说雷公嘴和尚骂打之言,披挂整束了,拿一根浑铁棍,出门高叫道:'是谁在我这里无状?'行者见他那模样,与五百年前大不相同。"先天真土变为后天假土,浑黑如铁,牢不可破,非复本来模样,稍有触犯,大肆猖狂,而莫可遏止。故欲制亢躁之火性,莫若先返假土,假土一返,方能济事。经云:"将欲取之,必固与之。"苟不能先与而即取,则是无礼;无礼而土不归真,真阴难见,强欲求济,终不能济。故牛王见行者,始而提火云洞害子,"正在这里恼你",既而闻借扇之故,骂其"欺妻灭妾",大战之所由来也。然何以两个斗经百十回合,正在难分难解之际,而欲往朋友家赴会乎?此即未济之极"有孚于饮酒"之义。饮酒之孚,未济之极,亦有可济之时,乘时而济,亦未有不济者也。

"牛王跨上辟水金睛兽,一直向西北而去。"辟水金睛兽者,兑卦☱二阳一阴,兑属金,又为泽也。兑为坤之少女,其性主悦,意有所动,而即欲遂之,故金睛兽为牛王之脚力。"向西北而去"者,西北为乾,坤土统巽、离、兑之三阴,以坤之三阴,去配乾之三阳,亦隐寓阴阳相济之义。然虽有相济之义,而入于乱石山碧波潭,不济于内,而济于外,是有孚失是,悦非所悦,未济终不济。"乱石"者,喻意乱而迷惑;"碧波"者,喻静中而起波。意乱起波,是顺其所欲,狐朋狗党,无所不至矣。

"行者变一阵清风赶上,随着同行。"妙哉此变!后之盗金睛兽,会罗刹女,得芭蕉扇,皆在此一变之中。"清风"者,形迹全无,人所难测;"随着"者,顺其所欲,人所不忌。仙翁恐人不知顺欲随人之妙用,故演一随卦以示之。随卦上兑下震。"上边坐的是牛魔王",上之一阴爻也;"左右有三四个蛟精",三为震木,四为兑金也;"前面坐着一个老龙精",初之一阳爻也;"两边乃龙子、龙孙、龙婆、龙女",中二阳爻、二阴爻也。随之为卦,我随彼而彼随我之义。惟其大圣能随牛王，故又变螃蟹，纵横来往于乱波之中，不但为群妖所不能伤，而且能盗彼之脚力，以为我之脚力；出乎波澜之外，变彼之假象，以藏我之真相；入于清幽之境，借假诱真，以真化假矣。

"金睛兽"者，兑也；"芭蕉洞"者，巽也。以兑来巽，其为风泽中孚乎？中孚卦上巽下兑，外四阳而中二阴，外实内虚，其中有信。《彖辞》曰："中孚，豚鱼吉。"豚鱼为无知之物，信能感豚鱼，无物而不可感。"大圣下雕鞍，牵进金睛兽"，是借彼所信之物，为我之信。我以信感，而彼即以信应，故"罗刹认他不出，即携手而入。一家子见是主公，无不敬谨"矣。

大圣叙离别之情，罗刹诉借扇之事，或喜或怒，或笑或骂，挨擦搭拈，呷酒哺果，相依相偎，皆是顺其所欲，以假钩真，我随彼而彼随我，外虽不信，内实有信。所以罗刹不觉入于术中，笑嘻嘻口中吐出宝贝，递于大圣之手矣。宝贝"只有杏叶儿大小"者，"杏"字，木下有口，仍取巽象。巽卦☴上实下虚，实为大，虚为小，虽大而究不离小，明示宝贝即巽也。但这真阴之宝，有体有用，须要口传心授，方能知的运用方法。若不得传授口诀，虽真宝在手，当面不识，势必以假为真，将真作假，暗想沉思，疑惑不定，"自家宝贝事情，也都忘了"也。

其口诀果何诀乎？"只将左手大指头，捻着那柄儿上第七缕红丝，念一声'咽嘘呵吸嘻吹呼'，即长一丈二尺。这宝贝变化无穷，那怕他八百里火焰，可一扇而息。""左手大指头"者，左者，作也；指者，旨也，言作手之大旨也。"捻着那柄儿上第七缕红丝"者，七为火数，红为火色，丝者思也，言捻住心火之邪思也。"念一声'咽嘘呵吸嘻吹呼'"者，七字一声，言一气运用，念头无二也。"即长一丈二尺"者，六阴六阳，阴阳调和，以阴济阳也。总言作手之大旨，捻住心火之邪思，一气运用，念头不二，阴阳调和，火焰即消，不待强制。其曰"那怕他八百里火焰，可一扇而息"者，岂虚语哉？

"大圣闻言，切记在心。"口传心授，神知默会也。"把宝贝也噙在口中"，得了手，闭了口，不露形迹也。既知真宝，又得真传，可以换转面皮，抹去其假，现出其真，以前假夫妻之作为，丑勾当之运用，一概弃去，置于不用而已。彼一切不辨真假、认假为真、失去真宝之辈，闻此等法言，见此等行持，能不慌的推翻桌席，跌倒尘埃，羞愧无比，只叫"气杀我也"乎？

噫！金丹之道，特患不得真传耳。果得真传，依法行持，一念之间，得心应手，躁性不起，清气全现，浊气混化，同归而殊途，一致而百虑，纵横逆顺，表里内外，无不一以贯之。但这个真阴之宝，有个长的方法，又有个小的口诀，若只讨的个长的方法，未曾讨他个小的口诀，只知顺而放，不知逆而收，纵真宝在手，未为我有。"左右只是这等长短，没奈何只得撑在肩上，找旧路而回。"能放不能收，与未得宝者相同，非"回旧路"而何？

噫！药物易知，火候最难，差之毫厘，失之千里。须要大悟大彻，既知的生人之消息，又要知的生仙之消息。生人之消息，顺行也；生仙之消息，逆用也。知得顺逆之消息，方能遂心变化，顺中用逆，逆中行顺，假中求真，真中用假，先天而天弗违，后天而奉天时，天且弗违，而况于人乎？况于鬼神乎？

"众精个个胆战心惊，问道：'可是那大闹天宫的孙悟空么？'牛王道：'正是，列公若在西天路上，有不是处，切要躲避些儿。'"以见顺中用逆，窃夺造化，能闹天宫者，正是道；一切在西天路上，只顺不逆，着于声色，成精作怪者，俱不是道。是与不是，只在用顺能逆不能逆分之。倘不知此中消息，真假罔分，是非不辨，妄猜私议，任意作为，终是顺行生活，着空事业，鲜有不认假失真，自取烦恼者。

牛王因失金睛兽，径至芭蕉洞，叫夫人而问悟空；罗刹骂猴狲偷金睛兽，变化牛魔王而赚宝贝。俱写顺其所欲，不识真假，认假失真之弊。认假失真，真者已去，独存其假，当此之时，若欲重复其真，已落后着。"爷爷兵器不在这里"，不过"拿奶奶兵器，奔火焰山"，空闹一场而已，何济于事？

篇中牛王骑金睛兽而赴华筵，行者偷金睛兽而赚宝扇，牛王失金睛兽而赶悟空，总是在"顺其所欲"之一道，劈假示真，教人辨别其顺之正不正耳。顺之正，则顺中有逆而为圣；顺之不正，则有顺无逆而为魔。为圣为魔，总在此一顺之间。用顺之道，岂易易哉？苟非深明造化，洞晓阴阳，其不为以假失真也，有几人哉？

诗曰：

未济如何才得济，依真作假用神功。

中孚露出真灵宝，能放能收任变通。

# 第六十一回

## 猪八戒助力破魔王　孙行者三调芭蕉扇

〔**西游真诠**〕悟一子曰：读者谓"三调芭蕉扇"与"三顾茅庐"、"三打祝家庄"一格，是等大道之宝箓，为小说之套言。犹读《兔园策》、《龙虎经》而茫无区别也。

火焰山从天而下，交于地，乃乾交坤而生三阳，本大圣先天真乙之气所化，守八卦丹炉之道人已详其由来。一调者，大圣在坤而索乾也。一索而生长女为巽，巽为风，故为扇；得之于乾金，故为铁扇公主。土之长女，故为丑之长妻，而一阴现。二调者，大圣在坤而再索也。再索而生中女为离，离为火，故坐落正南，南面一王之象，故得玉面公主。土之中女，故为丑之次妻，而二阴现。三调者，大圣在坤而三索也。三索而生少女为兑，兑为泽，为水金；位乎西而色白，故为白牛。牛属土而生金，遍历九宫，为力甚大，故为大力王，为铁扇公主养身之父，真阴之主也，故三阴现而真扇献焉。坤三索而生三阴，济火炎而育万物，总不离先天真乙之气为之，此大圣一调、二调、三调之妙旨也。

"牛王赶上索还，而变作八戒"，明阴阳有反覆相索之机，见土之为用神也。土能随运转移，土克水而逆取，则水不无反决之伤；土假木而顺受，则水自来滋生之益。故道："我若问他当面索取，他定然不与。倘若扇我一扇，要去八万四千里远。""即变作八戒一般，抄路迎着大圣，赚索扇子到手，知收放之根本，依然变似杏片，丢入口中。"道家以口为火焰山，真阴入口，仍取离象。修道者，欲得离中之真阴而成既济，非藉土木之作用，不能索取而成功。故下文专以土地、八戒助力施为为骨。

"唐僧坐在途中，火气蒸人，心焦口渴"，孤阳成亢也。"问土地而察神通,叫八戒而使努力,卷帘做伴",本土住于中宫而不离。"道上认路行",土运于南方而寄旺。"正行时,忽见厮杀。土地道:'天蓬,不上前,还待怎的?'"言土能相木,而乘时以动,非有待也。"八戒战败牛王,土地拦住大力",木盛土旺之候。八戒、大圣、牛王三人奋勇争持,乃金木和同而致真阴现相,故即有积雷山摩云洞之玉面公主助力而来矣。

"八戒因扇子难得而思转路",未免生躁进疑怠之心。土地道:"大圣莫焦恼,天蓬莫懈怠。但说转路,就是入于旁门,不成个修行之道。你师父在那正路上坐着,眼巴巴只望你们成功。"言惟大圣之金,天蓬之木,金木交并,同心合力,勇猛施为,方能得真乙之水以济大道。若舍此而思转路,是舍正道而入旁门,水火不能既济,何由得路而去西取经?此水火既济之道,正是在正路上坐守而望金木之成功也。

行者发狠道:"正是、正是,说得有理。"曰:'好施为,地煞变。"曰:"打破顽空参佛面。"言作用于坤宫,而神通变化以参佛,非如禅家专言性宗而堕入于顽空也。八戒努力道:"管甚牛王会不会!"言驱牛归土,作用在我,而牛无知也。曰:"木在亥,配为猪,牵转牛儿归土类。"言木火为夫,阳中阴也。牵转木汞,不使放纵,使归于土,则得真阴以济火,即八戒之努力也。曰:"申下生金本是猴,无刑无克多和气。"言金水为妻,明中阳也。发现金铅与木汞相吞相啖,交会调和以成丹,即大圣之施为也。曰:"用芭蕉,为水意,火焰消除成既济。"本文自明。

"两个领着土地、阴兵,一齐上前",其运用总不离土。故三人争战之顷,而土地拦住道:"大力王,那里走?吾等在此!"老牛、行者,彼此赌斗变化,与前番天宫时与二郎赌斗相对。彼为先天而顺行天道也,人道也;此为后天而逆制天道也,仙道也。总一顺一逆之妙道也。

老牛由地而升,初登于天也。变为天鹅,天一生水,水生木,顺也;行者变为海东青,东青,木也,木因水生,而木反克水,逆也。牛王又变为黄鹰,黄属土,水受克于木而水反生土,故变为黄鹰;土受克于木而土反克水,土干而木枯也。故东青不能制黄鹰,而黄鹰能制东青,逆也。行者又变为乌凤,乌属水,木受制于土而土反生水,故变为乌凤;水受制于土而水反克土,水决而土陷也。故黄鹰不能制乌凤,而乌凤能制黄鹰,逆也。老牛又变为白鹤,白属金,土受克于水而水反生金,故变为白鹤。行者又变为丹凤,丹属火,火受克于水而水反生火,故变为丹凤。天一之水,化五行而生万物,不外青、黄、乌、白、丹之五色，此道之一顺一逆，而变化照察于上也。

老牛由天而降，后入于地也。变为香獐，地二生火。獐与鹿同类，与马同宫，火也。由白鹤之金而变，则金反生火。行者变为饿虎，虎位乎西，金也。由丹凤之火而变，则火反生金。论理，金不能克火，而虎有食獐之力，则火反受克于金，逆也；老牛又变为金钱大豹，金豹为金类，以獐变豹，火变金也，逆也；行者又变为金睛狻猊，狻猊为火兽，以虎变狻猊，金变火也，逆也；老牛又变人熊，熊属火，豹变熊，金变火也，逆也；行者又变为赖象，象力在鼻，土也，狻猊变象，火变土也，顺也。剥之《象》曰："顺而止之，观象也。"地二之火，化五行而生万物，不外金、木、水、火、土之五象。此道之一逆一顺，而变化昭察于下也。

天一生水，地二成之，水火既济，总归于土，故牛王有原身，而白牛现焉；土化为白，则木平、水和、火息、金明，而金丹将就，故行者就现原身，而万丈金身之象，巍然毕具矣。诗曰"奇巧心猿用力降"，言修道全藉心灵而力专。曰"必须宝扇"，言舍金水不济木火。曰"黄婆扶元"、"木母同情"，言土木之运用宜勤。曰"和睦五行归正果"，言五行攒簇而归于一体，不相克害，方证西方也。此下大圣与牛王争逐，处处俱是八戒、土地努力，金火之煅炼，唯赖土木之运用也。其诸神将、佛力之护卫拦截，及李天王、哪吒父子之斩头、照像，无非火水土之精神焕发也。

北有神通广大泼法，南有法力无量胜至，东有毗卢沙门大力，西有不坏尊王永住，四面八方都是神兵天将，上有托塔李天王父子神将。"老牛还变做一只大白牛"，返本还元之象也。太子变三头六臂，飞身牛背，斩下牛头，乾变为坤而象阴。"牛"去其首而象"午"，故钻出一头，口吐黑气而生阴，生生不已，而真阴尽现。哪吒便吹真火，而真阴、真阳相济。煅炼既成，而以心镜照住本象，不使腾挪。大力收伏，真宝自昭，此皈依佛法之正路也。

哪吒牵转白牛，罗刹献出真扇，四大金刚道："圣僧，恭喜了，十分功行将完！"乃金丹将成之候也。又道："汝当竭力修持，勿得须臾怠惰。"盖指示尚有金丹之火候，不可须臾懈怠也。一扇而火寂，再扇而风动，三扇而雨霁，造化在吾掌握，指示运用火候之次第，出自天然。

诗云："牵牛归佛休颠劣，水火相联性自平。"盖阴阳既合而牛力自驯，水火一气而大道归真。此三藏所以"解燥除烦，清心了意"也。牛王径归佛地，皈依净土；罗刹索还本扇，自去潜修。所谓丹成之候，一切坛炉鼎灶器具，离而去之也。"连扇四十九扇,永绝火根。"七七四十九,七返运火之功,毕露于此。然非有强作妄为,乃自然之运用。《易》云:"大衍之数五十,其用四十有九"是也。"有火处下雨,无火处天晴",离下坎上,阴阳交泰,天清地宁之象。故结曰:"坎离既济真元合,水火均平大道成。"

此篇与二郎擒大圣篇紧相照应,彼以阴剥阳而成否,此以阴济阳而成既济,故篇中俱着李天王、哪吒父子为用。其立言玄奥神奇,而章法倒射之妙如此。

〔西游原旨〕上回言采取药物之诀,此回言火候煅炼之妙。《悟真》云:"纵识朱砂与黑铅,不知火候也如闲。大都全藉修持力,毫发差殊不结丹。"盖以金丹大道,全在知其药物之老嫩,火候之急缓,若差之毫发,失之千里。故白玉蟾有"夜半忽风雷"之患,吕纯阳有"看《入药镜》转分明"之词。药物易知,火候最难有如此。仙翁此篇写火候处,最为详细,其中变化无穷,次第分明,古人所不敢道者,仙翁道之;古人所不敢泄者,仙翁泄之。

提纲"猪八戒助力破魔王,孙行者三调芭蕉扇",二句一理,不得分而视之。八戒为木火,行者为金水,言必金木相并,内外相助,阴阳调和,方能以水而济火。助力破魔王,便是三调芭蕉扇。何为三调?一调者,复真阳而去假阴,真阴未见;二调者,以兑金而合巽木,真阴已露;三调者,水火济而乾坤合,真阴得手。此其所以为三调。噫!此等天机,非深明火候、善达阴阳者,其孰能与于斯哉!

篇首"大圣肩膊上掮着那柄芭蕉扇,怡颜悦色而行",即夬卦☱上兑下乾,健而悦,决而和也。决阴能和,和中即有真阴,故亦能得芭蕉扇。然夬者姤之始,剥者复之基,天道自然之常,若不能防危虑险,稍有差迟,则必真变为假,阳极生阴,祸不旋踵而至。"牛王赶上大圣,见了大惊道:'猴狲把运用的方法儿也叨饬得来了。我若当面问他索取,他定然不与,倘若扇我一扇,要去八万四千里,却不遂了他意?'"以见夬不尽而阴难入也。牛王以大圣得意之际,欲变八戒骗一场,是夬尽而乾,由乾而一阴来姤也。姤卦☰上乾下巽,八戒为巽木,欲变八戒,有由来者。

"牛王变作八戒一般嘴脸,抄下路叫道:'师父恐牛王手段大,难得他宝贝,教我来帮你的。'"即姤之初六"系于金柅"也。一阴能以止诸阳,如金柅能以止车轮。一阴虽微,暗藏杀机,为祸最烈,可畏可怕。"行者道:'不必费心，我已得了手了。'"即姤之九二"包有鱼，无咎，不利宾"也。能防始生之阴，则阴不能为祸，如鱼在包中，其利在我不在他，故曰："我已得了手了。"行者述及"偷金睛兽，与罗刹结了一场干夫妻，设法骗将扇来"等语，即姤之九三"其行次且，行未牵"也。刚而得正，与阴同体，欲去阴而时有不可，虽行次且，然亦不为假伤真，如作干夫妻、骗宝贝者相同。"牛王赚扇到手，知扇子收放的根本，依然小似杏叶，现出本相，骂道：'泼猴狲，认得我么？'行者心中自悔道：'是我的不是了。'"即姤之九四"包无鱼，起凶"也。不能防阴于始，势必阴气乘间作祸，假伤其真，是谓不知收放之根本、大小之消息，其曰"我的不是"，可为不能防阴者之一戒。"大圣先前入罗刹腹中之时，将定风丹噙在口内，不觉的咽下肚里，所以五脏皆牢，皮骨皆固。牛王搧他不动，慌了，把宝贝丢入口中。"即姤之九五"以杞包瓜，含章，有陨自天"也。杞为阳，瓜为阴，以阳包阴，能防阴于未发之前，是章美在内，如把定风丹预先咽在肚里，五脏皆牢，皮骨皆固，阴气即发，焉能搧得动？既搧不动，则扭转造化，阴气自然消退，而"有陨自天"，慌的宝贝噙在口内，自然之理也。"行者、八戒与牛王争斗，土地阴兵助战，要讨扇子。"即"有陨自天，志不舍命"之义。"玉面公主、外护头目助牛王，八戒败阵而去，大圣纵云出围，众阴兵四散奔走。"即姤之上九"姤其角，吝"也。刚躁太过，不能防阴于始，自然见伤于终，一阴之为祸甚深，可不早为戒备乎？

噫！真阴固所难得，假阴亦不易制，若假阴不除，真阴不得，燥火难消。但假阴具有气质之性，炎燥之土，其根最深，其力最大，若非下一着死工夫，猛烹急炼，而不能消化归真。行者说妖精莽壮，八戒欲转路别走，俱是逡巡不前，火候不谨。故土地道："大圣休焦恼，天蓬莫懈怠。但说转路，就是入了傍门，不成个修行之道。你师父在正路上坐着，只望你们成功哩！"焦恼则偏于阳，懈怠则偏于阴，偏阴偏阳，即是入于傍门，而非修行正道。修行正道，非金木相并，性情如一，不能成功。

"行者发狠道：'赛输赢，弄手段。好施为，地煞变。'"言金丹运用，在能善于变化也。"自到西方无对头，牛王本是心猿变"，言意者心之所发，心者意之所主，心即意，意即心，西方真性之地，无意亦无心也。"今番正好会源流，断要相持借宝扇"，言会的道之源流，方可以依假复真，以真灭假，而得真宝也。"趁清凉，息火焰，打破顽空参佛面"，言以阴济阳，阴阳相和，方是真空，不落顽空，可以参佛面矣。"功满超升极乐天，大家同赴龙华宴"，言始而

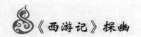

有为,终而无为,脱出五行,形神俱妙,入于极乐,即赴龙华之宴也。

"八戒努力道:'是是是!去去去!管甚牛王会不会。'"言为功日增,为道日减,一心努力向前,至于阴阳之会与不会,弗计也。"木生在亥配为猪,牵转牛儿归土类",言木去克土,则性定意宁,而土即归本相矣。"申下生金本是猴,无刑无克多和气",言金情恋木慈仁,木性爱金顺义,金木同功,性情相和,无刑无克,易于成功也。"用芭蕉,为水意,焰火消除成既济",言用芭蕉柔弱之木者,为其柔能克刚,有水之意,能以消火焰而成既济之功也。"昼夜休离苦用力,功完赶赴盂兰会",言昼夜用功,十二时中,无有间断,化尽群阴,体变纯阳,即赴盂兰之会,见我本来面目矣。

"行者八戒两个,领土地阴兵,把摩云洞前门打得粉碎",是打破火水未济之门,而求其济也。"牛王听得打破前门,急披挂,拿了铁棍,摆出来道:'泼猴狲,你是多大个人儿,敢这等上门撒泼?'"坎中之一阳为大,离中之一阴为小,未济之象。坎前为离,打破前门,打破离之障碍也。"牛王摆出",是取出离中之一阴;"大而上门",是翻上坎中之一阳,颠倒之义也。牛王叫"猴儿上来",行者叫"吃我一棒",取坎填离,水火相济之象。

然取坎填离,水火相济,须要变化气质;变化气质,须要内外兼功。"行者使八戒、土地进洞,剿除妖精,绝其归路"者,内而戒慎恐惧,扫除杂念也;"自己要与牛王斗赌变化"者,外而猛烹急炼,熔化性情也。老牛变天鹅,为行者东青所制;老牛变黄鹰,为行者乌凤所制;老牛变白鹤,为行者丹凤所制:此化其气也。老牛变香獐,为行者饿虎所制;老牛变花豹,为行者狻猊所制;老牛变人熊,为行者赖象所制:此化其质也。最妙处,在天而变,以丹凤为止;在地而变,以赖象为止。丹凤者,光明之象;赖象者,象罔之谓。变化而至光明象罔,气质俱化,意土归真之时,故老牛现出白牛原身矣。

既云意土归真,何以"行者变法身就打,牛王硬着头,使角来触。这一场真个是撼岭摇山,惊天动地"乎?此有说焉。盖气质之性虽化,犹有积习之气未除,若不将积习之气除尽,犹足为道累,而意土犹未可定,大道犹未许成。故诗曰:"道高一尺魔千丈,奇巧心猿用力降。"言道高者魔必高,须要心灵智巧,用力降除也。"若要火山无烈焰,必须宝扇有清凉",言燥性不起,必须真阴清凉以制之也。"黄婆矢志扶元老,木母同情扫兽王",言中央真土,当护持丹元而不动,金情木性,宜并力除邪而救真也。"和睦五行归正果,炼魔涤垢上西方",言五行散乱,必须和之睦之,而成一家;外魔积垢,必须炼之涤之，尽皆化去，方能归正果而见真佛也。观于末句"炼魔涤垢"，可知此场赌斗，是除积习之气也无疑。

"两个在半山中赌斗，惊得过往虚空一切神众，都来围困。魔王急了，就地打一滚，复本相，便投芭蕉洞去。"此神明默运，加火煅炼，积习消化，反真之时。故行者、众神，正攻打翠云山，即有八戒、土地、阴兵，打死玉面公主而来矣。天下事，邪正不两立，真假不并行，正去则邪现，假灭则真来。故行者因八戒之问，而曰："正是！正是！罗刹女正在此间。"言假之灭处，正是真之在处，更不必在假之外而寻真也。八戒道："既是这般，怎么不打进去，问他要扇子，倒让他停留长智？"假者既去，急须求真，不得少有懈怠，滋生疑惑也。

"呆子举钯将石崖连门筑倒了一边"，不着于有也；"牛王闻报，心中大怒，口中吐出扇子，递与罗刹"，不着于空也。"罗刹道：'把扇子舍与那猴狲，教他退兵去罢。'牛王道：'你且坐着，等我和他再比拼去来。'"火候不到，未为我有也。"众神四面围绕，土地阴兵左右攻击"，内有天然真火也；"四金刚东西南北阻挡，李天王并哪吒太子众天兵，漫在空中"，外炉增减要勤功也。①"牛王还变作一只白牛"，浑然一气，道本无为也；"哪吒变作三头六臂，飞身跳在牛背上"，刚柔两用，而法有作也。"用慧剑而斩牛头"，杂项挥去，减其有余也；"吐黑气而放金光"，腔子换过，增其不足也；"一连砍十数剑，随即长出十数个头"，减之又减，增之又增也。"取出火轮儿，挂在牛的角上，便吹真火，焰焰烘烘，把牛王烧的摇头摆尾。牛王才要变化脱身，又被天王将照妖镜照住本相，腾那不得，只叫：'莫伤我命，情愿归顺佛家也。'"运转法轮，真火煅炼，从头至尾，增之又增，减之又减，丝毫不得放过，直至无可增减，滓质尽去，归于无声无臭地位而后已，《悟真》所谓"大都全藉修持力，毫发差殊不结丹"也。哪吒牵转白牛，罗刹献出宝扇，总以见金丹成就，出于自然，不可勉强也。

噫！金丹大道，有药物，有斤两，有分数，有止足，有老嫩，有吉凶，有急缓，有等等火候工程，非师罔知。一得口诀，通天彻地，是在乎得意忘言，神明默运，勤而行之耳。四大金刚道："圣僧十分功行将完，吾奉佛旨差来助汝，汝当竭力修持，勿得须臾怠惰。"言悟得还须行的，急当勇猛精进，竭力修

---

① "要"字原阙，据《悟真篇》西江月词补。

持,须臾不忘,不得半途而废也。

大圣执扇子走近山边,尽力一扇,火焰平息,而阴阳两和;二扇清风微动,而先天气复;三扇细雨落霏,而甘露自降。至真之道,立竿见影有如此。

诗云:"特借芭蕉施雨露,幸蒙天将助神兵。牵牛归佛休顽劣,水火相联性自平。"盖言阴阳之气缊缊,甘露自降;坎离之气交会,黄芽自生;阴阳混合,燥气自平。"三藏解燥除烦,清心了意",不其然乎?

"诸神、金刚各归本位,土地、罗刹在傍伺候",有为之后,还须无为。"修成人道,未归正果,讨还本扇,养命修身",了性之先,当早了命。"三扇息火,一年又发",见凡夫不贵顿而贵渐;"四十九扇,永断火根",见功夫先由渐而后顿。"有火处下雨,无火处天晴",道未成而阴阳必须两用;"立在无火处,不遭雨湿",道已成,而造化速宜全脱。若有知音,闻的此等天机,急须收拾马匹行李,了还大道,得意忘言,自去隐姓修行,后来必得正果,万古留名。

结出三家合一前进,"真个是身体清凉,足下滋润"。所谓"坎离既济贞元合,水火均平大道成",至道不繁,简而且易,是在乎阴阳合一耳。

诗曰:

阳极生阴理自然,能明大小火功全。

观天造化随时用,离坎相交一气旋。

# 第六十二回

## 涤垢洗心惟扫塔　缚魔归正乃修身

〔**西游真诠**〕悟一子曰：石蕴玉而山辉，水怀珠而川媚，浮图贮宝而光照四表，人身得道而粹面盎背，一理而已。读者谓屈轶生庭，系于主德；荧惑徙舍，感自君心。浦珠视公私为去还，田荆因分合为荣瘁。西阳溪水，以令之贪廉为清浊；临安石镜，准守之臧否为明昏。征应之理，信有然者。此黄金宝塔，宝去光潜，喻人身受污而失德，君臣无道而化阻，确有实义。

前篇师徒水火既济，已得妙道；散诞逍遥，西天在望矣。然必抱一守元，时刻温养，使心地光明，毫无沾染，方能候足功完。若稍有懈纵，则至德不修，至道难凝，故篇首冠《临江仙》一词，以示其要。云："十二时中忘不得，行功百刻全收。三年十万八千周，休叫神水涸，莫纵火光愁。水火调停无损处，五行联络如钩。阴阳和合上云楼，乘鸾登紫府，跨鹤赴瀛洲。"语义明白，总言一年三万六千刻，三年十万八千刻，刻刻温养，不可纵放。盖得丹以后之保固功夫，惟洗心涤虑，以正其性，否则性昧而丹不固矣。

师徒行至祭赛国，见和尚披枷带锁，蓝缕不堪，问是金光寺负屈的和尚。三藏，无人相、我相、众生相。和尚负屈，就如三藏负屈，故叹曰："兔死狐悲，物伤其类。"此血污宝塔，即是血污三藏；塔宝失去，即是三藏自失其宝，所以为一难也。

同至山门观看，三藏止不住心酸，拜佛转到后面，又甚不忍见，仅见大同一体为心。"众僧来叩头问道：'列位相貌不一。'"又道："想是惊动天神，昨夜都得一梦，今日果见这般异相，故认得也。"盖言人相、我相、众生相，虽有异姓，而神明默告，幽梦自通，无不认得。以众僧得梦认得相貌之语，隐括无人相、我相、众生相之意，引入扫塔为唐僧切己身上事，迨读至"国王道：'圣僧如此丰姿,高徒怎么这等相貌？'大圣听了,道:'陛下不可貌相。'"方显无人、我、众生相之义。文心幽邃,有神藏鬼匿之妙。

"舍利"者,佛身子也。昔隋王邵有《舍利感应记》:秦华州思觉寺起塔,天将阴雪。舍利将下,日便朗照,有五色光气,去地数丈,状若车轮,正覆塔上。数十里外遥望之,则正赤上属天。舍利下讫,云雾复起,瑞雪飞散,如天花着人衣,久之而不湿。宝塔中舍利放光,原有已然实事。此金光寺宝塔中有舍利,而祥瑞霞彩,远近同瞻,非创说也。

国中文不贤,武不良,君无道,致生妖孽雨血盗宝,四方失望,由上召之,乃反归罪于众僧,何异己不修心迪德,而怨天尤人？曰"昏君"、曰"赃官",曰"千般拷打,万样追求",曰"前两辈已被打死,今又捉我辈问罪。"俱极拟烦刑厚敛、贪酷脧生、枝蔓诛求、积习旧染之污也。

三藏道:"今日甚时分了？"曰:"今日至此",曰:"与我办一把新笤帚,待我沐浴了,上去扫扫,解救他们苦难。"言欲去其污,莫如自新,苟能自今日而毅然维新,如《盘铭》沐浴之戒,则下学上达,而污垢自除。此三藏沐浴扫塔,自新新人,一层又上一层之的旨也。

"行者正扫处,听得塔顶上有人言语,踏云观看,只见十三层塔心里,坐着两个妖精,一盘嗄饭,一碗一壶,猜拳吃酒。"言捡身获宝,务笃信明决,不容空言犹豫。若不择一固执而拳拳在念,则其心中反覆持疑,探讨无定,即是两妖坐在塔顶心,猜拳吃酒,一味胡猜而已。

"行者逼住,两妖道:'不干我事,自有偷宝贝的在那里。'"盖猜疑之为祟,由于知识之淆乱。"供出乱石山碧波潭、万圣龙王及万圣公主、九头驸马、九叶灵芝种种名号",俱状予圣自雄、万虑多思、极地搜天、无不周到之意,而不自知其心中,实奔奔波波,灟灟劫劫,而全无定准也。两小妖名为"奔波儿灞"、"灞波儿奔",肖其颠倒参差、仓皇急遽之情状也。"供出孙悟空神通广大,沿路专一寻人的不是。"惟悟空专一之是,故能寻人不专一之不是,所谓得一以御万也。行者道"这泼魔专干不良之事",正见不专一之不是;"锁妖到寺",正专寻人不是也。

"三藏朝王,启奏寺僧负冤,扫塔获贼情由,国王惊师徒相貌不一",正国王见有人、我、众生之殊相,而不能捉贼也。大圣道:"人不可貌相,若爱丰姿者,如何捉得妖贼？"言涤垢洗心,惟在廓然大公,无内无外,不着于相。一着于相,则未免于丰姿上打点,而私欲充斥,妖贼横中,何能捉得？此其责任,舍无相之大圣难以称职。行者之大轿黄伞,八抬八绰,所由特简也。呆子笑道:"哥哥,你得了本身。"盖此等职分,得之在我本身,而不操之于君相,所谓天爵而非人爵也。

"两妖供出:有个万圣龙王,生女多娇",言内而识纷算广,匿情偏主而自大;"招赘九头驸马,神通无敌",言外而欲扰思烦,附意纠缠而自多。"龙王与驸马合伴",心意与物欲交乘。"先下血雨",自污以污人;"后偷舍利",妨人以利己。"现今照耀龙宫,黑夜明如白日",自矜私智,谓可烛幽;"又偷王母灵芝,潭中温养宝物",贪窃天功,安希作佛。此种修身,徒用奔波,枉劳瀰劫。故提纲曰"缚魔归正乃修身",言必切实下手,方是修身。擒贼擒王,舍大圣谁与归? 八戒道:"我与师兄,手到擒来。"乃真能下手也。

〔**西游原旨**〕上回结出坎离既济,水火均平,真元合而大道成,是言命理上事。然知修命而不知修性,则大道而犹未能成。故此回言修性之道,使人知性命双修也。

冠首《临江仙》一词,分明可见。江为水,性犹水也。临江者,隐寓修命之后,还须修性之意。曰"十二时中忘不得,行功百刻全收。三年十万八千周,休教神水涸,莫纵火光愁",言一时八刻,一日十二时百刻,三年十万八千刻,刻刻行功,不得神水涸干,火性飞扬也。"水火调停无损处,五行联络如钩",言以水济火,须调和而无损;五行攒簇,当联络而一家也。"阴阳和合上云楼,乘鸾登紫府,跨鹤赴瀛洲",言乌兔二物,归于黄道,金丹成就,诸缘消灭,而即入紫府瀛洲之仙境矣。故云:"这一篇词,牌名《临江仙》。"

"单道三藏师徒四众,水火既济,本性清凉,借得纯阴宝扇,搧息燥火遥山",是结上文了命之旨;"不一日,行过了八百之程。师徒们散诞逍遥,向西而去,正值秋末冬初时序",是起下文修性之义。

秋者,肃杀之气,万物结实之时。杀以卫生,命根上事。曰"秋末",是命已了也。冬者,寒冷之气,万物归根之时。寒以藏阳,性宗上事。曰"秋末",曰"冬初",由结实而至归根,先了命而后了性也。然修性之道,须要大公无私,死心忘意,不存人我之见,万物皆空,诸尘不染,而后明心见性,全得一个原本,不生不灭,直达无上一乘之妙道矣。学者须要将提纲"涤垢洗心,缚魔归正"语句认定,而此回之妙义自彰。

"正行处,忽见十数个披枷戴锁和尚。三藏叹道:'兔死狐悲,物伤其类。'"言人己无二性,物我有同源,人之披枷戴锁,即我之披枷戴锁,非可以二视之。众僧道:"不知你们是那方来的,我等似有些面善。"人性我性,总是一性,"有些面善",相不同而性则同也。曰"列位相貌不一",曰"昨夜各人都得一梦,今日果见老爷这般异相,故认得也",人性我性,虽相貌不同,而默相感通;境地各别,而同气连枝。不认得而认得,性则无殊也。

"祭赛国,文也不贤,武也不良,国君也不是有道。"祭以表心,赛以争胜,随心所欲,顾其外而失其内,也不贤,也不良,也不道,非复固有,失去人我之性矣。人我之性,乃本来之真心。真心空空洞洞,无一物可着,无一尘可染,是心非心。只因落于后天,生中带杀,恣情纵欲,心迷性昧,全归于假,不见其真。其于金光寺黄金宝塔"孟秋夜半,下一场血雨,把塔污了"者何异?"金光"者,喻英华发外。"宝塔"者,比心地玲珑。英华发外,积习之气,填满胸中,秽污百端,心即昏昧,所作所为,是非莫辨,真假不分,一昏无不昏,千昏万昏,而莫知底止矣。"国王更不察理,官吏将众僧拿去,千般拷打,万样追求",信有然者。

"三辈和尚,打死两辈",不惜性命,生机将息。原其故,皆由不能死心而欺心。曰"我等怎敢欺心",心可欺乎?故三藏闻言,点头叹道:"这桩事暗昧难明。"言这欺心之事,乃暗昧之事,人所不知而己所独知,急须究个明白,不得迷闷到底也。

曰:"悟空,今日甚时分了?"行者道:"有申时前后。"不问别人,而问悟空,是明示悟得本心空空无物,便是分出真假之时,可以直下承当,申得冤屈之事。但"申时前后",尤有妙义。其中有一而为申,不前不后而为中,一而在中,中而包一,真空不空,不空而空,执中精一之道在是,非若禅家强制人心、顽空事业可比。不遇明师,此事难知。

三藏道:"我当时离长安,立愿见塔扫塔。今日至此,遇有受屈僧人,乃因宝塔之累。你与我办一把新笤帚,待我沐浴了,上去扫扫,即看这事何如,方好面君,解救他们这苦难。"以见修道而至了命之地,若不将旧染之污,从新一扫,洗心涤虑,终是为心所累,如何解得苦难?"小和尚请洗澡",洗心也;"三藏沐浴毕",涤虑也;"穿了小袖褊衫,手拿一把新笤帚",择善而固执也。

行者道:"塔上既被血污,日久无光,恐生恶物,老孙与你同上。"读者至此,可以悟矣。夫人自无始劫以来,千生万死,孽深似海,恶积如山,已非一日。第修一己之性,空空无物,以为了事,恶物一生,将焉用力? 故必人我同济,彼此扶持,脚踏实地,方不入于中下二乘之途。此即"老孙同上"之妙旨,前云"申时"之天机。

"开了塔门,自下层往上而扫,扫了一层,又上一层",道必循序而进,下学上达,自卑登高,层层次次,诸凡所有,一概扫去,不得一处轻轻放过。然何以唐僧扫至七层,行者替扫乎? 宝塔十三层,十者,阴阳生成之全数;三者,五行合而为三家。阴阳匹配,中土调和,则三家相会,而成玲珑宝塔。一座七层者,七为火数,心为火脏,扫塔者,扫去人心之尘垢也。尘垢扫净,人心无累,由是而修大道,大道可修。此三藏扫至十层上,腰痛坐倒,而悟空替扫所不容已者。

"正扫十二层,只听得塔顶上有人言语。行者道:'怪哉! 怪哉! 这早晚有三更时分,怎么得有人在顶上言语? 断乎是邪物。'"宝塔为真心之别名,扫塔乃扫心之功力,傍门外道不知圣贤心法妙旨,以假乱真,毁谤正道,妄贪天物,苟非有真履实践之君子,安知此妖言惑人之邪物? 行者"钻出前门,踏着云头观看",可谓高明远见,勘破一切野狐禅矣。

"塔心里坐着两个妖精",此两个,一必系着于空,一必系着于相。着于空,执中也;着于相,执一也。"一盘嘎饭,一只碗,一把壶",曰盘、曰碗、曰壶,总是空中而不实;曰"一嘎"、曰"一只"、曰"一把",总是执一而不通。执中执一,无非在人心上强猜私议,糊涂吃迷魂酒而已,其他何望? 殊不知:"执中无权,犹执一也。所恶执一者,为其贼道也。"故行者掣出金箍棒喝道:"好怪物,偷塔上宝贝的,原来是你。"棒喝如此,天下迷徒可以猛醒矣。

两妖供出:"乱石山碧波潭万圣龙王差来巡塔的,奔波儿灞,灞波儿奔,一个是鲇鱼怪,一个是黑鱼精。""乱石山",傍门纷纷,如顽石之乱集;"碧波潭",迷津塞满,似死水之起波。"万圣"者,处处神仙,而欺世欺人;"老龙"者,个个抱道,而争奇好胜。"奔波儿灞",枉用奔灞起波澜;"灞波儿奔",徒劳灞奔生妄想。此等粘滞不通,糊涂昏黑,愚而又愚之辈,适以成鲇鱼怪、黑鱼精焉耳,尚欲成仙乎?

又供出:"万圣公主,花容月貌,招了个九头驸马。老龙、驸马先下一阵血雨,污了宝塔,偷了塔中舍利佛宝。万圣公主又偷九叶灵芝,养在潭底,不分昼夜光明。"噫! 误认美女为他家,窃舍利之名,取首经之梅子,以为外丹而行污事;背却天真,借九还之说,守肉团之人心,以为内丹而入寂灭。取经

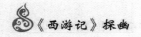

之道,果取女子之经乎?真空之理,果是顽心之空乎?

夫真金者,真性也。真空者,主人翁也。着于女子,谓之招驸马则可,谓之炼真金则不可;着于顽心,谓之有公主则可,谓之有主人公则不可。傍门万万,不可枚举,总不出此有相无相之二途。总是污了宝塔,窃取天物,自欺欺人,以一盲而引众盲。今于万万中供出一二条,以为证见,余可类推。所以行者冷笑道:"那业畜等,这等无礼。怪道前日请牛魔王在那里赴会,原来他结交这伙泼魔,专干不良之事。"言无知迷徒,始而心地不明,惑于邪言;既而主意不牢,竟行邪事,结伙成群,伤天害理,种种不法。金丹大道遭此大难,尚忍言哉?仙翁慈悲,度世心切,不得不指出真阴真阳本来面目,与假阴假阳者,扬于王庭,两曹对案也。

"且留活的去见皇帝讲话"者,是欲明辨其假也;"又好做眼去寻贼追宝"者,是教细认其真也。八戒、行者,将小妖"一家一个,都抓下塔来","别有些儿奇又奇,心肾原来非坎离",真能除假,假不能得真,真假各别,显而易见。金光寺冤屈之和尚,于此可以得见青天矣。

"国王看了关文,道:'似你大唐王,选这等高僧,不避路途遥远,拜佛取经。寡人这里和尚,专心只是做贼。'"言任重道远,脚踏实地,是拜佛取经之高僧;着空执相,悬虚不实,即是专心做贼之和尚。国王以塔宝失落,疑寺僧窃去,是未免有相处认真;唐僧奏夜间扫塔,已获住妖贼,特示其在真空处去假。"国王见大圣,大惊道:'圣僧如此丰姿,高徒怎么这等相貌?'"是只知其假,而不知其真。"大圣叫道:'人不可貌相,若爱丰姿者,如何捉得妖贼?'"是先知其真,而后可以去假。

"国王闻言,回惊作喜道:'朕这里不选人材,只要获贼得宝,归塔为上。'再着当驾官看车盖,教锦衣卫好生伏侍圣僧,去取妖贼来。"是一经说破,辨的真假,而知人心非宝,只是作贼,道心是宝,能以成圣,不在人心上用心机矣。"好生伏侍圣僧"者,修道心也;"去取妖贼来"者,去人心也。修道心,去人心,"君子黄中通理,正位居体,美在其中,而畅于四肢,发于事业,美之至也"。此"备大轿一乘,黄伞一柄,校尉将行者八抬八绰,大四声喝路,径至金光寺"之所由来也。噫!"只此一乘法,余二皆非真",彼着空执相者,安足语此?

"八戒、沙僧将两妖各揪一个,大圣坐轿,押赴当朝。白玉陛前,国王、唐僧,文武多官,同目视之",真假两在,非可并立,辨之不可不早也。"那怪一个是暴腮乌甲，尖嘴利牙；一个是滑皮大肚，巨口长须。虽然是有足能行，大抵是变成人像"，以假乱真，以邪紊正，均谓之贼道可也。

二妖所供一段，即《参同契》所云："是非历脏法，内观有所思。阴道厌九一，浊乱弄元胞。食气鸣肠胃，吐正吸外邪。昼夜不卧寐，晦朔未尝休。诸术甚众多，千条万有余。前却违黄老，曲折戾九都。明者审厥旨，旷然知所由"者是也。

"国王道：'如何不供自家名字？'那怪方供出：奔波儿灞，鲇鱼精；灞波儿奔，黑鱼精。"以见贼道之徒，邪行秽作，着空着色，不但不能永寿，而且有以伤生。无常到来，方悔为人所愚，两事俱空，一无所有。是其故，皆由辨之不早辨也。

噫！白玉阶前，取了二妖供状，教锦衣卫好生收监，是"积不善之家，必有余殃"，有罪者不得不罚；麒麟殿上，问了四众名号，在建章宫又请吃席，是"积善之家，必有余庆"，有功者不得不赏。"不用人马，酒醉饭饱"，木金同去擒妖怪，饱仁义而膏粱不愿；"不用兵器，随身自有"，国王大觞与送行，修天爵而人爵即从。"拿来两妖去做眼"，糊涂虫急举高见；"挟着两妖驾风头"，痴迷汉速快寻真。"君臣一见腾云雾，才识师徒是圣僧"，正是"明者审厥旨，旷然知所由"矣。

诗曰：

扫除一切净心田，循序登高了性天。

可笑傍门外道客，着空执相尽虚悬。

# 第六十三回

## 二僧荡怪闹龙宫　群圣除邪获宝贝

〔**西游真诠**〕悟一子曰:道非虚悟,修是实功。下手要着,先惟制眼。《阴符经》曰:"其机在目。"《正道百字诀》云:"真常须在目,在目气随精。"《易》称"仰观俯察"。老云"观徼观妙"。佛说"静观止观"。复圣请事"四勿",视为之首;臞仙著述"三要",目为之枢。至谓"道在目前,顾諟明命",自古圣贤仙真佛祖、经传诗词,无不以目为要机。奈何世人辜负天赋,空具两眼,作障作翳,甘瞽甘窥,莫能洞瞩熟睹。此即祭赛国所谓"肉眼凡胎"者,岂知上仙古佛菩萨,现在目前乎?

大圣火眼金睛,何藉两妖做眼?"把两个小妖带去作眼",正明首先下手工夫,在制两眼也。大圣拔毛可变刀,此何独将金箍棒变一戒刀?"一割妖耳,一割妖唇,撇在水里,说我齐天大圣在此。"明举动务执一定之理以为戒,使耳勿作妖听,口勿张妖言,两眼入于碧波而无蔽;戒动、戒耳、戒口,总是戒目。惟欲其瞩目,真一上仙之齐天大圣在此也。

"两妖报道:'祸事了'",告诫也;驸马笑道:'泰岳放心'",不知戒也。"使一柄月牙铲,叫道:'是什么齐天大圣? 我偷宝贝,与你何干? 却无故伤我头目,又上我宝山厮闹!'""明"者,日月之力也。目之明者如日月。今驸马使月牙铲,乃勾月之偏光,目不能识大圣,而汩没宝贝,谬视宝山,反以戒目为伤我目也。

行者道:"贼怪甚不达理。我虽不受王惠,你偷他的宝贝,僧人是我同气,我怎不与他出力辨明?"盖立德非由于感恩,施功不专为一己,无我相、人相、众生相而为明也。"大圣先加一棒,八戒后筑一钯。那怪九头,转转都是眼"。即不能鉴前而知止,又不能顾后而知戒,眼虽多,亦奚以为?

"现了本象，十分凶恶。八戒道：'是甚血气生此禽兽？'"正道有云："禽即兽。"夫禽两翼，兽四足，何以言即？《礼》云："猩猩能言，不离禽兽。"兽兼禽言也。此九头多目，是甚禽兽？禽兼兽言，极言其非人类，而并非一禽一兽所得而名状也。

"那怪展翅斜飞，半腰里又伸出一个头来，将八戒咬去，欢喜贺功。"拟其斜行瞥见，偏听狂啮，全与"四勿"相反，而不知鉴戒，妄自称雄也。"行者复变螃蟹，咬断索子，救脱八戒。使个隐身法，偷出钉钯，递与八戒。"蟹者，解也，难之散也。隐者，潜也，昭之孔也。盖解脱纠缠，使潜行戒性也。

"八戒打进宫殿，破门碎器，惊起老幼"，正励精努力，除旧生新之下手处。"行者忽见追赶八戒，就半空踏云雾，一棒打烂老龙头"，正是眼明手捷，扑杀偷心之老贼，以一御万之不二法门。薛文清有云："万起万灭之私，乱吾心久矣，当一切决去，以全吾湛然、澄然之体。"此一棒打杀万圣老龙，而碧波潭斯不为乱石所涌矣。

然万圣老怪，无识而行偷，溺于爱也。犹心具众理而不辨是非，名虽万圣，实是多偷。能死偷心，其怪易灭。若九头孽邪多见而作贼，恃其智也。犹意附外诱而四顾奔驰，名虽九头，实是十恶。贼党多端，其邪难除。是必大张天讨，如秋令之肃杀万物，方可惩创而维新。"行者忽听得狂风滚滚，惨雾阴阴，仔细观看，乃二郎显圣七圣兄弟。"二者，偶也；七者，少阴之数，其时为秋。《道藏》歌曰："白帝行气道当新。"此除邪之大时候、大手段也，故曰"倒是一场大机会"。

夫秋气杀物，而天心仁爱行乎其中，杀中有生也。草木枯解而万宝成熟者，则天刑行，而顽残歼，民志肃，君子秉义提躬，而嗜欲绝、懿德修，皆去污维新之道也。道贵自知悔愧，方获有济。大圣因"曾受降伏，不好见他"，自知悔愧也。"八戒请住真君，与大圣话旧说因，即在二郎营内欢叙一夜，待天明索战。"有姬公兼三施四、坐以待旦之义。

八戒筑杀老龙子孙，细犬咬下九虫一首，怪物逃生，止住勿追，何也？盖孽种尽锄，已靖巨魁之穴；杀一儆百，姑开自新之门。

逆之首必诛，所以垂鉴戒；贼之附或宥，乃以昭至仁。"至今有个九头遗种滴血"，盖尽刑以快一时，不如赘刑以儆万世也。犬发口中之声，示谳狱以决枭。戌为九月之卦，寓藏宝于火库。学者斩欲修诚，痛自刻责，立德、立业、立言，存几希而异禽兽者，以此。

“行者变化驸马之形质，讨出两匣宝贝”，化邪为真，从一得二也。“八戒扑杀公主，提出龙婆，留置塔内”，戒妖治而示婆心，舍妄存仁也。“国王究明不朽之舍利，并获天生灵草”，解冤珍德，烛幽晰玄也。三藏安佛宝于塔顶，置龙婆于塔心，行者“将芝草把十三层塔层层扫过，安在瓶内，温养舍利子。这才是整旧如新”矣。此饬躬砥行，步步脚踏实地，步步莫非天宝，岂彼空言虚悟，对塔谈相论者比耶？

国号“祭赛”，示宝而不蓄德；寺名“金光”，流闪而不宁谧。今“祭赛国”之“金光寺”，改作“伏龙寺”，暗然自得，回光返照，斯可大可久。如万圣、九头炫耀徇私，行偷袭取，予圣予智，果何益哉？故结曰：“妖邪剪灭诸天乐，金塔回光大地明。”

〔**西游原旨**〕上回言扫邪归正，方是修身之道。乃一切迷徒，反信邪背正，作孽百端。故此回写出邪正结果，提醒学人耳。

篇首，祭赛国王与大小公卿，见大圣、八戒腾云提妖而去，一个个朝天礼拜，又拜谢三藏、沙僧道：“寡人肉眼凡胎，只知高徒有力量，拿住怪贼便了，岂知乃腾云驾雾之上仙也！”言争胜赛宝之徒，丧其天真，迷于邪行，罔知愧悔，甘心受疚，皆是肉眼凡胎，而不知有腾云驾雾上仙之大道，足以提迷徒而上天堂也。“满朝文武，忻然拜礼”，是已由迷而悟，知得今是而昨非，正可于乱石丛中，拣出真宝，欲水波里，拈来把柄，再不必奔灞灞奔，愚而自误也。

“将金箍棒吹口仙气，变作一把戒刀”，此执中用权，精一不二，戒之道也。“将黑鱼怪割了耳朵”，戒其非礼勿听也；“将鲇鱼精割了下唇”，戒其非礼勿言也；“把二妖撇在水里”，戒其非礼勿视也；“快去对万圣老龙说，我齐天大圣孙爷爷在此”，戒其非礼勿动也。乃有一等无知迷徒，纵放人心，不知禁戒，顺其所欲，入于傍门，邪说淫辞，以交战为能，以三合为期，取经水首降之物，归附于我，自为接命，不过招驸马为愚婿焉耳，其他何望？

“那妖使一柄月牙铲，分开水道，在水面上叫道：‘是甚么齐天大圣，快上来纳命！’”月象其心，牙象其毒害，铲比其锋利。言御女采战之徒，在毒心上作事业，水道中做活计，自送其死。若不知利害，一入网中，任尔齐天大圣，亦必纳命难逃，而况于他乎？又云：“你是取经的和尚，我偷祭赛国宝贝，与你何干？却无故伤我头目。”夫真经人人本有，不待他求。一切地狱种子，误认一己之精为阴，女子之经为阳，交合采取，即谓取坎填离，妄想成丹。殊不知,取妇女之经,即是偷了祭赛国宝贝,终不与你相干,无故伤好人脸面,冤屈亏心,何处伸说? 故行者道:"金光寺僧人,与我一门同气,我怎么不与他辨明冤枉?"圣人之道,大公无私,一体同观,处处积功累行,益己益人,非可与不检身务本、损人利己、伤天害理者比。欲辨明冤枉,舍大圣,其谁与归?

"常言道:'武不善作。'只怕一时间伤了你的性命,误了你去取经。"言男女交合,以苦为乐,常道伤害性命之事;若以常道而行仙道,差之多矣,岂不误了取经也? "行者与驸马斗经三十余合,不分胜负。八戒从背后一筑,那怪九个头,转转都是眼睛,铲抵钯棒,又耐了六七合,挡不得前后齐攻,他却打个滚,腾空跳起。"写出房中丑态,无所不至,俱是实事,曲肖其形。"现了本相,是一个九头虫。八戒心惊道:'我自为人,也不曾见这等个恶物,是甚血气,生此禽兽?'"用九浅一深之淫行,而绝无怜香惜玉之慈念,是亦妄人而已矣,与禽兽奚择哉? "大圣跳在空中,怪物半腰里又伸出一个头来,把八戒一口咬住,捉下水内。"元神出舍,身不由主,情动必溃,阴精下漏矣。

"行者要进水去看看,变螃蟹淬于水内。原来这条路是他前番袭牛魔王、盗金睛兽走熟了的。"言不知正道,恣情纵欲,横行无忌,随心自造,意乱性迷,近于禽兽,无得于彼,有伤于我。如此等辈,苦中作乐,自寻其死路,而罔知有戒,虽死期未至,已是"绑在树上哼哩!"尚谓四顾无人,可以脱身欺世,焉知神兵早被妖怪拿去乎? 噫! 养心莫善于寡欲,今不能寡欲,而反多欲,以此为仙佛之道,然乎否耶? 当此之时,身入迷城,若非心知禁戒,狠力把持,大闹一番,反邪归正,其不至伤其性命者几希。

"八戒悄悄的溜出",戒慎乎其所不睹也;"行者爬上宫殿观看",恐惧乎其所不闻也。"见钉钯放光,使个隐身法,将钯偷出",莫见乎隐也;"呆子得了手,教行者先走,自己打进宫殿",莫显乎微也。"一路钯,筑破门扇,打碎家伙。骂道:'你焉敢将我捉来,这场不干我事,是你请我来家打的。快拿宝贝还我,回见国王了事。'"夫有色则着相,无色则着空,有色无色,均非圣道。"打碎门扇家伙",既不容有色而着相;"焉敢将我捉来",又不容无色而着空。非色非空,运用于不睹不闻之中,施为于人我两济之内,慎独之功,还丹之道,有为无为,性命双修,俱可了了。

《悟真篇》云:"未炼还丹莫入山,山中内外尽非铅。此般至宝家家有,自是愚人识不全。"是岂顽空御女之谓欤? 倘以为顽空御女之道,"以色见我,以声音求我,是人行邪道,不得见如来"。心头一坏,命即动摇,性命俱伤,尸

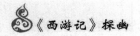

骸已为九头收去,可不畏哉?

仙翁慈悲,演出二郎一段公案,彰善罚恶,使学者除假修真,因真悟假,一意双关,不可不辨。"二郎"者,坤阴之偶也;"六兄弟"者,坤之六阴也。"狂风滚滚,从东往南",东南为巽,巽为风,坤一阴所生之处。巽上二爻属乾金,象鹰;下一爻属坤土,象犬。故"驾着鹰犬,踊跃而行",总言坤之一阴始生也。阳主生,阴主杀,生杀分明,天地消长,自然之常。小人每以此而亡身,圣人恒赖此而成道。故行者见了,对八戒道:"留请他们,与我助战,倒是一场大机会。"何以行者又道"但内有显圣大哥,我曾受他降伏,不好见他。你去拦住,待他安下,我却好见"?坤之一阴方生,其端甚微,其势甚盛,有"履霜,坚冰至"之象,能以伤阳,故曰"不好见他"。阴道主柔顺,宜于安贞,能安于贞,不但不伤于阳,而且能助其阳,故曰"待他安下,我却好见"。《易》曰:"安贞,吉。"又曰:"用六,利永贞。""二郎欲欢叙一夜,待天明索战。在星月光前,幕天席地,举杯叙旧"等语,俱安贞、永贞之义。

"八戒下水,打入殿内。此时那龙子看着龙尸哭,龙孙与那驸马正在后面收拾棺材。一钯把龙子筑了九个窟窿。"是教开生门而闭死户;"龙婆与众往里乱跑,驸马带龙孙往外杀来,大圣与七兄弟一拥上前,把个龙孙剁成几断。"是教转杀机而求生机。"九头精半腰里才伸出一个头来,被那细犬一口把头血淋淋的咬将下来。那怪负痛逃生,径投北海而去。"流荡忘返,不知安贞、永贞之利,流于邪行,未取于人,反害于己。着意于阴道,而即受伤于阴道;求生于北海,而即投生于北海。还以其人之术杀其人,出乎尔者反乎尔,自作自受。天网恢恢,疏而不漏,有如此。

"八戒要赶,行者止住。二郎道:'不赶他倒也罢了,只是遗这种类在世,必为后人之患。'至今有个九头虫滴血,此遗种也。"《西游》之作,劈破傍门一切,指出至真妙道,为道家之眼目,立万世之津梁,一字一语,金声玉振,为我后人者,不可不为之切矣。乃今犹有借《西游》而印证闺丹之术者,其即九头虫之滴血遗种,虽仙翁亦无可如何也,可不悲哉!

"行者变作怪物前走,八戒后追,向公主赚浑金匣佛宝、白玉匣灵芝,收在身边。"此有戒有行,戒行两用,不妨以真变假,借假赚真,真假浑合,阴阳如一,有无不拘,除邪护宝之天机,正安贞、永贞之妙用。"行者现了本相,八戒筑倒公主。"真者既现,假者即灭,戒行之运用,神矣!妙矣!

"还有一个老龙婆,撤身就走,八戒赶上要打,行者道:'莫打死他。留个活的,好去国内献功。'"万圣老龙、万圣公主、九头虫者,自圣偷宝之贼心;龙婆者,永贞护宝之婆心。死其贼心,活其婆心,得一毕万,入于除邪护宝之三昧矣。

"将龙婆提出水,随后捧着两个匣子上岸。"悟之者立跻圣位,迷之者万劫沉流,出沉流而立实地,先迷后得主,用六而不为六所用,用阴之道,莫善于此。彼用"阴道厌九一"者,岂知有此乎？说到此处,金光寺之冤枉,可以大解大脱,而欺心暗昧,一切俱明矣。

"把舍利安在宝瓶中",不空而空也;"龙婆锁在塔心柱",空而不空也。"念动真言,分付诸神,每三日进饮食一餐,与龙婆度口,少有差讹,即行处死",言一念纯真,神明默运,三而归一,得其生路;倘少有差讹,着于声色,性命有伤,即入死地。《阴符》所谓"食其时,百骸理;动其机,万化安"者是也。

"行者将灵芝草,把十三层塔层层扫过,安在瓶内,温养舍利",是丝毫不染,纤尘必去,安身于虚圆不测之中,置身于清静无为之内。这才是整旧如新,改过流动之物,收藏闪烁之气,革去旧染,立起新疆,从此丹书有信,凤诰注名。结出"邪怪剪除万境静,宝贝回光大地明",人何乐而不除邪静境、求宝回光哉！

诗曰:

> 着空着色尽为魔,不晓戒行怎奈何？
> 大道分明无怪诞,存诚去妄斩葛萝。

# 第六十四回

## 荆棘岭悟能努力　木仙庵三藏谈诗

〔**西游真诠**〕悟一子曰：王道荡荡，世途坦坦，原无荆棘，荆棘生于人之胸中。人胸中在在荆棘，人人胸中有荆棘，而荆棘弥天漫地，宁独一荆棘岭哉？此篇特借荆棘岭，以概自古及今，莫不皆然。借木仙庵谈诗，以概自古乃今之谈道者，皆有荆棘，莫不如斯谈诗。

《南华》云："迷阳、迷阳，无伤吾行；却曲、却曲，无伤吾足。"伤荆棘之充斥难前也。予不避荆棘之嫌，窃努天蓬之力，通而论之。凡古往今来，鸿章丽词，藻绘缤纷，淹博兴核，敏妙绝伦。或故为涩晦，以夸渊奥；或放言触忌，以逞才情；或宏辨百折，滚滚不竭，以资议论。按其实义，通无关于身心性命之学者，皆荆棘也。不特此也，凡著书立言，谈玄阐幽，而不能身体力行，徒搦管掉舌，道听途说，虽发尽道妙，可法可传，亦是鹦鹉巧簧，慢侮圣言，皆如木仙庵谈诗，而为荆棘之尤甚者矣！

天生三教圣人，分头度世，其原同出于《河》、《洛》、太极、阴阳造化之道，后世道、法、禅宗分门别派，百谲丛生，争鸣炫说，互相抵诽，又皆荆棘中之荆棘。其儒教执中精一，廓然大公，民胞物与，至当不易，与守中定慧，无欲有欲，无我无人何异？孔子犹"犹龙"赞之，犹谓"西方有圣人出焉"。后世胶执章句，不能体认实践，读"玄"语必辟之，自背于羲文玄黄之义而不知；见"空"字必斥之，自背于孔子"空空"之说而不觉；论"真乙之气"必疑之，自昧于孟子"养气"之妙而不识；言"真空"必异之，自外于子思"自诚"之旨而不语。夫至道论理，岂论字句？必故为排贬，以为为圣道之防，廓然大公之谓何，非欲剪荆棘而荆棘横胸之甚乎？

按《黄帝内传》：道教始自元始天王，开辟混沌，以定三才，化生万物，至周而老子传《道德》五千言。按《周书》：儒教始于黄帝，命仓颉制字，始有书契，至周景王二十年孔子生，而宣明其教。按梁王《佛统》：佛生于东印度国，其时周庄王九年四月初八日也。自汉明帝永平八年，其法始入中国大行。尝稽东印度国人，性强健，好杀伐，以战死为吉利，以善终为不祥。老子出函关，作浮屠法化之，令其内外剪除，不伤形体，名曰"浮屠"。周庄王九年四月初八日，恒星不见，星陨如雨，是夜释氏生，能修伯阳之道，国人宗之曰"佛"。佛即中国称"神"之谓，其次曰"菩萨"。其国种类繁盛，无鳏寡孤独，故人愿往生焉。然则佛教由中国而及西度，由西度而复回中国，非彝教也。老子实为佛祖，佛实演老子之法。神即佛，佛即神，不过中外字音之不同耳。儒本于黄帝之制字，发三才化生之妙道，黄帝实为儒祖，孔子特宣明其教，奈何后世以黄老为异于儒哉？总缘不知三教之源流，而荆棘横胸之特甚者也。佛者，神也；神仙者，神也。至诚如神，圣而不可知之之谓神。同一称神，而必谓儒与二氏有异，岂不自生荆棘耶？天帝爱其所生所化之人物，而特生圣天子以主宰之，养育之；特生三教大圣人以明其造化之理，尽其教化之法，善其万万世运会之气几。同生一时，分途牖导，天帝实式临之。

予闻之，聃子宗通显传家，耶输陀，释迦妻；罗睺罗，释迦子。上升时，妻、子躄踊甚哀，岂若今日之鳏且寡哉？后人恶其流弊，而不恶儒流之亦弊，执滞不察，摘其一句一字，辄加毁谤，侮圣违天，胸中自横荆棘，何以剪世道之荆棘乎？今之儒者，掇拾时艺，希博青紫，其发端起念，只以贾各媒利荣肥为计，不知性命为何物？康济为何功？所知所能，与经书所载迥异，儒教之异端，较二氏为更甚，而不知剪除荆棘，吾未知将何底止？不得不为此荆棘之说，为天蓬蛩助一臂也。若此一书，说魔说怪，人视之为道中寸寸生荆棘，予视之实为道中步步布芝兰，识者采焉。

篇首伏龙寺众僧不知进退，妄冀同往，不识道中荆棘之多也。行者变虎止住，有"大人虎变"，非众人所识之义。至荆棘岭不能前进，诗称"处处薜萝缠古树，重重藤葛绕丛柯。为人谁不遭荆棘，那见西方荆棘多"。正明西方亦多荆棘，即指木仙庵"四操"空谈诗文之类是也。八戒道："若要度，还依我。"责在我之能自剪除耳。"身躯变长二十丈，钯柄变长三十丈，双手使钯，左右搂开。"盖身具二仪，手握三才，合五行而明戒性，努力剪除之意。故曰："自今八戒能开破，直透西方路尽平。"

到一段空地，忽被十八公会友谈诗。孤直公、凌空子、拂云叟所吟诗句，俱道本身脚色，其义自明。惟曰"吾等非'四皓'，乃深山'四操'"。以见世之修道者，绝俗避嚣，寄迹深山，矫托隐逸旷致，高谈性命而全无实学者，皆道学之曹瞒也。凡虚伪欺世之流，必欲结纳诚实君子，以卜其名，故计摄三藏而与之谈禅论道耳。

三藏对众诸言，亦老僧之常谈。至云："访真了元始钳锤，悟实了牟尼手段。"又云："玄关口说谁人度，我本元修大觉禅，有缘有志方能悟。"此本道教之真谛，而非虚悟之空禅，佛即仙也。四老谓"圣僧乃禅机之悟本"，亦可谓知言。拂云叟道："禅虽静，法虽度，须要性定心诚，总为大觉真仙，终证无生之道。"亦为的旨。至云："我等之玄，又大不同。"言天生自然本质，无破无伤，不假修为，还返而证道者。此有质而不加修，有知而不实践，外务高谈而内鲜实济，此其所以为"操"也。

曰"我等生来坚实"等语，皆状其质，无甚深义。至于"道也者，本中国，反来求证西方，空费了草鞋，不知寻个什么？石狮子剜了心肝，野狐涎灌彻骨髓。忘本参禅，妄求佛果，都是我荆棘岭葛藤谜语，萝藦诨言"。又云："必须要检点见前面目，静中自有生涯。没底竹篮汲水，无根铁树开花。灵宝峰头牢着脚，归来雅会上龙华"。此数语，句句打破禅关空寂，勾出玄妙精髓。一部《西游》立言之大要，"荆棘岭"通篇之骨子也！

凌空子道："拂云之言，分明漏泄。圣僧不必执着。"此先师借拂云、凌空之口，显传妙道真谛也。既达真诠，须知伪学。四操为月明游，原不为讲论修持。四老与木石居，只成就赤身鬼使。联章琢句，徒工文翰以夸奇；寄傲栖迟，悠游林壑而自弃。无体无用，矜命非凡，言清行浊，不知老死，亦可哀哉！甚有修真误认，贮阿娇以采炼阴精；妒正防贤，纵红莲而破伤戒行。此弄月吟诗，杏仙作合所由，极著其伪也。

三藏道"汝等皆一类怪物"，均操行也。始以风雅谈玄，今以美人局诱，明明指破，无庸赘诠。天明惊散群妖，师徒寻出根踪，乃桧、柏、松、竹等木为怪，分明仙佛门中荆棘之精，而伪为道学之怪也。八戒努力，一齐筑倒，岂不轩然明快哉？学者慎毋舍性命之实功，而空谈道德，作无益之诗文，而甘为荆棘岭木仙庵之四操。陆象山有云："寄语同游二三子，莫将言语坏天常。"邹南皋亦云："寄语芸窗年少者，莫将章句送青春。"同一义也。

〔西游原旨〕上回结出修真之道，必须脚踏实地，而不得着空执相矣。然或人疑为无修无证，而遂隐居深藏，清高自贵，立言著书，独调狂歌。殊不知隐居则仍着空，著作则已着相，总非非色非空之大道。故此回直示人以隐居之不真，著作之为假也。

篇首"祭赛国王谢了三藏师徒护宝擒怪之恩"，以见是假易除，是真难灭，假者足以败道，真者足以成道也。"伏龙寺僧人，有的要同上西天，有的要修行伏侍。行者把毫毛拔了三四十根，变作猛虎拦住，众僧方惧，不敢前进。大圣才引师父策马而去。"言世人遇一有道之士，闻风妄想，即欲成仙作佛，彼乌知这个道路之上，其中有无数恶物当道，最能伤人性命，若非有大圣人度引前去，其不为假道学所阻挡者几希。"众僧大哭而回"，见认假者终归空亡；"四众走上大路"，知得真者必有实济。

"正是时序易迁，又早冬残春至。"此等处，虽作书者编年纪月，而实有妙意存焉。盖以修道者，光阴似箭，日月如梭，若不竭力功程，便是虚度年月，古人所谓"下手速修犹太迟"也。

"正行处，忽见一条长岭，都是荆刺棘针。"此荆棘非外边之荆棘，乃修道者心中之荆棘，即千虑百智、机谋妙算等等妄念邪思者即是。其曰"处处薜萝缠古树，重重藤葛绕丛柯。为人谁不遭荆棘，那见西方荆棘多"，此实言也。前古后今，尘世之人，尽被荆棘所缠绕，而不能解脱，然其中荆棘之多处，莫过于西方。何则？他方之荆棘，人皆从荆棘中生，生于荆棘，虽有荆棘，而不以荆棘为荆棘，故少；西方之荆棘，人当从荆棘中脱，欲脱荆棘而又入荆棘，是以荆棘生荆棘，故多。呜呼！荆棘岂可有乎？一有荆棘，其刺芒锋针，伤其手，伤其足，伤其口、鼻、眼、耳、舌、身。不特此也，且伤其心、肝、脾、肺、肾。内外俱伤，性命亦由之而无不伤。荆棘之为害最大，为祸甚深，修行者若不先将此处亲眼看透，努力拨开，吾不知其所底止矣。

"八戒笑道：'要得度，还依我。'"既能看的清白，须当戒此荆棘。戒得此，方能度得此。能度不能度，在我能戒不能戒耳。"八戒捻诀念咒，把腰躬一躬，叫'长！'就长了有二十丈的身躯，把钉钯变了有三十丈的钯柄，双手使钯，搂开荆棘，请唐僧跟来。"念咒所以狠心，躬腰所以努力；身长二十丈，返其火之本性；钯柄三十丈，复其木之真形；双手使钯，择善而固执；搂开荆棘，执两而用中。此等妙诀，真除去荆棘之大法门，度引真僧之不二道也。

"一块空阔之处，石碣上写：荆棘蓬攀八百里，古来有路少人行。"噫！前言"为人谁不遭荆棘"，今云"古来有路少人行"，此是何意？盖荆棘岭人人行之，人人不能度之，不能度，则伤生而死于荆棘，是荆棘中无活路，而只有死路，故曰"为人谁不遭荆棘"；若能度，则脱死而生于荆棘，是荆棘中无死路，而反有生路，故曰"古来有路少人行"。"八戒添上两句道：自今八戒能开破，直透西方路尽平。"夫荆棘岭少人行者，皆因不知戒慎恐惧，自生荆棘缠绕，道路不平，若一旦悔悟，直下狠力，开破枝蔓，攸往攸利，王道荡荡，何不平之有？

"三藏要住过今宵，明早再走。"此便是脚力不常，自生荆棘，而荆棘难度也。故八戒道："师父莫住，趁此天色晴明，我等连夜搂开，走他娘。"修行之道，务必朝斯夕斯，乾乾不息，方可成功，非可自生懈怠，有阻前程，中道而废。提纲所谓"荆棘岭悟能努力"者，即所悟能以努力戒其荆棘耳。

"又行一日一夜，前面风敲竹韵，飒飒松声。却好又有一段空地，中间一座古庙，门外有松柏凝青，桃梅斗丽。"读者细思此处，吉乎？凶乎？如云是凶，八戒开路，西路尽平，日夜如一，已到得松风竹韵，中空之妙地，何云不吉？既云是吉，又何有后之木仙庵事务？若不将此处分辨个清白，学者不为荆棘所阻，必为木仙庵所误，虽在空闲之地，未免终在荆棘中作活计也。前八戒所开者，乃世路之荆棘；后木仙庵谈诗，乃道路之荆棘。开去世路荆棘，不除道路荆棘，乌乎可？"风敲竹韵，飒飒松声"，已出世间一切荆棘，到于空地，不为荆棘所伤矣。然空地中间"一座古庙"，庙而曰古，则庙旧而不新，必有损坏之处；"门外松柏凝青"，青而曰凝，必固执而不通；"桃梅斗丽"，丽而曰斗，必争胜而失实。谓之"门外"，非是个中，真乃门外汉耳。三藏下马，与三徒少憩，行者道："此处少吉多凶，不宜久坐。"言过此世路荆棘，前面还有道路荆棘，急须一切拨开，方得妥当。若以出得世路荆棘，为休歇之地，而安然自在，则闲中生事，虽离此荆棘，必别有荆棘而来矣。

"说不了，忽见一阵阴风，庙门后转出一个老者，角巾淡服，手持拐杖，后跟着一个青脸獠牙红须赤身鬼使，顶着一盘面饼，跪献充饥。"噫！仙翁已于此处，将木仙庵情节明明写出了也。"角巾"者，是在角胜场中出首；"淡服"者，乃于淡泊境内存身。分明是偏僻拐杖，反以为道中老人。"青脸"而面目何在？"獠牙"而利齿毕露，"红须"而显然口头三昧，"赤身"而何曾被服四德。俨然地狱之鬼使，诚哉阎王之面食。"头顶一盘"，源头处何曾看见；"跪献充饥"，脚跟后已是着空。妆出一番老成，到底难瞒识者。"呼的一声，把长老摄去，飘飘荡荡，不知去向"，皆因下马少憩，一至于此。妖何为乎？亦自造耳。

　　"老者、鬼使把长老抬到烟霞石屋之前,携手相搀道:'圣僧休怕,我等不是歹人,乃荆棘岭十八公也。因风清月霁之宵,特请你来,会友谈诗,消遣情怀故耳。'"此言以诗词章句,谈禅论道,消遣而乐烟霞之志,会友而玩风月之宵,自谓石藏美玉,道高德隆,可以提携后人,而不知实为荆棘中之老鬼也。何则? 圣贤心法大道,博学、审问、慎思、明辨、笃行,知之贵于行之也。"人一能之己百之,人十能之己千之,果能此道矣,虽愚必明,虽柔必强",能行方可全知耳。四老以会友谈诗为能,以孤云空节为真,吾不知所能者何道? 所抱者何真? 只知有己,不知有人,谓"深山四操",固其宜也。其自操深山,必谓孤高远俗,即能耐老;万缘俱空,即得长生;性情冷淡,可与仙游;节操自力,可夺造化。是皆误认一己本质,不待修为,空空一静,即可成真,而不知一身纯阴无阳,孤阴不生,独阳不长,焉能了得生死? 故三藏答道:"于今奉命朝西去,路遇仙翁错爱来。"即古人所谓"休施巧伪为功力,须认他家不死方"也。

　　长老对众一篇禅机空性之学,无甚奇特。至于拂云所言"必须要检点现前面目,静中自有生涯。没底竹篮汲水,无根铁树生花。灵宝峰头牢着脚,归来雅会上龙华。"此金丹之要着,学者若能于此处寻出个消息,大事可以了了,非可以拂云之言而轻之。《悟真》云:"偃月炉中玉蕊生,朱砂鼎内水银平。只因火力调和后,种得黄芽渐长成。"正与拂云之言同。凌虚谓"拂云之言,分明漏泄",此的言也。何以又云"原不为讲论修持,且自吟咏逍遥,放荡襟怀"乎? 特以言清行浊之流,虽道言可法于当时,法语可传于后世,究是卜居于荆棘林中,毫无干涉于自己性命也。

　　"石门上有三个大字,乃'木仙庵'。"仙而曰木,则是以木为仙矣。木果能仙乎? 孟子云:"声闻过情,君子耻之。"今四操不能脚踏实地,在自己性命上作工夫,仅以避世离俗为高,著书立言,载之于木,以卜虚名,真乃固执不通,如石门难破,其与所言"检点现前面目"之句,大相背谬。言不顾行,行不顾言,重于木载之空言,而轻于大道之实行,非木仙而何? 仙而谓木,则所居之庵,亦谓木仙庵可也。闻之,仙有五等:天仙、地仙、神仙、人仙、鬼仙。今四操上不能比天、地、神之仙,下不能比人、鬼之仙,高谈阔论,自要誉望,大失仙翁"心地下功,全抛世事;教门用力,大起尘劳"之意。试观联章吟篇,彼此唱和,总以写空言无补,而不关于身心。虽是吐凤喷珠,游夏莫赞,其如黑夜中作事，三品大药，不知在何处矣。

更有一等地狱种子，败坏圣道，毁谤仙经，借道德之说以迷世人，取阴阳之论以残美女，天良俱无，因果不晓，其与四操保杏仙之亲与三藏者何异？三藏道："汝等皆是一类怪物，当时只以风雅之言，谈玄谈道可也。如今怎么以美人局骗害贫僧？"可谓棒喝之至。而无如迷徒，犹有入其圈套而罔识者，其亦木仙庵之类，尤为荆棘中之荆棘。

提纲所谓"木仙庵三藏谈诗"，是言迷徒无知，而以三藏真经之道，于语言文字中求成，此其所以为木仙也。吁！此等之辈，于行有亏，于言无功，闻其声而不见其人，如黑夜中走路；图其名而不惜其命，是鬼窟中生涯。安得有戒行长老，挣出门来，不着于隐居之空，不着于著作之色，悟得真空不空、不空之空，识得山中木怪，急须发个呆性，一顿钯筑倒，离过荆棘岭，奔往西天大路而行乎？

诗曰：

　　　　修行急早戒荆棘，不戒荆棘道路迷。

　　　　饶尔谈天还论地，弃真入假总庸愚。

# 第六十五回

## 妖邪假设小雷音　四众皆遭大厄难

〔**西游真诠**〕悟一子曰：前篇假仙矜夸资禀，不事修持，徒滋讲论，虚作诗文，僻居逸处以为怪。此篇假佛窃取名理，工饰外貌，多诱善惑，人莫辩识，似是而非以为妖。彼自害而害人者小，此害人而至于陷命灭性，乃以学术杀天下后世也，所以为大厄难。

"三藏既脱荆棘攀缠，又见高山天接，过岭西下，忽见祥光蔼蔼，彩雾纷纷，楼台殿角，隐隐钟磬。行者仔细观看，瑞蔼之中，又有些凶气景象。也是雷音，却又路道差池。"盖道学真伪，各有一种气象。真者根心，伪者饰貌。根心气象，如树生之花，精神焕发，本诸自然；饰貌气象，如剪彩之花，色泽沮涩，出于汝点。暗然、的然攸分，明眼人自能辩识，所以行者细观而知道差池。雷音寺而曰"小"，即小人之的然也。三藏看不真，而不见其小，故道就是佛祖道场，误入其门，率徒下拜。行者看得明，而见其小，故掣棍喝道："怎么假倚佛名，败坏如来清德？"声罪致讨，名正言顺。然三藏早已下拜而堕局，纵有智者，亦无如之何矣！

"被他撒下一副金铙，连头带足，合在铙内。师徒一齐被拿，身心俱遭困缚。佛祖现出妖身，阿罗都是小妖。"这正是小人之道小，而陷人之魔大，错入旁门，岂不枉费求道之心？诗句甚明，不必诠说。"金铙"者何？"铙"与"挠"同义。庄生曰"天生万物，无足以挠心"者，言不可屈挠至刚也。小人之心，邪僻徇欲，坚忍不拔，作恶怙终，执迷不通，全然昏黑，无一隙之明，所谓"下愚不移"，如金铙胶合而不能撤脱响亮然。故行者合在金铙里，黑洞洞不能得出。其势力又能泼用其金，上下弥缝，随高就下，专工排陷。故我置身于高，而彼即以高制我，而我行不通；我置身于卑，彼即以卑制我，而我行不通。总是其昧心刚愎,而无隙缝孔窍以容人转动也。"行者变钻钻不动,众神力薄掀不动,玉帝差二十八宿使枪剑、刀斧,扛抬掀撬,漠然不动。"此正"天生万物,无足以挠其心",所谓锢蔽已深,牢不可破也。

兀金龙道:"观此宝贝,定是个如意之物。"指其黑心如其恶意,而权势法力足以笼罩人物也。君子不幸遭陷,必内持中正小心之理,外借猿引犄角之势,方可脱离免难,韬其明而就其暗也。否则,未有不糜烂肢体,丧其性命者。"兀金龙变角尖如针,顺着钹口合缝上,用千斤之力方能穿透里面。""合缝"者,两钹适中之处,顺其口之张合也。"兀"者,固非附会谄媚,然亦非高兀,乃上下相当而无卑屈,言执中正之理,而力大于身,心细如发也。"行者将角尖钻孔窍,身子变芥子,蹲在钻眼里得出。"所谓小心巽顺,仔细钻研,不矜己能,倚角猿引,识得窍中窍,踏破天外天也。

"掣出金箍棒,打破金钹。"一悟而千迷顿解,一败而四大如齑,小道之迷惑,亦何足恃?此老魔能不梦中惊觉也。然其暧昧黑心,不可屈挠,可解识而破。至其窃持"民我同胞"、"物我同与"之说,则人为道中之至真,而人神所不能出其笼络者,所以又有后天袋之为大难也。

那妖道:"此处唤作小西天,因我得了正果,天赐与我宝阁珍楼。"自称为"黄眉老佛,设象显能,要打赌赛,将汝等打死,等我去见如来取经,果正中华。"盖欲自我作祖,妄自尊大,而不知为剽窃假托之小人也。"争战之顷,老妖解下旧白布搭儿,将圣众一搭儿通装去",由其怒心一起而罗致多人。"个个捆住,不分好歹,俱掷之于地",以陷诸狱也。

夫佛法无差等,不分好歹,兼爱也。今转而为兼恶,以生人之具,而为杀人之物,其妖邪为特甚,此所以皆遭大厄难也。就其后天袋而论,至大也。即"民我同胞","物我同与","佛无差等,不分好歹"之意。经云:"若菩萨为我相、人相、众生相、寿者相,即非菩萨。"与儒家所谓"廓然大公,无内无外"何异?若云佛无差等而不分好歹,则抹杀其妻耶输陀,其子罗睺罗,及父母养生送死,悲痛之行,以至语射于教诸天神,一切忠信孝弟之说矣。此"不分好歹",即是作恶,故为假佛。空有其宝,而倒行逆施,真不识佛门衣钵也。

试看行者将身解脱,先解师父,次放八戒、沙僧,又次解二十八宿、五方揭谛,又次牵马,又次还寻行李,一颠沛患难之顷,而犹分亲疏、尊卑、贵贱、缓急,次第有等,即此已是佛门中行李衣钵,讵"佛无差等,不分好歹"之谓?故曰:"人固要紧,衣钵尤要紧。包袱中有通关文牒、锦襴袈裟、紫金钵盂,俱是佛门至宝,如何不要?"言君命、师傅尤为要紧。读此者,可悟"佛无差等,而不分好歹"者,即是伪佛、毁佛也。

"行者见得衣钵而大喜,惊动老魔而大战",总为此衣钵也。"行者见得分明,众人不解其意,又被都装在里面",而混入于不分好歹之布袋也。"行者跳在九霄,嗟叹多时,宁神定虑,以心问心",不觉痛恨浮大无主之为魔,思得荡魔天尊,以靖此大难,实未得其原主,故云:"仙道未成猿马散,心神无主五行枯。"

〔**西游原旨**〕上回结出除去一切虚妄之假,而后可以入大道之真矣。然不知者,或疑一空其心,即可成道,殊不晓空心即是执心,执心者顽空,顽空非最上一乘之道,乃中下二乘之法。故仙翁于此回合下篇,力劈着空之害,使学者弃小乘而归大觉也。

篇首"三藏脱出荆棘针刺,再无萝薜扳缠",正当修持大道,可以有为之时。独是性命之道,有教外别传之妙,九还七返之功,非可于自己心中摸索而得。倘误认为寂灭之空学,而于声音中讨问消息,未免磨砖作镜,积雪为粮,到老无成。虽能脱得着相荆棘,而又入于空门荆棘,其为害不更甚于荆棘岭乎?

佛氏门中,有实法、权法之二法。实法者,即一乘之法,有作有为,超出三界;权法者,即二乘之法,无修无证,终落空亡。虽出一门,真假悬殊。二乘之道,莫如禅关机锋。禅关者,参悟话头;机锋者,口头三昧。其事虚而不实,易足误人。故虽有祥光彩雾,钟声隐扬,然其中又有些凶气,景象也是雷音,却又道路差迟。噫!大西天大雷音如来佛之教,固如是乎?不是!不是!诚不是也。雷者,天地之正气,所以震惊万物,而发生万物。音之大,则慈云法雨,足以普济群生;音之小,则孤阴寡阳,适以残杀物命。是知大雷音之真佛,方有真经,方有真宝,彼小雷音之假佛何与焉?乃唐僧不知真假,不明大小,谓有佛有经,无方无宝,见小雷音以为大雷音,见假佛以为真佛,误投门户,心悦诚服,何其错甚!抑知此等之辈,假依佛名,败坏如来清德,不肯自思己错,更将错路教人乎!何则?禅关别无妙义,或提一字,或参一语,费数十年死工夫,偶或一悟,便谓了却大事,甚至终身不破,空空一生,古今来英雄豪杰,多受此困。

"空中撇下一付金铙,叮当一声,把行者合在金铙之内。"虽上智者,犹不免为所迷,而况下智者,能不堕其术中?八戒、沙僧被拿,唐僧被捉,亦何足怪？吁！上下两片，撇起时无头无尾，任你火眼金睛，看不透其中利害；空中一声叮当着，可惧可怕，总尔变化多端，跳不出这个迷网。诗中"果然道小魔头大，错入傍门枉用心"，恰是妙解。修行人若不谨慎，误认话头为真实，黑洞洞左思右想，乱揣强猜，自谓大疑则大悟，小疑则小悟，进于百尺竿头，自有脑后一下。殊不知由心自造，大小是疑，全失光明，不过一个话头而已，钻出个甚么道理？行者在金铙里"再钻不动一些"，确是实事，不是虚言。

最醒人处，是行者对揭谛、丁甲道："这里面不通光亮，满身暴躁，却不闷杀我？"始终抱个话头，不肯解释，执固不通，性燥行偏，自受闷气，适以作俑而已，其他何望？"就如长成的一般，揭谛、丁甲不能掀揭；就如铸成囫囵的一般，二十八宿，莫可捎动。行者里面东张西望，过来过去，莫想看见一些光亮。"内之滋惑已甚，疑团结就，极地登天，纯是心事。东西是心，来去是心，以心制心，以心生心，光亮何来？纵能变化尖钻，用尽心思神力，表里精粗，无所不到，硬寻出些子眼窍，脱出空相，忽的打破疑团，其如神思耗尽，真金散碎，终是惊醒老妖。着空事业，鬼窟生涯，安能离得小西天假佛之地？

洞外一战，"妖精解下旧布搭包，把行者、众神，一搭包装去，拿一个，捆一个，不分好歹，掷之于地"。欲上西天，反落妖窟，心神俱伤，性命难保，狼牙之机锋，搭包之口禅，其为害尚可言欤？

修行人若遭此魔，急须暗里醒悟，自解自脱，将此等着空事业，一概放下，别找寻出个脚踏实地事业，完成大道。然脚踏实地之道，系教外别传之真衣钵，其中有五行造化，火候工程，自有为而入无为，真空妙有，无不兼该，乃无言语文字，非竹帛可传。至于公案经典，所言奥妙，藏头露尾，秘源指流，不得师指，散乱无归。若只在书板上钻研，依一己所见，心满意足，自谓大道在望，顺手可得，即便担当大事，冒然行持，虽能脱去话头绳索，未免又着公案声音，而欲行险侥幸，暗逃性命，乌乎能之？

西山坡一战，又被装去，照旧"三众高吊，诸神绑缚，送在地窖内，封锁了盖"。到得此时，天堂无路，地狱有门，生平予圣自雄，一无所依；从前千思万想，俱归空亡，后悔何及？结出"仙道未成猿马散，心神无主五行枯"，其提醒我后人者，何其切欤！

诗曰：

> 禅关话句并机锋，埋没如来妙觉宗。
>
> 不晓其中藏祸害，心思枉费反招凶。

# 第六十六回

# 诸神遭毒手　弥勒缚妖魔

〔**西游真诠**〕悟一子曰：六经皆治心、治世之法物，本诸圣贤精神血脉，明体达用，大小兼该，而总不离于一真诚至宝也。后世俗儒伪学，莫不剽窃其说，掇取功名，其立心起念，只为荣肥之计，竟忘其本来面目，甚至盗名托义，败坏纲常，行奸作乱，无所不至，是救世之书而反为祸世之资，罪可胜诛哉！庄生谓："儒以《诗》、《书》发冢。"予则谓：儒以《诗》、《书》灭性害命，与黄眉童儿暗拐佛门布袋诸宝贝，以假佛作怪何异？此仙师特借黄眉假佛，寓言假儒流毒之害，以为世道人心之大防也。人心昏昧无良，惟赖圣贤《诗》、《书》之泽，启迪开牖，以兼成康济也。今之伪儒，借尧、舜之道，而为盗跖之行；托孔、孟之言，而济渔猎之志。其生心害政之祸，烈于洪水猛兽矣。虽圣贤亦未如之何，故批提曰："大圣无计可施。"

读者谓小雷音之假佛，自当求大雷音之真佛以治之，何释此不务而漫为武当、蟒城之行，岂不多此一番踯躅踉跄？噫！埋没作者关系世道人心之硕论鸿文矣。二位祖师，一镇北方，一镇泗洲，皆以治水显灵，而猛兽、毒龙、水母、水猿、一切龟、蛇、龙神大将，皆其所制伏而且为之用，是洪水猛兽犹易驯治也。溯厥生身成道之由，叙述收伏神通之大，若舍此二祖，无能荡平者。今非惟不能荡平，而神将反被装去，正极拟伪学之祸，烈于洪水猛兽也，岂不可痛哭流涕哉？

"行者对功曹滴泪道：'我如今愧上天宫，羞临南海，怕问菩萨之原由，愁见如来之玉像。才拿去者，乃真武龟、蛇、五龙，叫我再无方求救，奈何？'"妙哉仙师！行者岂真愁、怕、羞、愧，陨涕若是？益深痛天仙佛祖立教，原以度世释厄，今学者即假其教以祸世荼灵，拿弄其真而恣行其假，虽菩萨、如来，亦已无可如何。一提其因，一想其容，而已惨戚难忍，又安忍复见之耶？夫圣人垂训，道智化愚，善身心而福万物，今反掠其说以济欲，窃其义以长奸。洪水可治，而此流不可治；猛兽可驯，而此毒不可驯。起尼山、泗水于今日，当亦如武当、泗洲同调而无可如何。噫！行者为佛子，而愁见如来；使行者而为儒生，当羞登杏坛之函丈，愁听璧水之鼓钟矣。盖不禁感慨悲忉，而甚言伪学之为祸烈耳！

那妖见龟、蛇、龙将，怒道："畜生有何法力？"见太子四将笑道："你有甚手段？只好欺侮淮河水怪罢了。"喜怒任情，毁神侮圣，屡战屡捷，一齐被装，其为害岂不烈于洪水猛兽哉？当此凄惨之时，必得极乐场中第一尊佛祖大开笑口，主持世教，指示天地生人之心，令人人在根本上下种，个个务切实返里，禁绝骛外伪学，寻还已碎真金，方是狂澜砥柱，猛毒神杵也。

行者忽见弥勒下降，指示后天袋为人种袋，乃仁心、仁政之本原，包罗天地万象，非可窃以欺君罔世者。狼牙棒为敲磐槌，乃振俗醒迷之法器，觉悟智、愚、贤、不肖，非可执以伤人害众者。治之之道，莫如务实。务实之道，如种瓜然。种瓜得瓜，生根课实之理。弥勒种一田瓜果，以诱其渴食，示舍华就实之方。下手之法，必先禁遏节制，抑其故智。写一"禁"字于掌中，运之于掌而俾无夸诈、奢靡、侈大、贪婪之行。且攻且退，放禁善诱，渐引近实，而乘机开悟。入其腹心，使知有性命之关，因而收服以摄其心。此行者变瓜入里，抓肠蹬腹，摆布攻心之大法力也。那妖只叫："主人公，饶命！"方知性命为紧要之至宝，而识得主人公矣。其后天袋、敲磐槌，自不得倒行逆施，为世所忧患矣。

食瓜实而知实学在于性命，入布袋而知布种切在己身。散碎真金，失而复得，须融会一气；带来故物，放而仍收，宜返本还元。佛祖驾回极乐，众神各归本位，师徒解厄脱身，除小雷音而赴大雷音，皆务本实学也。呜呼！黄眉借包罗万象之布袋，而为娄收众生之欲壑，殊可悲涕，幸得一瓜实以收之。今儒、释、道门中，多黄眉饶袋并施，安得遍地种东陵而重烦行者哉？

〔西游原旨〕上回言声音虚学，作妖西天，大有伤于如来正教。此回言声音虚学，流祸东土，最有害于世道人心。使学者弃邪归正，急求三教一家之理，保性命而课实功也。

先哲云："天地无二道，圣人无两心。"则是先圣后圣，道有同揆；中华外国,理无二致。儒、释、道三圣人之教,一而三,三而一,不得分而视之。何则? 天竺妙法,有七宝庄严之体,利益众生之机,由妙相而入真空,以一毫而照大千,其大无外,其小无内,上柱天,下柱地,旨意幽深,非是禅关机锋寂灭者所能知;犹龙氏《道德》,有阴阳配合之理,五行攒簇之功,自有为而入无为,由杀机而求生机,隐显不测,变化无端,盗天地,夺造化,天机奥妙,非予圣自雄、执一己而修者所可能;泗水心法,有执两用中之学,诚明兼该之理,能为天地立心,为生民立命,一本而万殊,万殊而一本,天德具,王道备,滋味深长,非寻章摘句、窃取功名者所可晓。天不爱道①,诞生三圣人,各立教门,维持世道。盖欲人人在根本上用工夫,性命上去打点,自下学而上达,由勉强而自然,其门虽殊,其理无二。后之禅客未达此旨,偏执空学,自谓佛法在是,而即肆意无忌。遇修道之士,则曰:“畜生有何法力?”见圣人之徒,则曰:“孩儿无知。”借万法归空之说,不分好歹,一概抹煞。佛说“无为法而有差别”,果若是乎? 此等妖孽,不特不识中国之教,而并不识西天之教,假佛作妖,为害百端,仰愧俯怍,岂不大违如来当年法流东土、慈航普度之一片婆心耶? 提纲所谓“诸神遭毒手”者,正在于此。

噫! 外道乱法,空学害正,为祸不浅。古今来英雄豪杰,受此累者不可胜数。虽有荡魔天尊,荡不尽此等邪魔;抑水大圣,抑不尽此等洪水。言念及此,真足令人怅望悲啼矣! 当此佛法衰败之时,安得有个笑嘻嘻慈悲佛心教主,叫醒一切顽空之徒,示明敲磬槌,系度人之法器,不得借此以作怪;布搭包,是人种之口袋,岂可仗此而装人?

仙佛之道,有结果之道也。结果之道,在顺而止之,不在顺而行之。《易》之剥卦上九曰“硕果不食”是也。“草庵”者,剥之庐;“瓜”者,剥之果。“行者变熟瓜”,硕果也。“要妖吃了,解搭包装去”者,“小人剥庐”也。此个机秘,非可私猜,须要明师口诀指点,方能得心应手,运用掌上而无难。

教“见妖精,当面放手,他就跟来”者,顺其所欲,渐次导之也。“行者一手轮棒,叫:‘出来见上下。’”者,执中精一,择善固执也。此等处,俱有体有用,有人有我,系鬼神不测之机关,而非可以形迹求者。彼计穷力竭,无处求人,独自个支持,不知死活,空说嘴者,乌足语此!

“拳头一放,妖精着禁,不思退步,果然不弄搭包。”将欲取之,必先与之,

---

① 爱:吝惜。

空而不空,其中有果也。妖精问:"瓜是谁人种?"是直以剥之硕果为人种矣。老叟道:"是小人种的。"不知剥之宜止,而欲剥尽,小人剥庐,适以自剥也。"妖王张口便啃,行者乘机钻入。"杀中求生,害里寻恩,由剥而复,大机大用,正在于此。

"行者里面摆布",虚心而实腹也;"妖精痛哭求救",以己而求人也。"弥勒现了本相",假者消而真者现也;"妖精认得主人",识神退而元神复也。"解下后天袋",先天复而后天即化;"夺了敲磬槌",道心生而人心即亡。"行者左拳右脚,乱掏乱捣",必须潜修默炼,神圆而机活;"妖精万分疼痛,倒在地下",还须丝毫无染,死心而踏地。"行者跳出,现了本相,掣棒要打",无为而更求有为;"佛祖装妖在袋,早跨腰间",有为而还求无为。指破傍门万般之虚妄,可以消踪灭迹;收来碎金一气而运用,即时返本还元。

"行者解放众人,三藏一一拜谢",儒、释、道三教一家之理,于此彰彰矣。若有知者,急须一把火,将高阁讲堂烧为灰烬,离空学而就实着,弃假境而入真域,"无难无魔朝佛去,消灾消瘴脱身行",岂不光明正大哉?

吁!今世更有一等地狱种子,假借弥勒佛名目,妖言惑众,殃及无辜,大逆不道者,其即黄眉童子搭包之遗种,狼牙之流毒,虽弥勒亦无如何,可不叹诸!

诗曰:

> 三教圣人有实功,顽空寂灭不相同。
>
> 存诚去妄归正道,结果收圆称大雄。

# 第六十七回

## 拯救驼罗禅性稳　脱离秽污道心清

〔**西游真诠**〕悟一子曰：这篇书明大隐不妨居市，居市而不可为市嚣所侵；离尘不妨入尘，入尘而不可被尘迹所染。前文木仙庵之伪仙，小雷音之假佛，俱另作规模，似避嚣绝俗之状，非大隐实学。

篇首"三藏道：'往那条路上求宿去？'行者笑道：'前行自有宿处。'"言当随遇而安，不须预计也。仙师故设言稀柿同极污之处为喻。柿落实，刚离"木"而为"市"。七绝，比人七情。爱恋难割，终归毒害。至积久为秽，凤障为山；阴气酿成蟒穴，康庄变作豕途。此驼罗庄吃人之长蛇所由来，七绝山拱路之封豕所自出也。

"驼罗"者，即梵语"陀罗净土"也。"共有五百多家"者，乃罗汉所居，释典"阿罗汉"，总名杀烦恼，堪总供养，不受三界所生，远离诸恶，清净受用，所谓"禅性稳"也。今与稀柿同为邻，而连遭蛇怪侵吞牲畜，男女惶惧危殆，是性地邻于蛇窟，净土翻为舌场，岌岌乎如拯溺救焚之不可缓也。此非有大智慧、大法力如孙行者，未易消弭驱除，获有宁宇。岂彼烂西瓜之凡僧，落汤鸡之凡道，所能稳禅性而清道心哉？惟行者第一等手段，方可唱喏承担，再无别人可请。

然非洁己寡营，而或留恋金银田土，便是贪货渔利，与市为徒，虽齐心除害，仍是以魔攻魔，万不可得。故行者现身说法，尘视金银，而不与市同黩；累视鱼田，而不与市同渔。惟积德是务而已。盖市心狙狯多端，而总似一蛇，道经云"烦恼毒蛇，睡在汝心"者是也。其积习也，见牛马则噬，见鸡鹅则噬，见男女则噬，无论人物巨细，筹之烂熟。目悬两炬，暗中睹利极明；舌舞双抢，左右遮拦最捷。只到平旦之时，天心来复，未免消阻闭藏，究竟藏头露尾,出不得高人手眼。但当气盛,软柄枪无限花巧;及至途穷,张巨口顷刻平吞。吁!可畏哉!常人畏之,而恐遭其口吻;至人迎之,而如见其肺肝。至人之体,刚洁纯粹,磨不磷,涅不淄。故能身入市心,而不为所化;躬亲利薮,而不为所伤。

最妙在蛇腹里搭桥、变船二义,谓茹膏血而长蠢肉,何如枵腹以驾东虹,为有利行之积德也;聚资斧而肥幻脊,何如破产以造慈航,为有施济之积德也。珍嗜欲之恶孽,结普渡之善缘,恐怖俱泯,各遂所生,功德备至,咸安其性,何快如之?

今而后虚心实腹,变相施工,拓开万古之心胸,久塞胡同,还成旧路;离脱千年之宿障,积污柿岭,同证菩提。即玄宗内典所云:"对境忘境,不沉于六贼之魔;居尘出尘,不落于万缘之化"是也。故诗结云:"六欲尘情皆剪绝,平安无阻拜莲台。"

噫,妙哉!触目莲台,个个人心成净土;通神花藏,家家有路透西天。超柿同而跻莲台,孰清孰秽,孰塞孰通,惟人自悟。然驼罗庄之惧蛇,何不徒而去之?稀柿同之积秽,何不尽伐其木?其殆地无苛政,孽根不易除欤!

〔**西游原旨**〕上回结出空言无补,非三教一家之理;而真履实践,乃性命双修之功矣。然炼己待时,仙真之要诀,存心养性,圣贤之首务,若不先除去心中之瘴碍,则随缘逐境,性乱心迷,欲向其前,反成落后矣。故此回教学者去其旧染之污,打彻道路,尽性至命,完成大道耳。

"三藏脱离了小西天,忻然上路",是已去假境而就实地,正当任重道远,死心忘机之时。故行者道:"放心前进,自有宿处。"言放去一切妄想之心,脚踏实地,下学上达,自卑登高,功到自成,不得畏难逡巡,自阻前程。何则?妄心一生,禅性不定,道心不清,无以救真而除假;真假相混,与道相远,仍是空而不实,出不得小西天境界,焉能造到大西天佛地也?故老者道:"此处乃小西天,若到大西天,路途甚远。且休道前去艰难,只这地方也难过。"言修道由小以及大,小处不能过,而大事未可卜也。《了道歌》云:"未炼还丹先炼性,未修大药且修心。性定自然丹信至,心清然后药苗生。"则是稳禅性而清道心,所不容缓者。

虽然,欲稳其性,必先去其害性之物;欲清其心,必先却其迷心之事。"稀柿衕",稀者,希求;柿者,市利;"七绝"者,七情。言情欲能绝灭其真性也。人生世间，惟货利是图，而锢蔽其灵窍；惟情欲所嗜，而堆积其尘缘。填满胸怀，积久成蛊，其污秽恶臭，尚忍言哉？"西风臭"者，情动必溃也。"东南风不闻见"者，和气致祥也。"驼罗庄五百多人家，别姓居多，惟老者姓李。""驼罗"者，净土真性所居之处。"姓"与"性"同，"李"为木，即性也。"天生蒸民，有物有则。民之秉彝，好是懿德。"性相近而习相远，任其气质之性，而乱其天命之性矣。天命之性，性之善者，故曰："李施主有何善意？"气质之性，性之恶者，故曰："我这里有个妖精。"若能知去恶性而养善性，此便是照顾驼罗，当下禅性稳当，"下了个定钱"，再不必去请别人，更求妙方也。

"驼罗庄久矣康宁，只因忽然一阵狂风天变，有一个妖精，将牧放的牛马猪羊吃了，见鸡鹅囫囵咽，遇男女夹活吞。"人性本善，因天风一姤，先天入于后天，真性变为假性，见之即爱，遇之即贪，恣情纵欲，无所不至。原其故，皆由不能一性一心，贪财忘义，无法可治，所以妖精难拿，甘受折磨。古人云："凡俗欲求天上事，寻时须用世间财。若他少行多悭吝，千万神仙不肯来。"即此之谓也。

然拿妖之法，非谈《孔雀》、念《法华》、烂西瓜之和尚所能知；非敲令牌、施符水、落汤鸡之道士所能晓。盖此等之辈，借仙佛之门户，哄骗愚人，舍命求财，惟利是计，有虚名而无实学。焉知得真正修行之人，大智若愚，大巧若拙，秀在内而不在外，所积者德，所轻者财，诸般不要，但只是一茶一饭而已乎？最提醒人处，是行者扯住八戒、沙僧道："出家人怎么不分内外？"夫德者本也，财者末也，本宜内而末宜外，外本内末，是内外不分，大失出家人之本分，乌乎可？

"风过处，空中隐隐的两盏灯来。八戒道：'古人云：夜行以烛，无烛则止。你看他打一对灯笼引路，必定是个好的。'沙僧道：'是妖精的两只眼亮。'八戒道：'眼有这般大，不知口有多少大哩！'"骂尽世间贪财好利之徒，眼见好物，心即欲得，日谋夜算，不顾行止，其所谓"一对灯笼引路"，曲肖其形，如见其人矣。"八戒、行者与怪相斗，那怪两条枪，如飞蛇掣电抵住。"不知戒行，左右惟利是计，即孟子所谓"有贱丈夫焉，必求陇断而登之，以左右望而罔市利"是也。"使出枪尖，不知枪柄收在何处。"尖算无比，机谋暗运，虽明眼者亦所难窥，谓之"软柄枪"，外君子而内盗贼，小人谋利有如此。"不会说话，未归人道，浊气还重。"人道不知，利心最重，伤天害理，利己损人，则近于禽兽矣。

"东方发白，那妖回头就走。八戒、行者赶至七绝山稀柿衕，臭气难闻。行者侮着鼻子，只叫：'快赶！'"噫！小人闲居为不善，无所不至，瞒心昧己，悭贪吝惜，见财起意，见利忘义，其胸中秽污，不堪言矣。有戒行者，安忍闻之耶？"现出本相，乃是一条红鳞大蟒长蛇。"蛇者，至毒之物，蛇至成蟒，毒莫大焉。喻人利心一动，诡谲百出，其毒之伤人，与蟒蛇之伤人无异。昔吕祖见参禅僧鼻出小蛇，谓僧珍曰："此僧性毒，多贪恨，熏蒸变化，以成蛇相。他日瞑目，即受生于蛇矣。"观此而仙翁以蟒蛇讥利徒，岂虚语哉！

"那怪钻进窟内，尾巴露在外边。"大凡利徒作事，掩其不善而著其善，妆出一片道学气象，暗中取事，自谓人不及觉，谁知藏头而究露尾，可以哄得呆子，到底难瞒识者。何则？贪图心重，种根已深，有诸内必形诸外，无利不搜，转身不得，虽能前边掩饰一时，难禁后边仍复出头。吁！如此举止，既不能瞻前而回头，又不能顾后而知戒，终必打一跌，挣扎不起，睡在地下窟穴中，带不去一物，强爬乱扑而罔费精神，祸发害己，何益于事乎？《悟真》所谓"试问堆金如岱岳，无常买得不来无？"即此意。学者若不先将此稀柿七绝之毒蛇除去，而欲望成道，难矣。

《阴符经》曰："绝利一源，用师十倍；三反昼夜，用师万倍。"盖利心一绝，无不可绝者；利心能反，无不可反者。昔给孤长者金砖铺地，请佛说法，卒得皈依妙法。财非不可用，特用之得当与不得当耳。愚人每以此而杀身，圣人恒借此而成道。世财法财，内外相济，而大事易就。说到此处，未免起人惊疑，认以为怪，利足伤人，慌得退后，不敢向前矣。佛云："若说是事，诸天及人，皆当惊疑。"或误为闺丹炉火中用财，便是毁谤圣道，当入拔舌地狱。殊不知大修行人之作用，别有天机，非愚人所可识。

"行者反向上前，被怪一口吞之。"入虎穴而探虎子，可谓大机大用，真知下手矣。"八戒捶胸跌脚道：'倾了你也！'"是未明个里之消息，而恐惧难前。"行者在妖精肚里支着铁棒道：'八戒莫愁！'"是已得袖里之机关，而把柄自牢。"教他搭桥"，羊肠利路，不妨为渡迷之桥梁；"一条东虹"，贪图邪心，直可作上天之阶梯。"肚皮贴地变船儿"，死心忘机，刹那间烦恼结成慈航；"脊梁搠破现桅杆"，去暗度明，转运时内外尽归一气。"那怪挣命前蹿，比风还快，回旧路，死于尘埃。"死心妙谛，正在于此。驼罗庄人家，从此可以安生无忧，而禅性可于此而稳矣。

禅性一稳，道心可清。然秽污不脱，而道心犹未易清。脱离秽污之法：

秽污自何而生,还自何而脱,不必另开好路;拱开旧路,方能清其道心,而不为秽污人心所阻滞。最妙处是"八戒道:'看老猪干这场臭功。'"盖香从臭出,甜向苦来,不在至臭处干来,不知香之实;不在大苦处作出,不知甜之佳。此欲其清心,必先脱其秽污也。"八戒变作大猪,将众人干粮等物,一捞食之。"任重道远,非巨富大力食肠如天蓬元帅者,不能过得秽污,清得道心。八戒拱路,众人送饭,以见人我共济,彼此扶持,利己利人,禅性稳而道心清,拯救驼罗脱离秽污之大法门、真道路,放心前行,自有宿处。故结曰:"六欲尘情皆剪绝,平安无阻拜莲台。"

诗曰:

清静门中意味深,贪图货利秽污侵。

急须看破寻真路,大隐廛林养道心。

# 第六十八回

## 朱紫国唐僧论前世　孙行者施为三折肱

〔**西游真诠**〕悟一子曰：此篇至七十一，皆明修炼金丹大道，惟张紫阳《悟真篇》为得其宗，人当绍衣而身体，观后结出"真人棕衣"一段自明。

提纲特揭"朱紫国"三字，寓朱紫之贵，倒射不如紫阳之真也。漆叟喻"牺牛披锦绣"，尼父视"富贵若浮云"，子舆"重天爵之贵而轻绣梁"，君平谓"高车驷马带倾覆"。陈处士云："紫陌纵荣争似睡，朱衣虽贵不如贫。"自古圣哲深切指示，奈何世人读尽万卷千经，而竟不识字耶？

行者劈头唤醒道："师父原来不认得'朱紫国'三个大字。"盖朱紫尘荣，幻梦泡影；帝都皇洲，征禅代谢；欲知后来，须观前世；前之视后，亦犹后之视前。故三藏溯三皇而迄五帝，由揖让以及征诛。垂统争雄，兼并角力；治乱相寻，延促殊辙，而终归于唐王之一梦。噫！于敷演迂论之中，而寓无限悲歌感慨妙谛。正如城上杏黄旗，风吹乱摆，若非老孙看不明白，饶你识天文，知地理，辩阴阳。安邦立国，寄书郼都，改加年寿，一切皆属"魏征"。终不若拜佛祖，取《大乘经》三藏，为能超度孽苦升天也。《法苑珠林》云："孔雀虽有色严身，不如鸿鹤能远飞；朱衣虽有富贵力，不如出家功德深。"朱紫国王有色严身而身危，有富贵力而心病呻吟，嗟叹拯救无人，却不与唐王梦游地狱一般？

称"会同馆"者，不期而会，不约而同，前古后今无异世，尔疆彼界有同规也。国君衣朱紫而享光禄，国人图衣食而走利名，同一口体之嗜欲，而均病性命之膏肓。故八戒一闻酒米绫罗，饮食芬芳，而不禁垂涎入市矣；行者一见皇榜招贤，朱紫列士，而不禁喜就医国矣。究竟转东过西，逐物充肠原是假；须知弯腰揭榜，随缘医国亦为要。八戒求食而得名，不意中忽怀医国之榜,子子孙孙、奶奶妈妈、婆婆公公,一齐悻得虚称;行者作要而认真,敦请时俨居王者之位,尊宠的,承奉的,排班的,参拜的,顷刻间演成傀儡。

但凡果是豪杰,出口鲜不惊人,故庸愚不惊,不足为豪杰;真有经纶,下手难与虑始,故始谋不拒,不足以善经纶。此行者进前厉声而国王唬倒,阐掳妙理而"叫他去罢"也。语之惊人者,不在"进前厉声",而在"一千年不得好"。人不修道,纵所营富贵皆遂,亦是鬼窟生涯,与死为伍。生而病,病而死。生为病人,死为病鬼,万劫轮回,何时了歇? 千年不好,该万劫受病而言,岂不惊愚? 理之莫测者,不在"悬丝诊脉",而在"三毫每条各长二十四尺"。《素问》、《难经》、《本草》、《脉诀》,治一时之症,延一生之命而已。医术之庸,若分三毫为三关,簇五行为精气神。按三毫为二十四气,天关在手;合三条为七十二候,地轴生心。乃治千万年之病,而为医术之大经纶,世人万难深识! 故仙师于结尾指示曰:"心有秘方能治国,内藏妙诀注长生。"

予尝游泾阳,题药王祠联云:"民间疾苦几何,饮之食之,宜从仙子寻丹诀;世上膏肓万状,名也利也,何似山头多白云。"撰此者,想认得"朱紫国"三字,而能打破人间蝴蝶梦,请进而共读此书。

〔**西游原旨**〕上回结出剪绝尘情,性稳心清,可以打通修道之路矣。然或人于尘情小处能以剪绝,而于尘情大处不能剪绝,终是性不稳,心不清,而修道之路仍未打通,前途有阻。故此回合下三回,示人以大作大用,使学者在尘出尘,居世出世也。

冠首词内"打破人间蝴蝶梦,涤净尘氛不惹愁",是教人看破一切世事尽假,万般尘缘都空,不得以假伤真,须急在自己根本上下工夫耳。夫根本之道,脚踏实地之道,足色真金,还当从大火中煅出;无瑕美玉,更宜于乱石里拈来。非火不足以见金之真,非石不能以现玉之美。盖以金丹大道,在人类中而有,于市朝中而求,是特在人看的透彻,认得明亮,富贵不能淫,贫贱不能移,方可深造自得,而完成大道。否则,小利小货,虽能一时抶过,而于大富大贵,不能脱然无念,便是三藏已洗秽污之衢衕,而忽遇一座城池,看不见杏黄旗上明明朗朗"朱紫国"三字也。朱紫为人爵之贵,国者乃世财所聚。上阳子云:"虽有拱璧以先驷马,不如坐进此道。"三藏看不明朱紫国,仍是秽污填满,梦中作事,弃天爵而要人爵,重世财而轻法财,即读过千经万典,未知得富贵浮云,依然是未出长安时身分,如何取得真经、见得真佛? 谓之"不

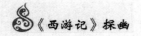

识字",不其然乎?

唐僧陈奏国王,自三皇以至李唐,或让或争,称王称霸,得失莫保,天命靡常,总归一梦。不特此也,至于贤臣宰相,纵能有识天文、知地理、辨阴阳、安邦定国之能,亦无非一梦。古往今来,大抵皆然。三藏论前世,而后世可知。说出"取《大乘经》三藏,超度孽苦升天",这才是打破梦境,切身大事,实受其福,岂等夫富贵功名终落空亡乎?

"国王呻吟道:'似我寡人久病,并无一臣拯救。'"国王何病? 正不知朱紫富贵之假、超脱孽苦之真之病,其病与唐王之病同,此篇中屡提"会同馆"之所由来也。何以见之? 唐王因斩泾龙而入地狱,国王因失金圣而生疾病;唐王因超度孽苦而取真经,国王因久病不愈而招良医。唐王不得真经,不能超度孽苦;国王不得良医,不能去其沉疴。唐王即国王之前车,国王即唐王之后辙,事不同而其理则同,故曰"会同"。吾更有进焉:取经不到如来之地,仅能度自己之还阳,而不能度亡魂之升天;治病不迎金圣还国,只可治后起之积滞,而难以治先前之病根。真经回,而地狱无冤屈之苦;金圣还,而国王无拆凤之忧。此大会而大同者。然则朱紫国之公案,其即《西游》全部之妙旨,修行者若能悟得,虽未读千经万典,而"朱紫国"三字可以认得,《西游》大道可以明得,打破蝴蝶梦,可以在市居朝矣。

然悟后不妨渐修之功,调和之道,所不可少。"行者着安排茶饭素菜,沙僧道:'茶饭易煮,蔬菜不好安排,油盐酱醋俱无。'"言金丹至宝,人人具足,个个圆成,处圣不增,处凡不减,特未得其调和之法,则阴孤阳寡,两不相合。犹如茶饭易煮,无调和而菜蔬不好安排,得此失彼,未免食之无味,美中不足。行者使八戒买调和,呆子躲懒不去,正以见"此般至宝家家有,自是愚人识不全"也。

"行者道:'你只知闹市丛中,你可见市上卖的是甚么东西?'八戒道:'不曾看见。'"东为木,西为金,金木并而水火济,阴阳得类,结为灵丹,得之者立跻圣位。若不知闹市丛中有此东西而调和之,则当面错过,虽有现成美味,焉能享之? 行者说出无数好东西,"呆子闻说,流涎咽唾",可晓美物人人俱爱,但未得真诀,难以自知。曰"这遭我扰你,待下次我也请你",噫! 金丹者,一阴一阳之道,非一己孤修,乃人我共济。若有己无人,则孤阴不生,独阳不长。你请我,我请你,彼此往来,何事不成? 八戒跟行者出门买调和,金木同气,夫唱妇随,阴阳并用之机括。

"街往西去,转过拐角鼓楼,郑家杂货店,调和俱全。"此处读者俱皆略过,而不知有妙道存焉。"往西而转角",西南坤位也。"鼓楼"者,震动之处也。"郑家"者,"郑"与"震"同音,震家也。言震生于庚,一阳来还,天心复见之处,为造化之根本,若于此而调和之,则本立道生,不亏不欠,圆成无碍,可返太极。《悟真》所谓"若到一阳初动处,便宜进火莫延迟"者是也。

二人携手相搀,去买调和,是明示调和妙诀,在大小无伤,两国俱全,人我并用,彼此扶持,不得执一己修之耳。何以"八戒怕撞祸,在壁下站定",行者独挨入人丛里去买乎?盖八戒者木火,属性,为真阴;行者金水,属情,为真阳;性主乎内,情营乎外,内外相济,阴阳合宜,二人同心,其利断金,此乃以己合人之大法,燮理阴阳之天机。仙翁恐人不知,挂出榜文,教人人细看,其意深哉!

朱紫国王,近因国事不祥,沉疴伏枕,淹延日久难瘳。人自无始劫以来,醉生梦死,为名利缠锁,百忧感其心,万事劳其形,不知退悔,受病根深,已非一朝一夕之故。若欲除此病根,非金丹大道不能。金丹大道,他家不死之方也。本国太医院无方调治,普招天下贤士疗理,"休施巧伪为功力,认取他家不死方"也。"稍得病愈,愿将社稷平分",修其天爵,而人爵从之。人我共济,无伤于彼,有益于我,大道昭彰,若有见得到此处者,能不喜其闻所未闻、得所未得,而知其调和阴阳之道乎?其曰"即此不必买甚调和,等老孙做个医生耍耍",犹言以己求人,即是调和阴阳、长生不死之道,而不必买甚调和,枉费神思也。

"行者弯倒腰,拈一撮土,朝巽地吹一口仙气,立起一阵旋风,将人吹散。"乾上巽下,姤之象☰☴,阳以阴用,刚以柔继,取真土而运和气,顺造化而行逆道也。"又使隐身法,揭了榜文。"乾上艮下,遁之象☰☶,隐形遁迹,而不大其声色;潜藏默运,而不入于幻妄也。

"揣在八戒怀里,转身回馆",心君之所以受病,皆由放荡情怀,顺其所欲之故,急须以此为戒,宜揣摸其受病之因,调病之方。"校尉见八戒怀中露出个纸边儿,扯住要进朝医病",惟能知戒,渐有医治之方。然而能揭去其病,则非一戒可以毕其事。故八戒道:"你儿子便揭了皇榜,你孙子便会医治。"《悟真》云:"阳里阴精质不刚,独修一物转赢尪。"又云:"劝君穷取生身处,返本还元是药王。"盖返本还元之道,与世之男女生子生孙之道无异,所争者顺逆不同。世道有女无男,不能生子生孙;仙道有阴无阳,不能结胎脱胎。

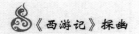

若只以一戒为事,是于幻身中求之,无非修此阳里阴精之一物,则孤阴不生,独阳不长,而于生子生孙之道远矣。谓之"赶着公公叫奶奶"、"反了阴阳的",是耶?非耶?

说出行者是个"认真之士,须要行个大礼,叫他声'孙老爷',他就招架,不然弄不成",先天真一之气,自虚无中生来,难得而易失,苟非精诚相求,则言语不通,无以取其欢心,或阳感而阴不应,或阴动而阳不随,金丹难成,大道难修。八戒说行者是"空头",行者笑八戒"走错路",阴阳不通,失其生生之道,非空头错路而何?

"校尉、太监礼拜行者道:'孙老爷,今日我王有缘,天遣老爷下降,是必大展经纶手,微施三折肱,治得我王病愈,江山有分,社稷平分。'"生生之道,至诚之道也。至诚者,虚心也。虚心即能实腹,以虚求实,以实济虚,经之纶之,虚实相应,阴阳调和,大病可去,大道有分。虽然,去病之方虽赖于诚一不二,然非自己身体力行,则病仍未可以去。故曰:"你去教那国王亲来请我,我有手到病除之功。"此明德之事。"大学之道,在明明德,在亲民,在止于至善",故曰:"口出大言,必有大学。"

"一半敦请行者",自诚而求明,虚心也;"一半入朝启奏",自明而归诚,实腹也。自诚明,谓之性;自明诚,谓之教。诚则明矣,明则诚矣,诚明兼该,执两用中,为物不二,生物不测,生生不息,万千之喜。此乃伏魔擒怪,捉虎降龙,医国之真手段,岂世之庸医仅知药性者,所能窥其端倪乎!何则?圣贤诚明之学,非大丈夫不能行,果是真正丈夫,自命非凡,另有一番大作大用之事,惊俗骇愚之举,而非可以外貌声音目之。

众臣叙班参拜,"大圣坐在当中,端然不动";及到朝中,"国王问:'那一位是神僧孙长老?'行者厉声道:'老孙便是!'"即孟子所谓"居天下之广居,立天下之正位,行天下之达道。得志行乎中国,不得志修身见于世。富贵不能淫,贫贱不能移,威武不能屈,此之谓大丈夫"也。彼朱紫国王在声音相貌上着心,不向性命切实处认真,轮回病根,如何消去?"列位错了"一语,其提醒后之大众者多矣。吾不知贪恋朱紫之大众,能知自己错了否?吾为仙翁劝勉大众:未知道者,急求明师口诀;已闻道者,早作切实功夫。否则,贪恋荣华,不肯速修,则生生死死,轮回不息,一失人身,万劫难逢。"就是一千年不得好",信有然者。

但欲脱轮回之病根,了生死之无常,莫先贵乎穷理。若理不能穷透,则病根终难去,而性命终难保。夫理者,即性命之道。了性了命,无非在穷理上定高低耳。独是穷理功夫,非博学强记之谓,乃教外别传之说。诗云:"医道通仙有异传,大要心中悟妙玄。"妙玄者,"玄之又玄,众妙之门"。若欲悟此玄妙,必须真师口传心授,而不得妄议私猜也。"若不望闻并问切,今生莫想得安痊。"望者,回光而返照;闻者,藏气以待时;问者,审思而明辨;切者,笃信而实行。四者乃却病延年之要着,可以脱生死,出轮回。知此者,则生而不死;反此者,则死而不生。神圣功化之巧,有如此。

"行者说出悬丝诊脉,众官喜道:'我等耳闻,不曾眼见。'"古有扁鹊能观五脏而知病,华佗能破骨肉而疗疾,俱系神医,而亦不闻有悬丝诊脉之说。今云悬丝诊脉,虽扁鹊之神目,不能窥测其一二;即华佗之神手,不能揣摩其机关。扁鹊、华佗虽能,不过能治其有形,不能治其无形。治有形者人道,治无形者天道。天道人道,差之毫发,失之千里,宜其世所罕闻,亦所罕见。

何为悬丝?丝者,至细之物;悬者,从虚而来。细则妙有,虚则真空,真空妙有,合而为一,则虚室生白,神明自来。以此诊脉,而七表八里,九要三关,无不一一得真。此乃万劫不传之秘诀,只可口授,不能笔书。读《素问》、《难经》、《本草》、《脉诀》者,安能知之? 其所以不知者,皆因不识自己本身有上药三品,可以变化调理,却病延年耳。《心印经》云:"上药三品,神与气精,恍恍惚惚,杳杳冥冥,视之不见,听之不闻。"三者皆从虚无中来,非色非空,非后天有形之物,乃先天无形之宝。必须真知灼见,未可猜想而得。盖后天之精乃交感之精,后天之神乃思虑之神,后天之气乃呼吸之气,皆有形之物,其质不刚,四大解散,终落空亡。至于先天大道,"其精非是交感精,乃是玉皇口中涎;其气不是呼吸气,乃知却是太素烟;其神即非思虑神,可与元始相比肩",此三者能以无形化有形,无相生实相,三而合一,至灵至圣,故能治心君大病而无难。

"拨了三根毫毛",去其后天之假,不在幻身上着脚。"变作三条丝线",归于先天之真,须于法身上用功。"每条按二十四气",造化有消长之数;三条合七十二候,丹道有调和之机。"托于手内",天关在手,而施为无碍;"入宫看病",地轴由心,而转运得法。得心应手,纵横自在,可无遮拦。故曰:"心有秘方能治国,内藏妙诀注长生。"此即提纲"施为三折肱"之妙旨。折者,如"折狱"之折,辨是非邪正之意。知的变化后天之精气神,而保其先天之精气神,则三品大药,已折辨明白,而穷理之功已尽,从此尽性至命,可以无难。下文修药物、盗金铃、伏妖王，无不在此三折之中。究之，三折总是一折，其所谓三折者，不过因精气神而言耳。吾愿天下人，在蝴蝶梦中者，亦须三折可也。

诗曰：

富贵荣华尽枉然，几人活得百来年。

休将性命寻常看，急访明师问大还。

# 第六十九回

## 心主夜间修药物　君王筵上论妖邪

〔**西游真诠**〕悟一子曰：浮荣虚业，梦熟黄粱；世味尘缘，捷于石火。世人目为老僧之常谈，谓名教中自有乐地。究之终身碌碌，系风抱影，瞬息长眠。古往今来，解脱者几人？卢仝曰："功名生地狱，礼教死天囚。"真堪醒梦破迷。仙师此篇，特提清夜之良心，指示修真之觉路，令人自认自识。盖欲修道，莫先清心；欲清心，莫先去病；欲去病，莫先知其病根。古之神医，视瞩重垣，术惊二竖。悬丝诊脉，原非荒诞，不过形容三思而贯通，默运而神会之意。

鸟之雌雄有定偶，鸟离群则鸣；人之阴阳不可偏胜，人失调则病。医治之妙方，愚盲没处捉摸。医官道："八百八味，理无全用"，见其用之不能全也。行者道："药不执方，故要全征"，见其方之神于用也。曰："八百八味"，明二八之数也。二八者，即《参同契》所谓九还、七运、八归、六居。九、七皆阳数，合成十六，男子真精全；八、六皆阴数，合成十四，女子天癸至。以月之上弦、下弦为象，故又曰"上弦兑数八，下弦艮亦八，两弦合其精，乾坤体乃成。二八应一斤，易道正不倾"是也。

《悟真》曰："月初天际半轮明，早有龙吟虎啸声。正好下功修二八，一时辰内管丹成。"言阴阳交媾，宜修药物之候。故行者道："我等到夜静时，方好制药。""及至半夜，天街人静，万籁无声，八戒道：'哥哥，赶早干事。'"均指示修二八之候，急早下手也。取用大黄，至阴；巴豆，至阳。"大"者，"一""人"；"巴"者，"一""己"。人、己合而性全，阴阳和而药备也。故八戒曰："八百八味，只用此二两，诚为起夺人了。"盖言只用此二八，诚足起死回生，夺天地之造化，而为全征之药味也。

前三藏答国王曰："三个顽徒，更无一人知药性者。"兹沙僧熟悉大黄性寒，八戒深谙巴豆性热，俱若素善岐黄者，不知执药性而论，虽知药性，何能医国？仍是未能知者。行者曰："贤弟，你不知。""你也不知。"特借此二味而屡提"不知"，以令人细研其妙，不可执粗迹而求也。

篇中"碾细"字，就药而言，却不就药而言。"百草霜"，取土釜之调和；"龙马尿"，取水宫之至宝。曰"锅灰"、曰"金汁"，其义甚显。至搅和一处，作为三九，攒簇五行而分理三才也。名"乌金丹"，以显金丹之旨，医国之秘方尽于是。噫！妙哉！仙师惟恐世人不知，又于药引中结出秘妙六物，皆寓意也。"老鸦"为离中阴，取其气；"鲤鱼"为坎中阳，取其精。"王母粉"，阴土己也；"老君灰"，阳土戊也。"头巾三块"，聚顶三花也；"龙须五根"，环阳五耀也。取身中之气精，合戊己而成圭，乃三五之妙道。此无质之物，从虚空中来，非世医愚盲之辈所能识，故曰"此物乃世间所无者"。谩评者谓，此方医谎病最妙，不知俚语中寓有妙理，而非谎也。那一般药引用无根水，亦是天上落下；使龙王打喷嚏吐津液，亦非寻常雨水。如泥丸公所云"精涎津唾液"，只可接助为阶梯是也。

津液化为甘露，三盏送下三丸，如辘轳之声不绝，打透三关，而病根自除。此方医国如神，何不明著竹帛，使天下后世俱得服食？秘而不言，何也？行者道："国王倒是个大贤大德之君"，"我与你辅弼而左右之。"此知苟非大贤大德，不可轻与。祖师云："得人弗传秘天宝，误传匪人，七祖受苦。"考昔紫阳真人三传匪人，而三遭天谴，可为鉴戒！岂容明著竹帛？故八戒说"药里有马"，而歇后不吐；行者即嗔其口敞，而忽以"马兜铃"掩饰之，皆发明不可轻泄以贾祸也。

下文伏太岁解金铃，迎金圣，乃下手金丹之诀，然不明失散之由，不识还返之妙。国王筵上之论，正明失散之病根也。乌者，离中之精，本有元配，失群不返。而独乌无偶，虽能内养五神，不能外合一气，只去得身中后起之病，未返本来身外之身。故前用"乌金丹"，犹非纯阳紫赤真金也。

国王道："正值端阳之节，在海榴亭看斗龙舟。忽然一阵风，现出妖精，自称'赛太岁'，在麒麟山獬豸洞居住，将金圣宫摄将去了。"端午为天中之候，忽然风起，六阳始遇一阴而成姤。夫姤者，天风也，☴也；剥之渐也，复之根也。在人之身，如始御女而贪结子，戏龙舟而好顽耍，故曰"御花园海榴亭斗龙舟"也。此时也，破六阳乾体之真金而陷入于坤土，则彼六阴坤土反得真金而为复。复者，地雷也，▆▆也，剥之反也，姤之终也。雷出地奋，勾芒之神自现。"自称'赛太岁'"，正如献真金而祷祀之，岂不是"赛"？麒麟者，仁兽也，性惟爱物；獬豸者，神羊也，智能恶奸，即爱恶之心。太岁窟穴于其中，而摄去金圣宫，则吾失其爱，易所不爱而成忧；得其所恶，易其所不恶而成疑。忧疑之疾所由锢，非仁者不忧，智者不惑之本体矣。

然数载忧疑，三年积滞，用一贴灵丹可打通。若太岁收服，金圣迎还，非三折妙诀不易得。避妖楼避不得邪来，如躲得正南上，正不得邪去。却须认他，惟认得出他，方知病根，可修药却病而安邦。故曰："安邦先却君王病，守道须除爱恶心。"曰"王"，即心君也；爱恶心，即君心也。

〔**西游原旨**〕上回因假悟真，则知假之不可不去，真之不可不归也。然欲去假归真，莫若先除吾心固必之病，心病一除，真假显然，而大道易成。故此回教人尽心知性，以为造命起脚之根本耳。

"大圣将三条金线，系于国王三部脉上，将线头从窗棂儿里穿出，左右诊视。"是以真性为体，以精气神为用，内外相通而左右逢原，所以诸般病疾一一诊出，而识国王是惊恐忧思"双鸟失群"之症。人生世间，为幻化所误，非入于惊恐之乡，即登于忧思之地，无一时不忧思，无一日不惊恐。一经惊恐忧思，则乖和失中，而阴阳相隔，已受大症，莫可救治。此等病根，若非明师指破，谁肯承当？国王闻行者说出病源，高声应道："指下明白，指下明白！"此直下承当而无容疑议者，从此对症用药，何病不除？

"不必执方，见药就用"，执中用权，择善固执也。"药有八百八味，人有四百四病，岂有全用之理？"法以去弊，弊去则法无用也。"药不执方，合宜而用。全征药品，随便加减"，因时制宜，加减得法，明损益而知昏晓也。"八百八味，只医一人，能用多少？"二八一斤，阴阳得类，圆陀陀，光灼灼，净裸裸，赤洒洒，不多不少也。

噫！一些天机，至神至妙，知之者立跻圣位，修之者永脱苦恼。其如愚盲之辈，不识此神妙之方何哉！神妙之方为何方？即调和阴阳之方，即三家合一之方。"天街人静，万籁无声"，此亥末子初，阴极生阳，天心复见之候，正宜赶早干事，调制药物，而不容有缓者。药物即阴阳二味，调和者即阴中取阳，阳中取阴也。

大黄性寒，为阴，无也，故无毒；巴豆性燥，为阳，有也，故有毒。每味一两,一阴一阳之谓道也。"百草霜"为锅脐灰,火中之物,阳中之阴,具有己土,故能调百病。"龙马尿"同于金汁,水中之物,阴中之阳,具有戊土,故能治诸疾。"各用半盏",自坤至兑,阴中阳金八两;自巽至坤,阳中阴水半斤。金丹之道,取阴阳二味之药,采金水两弦之气,水火相济,戊己成圭,三家相见,合而为丹。此等药物,须要真知灼见,心中大彻大悟,方可下手。倘不知有无阴阳之理,必至认假为真,落于后天滓质之物,不但不能治病,而且有以受毒。"碾为细末",是极深研几,不得少有一毫着于滓质也。所谓"乌金丹"者,是心领神会,顿悟圆通之意,即提纲"心主夜间修药物"之旨。

虽然,金丹之道,全赖指引,若不遇明师指引,只于自心中摸索,即药物现前,当面不识,未许我食。两般引子,一用六物汤,一用无根水。引一而已,何至有两?此不可不知。盖一引其全形,一引其延命。全形者,无为之道,去其病;延命者,有为之术,还其丹。六物汤:"老鸦屁",为离火;"鲤鱼尿",为坎水;"王母脸粉",为己土;"老君炉灰",为戊土;"玉皇破巾",为兑金;"困龙五须",为震木。攒此六物,烹煎融化而为一气,有作有为也。"无根水",守中抱一,无修无证也。二者均为世间希有之事,岂可易得?亦岂可轻传?苟非有大贤大德之大丈夫,此事难逢。故"行者对八戒道:'我看这国王,倒也是个大贤大德之君,我与你助他些雨。'两个两边站下,做个辅弼星"。言果遇大贤大德者,不得不度引,以辅助其成道也。

"行者唤来龙王,唾一口津液,化为甘露。国王收水服药,即时病根行下,心胸宽泰,气血调和。"此"附耳低言玄妙旨,提上蓬莱第一峰",如醍醐灌顶,甘露洒心,一口道破,疑团解散,忧从何来?即古人所谓"始悔从前颠倒见,枝枝叶叶外头寻"者是也。

噫!此道至尊至贵,匪人不与,倘道听途说,则为轻慢大道,而非守道君子,必遭不测之祸。仙翁于八戒争嘴说"有马……"将露消息处,借行者现身说法,以戒闻道之后,当缄口藏舌,不得口厮,将好方儿说与人也。

既云不说,何以又说"马兜铃"?读者至此,未免疑为掩饬之说。既曰掩饬,何必又细问药性?此中又有深意,不可不知。盖金丹之道,有可说者,有不可说者。可说者,以道全形之道;不可说者,以术延命之道。以道全形之道,乃打通道路,尽性之一着,即学者不亲身来求,不妨向彼而开导,虽中人亦可授之,为其无大关系也。至于以术延命之理,乃盗天地之造化,窃阴阳之璇玑,天人所秘,万劫一传,苟非真正出世丈夫,视天下如敝屣,视富贵如浮云者,不可传,为其"传之匪人遭天谴"也。"马兜铃",即以道全形之事;"马尿金汁",即以术延命之事。马而曰兜,则马不行,不行则无为而静定。铃者,圆通空灵之物。言以道全形之事,乃顿悟圆通,无为静养之道也。行者治国王病,即以道全形,而不使受其害。其曰"马兜铃",非是掩饬,乃因病用药耳,故曰"用的当"。

观于药歌中"苦寒、定喘、消痰、通气、除蛊、补虚、宁嗽、宽中",而知无为之道乃是苦定而除污消积,虚中而宁静圆通也。所可异者,打通病根,既是以道全形,何以行者修"乌金丹"而用一阴一阳之道乎?此理不可不辨。盖道一而已,而用各不同,师引入于无为,则打通病根而全形;师引入于有为,则返还先天而延命。两般引子,行者仅以无根水作引,并未以六物汤作引;仅示其马兜铃为药,并未示其马尿金汁等为药,于此可以晓然矣。以上言除病之根,以下言修真之事,学者于此等处,须当具只眼,不得忽过。

"国王道:'寡人有数载忧疑病,被神僧一帖灵丹打通。'行者道:'但不知忧疑何事?'"既云"灵丹打通",何以又云"不知忧疑何事"?岂不令人难解?若不将此分个明白,埋没仙翁苦心,天下后世无有识者。吾观今世缁黄,多负有道之名,数十年仅能打通病根,而究其病根因何事而发者,百无一二。此仙翁不得不出过辨才,借行者一问,国王一答,为学人开一线之路也。

正宫娘娘称"金圣",东宫称"玉圣",西宫称"银圣",以见金丹大道,乃执两用中,刚健中正,纯粹至精之道。若失中正,则非至精,正是妖精。

端阳节,赤帝行南;日中之候,在卦为丰,在月为午。丰者☲,大也,以明而动,盛大之象。然盛极当衰,大极则小,明处即有不明,又有忧道,故国王忧疑之病,生于端阳节。端阳者,阳极生阴之时,故国王与嫔妃御花园海榴亭解粽饮酒,看斗龙舟之际,而忽有麒麟山獬豸洞赛太岁空中现身矣。麒麟有文明之象,明积而成山,则明而误用,无所不爱。獬豸能别曲直之兽,钻而成洞,则别而太甚,即有所恶。爱恶一生,恣情纵欲,自赛其大,为害滋甚,所以为妖。

噫!富与贵,是人之所欲也;贫与贱,是人之所恶也。爱恶妖生,本性有昧,以明入暗,真为假蔽,阴阳循环,无有阴而不阳,阳而不阴,此亦人之无可如何者。真性一昧,从此人心用事,百忧感其心,万事劳其形,忧思不息,日复一日,年复一年,积久成蛊,凝滞心胸,而莫可救解。于斯时也,若非有明师开示大道,泻尽积滞旧染之污,其不为富贵所迷,弃天爵而要人爵,入于死地也,有几人哉?国王筵上论妖邪,即此爱富贵而恶贫贱之妖邪。然积滞未泻之先,而此病根犹未可知,盖以"若无师指人知的,天上神仙无住处"也。噫!仙翁已将灵丹付于后人,教"泻积滞",不知有肯泻者否?或有泻去积滞者,则是虚中而心虚矣。

然虚心须要识心,能识其心,方能虚心;能虚其心,方能实腹。此千古不易之定诀。《悟真》云:"虚心实腹意俱深,只为虚心要识心。不若炼铅先实腹,且教守取满堂金。"国王病除,感行者活命之恩,是能虚心而识心矣;行者欢喜吞酒,是欲虚心而实腹也。行者道:"但不知可要金圣回国?"正是"不若炼铅先实腹,且教守取满堂金"也。盖金丹之道,以虚心为体,以炼铅为用,方其虚也,则炼铅以实之;及其实也,则抱一以虚之。虚心实腹,实腹虚心,毋劳尔形,无摇尔精,形全精足,则"仁义礼智根于心,其生色也,粹然见于面,盎于背,施于四体,四体不言而喻"。国王哭跪行者,求救金圣降妖,八戒忍不住呵呵大笑道:"这皇帝失了体统!怎么为老婆就不要江山?跪着和尚?"非"根心生色"而何?观此而心可不识乎?倘不能识心,而一味虚心,则得药忘年,炼铅无计,仍是在人心上作活计,而妖精之来去不定,出入无时,虽能返观内照,昼夜不息,终久入于地穴,被人盖上石板,而不得出矣。故行者道:"那妖精还是不害你;若要害你,这里如何躲得?"真是蛰雷法鼓,震惊一切,何等醒人!

及妖精来,"行者左右扯住八戒、沙僧道:'我和你认他一认。'"人只一心,并无二心,知此心者此心,昧此心者此心。"着有终成幻,去妄不入真",着有则为爱心,去妄则为恶心,爱恶之心,俱非真心。真心非有非无。曰"却像天齐王手下把门的蘸面鬼",鬼乃无形之物,是已着于无;曰"就是鬼,那有这等狂风,或是赛太岁",赛乃示有之义,是已着于有。"行者道:'你两个在此,等我问他来。'即纵祥光,跳将上去。"有无俱不立,内外悉归空。故结云:"安邦先却君王病,守道须除爱恶心。"虚心识心之旨尽于此,从此可以炼铅矣。

诗曰:

虚灵不昧有神方,清夜良心大药王。

如果打通真道路,忧疑尽去可还阳。

# 第七十回

## 妖魔宝放烟沙火　悟空计盗紫金铃

〔**西游真诠**〕悟一子曰：金丹之道，《易》道也。乾、坤其门户，坎、离其妙用，姤、复其化机。姤终必至于否，否则必至于剥，剥极则必归之于复，复则必归于泰。阴阳消长，循环无端。即篇中所谓"有来有去"者。是大修行人，先具一双慧眼，亟须狠力一棒打杀，不使他再到剥皮亭。潜通消息，方能消息由我，相机下手，盗转紫金铃，迎还金圣宫，完全乾体，而超凡出世也。

"金铃"者，先天真乙之宝，混而为一气，分而为三元，人人具足。只因交姤之候，忽然失去。如治国者，不能内安而召取外乱，举国忧疑者然。若非良谋善策，大展雄才，以图恢复，仅作避妖地穴，终避不得。三番四覆索取宫娥，能无日促国百里乎？国王筵上一论，说出病根；行者酒中灭火，讲明丹诀。乃因病立方，大展经纶之妙手也。这般法力，正是打开生死路，明师传授的大道。诗中"为鼎炉"、"团乌兔"、"采阴阳"、"悟玄关"、"运天罡"、"移斗柄"、"退炉进火"、"抽铅添汞"、"攒簇五行"、"和合四象"、"归二气"、"会三家"等句，字字金丹、药物、火候之的髓也，同一金铃也。

太岁本坤土，而得其乾金，既复矣。然挟女后而图交姤，是复而复姤也。故太岁摇动金铃，放烟火而为害，放飞沙而为害，虽曰计，而实为妖魔。国王失乾金而陷于坤土，既姤矣。然不忘金圣而志图迎复，是姤而复复也。故行者动静不拘，变人物而为盗，变有来有去而为盗，虽曰计，而实为悟空。

"有来有去"，本是天理之流行。学道之人，当于天理流行中，讨问出"一个神仙，送一件五色仙衣与金圣宫妆新"的妙道，开"有去无来"的正法眼，方能入道从真。故行者一变火鹞子而上极乎天，二变蟭虫儿而下入乎地，三变道童而中位乎人，勘破上下今古，而能将有来有去一棒打杀也。

"战书揣在三藏怀里，莫与国王看见。"书中何语？盖有难以形诸笔墨者，终秘而不言，正打杀"有来有去"之妙也。然天理之流行，如何打杀，得非诳世？不知打杀正是打活。打杀者，"有来有去"；不曾打杀，"无去无来"。故无去无来，仍不离有来有去的模样。行者打杀而为无，仍一变为有，所谓"着有真成幻，去无不入中。有无俱不立，内外悉皆空"也。咦，妙哉！一双黄金宝串，分明两个夫妻，匹配团圞，连环相顾。若能于此物打通消息，便是降魔复圣的机关。行者径入剥皮亭，不答妖王问，展施于胳膊之上，玩弄于礼法之中，乃去来无碍，微妙圆通之作用也。行者虽变有来有去，实是无去无来。虽是大王心腹小校，实是金圣心腹小校，总是国王之心腹小校。盗取金铃，迎复金圣之下手秘诀也。

三个金铃，火为神，烟为气，沙为精。动而摇晃，则烟、火、沙散而为魔。静而涵虚，则金火同宫，凝聚而为丹。此般至宝家家自有，只因女后之妬，而入于魔手，原非妖魔己物。复得之道，仍须从魔手盗来。故失铃出于妬，得铃亦必由于妬。若非叙夫妻之情，彼此喜悦，把铃与她收贮，终难下手，所谓"外作夫妻心盗贼"是也。

金圣宫说出"共枕同衾，前世之缘"，即骗出金铃，付其收藏。又说"我与大王交欢会喜"，"做出妖娆之态，哄着精灵。行者在旁取事，把三个金铃轻轻拿过"，俱是实法。最妙是"在旁取事"，"跟在我身边，乘机盗我宝贝"二语。盖金铃系夫妻欢会付托收藏之物，盗之者，盗其夫妻之所有而为我有，窃天地之造化，非乘机不可得也。然又必深知奥妙，从容静悟而取，非粗率疏躁而得。特演叙"不知利害，就扯棉花，迸出烟、火、黄沙，惊动妖王"一段，以明难得易失之故。

仙师又借妖王之口，频说"仔细搜寻"之语，以叮咛提醒之。国王与金圣宫，真夫妻也，真者一妬而忽遭魔难，顷刻分离，"弄巧反成拙"也；太岁与金圣宫，假夫妻也，假者一妬而即成宝藏，还返有机，"作要却为真"也。结出二语，学者仔细搜寻。

〔西游原旨〕上回虚心而识心，已是尽心而知性矣。然性之尽者，即命之至，顿悟之后，不妨渐修之功，方能自有为而入无为，归于形神俱妙之地。故此回言金丹下手之功，使学者钻研火候之奥妙耳。

《悟真篇》云："天地盈虚自有时，审能消息始知机。由来庚甲申明令，杀尽三尸道可期。"盖天地造化之道，阳极则阴生，阴极则阳生，盈而虚，虚而盈，周而复始，循环不已，消长有常，亦非人所能损益者。然阳主生，阴主杀，则其类有淑慝之分。故圣人作《易》，于其不能相无者，既以健顺仁义之属明之，而无所偏主；至其消长之际，淑慝之分，则未常不致其扶阳抑阴之意焉。修道者若能审知盈虚之消息，乘其机而逆用之，则生甲生庚，大与天讨，阴可消而阳可复，可以返本还元矣。

"金圣宫被赛太岁摄去"，是阳极生阴，姤之象。姤卦☰一阴伏于五阳之下。金圣者，纯乾也。赛太岁者，己土。姤之一阴，具有己土。"部下先锋，取宫女二名，伏侍金圣娘娘"，"二名"为偶，仍成一阴之象。以一阴而扶侍众阳，将欲渐进而消阳，此阴祸之先见者。"行者一棒把根枪打为两截"，是顺而止之，防阴于未发之先也。何以行者闻西门火起，而以酒灭火乎？姤则真阳内陷，火上炎而水下流，火水未济，五行顺行，法界火坑，识神因灵生妄；顺止其姤，则假阴消去，火归元而水上潮，水火相济，五行颠倒，大地七宝，元神借妄归真。金丹大窍，正在于此。其中有大作大用，呼吸感应之妙，非一切傍门巴山转岭、迁延岁月者所可知。行者说出"天为鼎，地为炉，抟乌兔，采阴阳，天罡搬运，斗柄迁移，攒簇五行，合和四象，二气归黄道，三家会金丹"一篇言语，尽是天机。

"大圣一心降妖，无心吃酒，吻哨一声，寂然不见。"可见圣人作事，纯一不二，寂然不动，感而遂通，非可以形迹观也。"山凹里迸出烟火恶沙，行者变作一个钻火鹞子，飞入烟火中，蓦了几蓦，就没了沙灰。"此精一执中，入虎穴，探虎子，火里栽莲之真法力。彼执空避妖之流，妖且不敢见，况能入烟火沙灰之中乎？

然仅能没沙灰烟火，而不知其妖之窠穴，则真宝在妖，而终不为我用，何济于事？此行者不得不于送文书之小妖审问个消息也。一变为蜢虫儿，暗听出"伤生夺位，只是天理难容"；再变为小道童，明问出"无缘沾身，系有仙衣妆新"。噫！金丹大道，差之毫发，失之千里，良心发现，须要幽冥中度出；长生妙诀，还向神仙处求来。古人谓"性要悟，命要传，莫把金丹当等闲"者，正是此意。妙哉！

"神仙送一件五彩仙衣，与金圣宫妆新"者，是攒簇五行，革故鼎新，始则有为也。"穿了那衣，浑身上下生了针刺"者，"针"与"真"同音，是披服有日，浑身一真，终则无为也。这个有为无为之道，皆神仙口传心授之秘，非一切在声色中用心意者,所敢妄想揣摸而知,得以沾身点污者。特以修真门户,真假相混,邪正相杂,若不得真传,或误认阴阳为男女之阴阳,流于御女闺丹之术,冒然下手,凭心造作,"但挽着些儿,手心就痛",未取于人,早伤其己,适以自招恼闷,何济于事乎?"行者一棒打杀有来有去",正示其死心忘意,去声色而不来声色也,故曰:"有去无来"。何以见之?"心腹小校,担着黄旗",非心意乎?"五短身材,挖挞脸,无须,敲锣",非声色乎?"长川悬挂,无牌即假",非心意悬挂声色,以有为真,以无为假乎?

"行者将棍子着小妖胸前捣了一下,挑在空中,径回本国。"以见执心用意者,回头一着,势必四大归空,一灵不返,可畏可怕。所独异者,仅打死一小妖,何足为功,而报头功乎?殊不知,古今来多少英雄豪杰,不能完成大道者,皆因认心意为道,以妖作主,来来去去,悬虚不实,所以无有结果。打死有来有去,是欲去假境而归实地,闭死户而开生门,谓之"头功",谁曰不宜?此个理路,若非在心君之处辨别个真假,如何得知?故国王见了道:"是便是个妖尸,却不是赛太岁。"又云:"好好好!该算头功。"其提醒学人者多矣。

何以行者将一封战书揣在三藏袖里,不与国王看见乎?如云战书无用,则即置之不言,何以揣在袖里?如云战书有用,何以不使国王看见?悟一子注为:"战书内,即打杀有来有去之妙。"若果是打杀有来有去之妙,有来有去已死,何妨与国王看见以示其妙?而奚必于伏魔归圣之后,方才拿出与国王看见?及其拿出,又不言书中之意?于此可知别有奥妙,而非打杀有来有去之妙也。夫金丹大道,乃袖里机关,只可自知,不可人见。战书乃有为之事,有为者,盗鸿蒙未判之始气以为我有,夺天地未分之生机以为我用,先天而天弗违,后天而奉天时,天且弗违,而况于人乎?况于鬼神乎?如此机关,岂可令人见之耶?前之揣在袖里不与看者,"始而有作人难见"也;后之取回金圣与看者,"及至无为众始知"也。下文之计盗金铃,收伏魔王,取回金圣,总是一封战书,总是五彩仙衣,总是有为妙道。仙翁恐人不识,于结尾写出"紫阳解脱棕衣"一案,以示战书之意,系《悟真》从有为而入无为之妙旨。彼世之迷徒,但见无为为要妙,岂知有作是根基乎?

有作之道,乃调和阴阳之道。三丰云:"金隔木,汞隔铅,阳寡阴孤各一边。世上阴阳男配女,生子生孙代代传。顺为凡,逆为仙,只在中间颠倒颠。"盖生仙之道与男女生人之道无异,世道非男女交合不能生育,仙道非阴阳混成不能结胎,所争者顺逆不同,仙凡相隔耳。独是男女非媒娉不能相合，阴阳非黄婆不能取信。犹龙氏云："恍兮惚兮，其中有象；惚兮恍兮，其中有物；杳兮冥兮，其中有精；其精甚真，其中有信。"是信者，阴阳相通之宝，若不得其信，无以示同心而别真假，真者未为我用，假者终难降伏。行者要金圣心爱之物，国王取出一双黄金宝串递与。串者，二"中"相连，如连环而不可解，正恍惚杳冥中之物，乃阴阳交感之信宝，故为金圣心爱之物，亦为国王疼热之物。得此真宝，取彼欢心，则以己合人，彼此扶持，可来去于阴阳之中，不为阴阳所拘矣。

"行者变有来有去，一直前进，径至獬豸洞，入于剥皮亭。"彼一切猩猩通人言语，仅在话头上求者，安能窥其机关？"剥皮亭"者，即剥卦也。剥卦上艮下坤，下五阴而上一阳。"一座八窗明亮的亭子"，即剥之初六、六二、六三、六四也；"中间有一张戗金的交椅"，即剥之六五也；"椅子上坐着一个魔王"，即剥之上一阳爻也。夫剥者，姤之渐，复之机。

行者见了魔王，公然傲慢，不循礼法，调转脸，向外打锣，数问不答，掼下锣道："甚么'何也，何也！'"是大公无私，出乎礼法之外，在声色而不着声色也。其曰"到那厢，乱叫拿妖精"、"打顺腿"等语，是欲顺而止之，不使顺而行之也。然顺而止之之道，须要内外一信相通，方能济事。行者进后宫见娘娘，现了本相，自称国王请来降妖，救娘娘回宫，娘娘沉思不信，是外信不通，而内信不应也。"行者奉上宝串"，是外信已通于内矣；娘娘见了宝串，下坐礼拜道："若能救我回宫，感恩不浅。"是内信已通于外矣。内外信通，彼此扶持，可以下手施为，顺而止之，借假救真矣。

"三个金铃"，即精气神上药三品之真灵也。但此真灵，先天入于后天，变为有质之物，元精化为阴精而出砂，元神化为识神而生火，元气化为浊气而生烟，圣宝化为魔宝矣。既为魔宝，稍有摇动，烟火黄砂俱出，作业百端，性命即伤。修行者若欲复真，莫先除假；若欲除假，莫先盗转金铃。盗铃之法，即顺而止之之法。顺而止之之法，即《悟真》所云"顺其所欲，渐次导之"也。"行者仍变心腹小妖，哄请妖王。妖王欲夺了国，即封为大臣，行者顺口谢恩"，顺其所欲也；"娘娘欢喜迎接，说出夫妻有个心腹相托之义"，顺其所欲也。惟能顺其所欲，妖精不觉将铃儿交递娘娘之手矣。娘娘哄着精灵，行者在傍取事，妖宝已转为圣宝也。

但这个顺欲渐导之功，须要知其有利亦有害。利者，用柔道也；害者，用刚道也。"行者不知利害，扯去绵花，放出烟火黄沙"，是不能渐次用柔，急欲成功,自取其灾,即剥之"小人剥庐"矣;"行者知其难以脱身,又变为痴苍蝇儿,丁在无火石壁上。群妖仔细搜寻,不见踪迹",是弃刚而就于柔,不识不知,气质俱化,为群阴所载,而已不为妖精所伤,即剥之"君子得舆"之象。噫!总是一顺,急躁,只知顺而不知止;柔弱,外虽顺而内实止。顺之是非,能止不能止分之。

妖王说:"是个甚么贼子,乘机盗我宝贝?"虎将上前道:"这贼不是别人,定是那败先锋的孙悟空。想必路上遇着有来有去,伤了性命,夺了铜锣旗牌,到此欺骗大王也。"噫!顺而止之之一法,悟的者,空而不空,不空而空,能以盗阴阳,窃造化,转生杀,逆气机,借假复真,依真化假,来去于声色场中,随机应变,而不可以形迹窥之。所谓"只此一乘法,余二俱非真",彼一切不知真空妙有顺止之大法,仅在有踪有迹处搜寻者,安足语此?故结曰:"弄巧反成拙,作耍却为真。"盖"弄巧反成拙"者,顺而剥之,"小人剥庐"也;"作耍却为真"者,顺而止之,"君子得舆"也。剥之时义大矣哉!

诗曰:

精神与气药三般,为圣为魔在此间。

不闻个中机秘事,心忙怎得盗灵还?

# 第七十一回

# 行者假名降怪犼　观音现像伏妖王

〔**西游真诠**〕悟一子曰:《敲爻歌》曰:"纵横逆顺没遮拦,静则无为动是色。"常人不解其妙,谓"静则无为",是道;而"动是色",非道也。不知静无动,动无静,物也;静而动,动而静,神也。又曰:"酒是良朋花是伴,花街柳巷觅真人,真人只在花间现。"又曰:"只因花酒悟长生,饮酒戴花神鬼哭。""神鬼哭"者,六贼三尸之鬼,不能猖狂也。古佛云:"汝知得老婆禅否? 汝明得皮壳子禅否?"又云:"袈裟下大事不明最苦,裙钗下大事不明更苦。"皆言"动是色"之妙谛也。篇首"色即空兮空是色,人能悟彻色空禅,何用丹砂炮炼?"即是此义。学人不仔细搜寻,而反视为痴愚,不知痴愚中之妙用,有非智者所能及。

行者变痴苍蝇,而妖王不能窥其踪迹,所谓"微妙圆通,深不可识,大智若愚"者是也。此金铃妙道,非得真师附耳低言,终难解识。行者到娘娘耳根后,悄悄的叫道:"你可再以夫妻之礼哄他进来安寝,我好脱身行事,别作区处救你。"此即附耳密传之要诀。先次作夫妻,金铃得而未识;再作夫妻,金铃解而可得。分明两次夫妻,而有颠倒反覆之妙用。娘娘闻言,惊疑不信,如下士闻道而见疑,以为鬼话也。行者曰:"我也不是人,我也不是鬼,如今变做个痴苍蝇儿在此。"噫,妙哉! 他篇行者会变苍蝇,乃其常技之变相。此处变蝇儿,则系变体之正谛。非神非鬼是蝇儿,明金丹入手,全在结婴儿。变蝇儿而嘤嘤呼应,金丹灵悟之象也。娘娘道:"你莫魇寐我。"入在娘娘手中,方解惑而不疑,正形容结婴入手之妙。

三丰祖师曰:"打开门,说与君,无酒无花道不成。"纯阳祖师曰:"也饮酒,也食肉,守定烟花断淫欲。"盖酒足破除万事,道家不禁,故行者道:"只以饮酒为上。"春娇者,花也。春为花朝,娇为花容,原是假相。"行者变作她模样,在旁伏侍,却好下手。"此花中之理,真天机下手之秘。"假春娇在旁执壶道:'大王与娘娘今夜才递交杯盏,穿个双喜杯儿。'""娘娘与妖王专说的是夫妻之话,一片云情雨意,哄得妖王骨软筋麻,只是不得沾身。"俱是实事,即"守定烟花断淫欲"之的旨。

夫妻作合,先天宝贝自现其中。然宝贝在其腰间,如何到得我手? 必须伺其切肤受唛,不能自主之际,而后可以乘机窃取。故行者变三样怪物,以攻其肤体,而妖王不觉自惭出丑,解脱金铃矣。从旁伏侍之假春娇,着意观看,因得下手得来。此有法有候,至妙至神,祖祖相传之正法眼、大作用。《悟真》曰:"复姤自兹能运用,金丹谁道不成功"是也。金铃入手,弃假从真,金圣娘娘自当复合,外丹还返之法象如是。若执一身而寻取,则非以假易真、阴阳顺逆之至道。故行者又自称"外公","还我金圣娘娘来"一节,以演其义。此道原系教外别传,故娘娘以"外受傅训"一语以明其旨,弗看作俚谑之词,博粲笑而已。

既得之后,须加温养保护之功,切要防危虑险,故又以战喻。夫战者,危事也,杀机也。惟能守雌而不雄,方可保守而不失。行者道:"二三如六循环转,我的雌来你的雄。"盖雄,故失;雌,故得也。妖王恃摇铃而自雄,不知已被守雌者所算,有而忽无,雄固所难得;行者守雌而摇铃,不知亦犯自在者所戒,无而忽有,有而忽又无,雌亦不易守也。不立有无之名,并泯雌雄之迹,方为观音自在之宝相。"只闻得空中厉声高叫:'孙悟空,我来了也。'"岂不是托净瓶,拂甘露,霎时间烟消火灭之真空处耶?

金毛犼反本还原,紫金铃仍归自在。射雀还如自射,拆凤即是伤雏。灾因自作,亦因自消,犼无尤也。即如金丹至道,失之由我,得之亦由我,故曰:"犼项金铃何人解? 解铃还问系铃人。"此乃紫阳真人之的传,得之于金圣还宫之时,特显其象,以示宗旨。"宗"字加"木",穿挂金圣之身;金木交姤,光生五彩,乃是真宗。天下后世,所当绍衣而披服者也。服之三年,脱之一日,夫妻才得重谐,雌雄不失其群,阴阳不失宗位,金丹始终之义备,而大丈夫能事毕矣。朱紫浮荣,何足贵哉? 故曰:"有缘洗尽忧疑病,绝念无私心自宁。"

〔西游原旨〕上回采药时刻,下手功用,无不详明且备矣。然大道须当循序而进,不得躐等而求,若火候不到,而金丹难成。故此回教学者自有为而入无为,由勉强而归自然也。

篇首一词,言浅而意深,学者细玩。"色即空兮自古,空即是色如然",言大道色不离空,空不离色,无色而不见空,无空而不见色,色空无碍,有无一致。但所谓色者,非是有形之色,乃不色之色;所谓空者,非是顽空之空,乃不空之空,即真空妙有之色空也。"人能悟彻色空禅,何用丹砂炮炼?"言色空之道,即金丹之道,若人悟得色即是空,空即是色,刹那成佛,便同本得,一时辰内管丹成。此乃先天无形至真之宝,而非等夫炮炼五金八石后天有质至浊之物,枉费心思者比也。"德行全修休懈,工夫苦用熬煎",盖言金丹之道,须赖于悟,尤贵于行,顿悟之后,不妨渐修之功,是在苦力勤劳,勇猛精进,下学上达,自卑登高也。"有时行满去朝天,永驻仙颜不变",言三千功满,八百行完,道德兴隆,性命俱了,与天同寿,长生不老矣。

"行者变痴苍蝇儿,妖精不能窥其踪迹",是已悟得色空一致,有无不立,阴邪不能加害矣。然虽不能加害,其如不能出妖之洞何哉?特以阴盛阳弱,阳在阴中,有险而止也。

"大圣飞入后宫门首,看见金圣伏在案上,清清滴泪,隐隐声悲",此明示蹇卦也。蹇卦䷦上坎下艮。滴泪声悲,坎水之象;案者,艮之一奇二偶之象。伏案滴泪声悲,其为上坎下艮,蹇卦无疑。蹇者难也,阳止于险中,有难而未能出之义。然有难,当思所以解难之道,若无解之道,而真阳未可出险。故娘娘哭道:"只为金铃难解识,想思更比旧时狂。"金铃者,即真阳之灵,真灵在险而思出险,解难之义。解卦䷧上震动,下坎险,阳气出险,动而解险之谓。然欲解真灵之险,须要先识得真灵之运用,火候之急缓。若不识而妄想强解,则真灵有昧,反招其祸,是所以"想思更比旧时狂"。

"行者闻言,到他耳根后,悄悄的叫道:'圣宫娘娘,你休恐惧。我还是你国差来的神僧孙长老,未曾伤命。'"是教神合其真也。"只因自家性急,偷了金铃,出到前亭,忍不住打开看看,不期迸出烟火,我慌把金铃丢了,苦战不出。"是不教妄动而涉于假也。"恐遭毒手,故变作痴苍蝇儿,钉在门首,躲到如今"者,不识不知,炼己待时也。"你可再以夫妻之礼,哄他进来安寝,我好脱身行事,别作区处救你"者,是教用阴阳交感之道,借假以脱真,脱真以除假也。

阴阳交感之道为何道?即顺其所欲之随道。随卦之象䷐,上兑悦,下震动。我动而随人之悦,人悦而随我之动,将欲取之,必先与之也。请妖来安寝者，即随之"向晦入晏息"，不妄于动，动必随时也。这个随时顺欲之道，顺中有止，乃神明默运之功，不着于色，不着于空，非色非空，即色即空，"不是人，不是鬼，今变作苍蝇儿"，此即"悟彻色空禅"也。若人悟彻色空禅，得心应手，专气致柔，不识不知，顺帝之则，寂然不动，感而遂通，声叫声应，顺其所欲之随大矣。然悟的还须行的，其曰"破除万事无过酒，只以饮酒为上"，酒为适口慰心之物，人之所欲者；顺其所欲，借假修真，则人无不入我术中矣。

以上皆附耳低言之秘，金丹下手之诀。既知其诀，于是借假修真，以真化假，顺其所欲，渐次导之，假可去而真可复矣。

"娘娘请妖王安寝，那怪满心欢喜"，顺其所欲也；"假春娇同众怪安酒肴"，顺其所欲也；曰："大王与娘娘今夜才递交杯酒，请各饮干，穿个双喜杯儿。"顺其所欲也；曰："教众侍婢，会唱的唱，善舞的舞。"顺其所欲也；"娘娘与妖王，专说的夫妻话"，顺其所欲也；"娘娘一片云情雨意，哄得妖王骨软筋麻，只是不得沾身"，顺其欲，正所以止其欲也。因其顺而能止，假难伤真，故曰："宝贝乃先天抟铸之物，如何得损？"

独是止其假，则宜得其真，而究不能得真者何也？殊不知顺而止之之道，仅能止外来之假，而不能去内生之假。若非在切身处下一着实落工夫，而真宝不现，未为我有。"假春娇闻言，即拔下毫毛一把，嚼碎，轻轻放在妖王身上，吹口仙气，变作三样恶物，钻入皮肤乱咬。"是既变化外假，而又变化内假，由外达内，远取诸物，近取诸身，内外一气，不色不空，可以借假得真矣。

夫借假得真之道，乃慎独之功也。慎独之功，在能自知痛痒，识其善恶。倘能恶恶如恶恶臭，毫末必察，而隐微之尘埃，自能洗涤；好善如好好色，无处不照，而身外之牵缠，不难解脱。揭去其假，自见其真，真即在假之中，假不在真之外。故妖王解带脱衣，身上衣服层层皆是蚤虱臭虫，不觉揭到见肉之处，而金铃现相矣。

"妖王一则羞，二则慌，那里认得真假，即将三个铃儿，递与假春娇。"一为水，二为火，水在上，火在下，水火相济，阴阳颠倒，取坎填离之机。"假春娇接宝在手，理弄多时，藏在腰间"，是条理有法，还返有时，彼到而我待之，铅至而汞迎之，彼我一气，金丹有象，可以谨封牢藏，弃有为而就无为矣。其所谓"妖王低头抖衣，他将金铃藏了"者，是偷之于妖不及觉，取之于妖不堤防,"见之不可用,用之不可见;恍惚里相逢,杳冥中有变",其中秘密,真有不可言语形容者。

"变了三个铃儿,递与那怪",是真者已得,不妨与假。与假者,后天而奉天时;得真者,先天而天弗违。"先天气,后天气,得之者,常似醉。"彼不知就里之辈,失其真而收其假,郑之重之,牢固深藏,惟恐不谨者,安足语此! 谓之"没福! 没福! 不敢奉陪",抹煞一切矣。夫金丹之所以用假者,是以术延命之道,凡以为真者未得耳。果得其真,则假术无用。"假春娇得了手",借假而得真;"现出本相,收了瞌睡虫",得真而去假;"把宝贝带在腰间","送归土釜牢封固,次入流珠斯配当"也。

噫! 仙翁慈悲,演《易》以明火候,直示人以千百年不传之秘密,金丹大道始终之妙用。由剥而蹇,由蹇而解,由解而随,由随而复,总以示在剥极之处用功以复阳耳。若个知音,悟的奥妙,始则由东而求西,既则由西而回东,《西游》之大道,何难完成?

"行者使隐身法,直至门边;使解锁法,出门站下,叫:'太岁,还我金圣娘娘来。'"即复卦"动而以顺行,是以出入无疾,朋来无咎"。金丹入口,坤中孕震,解去其假,脱出其真,根本坚固,不动不摇,由微而著,渐次可以复还本来乾元面目矣。"群妖见门开,即忙锁上,入报。侍婢道:'莫吆喝,大王才睡着哩!'"即复之"雷在地中,复。先王以至日闭关,商旅不行,后不省方",以养微阳也。"如此者三四遍,大圣嚷闹直到天晓",即复之"反复其道,七日来复。"三四为七,取七日之意。古人云:"混沌七日死复生,金凭侣伴调水火。"盖以服丹之后,有七日大休歇也。"行者轮棒上前打门,妖王一觉方醒",即"复,其见天地之心乎!"天地之心复,即死而复生之机。

这个天地之心,非我一身所产,乃自虚无中来者,是谓外来主人公。故行者道:"我是朱紫国拜请来的外公,取圣宫娘娘回国哩!"曰"拜请来的外公",则非一己之阴,而不着于空也;曰"取圣宫娘娘回国",则非身外之物,而不着于色也。色空不着,必有非色非空者在。噫! 月之圆存乎口诀,时至子妙在心传,这个非色非空之来历,是岂诸子百家、赋性聪明、出身高贵、多览书籍者,所得私猜而知? 三丰云:"顺为凡,逆为仙,一句儿了了千千万。""《千字文》有句'外受傅训'",信有然者。曰"定是! 定是!"真实不虚也。

行者把棒撂定,叫妖精为"贤甥",又道:"你叫我声外公,那里亏了你?"外公者,先天所生之真阳,是谓外来主公;外甥者,后天所生之假阴,是谓外生客邪。当丹未还，主公为外，为宾，为他；客邪为内，为主，为我。及丹已还，主公为内，为主，为我；客邪为外，为宾，为他。大修行人，千方百计，幸而先天来复，则即当于此后天群阴之中，择善固执，不偏不倚，守此一点微阳，渐采渐炼，期必至于纯阳无阴之地，我命由我不由天而后已。"普天神将皆以'老'称"，此实言也。

夫金丹之道，有两段功夫：始则顺而止之，顺中用逆，借假复真以结丹；既则顺而动之，逆中行顺，依真化假以脱丹。用逆用顺，各有妙诀；复真化假，各有时候。毫发之差，千里之失。妖精说出宝贝"八卦炉中久炼金，结就铃儿称至宝"。行者又说出"二三如六循环宝，我的雌来你的雄"。铃儿者，灵儿，即圣胎婴儿也。婴儿未成，须借八卦炉中真火以抟炼，所谓"三家相见结婴儿"者是也。婴儿已就，须要抱元守一以温养，所谓"十月胎圆入圣基"者是也。其曰"二三如六循环宝"，阳极当以阴接之也。

最提醒人处，是"世情变了，铃儿想是惧内，雄见了雌，所以不出来了"。《悟真》云："鱼兔若还入手，自然忘却筌蹄。渡河筏子上天梯，到彼悉皆遗弃。""世情变了，铃儿惧内，就不出来"，何所用雄用雌之道，于是乎昭彰矣。"行者将三个铃儿一齐摇起，红火青烟黄沙，一齐滚出，赛太岁在火当中，怎逃性命？"此三家相会，婴儿完全，一灵妙有，法界圆通，知雄守雌，齐一生死，点化群阴，归于无声无臭之大法门。彼世之迷徒，不辨雄雌真假，予圣自雄，认假伤真，仍在大火坑中作活计者，适以自送其性命，焉能逃得性命乎？

夫金丹大道，是真空事业，清净生活。若能悟得，一得永得，如甘露洒心，借假修真，以真灭假，至简至易，毫不费力。但其中有先天后天之分，阴阳真假之别，药物之老嫩，火候之止足，雌雄之妙用，结丹之时刻，脱丹之日期，其事多般，若非真师一一指明，未许修真。菩萨说明"金毛犼，因牧童盹睡，失于防守，咬断索子，与朱紫国王消灾"，并"射伤雄孔雀，雌孔雀带箭，佛母教他拆凤三年，至今怨满"一段故事，可知假者作祸，皆由灵童有昧；真者失散，总因自伤其明。然无假不能消灾，无真不能成道。是在借假以修真，依真以去假，神而明之，存乎其人耳。"行者因妖邪，要打二十棒，方教菩萨带去"，无为之先，必须有为，所以除假也；"妖怪现了原身，菩萨要金铃，行者双手送还"，有为之后，必须无为，所以还真也。噫！这个道理，说时易，知时难，不得师指，枉自猜量。故曰："犼项金铃何人解，解铃人还问系铃人。""菩萨将铃儿套在犼项下"，有为无为，一以贯之，色即是空，空即是色，功完灾消,性命俱了,足生莲花,身进金缕,露出法身,归于自在休歇之地,大丈夫之能事毕矣!

《悟真篇》云:"此道至神至圣,忧君分薄难消。调和铅汞不终朝,早睹玄珠形兆。志士若能修炼,何妨在市居朝。工夫容易药非遥,说破人须失笑。"盖以金丹为色身至宝,人人具足,个个圆成,处圣不增,处凡不减,特要知其调和之法,火候之妙耳。若知调和之法,神明默运,半时之功,而金丹可还;若知火候之妙,则行持有准,瞬息之间,而玄珠有兆,至简至易,约而不繁。但恐无大功德,无大福分,消受不起。果有功德有福分,得遇明师,指出大药川源,火候次第,则始知"赫赫金丹一日成,古仙垂语实堪听。若言九载三年者,尽是推延款日程"。彼国王离别三年,不敢一抹;妖精摄去三年,不能沾身者,安知有此?

噫! 始而去旧妆新,攒簇五行以结胎;终而抱元守一,遍体如旧以脱胎。始则有为,终则无为,大小无伤,两国俱全,紫阳《悟真》之宗旨,正在于此。若有知者,身体而力行之,何难在朱紫国大明之下,众人触目之地,施展一番,平步腾空而去也? 然则夫妻重谐,须凭有作有为之妙;收妖消灾,还赖无为自在之神。神而妙,妙而神,神妙不测,内外感通,性命之道俱备,有无之法悉全,无拘无束,混俗和光,在市居朝,何能累乎? 结云:"有缘洗净忧疑病,绝念无私心自宁。"岂虚语哉!

诗曰:

灵宝如何我得来,真中用假乘机裁。

阴阳不悖复原本,入圣超凡脱祸灾。

# 第七十二回

## 盘丝洞七情迷本　濯垢泉八戒忘形

〔**西游真诠**〕悟一子曰：前结"洗尽"、"无思"之语，似起下"盘丝"、"濯垢"之义。读者未免视七情为喜、怒、哀、惧、爱、恶、欲，因而迷其本心。八戒忘形，为不能洗尽其垢，务一丝不挂，万虑皆空，一尘不染，清洁自好而后可，似是而实非也。

《参同契》曰："是非历藏法，内视有所思。阴道厌九一，浊乱弄元胞。诸术甚众多，千条有万余。"钟离翁曰："涕唾精津气血液，七般灵物总皆阴。若将此物为丹质，怎得飞神上玉京。"缘世人从业识中来，却又因业识中而去。一阳奔失，形虽男子，而身中皆阴，非惟真精七物属阴，五脏六腑，俱阴无阳。若独修此阳里阴精之物，孤阴无偶，如牝鸡抱卵，欲抱成子，万不可得。其所抱成者，亦是螟蛉异种，如此篇中之蜜蜂、蚂、蠦等之阴毒，非本性之嫡子，岂不迷失其本源耶？

更有稍识阴阳之义，而不识阴阳得类之的，乃妄猜为御女采战，以阴炼阴，抛身灭身者，尤可怜悯，此提纲"迷本"、"忘形"之所由着也。

首叙"三藏别了朱紫国王，正行处，望见是个人家，欲自去化斋"。寓言学道者，辞别富贵，向往修行，错认人家，执己独求之意。"原来那人家没个男子。"乃纯阴寡阳之处，如诗中所云"游蜂错认真"者是也。"静悄悄，鸡犬无声"，二物属阳而全无，阴寂可知。"见女子踢气球"，阴气交互之象。石洞、石门、石桌、凳，内外俱阴质也。故总拟之曰："冷气阴阴。"

"长老心惊，暗忖多凶少吉"，身心阅历而始惊疑也。然虽惊疑，"没奈何，只得坐了"，以舍此之外，别无寻讨处也。那知此内安排的东西，不过是人油、人肉、人脑，尽人身之阴质，绝无阳气，故曰："若是这等东西，我和尚吃

· 438 ·

了啊,莫想见得世尊,取得经卷!"即"若将此物为丹质,怎得飞神上玉京"之义。迷人不识真本,误认门户,转转纠缠,莫可解脱,如绳捆高吊一般。即欲寻思出路,脱去外层,还有里层;解了上截,还有下截。思愈多则门愈闭,与丝绳漫了庄门何异? 旁观者见其千百层穿道经纬,而不知实是盘丝岭盘丝洞七个女怪而已。噫! 一盘迷局无头绪,七扇灵扉总障缘。若欲更求解脱地,亟须沐浴任天然。

提出天生浮垢泉一座,宜从正南方寸之地,寻出除旧生新之境。此境原是天仙所处,亦是妖怪所到。倘误认妖怪为天仙,而转思变计,虽一时尽损盘丝,而又入旁门邪行矣。故"行者一变为采腥之蝇,钉在路旁,须臾间,见丝蝇皆尽,而又听得一声柴扉响处",即人思变计而又见旁门也。若行御女之术,是自促于死。行者道:"这七个美人儿,假若留我师父,要吃,也不够一顿吃;要用,也不够两日用。动动手,就是死了。"仔细算来,有不为众妖蒸啖之肥肉也几希。

叙汤泉出处,原诸后羿射日,落九留一,喻"阴道厌九一"之意。叙众女脱衣洗浴,极拟艳质销魂之状。彼婪色之饿鬼,自必如饿老鹰,张翅轮爪,叼去衣服,而罔顾廉隅;彼渔色之淫精,自必如鲇鱼精,滋东滋西,腿裆乱钻,而弃舍体相。行者、八戒,俱是现身说法,显相形容。叼衣钻裆,俱御女采取之象也。气盛时,"一味粗夯,不知惜玉怜香";祸发来,百骸受伤,却如左磕右跌。"身麻脚软,头晕眼花,爬也爬不动,只睡在地下呻吟",俱是实事,岂不性命了耶?

"七女笑还旧室,八戒多跌跟头",无得于人,反害于己。《阴符经》云:"火生于木,祸发必克",此之谓也。且阴类多端,抱成似我,而绝非本种,非但不能实腹成丹,抑必至于通身作毒。其干子蜜、蚂、蠦、斑、蝱、蜡、蜻,当缠满肢体,而千变万化,莫可医治。虽有黄、麻、豉、白、雕、鱼、鹎之药,亦失之后矣,深足鉴戒。

《庄子》云:"吾守形而忘身,现于浊水而迷于清渊。"予则云:"若忘形而御女,迷于清渊而观于浊水。"此等旁门邪行,急取一把火烧个干净。

〔**西游原旨**〕上回结出修真大道,须要调和阴阳,方能成丹矣。然迷徒不知真阴真阳之理,闻阴阳相交之说,便认为世间男女之阴阳,流于御女闺丹之术。或采首经以服食,或取梅子以吞咽,或隔体神交,或隔帘取气,或三峰采战,如此等类,数百余条,皆是在色欲中作工夫,不特败坏于圣教,而且自促其性命。故仙翁于此回提纲内指出"迷本忘形"四字,劈邪救正,大震聋聩耳。

篇首"三藏别了朱紫国王,策马西进,过了多少山水,不觉的秋去冬来,又值春光明媚",是已知的富贵浮云,脱去阴气,而进于阳气冲和之地,正当努力前行,直奔大道,不可稍有偏见,入于歧路者。奈何正行处,望见一座村庄,三藏下马,站立道旁,以为人家逼近,意欲自去化斋,不用三徒去化,未免舍己求人,舍近求远,疑于人家有济命之宝,站立于旁门外道,着念于闺丹门户矣。

试观三藏初而到庄前,见有四个女子在那里描鸾绣凤;既而又见木香亭下,有三个美貌女子踢气球,是已在女子人家留心起见矣。殊不知描鸾绣凤,阴阳是假;踢耍气球,结果不真。假而不真,一时无主意,上女子之桥,入女子之门,从香亭进步,误认女子为救命菩萨,妖精为供斋善人,一步一趋,为女子引诱,身入纯阴鬼窟,不知悔悟,犹然自称"大唐差去西天拜佛求经,适过宝方,腹中饥饿,特造檀府,募化一斋"。抑知女子无宝可供,只是炒人油、熬人肉、剜人脑之供乎?《金刚经》云:"若以色见我,以声音求我,是人行邪道,不得见如来。"盖取经之道,取其先天虚无之气,所谓"白虎首经"、"华池神水",迷徒不知,错认为女子之经水,向女子求命宝,其曰"若是这样东西,我和尚吃了,莫想见的世尊,取的经卷",可为叫醒一切矣。

夫旁门之最误人者,莫如闺丹一事。若不知利害,入于圈套,即或有时醒悟,妄想脱身走出,然已为上门的买卖,被女色牵扯,身不由主,绳捆高吊,神思紊乱,迷于幔天网中,焉能走的出、脱得去?提纲所谓"盘丝洞七情迷本"者此也。七情者,即喜、怒、哀、惧、爱、恶、欲之七物。色情一动,七情俱发,是色情即统七情之物,七情总一色情而已。修真之道,务本之道也,务本所以绝七情耳。今不能绝情,而反淫乱以动情,情动而原本即迷,已为妖精夹生而吃矣。"丝"与"辞"同音,盘丝者,邪辞淫辞,穿凿圣道,如丝之盘缠牵扯而不能解脱。然闺丹门户,不一而足,皆是在女子皮囊上作活计,俱谓之女妖可也。一概女妖,窃取古仙经典,东挪西扯,结为幔天大网,篷罩正人君子,阻住修真大路,其险如盘丝岭,其黑如盘丝洞,惟明眼者不为所惑,其次愚人未有不入其术中者。

"行者拘来土地山神,问知妖精夺占七仙姑濯垢泉洗浴之事,变为麻苍蝇儿,钉在路旁草稍上等待。"妙哉此变! 苍蝇本无色,苍蝇至麻,色空俱化,色即是空,空即是色,非色非空,色空无碍。故妖精不能识,不能见。且飞于妖精之头,能察妖之踪迹,探妖之幽隐,所谓"当事者迷,旁观者清"也。

"开辟之初,太阳星原有十个,后被羿善开弓,射落九乌坠地,只有金乌一个,乃太阳之真火也。"一真而九假,假多真少,以假混真,自古如是,不徒今然。如七妖女夺七仙姑之浴池以为己有者,亦是以假混真耳。噫! 仙人浴池,清净之水,所以濯垢。妖精窃夺仙人之池,是迷于清源而观于浊水,不特不能濯垢,而且有以滋垢。道至于此,尚忍言哉!

行者使"绝后计",变饿老鹰,"将衣架上七套衣服,尽行叼去",是不容在衣架皮囊上见景生情也。更有一等鲇鱼精,弄三峰采战之术,破戒忘形,淫欲无度,专在女子腿裆中作乐,出丑百端。虽当时不至伤命,到得结果收园,身麻脚软,头晕眼花,"爬也爬不动,睡在地下呻吟",百病临身,长眠不起矣。

噫! 此等之徒,不肯自思己错,更将错路教人。前已自错出丑,别寻路头;后边又教人错,明知明昧。一切无知小人,不辨真假,入于网中,甘拜下风,听信邪说淫辞,以盲引盲,以讹传讹,一变十,十变百,百变千,千变万,愈传愈多,流毒害人。诗中"扑面漫漫黑,神仙也吃惊",恰是实言。当此大道遭难之时,仙翁不得不出过辩才,借行者现身说法,拔去一切身外皮毛之假,嚼碎分判,喷吐示真,变为七样飞鹰,敲打迷徒,息邪说,防淫辞,除假救真。此非仙翁好打市语,强为辩别,盖亦出于不得已之心也。

"三人寻妖精不见踪迹,请唐僧上马,道:'师父,下次化斋,还让我们去。'唐僧道:'徒弟呵,以后就是饿死,也再不自专了。'"可知修真之道,别有个他家不死之方,能以济命,能以解灾;不得自专,误认人家女子为他家,而枉自受伤也。我劝世间呆子,急点一把火,烘烘的把一切盘丝洞烧的干净,放心前行可也。

诗曰:

> 可叹忘形迷本徒,忘形采取尽糊涂。
>
> 邪行丑态不知戒,罗网缠身气转枯。

# 第七十三回

## 情因旧恨生灾毒　心主遭魔幸破光

〔**西游真诠**〕悟一子曰：上文因孤修之非，而变计于采战；此又因采战之非，而移情于烧炼。总皆思虑之识神，强猜误度所为。虽有千眼万目，自谓张天罗地，明极四表，终是眼下寸光，盲修瞎炼也。岂知真阴、真阳之妙，至简至易，纯粹精一，其大无外，其小无内，日用寻常，天然自在，随手拈来，微妙莫测也？若烧炼朱汞黑铅，有质非类之物，乃是酿毒杀身，万无长生飞腾之理。

纯阳翁曰："可惜九江张尚书，服药失明神气枯。不知还丹本无质，反饵金石何太愚。"紫阳翁曰："休炼三黄及四神，若寻众草更非真。时人要识真铅汞，不是凡砂及水银。"白乐天曰："东岳前后魂，北邙新旧骨。复闻药误者，为爱长生术。"《魏夫人传》云："昔有再醮灵液而叩棺，一服刀圭而尸烂。鹿皮公吞玉华，而流虫出户；贾季子咽金液，而臭闻百里。黄帝火九鼎于荆山，尚有乔岭之墓；李玉服云散以潜升，犹头足异处。墨狄饮虹丹以投水，宁生服石髓而赴火。务光剪薤，以入清冷之泉；相成纳气，而胃肠三腐。"均明烧炼服食之术，不足为贵，非自然造化之大道，皆此篇之金针也。《道藏》歌曰："观见学仙客，溪路放炎烟。阳光不复期，阴精不复明。"悲烧炼之曲径，障本然之大原。犹取外物而欲成胎，缀采花而希结子，必不得之数也。

黄花观道士，烧炼铅汞之流。观额门联，虚张"黄芽"、"琪花"之号，"坐着丸药"，便是修道者，冤家藏伏处也。道士曰："这枝药忌见阴人。"只知人属阴，而不知己为阴中之毒。此辈假托秘术，聋瞽愚蒙，恣娈财帛，勾诱脂膏，不尽肉竭髓，难填其壑。七妖所诉先抢衣服，后行奸骗之事，即其门中家常惯业。以自作者转以诬人，犹欲恋食人肉，而反恶人害己也。"取梯子上屋梁，取下药来。"贮药已久，专以毒人，乃刮取鼎上轻清之物，即时师烧炼家所谓"拔毛飞升至宝"也。

道士曰："我这宝贝，若与凡人吃，只消一厘，入腹就死；若与神仙吃，也只消三厘就绝。"又曰："但吃下，个个身亡。"痛指金石之药至毒无比，仰之者必死，不可不慎也。独是大圣已知茶中有毒，何以不即救止，必待吃后方与分理？道士曰："你撞下祸来，你岂不知？"只因在盘丝洞化斋，祸中于深思而不解。又因在濯垢泉洗澡，祸成于淫佚而难制。自撞消渴痨瘵之祸，甘心破产殉身以求死药，情势有非人所阻遏者。故邪师得以毒药投之，深信不疑，虽死无怨，所谓自作孽不可活也。

到此尽头，七女牵缠之本相，自现脓血之质而已，何能飞升？道士吃肉之狠愿，方明眼下之识而已，何能超远？丝绳晃亮，虽有穿道经纬之巧，思头穷处，"蜘蛛"还自"知诛"；两胁金光，纵有千只并放之焰，十里余外，"蜈蚣"怎及"悟空"。黎山老母熟阴符，说出百眼魔君多目怪，指纯阴之识神，包藏毒焰；毗蓝婆子司阳气，宛然千花洞上紫云山，状至阳之灿赫，显透光明。绣花针，非钢非铁亦非金，昴日眼里炼成真。朗自然之慧照，捐意识之迷津。"响一声，破金光"，无数聪明终是幻；"合了眼，装瞎子"，太阳一出火无光。蜈蚣阴毒之本相自现，道士"黄芽"、"琪花"之道安在哉？

慧以破识，阳以制阴，微以寓显，善以消恶，一以毕万，丹以解毒，此篇兼该其旨。修行人，能于公鸡之母，降服蜈蚣处，探得真假，收伏根源，则一切旁门障碍，烧成烬煨，可得命而了性矣。

〔**西游原旨**〕上回言采战之徒，自害本身。此回劈烧炼之术，终落空亡。盖以世人惑于"金丹"二字，遂疑为世间凡铅凡汞烧炼而成，信任邪师，倾家败产，捐底罄囊而莫悟；甚至吞服五金八石，伤生害命。古今来遭其祸者，不可枚举。故仙翁于提纲深劈其毒，使学者早自醒悟，以归正道耳。曰"情因旧恨生灾毒"者，言听信烧炼邪师之言，便是遇着旧恨有仇之人，而即生灾毒矣。曰"心主遭魔幸破光"者，言一信金石之术，而邪魔入内，良心即坏，急须看破，方不受累耳。

"黄花观"，黄者，黄芽；花者，金花，皆修炼者升炼之药名。诗中"白鹭、黄莺、烟里玉、火中金"，总以形容黄花观为烧炼之处。故行者一见"黄芽白雪神仙府，瑶草琪花羽士家"之句，即笑为"烧茅炼药弄炉火的道士"也。独可异者,黄芽白雪,《悟真篇》中常道;瑶草琪花,仙翁前诗亦云,此处何以谓之"炉火"?殊不知,古仙所云,皆以有象比无象,以有形喻无形,使人以此悟彼,易于聆会。而后世迷徒,不求明师真诀,直认比喻有形有象之物为真实,何其愚迷之甚乎!况金石之药,乃天地浊气所化而成,皆有毒之物,一经火炼,火毒药毒,共合一处,其毒愈重。人之清气,能有几何?以毒气而攻清气,取死之道,安得长生?此仙翁提纲立"旧恨"二字,以诛烧炼者之心为最毒也。三藏见道士丸药,高叫"老神仙",是盖以弄炉火者即是神仙,未免走到冤家对头之地矣。

从来学采战者必学炉火,学炉火者必学采战,大约以采战为内丹,以炉火为外丹。女妖、道士,同堂学艺,势所必然。女妖说出盘丝洞濯垢泉故事,要道士作个报冤之人,欲要帮打。是内恃采战,外凭炉火,内外兼修,妄冀延年。"道士道:'不用打,一打三分低。'取梯子上屋梁上,取下一包药来。"炉火家多以升打为下等药,以煅炼为上等药,或以七年为七返,九年为九还,其意取其浊阴退尽为佳也。诗中"百鸟粪、积千斤、炼三分、再熏蒸、毒药制成、入口见阎君",俱是实事。"凡人吃只消一厘就死,神仙吃只消三厘就死。将枣搯破,摁上三厘,分在四只茶钟内,但吃了,个个身亡。"药虽轻而其毒大,服之者不能长生,反致早死,势必破烂肢体而不得全尸。服一个,死一个,"个个身亡",岂虚语哉?"行者早见了,欲穿换一杯",是真明鉴万里,智察秋毫,足使奸人胆战,邪何能为?乃唐僧已入术中,执固不解,以为爱客之意,诚心信受,岂能免当时就死乎?

"道士道:'你可在盘丝洞化斋么?你可在濯垢泉洗澡么?'行者道:'你既说出这话,必定与他苟合。'"总以见无知之徒,以采战炉火为内外双修,合而行之,妄想成丹。最妙处,是"道士道:'你这村畜生,撞下祸来,你岂不知?'"自古及今,圣贤仙佛之成道,皆系去谗远色,贱货贵德;乃无知之徒,不知圣贤根本实学,反在财色上作工夫,以致采战丧德,炉火丧命,自撞其祸,其村野不堪极矣,谓之"畜生",真畜生耳。若非有明眼人,识得此等邪说淫辞是天话篷人之物,早知回头,自求生路,安能逃得出罗网耶?既能逃出,则当事者迷,旁观者清,自可见盲师邪行乱道之迷人利害,又可知自己痴思妄想之昏蔽更深。观之七妖落后归结一着,采战挡不住死,炉火救不得生,独以乱性伤命杀其躯而已。安得有个大修行人,间世而出,将这些煽惑人心、搅乱圣道、在脓血皮袋上作事之迷徒,一概收来,狠力一棒,尽情打烂,息邪说而防淫辞,为世道人心出一口不平之气乎?

虽然,采战邪师,人所易识;炉火伪道,人所难认。盖以采战乃色道中事,与仙道绝不相关,若遇正人君子,一见能辨其真假。至于炉火,窃取古仙"金丹入口,点化凡躯"之说以笼人,虽有正人君子,亦难窥测其机关。"道士解开衣带,脱了皂袍,两手一齐抬起,两胁下有一千只眼,迸放金光,将大圣罩在金光黄雾中,向前不能举步,退后不能动脚,往上撞头。变穿山甲,往地下方才钻出头来。"盖以诸家炉火,门户不一,或言服丹可以解脱本壳,或言服丹可以拔宅飞升,或言服丹可以两胁风生,似此等类,千条有余,总借金丹一个名色,笼罩正人君子。倘不知利害,误入其中,性好向前者,即有两胁风生之炉火来诱;性好退后者,即有解脱本壳之炉火来投;性好往上者,即有拔宅飞升之炉火来近。真令人以向前不能,退后不得,上天无路,入地无门,危哉! 危哉! 当斯时也,苟非自知悬虚无益,从实地上硬寻出个出头之路,其不为毒害性命者几希。提纲所谓"情因旧恨生灾毒"者,即此意。金丹大道,至于如是,尚忍言哉! 仙翁慈悲度世,不忍众生罹此大祸,故于大道凄凉之时,借老母现身说法,指示圣贤生物之心,开化群迷也。

"紫云山",正阳之气结就;"千花洞",焕耀之光笼成。"有一位圣贤,唤作毗蓝婆,坐落南方"者,南为离位,属心,明示圣贤心即婆心也。"行者入千花洞,见静悄悄,鸡犬之声也无"者,圣贤以婆心为重,而无鸡鸣狗盗之行也。"毗蓝婆认得行者",惟圣人能知圣人也。"行者请毗蓝去灭金光"者,惟圣人能知圣人有婆心也。"毗蓝自赴了鱼篮会,三百余年,隐姓埋名,更无一人知得"者,圣人惟知婆心度世,而人之知与不知,所不及料也。"绣花针儿"者,小儿也。小儿之心为赤子之心,赤子之心至善而无恶,非同一切忍心、硬心、毒心、伤人之心。故曰:"我有个绣花针儿,能破那厮。"又曰:"我这宝贝,非铜、非铁、非金,乃我小儿日眼里炼成的。"赤子之心,正大光明,从本性中流出,所以能破诸恶而无遗。

"毗蓝随于衣领内,取出一个绣花针,似眉毛粗细,有五六分长短,拈在手,望空抛去,少时间,响一声,破了金光。"以见圣贤作事,生平涵养清高,不肯轻露圭角;即或不得已而救度苦难,总是一个真心用事,不大声色;粗细长短,机活神圆,随手拈来,头头是道,救真破假,其应如响。真金针暗度之法,迎之不见其首,随之不见其后,神妙莫测之行为。然虽莫测,亦足令人心悦诚服,早赞其妙。所谓大人者,成己成物,不失其赤子之心者也。夫此赤子之心,悟之者,近在掌握之中;迷之者,远隔千里之遥,是在一悟一迷之间耳。"道士合了眼,不能举动。行者骂道:'你这泼怪,装瞎子哩!'"言一切炉火之流,皆是盲修瞎炼,损人利己,而不知圣贤有此金针暗度之婆心也。

"行者见三人吐痰、吐沫,垂泪道:'怎么好?'毗蓝道:'也是我出门一场,索性积个阴德。'"圣贤一举一动,以阴德为重,俱有益于世道人心。彼伤生害命之徒,肆行无忌,阴德何在?"取出一个破纸包儿,内将三粒红丸子,每人口内摁了一丸,一齐吐出毒物,得了性命。"一个破纸包,分明"心"字一勾;三粒红丸子,分明"心"字三点。可知解毒丹,即阴德心也。"每人摁上一丸",人人当存阴德心;"一齐吐出毒物",个个须除恶毒念。存阴德而去恶毒,方是救苦救难大慈大悲圣贤之婆心。如多目怪,始而以炉火误人,终而以炉火杀身,出乎尔者反乎尔,堂堂七尺之躯,何不知积德,而乃阴毒如蜈蚣也?噫!损阴德者即归死路,积阴德者必上天堂。此仙翁指出善恶两途,教天下后世修行人看个榜样,自裁自取。至于迷而不悟者,虽仙翁婆心,亦无如之何矣。

最提醒人处,是"行者道:'昴星是个公鸡,这老姆姆必定是个母鸡。'"盖修行正理,有德必有道,有道必有德。德属阴,性理上事;道属阳,命理上事。立德以后,再加修道,阴阳并用,性命双修,以德助道,以道成德,仙佛可望。故结云:"唐僧得命感毗蓝,了性消除多目怪。"

诗曰:

五金八石炼丹砂,到底无成破尽家。

世上盲师多狠毒,何如积德是生涯。

# 第七十四回

## 长庚传报魔头狠　行者施为变化能

〔**西游真诠**〕悟一子曰：枯修采炼，无益长生，反多促死，是魔非道矣。舍此之外，再向何处讨寻消息？务必虚己下人，求明师指示。或盛气大言，或狐疑阻滞，则必起莫大魔头，挡住进西大路。篇首云"行功进步休教错"，指示学人须小心请教，得个真的去处。

"三藏师徒打开欲网，跳出情牢，正行处，忽见一座高山，峰插碧空，真个是摩天碍日。见老者高叫：'西进长老且暂停，这山上有一伙妖魔，吃尽阎浮世上人，不可前进！'"此是因自高自大，率意冥行，不肯求教，自耸凶峰，化作魔头，拦截去路。盖冒起下文阴阳窍妙，不知虚心屈己，不会钻研透彻而成魔也。《老子》曰："不自是，故彰；不自伐，故有功；不自矜，故长。"《左传》曰："将有所求，必先下之。"孔子曰："虑以下人。"《道诀碑》曰："柔弱为趋道之津。"皆教人气质巽顺，虚衷求益以入道也。

"三藏道：'你的相貌丑陋，言语粗俗，怕冲撞了他，问不出个实话。'"乃此篇要旨。"行者笑道：'我变个俊些的去问他。'即变做小和尚。"可谓能变化气质。而"贬解起身"等语，又未免夸大不逊。"老者道：'这和尚说了过头话，莫想再长大了。'见他言语风狂，一句不应。"言语矜夸，难讨实信。另着八戒拜问，又烦指示。此惟虚心，方得真信之的旨。

指出"狮驼岭狮驼洞"，喻傲僻之气，放荡难驯。若心无主宰而肆无忌惮，则南北东西、四面八方皆张魔口，而身为肉馅矣。故行者道："我自有主意。"金星道："只看你变化机谋，方可过去。如若怠慢些儿，其实难行。"

三藏闻言，欲问另路转去，亦是变化机谋，行者何云"转不得"？《离骚》曰："路修远以多艰兮，腾众车使径待。路不周以左转兮，指西海以为期。"切痛世途榛莽,直道难行也。转去者似权也,不知舍正路而言转,是犹舍经而言权,舍秤而言锤。反经折衡,非较轻重称物平施之妙用,不足以言权也,故曰"转不得"。自汉以下,无深识此义者。仙师每于取经之路,指示"转不得"三字,深明舍阴阳窍妙之正路,不得西行,可谓深识经权者。此施为变化之能,所以独归行者也。盖转之转,魔主我而我避魔,魔仍在,而魔之在转处者更多也。魔在,乌乎用我转? 不转之转,我主魔而魔亦归我,魔自伏,而魔之在转处者先伏也。魔伏,即是用转,而我不失其正。是以大修行人,知外魔皆由内魔,不问外,只问内;不畏魔,只畏我也。行者道:"只要我们着意留心。"

"变做苍蝇儿"者,化大为小,变粗就细,为婴儿善柔之状,而不失其赤子之心也。婴儿之心,天然良知,毫无私意,魔所不能窥。入于魔之耳,出于魔之口,即此会变婴儿一念,已足钻透魔腹矣。心主火,而虚灵不昧,故称为"烧火的";火得风,而乘势益燃,故称为"总钻风"。

最妙在"查勘真假"一段,统大小于一体,混真假为一家,此纵神造鬼幻之笔,描心口商量之词,非可泥为实相也。真心原是真钻风,在魔则为假;真钻风原是假心,在魔则为真。以假勘真,假可为真;以真从假,真亦是假。故曰:"合着我,便是真;差了些,便是假。"此知小钻风之实话,即总钻风之大话矣。盖矢口之魔,出好兴戎,原属自造,小妖所告"吞天兵"、"欲争天"、"蟠桃会"诸语,适与行者五百年前所为吻合。魔之所为,即行者之所为,行者所以道:"若是讲口头话,老孙也曾干过。"然"一口曾吞十万天兵"之语,虽似诞妄,不过形容豪迈夸大之概耳。如宋玉云:"弯弓挂扶桑,长剑须天倚。"又,"饮如长鲸吸百川"。杨大年云:"手可摘星辰。"王右军云:"笔阵独扫千人军。"文天祥云:"南人志欲扶昆仑,北人志欲河带吞。"皆是也。惟言大而夸,狂荡失中,实为入道之魔。行者始而"暗笑",继而"暗想",终而"暗惊",乃三思自反,检束着里也。

"阴阳二气瓶",变化莫测,精微融浑之妙理。以粗豪遇之,鲜不葬埋其中;以浮夸处之,罔不汨没其内。其窍至虚而至坚,苟不细心研究,深入其际,终难出窍。行者道:"只是仔细防他瓶儿。"防之之法,务先平气慎言为要。然多口尤为心害,故要拿洞里妖,必先除门前怪,吹散小妖,去多口也。妙在唐僧肉"不多几片"一语,言道味淡泊,简要无多,众口嗷嗷,万不得一,亦空费垂涎而已,多口果何用哉? 然则说大话骗人,只可吹散小妖,何能免大魔之吞噬乎？

〔**西游原旨**〕上回言采战炉火，俱无关于圣道，急须猛醒回头矣。然旁门三千六百，外道七十二家，绝不关于圣道者易知，有似道而实非道者难认。故此回至七十七回，使学者早求明师口诀，识破一切旁门外道，去假修真，以归妙觉也。

篇首一词，言一切情欲皆系妄念，沙门多少执空之徒，不知断欲忘情即是真禅，而以口头三昧为要，仍是有欲有情，禅何在乎？盖真禅须要着意坚心，一尘不染，如明月当空，自有为而入无为，由勉强而抵自然，进步不错，行满功完，而成大觉金仙。如来教外别传者即此，道祖金丹大道者即此。以是知仙即佛，佛即仙，仙佛同源，性命双修也。

"三藏师徒打开欲网，跳出情牢，放马西行"，是已知断欲忘情矣；何以"忽见一座高山，有老者高呼：'西进的长老，且暂住！这山上有一伙妖魔，吃尽了阎浮世上人，不可前进。'"乎？盖断欲忘情，只是性理一己之事，而进步行功，乃是他家不死之方，若只知有己，不知有人，冒然前进，则此间即有妖魔挡路，其不为妖魔所吃者几希。于斯时也，急须问个实信，方能攸往攸利，行功不错，而大道可进矣。古人云："虚心受益。"又云："礼下于人，必有所得。"此皆言屈己求人之效也。

"三藏道：'你相貌丑陋，言语粗俗，怕冲撞了他，问不出个实信。'行者道：'我变俊些儿的去。'"是未免在声色相貌上打点，而不在真心实意处着脚，即非老实学道者。故行者变小和尚不老实去问，说出"贬解妖精起身"、"连夜搬去"等语，虽外恭而内不敬，外小而内自大，以致老者始而言妖精相与仙佛神圣，假话以答；既而见言语风狂，一句不应。噫！我不老实，谁肯老实？我不实信其道，谁肯说道之实信？不得实信，虽能断欲忘情，终是有头无尾，不通雷音大路，如何到得如来地位？学者急须以此为戒，去不老实而归老实，则实信可得。所以八戒老实，毫无虚诈，而老者即以老实说实信矣。

"狮"者，喻其师心自用；"驼"者，比其高傲无人。师心高傲，则雄心气盛，故曰狮驼岭；有己无人，则昏蔽如洞，故曰狮驼洞。此等妖魔不一而足，皆系毁谤圣道，紊乱仙经，为恶最大，为害最深，故有三个妖魔，统领四万七八千小妖，专在此间吃人。这个妖为何妖？俱是师心高傲不老实之妖；这个信为何信，即报师心高傲不老实之信。知得此妖，知的此信，即是问出实信矣。然既知不老实，须当变而为老实，倘知而不变，仍是魔口之食，何济于事？故金星道："大圣，只看你变化机谋，方可过去。如若怠慢些儿，其实难行。"盖有机谋者为妖，能变化者为圣，用机谋而不知变化，是以妖为心，则能吃人；能变化而不用机谋，是以圣为心，则能成道。变化机谋，则一切机谋尽无，斯不为狮驼所阻，可以过去得。

最妙处，是行者扯住金星，声声只叫他的小名道："李长庚！李长庚！有话何不当面来讲，怎么妆这个模样混我？"李为木，在东，震家事；庚为金，在西，兑家事。震为我家，兑为他家，以我求他，他来混我，震兑合一，变化机谋，即在其中。此仙翁已叫起小名，当面来讲，吾不知在狮驼洞、狮驼国之老妖肯听否？虽然，此事岂易知，亦岂易行？若非恩师诀破真铅，万般作用，枉自徒劳，安能变化机谋，而不为机谋变化？三丰所谓"炼己时须用真铅"，正是此意。学者勿以传报魔恶为实信，当知长庚传报为实信。庚金即他家真铅，若欲舍此真铅实信，而妄冀去假归真，便是三藏欲转别路而过狮驼岭。殊不知过不得此处狮驼岭，而别路之狮驼岭更多于此，如何转得过去？故行者道："转不得。"又云："怎么转得？"以见狮驼岭为西天必由之路，正向西天不可不过之境，是在人之着意留心变化机谋耳。

"行者到空中打听观看，山中静悄无人"，断欲忘情即是禅，无机谋也。"正自揣度，听得山背后梆铃之声，原来是个小妖"，有情有欲岂安然，着于声音之小机谋也。"行者变苍蝇儿，飞在他帽子耳边，小妖口里作念道：'我等巡山的，各人要谨慎，堤防孙行者，他会变苍蝇。'"帽者，冒也。蝇儿者，婴儿也。婴儿，即先天真乙之气。先天之气，居于恍惚杳冥之内，视之不见，听之不闻，搏之不得，因阴阳交感之后，激而有象，得之者立跻圣位，必有师学，非一切机谋小见执一己而修者，所得冒听，所得冒传。《悟真》云："恍惚之中寻有象，杳冥之内觅真精。有无从此自相入，未见如何想得成。"故仙翁云："原来那小妖也不曾见他，只是那魔头不知怎么就吩咐他这话，却是四句谣言，着他这等传说。"可谓叫醒一切冒听冒传、不知先天大道之辈矣。"行者要打小妖，却又停住，想道：'不知三个老妖手段，等我问一问，动手未迟。'"言冒听冒传，只是口耳梆声，不知就里机谋，岂容冒然下手？下手妙诀，须要口传心授，真知确见也。

何以行者变烧火小妖，巡山小妖以为"面生，认不得，会的少"乎？火属离，离为心，行者变之真心也。真心非色非空，不着有无，乃赤子之心，娘生本面。口耳之学，认假失真，不知返观内照，与道日远，所以一家人认不得一家人，会的少。惟大修行人，认得真心，识得本面，性以处内，情以御外，内外一气，变化不拘，不在皮囊上作活计，全在法身上用工夫，岂等夫傍门外道执一己而修乎？傍门外道，虽各执相、各着空不同，然其有我无人，一个牌子号头，绳穿线扯，暗中无不相投。背却镇魔之金公，认真一己之幻相，以是为非，以邪为正，自谓闻风钻研，是亦"小钻风"而已，何济大事？岂知金丹之道，得一毕万，总钻于一处，迎之不见其首，随之不见其后，以真化假，依假修真，真中又用假，假中又现真，真真假假，假假真真，不特能查勘其小之真假，而且能审知其大之本事。此行者变"总钻风"，而"小钻风"无不随其运用矣。

何以行者对小妖道"你快说来我听，合着我便是真的，差了一些便是假的，拿去见大王处治"？特以金丹者，阴阳之气凝结而成，两者异，真乙之气潜，两者合，真乙之气变，是在有人有己，人己相合，大小无伤，处治得法耳。天机密秘，正在于此。非善通阴阳深明造化者，孰能与于斯哉？

"大魔会变化，能大能小，因王母蟠桃会不曾请，意欲争天，曾吞十万天兵"等语，此大小禅法，师心自用，妄猜私议之学。妄猜私议之条，不一而足，其间最误人者，莫如禅关、机锋二条，故曰："若是讲口头话，老孙也曾干过。"

"二魔身高三丈，卧蚕眉，丹凤眼，美人身，匾担牙，蛟龙鼻。若与人争，只消一鼻子卷去，就是铜背铁身，也就魂亡魄丧。"此闭目静坐，着意一处，执相守静之学。执相守静之条，不一而足，其间最足误人者，莫如鼻头闭息之一条，故曰："鼻子卷人的妖精也好拿。"

"三魔名号'云程万里鹏'，行动时抟风运海，振北图南。随身有一件宝贝，唤作'阴阳二气瓶'，假若把人装在瓶内，一时三刻化为血水。"此搬运后天精气之学。搬运之条，不一而足，其中最误人者，莫如心肾相交之一条。彼以心气为阴，肾气为阳，取心肾二气，交媾于黄庭，谓之结圣胎。殊不知日久成蛊，气血凝滞，化为血水而死者，不计其数，故曰："妖精到也不怕，只是仔细防他瓶儿。"

大魔，用心着空之妖；二魔，用意执相之妖；三魔，运气、着空、执相兼有之妖。天下缁黄，用心意而着空执相者，十有二三；至于搬运后天之气而着空执相者，十中即有八九。故大魔二魔居于狮驼洞，为害固大；三魔居于狮驼国，为害尤大。三个魔头同归一处，邪说横行，扰乱世道人心，大坏教门，不堪言矣。说到此处，修行人可以除去他人冒传之梆声，急须打探自己洞中

之虚实。

　　然要拿洞里之妖王，必先除门前之众怪。门前之怪为何怪？乃冒听、冒说、冒传之怪也。言者心之声，一言既出，驷马难追，言不可不慎也。既云慎言，又何说些大话吓众怪乎？殊不知修行人未尝不言，特不妄言耳。说大话，说其善言也；吓众怪，去其不善之言也。用善言以去不善之言，言必有中，何碍于言？行者说大话，吓散门前一万小妖，是不容其冒听、冒说、冒传，真会说大话者。若能说此大话，是有大力量、大脚力、大本领，虽终日说，未尝说。彼口耳之学，冒说大话，使小机谋，传人巡山者，乌足窥其端倪！千百年来，读《西游》、解《西游》者，竟将仙翁妙意埋没，直以大话骗人目之，此孔子不得不哭麟，卞和不得不泣玉也。

　　诗曰：

　　　　着空执相道中魔，高傲欺心怎奈何？
　　　　教外别传藏秘诀，岂容声色冒猜摩。

# 第七十五回

# 心猿钻透阴阳窍　魔主还归大道真

〔**西游真诠**〕悟一子曰：此明炼精化气之妙用，施为变化之初乘也。昔老聃语孔子曰："去子之骄气。"盖"骄"之一字，道之魔也。人能以柔用，以弱进，则无刚不柔，无强不弱。我善养锐锋，而魔自失其完垒，魔还归我之真矣。非逊志善下，洞晓阴阳，深明造化，终莫窥其底里。

老子云："吾无欲以观其妙，有欲以观其徼。"紫阳云："不会钻研莫强攻。"切指阴阳二气之徼、妙不易钻研也。后人不知大道之的，谓即心是道，以心钻心，尽失其徼、妙。张子曰："由气化有道之名。"则已明指道属二气而不属于心，特心为钻透徼、妙之主耳。

"大圣变小钻风，进了狮驼洞"，正变化柔弱而虚心寻讨也。"变苍蝇"，柔弱之至。惊动老魔，不觉一笑，戏谑疏忽，自露圭角，焉得不被魔所缚，拘于宝瓶乎？宝瓶合阴阳二气，水火浑沌，涵罗精神，无物不化。就人身而言，即脐内中黄呼吸之根蒂，修炼家认为玄牝，凝神结胎之处，所谓"白玉连环"也。位居中央，而七宝、八卦、二十四气，无所不包。人身有天地，而此穴象太极，原无二理。然此为顺则成人之徼、妙，而非逆则成丹之徼、妙。学道者，说到此处，茫然不识，无可钻研，惟有缩手待毙而已。惟能于此内打通消息，则知丹道法象亦只如此，特有内外顺逆之差别耳。奈何世人谬执此宝瓶，谓精能生气，气能生神，凝神此穴，用意封固，以自取速化耶！

老魔曰："猴儿今番入我宝瓶之中，再莫想那西天之路。"仙师设此二语，提醒春梦多矣。"装入瓶中"，凝神气穴，炼精化气之象。"闭息忘言"，寂然不动也。不动者，静也，静属水。"失声发笑"，感而遂通也。感通者，动也，动属火。故闻人言而火来，动静感应之理。"四十条蛇揪做八十段"，四象分为八卦也。"三条火龙,上下盘旋",君火、相火、民火互为运用也。又三四为七,二四为八,三八为二十四,四八为三十二,循环计之,仍合宝瓶中"七宝、八卦、二十四气"、"三十六人"之义。"身长则长,身小则小",总明随身动静,不能知微、妙而解脱也。盖执此中而欲超凡证果,是执有名之体而冀无名之始,岂不自误? 行者道:"何期今日误入此中,倾了性命。想是我昔日名儿,故有今朝之难。"想到菩萨心传三根救命毫毛,方归真谛。变化钻研,透彻天机,开菩萨之法眼,泄阴阳之秘妙,打破疑团,脱离火阱,真造化出身之大道也!

"变蟭蟟",暂借一枝栖,姑且魔顶游衍;"放下杯",忽讶瓶之罄,能不失声破釜。"空者,控也",空劳水火煮空铛;"搜者,走也",搜寻虚窟难搜着。噫!"瓶子钻破,装不得人",犹人身真阳已泄,还不得丹,古人比之"破叉袋",即此义也。钻研至此,道心自现,魔胆自惊。真精化气,真气化身,悟彻真空,头头是道。魔刀下处即成我,我者,魔之分身,劈做两半,还做两身,虽千万亿身,无非我也;我头迎处即成真,真者,魔之原体,搂上身来,依然一个,虽千万亿魔,无非真也。一而二,二而一者也。故魔现原身吞真我,我即真魔;我入魔腹伏魔头,我即魔魔。

"住过冬,到清明",寓阴阳往来之气机;"行吐纳,打喷嚏",喻口鼻施为之妄作。"吃药酒,喇叭口",几见桃花脸上红;"撒酒风,翻跟头",方是优昙肚里宝。咦! 化气、化气,如何出去? 此必有法也。"等老孙把金箍棒往顶门里一搠,搠个窟窿,一则当天窗,二则当烟洞。"岂不是出气的微妙? 阐道者,发泄天机至此,可谓知之深而言之尽矣。神哉,妙哉! 然此唯心知其真微,而未能实得其真妙也,故为"初乘"。

〔西游原旨〕上回言修道者必言语老实,而不得冒听冒传矣。然言语老实,不过为进德修业计耳,倘以为所进之德、所修之业即在是,焉能超脱阴阳,除假归真? 故此回教学者钻研实理,真履实践耳。

大圣变小钻风进狮驼洞,诸魔不识,是已去门外之小妖,已为门内之老妖所难窥,变化而得其真矣。然外之小机谋虽变化过去,而内之大机谋尚未变化,犹未至妙也。何则? 内之机谋者,阴阳顺行之事,人之千生万死,皆出于此。若非钻研透彻,真履实践,而第以言语取信,未免又在言语上着脚,虽外边老实,早将不老实者牢拴紧闭在内,此行者不得不心惊也。所惊者何?

惊其认真老实言语,关了行道之门,家中长短之事不能得知,却不是顾外失内,弄走了风,被言语所拿住乎?当斯时也,急须将这个门户打开,方可出入无碍。这个门不是别门,乃阴阳之门。欲打此门,须要真知灼见,心领神会,离却一切着空执相之事,才得其济。

老魔听行者会变苍蝇之说,而便认假为真,着于声而乱扑;三魔见行者笑出嘴脸,而又认真为假,着于色而强捆。彼乌知先天之气自虚无中来,人人具足,个个圆成,处圣不增,处凡不减,非若草木禽兽之全无,一变脸间而全身俱露,本来之故物现在,岂在强作强为声色中取乎?老魔欲口吃唐僧,三魔欲瓶装行者,是疑其金丹为有形有象之物,而故着于幻身,以随身阴阳二气瓶装人矣。

"阴阳瓶",即功家呼吸阴阳之说,乃后天之气,贯穿一身血脉,营卫五脏六腑,一呼通天根,一吸通地户,一昼一夜,周身一转,暗合周天度数,故内有七宝八卦、二十四气。必用三十六人抬者,坤阴六六之数,纯阴之物也。此就幻身后天之气而言。至于法身先天之气,乃虚无中事业,全以神运,不假色求。一切盲师,误认后天呼吸之气,自欺欺人,学者若不识真假,一惑其言,入于死地者,往往皆然。佛云:"若以色见我,以声音求我,是人行邪道,不得见如来。"妖魔道:"猴儿今已入我宝瓶之中,再莫想那西方之路。"岂不提醒一切?

乃世之迷徒,犹有入其术中,固执不解,一听其言,便行其事,予圣自雄,恃其本事。或坐守中央,聚气于黄庭穴;或周围轮转,用力于八段锦;或上下盘绕,升气于三关窍。如此等类,不可胜数,皆是大火坑中作事业,毒心肠上用工夫。弄得君火相火一时俱发,火气攻心,自不由主,千思万想,忽上忽下,无可如何。到得此时,由后想前,自悔脚跟不实,误认邪师,枉费辛苦,本欲证真正果,不期倾了性命,自作自受,于人何尤?夫金丹大道,乃他家不死之方,可以救命,可以救急。今不求他家,而在一身妄作招凶,大道凄怆,尚可言欤?

"行者忽想起菩萨所赐救命毫毛,欲取下救急",此乃解悟前非,知的别有他家不死之方,可以救急,不必在一身作工夫矣。他家之方为何方?乃人己相合之方,彼此扶持之方。"拔下脑后挺硬毫毛,变作钢钻、竹片、绵绳,照瓶子底下'搜搜'一顿钻,钻成一个孔窍,透进光来。"是离其高而就于下,去其刚而变为柔,借假求真,有人有己,有刚有柔。钻窍钻到此处,搜理搜到此处，则真知灼见，虚室生白，神明自来，可以得真造化而出假造化，不为后天阴阳所拘矣。此提纲"心猿钻透阴阳窍"之妙旨。夫人特患不能钻透阴阳之窍耳，果其钻透，高人一头，不特有以知真，而且能以识假。于此可知，装人者，终归空亡；虚心者，当下脱难。"老魔道：'这瓶子空者，控也！'行者道：'我的儿，搜者，走也！'"邪正分明，真伪显然，是在神而明之，存乎其人耳。彼不识其真，在出恭臭皮囊上作活计者，装甚么人，岂不愧死？

"行者喜喜欢欢，径转唐僧处，将变钻风、陷瓶儿里脱身之事，说了一遍。道：'今得见师父，实为两世之人。'"盖言金丹大道，至尊至贵，万劫一传，虽赖自己钻研，尤要明师指点。若遇真师，一了百当，立跻圣位，即所谓"附耳低言玄妙旨，提上蓬莱第一峰"，亦即三丰"自从咬破铁丸子，三十六宫都是春"之意。可知度引之恩师，实是重生之父母，誓必成道以报大恩也。

噫！非知之艰，行之惟艰。知而不行，犹如不知，何贵于知？故长老道："你不曾与他赌斗么？"又云："不曾与他见个胜负，我们怎敢前进？"言知之贵于行之也。夫金丹之道，真履实践之道，非空空无为所能了事。足色真金，须从大火里炼出；圆明本性，还向艰难处度来。无火不见金之真，无难不现性之明。诗中"生就铜头铁脑盖、幼年曾入老君炉、百炼千锤不坏、唐僧预上金箍"等语，最是妙谛。

老魔道："甚么铜头铁脑盖，看我这一刀，一削便是两个瓢！"是直以一空毕其事，此便是识不得真心实用。故大圣道："这泼妖没眼色，把老孙认作个瓢头哩！"夫真心实用，空而不空，不空而空，一本散而为万殊，万殊归而为一本，分之合之，变化无端，全在法身上用工夫，不于幻身上费机谋，故能迎魔之口，入虎穴而探虎子。彼世之见魔开口，走在草里听梆声者，适以散火买个寿器送终而已，其他何望？

古今来谈空利口伤人之辈，皆以为大道无修无证，一空其心，即可了事。殊不知心空在修，不在于说。"小妖道：'孙行者在你肚里说话哩！'老魔道：'怕他说话！有本事吃了他，没本事摆布他不成？'"是直以摆布说话为空心之本事。若以说话为本事，则是呕吐其心矣。呕吐其心，使心用心，不能空而反生根，如何呕吐得出？既不能出，如何能空？更有一等无知之徒，打禅搬运，废寝忘飧，亦谓空心。吾不知如何能空，其必饿杀其心乎！此等之徒，皆是吃了昧心食，着空妄想，怎得完成大道？曰"甚不通变"，曰"你不知事"，真乃固执而不知通变者也。

噫！修丹之法，有体有用，有药有火，所以革故鼎新，会三家而归一家，岂是空空无为之事乎？若只空空无为，假者如何去？真者如何成？"行者道：'老孙保唐僧取经，从广里过，带了个摺叠锅儿，进来煮杂碎吃。将你这里边的肝肠肚肺细细受用，还勾盘缠到清明哩！'"是摺叠肝肺之杂项碎琐，勾消肚肠之盘曲牵缠，炼己待时，清明其心，空而不空也。曰"三叉骨上好支锅"者，是会三家而归一家，猛烹急炼，熔化药物，不空而空也。曰"老孙把金箍棒往顶门上一捣，捣个窟窿，一则当天窗，二来当烟洞"者，一捣于上，二来于下，水火相济，虚实并用，诚明兼该，不空而空，空而不空也。

"老魔吃酒，行者接吃，一钟二钟，连吃七八钟"，顺其所欲，渐次导之也。"老魔放下钟道：'好古怪！这酒常时吃两钟，腹中如火。却才吃七八钟，脸上红也不红！'"放下人心，自有道心，形色俱化也。"大圣在肚里发酒风，妖怪疼痛难禁，倒在地下"，道心发现，人心自死也。

噫！"虚心实腹义俱深，只为虚心要识心。不若炼铅先实腹，且教守取满堂金。"死人心生道心，以道心化人心，不老实而变成老实，何魔之不归真哉！

诗曰：

> 阴阳是否细钻研，才识此天还有天。
> 真着实行神暗运，人心化尽道心圆。

# 第七十六回

## 心神居舍魔归性　木母同降怪体真

〔**西游真诠**〕悟一子曰：此明炼气化神之妙用,施为变化之"中乘"也。《庄子》曰:"用志不分,乃凝于神。"先师曰:"心者气之主,气者神之根,神即性也;形者气之舍,神者形之精,气即命也。"盖能炼其形,则精能化气;气聚,则化神;凝神气穴,则气益聚,而神自灵。但此精不是交感精,此气不是呼吸气,此神不是思虑神。缘督子曰:"从虚无中来,不在心肾,而在于玄关一窍。"学者不识阴阳,只于自身摸索,而认彼昭昭灵灵之识神以为真实,转辗差池。篇中"老魔叫一声:'大慈大悲齐天大圣菩萨!'"连叫"大"字,认就"一人"而求命也。"行者道:'省几个字儿,只叫孙外公罢。'老魔措命,真个叫:'外公、外公!'"言认得外来二八ムム,方是真惜命也。

送出山,何用一乘香藤轿?言"惟此一乘法,余二即非真"也。"行者在魔肚里做勾当",心神居舍,治内以安外也。"变一根绳儿,拴着心肝",置之一处,执简以御多也。"又将身子变小,见妖精钢牙利刃",敛形束魄,以小制大,以柔胜刚也。"打个喷嚏,迸出行者,见了风就长三丈",炼气而元神出现也。"割断外边,里边恶心",内外一体,情不离性,非判然斩截也。"三怪一齐落下,一齐叩头,众怪收兵,尽皆归洞",此炼气化神而魔归真性也。修行者至此,阳神虽现,而阴气尚未与我一体,则魔仍在也,如行路者正在中途一般。篇中"师徒收拾行李马匹,都在途中等候",篇末"妖魔同心合意的,西进有四百余程",俱示适当半途之意。自须勤加火功,谨慎提防,稍一怠慢,则阴气未伏,侵累元神,何时超脱?

"二魔之假降索战",不伏气也;"三魔之调虎离山",不伏气也。"三十个怪,安排茶饭,款待唐僧",阴气之盘桓也;"十六个鬼,递声喝道,替换抬轿",

阴气之环扰也。"望见城中恶气"，阴气之侵障也。"各怀怒气，雷轰奋争，三僧三怪，舍死苦战"，阴气阳神，混合相持也；"抬拥唐僧，掩旗息鼓，众怪左右旋绕，长老昏昏沉沉"，阴气之众盛惨寂，而真阳复陷也。追原其故，由木母徇私而火功不力。"动不动要散火"，火功不力也；"攒下私房"，木母徇私也。唯不力，故一战而遭鼻卷受缚，火因土泄而败；惟徇私，故一吓而信勾司打诈，木缘水泛而浮。

取经之道，切忌觊觎偷安，全要苦心协力。行者道："也叫他受些苦，方知取经之难。"知取经之不可无木母，而怪体之必藉同降也。金木交欢，夫倡妇随，兄弟式好，伯埙仲篪。"行者听八戒而棒穿象鼻，八戒听行者而柄打象皮。两个象奴，同降怪物。"岂不真神并力，真怪现体哉？故提纲曰："心神居舍魔归性，木母同降怪体真。"

〔**西游原旨**〕上回结出金丹妙旨，欲虚其心，必先实腹矣。然欲实腹，必须虚心，虚心必先识心。既识其心，则虚人心而实道心，虚实并用，人我共济，修道不难。故此回示人以识心、人我共济之火候耳。

篇首"大圣在老魔肚里支撑一会，魔头回过气来，叫一声：'大慈大悲齐天大圣！'"是直以予圣自雄为慈悲修心，此便不识其心。既不能识心，焉能虚心？不能虚心，焉能实腹？认假为真，枉费工夫矣。盖真心者，天地之心，非色非空，非有非无，因阴阳交感，从虚无中来者，是为外来主人公，非一己所产之物。故行者道："莫费工夫，省几个字儿，只叫孙外公罢。""那妖魔惜命，真个叫：'外公！外公！是我的不是了！'"以见保命之术，惟外来之真心为是，而我家一己之人心不是也。若识得真心，一得永得，会三家，合一家，大道有望，所谓"识得一，万事毕"者此也。但这个识一毕万之秘，若非真师口传心授，而欲私猜强议，妄贪大宝，试问这个铁馒头，如何下口？即嚼碎牙关，咬的出甚么滋味？其曰："我饶你性命出来，你反咬我，害我性命！我不出来，活活的弄杀你！"言下分明，何等醒人！

三魔使激将之法，欲哄行者出外赌斗。行者恐妖精反覆，要两全其美。以见真心用事，不偏于阳，不偏于阴，大小无伤，两国俱全，光明正大，而非若人心之用机谋也。"绳儿一头拴着妖精心肝，自己拿着一头，拴个活扣，不扯不紧，扯紧就痛"，内而阴阳混合，勿忘勿助，一而神也；"妖精鼻孔里迸出行者，行者见了风，就长三丈，一手扯着绳儿，一手拿着铁棒"，外而执中精一，有体有用，两而化也。"行者跳到空阔山头，双手把绳尽力一扯，老魔心痛，往上一挣，复往下一扯"，此内外一气，刚柔相当，有无俱不立，物我悉归空，所谓百日功灵，曲直而即能应物；一年已熟，潜跃而无不由心。真心之为用，神哉！妙哉！

无如道不远人，人自为道而远人。迷徒多以人心为道，悬虚不实，终久四大落空，入于土坑。原其受害，皆由以心拴心，以心哄心，放去真心，而又算计伤心，真是"十分无礼，于理上不通"。彼拴心者，不过欲割断外边之放心耳，殊不知能割断外边放心之心，不能割断内边拴心之心，拴心之心更且恶于放心。放心为害，既以拴心断之；拴心为害，亦将求放心解之乎？噫！求之拴心，心一拴而恶心不好；求之放心，心一进而又不肯出。内外俱心，如欲解脱，却难！却难！

然解脱亦容易，是在能实实修道，决不敢假，则真心自现，人心自无，识心虚心，而心神居舍，魔归于性矣。彼一切棺材座子，专一害人，误认死心，在脓包上作活计者，岂知的他家有不死之方在耶？若识他家不死之方，是大本已立，正当静观密察，努力前行，完全大道，不可稍有懈怠者。乃唐僧师徒收拾行李马匹，在中途等候，未免火候不力，虽能化去自大之心，犹未变过张狂之意，终是机谋未尽，未到老实之处，如何过得狮驼岭境界？此二魔不伏气之所由来也。

"二魔领三千小妖，着一个蓝旗手传报。"此传报，观卦也。观☴☷者，上巽下坤。"二魔"，上巽之二阳爻；"一个蓝旗手"，上巽之一阴爻；"三千小妖"，下坤之三阴爻，其为风地观乎？观者，以中正示人也。二魔叫："孙行者，与二大王交战！"是妄意无忌，中正何在？行者道："必是二魔不伏气。"堪为确论。独是欲化妄意，而归于中正，非空空一戒可能。若以一戒而欲强制其意，不但不能伏气，而且有以助气，八戒不能抵妖，其被卷也宜矣。

夫取经之道，有火候，有功用，不知要受多少苦恼艰难，而后真经到手。行者教八戒受些苦恼，是欲神观觉察，而戒慎乎其所不睹，恐惧乎其所不闻也。然戒慎恐惧，不是着意执相之观，必也临事而惧，好谋而成，有戒有行，刚柔相济，方为得法。"行者变蟭蟟，钉在八戒耳朵根上，同那妖到了洞里。"蟭蟟者，有光之物，是神观默运，戒之而欲行之也。"众妖捆住八戒，至池塘边一推，尽皆转去。"此由风地观☴☷而倒转为地泽临☷☱也。池塘为兑泽，八戒为巽木，巽推转为兑，尽都转去，非观转为临乎？"像八九月经霜的一个大黑莲蓬"，即临"至于八月有凶"也。

金丹之道，贵在于观，尤贵于临炉之观。临炉之观，是神观大观，两而合一，中正之观。一切执相之徒，错认张狂之意为真意，或静意，或守意，或用意，自负有道，不能临事而惧、好谋而成，动不动要散火，却是实事。盖以此等之辈，既不能神观，又不能大观，内无实学，外有虚名，是亦"童观"、"窥观"焉耳，其他何望？更有一等呆子，口道德而心盗跖，头巾冠而腰钱囊，明妆老实，暗攒私房。试思"阎王注定三更死，谁敢留人到四更？"若大限来至，虽有钱钞，买不得生死之路，焉知可怜几年积来的零碎银钱，究被他人尽有，岂不为明眼者哈哈大笑乎？此仙翁借行者吓诈八戒，现身说法，以示只悟其戒，不能济事，必须有戒有行，方能成功。已是借戒行两用之说，打出三四层门，不知打杀多少无主意之小妖矣。

"二魔、行者，内外狠苦相持，八戒不来帮，只管呆呆的看着。"以戒为体，以行为用也。"二魔卷了行者，八戒道：'他那手拿着棒，只消往鼻子里一搠，就勾他受用了。'"此神观妙用，执中之谓也。"行者把棒往鼻孔里一搠，鼻子揳开，行者一把挝住，随手跟来。"此大观妙用，精一之谓也。大观神观，两而合一，有戒有行，精一执中，临、观妙用，正在于此。"八戒拿钯柄，走一步打一下，行者牵着鼻子，就似两个象奴。"以戒为行，以行全戒，性情相合，金木相并，张狂之意不期化而自化，不期诚而自诚矣。"行者备言前事，八戒自知惭愧。"假意去而真意现，妄心除而道心生，外而戒行两用，内而心意相合，不老实而变老实，提纲所谓"木母同降怪体真"者即此。

夫怪体归真，是已化假心意而归真心意，正可以过狮驼岭之时，何以又有三魔之不伏气乎？特有说焉。心意虽真，若于后天气质之性未化，则气质一发，真心意仍化为假心意，宜其三魔不伏气，大魔、二魔听三魔调虎离山之计，要捉唐僧也。然究其三魔不伏气者，乃唐僧误认心意为真，不能戒慎恐惧，努力前行，在坡前等候魔送。自调、自离、自捉、自不伏气，与魔何涉？

"三十个小妖安排茶饭"，五六坤阴之数。"十六个小妖抬轿喝路"，一阴来姤之候。"众妖请唐老爷上轿"，阴气伤阳之象。"三藏肉眼凡胎，不知是计。孙行者只以为擒纵之功，降了妖怪，却也不曾详察。即命八戒将行李稍在马上，与沙僧紧随，他使铁棒向前开路，顾盼吉凶。"真假相混，邪正不分，已入妖魔术中矣。

噫！一时不谨，真心意已变为假心意，心意有假，着于食色，而真性亦化为假性。真者全昧，假者皆起。其曰："那伙妖魔，同心合意的侍卫左右。"又曰："一日三餐，遂心满意；良宵一宿，好处安身。"非假心意动食色之性乎？当斯时也，虽能心知神会，而见得有许多恶气，其如妖计在前，而识见在后，阴盛阳弱，正不胜邪，三魔与三僧，舍死忘生苦战；众小妖把唐僧抬上金銮殿，献茶献饭，左右旋绕，长老昏昏沉沉，全身失陷。大道已堕迷城，可不畏哉？

诗曰：

定意虚心下实功，虽然得入路岂通？

消除气质方为妙，稍有烟尘道落空。

# 第七十七回

## 群魔欺本性　一体拜真如

〔**西游真诠**〕悟一子曰：此炼神还虚之妙用，施为变化之上乘也。前伏狮魔之心，而得初乘；伏象魔之性，而得中乘；末伏鹏魔之气，而得上乘。未了真如之大道，虽曰心神居舍魔归性，而神气未曾合一浑忘，还之太虚，则此心性终滞于有，而不能超脱凡笼。故大鹏不伏气，而狮、象亦复从，"魔群欺本性"也。先师曰："伏气不服气，服气须伏气。服气不长生，长生须伏气。"鹏不伏气，是任真乙之气，纵横于天地而不能归伏，为魔滋大。

"狮"，喻心，属火，多猜，故色青。火未发而烟起，火兼木也，为修道之领袖，行道之起脚，故称老魔，擅其号曰"狮驼岭狮驼洞"。"象"，喻性，属土，生金，故色白。土寄体而位乎西，土兼金也，为载道之大力，体道之灵明，故得称二魔。能伏二魔，则臻二乘法门，修性之妙用也。大鹏者，即《庄子》所云"北溟之鲲，化而为鹏，九万里而图南"是也。北溟，水也，"至阴肃肃，其中有阳。"水中之鲲属阳，化而为鹏，九万里而图南，则极阳九之数，而"至阳赫赫，遂乎大明之上"矣。鹏为凤属，南方之朱雀也。《石函记》曰："朱雀炎空飞下来"，丹经所称"赤凤"同义，俱指真阳之气，而言修命之妙用也。读《南华》者，亦知其为寓言，而不知其实阐大道之要妙如此。

篇末如来说出"混沌初分，天开地辟，万物皆生。凤凰又得交感之气，育生孔雀、大鹏"，以及"封为佛母孔雀大明王菩萨"诸语，明此气实所以生仙、佛、圣人、万物，绝非荒诞，故曰"佛母"。狮、象皆跨于佛下，鹏独在于佛顶，先天至清之气也。其封号"大明王"，亦本《逍遥游》"遂乎大明之上"之义，故能扩狮驼洞而独大之曰"狮驼国"。后人读至此等言说，不解其妙，莫不骇为不经，未免作鹦鹉之笑。悲哉！

篇首"老魔咬去八戒",木火遭木火之魔;"二魔卷去沙僧",土金遭土金之魔;"三魔挝去行者",水金遭水金之魔。捆在一处,因未能收伏,浑化归一,即是本性为魔,而欺本性也。

"一翅九万",即"鹏抟九万"之义,前解已明。惟阅九十九回中叙难内开"怪分三色",为"六十二难",则鹏怪赤色而金翅,北溟南抟,浑合狮、象二色,乃五行先天真乙之气,不显其色,不专其名,此其所以为大也。出世之道,必修伏此气。倘专了心性以为真,则吾身后天之气,皆在其吞啖循环、轮复消化之中,万万不能脱根,而出其牢笼。故前小钻风云:"我大王一口能吞十万天兵。"又云:"我大王意欲争天。"又云:"五百年前吃尽了狮驼国,夺了江山。"即已伏此义矣。

"老魔赞其力量智谋,命小妖打水刷锅,抬出铁笼,烧火蒸僧,各散一块。"又道:"捆在笼中,料应难脱。"数个小妖轮流烧火,以待空心受用。"言不能脱其五行轮流蒸气之中,而骨肉必至解散也。"长老哭对行者道:'怎么得命?'二僧亦一齐痛哭。"言人皆不知有得命之道为可悲。"行者笑道:'师父放心,兄弟莫哭。凭他怎的,决然无损。'将真身出神,跳在半空。"言神而明之,存乎其人,人欲得命,自有跳出真身之法也。

人生五行之中,如入铁笼中受蒸,火到候足,无有不肉烂骨糜。故人之死,如日之有夜,无一获免。得命之道,先在伏龙节欲制情,作灶底抽薪之法,而使火性不腾。大圣遣北海龙王入锅下护持,伏龙抽薪也。次在戒气怡情养心,开坦荡畅适之襟,而使气性不郁。八戒发"闷气"、"出气"之论,因行者盖上而云"今夜必死"。"长老嘤嘤啼哭",明闷气之为魔,最可痛也。八戒道:"咦!烧火的长官,添上些柴怎的,要了你的哩!"妙哉!天蓬身遭铁笼之惨遇,当危急之地,而潇洒玩弄如无事戏耍,然知其俯视一切,不足为魔,其胸怀为何如也?宜乎烧火小妖瞌睡寝息矣。

"行者现身来救,八戒道:'救要脱根救,莫又要笼蒸。'"谓能逃五行蒸气之外为脱根,不能逃五行蒸气之外为复笼。倘修行之人,不能超凡出世,虽德行无亏,仍在轮回之内,终是凡体生根,难免入笼复蒸之患。故行者道:"若不为师父是个凡体,我三人不管怎的也走了。"但此脱根出世之道,乃劈破鸿蒙、凿开混沌之大超脱,非不顾行检、算计爬墙之小法门。

师徒爬墙,而魔头忽起,纷纷拿住,势必复蒸,不省已错报怨于人,果有何益?然何以不复蒸,把唐僧抱住不放,入于锦香铁柜之中,设为生吃谣传之计？盖明世间一切旁门小术，俱是爬墙，必至入柜而后已。若欲借此逃命，反自促其死，不必俟五行之气极而肉烂，即已自罹戾气而生就魔口矣。伤哉！世人多犯魔口之夹生活嚼，三藏犹然，大圣闻之，能不心如刀搅，泪如泉涌而放声大哭？曰："努力修行共炼魔"，"气散心伤可奈何"。此大哭也，乃大哭世人当于此时困心衡虑，砥砺增益之时，故现身设法，急急回头，扫荡狮驼洞而猛省，见如来念"松箍咒"，以图超脱也。你看"径上灵山"，"哮吼如雷"，抑何勇往精进耶？

如来指示老魔二怪之主，说出大鹏系凤凰所生，与孔雀一母同气，是亦佛母也。所言孔雀出世之时，一口吸四十五里之人，如来亦被吸去，即"一口能吞十万天兵"之意。但如来已修成丈六金身，故能入魔口而剖魔脊。三藏未成金身，未免为魔口所吞而不能超脱。故必收伏此魔，而后能成丈六金身也。然则凡魔之捆我、蒸我、吞我、柜我，皆魔之所以爱惜我、生育我、陶铸我、造化我，非唯有大仇，而有大恩也。孔雀、大鹏，皆大慈大悲而真为佛母，夫复何疑？后人见孔雀封佛母，以佛法冤亲无等为痛，殆未深得孟氏"动心忍性，生于忧患"之义，亦未深识大鹏喻真乙之气，实为生仙、佛、圣人之母耳。夫美珠沉于海底，坚金炼于烈火，至真出于大魔，极贵之物，未有不从难险而获。学道若不遭大鹏而勇猛收伏，终不能成仙作佛，不易之定理也。

"如来引文殊、普贤至狮驼国，命行者与怪交战，诱至佛前。那怪见过去、未来、现在三尊佛像及罗汉、揭谛，认得主人公。"非认得心为主人公也，所以者何？"过去心，不可得；未来心，不可得；现在心，不可得。"狮、象两怪，乃心性之魔，认得非心性，乃得真心性。归正现相，泯耳皈依，心性之归于一气也。

"只有三魔不伏，扶摇直上，如来用手往上一指，那怪飞不去，只在佛顶上，现了本相，乃是一个大鹏金翅鹍。"此一个，即一粒金丹真乙之气，如来已明明指示收伏之法矣。"对如来叫道：'你怎么使大法力捆住我？'"大法力，乃佛门正法眼。教外别传，言不能显。"欲脱难脱，只得皈依。""佛祖不敢松放，只叫在光焰上做护法。"所谓"得其一，万事毕"。炼神还虚，脱根救度之无上乘也。

然必发大勇猛、大刚断，方能制伏此魔。大鹏云："猴头，寻这等狠人困我！"狠处正是慈处，即是能施真法之人。不能施真法，则为狮魔、象魔、鹏魔而成群魔；能施真法，则为狮真、象真、鹏真而合一体。行者悟到如来施法伏魔,沙僧一棒打开铁柜,救僧上路,仅是狠人狠法,百折不回之真人。故曰:"真经必得真人取,魔怪千般总是虚。"

〔西游原旨〕上回言心意归真,若不能伏后天气质之性,终为顺行造化所拘矣。故此回指出诸多傍门不能变化气质之害,教学者弃假悟真,期必归于真空妙有之地为极功也。

篇首"三个魔头与大圣三人争持,将三人拿进城内,捆在一处;三个魔头同上宝殿,将唐僧推下殿来",是言傍门外道用心用意,以假乱真,以邪混正,纵其后天气质之性,而昧其本来天命之性,即提纲"群魔欺本性"是也。曰"群魔",则非三魔而已,傍门三千六百,外道七十二家,虽门户不一,总是着空、着色与夫色空并用,三个门头该之。千魔万魔,总是群魔,群魔总是三个魔头统领之。群魔兴妖作怪,欺本性而阻学人,大道已堕迷城。当此之时,惟上智者能以辨的真假,不为伪学所惑,至于中下之流,未有不受其害者。故"长老哭道:'我贫僧怎么得命!'八戒、沙僧也一齐痛哭。惟行者笑道:'师父放心,兄弟莫哭,凭他怎的,决然无伤。'"

古仙云:"道法三千六百门,人人各执一苗根。要知些子玄关窍,不在三千六百门。"盖玄关一窍,为众妙之门,乃生仙生佛之根,不着于有无等相。一切傍门,认一身有气有质之物,或用力量而搬运做作,或用智谋而采战烧炼,自谓得妙,妄想服丹,以此度人。学者若不明其中利害,一入笼中,热心热肠,即便下手,如上蒸笼,干柴架烈火,未有不剥烂肢体而陨命者。若是真正聪明之人,不入笼中,先看看笼中之物,冷淡心肠,没有火气上锅,方不损命。"变冷风"者,示其高见远虑,在笼外而不上火气;"变黑苍蝇"者,示其晦暗无知,在笼中而多受闷气。其曰"冷还好捱,若热就要伤命",可谓提醒一切夯货矣。然既知此闷气,须要出此闷气;欲出此闷气,须要脱此闷气之根。不复上蒸笼,揭开笼头,抖假收真,层层解放,徐缓而行,不得急欲见功,冒然下手。故行者道:"莫忙!莫忙!"盖以金丹大道,有药物、有火候、有功用,毫发之差,千里之失。

"念咒语放了龙神,又轻轻悄悄寻着行李白马,请师父上马,八戒沙僧随后,他向前引路",凡以明大道循次而进,放的假,方可寻得真;得的真,方可行的路,丝毫不容苟且也。然通衢大道,只有一条,曲径斜路,足有千万,处处梆铃,门门封锁,若不得真师口传心授,焉知何者是真? 何者是假? 真令人以向前不得，退后不能。除是上智神人，能以跳出笼罩，其余凡夫俗子，实难逃命。若欲强逃，无路可通，犹如作贼爬墙，究是黑夜生活，出此入彼，如何出得妖魔之手？"不是脱根救，仍是上笼蒸"，却是实言。夫"不能脱根救，仍复上蒸笼"者，特以绝不似道者，只可以笼中下，而不能笼上智；至于似道而实非道者，不但中下者而受其捆绑，即上智者亦无不入其术中。

"锦香亭"，色空俱有之处；"铁柜"者，内外不通之象。"把唐僧藏在柜里"者，内念不出，不着于空也；"关了亭子"者，外物不入，不着于色也。世间一等作孽老魔，执心为道，抱住不放，误认人心中有稀奇之物，恐为外贼所偷，而随紧闭六门，静坐定心，外物不入，内念不出，自谓若能死的人心，即可生的道心，人心不来搅扰，却拿住道心慢慢受用。这等不死不活，似是而非，不待蒸熟夹生而吃之谣言，易足惑人，以一盲而引众盲，遍传乱讲。纵有上智者，能以连夜里剿灭狮驼洞着空执相冒听之小妖，岂能剿灭狮驼国色空兼有冒传之老魔乎？性命大道，遭此大难，有识者能不放声大哭哉！哭者何？哭其"西方胜境无缘到，气散心伤可奈何"。

夫如来三藏真经，所以劝善也。后世无知之徒，反借如来真经门户，以假乱真，阻挡修行大路，误人性命，大失当年教外别传、金箍念念归真之妙旨。行者要且去见如来备言前事，"若肯把经与我，送上东土，一则传扬善果，二来了我等心愿。若不肯与我，教他把松箍咒念念，褪下这个箍子，交还与他，老孙还本洞去罢"，是言真履实践，勇猛精进，见的如来，方能取的真经归来。若不到见如来之时，而真经未能取；若不到取得真经之时，而金箍未可松。不得因傍门外道之魔障，而即念松褪箍，自走回头路也。盖以魔障是魔障，取经是取经，金箍为取经而设，非为魔障而设，取经者正事，魔障者末事，岂可因末事而废正事？又岂可因末事而念松褪箍乎？

行者拜见如来，诉说"狮驼城三个毒魔把师父捉将去，求念松箍"等语，是已悟得因魔障而念松矣。如来笑道："悟空少得烦恼。那妖精神通广大，你胜不得他，所以这等心痛。"言独悟一空，空即是色，便是生魔，而不能胜魔。"行者笑道：'不与你有亲，如何认得？'如来道：'我慧眼观之，故此认得。'"言观本于慧，色即是空，故能识魔，而不是亲魔。

"混沌初分，天开地辟，万物皆生。飞禽以凤凰为长，凤凰又得交合之气，生育孔雀、大鹏。孔雀出世之时，吃人最恶，如来修成丈六金身，也被吸去。如来剖开脊背，跨上灵山，封他做佛母孔雀大明王菩萨"一宗公案，以见凤凰交合,生育孔雀、大鹏,先天变为后天,孔雀之吃人最恶,犹如大鹏之吃僧为魔。佛已修成丈六金身,犹不免于孔雀之吸。究之,"剖脊而出,跨上灵山,封为佛母大明王",是不以为冤而反为恩,佛不得孔雀之吸,而不得上灵山。比之修道者,不遇魔障,不能困心衡虑以固其志,魔障正所以为大修行人助力耳。故曰:"大鹏是与他一母,故此有些亲处。"既曰有亲,则魔障非魔障,是在人认得分明,打的过去耳。

如来使行者与妖精交战,"许败不许胜,败上来,我自收他"者,顺其所欲,渐次导之也。"行者将身一闪,藏在如来金光影里",妙有而入真空也;"只见那过去、未来、现在三尊佛像,与五百阿罗汉、三千揭谛神,布散左右,把那三个魔头围住"者,真空而变妙有也。"文殊、普贤念动真言,青狮、白象泯耳归真",一念纯真,心定意净,执象泥文、私猜妄议之念俱化,何着空执象之有?

"如来闪金光,把鹊巢贯顶的头迎风一幌,变作鲜红的一块血肉",空即是色,色即是空,色空一贯,不妨真中而用假;"妖精呵他一下,佛祖把手往上一指,那妖翅膊上揪了筋,再飞不去,只在佛顶上,再不能远遁",以无制有,以有入无,有无不二,当时由假而归真。真中用假,由假归真,即色即空,非色非空,化气质而复天真,至简至易,即宣圣一贯之道,佛祖一乘之妙旨,真是慈悲中之狠人,真空中之大法。彼一切不知变化气质者,师心高傲,色空俱着,在血肉团心上做生活,冒听冒传,认假伤真,适以祭其口而已,其他何望?

"佛祖收了妖精,大鹏咬牙说出唐僧在铁柜里",无为之先,必须有为,借假求真也;"佛祖不敢轻放了大鹏,也只教他在光焰上做个护法",有为之后,必须无为,以真化假也。前后两段工夫,先有为而后无为;性命必须双修,一了性而一了命。有无兼该,性命双修,形神俱妙,与道合真,圆陀陀,光灼灼,净裸裸,赤洒洒,大丈夫之能事毕矣!

噫!"锦香亭打开门看,内有一个铁柜,只听得三藏啼哭之声",是打开色空之门户,教人看假听真,不得弃真而认假;"降妖杖,打开铁柜,拽开柜盖,叫声师父",是打开生死机关,教人拽假寻真,当须借假而修真。"三藏放声大哭,叫徒弟",此非三藏哭,乃仙翁大哭其邪说横行,足以害道;"行者把上项事细说一遍",非行者说,乃仙翁细说与后世学人,早自辨别。仙翁一片慈悲心,跃跃纸背,真假显然。若有能辨的真假者,则伪学难瞒,正道可知,急须离狮驼而找大路,以了性命,不容有缓者。结云:"真经必得真人取,魔怪千般总是虚。"一切在狮驼国兴妖作怪之辈,闻此而当猛省回头矣。

诗曰:

傍门曲径俱迷真,那个能知主与宾。

教外别传微妙法,不空不色复元神。

# 第七十八回

## 比丘怜子遣阴神　金殿识魔谈道德

〔**西游真诠**〕悟一子曰:《道德》五千言,要在"得一毕万"。"一"者,先天真乙之气,生天地、人物之理也。如先天既生果实而为后天,果实中又有仁而为先天,后天之仁,即先天之气所在,人人具足,至近至切。人能得仁,则生机存而枝叶自茂,长生之事毕矣。

"仁",象"二、人",有阴阳合德之妙,非一人孤修所能全。《易》云:"一阴一阳之谓道。"《孟子》云:"仁也者,人也。合而言之道也。"后世学人,不识《道德》真诠,坎离妙用,谬解妄谈,甚以采阴补阳邪说治身惑人,以盲引盲,譬犹救饥服砒,恶寒负冰,必至于伤生害命而后已,是舍至仁而行大不仁。大错、大错!仙师特垂怜悯,借鹅笼赤子为喻。"鹅"者,讹也,言讹至于此,如将无知之赤子而加以牢笼刀俎之惨也。揆厥所由,皆因心君昏昧,惑于邪妄所致。故篇中屡提"昏君、昏君",以示其义。

夫人人有赤子之心,本广大慈悲,今讹笼锢蔽,临死无知,分明原唤"比丘国",今改作"小子城"。师徒见鹅笼而惊疑审视,到金亭驿馆问驿丞,请教鹅笼不明之事,疑其不知养育之法。丞云:"'天无二日,人无二理。'养育孩儿,怀胎十月而生。生下乳哺三年,渐成体相,岂有不知之理?"明知生育之道出于天理人心之自然,而强制造作,残忍伤生,至于此极者,以为此中有道,吾不知其道于何有?故曰"无道之事"。

说出"道人献女,国王宠幸美后,不分昼夜贪欢,弄得身体尫羸,命在须臾。采药完备,单用着一千一百一十一个小儿的心肝为药引,服后有千年不老之功,谣言叫做小子城"等语,讹哉,惨哉!较之麻叔谋、赵思绾其人而更甚。世岂果有此采心为药之邪妄哉?特以借喻邪人外道,无知被害之烈祸已耳。然言千百十个心，不过一个心而已。人心皆同，言多以示其惨也，看一个"一"字自明。

行者道："只恐他走了旁门，不知正道，徒以采药为真，待老孙将先天之要旨，化他皈正。"盖御女采药，丧身灭命之术，后天渣滓之物，安可为真？若先天要旨，绝无形质，出于自然。唯能神明默运，潜施阴德，摄脱讹笼，使被陷之赤子转杀为生，无复以采取为事，当下即是救生药师佛，而得先天度世之要旨矣。

三人齐念药师佛，大圣施为发令，众神各使神通，阴风惨雾，摄去鹅笼，而昏君之迷惑有开悟之机。故三藏一见，国王即喜道："远来之僧，必有道行。"此金殿之论禅谈道，自不能已已。三藏论禅，皆主心言而辨其采取之非。曰："坚诚知觉，须当识心。心净则孤明独照，心存则万境皆清。"又曰："一心不动，万行自全。若云采阴补阳，诚为谬语；服饵长寿，实乃虚词。"缘国王安用其心，而入于邪道，因病以下药也。至国丈道："寂灭门中，须云识性。你不知性从何灭，枯坐参禅，尽是盲修瞎炼。"又曰："夺天地之秀气，采日月之华精。运阴阳而丹结，按水火而胎凝。"又曰："应四时采取药物，养九转修炼丹成。"又曰："你那静禅释教，寂灭阴神。涅槃遗臭壳，又不脱凡尘。"句句都是《道德》真言，与木仙庵拂云叟所谈无异。但彼以空言而成荆棘，此行谬行而成邪妄。行者明眼识破，知其口是心非，叫道："师父，这国丈是个妖邪。"

国丈道："才见入朝来，见一个绝妙的药引，强似那一千一百一十一个小儿之心。"盖先因昧心而误认采取，自灭其良心，继因失心而转以人心为道心，皆邪妄也。昏君不察，求僧取心，是犹御女而欲取其身中之物以为药也，其可得乎？不知采取先天真一之气，有大小颠倒，改换头面，变化腾挪，鬼神莫测之妙用，而不专属于心。故行者道："若要好，大做小。""八戒撒泡尿，一团膜；行者泥作片；像猴脸；吹口仙气，长老变；摇身变作僧脸。"忽倏之间，内外互济，转移造化，妙道天机，默不能隐，语不能显，徒谈《道德》而昧心错认、妄希取用者，乌足以知之？

惜哉！比丘上不能乞真法，下不能乞真食，空有释家乞土之号，不与尼山丹丘同实，竟误用而成小子，悲夫！

〔**西游原旨**〕上回示明一切傍门着空执相、师心自用之假，指出即色即空之真,教人于假中辨真矣。然世之迷徒,见"即色"二字,或疑于采取;闻"即空"之说,或认为寂灭。以讹传讹,欺己欺人,伤天害理,无所不至,非特不能永寿,而且足以伤生。故此回合下回,深劈采取、寂灭之假,使学者改邪归正,积德修道耳。

篇首"话说大圣用尽心机,请如来解脱三藏之难,离狮驼城西行",是言大圣人修道,用真心而脱假心之苦难,去一己自高自大之气,而求他家不死之方也。但他家之方,系先天真一之气自虚无中来者,非可于声色中求之。若在声色中求,是人行邪道,不得见如来矣。"月城中老军,在向阳墙下,偎风而睡",分明写出在风月中采阳,妄冀长生,以假为真,如在睡中作事。岂知暗室亏心,神目如电,一入邪行,眼前即有雷公爷爷报应乎?吁!取经之道,乃圣贤仙佛心法之大道。迷徒不知,误采女子之经,谓取白虎首经,毁谤圣道,紊乱法言,分明原是比丘国,今改作小子城,以讹传讹,着于外假,遮幔内真,只在色相上着脚,不知向宥密中钻研,所谓"一者以掩蔽,世人莫知之"者是也。不知掩蔽真阳,但求采取假阴,顺其所欲,苦中作乐,此诚天地间第一件不明之事。若不请教求人,得师真诀,焉知得以生人之道而欲生仙者,皆是心君昏迷,邪行无道之事?

说出"老人携一美女,进献国王,不分昼夜贪欢,弄得精神疲倦,命在须臾",可见采战之事,本期永寿,反而伤生,未得于人,早失于我。此等迷徒,大坏良心,罔知自错,以一引十,以十引百,以百引千,不肯自思己错,更将错路教人,误他永劫在迷津。似这欺心,安忍用一千一百一十一个小儿心肝,煎汤作引?总以忍心引之,叫作"小儿城",是耶?非耶?曰:"昏君!昏君!"曰:"苦哉!苦哉!"曰:"专把别人棺材,抬在自己家里哭!"正以示心之昏而又昏,不知苦恼,自寻其死耳。

夫出家人,修行第一,要行方便。若不顾行检,一味乱行,坏却天良,岂有坏天良而延寿长生者乎?此三藏闻之,所以滴泪伤悲,而直指为无道之事欤!行者道:"只恐他走了傍门,不知正道,以采药为真。待老孙以先天之要旨,化他归正,教他绝欲养生。"噫!此可知矣。金丹之道,所采者先天真乙无形之气,而非采后天男女有形之物。古人云:"若说三峰采战,直教九祖沉沦。"其曰"绝欲养生",非采阴补阳之术也明矣。苟人于是顿改前非,悔过迁善,存一点阴德之心度人,岂不是南无救生药师佛,即时在黑暗中摄去鹅笼,救出小儿,得实果而无惊恐乎?古仙云:"一念之善,即是天堂;一念之恶,即是地狱。"提纲所谓"比丘怜子遣阴神",其斯阴德之一念运用,能消无边之罪垢钦!

金殿唐僧、国丈之论,一着于顽空,一着于采取。着于顽空,修性而实不知其性为何物;着于采取,修命而究不知其命为何事,均系不通大道而冒听冒传者。故行者飞下唐僧帽来,在耳边叫道:"师父,这国丈是个妖邪。"何则? 唐僧之顽空,执心为道,有人心也;国丈之采取,以色为道,无道心也。道心者,一心也;人心者,二心也。舍去一心之道心,用其二心之人心,随心所欲,或采取,或顽空,妄贪天宝,欲冀长生,总一昏心为之。"留住不放他去了"者,留心而不放心,有心也;"差锦衣官以礼求心",师心而求放心,人心也。以心放心,以心求心,内外纯心,滋惑益甚,是欲方便,反撞出祸,如何是好?

行者道:"若要好,大做小。"又云:"若要全命,师作徒,徒作师。"大者阳,小者阴,以大作小,阴阳颠倒,水火相济,造命之道,莫过于此,顺此者吉,逆此者凶。"八戒撒尿和泥,递与行者,行者扑作一片,自家脸上印个脸子。"以戒为体,以行为用,内外打成一片,大小无伤,两国俱全。三丰所云"体隔神交理最幽,坦然无欲两相投"者,即此也。"念动真言,把唐僧变作行者模样,脱了他的衣服,穿上行者衣服",真念一动,邪正分明,当下改头换面,而全身俱化矣。"行者却将师父衣服穿了,捻诀念咒,变作唐僧嘴脸",狠心一发,随机应变,即可彼此扶持,物我同源矣。

这个天机,皆系真着实用,非色非空,非心非佛,有道有德,廓然大公,毫无私见之先天大法。彼不知真空妙有,在色相中使心用心者,安足语此? 而无如道高毁来,德修谤兴,世竟有人迷津而毁正道者,比比皆然。吾读结语"妖诬胜慈善,慈善反招凶",不禁惨然泪下矣。

诗曰:

秉受天良赤子心,圣贤根本炼丹金。

可叹采战邪行客,昧却良心向外寻。

# 第七十九回

## 寻洞擒妖逢老寿　当朝正主救婴儿

〔**西游真诠**〕悟一子曰：羁縻小子无知之心而求道，则锢蔽其心而无道；强执成人有知之心而求道，则空费其心而无道。盖小子无知，心虽多，只一个；成人有知，心虽一个，实多般，总见其昏也。心君一昏，或惑于采取而无知，或惑于人心而有知，去道益远。此大圣所以现身说法，开心见诚，尽剖其心中之所有，"咕噜噜滚出一堆"，"一个个捡与大众观看"，以示此心之中色样多般，俱是假像，并无可为药引之处。如止盗者锢钥而守御之，不如发箧而示之以无也。故曰："都是红心、白心、黄心、悭贪心、利名心、嫉妒心、计较心、好胜心、望高心、侮慢心、杀害心、狠毒心、恐怖心、谨慎心、邪妄心、无名隐暗之心，种种不善之心，更无一个黑心。"若云此即黑心，此等心之外更无黑心也。

夫仁、义、礼、智根于心，道心也。此心本诸天性、良知良能，无用再求，特放以上诸人心，则道心自见。然则孟子所谓"收放心"者，非收也，放亦是收。如比丘王所言："收了去，收了去！"不知收此等心在内何用，故圣人知无心之为要，而息虑忘机，廓然无我。若取人心以为道，而钩索远致，虽呕尽心血，作用千般，吾知其所希得者，只是一个黑心而已。

"国丈指定道：'要你的黑心。'假僧道：'我和尚都是好心，这国丈是个黑心，好做药引。'"非真谓其心可为药引，言如心可为药，人人同心，人所自有，何必采阴以为药？又何必执心以为采？又何必舍自己之心而采取他人？非其本心黑洞洞而昏惑之甚者哉？心也者，火脏也，卦气属离，外阳而内阴，外明而内暗。若谓即心即道，纵操至入定出神，终是后天阴神，非先天阳神，未成正果，仍堕轮回。何况认假为真，以阴采阴，而妄行邪说以为道乎？

"国丈认得大圣，迎敌不住，将身化作一道寒光，进宫带去妖后，并化寒光而去。"见乘风御女而行阴邪之道，自此而真假可辨，昏君之主公亦可寻觅而相见。三藏道："我这个臊脸，怎么见得人？"只此一语，已骂尽世间邪妄之徒千般害人的丑态。

《参同契》曰："阴道厌九一，浊乱弄胞元。诸术甚众多，千条有万余。"彭真人曰："世人不达大道之宗元，而趋旁门曲径，此属多般，皆为左道乖讹，天理愦乱，主真本期永寿，反尔伤生。""大圣与八戒找寻妖处，但见千万株的杨柳，更不知清华庄在于何处。正是：万顷野田观不尽，千堤杨柳隐无踪。"即"千条万余"、"此属多般"之义也。土地说出"一颗九叉杨柳下，左转三转，右转三转，连叫三声'开门'，即现清华洞府"，即"九一"、"浊乱"、"曲径"、"左道"之义也。大圣依言叫门，"霎时间，一声响亮，呼啦啦的两扇门开，不见树的踪迹"，即"趋旁门曲径"，"乖讹"、"愦乱"之义也。"见石屏上有'清华仙府'四字"。"府"即腑，清似烟，华本花，盖烟花自迷而不知为"浊乱胞元"也。"见老妖怀中搂着个美女，齐道'好机会'，行者掣棒叫道：'毛团，什么好机会！'引怪喊杀，八戒推倒杨树，筑得鲜血直冒。"正见御女邪术为兽行杀机，不能永寿，而"反伤生"也。惟能洞悉根源，除此妖邪，方可得寿。故正当喊杀之际，而有南极老人星不期自至。"寿星陪笑道：'望二公饶他命，他是我的一副脚力。'"言此为永寿之脚力，岂可妄行而害命？现出白鹿本相，扑杀白狐妖女，"同到比丘，现相化凡"，收结大圣剖腹剜心，现身说法之意。

"行者对国王笑道：'这是你国丈，这是你美后。'"痛切指示，能不令人颜甲皆汗？国王羞愧而感谢，无知赤子之心，不觉顿然悔悟而发露，故曰："救我一国小儿，真天恩也！"

寿星说："与东华帝君着棋，一局未终，寻他不见。若还来迟，此畜休矣。"又道："欲传你修养之方，你又筋衰力败，不能还丹。只有三个枣儿，是与东华帝君献茶的，今送与你"一段，读者视为收煞余文，不知为仙人临别叮咛吃紧度人处。言人生光阴迅速，世事如棋，须急早修行，切勿迟误，莫待筋衰力败，不能还丹也。"三枣"者，一早节欲，二早寻师，三早下手。上阳子曰："凡人七十、八十至一百二十岁，皆可还丹"，为筋衰力败之老人鼓励。此云"筋衰力败，不能还丹"，为少壮不努力之人儆惧，即孔子年至四十、五十亦不足畏之意，非真谓筋衰力败不能得丹也。国王求教，行者曰："从此色欲少贪，阴功多积，凡百事将长补短，自足以祛病延年。"言凡百事将长补短，还丹

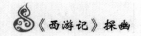

之法未尝非,将长补短之事就是教也。

"正送出城,忽听得半空中一声风响,两边落下一千一百一十一个鹅笼,各家齐来,认出笼中小儿,欢欢喜喜,跳跳笑笑,无大无小,若男若女,将师徒簇拥回城。"见仁人之心,本人我一体,大小无分。昔遭迷惑而久已陷失,今得开悟而一旦来复,如从空而下,人人复得亲儿,不遭陷害,何快如之!这才是:"阴功救活千人命,小子城还是比丘。"然心中既无药物,学出世之道者,当向何处寻讨根苗?故仙师急示下篇之出产。

〔西游原旨〕上回言人心为害,不能积德而失德矣。此回教人除去人心,改邪归正,积德而修德也。

舜曰:"人心惟危,道心惟微。"则是道心之不可不有,而人心之不可不去也。比丘王问假唐僧要心肝作药引,此便识不得真假,认不得道心,而专在人心上作活计。故假唐僧道:"心便有几个儿,不知要得甚么色样?"噫!心一而已,何至几个?心不可见,何至有色?盖以世人醉生梦死,日谋夜算,一日之间,千条百智,逐境迁流,随风扬波,不知有几千百样之心,岂仅几个而已乎?总而言之,一个黑心而已。一个黑心,即统诸般色样。仙翁恐人不知,借行者现身说法,剖腹剜心,以指其人心之所有,一个个检开,与众人观看。特以不如是,而人不知其心之多也。

"都是些白心、黄心、红心、悭贪心、名利心、嫉妒心、计较心、好胜心、望高心、我慢心、杀害心、狠毒心、恐怖心、谨慎心、邪妄心、无名隐暗之心、种种不善之心,更无一个黑心。"吁!此等之心,俱是伤神损气、乱性丧命之药引,并无可延年益寿、保命全形之药引。迷徒执心为道,其即此等之黑心乎!以此等心修道,能乎否耶?观此,而求药引之心,便是黑心。以黑心求多心,则心愈多而道愈远,头上安头,枝外生枝,吾不知将何底止矣。

"大圣现了本相道:'我和尚都是一片好心,惟你国丈是个黑心。'"言以人心作药引者,不但不识心,而并不识黑心。识得黑心,方现好心;认得好心,方知黑心。若认不得真假,必至以真作假,以假作真。其曰"无眼力",情真罪当,何说之辞?由是推之,人心且无其道,而况乎采取邪行,欲求得命,岂不昏死?

"国丈见是大圣,不敢与战,化道寒光,带去妖后",此乃真心一现,邪道当灭之时。故众臣寻出昏君奏道:"主公!主公!感得神僧到此,辨明真假。

那国丈是个妖邪,连美后亦不见矣。"一经责治,弃暗投明,真假判然,可以识得当年旧主人,始知强制人心之为假,采取邪术亦不真也。

"唐僧道:'我这臊脸怎么见人?'"即古人"始悔从前颠倒见,枝枝叶叶尽成差"也。唐僧复了原身,国王含羞吐实,施大法力,剪除妖邪,所不容已者。

"柳枝坡",喻柳巷之枝叶;"清华洞",比烟花之洞黑。"九叉头",九鼎女鼎也;"杨树根下",女子之经元也;"左转三转,右转三转",前三后三,女子之月经也。"两手齐扑树上",男女以形交也;"连叫三声'开门'",弄三峰而采取也。"行者到里面,见光明霞彩,亦无人烟",是明示为妖邪所居之地,而非正人君子所到也。"老怪怀中搂着个女子,齐道:'好机会,却被那猴头破了。'"以见御女采取之徒,欺世害人,不思自己之丧德,反忌正人之破事。"好机会"三字,写出邪道中迷徒口吻,曲肖其形。

"八戒筑倒杨树,行者赶出妖怪,忽来南极老人",可知弄邪道者死期即至,有戒行者长生可望也。"寿星道:'望二公饶他。'行者道:'不与老弟相干,为何来说人情?'"言顺人情欲,难以永寿,而人情不可说。"寿星道:'他是我的一副脚力,走将来,成此妖怪。'"言有大脚力,即足延年,而脚力不可失也。若有知者,急须回头,转身之间,而脚力即得,拐杖可离。无如世之迷徒,不肯回头者何哉?此仙翁不得不又于比丘国当朝众人触目之地,现相化凡,以大震其聋聩也。

"行者一棒打死美人,原来是个玉面狐狸",此乃状美人如狐狸,而非狐狸是美人。狐狸性淫,而善于迷人,以是为喻者,写其美人之妖也。奈何迷人反以是为美,吾不知美在何处?想无知妄行之徒而行"采取"之术,其亦采取狐狸之精耳。采狐狸则必所化者狐狸,结胎所结者亦狐狸,脱胎所脱者亦狐狸,一狐狸,而无一不狐狸,内外狐狸,全身狐狸,是人形而变为毛团矣。故仙翁曰:"可怜倾城倾国千般笑,化作毛团业畜形。"真堪绝倒。"八戒把个死狐狸掼在鹿面前,道:'这可是你的女儿么?'那鹿似有眷恋不舍之意。"写出采战之徒,迷而不悟,虽死在面前,犹有认假为真而不肯回头者,岂不可畏可悲?

夫采战之术,千门万户,不可枚举,总以采取为事。曰"索性都扫个干净,免得他年复生妖"者,扫其一而其余可类推矣。"行者扯住国王道:'这鹿是你的国丈,你只拜他便是。'指狐道:'这是你的美后,你与他耍耍儿去。'"

骂尽世间采战之辈,拜邪师者,不过是拜丈人;御女子者,不过是御狐狸。畜心畜行,耍耍儿罢了,其他何望?说到此处,昏昏无知者,能不羞愧无地,感谢天恩,而自知赤子之心不可失乎?

吁嗟!"一局棋未终,业畜走去"者,明示人生在世,而光阴有限;"若还来迟,此畜休矣",指出急须回头,而莫待命尽。"祛病延年,精衰神败,不能还丹",休教晚年遗后悔;"与吃三枣,后得长生,皆缘于此",须在后生早下功。"色欲少贪,阴功多积",未修仙道修人道;"将长补短,足以延年",未修大道且修心。"举国敬送真僧",已知今日才为是;"空中落下鹅笼",方晓从前俱是差。"各家认出笼中小儿,喜喜欢欢抱出,叫'哥哥',叫'肉儿',跳的跳,笑的笑",家家有宝须自认,莫要当面错过;"都叫:'扯住唐朝爷爷!'无大无小,若男若女,抬八戒,扛沙僧,顶大圣,撮三藏",人人天良不可无,必须认真修持。"传下形神,顶礼焚香。"全以神运,不假色求,利己利人,圣贤慈悲之道在是。故结曰:"阴功救活千人命,小子城还是比丘。"吾愿采取闺丹者,速于此中救出笼中小儿,万勿被持拐杖之老人作药引可也。

诗曰:

> 邪行扫出有生机,坏却天良何益之。
>
> 大道光明兼正大,人人细辨认亲儿。

# 第八十回

## 姹女育阳求配偶　心猿护主识妖邪

〔**西游真诠**〕悟一子曰：此篇至八十二，皆明修道者须步步照护本来面目，还归本性，偶一失足，便陷空无底，难得超升。

篇首行者引古语云："欲求生富贵，须下死工夫。"沙僧云："只把工夫挨他，终须有个到之日。"言不可一念一刻懈惰止息也。前篇欲念惑于采取，得之外诱，能猛省返照，犹为易制。此下明欲动于天，念由自起，最难遏绝。

所称"姹女"者，乃吾坎宫之至精；"育阳"者，吾坎宫所育之阳。坎为男，而何以称女？其外为阴象也。后天之阳，包育于中。当人事纷扰之际，常寂而不动；当天定静会之时，必跃而自形。盖阴阳之妙，循环无端，其至妙在坤、复之交，动静之间，即亥末子初之候也。屈原《远游》篇曰："一气孔神兮，于中夜存；虚以待之兮，无为之先。"朱子曰："此言，广成子告黄帝，不过如此。"修道者，苟能存虚以待，而逆以制之，则为神；不能存虚以待，而顺以纵之，则为妖。此真妄生死之关，最宜察识防范。

"师徒正自闲叙，又见一派黑松林，唐僧道：'悟空，我们才过了崎岖山路，怎么又遇这个深黑松林？是必在意。'又道：'徒弟，一向西来，无数的山林崎险，幸得此间清雅。这林中奇花异卉，可人情意，我要在此坐坐。'"坐在松阴之下，岂真坐在松阴下哉？黑松阴，黑憩之气象，乃动极而思静。正静坐合眼时候，静中忽然有动，而妖邪生矣。篇中"忽然见"、"忽听得"，俱是妙谛。

"只见那大树上绑着一个美貌女子，上半截使绳索绑在树上，下半截埋在土里。"盖此女子吾坎中之阳精也，至亥末之时，由天而动。亥属木，故上半截绑在树上。亥过交子，阳生候也。子属鼠，故为鼠精。子末交丑，属土，故下半埋在土里。常人以为常,顺而行之,多方求配偶;道人以为怪,逆而制之,畏惧而护持。故仙师直指曰:"咦!分明这厮是个妖怪,长老肉眼凡胎,却不认得。"见了他,未免心动,"就忍不住"。一念方遏,一念复萌,惜惜怜怜,盘桓一路,危哉、危哉!

"行者从旁冷笑",识破妖邪,劝阻护持,全赖此心之坚忍镇静也。"霎时间,到了镇海寺,又忽听得一声钟响。"由动中又转一念,如铜钟一撞,忽然惊醒,以明欲海无边。而忽得真金之刚,断以镇摄之也。然铜钟在地,而上半如雪,下半如靛者何?谓铜不因外物之侵损,而变其声;人不可以物欲之难制,而失其守也。三藏摸钟感叹,道人拾砖击打,同一机缄。及入寺中,见"前边狼犺,后边齐整"者,言"镇"者,真金也。此心坚忍,能如真金之不变,虽有前边之狼犺,自有后边之齐整,何足为病?然此言"育"者,育阳而已;"求"者,求偶而已;"护"者,护主而已。俱引起下篇要妙之词。

〔**西游原旨**〕上回结出"色欲少贪,阴功多积,凡百事将长补短,足以祛病延年",是教人不可疑于外之采取,贪色欲而损阴德矣。然色欲之根,在内而不在外,由己而不由人。必须对景忘情,遇境不移,内外皆空,绝无一点妄念,方为极功。否则,仅能离去外之色欲,而不能断去内之色欲,祸根暗藏,姑息养奸,稍有懈怠,假陷其真,莫知底止,而无可救矣。故此回合下三回,细演内色为害之烈,使学者防危虑险,谨慎火候,去假救真,复还当年绝无色欲之本性耳。

篇首"比丘国君臣黎庶,送唐僧四众出城,有二十里之遥,三藏勉强辞别而行",是已绝去外之色欲矣;然云"勉强",非出自然,虽能绝出外之色欲,未能绝去内之色欲,则见景生情,因风起浪,以外动内,由内招外,内外相攻,大道去矣。故"三藏缓观山景,忽闻啼鸟之声,又起思乡之念"。原其因声色而起妄念者,皆由不能放心之故。不能放心,即是不能死心。不能死心,声色之念,出入无时,神昏性昧,与道相隔,焉能到的西天,取的真经?故行者道:"师父你且放心前进,再莫多忧。古人云:欲求生富贵,须下死功夫。"沙僧道:"只把工夫捱他,终须有个到头之日。"下死工夫,是能放心而死心矣;能放心而死心,便是"只把工夫捱他",焉有不到西天之理?唐僧不知放心死心之妙谛,不明"工夫捱他"之玄机,弃明入暗,以松林为清雅之境,以花卉为可人情意,认假作真,歇马坐下,四大无力,未免祥云瑞霭之中,有一股子黑气骨都都的冒将上来矣。

古仙云："大道教人先止念，念头不止亦徒然。"但念有正念、有邪念，止者止其邪念也。正念者，道心之发焕，属于真性；邪念者，人心之妄动，属于假性。若不明其心之邪正，性之真假，欲求见性，反而昧性；欲求明心，反而多心；欲求止念，反而起念。故"三藏明心见性，讽念那《多心经》。忽听的嘤嘤的叫声'救人！'"也。此声非外来之声，乃三藏念中忽动之声，念一动而身即为念所移，色亦随念而起，故"那长老起身挪步，附葛攀藤，近前视之，只见大树上绑着一个美貌女子"。此女子非外之女子，乃三藏念中结成之色相，色相在内，真为假埋，则元阳即为声色所育所求，顺其欲而为配偶矣。故仙翁于此处提醒人道："咦！分明这厮是个妖怪，长老却不认得。"不认得，则必以假作真，以妄念为善念，以妖怪为菩萨，以救妖怪为慈悲矣。

何以女子上半截使藤葛绑在树上，下半截埋在土里乎？此离卦之象也。离卦☲外阳内阴，在八卦则为中女，属火。火生于木，故女子上半截绑在树上；火又地二所生，故下半截埋在土里。离在人属心，心出入无时，有象于鼠。离上下二阳，属金，金色白，故为金鼻白毛老鼠精。离自坤出，故为"地涌夫人"。人心中有识神居之，识神借灵生妄，故为灵山脚下老鼠精。因偷吃如来香花宝烛，又为"半截观音"。

所可异者，离中一阴为真阴，何以作妖？盖离中一阴，一名姹女，一名流珠，因其转旋不定，无有宁时，故《参同》谓"河上姹女，神而最灵"，又谓"太阳流珠，常欲去人。卒得金华，转而相因"。特此离中一阴，有制则成真灵，而为姹女；无制则成假灵，而为妖女。声色之念，从识神假灵中出，虽姹女而变为妖女矣。既为妖女，而错认为菩萨，则必为妖所迷。邪正相混，是非不分，阴柔无断。声色之念，忽起忽灭，随撤随生。未免撤而又想，正不胜邪，一步一趋，常与声色为伴。元阳为姹女所育，纵外无奸情之事，也要问个拐带人口罪名，怎得干净？如此修道，外君子而内色鬼，欲往向前，反成落后，故不觉入于塞难之境矣。

"镇海寺"者，蹇卦之象也。蹇卦☶上坎下艮，坎为水，其德险，海之象；艮为山，其德止，镇之义。"一口铜钟，扎在地下"，象艮上实而下虚。"上边被雨淋白"，上坎水也；"下边是土气上的铜青"，下艮土也，皆形容蹇卦之象。然蹇者，虽是有难不能前进之义，其中又藏济蹇之道。故《传》曰："蹇，难也，险在前也。见险而能止，知矣哉！""前边狼狈"者，即险在前也；"后边齐整"

者,即见险而能止也。"喇嘛僧恐狼虎妖怪伤人,教徒弟请三徒进内。行者在后边拿着铁棒,辖着女子",俱是"见险能止"之大智大用。见险能止,是识得妖怪,心中明白,能以护主,虽与妖怪为邻,而不为妖怪所伤,才是真佛法,真慈悲,真僧人。彼唐僧以妖精为菩萨,和尚以三徒为妖怪,以妖精为粉面者,适以招险而已,焉能止险哉?

诗曰:

> 欲念幽独作祸殃,些儿昏迷盗元阳。
>
> 神明觉照能识得,虽有寒难亦不妨。

# 第八十一回

## 镇海寺心猿知怪　黑松林三众寻师

〔**西游真诠**〕悟一子曰：此明色易动人，最难遏制。愚人贪之而殒命，至人遇之而悟真。只要看得分明，知他为怪，斩然不染，才为慧剑，才是真金镇海。倘见不真切，稍有沾滞，便踩一粒米之差，即落于姑息，不能刚克果断，而镇海寺为怪所窟矣。唐僧带他到寺，即沾带为累。叫小和尚引他往后去睡，即窝藏祸根。朦朦胧胧，恹恹缠缠，如病人不能前进模样。此道力不足之故，非夜半不谨，受了风吹，走不得路耶？自己病体沉重，犹不忘情女菩萨，想送饭与他吃，乃一味留恋，流于姑息之病，安得不受困中途，步步牵挂，想要寄书回归，走回头路乎？

"行者忍不住呵呵大笑曰：'师父，你忒不济。'病根皆由打盹一念之昏，左脚下踩了一粒米所致。"左者，差也，言修道者不可有一粒米之差。若非修道之人，即为众生所左者多，佛故不以为念。你看众僧不能降龙伏虎，不识怪，不识精，三日里就被他吃了六个，这不是"愚僧都被色欲引诱，所以伤了性命"？惟行者知怪而努力剿除，犹不免于脱陷。唐僧心已无主，能不被妖精摄到陷空山，进了无底洞耶？妖精善用花脚，脱空飞诱，人无有不堕其术中。灵如悟空，被他两口剑来，闪一个空，就中了他计，何况唐僧惜惜怜怜，不知畏避，忽然陷之，固其所也。这正是唐僧左脚下一米粒之差，而妖精亦将左脚上花鞋脱下。我以左往，彼以左迎，以左就左，而一脚之差，全身失陷矣。所谓"差之毫厘，失之千里"也。此时也，心神错乱，本土不宁，闹闹吵吵，无头无奔。阅历到此，方识妖精果是这般利害。

前唐僧思想寄书回东，身犹未动。这番身径东回，三徒能不一径回东而走？盖妖精原起于黑松林，忽然而现，仍须在黑松林搜寻。急急放下，一场大静,另换头面;和合四象,打起精神,奋力诚求。讨出陷空山无底洞消息,然后知其下落,可以齐心行救,风驰云逐,无可迟疑。此一陷也,正修道不可不历之境,不陷不知其陷之易,不陷不知其底之深,惟知陷空无底,斯知真履实践。然则妖之陷空山无底洞,即吾之真履境实践地也。诸般色相,总不外静中自动之念为之。

土地指明"正南下",乃上离下坎也。乾之中爻,下陷而成离;坤之中爻,上交而成坎。即坤阴摄去乾阳,亦即女妖摄去长老之象。"花鞋",字从二"人"二"土",从"化"从"革",左为阳土,右为阴土,转旋无定,故为脚上脱"化"变"革"而出真身也。

佛殿一段情景,悄悄冥冥,喁喁哝哝,分明桑间濮上态致,虽是现身说法,原是抛身入身。此处即是陷空山无底洞,能不入其彀中?吁!女色之花巧脱陷,可畏矣哉!

〔**西游原旨**〕上回声色之念一动,真假相混,大道阻滞,入于蹇难之境矣。此回细写遇蹇受病之因,教学者于真中辨假,假中寻真,追究出以假陷真之故耳。

篇首"镇海寺众僧,一则是问唐僧取经来历,二则是贪看那女子,攒攒簇簇,排列灯下",取经来历,自有来历,非贪看女子即是取经来历。既问取经,又贪看女子,邪正不分,是非罔辨,是以镇海寺为女子之闺阁,以天王殿为妖精之睡铺,色欲牵绊,四大无力,受病沉重,起坐不得,怎么上马?误了路程,信有然者。其曰:"僧病沉疴难进步,佛门深远接天门。有经无命空劳碌,启奏当今别遣人。"真实录也。原其故,皆由"不曾听佛讲经,打了一个盹,往下一失,左脚下躧了一粒米,下界来该有这三日病。""左"者,错也。"粒米"者,些子也。"不曾听佛讲经",即是打盹昏昧,便致脚下行持有错。稍有些子之错,即致三日之病,彼贪看女子而动色欲者,其病宁有日期乎?

既知其病,当先治其病。治病之道,莫先于知其色妖能以伤人,为害最烈。"三日,寺里不见了六个和尚,不由的不怕,不由的不伤",怕之伤之,无益于事,当思所以降之。降妖之法,非可于一己求,须要知的别有他家不死之方,能以与天争权,窃阴阳,夺造化,得一毕万,独自显神通,妖精不难灭。说到此处,一切不识妖精之众僧,当必暗中点头;受症之病汉,亦必燥气顿化。真个"渴时一滴如甘露,药到真方病即除"。其曰"这凉水就是灵丹一般,这病儿减了一半",不亦宜乎?病儿减了一半者,知其色欲之为病也;病儿犹有一半尚存者,还求去其病根也。病根在于一念之间,须要慎独。慎独之功,戒慎乎其所不睹,恐惧乎其所不闻也。

"吹出真火,点起琉璃灯",神明内照也。"变小和尚,口里念经,等到二更时分",以逸待劳也。"忽闻的兰麝香熏,环珮声响,即欠身抬头观看。呀!原来是一个美貌佳人",莫显乎隐,莫见乎微,静中色念忽来也。"妖精戏弄行者,哄行者后园交欢",邪正相混,邪念乱正念也。当此之时,不识妖精之愚僧,都被色欲引诱,所以伤了性命。惟明眼者,知的是妖精,不为色欲所惑,趁时下手,而能与妖争闹也。

但"大圣精神抖搜,棍儿没半点差池",宜其当时殄灭妖精,何以又中左脚花鞋之计乎?"左"者,错也。"花"者,有色之物。"鞋"者,护足之物。夫色妖不自来,由念动而来之。修真之道,必须刚柔两用,内外相济,内用柔道,防危以保真,外用刚道,猛力以除假,方能济事。若只顾外而不防内,纵外无半点差池,其如内念变动不测,此念未息,彼念又起,我欲强御其色,而念即着色,虽真亦假,不但不能除假,而反有以陷真。妖精脱左脚花鞋愚我,皆由我之御色着念致之,出乎尔者反乎尔。

"妖精化清风,把唐三藏摄将去,眨眨眼,就到了陷空山无底洞。"一脚之错,脱空如此,其错宁有底止乎?故行者打八戒、沙僧,沙僧道:"无我两个,真是单丝不线,孤掌难鸣。"又曰:"打虎还得亲兄弟,上阵须教父子兵。望兄长且饶打,待天明和你同心戮力寻师去也。"说出"同心戮力",才是刚柔两用、内外相济之道。明理明到此处,察情察到此处,可知独恃其刚,无益于事,人我扶持,方能成功。从此出塞地而去寻真,则真可寻矣。

寻真之道,先要知假。假藏于真之中,真不在假之外,真假之分,只在一念之间。念真则无假,念假则失真。此三徒不得不于黑松林旧路上找寻去也。黑松林为唐僧动念招妖之处,病根在此,陷真在此。"还于旧路上寻",寻其病根也。病根在于一念着声色,是病根在念,不在声色。"行者变三头六臂,手里理三根棍,辟哩拨喇的乱打",或疑其陷真由声色而陷,未免执声色,而在声色中乱寻矣。故山神道:"妖精不在小神山上,但闻风响处,小神略知一二:他在正南下,离此有千里之遥,那厢有一山,叫作陷空山,山中有个洞,叫作无底洞,是那山里妖精到此变化摄去也。"说出"千里之遥"、"到此变化摄去",可知声色之妖,因念而来,念不动而妖不生,乃系自失自陷,自落无底,于声色无与。修行者听得此言,能不暗自心惊乎? 惊者何? 惊其一念之差,千里之失,即便陷空无底,去道已远。急须鉴之于前,戒之于后,离去一切尘情,万缘皆空,再打听端的可也。

诗曰:

有寒能止在心知,颠倒阴阳只片时。

不会其中消息意,些儿失脚便难医。

# 第八十二回

## 姹女求阳　元神护道

〔**西游真诠**〕悟一子曰:此篇特借"陷空山无底洞"一段姻缘,扮演说法,处处俱有要妙。夙有仙骨者能神明默运,悟彻精微,蓬莱阆苑,只在目前。咦! 灵山会上千尊佛,若个能逃此处过? 修道者,到这田地,亟须打点精神,猛图超脱,千方百计寻觅出路。这其间却有个秘密金刚,乃"渡河筏子上天梯"也,祖师不敢泄露,故伏此九九之数,终而复始之会。跃跃真机,引而不发,子舆氏所谓"能者从之",其在斯与!

《参同契》曰:"河上姹女,灵而最神。得火则飞,不见埃尘。鬼隐龙匿,莫知所存。将欲制之,黄芽为根。"注云:"黄芽,即兔髓,水中金也。"姹女为坤象,坤得乾之中爻而成坎,乾易坤之中爻而成离。姹女之求阳,阴阳交感,自然之理也。学道之人,必返坎中之阳,以实离中之阴,成真金不坏之体。然阳既陷于坎中,即如落于陷空山无底洞一般,如何得出? 数百年来,亵侮圣书者,竟不知解陷空山无底洞为何物,作孽、作孽!

坎卦之象,上既空,下亦空,分明是山空而无底。开讲便"见两个女妖在井上打水"。井者,坎也;妖者,爻也。两个阴爻,明示于此。又见"头上戴一顶一尺二三寸高的蔑丝鬏髻,甚不时兴"。这二句乃收伏金丹之秘要,仙师亦显露于此,人自不识耳。大凡学道,要气质温柔,不可别立崖岸,即老子"齿刚舌柔"之说,"用兵之道,哀者胜也"意也。行者道:"温柔天下去得,刚强寸步难移。"又援柳、檀二木为喻,深得老子之义。

"两妖精来此打这个阴阳交媾的好水,安排素筵",指出个"好"字来,非阴阳交媾,则子自子,女自女,而不成"好"也。"男女媾精,万物化生。"仙道备矣。迷者读至此,又猜为采补之术,失之愈远,难以摸索救援。惟行者跃身而入,便钻到"好去处也,是个洞天福地"。但入其中,只要把捉得牢,不可"自丧真阳,身堕轮回,不得翻身"。须急急寻条出路,不可忘了,分明示人受中以生,须主敬保真,急寻出世姻缘,不可忘了本来旧路。

三藏道:"进来的路儿,我通忘了。"提醒世人须要仍从本来路儿寻个出去的根因。行者道:"莫说忘了路,他这洞古怪,不是好走进走出的。来时是打上头往下钻,如今救你出去,要打底下往上钻。"还"不知可有本事钻出去哩?"噫!仙师微言冷语,指示出世的法门,似下学上达之象,而实非也。明眼人于此处了彻,自可悟得顺则成人、逆则成丹之道。

行者算计出去的法门,要在酒盅内斟起喜花,变作蟭蟟入腹,在于水金之中使变化手段也。谁知花儿已散,不能成事。此时女求而男不应,惟女意中落有"哥哥妙人",如阳在上,阴在下,天地否也,空喜也,乃是鹰飞轮爪,掀翻桌席,摔碎盘碟之象。行者不得不翻身复入,转作红桃之计,传授唐僧以假合之密谛。嗣后语意相投,情同鱼水,妖精遂说出枝头果熟、阴阳日月一段道理,缱绻情浓,行者得以乘时行事,"毂辘一个跟头翻入腹中"。此时妇倡而夫随,真是"妙人哥哥",如阴在上,阳在下,地天泰也,实腹也。

"妖精道:'孙行者,你千方百计的钻在我肚里怎的?'行者道:'也不怎的,只是吃了你六叶连肝肺,三毛七孔心,五脏都掏净,弄做个梆子精。'行者在肚里就轮拳跳脚,支架子,理四平,几乎把个皮袋儿搋破了。那妖精忍不住疼痛,倒在尘埃。及至搀起,妖精道:'我肚里已有了人也,快把这和尚送出去。'"学者看此段景象,果是何解?《悟真篇》曰:"果生枝上终期熟,子在胞中岂有殊?"分明于此处演出。亦可悟攒簇五行、作用金丹之妙道矣。及小妖都来扛抬,行者肚内叫道:"那个敢抬?要便是你自家送我师父出去。"盖自然功夫,非人力可助之意。

"妖精道:'留得五湖明月在,何愁没处下金钩。把这厮送出去,等我别寻头儿罢。'他一纵祥光,直到洞口。"正状金丹出炉之法象也。"又闻得叮叮当当,兵器乱响。行者道:'是八戒操钯哩!你叫他一声。'三藏便叫:'八戒。'八戒听见,道:'沙和尚,师父出来也。'"叫八戒者,知火候也;呼沙和尚者,须着意也。咦!正是"心猿入穴降邪怪,土木司门接圣僧"。此段情景,乃炼就金丹出炉的奥妙。三人同志,虑险防危,主辅应求,毫不可忽也。

"姹女"之"求阳"为大道,"元神"之"护道"有秘诠。世人无不入其洞中,能守真不溺,自计求脱者,谁哉?迷者不从心上洞察阴阳,求师指示,以臻无上妙乘,谬认为采战御女,便是地狱种子,万劫不得翻身矣! 慎之、畏之!

上篇是陷于洞之根苗,此篇是出于洞之因果。

〔**西游原旨**〕上回言声色之念,变幻不测,最难遏止,若防闲不切,便陷真无底。故此回示学者于事之有济中,预防其不济;于事之未济中,急求其有济也。

《悟真篇》有云:"虚心实腹义俱深,只为虚心要识心。不若炼铅先实腹,且教收取满堂金。"即此回之妙旨。修真之道,虚心实腹两般事业。能虚心,则能防险而无人心;能实腹,则能存诚而有道心。然虚心者,实腹之要;实腹者,虚心之本。虚心实腹两不相离,或先虚心而后实腹,或先实腹而后虚心。所谓先实腹者,为虚心之本也。

篇首"八戒跳下山,寻着一条小路,依路前行,有五六里远近,忽见两个女妖,在井上打水",此既济之象也。八戒属木火,具有离象。井中有水,坎之象。两女妖,坎上下二阴爻之象。"八戒跳下山",离在下也;"两女妖在井上打水",坎在上也。上坎下离☲,则为既济。《易·既济》卦辞曰:"初吉,终乱。""女妖头戴顶一尺二三寸高的篾丝軂髻,甚不时兴。"曰"甚不时兴"者,时兴过了,即既已济之时也。軂髻为束发整齐之物,即"初吉"之义;軂髻而至篾丝,即"终乱"之义。《大象传》曰:"水在火上,既济。君子以思患而预防之。"盖言能思患豫防,虽既济不失其初济之时,初吉则终吉,而不至于终乱。八戒叫"妖怪",又手无兵器,是人心不虚,不能豫防其患,故受妖精之打。行者道:"温柔天下去的,刚强寸步难移。"又以杨木性软受福,檀木性硬受苦为喻。八戒听行者之言,撒钉钯在腰,变化再去,叫妖怪为奶奶,即套得妖怪实话,是能豫防其患,虚心而得实腹矣。能豫防其患,虚心即能实腹而终吉;不能豫防其患,心不虚而腹即不实则终乱。此虚心实腹之验。

但既济须要豫防其不济,未济还当用功以致济。"陡崖前有一座玲珑剔透山",坎卦上下俱空之象;"山前有一架三檐四簇的牌楼",离卦上下二奇、中一偶之象。离上坎下☲,火水未济之卦也。"一块大石,约有十余里方圆,正中间有缸口大的一个洞儿,爬的光溜溜的",仍取离中虚之象。"洞儿深的紧",仍取坎阴陷之象。"行者教八戒、沙僧拦住洞口,自己进去,要里应外合",此内外相济,防患之切,戒备之至,得其刚柔虚实之妙用矣。能刚能柔,能虚能实,于是除假救真,未有不如意者。何为假?人心是也。何为真?道心是也。人心具有识神,道心藏有元神。用人心,则识神借灵生妄而陷真,是火上焰而水下流,顺其所欲,从上头往下钻,顺钻也,其钻易;用道心,则元神除邪扶正而护道,是水上升而火下降,逆其所欲,从底下往上钻,逆钻也,其钻难。

"若是造化高,钻着洞口儿,就出去了;若是造化低,钻不着,还有个闷杀的日子,不知可有本事钻出哩?""本事"为何事?即"顺而止之"之事。顺而止之者,顺其所欲,渐次导之也。顺其所欲者,所以取彼之欢心,以为我用,于杀机中盗生机耳。人心之欲,无所不至,其欲之甚者,莫过于酒色。酒能爽口,色能欢心,喜酒爱色,为酒色所迷,自伤性命者,天下皆是也。然酒自习染中来,属于外,其根浅,其喜缓;色自阴阳中来,属于内,其根深,其爱切。爱色之心,更甚于喜酒也。因其喜酒根浅,故顺其所欲,变蟭蟟虫,飞入喜花之下。喜花儿散,为妖精所见,难以入腹。若强制之,不过掀翻桌席,摔碎盘碟而已,何济于事?因其爱色根深,故顺其所爱,变红桃,于色中取事,而妖精莫测,得以入腹,进于幽隐之处,去其彼之所爱,以易其所不爱,遂其我之所爱。

"妖精道:'孙行者,你千方百计,钻在我肚里怎的?'行者道:'不怎的,只是吃了你的六叶连肝肺,三毛七孔心,五脏都掏净,弄作个梆子精!'"先实腹而后虚心,实腹所以为虚心计也。"行者在肚内,就轮拳跳脚,支架子,理四平,几乎把个皮袋儿捣破了。那妖精忍不住疼痛,倒在尘埃。"虚之实之,实之虚之,虚实并用,则心死而神活,是谓元神护道而不昧矣。故妖精道:"我肚里已有了人也,快把和尚送出去。"人之本来,只有一心,并无二心。一心者道心,二心者人心。送去心之所爱,而人心虚矣。人心虚,则道心实,只有一心,并无二心矣。"妖精一心惜命,只得挣起来,把唐僧背在身上,拽开步往外就走。"取将坎位心中实,点化离宫腹内阴,阳在上而阴在下,道心当权,人心退位,虚而实,实而虚,虚实相应,未济者而既济矣。

其曰"留得五湖明月在,何愁没处下金钩。等我别寻一个头儿"者,特以心虚腹实,水火相济,只完的还元返本初乘之事,不过人心为道心所制,不敢作祸耳,犹有根蒂未能拔去。直到七返九还,大丹成就,归于虚无之境,不但人心绝无形迹,即道心亦化于无何有之乡矣。当还元返本,还丹事毕,正当大丹起手,别有头绪,做向上之事;正宜防危虑险,用增减之功,内外相济,煅尽后天一切群阴,不可留一毫渣质而遗后患者。故结曰:"心猿里应降妖怪,土木同门接圣僧。"

此回写既济、未济作用,始终以思患豫防为要着。思患豫防,不特为此回之眼目,且为无底洞全案之脉络,读者须当深玩也。

诗曰:

阴阳配合要相当,虑险防危是妙方。

默运神功无色相,坎离颠倒不张遑。

# 第八十三回

## 心猿识得丹头　姹女还归本性

〔西游真诠〕悟一子曰：出世之道，在于制伏金精。倘知制伏之法，而工夫不到，未得其真，则不能返本还元。理欲交战，仍与性体为二，势必飞飏奔越，纵肆猖狂，使我站脚不定，所谓"工夫不到不方圆"也。三藏之既出而复陷，由知之未尽，而得之未真。故求丹之要，须精心根究，识得丹头。仙师恐世人认假为真，又发此段，令人察识精妙。若看做水穷云起，绝处逢生，不过为文家之波澜，便埋没作者婆心矣。

经云："金来归性初，乃得称还丹。"当行者化桃入腹，强其负僧而出，原非心悦诚服，自然超脱者。故出来而重整旗鼓，争战乱打，置唐僧于独坐无援之地，非和合攒簇之理。由金不归性，而水火土木相持，是金为假象，而先错于左者，今又错于右，故右脚上花鞋，又脱变而莫定也。子精为坎中之物，出之于地，又名地涌夫人。不闻地涌金莲乎？金莲为夫人之纤趾，饰以花鞋。鞋附坤土而行，为归性；脱下凭空而起，是飞飏奔越，金不归性矣。左属阳，右属阴，前以偏阳左旋，而左非真；此以偏阴右旋，而右非真。"鞋"者，谐也。左右分飞，何谐之有？故不能脚踏实地，站立不定。

然姹女者，吾之性也，何以称妖？归性则为真精，离性则为妖精。归性，则成吾之真，而妖潜其形；离性，则成妖之精，而吾遭其陷。"唐僧被其一把抱住，咬断缰绳，连人和马，复又摄将进去。"总因不能制伏真金，以致脚根不实，御缰中断。唐僧龙马之脚力，原不如妖精左右花鞋脚力之大，故必只只收伏以作根基。大圣见半截缰绳，不觉兴悲无力，满眼流泪，急急转身，勇猛精进，寻出根源，方有实济。见金字牌而识其父兄姓名，便识丹头，岂不满心欢喜？其父归之，其子焉往？抱牌径上天堂，陈告玉帝，而全家可收矣。此擒贼先擒王手段,溯本穷源之要妙也。

迨玉帝命太白金星,宣李天王对簿,而天王不识其为女,哪吒说出"灵山偷吃如来香花灯烛"一段根苗,方知为"结拜"之恩女。女则女矣,何以言"结拜"一节缘由?天王李姓,属木,论木之子,火也,其女安得属金,而为金鼻白毛,通身金象乎?不知水中之金能克木,而金又能生水以生木;木中之火能制金,而火又能生土以生金。先仇而后恩,故为结拜之恩女。《悟真》云:"金公本是东家子,送向西邻寄体生。认得唤来归舍养,配将姹女作亲情。"其中伏藏颠倒之妙,不可以言尽。何称"半截观音"?观音,水月也,有水无月,不成全体。姹女只是水中之金,非半截乎?

至此,"精在东南黑角另有小洞",而金已归性返到东家,正是洞房花烛,"黑气氤氲,暗香馥馥",匹配团圆之际所由。"行者寻着唐僧和马匹行李",而脚力已备已,此老怪寻思无路,磕头诚服,天王、太子押怪回宫时也。今而后,唐僧四众竟可策马长驱,担挑负荷,齐上大路。故修丹者,必先炼伏金精性体,坚忍不磨,而后脚根踏实,方能向西前进。

今兹众生沉欲海而不悔,焚忿坑而不濯,投利阱而不怨,坠名渊而不悟,死醑壕而不醒,骛迷途而不返,落荣网而不飞,皆昧其性而陷于空,终无底止。悲夫!

前篇以镇海寺隐涵"真金"二字,此篇以寻着金位金炉为识得丹头。所飞越者,左右之金莲;所收伏者,白毛之金鼻。言此内自有真金,即是金丹要妙,不可不知。

〔**西游原旨**〕上回实腹虚心,虚心实腹,阴阳颠倒,水火既济,还丹已得,根本坚固矣。然还丹之后,更宜虚心,借天然真火煅去后天一切群阴,拔去无始劫以来轮回种子,方无得而复失之患。故此回发明大丹下手之火候,使人明心见性,期归于纯阳无阴、父母未生以前面目而后已。

篇首"行者在妖精肚里,八戒笑道:'腌脏杀人!肚里做甚?出来罢。'"盖还丹到手,本固邦宁,正当出腌脏而退群阴之时。退阴之道,以阳而决阴也。决者,夬也。夬卦☱之体,下五阳而上一阴。"行者跳出口,还原身法象,举棒就打。妖精随手取出两口宝剑,叮当架住",铁棒为乾之九五,两剑为夬之一阴,上一阴而下五阳,非夬乎?

诗云"一个是天生猴属心猿体",言道心之阳也;"一个是地产精灵姹女骸",言人心之阴也。"那个要取元阳成配偶",言人心由乾而欲求姤也;"这个要战纯阴结圣胎",言道心由坤而欲复乾也。"水火不投母道损,阴阳难合各分开",言水火不能调合,阴阳不能同气,性情各别,精神散涣,大丹难结也。

《易》之夬《传》曰:"健而说,决而和。"言决阴之道,宜从容和缓,不宜刚强太猛也。八戒、沙僧助行者打妖精,是刚决不能和决之象。不能和决,便是不能思患豫防;不能思患豫防,既济又不济,金丹得而复失,前功俱废。"妖精脱右脚上鞋,化本身模样,真身化风,抢了行李,咬断缰绳,连人和马,复又摄将进去",不亦宜乎? 右者,又也。前中左脚花鞋之计,是未得丹之时,因行持念头有错,其错在于不防其念;今中右脚花鞋之计,是已得丹之后,因行持火候有错,其错在于过用其火。不防其念,仅陷其真;过用其火,不仅陷真,而且枉劳功力。内错外错,错而又错,人马落空,半途而废,自诒伊戚,将谁咎乎? 岂不为有识者仰天大笑耶! 笑者何? 笑其用火太过,不是要散火,须当从既济之中再三钻研出个不济缘故,方能成功。

古仙云:"一毫阳气不尽不死,一毫阴气不尽不仙。"诸般色相去尽,只有一点欲念未尽,此一点欲念,其机虽微,为祸最烈,足为道累。盖此一点欲念,从无始劫而来,其根甚深,隐于不睹不闻之中,发于不知不觉之际,最难提防。若不于宥密之中追寻出个消息出来,将从何处下手退之乎?

"行者入洞,见静悄悄全无人迹,东廊下不见唐僧,亭子上桌椅与各处家伙一件也无",此人心暂时止息,念头未动,不思善,不思恶,真假绝无形迹之时。"金字牌写着'尊父李天王位';略次些儿,写着'尊兄哪吒三太子位'。"李为木象,三为木数。木在东,属性。李天王,为本来天命之性。天命之性,为灵明之物,属阳,故为金字牌。妖精为离,具有食色之性,为后起人心知识之神,属阴,故为姹女。灵明之性为主,知识之神为宾,识神借灵生妄,故金字牌为妖精供奉之物,妖为李天王之恩女,三太子之义妹。穷理穷到此处,是真知确见,邪正分明,实实闻的香风矣。这一阵香风,非色非空,非有非无,人所不知,而己独知。见得到者,方是识得丹头,可以满心欢喜,知其一而万事毕矣。一者何? 即炯炯不昧之天性也。见得此性,其父归之,其子焉往? 故曰:"只问这牌子要人。"问牌子要人,是借天命之性,欲决食色之性也。然以天命之性,决食色之性,莫先于明心,心不明而是非易混,心一明而真假立判。此行者欲以假妖摄陷人口事,在玉帝大明之地告状也。

《易》曰："夬，扬于王庭，孚号有厉，告自邑，不利即戎，利有攸往。""玉帝前告御状"者，"扬于王庭"也；"教八戒沙僧在此把守"者，"孚号"同类也；"御状岂是轻易告的"者，"有厉"微惕也；"我有主意"者，"告自邑"而戒内也；"把牌位香炉作个证见"者，"不利即戎"而防外也。以是而行，防危虑险，不急不缓，扬于心君之处，明正其罪，则利有攸往矣。故曰："告的有理，必得上风。"

"行者将状子呈上，玉帝从头至尾看了"者，由夬而乾也；"将原状批作圣旨，命太白金星同原告到云楼宫，宣托塔李天王见驾"者，由乾而姤也。"金星"象乾金，"云楼"象巽之下虚上实。上乾下巽，姤☰☰之象也。天地造化之道，阳极必阴，阴极必阳，夬极而乾，乾极而姤，虽天帝亦只顺其自然而已，况于常人乎？然丹道有逆运造化之妙，能于阴中返阳，用九而不为九所用，用六而不为六所用。妖精因唐僧一念而生，念生即姤之象也。妖精因姤而生，还须自姤而除，此窃夺造化之天机，非若顺阴阳之人机。

"天王怒行者误告，叫手下把行者捆倒"，即姤"初六，系于金柅"，初阴甚烈，如柅伏车下，能以止车不行也。"天王取刀砍行者，金星着实替行者害怕。行者全然不惧，笑吟吟的道：'老官儿放心，一些没事。老孙的买卖原是这等做，一定先输后赢。'"即姤"九二，包有鱼，不及宾"，防阴于未发之先，后起者无能为矣。"天王未曾托塔，恐哪吒报剔骨之仇"，即姤"九三，臀无肤，其行次且"，坐而不安，行而有碍，防危虑险之义也。次且之行，如"哪吒割肉还母，剔骨还父，一点灵魂往西天告佛。将碧藕为骨，荷叶为衣，念动起死回生真言，得了性命。用神力，法降九十六洞妖精，神通广大"。是已去幻身而有法身，群阴悉化，神通大矣。"天王犹恐报剔骨之仇"者，特以未到证佛之果，犹有余阴，不可不时防也。其所云"塔上层层有佛，唤哪吒以佛为父，解释了冤仇"者，修道必至证佛果，而后阴气尽无矣。

"妖精在灵山，偷吃了如来的香花宝烛，被天王父子拿住，如来吩咐饶了性命，不期他又成精"，即姤"九四，包无鱼，起凶"，失于检点，姑息养奸，恩中生害，成精必有。然则念真则能得性命，念假则必伤性命，总在能防不能防之间。说到此处，彼不识真假、纵放妄念为害之流，可以悚然惊讶，醒悟从前之错，解其真而去其假，入虎穴而探虎子，时不容缓者。

"天王分排要里应外合，教他上天无路，入地无门"，即姤"九五，以杞包瓜"，杞阳瓜阴，以阳防阴，内外严密，不使有一点妄念乘间而生也。"东南黑角落上有个小洞，老怪摄了三藏，在这里逼住成亲"，即姤"上九，姤其角"，不能防阴于姤之时，必致见伤于姤之终，道穷则返，天道之常，亦在人之能变通耳。仙翁指出东南黑角落小洞，分明示人姤之一阴，为妖精色念深密之处，故天兵一齐嚷道："在这里！"果然见得妖精在这里，则是寻着了妖精之窝窟。不但此也，而亦寻着了唐僧和龙马、行囊。盖姤之一阴，为起念之始，真念在此，色念亦在此，行持火候工程亦无不在此。修行者能于此处立定脚根，以天性制色性，虽色性亦归于天性。

八戒、沙僧只是要碎剐老妖，天王道："他是奉玉旨拿的，轻易不得，还要去回旨。"可知色性根深，承天而动，不由于人。必须观天道，执天行，借假修真，渐次导之，还归本性，轻易不得殄灭。若到还归本性之时，色欲自无，方是"割断丝罗干金海，打开玉锁出樊笼"矣。

总而言之，色欲之念，最难割断，若不知火候妙用、工程次第，强欲割之，无益有损。修行者须早求师口诀，步步检点现前面目，时时防闲暗中妄念，若不到本性圆明之时，而防危虑险之功不可缺也。

诗曰：

明心见性是丹头，妄念消除不必忧。

用六休教为六用，大观妙法了真修。

# 第八十四回

## 难灭伽持圆大觉　法王成正体天然

〔**西游真诠**〕悟一子曰：此篇只万法皆空，无有执着，便了大义。人生本圆觉妙体，人我无分，自法立而人我分。我无法，人即以法灭吾之无；人有法，我即以法灭人之法。惟人我大家无法，而天体圆成，方为大觉。其为道也，以知见为妙门，寂静为正味，慧思为甲盾，慧断为剑矛。破内魔之高垒，陷外贼之坚阵，镇抚邪杂，解释缧笼。深明形质不可以久驻，而真灵永劫以长存。知化者无常，存者在我而已。

本非法，不可以法说；本非教，不可以教传。所谓"圆陀陀，赤洒洒，不立一丝毫"也。然其中却有个脚踏实地的根基，倘随风倒柁，一味茫荡，佛谓之"茫荡空"，仍是陷空山无底洞的局面。孔子曰："可与立，未可与权。"必能立，而后可以言权也。仙师开口说个"三藏固守元阳，脱离了无底妖洞，随行者投西前进"。这便是脚跟已实，可与立的时候。虽然，未可也。故下文忽有老母高叫："和尚，不要走了，进西去都是死路。"此大士慈航渡世，劈头一棒，拦住去路，明非和光混俗，随方逐圆，一步行不通也。你看灭法国现在目前，说出个万僧愿，杀够无名，只等有名的，凑成一万，分明指明万法皆空影子。三藏便思方便路转过去，老母笑道："转不过去，转不过去！"这一笑中，喜的是不径行直遂，笑的是转辗差池。须要从中路而行，自有方便法门，经历过去，莫要走了旁门曲径，错了路头。故又急忙连声拦住。盖权非反经而行，乃从正经路上权其轻重，委婉一心而不直骤，必至于取经而后已。自汉以下，无人深识其义，未免舍中路而就曲径，何能合理？故不能守经者，每入邪径而托权以文邪！知行权者，必由正路而化经以从正。此从中路行方便法门，真圣人仙佛之行权法门也。向来读《西游》者，以大士现身不过为文字

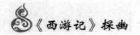

穷处过接,不识此等冷处闲言,尽是妙义。

道也者,无为无不为。以虚无为体,以因循为用。无成势,无常形,故能究万物之情;不为物先,不为物后,故能为万物主。有法无法,因时为业;有度无度,因物与合。故曰:"圣人不朽,时变是守。"又曰:"变动不居,与时推移。"此大士西来度世之的旨也。故指示已明,径回南海。行者即隐名避难,变化灯蛾,望明而进,仔细观看,相机而行。就道过得去,改换衣装,效微服过宋之法。正是和光混俗,不执己相也。

看尽旅店客件,小心勤苦世情,房中婆子带孩补纳俗态。乘时窃取,因势玩弄,运动天机真趣,显出活活泼泼气象。"扮作俗人近城,改换官儿称呼。贩马客,十弟兄,汉子牵马进店,妇人请客上楼。点灯来问宝货,夸张马数,自赞房宽。议房钱,讲饭价,呼宰牲,跌跌脚。庚申斋,辛酉开;小娘儿,明日来。那里睡,倚着柜;女儿抱,近前道。没买卖,马贩来;要黑睡,有大柜。盖上盖,早些来。"这都是曲尽人情世态,以见行者不着我相,随方逐圆之妙。所谓"能运无碍心,普入于一切。见若不染也,知若不取识。是名真实见,亦名解脱知。佛观离生灭,诸法等如是"。咦!离了世法无佛法,会到无心即道心。

最微妙者,"入柜捣鬼"一段。老子曰:"良贾深藏若虚。"若身无长物,又何妨虚而示之以实?突出明火执杖,知就暗遭明之困;打劫马贩,见慢藏诲盗之危。法网罗密,在在可畏,皆行者现身说法之处。到此地位,大圣又有出神入化,肆应无方之妙用。左臂右臂,即左之右之,无不宜之,运于掌上,而左右逢源。故金箍一晃,而散弥六合;总捻成真,而退藏于密,所谓形神俱妙,与道合真,故能分身而千百其化身,拔毛而千百其利器。上而宫府部院,下而庶僚百执,无贵无贱,无小无大,神通默运,格貌移情。此便是行者化身变刀,将头发尽数剃得精光,使人我一相,个个圆成,去来无碍,天体自然,岂不是人在睡梦中忽然大觉耶?吁!灭法无法,钦法得法,法无定体,如是哉!

〔**西游原旨**〕上回结出:金丹大道,须要不着声色,方为真履实践矣。然真履实践之功,乃系光明正大、得一毕万、天然自在之妙觉,所谓"微妙圆通,深不可识",最上一乘之大道,非一切顽空寂灭之学所可等论。故仙翁此回,指出混俗和光之大作用,使学者默会心识,在本来法身上修持耳。

篇首"三藏固守元阳,脱离无底洞,随行者投西前进",是已离尘缘而登圣路，去悬虚而就实行，正当有为之时。然有为者无为之用，无为者有为之体，合有无而一以贯之，妙有不碍于真空，真空不碍于妙有，方是活泼泼圆觉真如之法门。否则，仅能固守元阳，而不知廓然大公，人己相合，终是脱空的事业，何能到得大觉之地？是赖乎有神观大观之妙用焉。神观大观者，不神之神，乃为至神，至圣所谓"神无方而易无体"者即此；丹经所谓"元始悬一宝珠，在虚空之中"者即此；昔灵山会上"龙女献一宝珠证道"者即此。在儒则为执中精一，在道则为九还大丹，在释则为教外别传，乃三教之源流，诸圣之道脉，知此者圣，背此者凡。未明观中消息，焉能和光混俗？焉能上得西天，免得轮回也？

"柳阴中一个老母，搀着一个孩儿"，此观卦☷也。其卦上巽下坤，巽为柔木，非柳阴乎？坤为老阴，非老母乎？巽之初爻属阴，为小，在坤之上，非"搀着一个孩儿"乎？其为观卦也无疑。观者，有以中正示人也。"高叫：'和尚，不要走了，向西去都是死路。'"特以示不中不正，有死路而无生机。观之为用，顾不重哉！

盖中正之观，即金丹之道。金丹之道，乃得一毕万之道。"灭法国王，许下罗天大愿，要杀一万和尚"，是欲以空寂而了大愿，并一而不用矣。"杀了九千九百九十六个无名和尚，但等四个有名和尚，方做圆满"，此有无不分，是非不辨，一概寂灭，所谓神观者安在哉？不知神观，安能大观？神观大观，杀中求生，害里生恩，佛祖所谓"吾于无为法而有差别"者是，《阴符》所谓"观天之道，执天之行"者是。学者若不将此个机秘打破，而欲别求道路以了性命，万无是理。故唐僧欲转路过去，老母笑道："转不过去，转不过去。"以见舍此中正之道，其他再无别术矣。

"行者认得观音菩萨与善财童子，倒身下拜，唐僧、八戒、沙僧亦拜"，此有法有财，有戒有行，空而不空，不空而空，神明默运，不假色求。如此者，万法归一，立跻圣位，"一时间祥云渺渺，菩萨径回南海"，神观妙用，顾不大哉！

"行者要变化进城看看，寻路过去"，即"先王以省方，观民设教"也。傍门迷徒，不知神观大观妙旨，败坏教门，一味在衣食上着心，门面上打点，诈称混俗和光，修持大道，如扑灯蛾，所见不远，欲行其直，早拐其弯；犹方灯笼，其光不圆，欲照其大，反形其小。外虽有混俗和光之名，内实存鸡鸣狗盗之心，是不过开门揖盗，与来往客人作东道主，伺候饭食而已，其他何能？诚所谓"童观小人"之道。殊不知君子有君子之和，小人有小人之和。君子之和，以道义为重，特其和而不同；小人之和，以衣食为贵，特其同而不和。只知衣食，不知道义，谓之混俗则可，谓之和光则不可。故小人以为得计者，而君子之所不乐为也。又有一等执己而修者，不知和光混俗之大作用，在破插袋上做活计，肉团心上用工夫，使心用心，心愈多而道愈远，补愈广而破愈速，纵千针万线，补到甚处？似此妇人女子之见，隔门窥物，只能近睹而不知远观，不知脚踏实地，着空执相，妄想成道，吾不知所成者何道？其即成二心之人心乎！

噫！以人心为道心，认假作真，以阴为阳，舍光明正大之道，作鼠辈偷儿之行，虽曰收心，而实放心，是亦女子之贞，丈夫之作为有如是乎？"夜耗子成精"，可谓骂尽一切矣。盖金丹大道，外则混俗和光，内则神明默运，因时制宜，借世法而修道法，由人事而尽天道，为超凡入圣之大功果，与天齐寿之真本领，所谓"观我生，进退，未失道"者是，岂夜耗子成精者所可窥测？此行者拿了衣服回见唐僧，说和尚作不成，要扮俗人进城借宿也。

其诈称"上邦钦差，要灭法国王不敢阻挡"者，将欲取之，必先与之，饶他为主我为宾，"观国之光，利用宾于王"，无伤于彼，有益于我也。"师徒改为兄弟四人，长老只得曲从"，欲取于人，不失于己，其次致曲，曲能有诚，在市居朝，无之不可，人俗心不俗也。最妙处，是四众入店，妇人称为"异姓同居"。盖和光之道，全在无我相、人相、众生相。"异姓同居"，则阴阳一气，彼此无分，不露圭角，大作大用，虽天地神明不可得而测度，而况于人乎？"大小百十匹马，都像这马身子，却只毛片不一"，大小无伤，两国俱全，不在皮毛间着力，乃于真一处留神。"第二个人家不敢留"，岂虚语哉？

妇人何以称"先夫姓赵，我唤作赵寡妇店"乎？"赵"字，小、月、走三字合成，言人自先天一点真阳走失，形虽男子，一身纯阴，若执一己而修，与寡妇店同，其贱极矣，有何宝货？此认取他家之方，所不可缺者。

"店里三样待客"，上、中、下三乘之道也。"行者教把上样的安排"，求上乘也。上乘之道，于杀机中求生气，故不教杀生而吃素饭；在常道里修仙道，故不用姐儿而候弟兄。三藏恐不方便，行者另要睡处，"柜里歇、盖上盖、早来开、忒小心"，俱以写静观密察、观我观民、人己相合之妙。

篇中"妇人店、灯后走、映月坐、不用灯、跌跌脚、叫妇人"，皆是不大声色，被褐怀玉，阴用而不与人知，所谓用六而不为六所用，神观大窍，无过于此。独是此种道理，须要在真履实践处行出，不于顽空寂灭处做来。倘误认为顽空寂灭，便是执心为道，认奴作主，以贼为子。孰知贼在内而不在外，若一味忘物忘形，而不知合和阴阳，调停情性，必至顾外失内，内贼豺生，结连外寇，明火劫夺，而莫可解救。故金公捣鬼，木母贪睡，彼我不应，分明一无所有，诈称本利同得，自谓人莫我识，而不知已为有心者所暗算，全身失陷，脚力归空，大道去矣。

心即道乎？心不是道，放之则可，空之则不可。行者教唐僧放心，真是蛰雷法鼓，震惊一切。其曰"明日见了昏君，老孙自有对答，管教一毫不损"，可见执心而不放心者，皆是昏昏无知，则大道难成；放心而不执心者，足以智察秋毫，则性命可保。所谓"观其生，君子无咎"也。试观于行者钻柜现身，在皇宫内外，使普会神法，其圆通无碍，变化不拘，全以神运，不在色求，是岂执心者所能企及欤？

"拔下左臂毫毛，变化瞌睡虫，布散皇宫部院各衙门，不许翻身"，去其法之假也；"拔下右臂毫毛，变作小行者；金箍棒变作剃头刀，散去剃头"，用其法之真也。去假用真，左右逢源，以真去假，借假修真，大小如一，内外同气，即九五中正之观。《悟真》所云"修行混俗且和光，圆即圆兮方即方。显晦逆从人莫测，教人怎得见行藏"者，即是此意。诗中"法贯乾坤、万法归一"，恰是妙谛。

"行者将身一抖，两臂毫毛归元"，假者可以从真而化；"将剃头刀总捻成真，依然复了本性"，真者不妨借假而复。"还是一根金箍棒，藏在耳内"，此一本散而为万殊，万殊归而为一本，变化无端，动静随时，乃得一毕万之大法门，大观神观之真觉路。说到此处，一切灭法顽空之辈，当亦如梦初觉，个个自知没法，而暗中流涕，即"圣人以神道设教，而天下服矣"。噫！以万法归一为体，以圆和机变为用，用不离体，自有为而入无为，有无一致，天然大觉，和光混俗之道，可以了了。

诗曰：

> 方圆应世大修行，暗运机关神鬼惊。
> 隐显形踪人不识，万殊一本了无生。

# 第八十五回

## 心猿妒木母　魔主计吞禅

〔**西游真诠**〕悟一子曰：是篇，读者谓从前妖精莫可思拟，此特平平无奇，却似敷衍弱笔。不知无奇之奇，奇更奇；可思之思，思非所思也。

上篇看破人情世态，万法皆空，须和光混俗，随方逐圆，虽从应事物，接运用机神，而原根于心体之光明广大。恐人不能从心察识，则非依体为用，是触事生心，而随尘动静矣。故仙师急急从外面打入内来，特题"《心经》莫远求"之妙旨，令人察识此心，切勿稍有芥蒂，以自遭魔陷也。盖圣心如明心止水，常明常静，常应常止，万用未尝非一体，一体未尝远万用，故曰"体智寂寂，照用如如。"倘稍芥蒂，则心体朦昧窒塞，而在外作用，遂涉欺妄，便是雾迷灵窍，而禅心被吞，不犹阴雾隐于连环透明之洞中，而摧折撑天之柱耶！故下篇命名曰"隐雾山折岳连环洞"。五岳为天柱，一心为身主，岳折而天无柱，心迷而身无根。举动不根于心，则一切皆烦恼，何禅之有？适成其为灵窟而已。

夫禅以消魔，杵以降魔，何以魔反持杵而吞禅？盖禅止一心，而魔通六道，拘禅灭法，是以魔治魔，未免充魔腹饥肠，而生吞活嚼矣！何以故？道心非禅心，分开为戒、定、慧。开而为六度，散而为万行。禅者，六度之一耳，何并总诸法哉？其不为魔也几希。况禅心难净，而金木未融，又何能却群有而除万法，鲜有不遭算者。若万法皆空，非无法也。心为万法之所生，而不属于万法。得之者，则于法自在，自心而证，随愿而起；不必同，不必不同，不必不必同；非常法，非非常法，非法非非法，岂可以执迹而寻哉？

夫法者，如发之伙也。在外诸法，犹身之有仪容，无法即为失仪，篇首于众臣口中提出"失仪"二字，大是分明。但诸法空相之妙，非执世法者所知。

臣曰"不知"，君曰"果然不知"，各泪汪汪，洵可悲涕。迨国王悔悟戒杀，倾国皈依，改"灭法"为"钦法"，是"佛无坐相，无住生心"之旨。盖执法即为灭法，不执法即为钦法，故坐禅为坐佛，坐佛即杀佛；执法为住心，住心即魔心。长老在马上欣然道："悟空，此一法甚善，大有功也。"已见万法归一，头头是道气象。沙僧即接云："哥啊，那里寻得这许多整容匠？"在世法谓之"失仪"，在佛法谓之"整容"。似属相反，实则相济，法之不可泥也如是。此是法无定体，变化神通，运用根心之妙。

行者说了一遍，急提《多心经》四句《颂子》，曰："佛在灵山莫远求，灵山只在汝心头。人人有个灵山塔，好向灵山塔下修。"唐僧曰："千经万典，也只是修心。""心净孤明独照，心存万境皆清。差错些儿成懈怠，千年万载不成功。但要一片志诚，雷音只在眼下。"此"心"字，即前两篇关切处也。

猿为申，金水也；猪为亥，木火也，相克而实相成。猿劳而猪懈，以劳形劳而怀妒，以懈比劳而生欺，下边正因懈怠不志诚而差错，以致风雾忽生矣。"八戒躲懒，行者哄以妖为善，雾为气，蒸米饭，面馍馍，菜蔬咸，吃不多；吃嘴的，见识有，马要搅，要草料，寻嫩草先喂马；只斋俊，不斋丑，口中哼'上大人'。"彼此言不由衷，互相欺诈，所谓好吃懒做，口是心非，岂非落于群魔圈子阵耶？若非行者回心返照，暗地救援，则匿欺破戒，性命难逃。故吾心一念至诚，则群魔退舍；一念意妄，则群魔现形。魔非外来，魔即吾心自召之影也。试看行者、八戒欺以风雾明净，魔即收风敛雾以欺之；行者、八戒要吃斋，魔即要吃僧；行者言蒸笼之气，魔即刷锅要蒸僧；八戒、行者变矮和尚、假行者，魔即变假魔；行者为分身之术，魔即为分瓣梅花计；行者见妖精败去，拨转云头，径回本处，魔即败回本洞，高坐崖上，默默无言；行者叫八戒为开路将军，魔即封小妖为先锋。志诚则禅为主而吞魔，怠妄则魔为主而吞禅，如竿影谷声，混灭不得。禅耶魔耶？是一是二？

结出唐僧绑在树上，樵子亦绑在树上，各言事君、事亲一段心事。树者，根本枝叶也。明君亲为天地大经，忠孝乃人身根本，皆从心地根本上发露，着不得一毫虚假妆点。能鞠躬尽忠，而安生恤死，不负君恩，方为取得真经；能竭力尽孝，而养生送死，报答亲恩，方为拜得活佛。苟不从根本真性施为，而在外矫诬文饰，便是隐雾山艾叶花皮豹，倒持降魔杵而吞禅矣。迷根本而披艾叶为魔，易可胜悼？三藏、樵子，能不伤情痛杀哉！

篇中妙义跃然，俱在文字笔墨之外。平乎？奇乎？可思拟乎？不可思

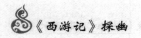

拟乎？

〔**西游原旨**〕上回言万法归一，内外圆通，方能了得本来法身之事矣。然或人疑为必拒绝外缘，一无所累，即是大道，而不知真心实用，由内达外。舍本逐末，焉能了得性命？故仙翁于此回教人在根本上下功，使道法并行，以济大事耳。

灭法国君臣，一夜尽没了头发，各汪汪滴泪道："从今后再不敢杀戮和尚。"是已悟无法之不是，而必用法之为真矣。盖法所以取真经，无法而真经何取？"四众跳出柜来，八戒拉了白马，俱立阶中"，正以见金丹大道，攒簇五行，和合四象，有火候，有功程，法之不宜灭而宜钦者。"国王问了来历，君臣们俱都皈依，改'灭法'为'钦法'"，此乃因假法而灭法，以无法而钦法。遇假则灭，遇真则钦，钦法以灭法，灭法以钦法，要皆本真心中流出，而非可于声色中求之。

"唐僧对行者道：'这一法甚善，大有功也。'沙僧道：'是那里寻这许多整容匠，连夜剃许多头？'"言一悟得真空，则真心发现，得其一而万事毕，真空不离妙相，妙相不离真空，真空妙相，功德不可思议。然其变化神通之妙，远在千里，近在咫尺，一遇明人道破，方知真宝不从他得，真足令人失笑矣。古人所谓"原来只是这些儿，往往教君天下走"者是也。

夫真心者，道心也。道心乃水中之真金，为仙佛之种子，特因人心用事，而道心不现。若不识道心，万般作为，人心做作，尽是虚假。"唐僧见山峰凶气，颇觉精神不宁"，未免在人心上起见，认其假而失其真。故行者笑道："放心！放心！保你无事。"言放去人心，自有道心。道心无声无色，不着形象，凶气何来？又以乌巢禅师《多心经》颂子提醒，何其切实！曰："佛在灵山莫远求，灵山只在汝心头。人人有个灵山塔，好向灵山塔下修。"曰："若依此四句，千经万典，也只是修心。"曰："心静孤明独照，心存万境皆清。差错些儿成懈怠，千年万载不成功。但要一片至诚，雷音只在眼下。似这般恐惧惊惶，神思不宁，大道远矣，雷音亦远矣！"盖心者道之体，道者心之用，识得道心无心，则心即是佛，佛即是心，一灵妙有，法界圆通，孤明独照，万境皆清，一片至诚，步步脚踏实地，勇猛精进，而大道在望。否则，人心用事，行险徼幸，逐境迁流，恐惧惊惶，是道不远人，人自为道而远人，安能上得雷音，见得真佛，而归于大觉之地哉？

"长老闻言,心神顿爽,万虑皆休",是已知得道心而无心矣。然既知其道心,须当去其人心。只知道心,不去人心,则人心惟危,道心惟微,终是在声色上用功,不知在根本处寻真,虽能以法防顾其外,其如内之风雾一阵又一阵遮蔽其灵窍何哉？遮蔽灵窍,道心着空,人心弄悬,内魔先起,外魔即来。故"大圣半空中,见悬岩边坐着一个妖精,逼法的喷云暧雾,暗笑道:'我师父也有些儿先兆,果然是个妖精,在这里弄喧哩！'"言下分明,何等了了。

推其道心之蔽,皆由不知戒惧懒惰,不肯出头之故。懒惰则心迷,心迷则性乱,性乱则心愈迷,心愈迷而性愈乱,所作所为,无不为人心所哄。会得此者,明净心地,没甚风雾,正是觉得,即便退去,而不遭凶险；迷于此者,错看妖怪,以风雾之处为斋僧之家,以蒸笼之气为积善之应,认假作真,贪心不足,头上安头。是心本不多,因戒反多；心本无识,因戒有识；心本明净,因戒不净。

"呆子变和尚,敲木鱼,不会念经,口里哼的是'上大人'",只在声色上打点,会不得《心经》妙旨,空空一戒,执着一己而修,能不撞入妖精圈子阵当中,被群妖围住乎？"这个扯衣服,那个扯丝绦,挤挤拥拥,一齐下手",正写内无道心,外持一戒,前后左右,俱系心妖,全身缠绕,无可解脱之状。当斯时也,身不自主,早被妖精夹生活吞,已失于己而犹不知,反思人家吃斋,欲取于人,天下呆子有如是乎？

群妖道:"你想这里斋僧,不知我这里专要吃僧。"又道:"拿到家里,上蒸笼蒸吃哩！你倒还想来吃斋？"骂尽天下不知死活之徒,以人心为道心,妄想长生,皆系自投魔口,被妖蒸吃,非徒无益,而又有害。纵能知得真实之戒,狠力支持,亦仅退得小妖之魔障,讵能免得老妖之围困乎？此何以故？盖以道心不见,一真百真,一假百假,既无道心,人心当权,真戒亦假,何能为力？此提纲所谓"心猿妒木母"者是也。

行者为道心,金公也。八戒为真性,木母也。心性相合,而阴阳同类；金木相并,而水火相济。今金公而妒木母,则孤阴寡阳,彼此不应,内外不济,为魔所困,亦何足怪？"行者拔脑后毫毛一根,变作本身模样,真身出神,空中来助八戒,八戒仗势长威,打败群妖",以见金木交并,彼此扶持,邪魔难侵,而知人心之不可不去,道心之不可不生。一真一假,法之得力不得力有如是。小妖夸奖行者闹天宫、战狮驼一番手段,正点醒真心实用,所向无敌,通天彻地,并无窒碍,而一切后天阴邪非所能伤,此老妖闻言而大惊失色也。

然道心者，一心也，一心足以制妖，而分心足以助妖。小妖献"分瓣梅花计"，在千百十中选三个小妖，调三徒而捉唐僧者，正在于此。梅花一心而数瓣分，比人一心而知识乱。三个小妖，即贪、嗔、痴之三毒心，千百十心，总不过此三心而已。古人云："用志不分，乃凝于神。"今用三心而分乱道心，道心一分，五行错乱，元神失陷，势所必然。故曰："要捉这唐僧，如探囊取物。"三小妖调去三徒，老妖见唐僧独坐马上，摄到洞内，连叫定计小妖，封为前部先锋。噫！不顾其内，专顾其外，本欲御纷，反而招纷，正不胜邪，真为假摄，分心之心甚矣哉！

要之，唐僧为妖所摄，皆由行者使八戒为开路将军，欲以一戒禅定，而妄想了道。殊不知禅机本静，静反生妖，妖若一生，心无主宰，迷惑百端，妖即吞禅。我以戒往，彼以纷来；我以无心求，彼以有心应。妖之封以前部先锋，我实以戒前部先锋开其路，妖在后而我在先，于妖何尤？然则妖吞者，由于定禅；妖摄者，由于独戒。禅以致吞，戒以致摄，何贵于禅？何贵于戒？这个病根，总在因声色而着人心，因人心而迷道心，因迷道心而乱真性，而禅戒俱空，妖邪随之，真不知根本之学者。

"妖精把唐僧绑在树上"，正示其有根本实学，而未可在末节搜寻也。根本为何物？即本来一点真知道心。道心非有非无，非色非空，而不属心，亘古常存，万劫不坏。得此心而修持之，取真经，见活佛，完大道，以成天下希有之事，如为臣尽忠、为子尽孝，同一根本之意。乃世竟有忘厥根本之知，而袭取外来之识，自入魔口者，有识者能不目睹心伤也？唐僧哭道："痛杀我也！"樵子哭道："苦哉！苦哉！痛杀我也！"吾亦曰："苦哉！苦哉！痛杀我也！"不知天下修行人，自知其苦，而亦曰"痛杀我也"否？

诗曰：

金木相间性有偏，中和乖失怎为禅。

真心不见外空戒，陷害丹元道不全。

# 第八十六回

# 木母助威征怪物　金公施法灭妖邪

〔**西游真诠**〕悟一子曰：此承上篇，言禅心被障。由于怠欺，须精勤振摄，不可使一毫假借，然后能表里洞彻，通透连环也。

"隐雾折岳连环洞"，前解已明。自称"南山大王"者，南者，离也，属心。"数百年放荡于此"者，言由久放其心而成，故特提出李老君、佛如来、孔夫子三教大圣人，以证其自尊自大之妄。五祖云："身是菩提树，心如明镜台。时时勤拂拭，不使惹尘埃。"进而言之："菩提本无树，明镜亦无台。本来无一物，何处惹尘埃。"①虽有安勉之殊，总明心体之宜明净也。

猪属亥，亥为木；猴属申，申为金。不合则金能克木而成妒，合则金能生水以生木，木中之火亦能生土以生金，故能助。金木有相制之义，亦有相成之理，金得水火而成真金，木得金水而滋生息。原作夫妻配偶，终不相离也。夫妻和而家道成，金水调而身命理，是水固和宁、内安外攘之道，此邪魔所以从此收伏也。

然则魔若外至，而实自心生。故心之所为，魔知之；魔之所为，心知之。行者知是"分瓣梅花计"，又知"此间妖精住处，师父必在他家"，俱是自心察识。而特不可认假以为真，如妖精以绝不相似之柳树，做假人头，此假易辨；

---

① 五祖，即禅宗五祖弘忍（601－675），俗姓周，黄梅（今湖北省黄梅县）人。七岁从四祖道信出家，十三岁剃度为僧。日间从事劳作，夜间静坐习禅，尽得道信禅法。道信圆寂，由弘忍继承法席，后世称之为禅宗五祖。龙朔元年（661），弘忍为觅法嗣，命门人各呈一偈，以表悟境。上座神秀呈偈曰："身是菩提树，心如明镜台。时时勤拂拭，莫使惹尘埃。"慧能听之，亦作偈曰："菩提本无树，明镜亦非台。本来无一物，何处惹尘埃。"弘忍将之相较，认为慧能高于神秀，遂将衣法密传慧能，命他连夜南归。

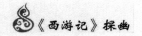

而特恐似真者为难辨也,如妖精以鲜人头做真师父,似是而非,最难察识,此行者兄弟所以不觉一齐大哭矣。明真假之分甚微,而是非之端易淆也。

然则此一哭也,岂行者果信为实然,而率众大哭耶?悲素丝可青而可黄,歧路可东而可西。一齐大哭,寓意深矣!夫惟大哭,而后可即假以为真,亦可寻真以弃假。何也?哭者,心之痛也,有声有泪,皆从真中流出,能发真心。魔以假乱我,我以真自主,则邪不胜正,而魔自潜形。所以"努力向前,把石门打开",而坚垒可破。昔之偷安怠欺者,一旦奋勇争先,而志趣精明,南山大王放荡之形状,不可尽识哉?

行者前以假分身而起魔,今以真分身而除魔,"从外边往里打,从阵里往外杀",合力同心,内外夹击,打倒用计之苍狼,堵住久放之老怪,然后静气存心,细察其门户,洞晓其源流,潜身直入其洞中,而真假毕露,大怪小怪,纷纷鹿鹿。设计布害,果何惧之有?知其为魔,炼成真窍,诸怪自倒,顿皆寝息,即现出本相,而打破旁门矣。夫而后真者显,假者灭,断其根,现其形。艾叶花皮之浮障已除,而在我之真心无损。此即樵子用心尽孝,感动高天厚地,死里逃生,得见亲娘一理也。

樵子曰:"如今山上太平,孩儿彻夜可行。"又曰:"这条大路向西不满千里。"噫!内外一体,表里洞彻,近在极乐之乡,道其庶几乎!

〔**西游原旨**〕上回言不知根本之学,惟遏绝外缘,反致心病,非徒无益,而又害之矣。故此回教人切实下功,处处在根本上着力,使金木和同,阴阳共济,不隐不瞒,豁然贯通,而吾心之全体大用无不明矣。

篇首八戒怨"作将军",沙僧怨"都眼花",行者知其中计,"妖精劈心里捞去师父",是已悟得着于声色即是分心,正可搜寻病根,勇力救真之时也。"隐雾山",雾隐于山而不见,喻心迷于内而不知也;"折岳连环洞",岳所以位天地,心所以主一身,岳折而天地无本,心失而人身即伤。洞名"连环",着色着声,如两环相结而莫可解脱然。寻到此地,可谓知之真而见之确,下手除妖,可不难矣。

但傍门外道,以假乱真,最难辨别。若不谨慎,一入术中,终身难出。妖精初以柳根作假人头哄,八戒认以为真,行者能识其假;既以新鲜假人头哄,行者即认为真,一齐大哭,此不得不哭也。柳根人头,绝不相似,最易辨别,只可哄的呆子,到底难瞒识者。至若似人头而非人头,似新鲜而不新鲜,此等之头,易足惑人。纵你火眼金睛,看不出现前面目;任你变化多端,跳不出妖精圈套。"一齐大哭",是哭其美玉藏于石中,而无人采取;异端乱其正道,而每多认真。更有一等呆子,误听邪说淫辞,抱道自高,借柳枝遮阴凉而采取红铅,以石头为点心而烹炼炉火,自谓可以接命延年,不知早已乘生埋下,终久入于深坑,筑个坟冢,略表生人之意而难生仙,权为人心之假而非道心也。此行者、八戒不得不同心努力,打破石门,息邪说,防淫辞,而与唐僧大报仇也。其曰"还我活唐僧来",可谓棒打顶门,教人猛醒矣。

夫金丹大道,三教一家之道也。彼世之曲径伪学,放荡无忌,自大自尊,人面兽心,紊乱圣道,欺己欺人,以为得计。乌知三圣人心法,殊途而同归,一致而百虑,千变万化,神妙莫测,一本散而为万殊,万殊归而为一本,纵横天地,绝莫遮拦,岂放荡自大之谓乎?"行者拔下一把毫毛,变作本身模样,一个使一个金箍棒,从外边往里打,行者、八戒从里面往外打",此表里精粗,无所不到,全体大用,无一不明,内外透彻,体用俱备,放荡老魔能不逃去?用计狼毒能不就死哉?

"八戒道:'哥哥的法相儿都去了?'行者道:'我已收来也。'八戒道:'妙呵!妙呵!'"此何以故?夫放心,原所以收心,然心有真假,而放亦有真假。真心者道心,假心者人心,假宜放而不宜收,真宜收而不宜放。放去道心而收人心,则为假;放去人心而收道心,则为真。放人心,收道心,放而不放,正所以收;收而不收,正所以放。曰"都去了"者,去其假也;曰"已收来"者,收其真也。去假收真,正老子观窍观妙、生生不已之大道,"玄之又玄,众妙之门"也。

何以前门已堵,不能打开,而从后门进步?是盖有说焉。心之放荡已久,蒙蔽深沉,已入于无可解脱之地,苟能精诚勇猛,痛切悔过,知前之已往者不可救,而后之将来者犹可追。"一变水老鼠,从水沟中钻至里面天井中,见小妖晒人肉巴子",鼠在子,属北方,在人身为肾,可知在肾中做活计者,尽是吃人肉巴子之妖孽。"二变飞蚂蚁,一直飞到堂中,见老怪烦恼,小妖道:'想是把那假人头,认作唐僧的头。'"蚂者,马也。马在午,属南方,在人身为心,可知在心中用功夫者,尽是误认假人头之老怪。

噫!先天之气自虚无中来,视之不见,听之不闻,搏之不得,非可于后天心肾中求之,是乃真阴真阳交感,凝聚而成形,能化有形入无形,点无相而生实相。彼以肾为道,或采经元,或炼阴精为丹头;以心为道,或入空寂,或涉茫荡为丹头者,吾不知将此等丹头,拿去将何使用?其必异日埋在土坑,做个坟冢罢了,其他何能?钻研到此,离假就真,大树上两个人不显然在望,一个正是唐僧乎?行者何心,能不欢喜现了本相,而叫声"师父"哉?此是实事,不是虚言,不到此地,未云认真。吾不知同道中有认得一个正是唐僧,而肯叫声"师父"乎?

斯时也,真者既识其确,而假者不妨再辨。行者复变蚂蚁飞入中堂,是仍于心中探假也。曰"碎劚碎剁,大料煎吃,长寿",曰"还是蒸了吃有味",曰"还是着些盐儿腌腌,吃得长久",言傍门邪徒,误认金丹为有形有质之物,千般妄为,万样做作,无所不至。此等之辈,不知改过,专弄悬虚,妄冀天宝,如在睡中作事,适以成其瞌睡虫而已,如何逃得性命?此行者所以现身说法,一棒打破傍门,解脱真僧,带了孝子,救出后门也。所可异者,行者救唐僧宜矣,何以并救樵子?特以金丹大道,非真僧不传,非孝子不救,古人所谓"万两黄金买不下,十字街前送至人"者,即是此意。

烧空妖洞,永断隐雾折岳连环之苦;筑死老怪,了却艾叶花皮豹子之障。从此师徒相会,母子团圆,山上太平,内外安静,道路通彻,昼夜行走,可以无事。奔大路而向西方,离烦恼而往极乐,真经在望,灵山不远矣。

诗曰:

性情如一道何难?真诚实行不隐瞒。

内外相通全体就,除邪救正百骸安。

# 第八十七回

## 凤仙郡冒天致旱　孙大圣劝善施霖

悟一子曰：此篇明修真者，必先积阴德，阴德未充，名虽美而无用，功垂成而忽隳，鬼神不能默佑，事业总属虚文，急须返躬内省，发大慈悲，戒谨精进，广施阴德。何谓阴德？修己之天，以敬人之天，阴德也；暗中行方便，阴德也；施与不图报，阴德也；积善无人知，阴德也；不迫人于险，阴德也；隐人之丑恶，阴德也。经云："彼以祸来，我以福往；彼以怨来，我以德往。"皆阴德之事，弭灾消孽，广大无边。《悟真》曰"大药修之有易知"也，知由我，亦由天。若非积行修阴德，动有群魔作孽障。盖我命不由天，是造化之妙存乎我；由我亦由天，默想之功存乎天。行者道："但论积功累德，老孙送你一场大雨"，是此篇的旨。

称"凤仙郡"者，跨凤登仙之美郡，今不能阴积功德而阳卜虚名，虽阳为爱民，实阴以害民，民命倒悬，守实主之，天怒其可回乎？然郡侯上官"十分清正"，"爱民心重"，求雨济民，乃万善之事，即此一节，善念无穷，何以不能回天？曰：此阳德，非阴德也。盖十分清正，则过于明，偏于义，如阳刚之烈，故曰"不仁"。《洪范传》云："若明则旱。"明为阳刚，使无阴道以济之，膏泽不能下究，人事失于下，天道应于上，旱其征也。故为上者惟存仁施济，广行阴德为要，不尚乎察察为明。先贤有曰："明而不恕，不如不明。"尧之三宥，禹之下车，汤之解网，皆明而恕也。臣子食禄天朝，奉命守土，体国爱民，职分宜然，何德之有？明德者，非人所知，而天独知之。至于"三年前十二月二十五日，上官氏将斋天素供推倒喂狗，口出秽言，冒犯上天"，乃阴恶也，亦人不及知，而天独知之。

夫民者，天之所生，天无不爱其所生，君子能体天之心以爱民，必受天之阴报，一定之理也。爱民必自敬天始，故曰"敬天勤民"。今上官氏不能敬天而反亵天，罪莫大焉！夫民以食为天，斋供者，民所仰食之天，天所养民之本也。推倒喂狗，欺灭天、民，其为不仁，孰甚于此？故阳善万端，不能胜阴恶之一事。是以圣人兢宥密，君子严幽独也。

夫阴者，独知之地；德者，有得于心。非沽名，非钓誉。屋漏为康衢，梦寐同白昼。精神呼吸，默通帝座，感应之速，有不捷于桴鼓哉！但获罪于天者，郡守也，何以降灾于兆民？守为风，而民为草；守不仁，则民不义。上行下效，气类相感。夙夜之负疚，酿成黎庶之隐忧；一念之敬肆，播为苍生之休咎。守造之而民爱之，理势之自然也。故地方灾变之非常，必由有位之失德，其冒天致旱也固宜。

然天心至仁，每缓于罚恶，以容人之省悔；亟于赏善，以诱人之进修。又有阴阳缓急之各宜，如阴德每缓之，以俟积累而大其报；阴恶则必速之，以彰显应而信其诛。盖阳为人所共知，而阴为天所独知也。虽有缓急之不同，绝无丝毫之舛错。志之极明，加之相称，非天也，人自召也。故守当推倒素供时，而米、面山已高一二十丈，罪同山岳而不可以数计矣。喂狗时，而拳鸡已紧嘴慢嘴，长舌短舌，行邻禽兽而积愆难消矣；冒犯时，而金锁坚牢，仅一明灯燎焰，而融解无期矣。

虽然，一恶固足以败百行，而一善亦足以回百恶。四天师对大圣笑道："这事只宜作善可解。若能一念转恶为善，惊动上天，那米、面山即时就倒，锁梃即时就断，你去劝他归善，福自来矣。"可见作恶由己，迁善由己，只要自己悔悟向善，方可化恶为善，转祸为福。龙王也不能为情，大圣也不能为力，即上天也不能强人，惟垂象三事示戒而已。苟能诚心返照，广施阴德，则烈焰化为甘露，星岭崩入浮云；鸡平数罪之喙，犬截抵尤之舌。嚼火不事，贯索消沉矣。霎时间布降霖雨，点滴不爽，快何加之？神祇亦开明云雾，各现真身。格天地，动鬼神，岂不由一改之善心为之哉？故名曰"甘霖普济寺"。修丹之士，不知改省而行阴德，其犹炊沙作饭，接竹点月，必无济也。又何"普济"之足云？

然仙师又有至奥之旨，伏于此篇交接之间。前篇诸法空相，明心见性，内外一体，微妙圆通，几从以天竺雷音，是望佛在是矣，更拟向何处加功？樵子曰："这条大路，向西不远。"何以非歇脚处，尚在走路时耶？盖积德累功，不过初学入德之事，何以云于圆明已照之后，而不知有妙道存乎其间？看篇首冠以一词曰："大道幽深，如何消息，说破鬼神惊骇。挟藏宇宙，剖判玄关，真乐世间无赛。灵鹫峰前，宝珠拈出，明映五般光彩。照彻乾坤，上下群生，知者寿同山海。"此词隐括金丹之旨，鬼神尚闻说而惊骇，何况于人？故不敢说破，要必性体坚，而后可修金丹；亦必阴德厚，而后可以成金丹。金丹之道，妙而不可消息如此。昔姚秦鸠摩罗什常叹曰："吾若著笔作大乘，阿毗昙非迦旃子比也。今深识者既寡，将何所论？"古人不欲说破，使鬼神惊骇，有同揆也。

〔**西游原旨**〕上回言除去幻身后天之假阴阳，得其金丹先天之真阴阳，方是度己度人、内外双修之大道矣。夫度己者，道也；度人者，德也。道不离德，德不离道，两者相需而相因。苟舍德而修道，有功无行，动有群魔，鬼神不容，必蹉跎而难成。故仙翁于此回，先提出金丹为至尊至贵之物，教人急须积德，以为辅道之资。《悟真》云："黄芽白雪不难寻，达者须凭德行深。四象五行全藉土，三元八卦岂离壬。"正此回之妙旨。

篇首词云："大道幽深，如何消息，说破鬼神惊骇。"言金丹之道，夺天地之造化，转阴阳之璇玑，先天而天弗违，后天而奉天时，最幽而最深，其中消息，真有说破而令鬼神惊骇者，况于世人乎？"挟藏宇宙，剖判玄关，真乐世间无赛。"言遇真人指点，虽宇宙至大，可以挟藏；虽玄关至坚，可以剖判。天关在手，地轴由心，我命在我不由天，超凡入圣，何乐如之！"灵鹫峰前，宝珠拈出，明映五般光彩。照彻乾坤，上下群生，知者寿同山海。"言能于本来真性妙觉之地，拈出无价宝珠，攒簇五行，和合四象，则圆陀陀，光灼灼，净裸裸，赤洒洒，照彻乾坤，胞与群生，与山海共长久矣。

是道也，非忠臣孝子不授，非仁人义士不传，必须有大德者，方能承当得起。但德非寻常世俗施一食、布一衣、行一善之德，乃是天德。世德人所易见，天德外所难知。易见者其德小，难知者其德大。何为天德？孟子云："天生烝民，有物有则。民之秉彝，好是懿德。"则是秉彝之德，即是天德。好是德而无弃，是敬天而爱民；失是德而别求，是违天而伤生。天德不修，虽外之真正接物，清廉处世，然一真百真，一假百假，虽有千百阳善，难解一件阴恶，适足以招其罪祸而已，何能济其大道？如凤仙郡亢旱不雨，此其证耳。

何为凤仙？凤者，南方朱雀之象，丽明之义。仙而能明则必刚，刚则以柔接之，刚柔得中，则水火相济。水火既济，则资生万物，能为天地立心，能为生民立命,而天德具矣。今凤仙郡亢旱不雨,是已亢阳无阴,不能以水济火,而火水未济也。考其由来,皆因郡侯上官正不仁,将斋天素供推倒喂狗,口出秽言,造有冒犯之罪所致。夫"仁"者,"二人",在天为元,在人为仁,有阳有阴,具生生之德,是即所谓天德。上官直正则必义,义主杀,仁主生,直正则过于杀而伤于生,有失其天德。天德一失,近于禽兽,与推倒斋天素供喂狗者何异?心不仁则口必毒,冒犯天地,势所必有。不仁如是,大伤和气,虽外而直正接物,内而天良早坏,尚欲求甘霖救旱,滋生万物,如何可得?此皆自作自受,于雨何尤?

然则亢旱由自作,雨当由自求,天德由自失,还须由自修,而非可他人代力者。行者欲积功累德,代为祈雨,此诚有仁有义、甘露掣电、施雨普济之大法门。然自修者自得,不修者不得,凤仙郡之旱,上官正冒犯天帝所致,还须自为救拯。行者之代祈,只能完得自己功程,岂能补得上官之过?故拘来龙王施雨济民,龙王道:"烦大圣到天宫,请一道祈雨圣旨,我好照圣旨数目下雨。"见龙王亦不能代其力也。大圣上天,见玉帝求雨,玉帝以上官正不仁,有冒犯之罪,立有米山、面山和金锁三事,倒断即降旨与雨,如不倒断,教行者休管闲事。见天帝亦不能代其力也。

噫!幽独暗昧之中,为善最大,为恶亦最大,当推倒素供之时,自以为无人可见,而不料已为天帝所知。当此之时,一推之间,而积恶如山,天宫之米山面山早就;喂狗之际,而罪已难解,天宫之铁架金锁早铸;秽言方出,而口业莫消,天宫之拳大鸡、哈巴狗、一盏灯早设。隐恶可为乎?其曰:"直等鸡嗛了米尽,犬舔得面尽,灯燎断锁梃,才该下雨哩!"出尔反尔,天道报应之常,太上所谓"祸福无门,惟人自招",天帝何心焉?观此而知,祸由自作,福亦由自造。一念之恶,即犯弥天之罪;一念之善,亦足以回天之心。故天师道:"这事只宜作善可解,若一念善慈,惊动上帝,米面山即时就倒,锁梃即时就断。你去劝他归善,福自来矣。"祸由自作,福由自造,所争者一念善恶之间,人何乐而不为善耶?

行者回见郡侯,说明三事,又道:"你可回心向善,只可念佛看经,如若依前不改,天即诛之,性命不能保矣。"可知不积德者,性命且不能保,何敢望其成道?其曰"回心向善",以示回心即可以回天,向善即可以解罪,而不可误认念佛看经为向善。如云念佛看经即是回心向善,不知念佛回的那条心,看经向的那件善,岂不误了多也?试看郡侯答天谢地,引罪自责,又教城里城外,大小男女,都要烧香念佛,是不特独善其身,而且兼善于人,是能与人为善者。由中达外,一念纯真,其善之大,莫过于此。就此一念之善,虽出于己,而已默通乎帝座,所立三事俱皆倒断,即于今年今月今日今时,声雷布云降雨,诸神立时下降,甘雨滂沱,喜的凤仙郡人,真是枯木重生,白骨再活。此以德扶道,以道行德,调和阴阳,水火相济,上善若水,利益万物之机关,甘露掣电,浇益众生之要着,非第是念佛看经所能者。道光所谓"天地之气絪缊,甘露自降;坎离之气交会,黄芽自生"。即此之意。

噫!一念之恶,天宫而立米山、立面山、立铁架、铸铁锁,行者不能祈雨,龙王不敢下雨,上帝亦不能倒山断锁。一念之善,而米面山即倒,铁锁桄即断,即上帝亦不能立山铸锁,诸神龙王亦不能不为之下界降雨。即圣人所云:"有能一日用其力于仁矣乎?我未见力不足者。"人力可以回天有如此。

至于降雨三尺零四十二点者,盖以示水土交融、五行和合之意,即吾前所述"五行四象全藉土,三元八卦岂离壬"之旨。尺者,一尺。一为水,二为火,三为木,四为金,十为土,是言五行合一,得其中和之气熏蒸,而为真一之水。得此水而滋养万物,生生不息,有何亢阳之旱?然非德行深者,而此水终未可得。行者教众神现真身,"与凡夫亲眼看看,他才信心供奉",以见"道高龙虎伏,德重鬼神钦",呼吸灵通,感应神速,而无不如意。否则,"若非修行积阴德,动有群魔作障缘"。以上皆行者现身说法,以示有道不可无德之意,即提纲"孙大圣劝善施霖"之旨。修道者可不修德乎?

郡侯与四众立下生祠,三藏留名"甘霖普济寺",盖以示不积德不为生物之甘霖,不劝善不为留名之普济。甘霖非天上之甘霖,乃阴德之滋润;普济非人人而必度,乃期于成道留名后世,为学人之规范耳。结出"硕德圣僧留普济,齐天大圣广施恩",则知有硕德者,方是神僧,而不妨普济群生;能施恩者,才为大圣,而始能与天齐寿。彼今世迷徒,不知积德施恩,而损人利己、自欺欺世、误人性命者,是亦妄人而已,何堪语此!

诗曰:

祸福无门总自招,阴功隐恶录天曹。

如能一念修真善,罪过当时尽化消。

# 第八十八回

## 禅到玉华施法会　心猿木土授门人

〔**西游真诠**〕悟一子曰：此明大道必藉师传。得道不传遏天道，得道轻传亵天宝，不可不悟也。

"玉华"者，玉液还丹也。到此地位，性体成就，吝而不传，使后无来者，便是遏绝之私；倘传非其人，而轻泄秘妙，亦必身遭魔难。篇中发明，最为醒切。三藏到了玉华，"吩咐徒弟们谨慎，切不可放肆"，正示不可轻泄之之意。

"八戒低头，沙僧掩脸，行者搀师"，亦善韬藏矣。犹未免齐声惊异，道："我这里只有降龙伏虎的高僧，不曾见降猪伏猴的和尚。"盖世人只识龙、虎为修行之作用，而终不识龙、虎为何物，降伏为何功？不知猪、猴即龙、虎之别名，而忽然惊见，能无骇疑？申猿为金水，亥猪为木火，沙土为中央，正五行攒簇之理。读者不知其妙，悬揣为心猿意马，置沙、戒二家于无着，亦与不曾见降猪伏猴的和尚者同一见识。世人见而却走，跌跌爬爬，惟恐避之不远，谁知"经过一十四遍寒暑，其中万恶千魔，不知受了多少苦楚，才到得宝方"。言此宝非容易逸获，原足为王侯所师，但浅露圭角，自炫求售，便取轻薄。经曰："被褐怀玉。"又曰："若虚若愚。"祖师垂训谆谆，非自私自淑之心。盖独弦绝调，骇众惊愚；知音寡而和者希，益人少而失已多，可不戒慎？

篇中著出"暴纱亭"，明浮露轻扬之义；标窃神兵，示炫惑疏失之虞。"暴"者，宣布也；"纱"者，轻薄也；"亭"者，暂处也。偶一发越轻亵，而好奇者邀求，假托者乘隙矣。你看惊动王子、殿官，都惧其相貌丑恶，请去暴纱亭吃斋。此便是皮相和尚，而不识其蕴藏之美，故不诚心假馆尊师，而惟暂时邮亭延客也。迨至王子自雄夸技，而三徒腾达演长，醯鸡已羞瓮小，井蛙亦觉管窥。"父子倒身下拜，行者冷笑旁观"，乃是法可施行之会，何不可即于暴纱亭,大施一番济拔?法有必秘而不可暴者,有可暴而不必秘者。如禅者,沙门之法也。沙可暴而接引众生,以为奔逐利名、劳途困顿者,歇息停车之地。故玉液还丹,为明心见性之妙道。玉华之灿烂,荣于甫华、衮;玉色之温润,艳于嫱、施。玉质之悠久,坚于鼎钟。人人具足,家家自有,故不妨汲汲于开诱,遑遑于救援。皈归者,不俟请则可往;求益者,不俟愤则可启。童幼不以用吾简,骜狠不以加吾怠,可为众生不速之良友,可为四依十地之主人。非如金液还丹万劫一传,必秘而不可暴者。此三僧即于暴纱亭静室之间,同日受徒,收神传诀,运遍周天,亦曰暴传沙门之法已耳,不过如身外之兵器技勇一般,其降猪伏猴之秘妙,固未曾一字说破而暴白显露也。

八戒所用钉把,连柄五千零四十八斤,一藏之数也;沙僧宝杖之数,也是五千零四十八斤,亦是一藏,无二理也。独行者之棒重一万三千五百斤,盖已总三藏之数,而特缺三五之妙合耳。此器可照样造作,而不可昼夜刻离,在佛家谓之"降魔杵",在道家谓之"慧剑",在儒家谓之"刚断",乃天生之智力,卫正除魔之宝贝,不可须臾离也,故"霞光万道冲天,瑞气千条照地"。倘不收神归舍,而晷刻暂离,便遭外魔掩袭。所以"放在篷厂中三日",遂致豹头虎口之席卷而去也。

王子得师传受,元神归本,脱胎换骨,如死而复苏,就用得神械。可见禅家之法门,既到玉华地位,固足以点化凡躯,广施愿力。彼有尚未窥其门户,而假托头陀,广行长舌者,其即后之豹头虎口。


〔**西游原旨**〕上回言修道者必内积阴德,外施普济,方是道高德重,圣贤体用。然普济之道,是阐扬圣教、传续道脉之事,苟未到禅性稳定之时,而不可传人;不遇真正诚信之士,亦未可轻传。故此回合下二回,皆明师徒授受之邪正,使为师者,不得妄泄天机,失之匪人;求师者,不得妄贪天宝,误入傍门。须宜谨慎,以免祸患也。

篇首"唐僧别了郡侯,对行者道:'这一场善果,胜似比丘国搭救小儿之功。'行者道:'皆是本人善念,我何功之有?'"是明示金丹大道,遇人不传秘天宝,传之匪人泄天机,若遇至人,不得不传耳。独是传道乃成人之事,未能成己,焉能成物?若未到了性之后,中无把柄,则应世接物,易足以败乱吾道,不但不能成物,而且有以妨己。

唐僧师徒到玉华州,是已明心见性,了得玉液还丹之道。玉华州,为天竺国下郡。"玉华"者,柔净之花,性之谓。"天竺"者,天为"二人",竺为"两个",阴阳合一,命之谓。了性为玉液还丹,了命为金液大丹。唐僧到玉华州,是已得玉液还丹,虽未得金液大丹,而禅性如明镜止水,把柄在手,已到有宝之地,可以应世接物,不动不摇,不妨施法会而度群迷矣。学者若不将此处分解个明白,是只知有降龙伏虎的高僧,不曾见降猪伏猴的和尚也。

盖猪猴即龙虎,龙虎即猪猴,不知猪猴,焉知龙虎?八戒为木母,属东,为青龙,性也。行者为金公,属西,为白虎,命也。降猪伏猴者,即是降龙伏虎。降得真龙,伏得真虎,即是尽性至命,金丹之全能。不知此中真味,便是后文豹头山虎口洞之老妖,而何法会之有?其界甚清,读者须要细玩,不可忽略。故八戒道:"你们可曾见降猪王的和尚?"慌得满街人,跌跌爬爬,都往两边闪过。降猪即是降龙,了性玉液之事,以见不特金液大丹人不易识,即玉液还丹一经说破,凡夫闻之,亦必惊疑。"呆子低着头,只是笑",是写其下士闻之,大笑去之也。

噫!玉液还丹岂易得哉?必要经过十四年之寒暑,走过十万八千之路途,万折千魔,多少苦楚,方能得之。苟非遇出世丈夫,信心男子,认得真假者,安可传也?你看当殿官去请三徒,慌得战战兢兢;王子见那等丑恶,却也心中害怕。三藏道:"千岁放心,顽徒虽是貌丑,却都心良。"是写肉眼凡胎,不识真假,纵能尊师敬友,专在礼貌上打点,不从本心处用诚,便是不肯深信,未可语道之时。

请四僧去暴纱亭吃斋,岂是尊隆师友之礼乎?暴者,粗率之意;纱者,轻薄之谓;亭者,观瞻之处。言粗率轻薄,徒取外之观瞻,以是为礼,其心之怠慢可知。苟于此而显露圭角,便是传之匪人,妄泄天机矣。三小王子各持兵器,出府打怪,是已有除邪扶正之志者。而三僧各露兵器以善诱之,三个小王一齐跪下,认得神师,自悔不识,即求拜授。此一经指引,失其自美,而知犹有至美者在,已在可教之列,故不妨大展经纶,使迷者心悦而诚服,倾心而受教也。

"行者驾五色祥云,起在半空,把金箍棒丢开个撒花盖顶,黄龙翻身,一上一下,左旋右转,起初人与棒似锦上添花,次后来不见人,只见一天棒滚。""五色云起在半空"者,五气朝元也;"棒丢撒花盖顶"者,三花聚顶也;"黄龙翻身"者,执中用权也;"一上一下"者,乾坤鼎器也;"左旋右转"者,乌兔药物也;"起初人与棒似锦上添花"者,攒簇五行也;"次后不见人,只见一天棒滚"者,浑然一气也。此开剖先天一气之运用,执中精一之妙道也。

"八戒驾起风头,半空中丢开钯,上三下四,左五右六,前七后八,满身解数。"此五行一阴一阳,顺生顺成,一气流行之造化也。三为木,天三生木,地八成之;四为金,地四生金,天九成之;五为土,天五生土,地十成之;六为水,天一生水,地六成之;七为火,地二生火,天七成之。此分解河图上下、前后、左右五行阴阳之全数,所以成变化而行鬼神也。

"沙僧轮着杖,也起在空中,只见瑞气纲缊,金光缥缈,宝杖丢一个丹凤朝阳,饿虎扑食,紧迎慢挡,急转忙揎。"沙僧宝杖为中央真土,黄中通理也。土具五行而生万物,故瑞气纲缊,金光缥缈也;其用也,能调水火而和金木,故"丢个丹凤朝阳,饿虎扑食"也;土无定位,分位四季,故"紧迎慢挡,急转忙揎"也。

"三个都在半空中扬威耀武",五行攒簇,和合四象,太极之象。诗云"真禅景象不凡同,大道因由满太空",言真禅之法,与二乘顽空禅学大不相同,乃为真空,真空不空,为大道之因由,即佛"正法眼藏,涅槃妙心"也。"金水施威盈法界,刀圭辗转合圆通",言真禅之法,有金木相并、戊己成全之理,而非空空无为之道也。提纲所谓"禅到玉华施法会",即此法会欤!金丹大道已明明露出,其谓禅者,亦因未及煅炼,则谓之禅。观于"金木刀圭"字样,可知非一禅而已。施展出此等手段,一切迷徒可知道之至尊至贵,至大至深,不敢以粗率轻薄外之观瞻为事,而诚心受教矣。

"三个小王跪在尘埃,大小官员,王府老小,满城一应人家,念佛磕头。老王子步行到暴纱亭,扑地行礼,以为仙佛临凡,谨发虔心,愿受教诲。"此信服已深,一无所疑,内恭外敬,事之如仙佛,奉之如神明,而不拘于礼貌者。故行者道:"你令郎既有从善之心,切不可说起分毫之利,只以情相处足矣。"正所谓"至人传,匪人万两金不换。"所可异者,暴纱亭非尊师之礼,又奚必在暴纱亭铺设床帏,使四众安宿乎?行者已有言矣:"既有从善之心,切不可说起分毫之利。"盖真正有道之士,只取其心,不取其礼。心不诚,虽礼貌盛而亦未可以授道;心若诚,虽礼貌衰而亦何妨以度引。暴纱亭安宿,正以示取心而不取礼也。

独是金丹大道,至易而至难,最简而最细,极近而极深,与造化争权,与阴阳相战,在生死关口上作活计,天地根本上量权衡。若空手猾拳,一无所恃,性命焉能为我所得?是必有把柄焉。盖作仙佛事业,必用仙佛神器,若以凡夫而用神器,如何动得分毫? 是非有神力者不能。钉钯、宝杖俱重五千四十八斤,皆合一藏之数。丹经所云"五千四十八黄道,正合一部大藏经"者是也。惟金箍棒重一万三千五百斤,为乾"九五",刚健中正,纯粹至精之物,而不拘于藏数者,以其变化无穷,而非可以数计。诗中"神禹亲手设,混沌传流直到今",以见执中精一之理,乃尧传于舜,舜传于禹,圣圣相传,一定不易之道。此等兵器,岂愚夫愚妇无力量者所能拿起乎? 不但金箍棒拿不起,即钉钯、宝杖亦拿不起,总以明了性了命皆要神兵,拿了性了命之神兵者,皆要神力。故行者道:"教便容易,只是你们无力量,使不得我们兵器。我先传你些神力,然后可授武艺。"噫! 法容易而神兵难,神兵容易而力量更难,若无力量,神兵难拿,若无神兵,法于何施? 此先传神力,后授武艺,所不容已者。

"暴纱亭后,静室之间,画了罡斗,教俯伏在内"者,去粗率轻薄之气,以安静为宅舍也。"一个个瞑目宁神"者,以宁神为基址也。"暗念真言"者,以念真为要着也。"将仙气吹入腹中"者,以志气而壮内也。"把元神收归本舍"者,以收归元神为根本也。"传与口诀",即此是口诀,而此中之外,别无口诀。"各授万千之膂力",即此是膂力,此中之外,别无膂力。果有能依此等口诀,以养力量,勇猛向道,而从前之懦柔畏逡之气,俱化于无有,岂不是脱胎换骨? 宜乎小王子如梦初醒,一个个骨壮筋强,三般兵器俱能拿得也。

然既授之以神兵,而使照样另造,又何以拿不动而减消斤两乎? 学者若以三僧吝惜猜之,大错! 大错! 盖口诀须用师授,而神兵还要自造。神兵者,自己防身之慧器,师自有师之慧器,徒自有徒之慧器,只可照样而造作,不能取原物而交代者。故八戒道:"我们的器械,一则你使不得,二则我们要护法降魔,正该另造。"言下分明,何等醒人!

吁! 禅到玉华,不得不施法而度迷;若授得其人,不可不退藏而自谨。盖慧器为护法之物,防身之宝,一刻而不可少离者;若一有离,即为好奇者所窃取。三宝放于蓬厂之间,昼夜不收,是何世界? 招来豹头虎口之妖,一把收去也,宜矣! 结云:"道不须臾离,可离非道也。神兵尽落空,枉费参修者。"可谓千古修行者之一戒。

诗曰:

> 玉液还丹谁得知,知之可作度人师。
>
> 轻传妄泄遭天谴,大法何容慢视之。

# 第八十九回

## 黄狮精虚设钉钯会　金木土计闹豹头山

〔**西游真诠**〕悟一子曰：此言黄冠者流，假窃道号，无师妄作之祸。前玉华而施会，是祖祖相传，真知实力，故曰"施法会"。此钉钯而设会，乃盗道无师，师心自用，故曰"虚设会"。

说出"豹头山虎口洞"，明明吞噬耽逐之徒，俨然托迹神仙，而不自知其为恶物也。其头所戴者道冠，而实为豹头；其口所吐者道言，而实为虎口。推而论之，长绦短麈，师剪尾之雄风；衲服芒鞋，极斑烂之色相。遇绥狐而施利爪，葫芦贮夜夜之娇；攫青蛇而张牙吻，囊内挟铮铮之匕。彼有杖远公之迹，而三藐不闻；着达摩之衣，而一归未解；诵波罗之经，而诡谲丛生。蒲团作狡兔之窟，钵盂觅醋蘖之乡。昼祇园而夕花市，身比丘而心盗跖，亦何以异？篇中王子说："人言洞中有仙。"行者曰："定是这方歹人。"一语已湛奸人肺腑，可见假托诳世者，可眢俗而不可罔智也。

"见两个狼头妖怪，朗朗的说话道：'我大王连日侥幸，前月里得了个美人儿，在洞中盘桓，十分快乐。昨夜里又得了三般兵器，果然无价之宝。明朝开宴，要庆'钉钯会'哩！'夫一心清净观，定慧不相离，是佛空虚相，是法微妙光。佛空法亦空，僧空心自住。住心三空宝，亦名三皈处。故曰佛、法、僧三宝，自心印证，非假外来，岂可袭取而得哉？黄狮暗窃三宝，私心庆幸，且只庆钉钯，不庆金棒、宝杖，不但不识三宝之妙，并不识钉钯为何物。殆见钯齿与爪牙相似，足以助其锋利，为可庆耶！曰"钉钯会"，不过会其牙爪，以虚张声势而已。得美人而快乐，不知为伐性之斧；得钉钯而开宴，已酿成掘命之根。贪淫纵饮，树党标名，不僧不道，夸张盛事，牟尼、老子当亦发大慈悲，现韦驮相，飞斩妖剑，立时殄灭也。

"只见两个小妖,往乾方买猪羊。"乾方为诸阳所自出,而使小妖去买猪羊,其错认可嗤类如此,总由其骄气成性,不求真师,专工剽掠,悬揣妄为,自谓聪慧过人,明彻四座,不知适形其为刁钻古怪、古怪刁钻而已。八戒变刁钻古怪,行者变古怪刁钻,沙僧扮猪羊客人,虽曰设计,其实言道也。"计"者,"言、十"也。言东三南二、北一西四、中央共十之理。行者为金水,阴中有阳,故一变而为古怪刁钻,古怪中有刁钻也;八戒为木火,阳中有阴,故一变而为刁钻古怪,刁钻中有古怪也;沙僧为中央土,寄四而分旺,故为诸阳之客,乃《河图》理数。彼以虚设,此以实计,以实击虚,能不败露?

访出他原身为金毛狮,为九灵祖之门下。噫! 既破虚猜,自来觉慧。两个刁钻,已定住两样身心;一张请帖,分明是一纸供状。九灵祖空费了神思,须因着三僧棒喝;四明铲斩斩不断迷根,怎生逃万劫轮回? 金木土,五耀阳神,真道术,何反说"弄虚头骗我宝贝"? 金毛狮百般阴险,假狐禅,免不得扫洞焚巢,奔投师救。竹节山,节节通透,也只是暗里空穿;九曲洞,曲曲玲珑,只不过纡回摩揣。狮头狮尾乱蓬松,少不得一毫不是;狮祖狮孙纷扰攘,总没半个投机。吁! 妄想偏思,果何用哉?

九灵能通众狮,可谓之狮祖,而不可谓之祖师。思虽多,亦奚以为?《语》曰:"以思无益,不如学。"经云:"若无师指,人思得天上神仙无着处。"师心妄作,冥慧自戕,可悯可叹! 此处明指三僧为金、木、土,其心猿意马之说,殆亦师心之见乎?

〔**西游原旨**〕上回言真师授道,须要择人,不得妄泄天机矣。然假师足以乱真师,学者若不识真假,认假为真,是自投罗网,祸即不旋踵而至。故此回极写假师之为害,使人早为细辨耳。

三僧失了法宝,问出豹头山虎口洞,行者笑道:"定是那方歹人偷将去了。""豹头"者,喻暴气自高而无忌;"虎口"者,比利口伤人而多贪。盖慧器所以除邪而卫正,非可以借假而迷人。世之邪徒,偷取圣贤金丹之名,烧铅炼汞而哄骗世财;假托阴阳之说,采取闺丹而大坏天良。大胆欺心,海口装人,自谓神仙第一,人莫我识,抑知是豹头虎口金毛狮子之妖怪乎? 如此等辈,行险徼幸,以采阴为名色,盘桓美人而夜则快乐;以买药为掩饰,落人银两而日则饮酒;以利齿为法会,巴不得他人财货为我一钯捞尽;以狼毒为运用,恨不得世间之美色为我一人独得。损人利己,贪财好色,一口法唾,将人定住,腰缠搭包,心挂粉裙,无利不搜,无色不拣,刁而又钻,古而又怪,刁钻古怪,古怪刁钻,如在蝴蝶梦中作事。安得个大圣人现身说法,解脱此等邪行,去假变真,还复法宝,大光教门乎?

行者为金水,以金水而化古怪刁钻,则古为真古,钻为实钻,刁即化,怪即消,古中有钻,阴中藏阳,虎向水中生,以真而去假也。八戒为木火,以木火而变刁钻古怪,则刁者不刁,怪者不怪,反其古,正其钻,钻中有古,阳中藏阴,龙从火里出,依假而修真也。沙僧为戊己土,以土而妆贩猪羊客人,土能攒五行,和四象,会三家,为调和诸阳之物,《悟真》所谓"四象五行全藉土"者,是金丹之道,无出于此。以是而计,不特慧器有返还之机,而且阴邪亦有可除之时,此等真着实用,岂容自思自猜而知?

彼世之一切迷徒,惟利是计,师心自用,不知实学,私猜妄议,邪思乱想,予圣自雄,略无忌惮,如金毛狮子使青脸小妖请九头狮子坐首席者相同。吾不知何所取而然,其必谓思则得之,不思则不得,故以思为祖,尊思如圣,而甘自居于下愚不移之地。殊不知君子之思,特思其正,不思其邪,所谓"思不出其位"。今反邪思,偷圣贤之法宝,以为伤人之物,而庆钉钯会,是思出其位,思愈多而道愈远,何贵于思?提纲书"虚设"二字,其诛心之论欤!以此看来,可知师心之不可有,神器之不容借,野狐禅终须败露,真道学难可泯灭。试看三僧赶猪羊入了妖洞,谎言谎语,哄得妖王反引进厂亭,说与中间钉钯,以见真师作用,假师难窥其相;假师举止,真师如见其心。

"三僧拿了兵器,各现原身",真者自现其真,贱货贵德,颠沛时总照顾本来面目,而何曾失真;"妖王取四明铲,杆长鐏利",假者自形其假,见利忘义,行动处惟知的利己损人,而岂肯回头。噫!小人闲居为不善,无所不至,即遇真人治责,不自悔过,乃掩其不善而著其善,反以为"弄虚头骗我宝贝"。岂知人之视己,如见其肺肝然?行者骂"黉夜偷来宝贝",情真罪当,何说之辞?

"三僧攒一怪,在豹头山战斗,妖怪抵敌不住,纵风逃去。"真之胜于假,假之不敌真,显而易见。提纲"黄狮虚设,三僧计闹",即此之谓。说到此处,狼头兽怪,可以一齐打死,邪魔巢穴,可以烧得干净。何妨带妖洞悭贪,在玉华施法会,一齐丢下,以为粗率轻薄不知诚心真师者之鉴观。

既云巢穴干净,何以又有九灵元圣之复作妖乎?盖以迷徒千思万想,并非一端,赶去黄狮精,烧了虎口洞,不过扫得思利之邪师,而犹有无穷之邪师为害,若不大写一番,而学者不知其邪师之多,不知其邪师之思为最多也。

行者道:"殿下放心,我已虑之熟矣,一定与你扫除尽绝,决不致贻害于后。"无虑即无思,无思即无虑,一有所虑,则虑中生疑,疑中生猜,猜中而思起矣。是思本不来,因猜疑而来,猜疑一见,虽能放去利心,不思于彼,便思于此,岂不是青脸儿红毛妖送请书于万灵竹节山九曲盘桓洞九头狮子乎?红毛比心,兽象彳,青而加彳,则为"猜",其为心猜之妖也。"万灵竹节山",多灵而心必不通;"九曲盘桓洞",多曲而行即不直。九灵怎敌一灵,元圣如何得圣? 多思之为祸甚矣哉!

试请明思之多:"黄狮见了老妖,倒身下拜",视思也;"止不住腮边落泪",色思也;"老妖道:'你昨日差青脸儿下柬,今早正欲来赴会,你为何又亲来,又伤悲烦恼?'"疑思也;"妖精将上项事,细细说了一遍",言思也;"不知那三个和尚叫甚名字,却俱有本事",事思也;"小孙一人敌他不过,望祖爷拔刀相助,拿那和尚报仇",忿思也;"庶见我祖爱孙之意",见得思也;"老妖闻言,默想半时,笑道:'原来是他!'"听思也;"老妖道:'那长嘴大耳的乃猪八戒,晦气色脸者乃沙和尚,那毛脸雷公嘴者叫孙行者。'"貌思也。此其所以为九思,此其所以为九灵元圣。诸多傍门,虽各有所思,然皆不出九思之门,故老妖为诸思之祖。

"老妖点起六狮,各执利器,黄狮引领,径至豹头山。"吁! 此等邪徒,只知心头豹变,多思多虑,以利为先,欺世愚人,焉晓得安身立命之处早已失落,而哭泣之声就在眼前耶? 始而见假刁钻以为真刁钻,认假为真,既而见真刁钻以为假刁钻,认真为假,真假不分,思虽多,亦奚以为? 若非有人说破先天大道口诀,扳倒其假,解去邪思,其不为假者作恶所弄而家当尽空、杀其性命也几希。

"狂风滚滚,黑雾漫漫,一群妖精,都到城下。"多思多乱,徒费心机,非徒无益,而又有害,慧器一失,至于如此。故云:"失却慧兵缘不谨,顿教魔起众邪凶。"当斯之时,虽曰放心,亦出其后;虽曰安心,难保全吉。学者可不自谨乎?

诗曰:

> 外道傍门乱鼓唇,窃偷天宝俱迷人。
>
> 明师尽被盲师蔽,学者还须细认真。

# 第九十回

## 师狮授受同归一　盗道缠禅静九灵

〔**西游真诠**〕悟一子曰：此篇大道渊微，奥妙莫测，仙师笔墨不能了其义，不得不如是而止也。他如披阅寻绎，殚思竭识，而仅得其肤韄者，固不具论。如卓吾李公①读至结尾"顿脱群思，潜心正果"两句，知九头为九思，务至无思而后可，似得其肯綮矣，而不知仍得其肤韄。

提纲云："师狮授受同归一，盗道缠禅静九灵。"明悟者，解上句则曰："狮"者，"思"也；"师狮"者，师心也。"授"者，传也；"授受"者，传受也。师心而悟道与传受而得道，虽有安勉之殊，而总归于一致。解下句，则曰"盗道"也、"缠禅"也、"静九灵"也，权术渐顿之目也，即申由此同归之象，已超于李解矣，而抑知仍系得其肤韄？

更有卓识者，解上句则曰："师狮"者，师心而已，道非可以师心而得；"授受"者，授教而已，道非可以不悟而传。师心之非，与授教之非同也。解下句则曰：道非可盗也，禅非可缠也，九灵亦何能静？ 欲不悟而得，则为"盗道"；欲师心而得，则为"缠禅"。"师狮授受"之非，是犹"盗道缠禅"，而欲静九灵以归于一也，岂可得哉？ 此已进于肤韄矣，而抑知仍未得其肯綮？

师思者，"师狮"而已，狮非可师也，必得真师传受，而后吾心之思可同归于一。何以吾心之思不可师？ 必得真师之传受，而后吾心之思可不谬而同归。未识所传者何法？ 所受者何义？ 则又不可得解，而笔墨不能尽矣。

---

① 李卓吾（1527－1602），名贽，号卓吾，又号笃吾、宏甫，别号温陵居士，福建晋江（今泉州）人，明代著名思想家、史学家、文学家。著述颇丰，主要有《焚书》6卷、《续焚书》5卷、《藏书》68卷、《续藏书》27卷、《初潭集》20卷、《李氏文集》20卷，评点《水浒传》《西游记》《浣纱记》等。

昔者释迦如来,在世八十年,为无量人天声闻菩萨。说五戒八戒,大小乘戒,四谛,十二缘起,六波罗密,四无量心,三明六通,三十七品,十方,四无畏,十八不共法,世谛,第一义谛,无量诸解脱,三昧总持门,菩萨涅槃,常住法性,庄严佛土,成就众生,度天人,教菩萨,一切妙道,可谓广大周密,廓法界于无疆,彻性海于无际,权术渐顿,无遗事矣。最后独以正法眼付大迦叶,令祖祖相传,别行于世,所谓教外别传,不予世人耳目之所及见者也。非私于迦叶而外于天声闻菩萨也,顾此法为众生之本源,诸佛之所证,超一切理,离一切相,不可以言语智识解,无隐显推求而得,但心心相印,印印相契,使自证知光明受用而已。祖祖相传,密示妙谛,原非可师心冥悟,袭取强求而获也。

虽然道者性所固有,非可盗也,而不知实有盗道之妙,正是法眼单传,不可思拟。《阴符经》曰:"其盗机也,天下莫能见,莫能知。"陆真人曰:"窃天地之机,盗杀中之气。"则道固自盗而得。真师之传,传其道而并传其盗道之道。盗道之盗,非常道也。故曰:"道可道,非常道。"不可以名象,不可以言传。

虽然道云可盗矣,则禅亦可缠乎?既"盗道"矣,而又何事于"缠禅"?禅者,真空也。倘若于缠,则如绳之两股交扎,而不可解脱,"缠禅"果何为乎?不知"盗道"必须"缠禅"之妙,正是法眼密法,静思归一之的旨。盖独思不能"盗道",专禅不能静思。"盗道"之妙,在"授受"之真,而非"师狮";"缠禅"之妙,在"盗道"之后,而非静思。若以静思为禅,是以静扰禅,而落于空寂,非真禅也。若以禅参道,是以思弃道,而内无真种,为假道也。九灵亦无由而静,即"师狮"之妄作,而非"授受"之真师矣。然则"盗道"为"静九灵"之始基,而"缠禅"为"盗道"之止境,非笔墨之所可了其说。此正法眼之法,固所不得而闻者也。

其要当先知九灵之为吾身,害吾身之六欲为六狮绕匝左右前后,而又有青脸猜识为之引,中有九头者其帅也,布列于坎宫,则先天之阳,陷溺而不可复起。所赖三僧之真五行,狠命相持,亦胜负各半。惟有灵心变化,意随心转,能不受缚。奈九灵之根自天而来,一经思虑,六欲摇动,而全军被陷矣。所贵存心制欲,打点精神,直探虎穴,至万灵竹节山九曲盘桓洞,方晓其底里也。六根难断,最不割舍,故老妖不觉下泪,务须强制心猿,从头打点,如倒在锦云窝一觉大睡,而后真心忽然透出矣。真心一透,自能扑灭三尸,从容解脱。倘躁动自惊,欲根窃发,彼即仍能制我,不得其主以御之故也。惟竭诚察识,寻出他主人公,方可收伏。

“东极妙岩宫”,真性之地也。“太乙天尊所居”,为天之所师。六狮所不能窟,九狮所不能扰。天尊叫出御狮奴,指明偷吃太上轮回玉液,三日不醒,而走失九灵之由,正见“盗道”之妙,未能静思之时。天尊至竹节山,指出“元圣儿是一个久修得道的真灵,上通三界,下彻九泉”,言思能作圣而通彻上下,极往知来,昭昭灵灵,可以为真。不知离真一而自为主,则旁猜曲引,纷扰妄动,虽灵即昧。惟认得主人,不事摇动,而归伏浑忘,方是“缠禅”之妙,已静九灵之候。

盖“师狮”不可以静狮,“授受”则可以“盗道”;“盗道”不可以不“缠禅”,“缠禅”则可以静狮而同归。《悟真》曰:“始于有作无人见”,“盗道”也;又曰:“及至无为众始知”,“缠禅”也。盗为窃取,缠为次度,“盗道缠禅”,而九灵归一矣。学道者,其不为邪师窃器者所惑、六欲扰道者所累,则庶几乎!仙师特借暴纱亭以薄示其义云尔,故篇中有“又至暴纱亭”、“一一传授”之语。篇首“青脸怪紧挨九头狮”,示胡猜乱思之象,明心须传授,切莫强猜之意。青兽,“猜”字也。真人曰:“饶君聪慧过颜闵,不遇真师莫强猜。”故行者一棒打杀猜疑,而古怪、刁钻并为肉饼也。

玉华、金平为天竺外郡,玉华是玉液,禅到玉华,施法授徒,俱为王子。有“七十二般之解数”者,七十二候之义。所授之器,“棒一千斤,钯、杖各八百斤”,是一气先天,“八八青龙”之义。此处有“虎口洞”,与下回“金平府青龙山”相照,互文也。下回“金平府”是金液也,紧与“玉华”相对,正月十五月圆之时,金气正平也。有“青龙山”与此回之“虎口洞”相照,亦互文也。

〔西游原旨〕上二回,一言真师之授道,一言假师之迷人,师之真假判然矣。然求师者苟不能自己参思,但据师之指点,则师之真假仍未可辨,而道之邪正终不可知,如何了得真禅之事?故此回示出“授受归一”之妙,“盗道缠禅”之机,使学者知之真而行之当也。

如提纲二句,其意幽深,最不易释。悟一子注云:“独思不能盗道,专禅不能静思。盗道之妙,在授受之真,而非师狮;缠禅之妙,在盗道之后,而非静思。若以静思为禅,是以静扰禅,而落于空寂,非真禅也;若以禅参道,是以思弃道,而内无真种,为假道也。九灵亦无由而静,即师狮之妄作,而非授受之真师矣。然则盗道为静九灵之始基,而缠禅为盗道之正境。"此解亦入其三昧,而后世无有出乎其右者。

吾且更有辨焉:"师"者,求师也;"狮"者,自思也;"授"者,师授也;"受"者,自得也。道非可以自思而知,必赖真师传授,而后可以用吾心思钻研其妙,心领神会,与师所授,同归于一,此上句之意也。"道"者,天道也;"盗"者,盗机也;"禅"者,真禅也;"缠"者,次序也。禅非可以空禅而得,必有盗道之妙,而后可以循序渐进,次第有准,由勉抵安,入于真禅,九灵自静,此下句之意也。盖盗道在师授之真,缠禅在心会之妙,静九灵尤在归一之神。况归一在于能思其所授,静九灵在于能缠其所盗,非师授则心思无益而不能归一,非缠禅则盗道最难,亦不能静九灵。师授也,思受也,盗道也,缠禅也,同归于一,而能静九灵矣。

昔释迦拈花示众,五千退席,迦叶微笑而纳之;至圣一贯之传,及门不知,谁曾子一唯:此即"师狮授受同归一"之旨。当释迦拈花示众,不仅示于迦叶一人,乃普示于五千人,惟迦叶独得,五千人不知,其能参思其意可知;至圣以一贯呼参,及门皆在其旁,惟曾子独唯,及门不知,其能参思其意亦可知。六祖慧能,既得五祖之传,为恶少所欺,后隐于四会猎人之中,方就大事;薛道光顿悟圆通,自知非那边事,后得杏林之传,还俗了事:此皆"盗道缠禅静九灵"之妙。不然六祖得传,已自返照,隐于四会,作甚事业?道光已经顿悟,后求杏林,还俗了事,又欲何为?此中趣味,非真师传盗道之旨,焉得而知之?篇中包含无穷奥妙,难形纸笔,尽藏于反面中,是在学者细玩其味耳。

篇首"七狮前后左右护卫,中间一个九头狮子",七情皆从思起也。"青脸儿怪执一面锦绣团花宝幢,紧挨着九头狮子",一有所思,而猜疑成团也。"刁钻古怪、古怪刁钻打两面红旗",一经思想,七情俱发,而猜疑斯起,乱思乱想,多猜多疑,不会钻研,古怪百端,"火生于木,祸发必克",其为害不浅矣。"群妖齐布坎宫之位",阴盛阳衰,阳陷阴中,滋惑益甚,莫可救止之象。

"众妖与三僧争持,雪狮、猱狮拿去八戒,行者、沙僧拿住狻猊、白泽",此邪正不分,彼此两伤也。"老魔定计,教诸狮用心拿行者、沙僧,自己要暗去拿唐僧、老王父子",此师心自用,暗思盗道也。"行者情知中计,拔下臂膊毫毛,变千百小行者,拿住五狮",此小心变化,缠禅也。"倒转走脱了青脸儿与刁钻古怪、古怪刁钻二怪",授受不真,不能归一也。"山头忽见青脸儿,行者、沙僧赶进万灵竹节山九曲盘桓洞",缠禅而欲静九灵也。"老妖不见七狮,低头半晌不语,忽然吊下泪来",九思七情,同声相应,同气相求,欲静九灵,而不得师心自思也。"九头狮将行者、沙僧衔入洞中,教古怪刁钻、刁钻古怪、青脸儿拿两条绳,着实绑了",师心自得,已着于相,不能归一也。

"三小妖执柳棍打行者",猜疑于蒲柳之姿,非真师传授之道也。"行者本是炼过的身,凭他怎打,略不介意",运用于法身之上,盗道而欲缠禅也。"老妖叫点起灯来,欲锦云窝略睡睡去",七情隔去,渐有光明之慧,九灵有可静之机也。"三小妖打行者脑盖,就像敲梆子一般",真空无碍,所以缠禅也。"夜将深了,却都盹睡",情去而思止,思止而猜息,缠禅所以归一也。"行者把三个小妖轻轻一桠,就桠作三个肉团",猜疑打破,无思无欲,归一而缠禅也。"行者剔亮灯,解放沙僧",盗道也。"八戒声叫,惊醒老妖",不能缠禅,未可静九灵也。"老妖取灯来看,见地下血淋淋三块肉饼,把沙僧拿住,见层门损破,情知是行者打破门走了",稍着于思,便见疑团,得其真禅,疑团尽破矣。然能打破疑团,而不能归一静九灵者何? 盖以独思而无师授,缠禅而不能盗道之故。

"揭谛、丁甲神将押竹节山土地,教行者问妖精根由,便好处治。"非师授而不能盗道,非盗道而不能静九灵,必有真传,非可自思而得也。"土地说出九灵元圣为九头狮子,须到东极妙岩宫,请他主人来,方可收伏。"此师授之真者。"东极"者,真性所居之地。"妙岩宫",无欲观妙之处,为灵知之主人。欲伏灵元,非真性出现,莫能为力也。"行者闻言,思想半晌道:'东极妙岩宫,是太乙救苦天尊,他座下正是个九头狮子。'"此一经真传,而心中参想,即知太乙为救苦天尊,足以制伏其九灵而无疑,即提纲所谓"师狮授受同归一"也。

"行者到东天门外,撞见天王,道了来意。天王道:'那厢因你为人师,所以惹出这一窝狮子来也。'行者道:'正为此! 正为此!'"师心自用,好为人师,即乱其真,自起其妖,于妖无尤。重言"正为此"者,见之真而知之确,授受之真,归一之机括也。"狮奴吃了轮回酒,三日不醒,以致不谨,走了九头狮子。"以见多思皆由狮奴昏昧,狮奴昏昧,皆由误认后天轮回之妄识。三日为天心复见之候,三日而不醒,其昧本已甚,九灵能不乘间作妖乎?

"元圣儿也是一个久修得道的真灵,叫一声,上通三界,下彻九泉,等闲也便不伤生。"《论语》云:"学而不思则罔。"《中庸》云:"思之弗得,弗措也。"

圣贤教人,未尝不教人思,视其思之何如耳。思之正,则能通天彻地,达古通今,极往知来,可以超凡入圣,可以起死回生,希贤希圣而无难;思之不正,则欲生念妄,以假乱真,伤生害命,能使人入轮回而不知,堕地狱而不晓。"等闲也不伤生",是在神而明之,存乎其人耳。

"天尊教行者去门首索战,引他出来好收",此盗道缠禅,杀中求生,静九灵之要着。"行者喊骂,老妖惊醒",此缠禅而盗道,害里生恩,同归一之窍妙。"行者引出妖精,天尊念动咒语,那妖认得主人,伏于地下",以一御纷,以定治乱,同归一而静九灵矣。"狮奴挝住,骂道:'畜生,如何偷走,教我受罪?'狮兽合口无声,不敢摇动。狮奴打的手困,方才住。"师心未可以盗道,缠禅才是静九灵,缠禅即在盗道之中,盗道不在缠禅之外也。然则欲盗道,不可不求师传;欲静九灵,不可不先归一;欲归一,不可不参思所授;欲静九灵,不可不缠禅盗道。是授受即有盗道之真,参思即有缠禅之妙,归一即有静九灵之能,真空不空,不空而空,佛氏"正法眼藏,涅槃妙心"即此;老子"有欲观窍,无欲观妙"即此;孔门"中者天下之大本,和者天下之达道"即此。岂若后世禅家顽空寂灭之下乘,道门执心着相之孤修,儒士寻章摘句之虚学乎?所谓禅者,不过因玉液还丹言耳,岂真空空一禅之谓欤?

"天尊骑狮兽径转妙岩,将妖洞烧作破窑",归一静灵,一灵妙有,法界圆通,更何有邪思妄想之足累耶?"众人回了玉华州,长老师徒仍歇暴纱亭",总以示大道尊贵,不容粗率轻薄慢视耳。"将六个活狮杀了,黄狮剥了皮,剁作肉块,给散王府内外、州城军民人等,一则尝尝滋味,二则压压惊恐",此仙翁借行者之口,现身说法,骂尽天下后世假道学之徒,邪说乱正,误人性命,即剥皮剁肉,死有余辜;使大众"尝尝滋味,压压惊恐",以此为例,不容师心自造,邪思妄想,欺世迷人,速当各惜性命,诚求真师,诀破大道消息,勤修暗炼也。

"三件兵器,金箍棒重一千斤,钉钯、禅杖各八百斤。"一千者,抱一也。两个八百,二八一斤,中之义,守中也。以见玉液还丹乃守中抱一之学,丹经所谓"以道全形"者是。提纲"盗道",即用道也;"缠禅静九灵",即全形也。观之小王子对行者道:"幸蒙神师施法,救出我等,却又扫荡妖邪,除了后患,诚所谓太平之远计。"非以道全形而何?学者若误认盗道即是大丹妙旨,便是篇首七狮卫住九头狮子,而非授受之真矣。可知了得玉液还丹,犹有金液大丹在,虽足以度人,亦不可因度人而误自己大事。此三藏教行者"快传武艺,莫误行程"也。

"三人一一传授,三小王子皆精熟解数,较之初时自家弄得武艺,真天渊也。"言成仙事业,不但金液大丹人所难知,即玉液还丹人亦难晓,若能知玉液还丹,则把柄在我,随手运用,已足以来去无碍,动静如一,是岂无师者所得能乎?"真天渊"一句,不上高山,不见平地,得其真而假者低矣。

诗云"九灵数合元阳理,四面精通道果知",言灵知之思,亦能会合元阳,若用之得当,致知格物,穷理尽性至命,通微达妙,可以知道也。"授受心明遗万古,玉华永乐太平时",言人之错用其灵元者,皆因不得授受之真,如得授受之真,则心明性现,一灵妙有,法界圆通,绍前启后,可以不误后学,而法范亦足遗万古矣。修行者若了得玉液还丹,是已顿脱群思,潜心正果,了性之终,即是修命之始,过此到彼,大道有望。故结云:"无虑无思来佛界,一心一意上雷音。"

诗曰:

狂言乱语不能欺,似是而非细辨之。

授受如真直下悟,缠禅盗道脱群思。

# 第九十一回

## 金平府元夜观灯　玄英洞唐僧供状

〔西游真诠〕悟一子曰：此下二篇"金平府"紧与上三篇"玉华州"相对，"玉华"是内五行法象，"金平"是外五行法象。此特明外丹之火候，不可错失也，故以观灯为喻。

紫阳真人曰："铅遇癸生须急采，金逢望远不堪尝。"又曰："前弦之后后弦前，药味平平气象全。""铅遇癸生"者，时将子也；"金逢望远"者，月将亏也。弦前属阳，弦后属阴，阴中阳平，得水中之金八两，其味平平，其气象全。自初三至十五，三阳备，法象乾，此时阴魄之水消尽，阳魄之金盈轮，是以团圆，纯阳而无阴，故云月望。言急宜乘时下功，不可暂刻怠误，失却天机也。"正月十五上元，金灯桥三盏金灯"，正水中之金平满之候，宜看得明白，急早下手。"不上三更，就有风来"，是阴气已盛，火候已过，而不堪尝之时矣。

"四个人赶着三只羊，从西坡下而来，口中齐吆喝'开泰'"，明说出"三阳开泰"之义。西为白虎之方，而阳生其中，时至而来，急须采取。只因"师父宽了禅性，在慈云寺歇马贪欢，所以泰极否至，乐极悲生"。明言过此一候，则阳渐交阴，而差过火候也。四人为年月日时，正火候之眼目，非火眼金睛，谁人认得？

"旻天县"者，可泣可号之义。"香油扑鼻，价值矜贵，只点三夜"之语，正言三日月出寅①，乃至贵至难得之时，如民膏之难积，民髓之易竭，非可以寻

---

① 寅，疑作"庚"。陈致虚《金丹大要·朔望弦晦须知章》曰：每月朔旦子时，日月合璧于癸，薄暮会于昴毕之上。此喻火之初生也。当此之时，纯阴已极，微阳将生，是谓潜龙。三日之晡，月生庚上，真阳已肇，庚属西南。《易》曰："西南得朋，乃与类行。"《龙虎经》曰："坤初变成震，三日月出庚。"盖是时也，药物才生，水源至清，未曾挠动。有气无质之际，大修行人，急向此时，具一只智慧眼，则而象之。亦如太阴初受一阳之气，亦似坤之下爻交乾之初爻而为震，乃此人身纯阴而生一阳，即我师云"先天一气，自虚无中来"，点汞而入鼎也。

常花费也。倘不识其中难得易失之消息，而认假佛为真性，大可悲悯。你看不识西方之乐，说："这里向善的人，看经念佛，都指望修到中华托生。"又云："西去灵山，我们未走。"此以地方之位置为西东，而不识西东不属于地方之位置，正错认路头，误了去向也。如唐僧不察其假，见佛就拜，乃自己错误，与人无尤，一如其供状而已。

开首"离了玉华城"一句，便见与金平为接壤。看几个闲游浪子，进慈云寺略歇歇马，称院主闲养自在，留唐僧宽住要耍，俱是描写偷闲失明之态，故失惊道："把光阴都错过了。"篇中以元夜观灯，寓看火候之旨，极为显明。至辟寒、辟暑、辟尘，假佛偷油等名目，写出一段放荡避闲，偷游过日的匪类，认假为真、虚度驹隙情状。

行者大怒道："你这个偷油的油嘴贼怪"，乃实录也。"油"者，"游"也，如"羊"者"阳"也。本书隐语类然。然"偷油"二字，正发明不识火候，采取过时之义。油属水，为阴。三犀系阴土，俱水中之物，亦为阴。望月而过时采窃，乃以阴盗阴，岂能成真？故为假佛。盖深明火候之要妙，而乘时采取，则为盗道；不明火候之至理，而违时误用，则为偷油。同一盗机，而真假悬殊有如此。沙僧曰："少迟恐有失。"八戒曰："趁此月光，去降魔。"均是此义。读者着眼下文，紧接青龙山，深有妙旨。

〔**西游原旨**〕上回玉液还丹，明心见性，已足以教育英才，阐扬圣道矣。然性之尽者，即命之至，急须勇猛精进，行大丹有为之道，以了命宝，到得天人浑化、形神俱妙地位，方为极功。否则，以了性为真，自满自足，便以度人为事，轻薄招摇，惊俗骇众，难免吉中有凶，恩中生害。故此回合下回，指出修性之偏、贪闲之患，使学者自醒自悟，时刻加功，火候不差，完全大道耳。

篇首一诗，言修道者，急速剪除顽心妄意，攒簇五行，以了大道，不可稍有停住，图自在而有漏神丹，放从容而有枯玉性。须将喜怒忧思一概扫尽，即至得玄得妙，亦付于不知，方能臻于至玄至妙之境也。

"唐僧四众离了玉华城，一路平顺，诚所谓极乐之乡。"修道者，幸了得玉液还丹之事，已是道路平顺，快乐自在之时，正当加鞭策马，更求向上事业，而不容少有暂停暂住者。若以了性为安身立命之大休歇处，而乃舍己从人，慈悲为念，普度群生，这便是闲游浪子"见八戒嘴长，沙僧脸黑，行者眼红，不敢向前来问"，而未识有三家配合、五行攒簇、金液大还丹之道。不知金液大还丹,自满自足,图其快乐,虽道途平顺,终是鬼窟内生涯,造化中事业,平处即有不平,顺处即有不顺。四僧慈云寺歇马打斋,此其证耳。

"慈云"者,慈悲普度之意。因慈悲而歇马自在,因自在而打斋贪食,丹漏性枯,焉得不在金平府以假认真,乐极生悲,泰极生否乎?金平府为天竺国外郡,乃金液、玉液平分之处,为性命之交界。识得此处,由性及命,勇猛前行,即是极乐乡;不识此处,纵容自在,延留停住,即是旻天县。"旻天"者,号泣之处。号泣者何也?即号泣修行者当性地平稳之时,不知造命之学,虚度光阴,施展小慧,惑众惊愚,认外之假象,丧内之真宝,其与旻天县大户费五万余金买油,只点三夜灯吃累者何异?此等之辈,谓之偷油假佛则可,谓之降祥真佛则不可,岂不可泣可号乎?

"金灯桥三盏金灯",即天地否卦。上乾下坤之象,坤三阴而虚,如桥;乾三阳而光,如三盏金灯。否者,外君子而内小人,明于外而暗于内,故有偷油之假佛。自古及今,恃小慧而耗费自己资财,独取观望于外,不知收敛于内者,每每到老无成,一旦油涸灯灭,髓竭人亡,空过一世矣。修道者若不认的邪正好歹,以假为真,迷而不语,非特不能获福,而且有以招祸。灯光昏昧,"呼"的一声,被妖摄去,理所必有。此提纲所谓"元夜观灯"之旨。元夜灯,即通泰之义;"观"者,即偷闲自在之义。偷闲自在,坐观成败,泰中藏否,为妖所摄,僧自摄之,与妖何尤?然则假佛之妖,即唐僧之变相,非唐僧之外,别有假佛之妖,自妖自摄,皆由慈云寺歇马致之。

夫大道火候,年月日时,一刻不容间断,倘差之毫发,失之千里,故四值功曹设三羊以应开泰之兆,破解其否塞也。破者,破其否塞之由;解者,解其通泰之原。泰中有否,否中有泰,解得此泰,破得此否,则青龙山玄英洞之妖可知矣。青龙属我,为性,乃我一己之性。玄英洞,即炫耀光华之谓。炫耀一己之性光,而不知他家之命宝,所以为妖。辟寒、辟暑、辟尘,成精千年,假佛偷油,要煎吃唐僧肉,以见虽能修得一己之性,而遂偷闲自在,辟寒、辟暑、辟尘,自谓佛即在是,终是精灵哄众,而非真佛降祥,究与先天大道无涉。古人所谓"饶君千万劫,终是落空亡"者,即此也。

唐僧供出"大唐驾下,差往西天大雷音取经,肉眼凡胎,见佛就拜,冲撞大王云路",又供出"三徒归正"等语,以是知取经必到大觉之地、真佛之域,方是大休大歇之时。否则,未见真佛,略得效验,中途自弃,认假为真,入于魔口,而反大言不惭,予圣自雄,欺己欺人,则性枯丹漏,大事去矣。所供是实,非是虚谈。

三妖见行者叫"小猴",是不识其真;行者骂三妖为"油嘴",是能识其假。既识其假,则知弄喧惑众者,尽是酆都城牛头鬼怪,须急以此为戒,而非可弃真从假,有废前程也。沙僧道:"不如就去,稍迟恐有失。"八戒道:"趁此月色去降魔。"行者道:"捉住妖精,证其假佛,以苏小民之困。"是盖返观内省,知前之既往者虽不可咎,而后之将来者犹有可原,从此下手施为,防危虑险,弃假认真,转否为泰,是不难耳。

诗曰:

命之未了性何恃? 了性还须立命基。

若是偷闲逞假慧,泰中必有否来随。

# 第九十二回

## 三僧大战青龙山　四星挟捉犀牛怪

〔**西游真诠**〕悟一子曰：此明以阴盗阴之为假佛，亟宜别识歼灭，以正妖妄。油者，纯阴之水，渣滓之物，喻人身望远之阴，不堪济用。三丑假名托像，蛊惑愚民，谓佛心须油，油可供佛，不知空费脂膏，徒滋邪僻。如求丹者，错认阴阳，从而采炼，失之远矣。

篇首直接"青龙山玄英洞"，即指示黑洞洞地气象。盖青龙为东方阳中之阴，外明而内暗，如男子"四大一身皆属阴，不知何物是阳精"是也。务借一点阳光，转辗内照，战退群阴，方为去假从真，知时识候，急须黔察精进，发大勇猛，毋自错认，耽误了也。故提纲特下"大战"二字，以提醒之。

行者变火焰虫自照入洞，看妖精关门熟睡，竟如长夜，岂不是一块纯阴，与黑暗地狱相似，无分宵旦耶？唐僧在暗中讶"西方景象不同"，谓"此时正月，萤虫蛰振，为何就有萤飞？"评者为唐僧能识气候，而不知唐僧正坐不识气候也。盖阴阳有颠倒之理，进退无一定之候。经云："冬至不在子，卯酉徒虚比。"若执月令而识飞萤，是执夜半为子时，晨昏为卯酉也。大错、大错！故行者急承之曰："师父啊，为你不识真假，误了多少路程，费了多少心力。"噫！此等闲言冷语，已足令错认阴精、懒惰失候者惊出一身冷汗。夫萤光遇夜而显，为阴中之阳，若能时时回光返照，亦足指引迷途。唐僧之讶其非时，与假佛之关门熟睡，同一昏惑，能不供招认罪，深锁牢关，急欲解锁脱逃，犹掩耳偷铃，岂可得之数哉？沙僧道："莫是暗害我师父？"呆子道："偷油的贼怪。"处处俱说出他脚色履历，大是醒目。

"此时约有三更时候，半天中月色如昼"，而八戒、沙僧受缚者何也？月为阴中之阳，阴气乘时而动，弃暗就明，故能取胜，亦暗合时候之一验也。但丑者土也,木能克土,应上东天,何以行者反上西天? 见太白金星,查其来历,乃穷源悉委之策,在真金处究其假也。前玉华州擒狮应上西天见如来,何以反上东天见东极妙岩太乙天尊? 在真一处制其纷也。同一运用,玉华之虎口洞,金平之青龙山,俱见阴阳倒颠,映带互发之妙。

"犀牛成精,惟四木禽星可以降伏。三妖看见四星,现了本相,各各顾命奔逃。"读者谓木能克土,五行之常理,别无深义。不知此处正见真假之辨。盖真仙之道,逆用先天之阳,以火炼金而真金现,元夜观灯之妙也。假佛之精,顺用后天之阴,以木克土而假土崩,三更偷油之误也。

遂于洞中救出唐僧师徒,收拾许多珠玉金宝等一段,乃木来助火,而荡涤埋土之真金,如珠宝之增光。土被火伤,而剥落附金之假土,如兕犀之遁迹。故三牛奔命,不敢赴南方火旺之乡,而反入西海水深之处,欲于我克处求生,而不知在生彼处寻死也。违悖乖讹,无知误用类如此。

经曰:"火生于木,祸发必克。"采阴植木,火发自焚之祸也。四木与天蓬一气,故其议声罪三犀,必须的决,诚知理明律也乎,乌能不按律执谳? 曰:蠢尔牛精,披毛戴角,罔识"三羊开泰"之义,谬矜"三牛成奔(犇)"之能。嗜闲好窃,惑众聚财。假佛面以啖生灵,肆行阴险;驾妖风而吸脂髓,广播猖狂。消长之机全昧,趋避之哲毫无。扫党焚巢,明彰国法;骈首脔尸,大快民望。呵呵! 行者驾转金平府,半空中一翻号令,真法雷化雨,贤愚共仰者也。

师徒五更早起,暗渡陈仓,其亦有惩于偷安错认,误了路途耶! 今而后,须急早修行,莫再差。

〔**西游原旨**〕上回言了性之后,不知了命,认假为真,独招其凶矣。此回教学者信心修持,脚踏实地,弃假而归真也。

篇首"大圣三人,向东北艮地上,顷刻至青龙山玄英洞口",是明示"西南得朋,东北丧朋"之义。"西南"者,生我之处;"东北"者,死我之处。若欲求生,必先去死,古经所谓"开生门,闭死户"者是也。然欲开生门闭死户,须要知其生死之消息,方可下手。"行者变火焰虫儿飞入洞中",由前进后,无处不照。始而"见几只牛精呼吼睡熟",既而"见唐僧锁在后房檐柱",是在黑暗幽深之处,神明默照,辨别其真假生死之由,欲去其假,以救其真耳。乃唐僧不知神明默照之为真,呀其"正月蛰虫始振,如何就有萤飞?"此未免在有形有象之假处起见,而不于无形无象之真处留神,便是不知真假。不知真假,焉知生死？不知生死，焉能开生门闭死户？故行者现了本相道："只为你不识真假，误了多少路程？费了多少心力？"真是晨钟暮鼓，惊醒一切梦中痴汉。

神明默照，看到真假之处，方是知的生死之由，于此而假中救真，即可解脱偷油假佛之绳锁矣。然能解脱其绳锁，而终不能救真出妖之洞者何也？盖以贪欢图食，安闲自在，已非一朝一夕之故。假者胜而真者弱，任尔变化多端，欲以萤火之明，破迷天之网，纵能打死两个小妖，打开几层门户，不但不能救真，而且适以动假，真者依然捆锁，假者仍旧猖狂。

唐僧供出"徒弟孙悟空，变个火焰虫儿飞进来救我，不期大王知觉，被长官等看见。是我徒弟不知好歹，打伤两个，众皆喊叫，他遂顾不得我，走出去了"。噫！行者谓唐僧不识真假，唐僧谓行者不知好歹，真假好歹不知，即有一点真心发现，明知明昧，其如意土滋惑益甚，门户紧关，牢不可破者何哉？当斯时也，虽有三家合一，月明如昼，与妖狠力争战，终是寡不敌众，弱不胜强，欲向其前，反落于后，八戒被拖，沙僧被捉，行者难为，固其宜也。行者复至慈云寺，与众僧说知唐僧难救，妖精神通广大，欲上天去求救兵，总是在歇马贪欢处点醒学人耳。

《诗》曰："上帝临汝，无贰尔心。"歇马贪欢，是不能一心，而有二心矣。一心者道心也，二心者人心也。弃道心而起人心，从容自在，入于假境，便是无有信心。心若不信，则意不诚。意不诚，则顺其所欲，无所不至，自欺欺人，性枯丹漏，莫可救拯，此中孚之道所由贵。行者上西天，见太白金星与增长天王、殷、朱、陶、许四大天王讲话，此取中孚卦之象。中孚卦☲，上巽下兑合成。"西天门"，兑之方；"太白"者，兑之金；"增长"者，巽之义。"四大天王"，外之四阳；"讲话"者，内之二阴。内有悦而外巽行，外实内虚，其中有信。"行者将玄英洞之事说了一遍，金星大笑"者，是笑其炫耀英华，为假佛所困者，皆由歇马贪欢，信其假而不信其真也。

"三犀因有天文之象，累年修悟成真，亦能飞云走雾，行于江湖之中，能开水道。"牛则牛矣，何必曰犀牛？盖犀牛者，水中之物，浪荡江湖，顺其所欲，头角争先，涉险而行。修道者，修悟成真，到得了性之地，不肯一往直前，再作向上事，宽其禅性，偷游浪荡，或怕寒而思避寒，或怕暑而思避暑，或厌尘而思避尘，希图自在，假佛惑人，予圣自雄，悬虚不实，随风起波，弃真入假，亦如三犀修悟成真、飞云走雾、浪荡江湖作妖者相同。

"四木禽星,在斗牛宫外,罗布乾坤。"四者,兑之数;木者,巽之义。"罗布乾坤",外实内虚之义,仍取中孚之象。"三妖见四木禽星就伏"者,自来读《西游》、解《西游》者,或以为木来克土而土崩,或以为木来生火而剥落附金之假土,此皆宽浮强解之混语,未识仙翁下言之妙义也。夫四木寓藏中孚之理,中孚者,中信也,中有信心则真意现,真意现则妄意消,故曰:"见四木禽星就伏。"下文西海龙王太子摩昂,协力捉妖,亦是此义。西海为兑,以兑金而助巽木,巽兑合欢,其力最大。四木不奉玉帝旨意不敢擅离者,中孚利贞,上应乎天也。天非身外之天,乃身中之天,天即理,理即正,以正而信,不正不信也。以下皆写信正之道。

"三妖见了四星,现了本相,径往东北上跑。大圣帅井、角紧追急赶,略不放松。"是不正不信,以真除假,于死我处返其本也。"斗、奎二星,把些牛精打死活捉,解了唐僧、八戒、沙僧。"是以正而信,去假救真,于生我处还其元也。然信正返还之道,须先收拾积聚悭贪,杂项等物,置于度外,将炫耀英华假佛之妖洞,烧为灰烬,不留一些形迹,方可以真灭假,除假全真矣。然既云收拾悭贪,烧尽妖洞,何以三妖又入西洋大海,往海心里飞跑而不伏耶?特以妖洞悭贪之私心,或能以一时扫去,而偷游浪荡之妄意,未骤能斩然消灭,若不在大海波中下一着实落功夫,不足以验其信之正不正,意之真不真,所谓"利涉大川"者是也。"斗、奎二星,岸边把截,行者与井、角二星并力追赶,西海太子摩昂点水兵拔刀相助。"此内外加功,防危虑险,猛烹急炼,而不容有偷闲自在之意念,稍有些子起于胸中也。捆了避尘,啃死避寒,捉住避暑,功力到处,贪欢游荡之妖自伏。纯是一信,惟有一真,利涉大川之功,岂小焉哉?

"锯下避寒两只角,剥了皮带去,犀牛肉还留与老龙王父子享之"者,积善之家,必有余庆,有功者不可不赏;"把避尘、避暑穿了鼻,带上金平府,见刺史官,明究其由,问他个积年假佛害民,然后的决"者,积不善之家,必有余殃,有罪者不得不罚。"八戒掣出戒刀,将避尘、避暑头砍下,锯下四只角来。"是戒其不得放宽禅性,出头迷人,予圣自雄,而有误性命。"大圣将四只犀角,教四星拿上界,进贡玉帝",是信不正者,假佛称强,终必四大归空;"留一只在府镇库,以作向后免征灯油之证,带一只去献灵山佛祖",是信之正者,戒行两用,究竟得见佛祖。信之正与不正,真佛假佛分之,死生系之。修行者,可不真心实意,以道为己任,谨之于始,慎之于终乎?

"告示晓谕众人,永蠲买油大户之役",是晓示于天下迷人,再莫枉费钱钞,而认假为真;"剥皮造作铠甲,普给官员人等吃肉",是开剥于一切学者,须要体贴尝味,而去邪归正。"起四星降魔之庙,为四众建立生祠",内虚心而外实行,四象和合,其中有信,长生久视之道在是矣。

噫!以了性为极乐,歇马贪欢,由泰而致否;以信心为要着,除假救真,由悲而得乐。仙翁大慈大悲,演出丹道中祸福依伏,警戒后世盲汉,世间呆子,再莫贪乐误了前程,休要为嘴误了取经,急须寂寂悄悄,不要惊动大家,找大路而行可也。

诗曰:

空空一性便偷闲,破戒伤和入鬼关。

信道而行常虑险,何愁不得到灵山。

# 第九十三回

## 给孤园问古谈因　天竺国朝王遇偶

〔**西游真诠**〕悟一子曰：此篇从头到尾，翻复数过，掩卷沉思，而终莫得其解。苏子曰："读书不求甚解。"然则以不解解之也可，倘强解之曰：修道者，修心而已，心本空洞无物，有何言语文字？篇中"无言语文字，乃是真解"，即是"谈因"。唐僧、行者道"解得"者，解此也；"布金禅寺请得世尊说法"者，说此也；"天下多少斯文，肚子里空空"者，空此也；"老和尚、唐僧给孤园玩月，听痛苦之声感触心酸"者，感触此也；所谓"悲切之事，非这位师家明辨不得"者，明辨此也；"三藏与行者听罢，切切在心"者，切切此也；"万望到国中广施法力"者，广施此也。"谈因"之说，然耶？否耶？

倘强解之曰：修道者，采取元阳真气而已，必身心和合而阴阳配偶是其真解，谓之"遇偶"。"乱纷纷都去看抛绣球"者，去看此也；"行者不忘老僧之言，同去彩楼辨真假"者，辨明此也；"假公主知唐僧今年今月今日今时到此，而假借采取"者，采取此也；"楼上齐声发喊道：'打着个和尚了！'"打着此也；"我三人入朝，其间自能辨别"者，辨别此也；"行者道：'呆子莫乱谈，且收拾行李，好进朝保护'"者，保护此也。"遇偶"之说，是耶？否耶？

强解之，姑强听之，而实否否，然舍此而别求真解，便令人莫可思拟。盖此为正法眼，乃教外别传，不可以言说。诗中"道在圣传修在己"七字，已解得明白，言可传而不可解也。

唐僧自乌巢禅师传授《心经》之说，"颠倒念得"，行者何以云："师父只是念得，不曾求他解得？"三藏未曾解得，一经提醒，便说："'猴头，怎又说我不曾解得？你解得么？'行者道：'我解得。'自此再不作声。"读者认是夫子呼参也，惟不知彼以师授徒，此以徒授师，乃是仙道逆法，别有旨趣。八戒逼住请解,沙僧说:"大哥扯大话,哄师父走路。"俱是不知解者。故唐僧说:"悟空解得是无言语文字,乃是真解"。

何为真解? 昔南泉示众云:"心不是佛,智不是道。"陈泥丸云:"别有些儿奇又奇,心肾原来非坎离。精神魂魄心意气,观之似是而实非。"吕公曰:"四大一身皆属阴,不知何处是阳精?"又曰:"莫执此身云是道,独修一物是孤阴。"提朗禅师问石头:"如何是佛?"头云:"汝无佛性。"无业禅师貌状俊伟,见马祖,祖曰:"巍巍佛堂,其中无佛。"僧问于善觉禅师云:"狗子还有佛性?""我非众生。"云:"既非众生,莫是佛否?"师云:"不是。""究竟是何物?"师云:"亦不是物。"云:"可思见否?"师云:"思之不及,拟之不得,故云不可思拟。"杏坛之性,无不可得,而闻子舆之养气为难,言三教圣人皆不执心为道,务至于格物致知之极处。若解《心经》而为即心即佛,是不解色空、空色之妙也。其妙不可以言语文字传,故行者"再不作声"也。然非心非佛,非可以心悟,必待师传而后知。故当日给孤长者以黄金为砖,布满园地,方买得太子祇园,请得世尊说法,其莫得而轻传有如此。天下多少读斯文者,肚子里空空,谁人晓得? 深可悲惜! 若认此等空空冷语,谓系文人郊、岛之消,浅而又浅矣。

提出"百脚山",隐示纯阴之处非可行动;说出"鸡鸣关",须待一阳来复时也。"此时上弦月皎",明示道体所在。"忽有道人来报:'老师到来矣。'"领到给孤园说法之处,玩月而行,澄心静听,忽闻悲切之声。"悲"者,非、心;"切"者,刀圭之土,非心而实切也。妙矣哉!"所言悲切之事,非这位师家明辨不得。"非遇唐僧这般人,再作声不得。"是无言语文字,乃是真解"。

"旧年今日",上年上弦月皎时也。"正明性月之时,忽闻一阵风响,就有悲切之声。到祇园台上,乃是一个美貌端正之女。"此风月之中,明示世尊说法处,忽散天花,落下天女,而非可认作妖邪也。此世尊已将正法眼授之玄奘矣。故三藏与行者听罢,已得其妙,可切切在心矣。切切者,刀圭也。师徒临行,老僧又向叮嘱悲切之事,行者笑道:"谨领,谨领。"正授受已明,拈花微笑时也。如金鸡一唱,而忽然惊醒,可上大路,一同过关,不复为百脚山所阻矣。

自此直抵金城天府,同赴彩楼看抛绣球。"彩"者,五采,五行焕发之色;"球"者,太极,阴阳浑全之形。唐僧忽想"先母也是抛打绣球,巧遇姻缘,结了夫妇"。妙矣哉! 从生身之处,悟到这段姻缘,乃是本来面目。篇首诗云:

"不论成仙成佛，须从个里安排。"噫！谁能不从父母生身之处安排下来耶？假公主欲得和尚真气，以成天仙；真和尚不可被假公主迷惑，而入地狱。行者能辨真假，正是解得《心经》也。

行者设"倚婚降怪"之计，唐僧点头自知，天竺国王不识，假公主亦不识。八戒、沙僧互相打诨，驿丞言语颠倒，《法华》所云"若说是事，一切世间，诸天及人，皆当惊疑"者是也。予今扯长话篇，并未解得《心经》一字，与"再不作声"无异。当日唐僧祇园步月，遇老和尚，忽闻悲切之声而悟。读者请勿复执文妄想，其亦遇老和尚，闲步上弦月色，听悲切之声而可乎！

〔**西游原旨**〕上回言了性之后，必须了命，方可以脱得生死，则是性命必须双修也明矣。独是金液大丹之道，即一阴一阳之道，乃系从有为而入无为，以无相而生实相；有火候，有法窍；有顺运，有逆行；有刻漏，有爻铢；有真，有假；有真中之假，有假中之真；有真中之真，有假中之假；有外阴阳之真假，有内阴阳之真假。一毫不知，难以成丹。故此回合下二回，仙翁大露天机，指出成仙作佛密秘，为圣为贤根苗。学者急宜于天竺国打透消息，得师一诀，完成大道，是不难耳。

篇首词云："起念断然有爱，留情必定生灾。"言情爱之念，最易迷人，急须断灭，不得起之留之，自取其祸也。"灵明何事辨三台，行满自归元海"，言灵明之真性，统摄先天之精气神，上应三台之星，最不易辨，非有非无，非色非空，亦非后天所有之物，所谓"身外身"者；是必须八百之行，三千之功，以法追摄于一个时辰内，三家相见，凝而为一黍之珠，如众水朝宗，而归元海矣。"不论成仙作佛，须从个里安排"，言自古及今，仙佛圣贤，莫不从阴阳生身之处，下手安排，还元返本也。"清清净净绝尘埃，果正飞升上界"，言性命俱了，万缘俱化，脱出阴阳，形神俱妙，与道合真，而超升上界，名登紫府矣。虽然，此等原因，说之最易，解之最难，倘强解之，不知者反疑修心，若果修心，则空空一心，有何实际？焉能超凡入圣，而成天下希有之事乎？

"行者对三藏道：'你好是又把乌巢禅师《心经》忘记了。'三藏道：'《般若心经》，我那一日不念？'行者道：'只是念得，不曾求那师父解得。'三藏道：'猴头，怎说我不曾解的，你解得么？'行者道：'我解得。'自此再不作声。"夫大道无声无臭，视之不见，听之不闻，搏之不得，不可以知知，不可以识识，不可以言形，不可以笔书，倘曰《心经》解得，则所解者心，殊失古人"非心非佛"之旨,只可曰"念得",不可曰"解得"。"行者道:'我解得。'自此再不作声。"此不解之解,而已明解出来也。昔达摩西归,问众人各所得,众俱有陈,惟二祖挺立,未发一语,达摩独许其得髓。太虚真人常云:"他人说得行不得,我们行得说不得。"与行者说"我解得"再不作声,同一机关。特以此等天机,诸天所秘,得之者顿超彼岸,立跻圣位,须要明师口口相传,心心相授,并非世间禅和子听过讲经,应佛僧见过说法,弄虚头,装架子,所能晓得解得者。三藏道:"悟空解得,是无言语文字,乃是真解。"岂虚语哉!

夫此无言语文字,系我佛教外别传之妙旨,非一己孤修之事,乃人我共济之道,至尊至贵,必须善舍其财,虚己求人而后得。若给孤独长者以金砖铺地买的祇园,方能请的世尊说法,即仙真所谓"凡俗欲求天上事,用时须要世间财。若他少行多悭吝,千万神仙不肯来。"说到此处,法财两用,不着于色,不着于空,诸天及人,皆当惊疑。天下多少斯文,肚里空空者,安能知此?

"寺僧问起东土来因,三藏说到古迹,才问布金寺名之由",凡以问由东而西取真经之来因耳。由东而西取经之来因,即给孤独长者金砖买的祇园请佛说法之来因,此外别无来因。这个来因,非可自知,必要师传。若遇真师时雨之化,露出"正法眼藏,涅槃妙心",则一得永得,造化在手,可以立证菩提,故曰:"话不虚传果是真。"夫修真之道,特患不得真传耳,果得真传,如金鸡三唱,惊醒梦中之人,"始悟从前颠倒见,枝枝叶叶尽是差",可以过的百脚山,不在毒心肠上用工夫,而知非心非佛,即心即佛,别有个似心非心之妙旨,明明朗朗,不偏不倚者在也。

"此时上弦月皎",正指明初八金水平分,月到天心处之时。"三藏与行者步月闲行,又见个道人来报道:'我们老师爷来到矣,要见中华人物。'"当金水平分之时,有无相入,阴阳两当,不偏不倚之谓中,其中有谷神在焉,不得闲步闲行,有失大道来因,而当面错过。天中之月华,所谓"谷神不死,是谓玄牝"也。

"老僧引唐僧在给孤园台上坐一坐,忽闻得有啼哭之声。三藏澄心静听,哭的是'爹娘不知苦痛'之言。"夫此爹娘不知之苦痛,非澄心静听不能知,非坐一坐不能闻,非在给孤独园坐,亦不能闻。"给孤独"者,有阴有阳之处,"坐"者,二人同土之象。言阴阳相合,彼此如一,方能听出这般痛苦之声,所谓"要得谷神长不死,须凭玄牝立根基"也。这个谷神不死之秘,即是非心之心,所谓天心。这个天心,不从声色中得,乃自虚无中来。

其曰："每于禅静之间,也曾见过几番景象。若老爷师徒,弟子一见,便知与他人不同。所言悲切之事,非这位师家明辨不得。""悲"者,非心。"切"者,实切。言此非人心而天心,实切之事,非禅静观察者不能见,不能知;非具火眼金睛者不能明,不能辨。只可自知,不可明言,只可默会,不可作声,神而明之,存乎其人,非心而不可解,非心而实难解也。

"去年今日,正明性月之时,忽闻一阵风响,就有悲切之声",即邵子所云"月到天心处,风来水面时;一般清意味,料得少人知"也。"祇园基上一个美貌端正之女",此即世尊传来"正法眼藏,涅槃妙心",即道光所谓"娇如西子离金阙,美似杨妃下玉楼"也。"女子是天竺国公主,因月下观花,被风刮来。老僧锁在空房,恐众僧玷污,诈传妖邪,每日两顿粗饭度命。""天"者,二人;"竺"者,两个。言此悲切之事,从阴阳风月中来,色不异空,空不异色,即色即空,乃度命之物,非一切愚僧所可妄想贪求而得,即《悟真篇》所谓"恍惚之中寻有象,杳冥之内觅真精。有无从此自相入,未见如何想得成"也。

噫!此等来因,似聪明而非聪明,不可以聪明解,若以聪明解,即是玷污圣道而着于色;似呆邓而非呆邓,不可以呆邓求,若以呆邓求,即是装疯说鬼话而着于空。即佛祖所谓"以色见我,以声音求我,是人行邪道,不得见如来"也。盖如来"正法眼藏,涅槃妙心",非色非空,而亦即色即空,系父母未生身以前之道,苟不到夜静亥末子初,而未可知的爹娘不知痛苦之事。何则?积阴之下,地雷震动,天地生物之心于此始见,父母生身之道于此始著。知的生身之处,方知的未生身之处。未生身之处,"无名天地之始"也;方生身之处,"有名万物之母"也,"两者同出而异名,同谓之玄,玄之又玄,众妙之门"。这个门,不着于有象,不落于空亡,须要布金寺长老亲口传来,还要在天竺国广施法力。不得长老之传,则悲切不知;不以法力而施,则真假难辨。"一则救援良善",上德者以道全其形,无为而了性;"二则昭显神通",下德者以术延其命,有为而了命。有无一致,不二法门,性命双修,一以贯之。说法说到此处,才是打开心中门户,识得阴阳宗祖,不执心为道,真教外别传之妙道,无言语文字之真解,听之者可以切切在心,而不落于空亡矣。

"老僧回去,唐僧就寝,睡还未久,即听鸡鸣",总以在阴极生阳处指点学人。诗中"铜壶点点看三漏,银汉明明照九华",真空不离妙有,妙有不碍真空,非心切实,正在于此。"临行,老僧又叮咛:'悲切之事,在心!在心!'行者道:'谨领!谨领!'"金丹大道,差之毫厘,失之千里,反覆叮咛,使人急须于心中辨别出个非心切实大事，方可用心以行道，不至执心以为道。"谨领！谨领"者，知之真而见之确，心领神悟，非于语言中求之，即与前曰"'我解得'，自此再不作声"者，同一机括。

"师徒们进天竺国，宿于会同馆驿"，此处"会同"大有妙意。前朱紫国"会同"，是言世法不明，过不得朱紫，即与唐王因斩泾龙而游地狱者相同。今天竺国"会同"，是言道法未知，过不得天竺，即与唐僧在长安初领关文而未动身者相同，所以谓"会同"。唐僧贞观十三年起程，已历过十四年，是共计二十七年，已过至二十八年矣。国王靖宴登基二十八年，以见靖宴即贞观，天竺国即长安城。过天竺国，即是出长安西天取经；未过天竺国，仍是长安局面，虽经过十四载，与贞观十三年时无异，终是虚度岁月，是亦贞观十三年而已，何济于事？此所以谓"会同"也。然犹有"会同"者：贞观十三年为唐僧生身之时，又为唐僧起脚之时，又为天竺施法之时。盖施法而救真除假，方为脚踏实地工夫，脚踏实地工夫仍须在生身受气处求之，此"会同"之中而又"会同"者。故唐僧闻街坊人乱道"看抛绣球"，即对行者道："我先母也是抛打绣球，巧遇姻缘，结了夫妇。此处亦有此等风俗。"

"绣"者，五彩之色，"球"者，太极之象。太极动而生阴阳，阴阳交感而五行备，为生天生地生人之妙道，即生身受气之来因。这个阴阳交感之风俗，自古及今，凡有情之物，无不在此中而来。独是阴阳有先天后天之分：先天阴阳，在未生身以前，后天阴阳，在既生身以后，生身以前者为真，生身以后者为假。愚夫俗子，只知后天阴阳，着于色身而作假夫妻，以生人生物；志士丈夫，惟知先天阴阳，修持法身，而合真夫妻，以生佛生仙。虽其理相同，而圣凡各别，真假迥异，此真假不可不辨者。

"三藏恐有嫌疑，行者道：'你忘了老僧之言？一则去看彩楼，二则去辨真假。'三藏听说，果与行者同去。"大道以知行为全能，知所以明理，行所以成道，惟知始可以行，惟行方能全知。知之真而行之当，一即是二，二即是一，知行并用，去辨真假，真假可辨矣。故仙翁于此处道："呀！那知此去，却是渔翁抛下钩和线，从今钓出是非来。"岂不慈悲之至！读者多将此二句错解，以为妖精抛下钩和线，唐僧闯入，钓出是非来。此等解说，大错！大错！唐僧在布金寺，蒙老僧说明悲切之事，早已抛下钩和线矣；行者欲看彩楼，去辨真假，是"从今钓出是非来"也。钓出是非，正以能辨真假，真假即是非，是非一出，真假立辨，如此解去，是非可知。天下同道者，不知可辨得出是非否？此以下实写钓出是非之理。

"天竺国王爱山水花卉,御花园月夜赏玩。"是道极则返,顺行阴阳造化,自明入暗也。"惹动一个妖精,把真公主摄去,他变作假公主,知唐僧今年今月今日今时到此,欲招为偶,采取元阳真气,以成太乙上仙。"此先天一破,真者失去,假者当权,即时求偶,以阴侵阳,生中带杀,顺其所欲矣。"正当午时三刻",一阴发生之时也。"假公主将绣球亲手抛在唐僧头上,滚在衣袖之内。"此不期而遇,以阴姤阳,真假相混之时。

何以打着个和尚而称为"贵人"？缘督子曰:"中有一宝,秘在形山,不在心肾,而在乎玄关一窍。"贵人,即中有一宝贝之象。① 此宝生于先天,藏于后天,本自无形无象。"抛去绣球",是太极一动而阴阳分;"打着和尚",是阴阳鼓荡而二气和。和气熏蒸,其中隐隐又有一宝现象,即犹龙氏所谓"惚兮恍兮,其中有象;恍兮惚兮,其中有物;杳兮冥兮,其中有精;其精甚真,其中有信"者,故曰"贵人"。惟此中有一宝之时,即先天后天真假分别之处,顺之者凡,逆之者圣,凡则入于死户,圣则开其生门。行者定"倚婚降怪"之计,于中辨别真假,真保命全形之大法门,万劫不传之真秘密,三丰所谓"顺为凡,逆为仙,只在中间颠倒颠"者是也。

"公主、唐僧至金銮殿,一对夫妻呼万岁,两门邪正拜千秋。"此夫妻虽真,而邪正大异,不可不在心君之处辨明也。国王道:"寡人公主,今登二十岁未婚,因择今日,年月日时俱利,抛球求偶。"圣人修造大丹,攒年至月,攒月至日,攒日至时,将此一时分为六候,二候结丹,四候温养。盖此一时,与天地合德,与日月合明,与四时合序,与鬼神合吉凶,最为险要,难得易失,若有一毫差错,阴即侵阳,而真宝即丧。曰"寡人",曰"二十岁",曰"求偶",俱是以阴伤阳之象。

诗云:"大丹不漏要三全,苦行难成恨恶缘。"精全气全神全,圣胎凝结,号为无漏真人。若着于恶缘,以假为真,虽苦行百端,大道难成。吕祖所谓"七返还丹,在人先须,炼己待时"也。"道在圣传修在己,德由人积福由天",道必须真传实授而修,还要自己出力,内外功行,一无所亏,德足以服鬼神,善足以挽天心,则福自天申矣。"休逞六根之贪欲,顿开一性本来圆",六根门头,头头放下,而无贪无欲;一灵真性,处处光明,即本原不失矣。"无爱无

---

① "贝"字,似为衍文。

思自清净,管教解脱自超然",外无所爱,内不起欲,自然清净;若得清净,脱然无虑,顿超群思,修炼大丹,是不难耳。

彼世之迷徒,不知圣贤大道,误认阴阳为世之男女,遂流于御女邪术,妄想以生人造化,而欲生仙,顺其欲爱,出丑百端,不知羞耻,自谓知其趣味,吾不知所知者是何趣味?其必知儿女交欢,被窝里趣味乎?噫!此等之辈,以真为假,以假为真,只可暗里着鬼疑怪,肆行而无忌惮;一见正人君子,识神自首,不打自招,心惊胆战,惟恐败露,不觉颠倒错乱,而无所措手足,邪行何为哉?《悟真》云:"饶君聪慧过颜闵,不遇真师莫强猜。只为金丹无口诀,教君何处结灵胎?"行者道:"莫乱谈,见师父议事去也。"其提醒世人者,何其切欤!

诗曰:

非心切实有真传,配合阴阳造化全。

窃取生身初受气,后天之内采先天。

# 第九十四回

## 四僧宴乐御花园　一怪空怀情欲喜

〔西游真诠〕悟一子曰：此下二篇本不欲解，恐解之而愈不识也。如来云："若说是事，一切诸天及人，皆当惊疑。"世人惊疑，器识浅钝，姑置勿论，云何诸天亦复惊疑？则其间必有可惊可疑之事。故不欲解之，以滋人之惑。读者谓是空桑之演义，漆园之寓言已耳，亦莫能解其所演何义，所寓何言。甚将篇中之玉兔，取南风以相谑，真是罪孽。试取书中之显见者解之，或可不事惊疑。

人尽读《西游》矣，前篇"谈因"之"因"字，不当重读耶？"因"者，由来也。此回即谈父母未生以前之因，与受生以后之来因也。人尽读《周易》矣，前篇"遇偶"之"偶"字，不当重读耶？偶者，阴爻也。此下回即明乾动而陷于坤以成坎，坤动而陷于乾以成离之配偶也。当日世尊度世婆心，谈因说法，欲脱生死者，必知其生之因，而后可以学死。如治病者，必知其病之根，而后可以下药。故前篇将入给孤园而先谈因，此回将入御花园而先问因，惟有御花问因之妙，然后晓得给孤谈因之理，所以留在此处说出来因也。

唐僧至金銮殿，国王问道："僧人从何来？"唐僧奏道："往西天求经，因有关文，特来朝王。"已经说出来因矣。及三人召至午门，午门者，离门也。三个齐齐站定，乃离☲之象。国王问道："那三位姓甚名谁？何方人氏？因甚事出家？取何经卷？"非问来因乎？唐僧叫道："陛下问你来因，你即奏上。"非问来因乎？行者奏道："父天母地，曾拜至人，学成大道。只因乱蟠桃，反天宫，压在五行山下。"非来因乎？八戒道："一生混沌，遇一真人，谨修二八之工夫，敬炼三三之前后。只因蟠桃酒醉，戏弄嫦娥，遭贬临凡。"非来因乎？沙僧道："因怕轮回，得遇仙侣。养就婴儿，配完姹女。因为蟠桃会上，失手破盏,贬在流沙。"非来因乎？倘不识解因为何因,则三公履历备见前书,此番似觉重赘而无谓矣,岂知为大道之根由,自当于布金寺世尊说法之处发露,必当于御花园行法之处究明也。然唐僧来因虽已说过,行者云："幸我师出东土,拜西方。"八戒云："保唐僧径往西天。"沙僧云："随唐朝佛子往西天。"似于三公口中重叙一遍,又见其师徒原属一体之来因也。

三公俱是蟠桃会来,又见其兄弟本属一气之来因也。三公原来乾体,只因一动而为,一奇变为偶,而真阳陷,坤因之而成坎,乾因之而成离,正恍惚之间,阴阳匹配之所致,乃来因之正理也,遇偶也。若前之真公主落陷于布金寺中,纯乾之地而成离象;此三藏师徒都到御花园中,坤宫之内而成坎象,来因之异数也,亦遇偶也。

篇中妙义难尽。如行者道："我们出家人,得一步进一步。"兹"谈因"、"遇偶",可谓"进一步"矣。

试为诸人再进一步,非如世尊所说之事为何惊疑者,幸勿惊疑。真公主者,即唐僧三徒之变体;唐僧三徒,即真公主之分身也。何也？真公主内阳而外阴,虽女象而实男子也;唐僧三徒外阳而内阴,虽男象而实女身也。《悟真篇》曰："日居离位反为女,坎配蟾宫却是男。不会个中颠倒意,休将管事见高谈。"此因之可常谈者也。

试再为诸人进一步:假公主者,即唐僧三徒、真公主之假身;唐僧三徒、真公主,即假公主之假身也。何也？天宫之一动而嗔欲生,月宫之一动而嗔欲生,皆因一动也,总为一怪也。因有月兔之一怪偷走阴宫,因而混乱人宫,因而颠倒天宫,因而难以平静结果也。然则假公主非玉兔为之,皆因唐僧三徒、真公主为之也。唐僧今日之陷于坤宫,非假公主陷之,皆因行者大反天宫,自陷之也;唐僧今日之招赘于假公主,非假公主招之,皆因八戒醉戏嫦娥,自招之也;唐僧今日之打着绣球,非假公主打着,皆因沙僧打破玻璃盏,自打之也;真公主之被陷于布金寺者,非假公主陷之,皆因素娥一掌思凡,自陷之也。五行总为一气,三僧总为一僧,分其相,则可为四;万真不过一真,一怪变为百怪,要其归,则无非一。若然,则真公主又即为唐僧三徒,唐僧三徒又即为真公主。唐僧三徒、真公主,又即为假公主。今日之抛球招赘,非假公主为之,皆因素娥之一掌为之也。此因之不可常谈者也。

再进而谭之:以男求女,礼之常也。假公主何以以女而求男,若娶妇者然？此颠倒之故,诚有其因矣。试再为诸人进一步:通百回中之千妖百魔,皆一怪也，皆因假公主之一怪为之也；通百回中千魔万难，皆一动也，皆因真公主之一掌为之也。其真假之因，诚有莫得而辨明者矣。此来因中有"遇偶"之妙也。试欲再为诸人进一步，恐有涉于可惊可疑之事，故不得不因是而止也。

篇中"行者想着长老之言，就此探视真假"。说道："是真女人，你就做了驸马。"又说："拜堂时一齐大闹领去。""师徒相随，更无刻离。"俱是欲辨明因果，自求超脱之义。"镇华阁"，当辨明金之真；"留春亭"，当辨明留之假。人留春，上镇华，须从假而识真；各饮宴，强随喜，又以假而应假。春夏秋冬，宜对景而忘情，假中有真；喜会佳期，虽彼倡而此和，真中有假。衔杯醋睡，真也而非真真；要子叫喊，假也而非假假。十二佳辰，原有佳妙；一团花锦，却是虚花。昭阳宫，奏丑恶，恐以真而破假；御花园，掐指算，恐以假而破真。管放心，闪闪身，真可为假；去灵山，便转身，假可为真。出真身，变蜜蜂，假合卺，鸂鶒宫，假假真真，不可泥状。然其来因，犹易明辨，惟布金寺老和尚所言真假之因果，非唐僧三徒莫能辨明也。请熟玩下篇，"遇偶"中又有来因之妙。

〔**西游原旨**〕上回已提明生前之来因，与生身之来因，而犹未言其如何是生身之前，如何是生身之后。故此回细发明其奥妙，使学者深悟细参耳。

"行者三人见了国王，齐齐站定"，是三人同志，切须防危，即上回"大丹不漏要三全"之妙旨。国王问道："姓甚名谁，何方居住？因甚事出家，取何经卷？"此问其来因也。故唐僧道："陛下问你来因。"夫此来因，岂易知哉？本之于父母未生之前，受之于父母既生之后。生身以前，有生身以前之来因；生身以后，有生身以后之来因。非心而实切，以前之来因；求偶而假合，以后之来因。以后之来因不易辨，以前之来因更不易知。亘古圣贤，历代祖师，口口相传，心心相授，使学者既知其生身之来因，复知其未生身之来因，自卑登高，下学上达，期造于形神俱妙之地而后已。行者笑道："我们出家人，得一步进一步。"诚有然者。

独是得一步进一步之事业，非一己孤修，乃人我共济，倘只知有己，不知有人，而金丹难成。故行者见师父侍立在傍，大叫一声道："陛下轻人轻己！既招我师为驸马，如何教他侍立？世间称女夫，谓之'贵人'，岂有贵人不坐之理？""侍"者，"一人寸土"而成字。"坐"者，"二人共土"而成字。土者，意也。侍则一人一意，一己之阴也；坐则二人合意，彼此扶持也。一己之阴，则隔碍不通，而孤阴不生；彼此扶持，则阴阳得类，而中有一宝。一女一夫，称为贵人，一阴一阳中有一宝，未有求贵人而不坐侍立之理。此等来因，一经叫出，诸天及人，皆当惊疑。国王大惊失色，亦何足怪？"取绣墩请唐僧坐了"，"绣"者，五色之物，"墩"者，敦厚其中，阴阳相当，四象和合，归于中央，五行攒簇，金丹之象。

三徒各道本身始终，是言先后天阴阳五行，有为无为之来因也。此来因犹所易知者，以其五行分而言之，尚未合而论之，而真假未辨明也。

"正在恍惚之间，忽有阴阳官奏道：'婚期已定，本年本月十二日壬子良辰，周堂通利，宜配婚姻。今日初八，乃戊申之日，猿猴献果。'"《悟真》云："女子着青衣，郎君披素练。见之不可用，用之不可见。恍惚里相逢，杳冥中有变。"盖以恍惚杳冥之中，正阴阳均平。初八兑金，上弦金八两，水中之金。曰"戊申"者，戊为阳土，申为阳金，以明水中金为先天至阳之物。此未生身以前，真阴阳五行之来因也。"十二日壬子"，天壬地癸，阴阳不期而遇，铅遇癸生，已有夬中藏姤之象，故曰："婚期已定，周堂通利，宜配婚姻。""婚"乃女之昏，"姻"乃女之因，周而复始，其将欲求姤乎！"三藏师徒都在御花园"，阳极生阴，阴陷其阳，仍取姤义。此即生身后，假阴阳五行之来因也。

行者道："你说'先母也是抛打绣球，遇缘成其夫妇'，似有慕古之意，老孙才引你去。又想着布金寺长老之言，就此探视真假。"金丹之道，须于生我处穷其源，于死我处返其本，非后天无以返先天，非通姤难以复真阳，古人所谓："无情难下种，因地果还生。无情亦无种，无性亦无生。"此即辨真假之来因也。故曰："见面就认得真假善恶，却好施为，辨明邪正。"不见面则真假善恶未出，而邪正未可即辨，亦未可即明。然真假善恶，在于王宫宥密之处，如何能见面？是有法焉，若倚婚会喜，不待强求，自然见面。

"国王携唐僧镇华阁同坐，教行者三人在留春亭别坐，铺张陈设，富丽真不可言。长老无计可奈，只得勉强随喜，诚是外喜而内忧。"当阴将侵阳之时，真者早有远离之势，假者已有暗来之兆，盈虚消长，天运自然之数，亦人之无可如何者。然气数由天，虽难以遏留，而道义在我，犹可以裁变，须当以真金自处，固守原本，万不可以富贵迷心，美色留意，观于浊水而迷于清渊也。何则？春夏秋冬，如白驹过隙，而岁不我与；歌舞诗酒，尽苦中作乐，而何可认其？若不知戒惧，逐境迁流，自在快乐，只图受用，失于修养，饱食终日,无所用心,其不为阴阳所规弄而伤害性命者几希。

更有世间一等呆子,不晓"中有一宝"之妙旨,阴阳交感之天机,误认为男女房中之物,以苦恼作亲家,以贪嗔为邻友,以耍子为礼道,自恃采取之能,没事,不怕,妄想在他人幻皮囊上讨饶接命,以成好事。如此之好,不可谓之作仙贵人之好,只可谓之作孽驸马之好。抑知亲还未作,良心早丧,天网恢恢,疏而不漏,报应分明就在眼前乎?古仙所云:"若说三峰采战,直教九祖沉沦。"即此之谓欤!"三藏教拿呆子,要打禅杖。行者侮八戒嘴,教莫乱说。"一切迷徒,可以自悟。仙翁于采取门户,不妨于本传中重复言者,总示阴阳之道非世间男女之说,别有来因,而不可认假为真,其慈悲为何如!乃人竟有迷而不悟,反窃取仙翁法言,以证采取邪术者,虽仙翁亦无如之何也。提纲"四僧晏乐御花园",即劈此采取邪徒,偷圣贤大道,而入贪花好色之地,可不戒哉?

"昭阳宫,真个是花团锦簇,那一片富丽娇娆,胜似天宫月殿,不亚仙府瑶宫。有《喜会佳姻》新词四首,按诸乐谱,满宫播唱。"写出一团富丽美色,易足动人之假像,无知者焉能不堕其术中?"国王以正是佳期,教早赴合卺。公主以三徒丑恶,使发放出城。"阴将来而阳将退,其机虽微,为祸最烈也。"行者对唐僧道:'打发我们出城,你自应承,我闪闪身儿来,紧紧随护你。'"此伺阴之将生,而神明默运,欲借假以救真,复从真以辨假,所谓外作夫妻,内藏盗心也。计较到此,可以来去于阴阳之中而无碍,不妨在天竺国讨宝印花押,去灵山见真佛,取真经而回来矣。

"八戒接了亲礼,行者转身要走,三藏扯住道:'你们当真都去了?'"是欲行其真,先戒其假,假中求真也。"行者捏手,丢个眼色道:'你在这里宽怀欢会,我等取了经回来看你。'"是外示其假,内存其真,真中用假也。"行者拔一根毫毛,变本身模样。真身跳在半空,变一个蜜蜂,飞入朝中,去保师父。"此借假修真,由真化假,不在皮毛上着力,而于真空中施为,有阴有阳,密处留神,暗里藏机,有无不立,声色俱化。这等天机,须要明师附耳低言,口传心授,非一切凡夫能以知识猜想而得者也。

"合卺佳筵已排设在鸳鹊宫中,娘娘公主,俱专请万岁同贵人会亲。"鸳鹊宫,乃牛女之鹊渡;合卺筵,系阴阳之交欢。但以娘娘而请国王,以公主而会贵人,是特后天之假阴阳,顺行其欲,侵害先天之真阴真阳。当斯时也,真为假迫,阳遇阴来,几不可救,危哉!危哉!然幸有行者腾那变化,静观密察,已先伺之于未发之前矣,虽有大祸切近,亦不妨直入虎穴而探虎子,所谓"乘风船,满载还,怎肯空行过宝山",提纲"一怪空怀情欲喜",信有然者。学者若能于此中打透消息,生身以后之来因,与生身以前之来因,可以不辨而明。奈何人多在鸠鹊宫专请贵人会亲,而不知变蜜蜂保真者,何哉?

诗曰:

四个阴阳天外天,是非真假细钻研。

后天造化夫妻理,识得先天作佛仙。

# 第九十五回

## 假合形骸擒玉兔　真阴归正会灵元

〔**西游真诠**〕悟一子曰：金乌玉兔，日月之精灵；晦朔望弦，阴阳之交合。天人本无二理，神运自有同规。月借日之光以为光，阴承阳之用以为用。甘入轮回者，心随气转，而真假互为乘除；能逃死生者，性存气返，而真假终归一相。急须明辨，狠力擒来；切莫差迟，任伊归去。

此篇正明辨真假之来因，乃《心经》之真解，布金寺长老叮咛悲切之事也。明即在明之中，辨不出明之外。月色正明，金气盈轮，指月印证，配偶成真之妙道，在是矣。其下手功夫，只在见色不色，全不动念。故篇首行者见师父全不动念，暗自夸道："好和尚！"不动念的根基，须要看得破，识得真假。行者看破，叫道："师父，公主是个假的。"长老道："是假的，却如何叫她现相？"噫，妙哉！识得假中真，便是西来佛。盖假者，假公主；假假者，是何物？假中还有真，必现真相，方是明辨。

"如何叫他现相"，则必有法矣。行者道："使出法身，就此拿他。"可见行者也是假相。若不现本相，是以假合假，其真莫辨。故"现了真相，上前揪住，骂道：'你在这里弄假成真，骗我师父的真阳。'三藏抱住国王，叫：'陛下莫怕，此是我顽徒使法力，辨真假。'又劝娘娘：'莫怕，你公主是个假做真形的。'"处处题醒"真假"二字。

"那假公主解脱衣裳，甩落首饰，急弃其假，精着身子，与和尚争打。"此等处都是天机真妙，无丝毫着假矣，此假合中之真也。迨交战之久，而赶近西天，乃西方金物也，回身就于西天门外相持，忽"将身一幌，金光万道，径奔正南上。至一座大山，按金光，钻入山洞，寂然不见。"可知西是本乡，而南为寄身之地。《易》曰："西南得朋，可与类行"者是也。

行者收兵回转,仙师于此处指出妙道,曰:"此时是申时矣。"何以忽着此一语?"申"者,金也,壬水长生在申,此申即为长生之申。时耶?申耶?有"申时"耶?隐语跃跃。夙有仙骨者,读至此语,当恭设香案,俯伏百叩,曰:"南无大慈大悲、救苦救难、至仁至圣、至灵至妙大菩萨。"

国王道:"既然假公主是妖邪,我真公主在于何处?"行者道:"拿住假公主,那真公主自然来也。"真即在假之中,擒得假者,真者自然而现,此就假救真之正法眼。到此田地,谨宜保护。"分了内外,心上挂怀。"此一段乃防危虑险工夫,最为吃紧。如此,方可辨明真假,不至空费心力。

"到正南山上,那妖钻入窝中,虚怯隐藏,山神告道:'此山亘古至今没有妖精,乃五环之福地也。大圣要寻妖精,还是西天路上去有。'"此是知识低浅,不能辨视真假之处。不知五耀环阳之地,正金精潜伏之乡。及"寻至南山绝顶上窟中,见两块大石将穴门挡住。用铁棒撬开石块,那妖果藏在里面,'呼'的一声,就跳将出来了。唬得山神、土地倒退忙奔。"所谓说破鬼神惊骇者,此也。大修行人,识得有山绝顶,有五色莲花出现,便解得大地山河,只是一粒宝珠藏纳。假中有真,真中有假,谁人辨得了耶?

忽见太阴星指明玉兔偷走一载情由,说出素娥思凡一宗公案,识破真假来因,"打滚现了原身"。可见即以太阴之明,明太阴之真假,而一明之外,无余明也。"正南上一片彩霞,光明如昼",正玉兔现相归真之候。"行者高叫",分明唤醒迷人。"八戒动淫",乃是切戒淫欲。"国王又问前因",知假公主为真玉兔,而真公主恰为假玉兔。去其假,寻其真,布金寺中老和尚叮咛悲切之事,从此可明辨矣。迨玉兔收归月府,而真阴迎还天竺。溯玩月观花之凤障,叙抛球假合之姻缘,写母子分离之悲切,改宝华降伏之制度。余绪闲言,均关至理;而明辨真假,更须心悟。

进而明之:假公主者,固假也,假合形骸而假也,其未假合之先则为真。未擒之时,为假公主也,既揭之时则为真。假也而实真,人辨之乎?真阴者,固真公主也,真阴归正之后,而为真也。其未归正之先,则不得谓之真。归正而始可会灵元也,其未归正之时,亦得谓之会灵元乎?亦假也。真也而实假,人辨之乎?

更进而明之:玉兔者,仙兽也;素娥者,仙女也。月宫之中,只玉兔一点仙灵,诸仙之药,皆赖其杵捣而成。月宫可少素娥,不能少玉兔也。玉兔为王宫之假,而为月宫之真;素娥为坤宫之真,而为乾宫之假,又不可不辨。

前篇行者称："女之夫为贵人，岂有不坐之理？""坐"字，两"人"合一"土"。土中有戊己，人非此土不能配偶，"坐"字为"切切在心"之妙也。佛祖曰："乾坤之内，宇宙之间，中有一宝，秘在形山，不在心肾，而在于玄关一窍。""贵"字，即"中有一宝"之象，称为贵人，亦"悲切之事"之妙也。若"天竺"、"宝华"名色，言"天"为"二人"，"竺"为"二个"，其中有宝生华，又"遇偶来因"之妙也。篇末"了性"、"真空"四字，非灭性虚寂者比，亟须明辨。

〔**西游原旨**〕上回言先天后天来因矣，然先天后天之来因已明，而先天后天之真假来因犹未之辨。故此回实写出真假邪正，使学者除假存真，由真化假，以完配金丹之大道耳。

陆子野曰："正人行邪法，邪法悉归正。邪人行正法，正法悉归邪。"上阳子云："形以道全，命以术延。"术即法，法即术，法所以别邪正，术所以夺造化。若知阴阳之真假，而无法以施之，则真假相混，假者不见假，真者不见真，假终为祸，而真非我有，何贵于知？然法从何而施？是在法眼静观，慧剑高悬，临炉之际，不即不离，勿忘勿助，因时制宜，随机应变，以逸待劳，以静待动，在泥水中拖船，于大火里栽莲，摘出墙之鲜花，采蕊珠之甘露，身居锦绣而心无爱，足步琼瑶而意不迷，内外无着，全不动念耳。

"行者早已看破，见那公主头上，微露出一点妖气，却也不十分凶恶。"妖精为月中玉兔，阴中之阳，水中之金，坎卦是也。坎外阴，故"微露一点妖气"。坎有孚，故"不十分凶恶"。独是坎中之阳，在坤宫则为假，在坎中则为真，真中有假，假中有真，故曰"假公主"也。"行者早已看破，在唐僧耳边叫道：'公主是个假的。'长老道：'是假的，却如何教他现相？'行者道：'使出法身，就此拿他也。'"盖假有假相，真有真相，识其假，必教现其假，而后可以使假归真。然不能使出法身真相，则妖精之假相仍不可得而辨。行者使出法身拿他，是知之真而行之果，以真灭假，使假现相之正法眼，教外别传之大法门，故是耳边密传，而不与人知也。

"行者现了本相，大咤一声，揪住公主骂道：'你在这里弄假成真，只这等受用，也尽勾了。心尚不足，还要骗我师父，破他的真阳，遂你的淫性哩！'"坎中之阳，原非坤中之物，因乾坤一姤，坤索乾之中爻，坤实而成坎，则坤已失其中之真，而为中之假矣。然坎外阴而内阳，假中有真，是"弄假成真"也。坤既得乾中之阳而成坎，则其中之阴，遂入于乾宫而成离，由是火上水下，火水不济,顺行后天造化,以阴姤阳,不至剥尽其阳而不止,其曰"心尚不足,破他的真阳,遂你的淫性",真实不妄。此真中有假,假中有真,真中还有假,若非行者大咤一声,揪住打骂,以大制小,以一制二,以阳制阴,以真制假,其不为以假灭真,以阴剥阳,以二蔽一,以小害大也几希。此等真假,不可不辨。故三藏抱住国王道:"此是我顽徒使法力,辨真假也。"然则此等惊天动地、天下希有之事,岂无法力者所能作乎?

"妖精见事不谐,挣脱了手,解剥了衣服,捽落了首饰",是脱坎外之假,而就坎内之真,现出坎中之真阳也。"到御花园土地庙,取出一条碓嘴样的短棍",是去离外之动,而用离内之静,取出离内之真阴也。然离中之阴虽为真阴,坎中之阳虽为真阳,若不用真火煅炼而调和之,则坎中之阳不能上实于离,离中之阴不能下虚于坎,终是以假侵真,而不能以真化假。"行者与妖精大显神通,在半空中赌斗",正真假相混,以真化假,借假修真,而不容以假乱真也。故唐僧扶国王道:"你公主是个假作真形的,若拿住他,方知好歹。"以见火候不到,而假者仍在,真者犹未可见也。

然"精着身子,与和尚在天上挣打",是已精一入中、坎离相济、和合丹头之时,何以妖精化清风逃去西天门,行者教把天门的不要放走乎?盖妖为坎中一阳,坎中之阳,乃水中之金,金属西方;五行顺行,金生水,五行逆运,水生金;妖精逃于西方,子报母恩,归于金之本位。然返其本,未经真火炼尽余阴,犹有其假,未肯现真,不教把天门的放去,正欲炼其阴耳。

"妖所拿短棍,一头大一头小",此兑金之本相。兑之上为一阴爻,下为二阳爻故也。诗中云"羊脂玉"、"在上天"、"一体金光和四象,五行瑞气合三元",皆指兑之一阴为坤宫之土而言。"随吾久住蟾宫内,在你金箍棒子前",蟾者,金蟾;金箍棒亦金类,土能生金。"广寒宫里捣药杵,打人一下命归泉",广寒为纯阴之地,即坤之象。土在坤宫则为真而能生物,故曰"捣药杵";土离坤宫则为假而能伤物,故曰"命归泉"。若然,则此兑金之阴,不可不炼也明矣。

"那妖精难取胜,将身一幌,金光万道,径奔正南上败走。忽至一座大山,钻入山洞,寂然不见。"自西至南,西南坤位,金入水乡,金火同宫,金因火炼而成形,火因金明而返本,正大药生产之乡,金丹下手之时。《易》曰:"西南得朋,乃与类行。"丹经云:"要知产药川源处,只在西南是本乡。"皆以明西南生药之一时。圣人运动阴符阳火,于此一时中,潜夺造化,以为丹母,良有妙旨。若非以法追摄，则此一时亦不易得，幸而得之，时不可失。盖此一时，有先天真一之祖气存焉。此气与天地合其德，与日月合其明，与四时合其序，与鬼神合其吉凶，先天而天弗违，后天而奉天时，易失而难寻，易走而难制。故仙翁于此处提出："恐他遁身回国，暗害唐僧。径回国内，此时有申时矣。""申"者，中而有一，即"中有一宝"之义。"有申时"，即中有一宝之时。知的此时，方能辨出真假；不知此时，而真假犹未可辨。若知此事而未到此时，则真假不分而亦不能辨。"此时有申时矣"，而真假显然矣。

"国王问道：'假公主是个假的，我真公主在于何处？'行者道：'待我拿住假公主，真公主自然来也。'"夫真之不见，皆由假之所蔽，拿住假的，真的自然来。是以真除假，借假归真，真真假假，假假真真，真假之为用，神矣！提纲所云"假合形骸擒玉兔"者，正是此意。

然擒拿之妙，须要火候，内外兼用，不得舍此求彼，顾头失尾。故行者道："八戒、沙僧保护师父，我却好去降妖。一则分了内外，二则免得悬挂，必当明辨此事。"即《悟真》云："内药还同外药，内通外亦须通。丹头和合类相同，温养两般作用。自有天然真火，炉中赫赫长红。外炉加减要勤功，妙绝无过真种。""八戒沙僧护持唐僧"者，木土内运，天然真火也；"行者降妖辨明真假"，金水外运，外炉加减，"妙绝无过真种"也。

土地说出："毛颖山，山中有三处兔穴，乃五环之福地。大圣要寻妖精，还是西方路上去有。""毛"者，"三勾"，即"三日，月出庚方"之旨。"颖"者，颖悟，来复之义。三兔穴，仍取三日之象。三日一阳来复，乃金丹现象之时，得之者，可以会三家，攒五行，脱生死，出轮回，超凡入圣，长生不老，谓之"五环福地"，谁曰不然？"妖精还是西方有"者，兑也。"山顶上两块大石"，即兑☱之象。"行者使棒捎开，那妖'忽'的一声，就跳将出来"，去其兑之两大，还其坤之三阴，由兑至坤，动极而静，故有太阴星君从空而来矣。静极则必又动，故太阴说出：妖精为广寒宫捣药玉兔。积阴之下，一阳来复，贞下起元，天地之心于此复见，为金丹大道之药物。三丰所谓"偃月炉中摘下来，添年寿，减病灾"者是也。

然不知先天后天阴阳盈虚消长之理，则假合真形，假瞒其真，真藏假中，而真假莫辨，金丹难成。太阴说出"素娥把玉兔打了一掌，思凡下界，投于国王皇后之腹，为公主。玉兔怀一掌之仇，私出宫门，抛素娥于荒郊"一段因果，可知玉兔本不假，因素娥一掌而假之；素娥未全真，因玉兔私仇而真之。

此何以故？盖素娥天宫之物，乾阳之象，阳极则必反阴而思妬。打玉兔一掌者，求妬也。一妬乾中之阳，下陷于坤，坤实而成坎，乾虚而成离，即是思凡下界，而投皇后之腹。由是先天乾坤变为后天坎离，火水不济，岂不是月中玉兔"金逢望后"，一阴来生，怀仇私出，真中变假，而抛素娥于荒郊之外也？然则玉兔即素娥，素娥即玉兔，非玉兔之外别有素娥，素娥之外别有玉兔。所谓玉兔者，就丹道而言；所谓素娥者，就造化而言。曰真假者，特以先后天言之。以先天而论，则素娥为真，玉兔为假；以后天而论，则玉兔为真，素娥为假。素娥之真，因玉兔而真之；玉兔之假，因素娥而假之。未妬之前，玉兔、素娥无真假之别；既妬之后，玉兔、素娥有真假之分。是素娥打玉兔一掌，素娥自打之；玉兔怀一掌之仇，素娥自仇之。"素娥思凡下界，投于皇后之腹"，即是玉兔私出宫去，以假变真，真而假，假而真，无非一妬为之。留心识破真假，则知这些因果，须要在一阴来妬处明证而施法返本，更宜于一阳来复处认定而现象归真。

"大圣、太阴星君带玉兔径转天竺国。此时黄昏，看看月上，正南上一片彩霞，光明如昼"，即《悟真》所谓"偃月炉中玉蕊生，朱砂鼎内水银平。只因火力调和后，种得黄芽渐长成"也。"行者空中叫醒天竺国王、皇后、嫔妃，指说月宫太阴星君，玉兔假公主，今现真相"，以见金丹大道，原在后天中返先天，假相中现真相，非色非空，有阴有阳，法财并用，人我共济，借假修其，以真化假，即《悟真》所谓"调和铅汞要成丹，大小无伤两国全。若问真铅是何物，蟾光终日照西川"也。提纲"真阴归正会灵元"者，正在于此。夫此灵元至宝，人人具足，个个圆成，处圣不增，处凡不减。迷徒每不得真传，往往认假为真，流于采取而动淫欲。抑思此乃作佛成仙之道，岂可以动淫欲而成？噫！"此般至宝家家有，自是愚人识不全"，何哉？

"太阴收回玉兔，径上月宫"者，外丹已成也；"国王谢了行者，又问前因"者，内丹须修也。外丹了命之事，内丹了性之事。了命者去其假，了性者修其真。今日既去其假，明日去寻其真，此理之所必然。盖假者既去，何愁寻真？真者现在布金寺里，不必别铸钳锤，另造炉鼎，而真即可得。盖以真即在假之中，无即在有之中，了命之后而须了性，有为事毕而须无为，温养火候，超脱圣胎，明心见性，极往知来，正在此时。说到这里，有为无为，知行并用，真空妙有，性命双修，方知不在人心上作功夫，而布金寺所言"悲切之事"可以大明矣。

"行者到布金寺,把上项事备陈一遍,众僧方知后房里锁的是个女子。"噫!悲切之事,须在布金寺问出来因;真假之别,当向天竺国辨其邪正。不知布金寺之悲切,难辨天竺国之真假;不辨天竺国之真假,难明布金寺之悲切。真假已辨,悲切已明,照见三千大千世界如一毫端,不复为百脚山之阻滞,从此母子聚首团圆,君臣共喜饮宴,无亏无损,仍是当日面目,保命全形,依然旧时家风。

"丹青图下四众喜容,供养在镇华阁上",是写其真金不坏,为后世去假从真之图样。"又请公主重整新妆,出殿谢四众救苦之恩",乃示其整旧如新,为天下救苦脱难之法船。"拜佛心重,苦留不住",须知安乐之境而不可过恋。"众僧不回,暗风迷眼",当在尘缘之处而对景忘情。结云:"沐尽恩波归了性,出离金海悟真空。"真空不空,不空而空,非心非佛,妙道在斯矣。

诗曰:

真中有假假藏真,假假真真定主宾。

金火同宫还本相,阴阳浑化脱凡尘。

# 第九十六回

## 寇员外喜待高僧　唐长老不贪富贵

〔**西游真诠**〕悟一子曰：此下二篇，明护法之祸与灭法之祸同。彼以杀万僧为喻，此以斋万僧为名。修道者，须察识关心，倚有大德量、大脚力者为护法，不可炫耀资财，以召灾祸也。

篇首"三藏问徒弟道：'此处又是什么去处？'行者道：'不知，不知。'"两"不知"，正是眼目。盖人心叵测，而事变无常，虎坐门楼，而有斋僧之主，岂曰虎口不可以就食？寇姓员外，而无劫人之行，何疑寇部而怀嫌？老妪不怕丑陋，识天人下界，何以前恭而后倨？心叵测也。儿子颇有同心，亦倒身下拜，何以善始而恶终？事无常也。

春尽夏初，天道方亨之日，听二人闲论兴衰，切须关心猛省。铜台府，可与同金之处；地灵县，幸到人杰之乡。"惹得市口里人都惊惊恐恐，猜猜疑疑，围绕争看。"形容不善韬晦，显露圭角，惊愚骇俗之足畏也。见"万僧不阻"四字，已得护法之人，而灵山不远矣。

可惧者，妇人小子，拂意怀嗔，搬弄是非，如"穿针儿"、"小秀才"，真绵里裹针、根荄败秀。可戒者，主人好名，高悬奖善之额，宾客填门，喧传鼓乐之声。结彩张筵，挥金夸胜，以为尊师取友，而不知为开门揖盗，谓之寇员外，自寇之也。盖好客则惊人耳目，而觊觎者乘之；不贪反违人意愿，而嫉妒者衔之。所谓"无贪犹取怨，剧喜必生忧，众女兢闺中，独退反成怒"也。

唐僧到华光行院，见华美光耀而行违悖"良贾深藏"之训。忽然黑云大雨，一时骤至，正是"天有不测风云，人有旦夕祸福"，不可不防之意。结云："泰极还有否，乐处又逢悲。"信然。

## 第九十六回　寇员外喜待高僧　唐长老不贪富贵

〔**西游原旨**〕上回已结出,自有为而入无为,大道完成矣。然大道虽成,未离尘世,犹有幻身为患,若不知韬晦隐迹,未免招是惹非,为世所欺。故此回合下回,极形人心难测,使修行者见几而作,用大脚力,镇压群迷,以防不测之患也。

篇首一词,言一切色空,静喧语默,俱皆后天识神所为,并非我固有之物,当一切看破,不必梦里说梦,认以为真。须顺其自然,用中无用,功里施功,不着于有心,不着于无心,还如果在枝上,待其自熟自红,不必计较如何修种,方是修行人大作大为,而虚实行藏,人莫能窥矣。

三藏师徒,在平安路上行经半月,忽见城池,唐僧问:"甚么去处?"行者道:"不知,不知。"连道"不知",即词中"莫问如何修种"之意。盖大道以无心为主,到得道体完成,平安之处,正当绝去万有,穷通得失置于不问不知而已。"八戒道:'这路是你行过的,怎么不知?'行者道:'事不关心,查他做甚?此所以不知。'"一以为行过的,怎么不知;一以为不关心,所以不知。总以示无心之行而不着心,正"有用用中无用,无功功里施功"之妙。"二老论兴衰得失,圣贤英雄,而今安在? 可为叹息",正明世事皆假,犹如一梦,而必须万有皆空也。

"铜台府",须要在尘缘界中拣出真金;"地灵县",且莫向大地恒沙中失去灵宝。"虎坐门楼,寇员外家,有个'万僧不阻'之牌",虽曰斋僧为善,而未免虚张声势,有心修福矣。有心则务于外,失于内,是贼其德,而非行其善。至圣云:"乡愿,德之贼也。"其即寇员外之谓乎! 曰"寇"者,所以诛其心也。乃唐僧化斋,而求向善之家,是不知善中犹有如虎似寇者在也。何则? 善不求人知,则为真善,善欲其人晓,则为假善;天下之人,为善者少,为名者多,修行人若不自谨慎,徒以外取人,露出圭角,惹得人猜猜疑疑,围绕争看,即未免走入虎坐寇家,而为好奇者觊觎矣。故员外闻报异相僧人来也,不怕丑恶,而即请进,百般殷勤也。及问起居,三藏说出见佛祖求真经,而员外即面生喜色,总以写不善韬晦而起人心之失。

"名寇洪,字大宽,虚度六十四岁。许愿斋万僧,只少四众,不得圆满。天降四位,圆满其数,请留名号。"分明内存盗跖之心,外妆老成之见,虚挂招牌,以要美誉。此等之辈,外示宽洪大量,内实贪心不足,所谓"老而不死,是谓贼"者。试看老妪以为"古怪清奇,必是天人下界",秀才闻"经十四遍寒暑",尽道"真是神僧",罔知道中有贼,误认向善人家,轻举妄动,惊俗骇众,焉得不动人耳目？当此之时，三藏虽到得有宝之方，尚未了圆满之愿，而乃以口食为重，不知谨戒，妄自交接，是"起头容易结稍难"，自阻前程，纵灵山不远，未可遽到。"见员外心诚恳，没奈何只得住了"，理所必然。

员外始而供斋，铺设齐整，既而留住，圆满道场，可谓言语诚敬，礼貌丰隆，善之至矣。而谁知至善之中，即有不善者在；至敬之中，便有不敬者藏。老妪因留不住，而遂生恼，是绵里裹针，已种下伤人之根；秀才供养不领，而即抽身，是口是心非，早包藏暗害之计。"鼓乐喧天，旗幡蔽日"，岂是敬僧之礼？"人群凑集，车马骈填"，难言为善之家。"真赛过珠围翠绕"，分明自寇而招寇；"诚不亚锦绣藏春"，势必张大以失大。"茶饭不吃，却走甚么路"，见口食而易足惑人；"长安虽好，不是久恋之家"，安乐而非可妄享。"华光行院"，写出炫耀起祸之端；"五显灵官"，比喻显露不谨之失。"不期黑云盖顶，大雨淋漓"，花正开时遭雨打；"恐有妖邪知觉，夜坐未睡"，人得意处须防危。"泰极还生否，乐处又逢悲"，修行者可不谨诸？

诗曰：

道成急须去韬光，莫露形踪惹祸殃。

大抵恩中还有害，当知绵里裹针芒。

# 第九十七回

## 金酬外护遭魔毒　圣显幽魂救本原

〔**西游真诠**〕悟一子曰：此承上篇，明人心叵测，事变无常，泰中有否，乐处逢悲，无足怪异。须精彻幽明感通之理，预防变幻不测之虞。借大脚力以镇压群愚，运神通力以救护原本，与灭法国紧相对针。

彼以灭法而杀僧一万，不曾杀得个有名的僧，要四众凑杀做圆满，凶矣，而未足为凶。此以护法而斋僧一万，不曾斋得个好僧，要四众凑斋做圆满，吉矣，而未足为吉。见吉凶无终穷之理，而心愿难满也。

彼避杀在柜而被盗，此避斋被盗而在狱。彼官兵逐盗而获四众，此四众获盗而被官兵。彼在小二店暗窃衣帽，此在禁子前明献袈裟。彼杀僧而反剃光头，此斋僧而忽遭飞脚。彼作恶而一夜大觉，此为善而顷刻长眠。彼用千手剃遍国中，此只一脚踹满县堂。彼娘儿两个商量宿客，此母子三人算计陷僧。彼行者与寡妇说透面前世务，此老头与妈妈酷肖背后闲言。彼在阳世间显试手段，此在阴间里暗弄神通。彼剃发僧是行者而全然不晓，此上盗绝非四众而偏肯认真。彼遭灭法而钦法，此遇护法而犯法。彼行者扮商冒俗，此行者捏鬼装神。彼见作恶不可恃，此见为善不可矜。

即本文而论：员外姓寇而被寇，唐僧求道而得盗。死员外倒会说话，活强盗不能开口。和尚做问官而放真贼，刺史执诬状而勘平僧。师徒还赃而受赃，各盗行劫而失劫。诳告者信口嚼舌，而现据赃证；归明者数尽限终，而反增寿考。生前留僧不住，死后却忽回来。花扑扑，送僧出户，鼓乐喧天；明晃晃，惹盗进门，悲啼满地。事情变幻，反反复复，倒倒颠颠，不可名状。总形容多财者，必暗遭飞脚，有道者易招苦恼，非有踹满县堂之大脚力，不能摄服群愚，消解魔毒。故有道之士，于本原之地谨自维持，暗加防护，不使偶一失足也。

何谓大脚力？有财而不私，大脚力也；有名而不居，大脚力也；有势而不用，大脚力也；有法而不露，大脚力也。柔弱为用，与世无竞，尽世甲兵不能加，大脚力也；知几相时，进退以正，水火虎兕不可害，大脚力也。噫！可与从事矣。故结云："地阔能存凶恶事，天高不负善心人。逍遥稳步如来径，只到灵山极乐门。"

评者谓此回为地狱之终，下回为天堂之始，亦非无识。但天堂、地狱，理欲二端，出此入彼，原无终始。唐僧造诣未极，不能纯一，难免地狱之累。到凌云渡独木桥，犹似地狱景象。直至上无底船，登彼岸，方是脱离苦海。始终之说，始属依稀之见耳。

〔西游原旨〕上回言不能深藏潜隐招祸之由，此回言通幽达明脱灾之道。夫道高者毁来，德修者谤兴，此修行人之所必有。然能被褐怀玉，深藏若愚，有若无，实若虚，混俗和光，方圆应世，则在我者无自满之失，而在人者少争奇之思，虽外有些小魔障，亦可以逢凶而化吉。否则，门前赛宝，轻浮浅露，便是开门揖盗，自取灭亡。

寇员外因示富而被盗，又不肯舍财而拼命，乃系逐于末而忘其本，暗室亏心，外边尽假，被贼撩阴一脚踢死，出尔反尔，于贼何涉？噫！寇员外之死而入阴，即唐僧之死而入阴。何则？寇员外之死，皆由送唐僧过于奢华之故。然则四众不善于遁迹潜形，而员外亦即炫耀资财，此老妪、寇梁兄弟陷他四众所由来也。

状云"唐僧点着火"，法身不定也；"八戒叫杀人"，不知禁戒也；"沙和尚劫出金银去"，任意张狂也；"孙行者打死我父亲"，肆行无忌也。如此招摇，顾外失内，认假为真，暗生障碍，其苦也不亦宜乎？

独是金酬外护，则是以德相酬，以恩相报，何至反遭魔毒而入狱？殊不知员外因送僧人而致死，僧人因酬外护而入狱，皆是不能韬明养晦，务于外而失于内，恩内有害，德中怀刑，势所必然。外护入地狱，僧人入牢狱，俱是在不明之地安身立命，重于末节，伤其本原，虽灵山不远，而犹在鬼窟中作生涯；即真经在望，尚在地狱中做事业，焉能逃得阎王老子之手乎？当斯时也，若非振道心，去人心，几不令前功俱废乎？

"四众到得监门，行者笑道：'进去！进去！这里莫狗咬，倒好耍子。'"夫狗者，贪图之物，比人之贪心。既无贪心，随在而安，倒好耍子，不色不空，

"有用用中无用，无功功里施功"矣。"禁子乱打要钱"者，是禁其不得在外而乱贪；"行者教与袈裟"者，是示其须在怀中而掏宝。行者叫禁子道："我们那两个包袱中，有一件锦襴袈裟，价值千金，你们解开拿了去罢。"二者人心，一者道心，解开两包，拿出一件，即是解去人心，拿出道心。若能如此者，方是解灾脱难之根本，故狱官见袈裟而看关文，便知不是强盗矣。

所可异者，行者暗想师父有一夜牢狱之困，已过四更，要去打听打听。何时不可，而必在四更以后也？此有道焉。当五更平旦之时，有虚静之气，乃道心发现之时，正好打听幽明之路；过此一时，理欲相混，善恶不分，而幽明之事未易以打听。

夫天下事，有形迹者，人可以识；无色相者，人难以知。行者变蟭虫儿，暗里潜行，始则到于大街之市，窥听言语，而护口生意之愚夫愚妇莫之能识；既而入于寇姓之家，学声讲话，而陷害无辜之妇人小子莫之能辨；又既而进于刺史之宅，掉经诈言，而不审来因之酷吏赃官莫之能认；又从空中改作大法身，伸下一只脚，把个县堂躧满，概县官吏人等惊惶，磕头礼拜，皆莫之或违。此暗则潜藏默运，而不露些子机关，明则大法脚力，而足以镇压群迷，真脱灾消难之作为，起死回生之要诀，尚何有地狱囹圄之苦？此寇家递解状而悔过，众官开监门而认错所由来者。

行者复入幽明地界，讨回员外魂灵，死而复生。明足以镇压世俗，幽足以暗服鬼神，幽明通彻，隐显莫测，诚所谓有大脚力者。最妙处是"神光一照如天赦，黑暗阴司处处明"。盖幽明有相通之理，阴阳有感应之机，天堂地狱，由人自造，致福招祸，惟人自裁，出此人彼，一定不易。大圣入幽冥，岂真入幽冥哉？是特神观密察，屋漏不亏，表里如一，明无不彻之谓。非有大脚力者，乌能如此？及员外说出"被贼一脚踢死，与四众无干"，而误陷之情，方得释然矣。

噫！前遭一脚之害而入地狱，皆因争奇好赛，而着于色相；今借一脚之力而脱地狱，皆因潜踪隐迹，而能顾本原。一脚之错与不错，生死关之，可不畏哉？昔杏林嘱道光禅师云："汝急往通邑大都，依有力者为之。"即依此大脚力也。然则有大脚力者，方脱地狱；而无大脚力者，暗遭飞脚。故结云："地阔能存凶恶事，天高不负善心人。逍遥稳步如来径，只到灵山极乐门。"大脚力，岂小补云哉？

诗云：

> 善中起见动人心，怎晓尘情利害深。
>
> 欲救本原完大道，潜藏默运化群阴。

# 第九十八回

## 猿熟马驯方脱壳　功成行满见真如

〔**西游真诠**〕悟一子曰：祖师慈悯世人根性迷钝，恐无有把握，到此惊疑，故此篇从实地上接引众生，使渠脚踏实地，而免疑惧畏葸也。

噫！"凌云渡"、"独木桥"、"无底船"，可谓至险至虚矣，何以云脚踏实地？及今若不显露此旨，虑当日祖师制金丹之心不传，仙师代祖师制《西游》度世之心终不传。使庸人下士，茫茫苦海，无处着脚；凡夫俗子，汩汩轮回，没有出头。学佛坐禅者，如磨砖作镜，万无一成；学仙了道者，如画饼充饥，毫无实济；学圣尽性者，如对电穿针，当面错过。不知"凌云渡"、"独木桥"、"无底船"之正路，为脚踏实地者也。

老子曰："人之大患，以吾有身；吾若无身，又复何患？"盖人有身则有患，欲免大患，莫若体夫至道；欲体夫至道，莫若明夫本心。心者，道之体；道者，心之用。人能察心观性，则圆明自照，无为之用自成，不假施为，顿超彼岸。诸相顿离，纤尘不染，身不能累其性，境不能乱其真，一切大患，乌足为患！此上智达人，真体未亏，心若明鉴，鉴而不纳，随机应物，和而不倡，故能胜物而无伤，无上至真之妙道也。奈何世人根性迷钝，陷失本来，执有其身，而恶死悦生，故卒难了悟印证。黄老悲其贪着，乃以修生之术顺其所欲，渐次导之。此金丹之术，盖为中人设法，脚踏实地工夫，使其身有把握，可以渐登彼岸，紫阳真人于《悟真篇》阐之甚悉，于《后序》载之极详。此《西游》一书，仙师取唐僧一人由渐而悟为脚踏实地榜样，借取经之旨，千魔百难，引至"凌云渡"、"独木桥"、"无底船"之地，使其超脱尘凡，毋须疑畏。灵山绝顶，不外吾身而自得矣。

请明"凌云"、"独木"、"无底"之实处，大道坦坦，如砥如矢，有何"凌云"、"独木"、"无底"之象？自人识趣卑暗，物欲障碍，彼岸高远，若凌云然，倘能尘视一切，旷然物表，养成浩然之气，充塞于凌云之渡矣。自人肆行无惮，幽隐自欺，内省危微，若独木然，倘能兢业小心，临深履薄，则慎独之神，往来于独木之桥矣。岂非真履实践之境？然必有事焉，而非袭取而至；在格物焉，而非执一而能也。惟"无底船"又为"凌云"之难渡、"独木"之难行而设，难渡难行者，凡以爱身也。故欲渡而爱身，则必以船，以船则必以底。无底则是溺身，溺身则不如不渡不行，而何以为爱？不知有底，则爱身而反溺；无底，以不爱身而反不溺。何也？人不知有底之为虚，无底之为实也。船之有底者，人所日用之船，使之获身而不溺，人或畏溺而不用者有之矣；船之无底者，人所一用之船，使之获身而必溺，人或畏溺而不用者必无之矣。今试执途之人而问之曰："今有无底之船，汝乘之乎？"人必嗔之，谓非愚则妄，不知已旋乘无底之船以溺之矣。又试执途之人而问之曰："今有无底之船，汝乘之而必不溺也。"人必嗔之，谓非诬则诈，不知亦有乘有底之船以溺者矣。然则无底之船，人人所必乘而不可慢乘者也。

　　人有浩然之气而不能善养，有慎独之心而不能格物，未至于"凌云"、"独木"，是猿强而马劣也，不可以乘船而渡也。人能善养浩然，慎独致知，已至于"凌云"、"独木"，而犹欲乘有底之船以渡，是猿未熟而马未驯也，不可以乘船问渡也。猿必圆融无碍，而始称为熟；马必功力悉化，而始称为驯。孔子曰："朝闻道，夕死可矣。"盖言非闻道则必不可死，而能闻道则死亦可。此云"猿熟马驯方脱壳"，言非猿熟马驯不可以乘无底船也。人共知无底船之能溺身，不知不能溺猿马；人共知无底船之能溺身而必不起，不知无底船之不能溺所驯熟之猿马而必起而不溺。及人乘无底之船，而犹以为有底，诚有底也，而必溺而必不起不知也；又见人乘无底之船，而必以为无底而必溺而必不起，诚不起也，而不溺而必起不知也。同一无底也，而彼必以为有底而不溺；同一无底，而有溺与不溺之迥别也，而彼必以为同溺而无别。然则彼之所谓有底者即无底，此之所谓无底者即有底。彼之所谓有底者，并猿马而俱沉；此之所谓无底者，并患身而悉免。有底者实乎？无底者实乎？有底者稳乎？无底者稳乎？故乘无底船而实且稳者，非猿熟马驯者不能；欲猿熟马驯者，非金丹作用不能。猿之熟，非心之熟，乃道体之圆融；马之驯，非意之驯，乃功力之悉化。错认心为猿、意为马，便非脚踏实地工夫。篇中"假境界而强下拜"者，非猿熟马驯也；"到真境界而翻身下马"者，猿熟马驯也。

"道童接引"者,金丹之灵也。"被观音哄"者,非哄也,见唐僧之能渐而不能顿也。"沐浴"者,猿熟马驯之验也。"昨日褴缕,今日鲜明"者,金丹就而脱却尘凡也。"未登云路,当从本路而行"者,明舍修仙之本路不能到灵山,见唐僧之必由渐而悟也。"云来云去,实不曾踏着此地"者,见行者之能顿而不由于渐也。"就是观宇中堂穿出,后门便是"者,有为而后即可无为也。"唐僧见活水飞流,心惊错指,行者笑道:'不差。'指明大桥,要从桥上过,方成道"者,见此身未离尘世,危险尚存,必养气至于无可养,慎独至于无可慎,而后成道,正真履实践之时,寻不得别路,故曰"正是路、正是路"。

"行者上桥,跑过去、跑过来"者,上智之顿悟,猿自熟也。唐僧曰:"难、难、难。"八戒曰:"滑、滑、滑。"中人之疑惧也。若欲驾云捷渡,便是邪路自迷,故行者急止不容,引就切实正道。脱壳之后,师徒两不相谢,又二施俱得之旨,施法施财之的旨也。但世间上智少而中人多,无不畏死而不得不死,无不恐上无底船而不得不上,特泛观以实且稳者,惟有金丹之道耳。未得金丹,而此身不无患者;已得金丹,而此身终为道患。虽不上,未始不可,而不如上之之为超脱也。如《传灯录》:吕祖游撞鼓台,听黄龙机禅师说法。师知其仙也,诘问:"座下何人?"答曰:"云水道人。"师曰:"云尽水干何如?"吕不能对。师复语曰:"黄龙出现。"吕去,留诗云:"弃却瓢囊击碎琴,如今不恋汞中金。自从一见黄龙后,始悔从前错用心。"此非悔汞金之错,悔汞金之贵脱化也。故有诗又曰:"布袋和尚上明州,策杖芒鞋任处游。饶你化身千万亿,一身还有一身愁。"此又于脱化之中,更上竿头之意。故大佛上仙,或蝉脱而去,或火化而灭,或只履西归,或攀树示修,或受害偿债,迹非一辙,而总在于猿熟马驯之候。盖深明形质不可以常住,而真灵万劫以长存。此接引祖师,所以有"万劫安然自在"之的旨也。

"上船踏不住脚"者,临时恐死之心陷之也。"一把扯起"者,平日金丹之道扯之也,非你也,皆我也。"上流淌下死尸,都道'是你、是你'"者,非我也,皆你也。到此地位,岂不可贺可贺?所谓广大智慧、诞登彼岸、无极至真之法,尚何"凌云"、"独木"、"无底"之可见也哉?解脱凡胎,功成行满,逍遥于灵山之顶,拜身于如来之下,方识如来慈悲,一片之心,尽托于一万五千一百四十四卷之内,总不外于无字之真经也。此经至尊至贵,慎勿白手传经,以致风俗愚迷,毁谛慢取。以无字之经度上智,以有字之经度众生,佛祖之分别传经,与孔氏之因人施教,夫何异哉?阿难先传无字之真经,非欺也,恐其慢亵也。后换有字之真经五千零四十八卷者，得金钵而传金丹也。盖无字为顿法，有字为渐法。顿为无为，渐为有为。由渐而顿，由有为而无为，皆真经也。真经不离无字之《河图》，有字之《周易》，故曰"实三教之源流，宝之、重之。内有成仙了道之奥妙，发明万化之奇方也"。提出"共计一十四年，乃五千零四十八日，还少八日，不合藏数"。噫！真奥妙之奇方也。

　　读者又以此书为仙佛同源，而道为入门升堂，禅为登岸造极，似矣。不知此书专为仙家金丹大道而发，篇中"成仙了道"一语，为全部注脚。佛仙非金丹不能成，俱自有为而造于无为，非有优劣。仙即佛也，佛即仙也。佛称"大觉金仙"，仙称"大罗真仙"，一而二，二而一者也。故结云："见性明心参佛祖，功完行满即飞升。"

　　〔**西游原旨**〕上回言道成之后，须要韬明隐迹，以待脱化矣。然当脱化之时，苟以幻身为重，不肯截然放下，犹非仙佛形神俱妙、与道合真之妙旨。故仙翁于此回，指出末后一着，教修行人大解大脱，期入于无生无灭之地也。

　　如提纲着紧处在"猿熟马驯方脱壳"一句。猿者，真空之道；马者，妙有之法。熟者，圆成而无碍；驯者，活泼而自然。道至圆成，则真空不空；法至自然，则真色不色。真空妙有，妙有真空，合而一之，有无不立，道法两忘，圆陀陀，光灼灼，净裸裸，赤洒洒，纯阳无阴，独露乾元面目矣，而非云心之熟、意之驯。若以心熟意驯猜之，试问脱壳脱出个甚么？如曰脱出个心意，则心意因幻身而有，幻身且无，心意何在？即此而思，可知道法非心意矣。从来评《西游》者，俱以"心猿意马"为解，独悟一陈公云："猿为道体，马为功力。"洵为仙翁知音。"方脱壳"三字，大有讲究，其中包含无穷实理，成仙作佛，于此定其高低，不可不玩。何则？猿未熟，马未驯，须赖有为之道，熟之驯之，未可脱壳，而亦不能脱壳也；若猿已熟，马已驯，急须无为之道，不必再熟再驯，即可脱壳，而亦不得不脱壳也。倘猿未熟，马未驯，而即行无为之道，则是悬空妄想，脚根不实，命基不固，若有一毫渗漏，未免抛身入身，而未可即脱壳；若猿已熟，马已驯，而仍守有为之道，则为幻身所累，休歇无地，性理不明，饶君千百之年寿，总是无知一愚夫，而必须求脱壳。无为而必先有为者，如六祖惠能已悟"本来无一物"，而又在四会混俗和光者是也；有为而必须无为者，如初祖达摩，始而长芦下功，既而少林冷坐者是也。盖猿未熟，马未驯，必须熟之驯之，以行有为之道；若猿已熟，马已驯，急求解之脱之，以行无

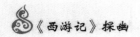

为之道。

"唐僧到玉真观,金顶大仙接着",已是到金仙之分,而猿熟马驯,体变纯阳之时矣。故诗云"炼就长生居胜境,修成永寿脱尘埃"也。大圣道:"此乃灵山脚下,金顶大仙。"以见仙即是佛,佛即是仙。仙者,金丹有为之道;佛者,圆觉无为之道。佛不得金丹不能成佛,仙不明圆觉不能成仙,一而二,二而一,灵山雷音即有金顶大仙,岂可以仙佛歧而二之乎?

"烧汤与圣僧沐浴,好登佛地"者,猿熟马驯,从有为而入无为也。诗中"洗尘涤垢全无染,返本还元不坏身",金丹成就,无尘无垢,纯阳无阴也。"昨日褴缕,今日鲜明,睹此相,真佛子"者,了命之后,必须了性,有为事毕,必须无为也。"圣僧未登云路,当从本路而行"者,下德者以术延其命,猿不熟,而必熟之于无可熟;马不驯,而必驯之于无可驯,还须脚踏实地也。"行者走过几遭,不曾踏着此地"者,上德者以道全其形,猿本熟,马本驯,猿不必熟而自熟,马不必驯而自驯,可以顿悟圆通也。

"这条路,不出门,就是观宇中堂,穿出后门便是"者,前面有为之道过去,即是后边无为之道,不必另寻门户,只此一乘法,余二皆非真也。"大仙道:'圣僧已到于福地,望见灵山,我回去也。'"命之至者,即性之始,到得无为,而不事有为也。

至凌云渡独木桥,唐僧心惊,以为大仙错指,是猿熟马驯,而不知在此脱壳也。行者道:"不差! 要从那桥上行过去,方成正果。"言猿熟马驯,而不可不在此脱壳也。了命之后,不得不了性,了性所以脱壳也。

"凌云渡,独木桥",悟一子注云:"自人识趣卑暗,物欲障碍,彼岸高远,如凌云然;自人肆行无惮,幽隐自欺,内省微危,若独木然。"是则是矣,而犹未见仙翁之本意也。果如是言,则必上独木桥,而方过凌云渡,不上独木桥,而凌云渡难过,何以未上独木桥,用无底船亦过乎? 以吾论之,别有道焉。盖成仙作佛,为天下希有之事,人人所欲得,人人所难能。如凌云之高而难渡,正以难渡者而渡之,则仙矣、佛矣。盖渡之之法有二:一则无为之道,一则有为之道。无为之道,最上一乘之道;有为之道,金丹之道。一乘之道,即独木桥;金丹之道,即无底船。独木桥所以接上智,无底船所以渡中人。何为独木桥? 独木者,一乘也;桥者,梁道也,即最上一乘无为之道。故曰:"从桥上过,方成正果。"诗云:"单梁细滑浑难渡,除是神仙步彩霞。"言最上一乘之道,惟上智顿悟者可以行,而下智渐修者则难渡。

三藏心惊道："这桥不是人走的。"以见下智者则难渡；行者笑道："正是路！正是路！"以见上智者可以行。"行者跳上桥，须臾跑将过去，又从那边跑过来。"上智之人，本性圆明，不假施为，顿超彼岸，随机应变，遇境而安，出入无碍，来往不拘，无为之用自成，《中庸》所谓"自诚明，谓之性"也。唐僧摇手，八戒、沙僧咬指道："难！难！难！"又曰："滑！滑！滑！"下智之人，秉性愚鲁，为私欲所蔽，为尘缘所诱，忘其本来面目，失其固有天良，着于假相，好生而恶死，不能顿悟圆通，终难归于大觉，若无金丹之道，焉能过得凌云之渡？《中庸》所谓"自明诚，谓之教"也。《参同》云："上德无为，不以察求；下德为之，其用不休。"此无底船之不可无者也。

"无底"者，脚踏实地，增损之道。增者，增其功；损者，损其道。增之又增，损之又损，直到增无可增、损无可损之处而后已，所谓"为功日增，为道日减"，即"其用不休"无底船之义。诗云："有浪有风还自稳，无终无始乐升平。六尘不染能归一，万劫安然自在行。"此系实言，非是妄谈。故行者道："他这无底船儿，虽是无底，却稳。纵有风浪，也不得翻。"特以金丹之道，有体有用，有火有候，盗生杀之气，夺造化之权，先天而天弗违，后天而奉天时，天且弗违，而况于人乎，况于鬼神乎？若到得丹成已后，由勉强而归自然，先了命而后了性，直入无上妙觉之地，与上德者同归一途。所谓"其次致曲，曲能有诚"，即不明上独木桥，而独木桥已早暗上矣。曰"却稳"，曰"不得翻"，何等明白显示？

"长老还自惊疑，行者往上一推，师父踏不住脚，毂辘的跌在水里。"噫！长老至玉真观，已是猿熟马驯，至凌云渡，更有何惊疑之事？其所以惊疑者，以其有此幻身耳。有此幻身，所以不敢渡而惊疑。有此幻身而不得不渡，一推跌在水里，正欲其无此幻身，太上所谓"吾所以有大患者，为吾有身；及吾无身，吾有何患"者是也。"早被撑船人一把扯起，站在船上。"无此幻身，即有法身，性命双修，彼此一把，无上妙觉之法船也。

"上流头决下一个死尸，长老大惊。行者道：'莫怕，那个原来是你！'八戒道：'是你！是你！'沙僧也道：'是你！是你！'撑船的也说：'那是你！'"露出法身，何惜幻身？性命俱了，何用五行？大道完成，何用作为？俱道"是你"！道成之后，一切丹房器皿炉鼎坛灶，委而弃之，"齐声相贺，不一时，稳稳当当过了凌云渡，轻轻的跳在彼岸"。诗云："脱却胎胞骨肉身，相亲相爱是元神。"猿熟马驯方脱壳矣，诚所谓广大智慧登彼岸无极之大法门也。

"四众上岸,连无底船儿都不知去向,方知是接引佛祖","鱼兔若还入手,自然忘却筌蹄。渡河筏子上天梯,到彼悉皆遗弃"也。到此地位,心法两忘,天人浑化,正是两不相谢,彼此扶持,有无俱不立,物我悉归空,早已不觉逍遥走上灵山之顶大雄宝殿,而拜见如来面矣。

噫!"道可道,非常道;名可名,非常名。"要知此道,要知此名,即如来三藏真经一万五千一百四十四卷,修真之经,正善之门。无如世人愚蠢村强,毁谤真言,不识其中之奥妙。抑知圣贤大道,不特始终全得,即于其中稍检其真,得其滋味,信受奉行,即可"脱却凡胎能不老,吞将仙液得长生",而况于他乎?

阿难、迦叶以唐僧无人事,笑道:"好,好,好!白手传经,继世后人当饿死矣!"古人云:"至人传,匪人万两金不换。"岂真索人事而传经?盖以金丹大道,有体有用,天道居其半,人事居其半,若无人事,欲全天道,焉能了得性命?

阿难传与无字真经,燃灯以为东土众生不识,使白雄尊者追回;后奉金钵,方传有字真经。夫"无字真经"者,无为之道;"有字真经"者,有为之道。无为之道,以道全其形,上智者顿悟圆通,立证佛果,无人事而可以自得;有为之道,以术延其命,下智者真履实践,配合成丹,须衣钵而后可以修真。有为之功,总归于无为,有字真经实不出于无字,以人不识其无字,而以有字者以度之。无字有字,皆是真经,无字者赖有字而传,有字者赖无字而化,一有一无,而天地造化之气机,圣贤大道之血脉,无不备矣。后世之得以成仙作佛者,多赖此有字真经之功力,有字真经岂小补云哉?

三藏真经之中,总检出五千零四十八卷,仅满一藏之数者,何哉?经者,径也。径者,道也。五千四十八卷真经,即五千四十八黄道,乃天地造化,周而复始,贞下起元,一阳来复之妙道。此道此经,顺则生天生地,生人生物;逆则为圣为贤,为仙为佛。故曰:"此经功德,不可称量,虽为我门之龟鉴,实乃三教之源流,其中有成仙了道之奥妙,发明万物之奇方。"以是知佛即仙,仙即圣,圣即佛,三教一家,门殊而道同,彼后世各争门户者,安知有此?

"取经人共计十四年,乃五千四十八日,只是少了八日,不合藏数。"任重道远,须要实修,少一步不能完满,所谓"大都全藉修持力,毫发差殊不结丹"。"传经须在八日之内,以完一藏之数",下手妙诀,还得真传,若无师指,难以自知,所谓"只为丹经无口诀,教君何处结灵胎?"曰"八日之内"者,天地以七日而来复,隐示金丹下手,正在于此,惟此一事实,余二皆非真,不得私猜妄议也。

噫!仙翁一部《西游》,即是如来三藏真经。仙翁《西游》全部,共演贞下起元、一阳来复之旨,传与学人,即是阿难三藏经中各检出几卷,合成一藏之数,传与唐僧。可知仙翁《西游》一部主意,是借如来以演其道,借阿难以传其法,五千四十八卷真经妙义,备于《西游》之中。然仙翁已将有字真经传与后世,而学者急须求明师无字口诀,点破先天一阳来复之旨,勤而修之,尽性至命,完成大道,才是"见性明心参佛祖,功完行满即飞升"矣。

诗曰:

火功运到始方圆,由勉抵安道可全。

消尽后天离色相,不生不灭大罗仙。

# 第九十九回

## 九九数完魔铲尽　三三行满道归根

〔**西游真诠**〕悟一子曰：此篇总明"毫发差殊不结丹"之义。欲人洞察阴阳，深明造化，准则刻漏，细推火候，不可过，不可不及，方得金丹服饵，脱胎换骨。倘有毫发差殊，如行百里而半九十也。诗内结出"古来妙合《参同契》"二语，乃是全部本旨。

通天河，适当十万八千之半途，提出此处还元，以全九九之数，明九九缺一，即如此处之半途而废也。特取"通天"者，天之所在，五万四千里，即一藏之数，正大士鱼篮救元之时。虽曰一半工夫，而后一半工夫亦只完得前一半而已。老子曰："玄之又玄。""玄之"者，前半也；"又玄"者，后半也。此非祖师亲授玄旨，如何识得？噫！通天还原之旨甚微，熟读篇中"九九归真"一诗，或可晓悟一二。

"行者抬头回望道：'是这里，是这里。'"读者以为行者之闲言，不知大有关系。明明认得通天河地方，何故评察而重言之？言功夫若有差错处，即是这里也，却要仔细，须谨记莫忘。"八戒对沙僧道：'想是你的祖家了。'行者道：'不是，不是。此通天河也。'"说出祖家，反复指定，何等提醒？行者道："驾不去，驾不去。"言九九之数有自然功夫，非人力可为，所谓"自有天然真火候，何须柴炭及吹嘘"也。老鼋高叫："圣僧，这里来，这里来。"言从这里去，还从这里来。"师徒四众，连马五口，驮在身上"即《河图》法象也。正五行还归一太极，而无分尔我，如人完得本来面目，而大道归根复命矣。

下文老鼋忽问，唐僧无言，将身一晃，通皆落水，读者不可错看。此时唐僧道果成就，岂真还少一难，必须补足耶？盖结丹在此，还元在此，毫发差殊，不能成真。特借老鼋一段遗忘失信公案，在通天河至要至紧关头叮咛嘱咐,明此间有真信,切须谨记,不致失信而有毫发差误。正"八大金刚附耳低言'如此如此,谨遵菩萨法旨,不得违误'"之真衣钵,非可以言语文字显说者也。若解为道体纯乾,而不容一毫阴气;灾星未满,而尚赖此处补完,则不识还元之妙理矣。

"三藏按住经,沙僧压住经,行者左右护持,以防阴魔之作耗。"明此经此地易于差失,急须保护,以待阴消。行者说:"此经乃夺天地造化之功,可以与乾坤并久,日月同明,寿享长春,法身不坏。"俱金丹实义,非夸赞形容。垂成之候,恐有外魔侵耗暗夺,最要防范缜密,切勿疏慢。至经尾沾破,"乃应天地不全之奥妙,非人力所能与"。老子曰:"大成若缺,其用不敝"是也。读者谓乾坤缺陷,正是大处,乃浮谈悬揣耳。人谓被此公一口道破,愚谓正被此公一口解坏。若解"天地不全"为妙,本文自有,何消解得?惟其中"不全奥妙",须待真师传授,岂能揣摩而了。噫!会得潮源消长理,始知身上有盈虚。

"陈家庄澄、清迎迓,谢昔日救儿女之恩,唤出陈关保、一秤金叩谢,创建救生寺",俱是还元中始末关会。盛名之下,不可久住;尘嚣之俗,非容常住。"真人不露相,露相不真人。""香风荡荡,起在空中",大丈夫之能事毕矣。故曰:"丹成识得本来面,体健如如拜主人。"

〔**西游原旨**〕上回结出性命俱了,脱去幻身之假,露出法身之真,入于至诚无私地位,而大道完成矣。然功成虽在自造,而火候全赖师传,若不能始终通彻,纵金丹到手,未免得而复失,有"夜半忽风雷"之患。故此回教学者急访明师,究明全始全终之下手归着,方可完成大化神圣之妙道也。

篇首"唐僧既被八大金刚送回国,菩萨将难簿看过,急传声道:'佛门中九九归真。圣僧受过八十难,还少一难,不得完成此数。'即命揭谛赶上金刚,附耳低言:'如此如此……谨遵菩萨法旨,不得违误。'"噫!唐僧脱壳成真,已到如来地步,岂真少一难而故生一难以补其数乎?盖以金丹火候,至幽至深,至详至细,有内火候,有外火候,有采药火候,有修丹火候,有结胎火候,有脱胎火候,丝毫之差,千里之失,须要真师附耳低言,指示个明白,方能直前无阻,大道易成。"不得违误",是教人决定求师,而不得违误。此言师心自造,有失前程。此一难,乃八十一难收完结果之一难,过得此难,八十一难俱可了了;过不得此难,而八十难尽不能过得也。

诗云:"古来如合参同契,毫发差时不结丹。"《参同契》为古来历圣口口相传、心心相授之妙道,若修行人所明之理与《参同》有丝毫不同,即是盲修瞎炼,外道傍门,未许结丹,而况不求师者乎?唐僧被金刚坠在凡地,八戒呵呵大笑道:"好!好!好!这正是'要快得迟'。"言不得师传而妄自造作,急欲向前,反成落后,未免为有知者呵呵大笑。学者当先以此为戒,甚勿妄想腾空,坠在凡地也。

"三藏道:'认认这是甚么地方?'行者道:'是这里!是这里!'八戒对沙僧道:'想是你的祖家。'行者道:'不是!不是!此通天河也。'"夫通天河乃还元返本之处,结胎在此,脱胎在此,正所谓五千四十八卷之真经,十万八千之中道,真阴真阳之本乡,神观大观之窍妙。须要于此处认识的亲切,审问个明白,无毫发之差,才能自东上西,自西回东,而功完行满,成真了道。否则,仅知前半火候,而不知后半火候,终被这里挡住,虽真经到手,而未许我有,其返本还元,犹未可定也。

"三藏道:'仔细看在那岸。'行者道:'此是通天河西岸。'"此处不可不辨:前次过通天河,是苦修而求于他家;今此过通天河,是得经而归于我家。故前难在东岸,而不得到西岸;今难在西岸,而不得到东岸也。

"沙僧道:'我师父已脱了凡胎,把师父驾过去。'行者微微笑道:'驾不去!驾不去!'"盖金丹大道,有为无为,各有其时,结胎脱胎,另有妙用。了得前半工夫,不难于脱凡胎;未了后半工夫,如何能脱圣胎?此中机秘,不得师指,枉自猜量。故仙翁于此处提明道:"你道他说怎么'驾不去'?若肯使出神通,说破飞升之奥妙,就一千个河也过去了。只因心里明白,知道九九之数未完,还该有此一难,故稽留于此。"噫!可晓然矣。诸般色相尽脱,而于法身未脱,终非九还七返金液大还丹之旨。原其法身之不能脱者,皆因未遇明师说破飞升之奥妙耳。不知飞升奥妙,即此一难,便稽留于中途,而不得回家矣。

"忽听得有人叫道:'圣僧这里来!'四众看时,却还是那个大白赖头鼋。"言前之有为者,求此还元之道;后之无为者,了此还元之道,有为无为,总为此还元。这里去,还从这里来,未可舍这里而在别处了者,真所谓"玄之又玄,众妙之门"。"四众连马五口,上在白鼋身上,向东岸而来",诗谓"不二门中法奥玄,诸魔战退识人天。本来面目今方见,一体原因始得全。果证三乘凭出入,丹成九转任周旋。挑包飞杖通休讲,幸喜还元遇老鼋"。此《河图》、

《洛书》，体用如一，功完行满，五行悉化，浑然太极，无字之真经在是也。

何以老鼋因不曾问他的归着，吻喇的淬下水去，把四众连马并经皆落水中乎？此等处，学者勿得错会，若以唐僧还该一难，差之多矣。殊不知上西天取经，乃有为了命之事，是知至至之，起脚之道也；得经回来，乃无为了性之事，是知终终之，归着之道也。倘只知起脚而不问归着，纵能返本还元，真经到手，若差之毫厘，失之千里，得而复失，夜半风雷之患，势所必有。

归着之道为何道？即防危虑险、沐浴温养之功。其曰："三藏按住了经包，沙僧压住了经担，八戒牵住了白马，行者却双手轮起铁棒，左右护持。"非防危虑险乎？能防危虑险，纵有些阴魔作耗，亦必渐消渐化，归于阴尽阳纯之地矣。夫金丹之道，"乃是夺造化之功，可以与乾坤并久，日月同明，寿享长春，法身不朽，为鬼神所忌，必来暗夺之"，若不知防危虑险，沐浴温养，到阴尽阳纯之地，犹有后患。曰"一则这经是水湿透了"者，沐浴也；"二则是你的正法身压住"者，温养也；"三则是老孙使纯阳之性护持住了"者，防危虑险也；"及至天明，阳气又盛，所以不能夺去"者，阴尽阳纯，无灾无难也。防危虑险，沐浴温养，即是归着，此外别无归者。"三藏、八戒、沙僧方才省悟"者，即省悟此归着也。知的起脚，又知的归着，知至至之，知终终之，有为之后即无为，了命之后即了性，有无兼修，性命俱了，内外光明，圆陀陀，光灼灼，净裸裸，赤洒洒，可以移经高崖，开宝晒晾，立的立，坐的坐，火候功力无用，归于大休歇之地矣。

诗云"一体纯阳接太阳"者，内外光明也；"阴魔不敢逞强梁"者，阴气自化也；"须知水胜真经伏"者，沐浴温养也；"不怕风雷电雾光"者，客气难入也；"自此清平归正觉"者，圣胎完成也；"从今安泰到仙乡"者，待时脱化也；"晒经石上留遗迹"者，成己之后还成人，欲向人间留秘诀也；"千古无人到此方"者，世人认假不认真，未逢一个是知音也。噫！仙翁演道，演到此地，可谓拔天根而凿理窟，示人以起脚，而且示人以归着，欲其性命双修，冀必至于形神俱妙之地而后已。其如迷人不识者何哉？

其曰"不期石上把《佛本行经》沾住了几卷，遂将经尾沾破了，所以至今《本行经》不全"者，盖以《西游》大道，借佛三藏真经以演道，其中药物火候、有为无为、修性修命，无一不备，所言错综离合，散乱不整，须要真师口诀印证。《本行经》不全者，须赖口诀以传之也。倘知起脚而不知归着，知归着而不知起脚，总是不能全经。前第九回"咬下江流左脚小趾"，是起脚之口诀，必要师传;此回沾去经尾,是归着之口诀,亦要师传。仙翁以《本行集经》不全,在通天河示出,其提醒后人者,何其切欤!

通天河在十万八千之中,是五万四千里。取经日期足数要五千四十八日,仅得五千四十日,与五万四千里相合,少八日不足藏数,是日少而程亦少。回东须在八日之内,以完补五千四十八日之数,八日之内,生出通天河一难,是日足而程亦足,俱合五千四十八卷真经之数。则知此真经,即通天河之老鼋,老鼋即灵山会之真经。从本元处而有为行去以取经,从本元处而无为回来以全经,总以示其经在本元之处,惟在人始有为而还此元返此本,又无为而保此元全此本。能保全此本元,才算得昔日救活真阴真阳,而有始有终。故陈澄、陈清谢当日救儿女之恩,立救生祠,唤出关保、秤金,当面叩谢也。

以上皆“附耳低言,如此如此”之妙旨。修行者若不知此等妙旨,纵能脱得凡胎,而圣胎难脱,未足为还元返本之极处。若有得其真诀者,去西回东,来去无碍,还元返本,直有可必。修行人到得还元返本,天事人事,俱已了毕,物我归空,身外有身,回视一切尘物,犹如毫毛,何足恋之!“真人不露相,露相不真人”,急须寂寂的去了,轻轻的走路,解去情缘之锁,跳出是非之门,“香风荡荡,起在空中”,正是此时。故结云:“丹成识的本来面,躯健如如拜主人。”学者可不在通天河举只眼乎?

诗曰:

通前达后理无差,性命双修是作家。

若遇真师传妙诀,功完行满赴龙华。

# 第一百回

## 径回东土　五圣成真

〔**西游真诠**〕悟一子曰:此篇全部收煞,包括金丹大意,只看诗中"五行妙色空还寂,百怪虚名总是空"二语,便了却要领。盖金丹由五行攒簇而成,始虽有为,终则无为,故云"道果完成,自然安静"。其诸般险怪,皆属空虚而已。《易》曰:"一阴一阳之谓道。"阴阳本自一气,一气包涵五行。五行攒簇,而阴阳和,天地位,万物育,成始成终,方是至真无上之妙道。若偏阴孤阳,失中乖和,焉能成真?则与天命率性之理违背,而未能悟其同原,神化之所在也。

按:佛经每卷之首有"耶输陀、摩睺罗"者,佛氏未出家时,娶妻曰耶输陀,生子曰摩睺罗。出家十二年归,与妻子复聚。其语送终父母际,甚悲痛。及语射子教诸天神之说,多孝悌忠信等语,是未尝外吾彝伦之教也。

按:老子之子名宗,为魏将。宗子注,注子宫。玄孙假,仕汉文帝,假子解,为胶西王太傅。子孙显达于世,俱以忠孝传家。后世不事心体力行,乃强制情缘,谓为离尘捷径,故其徒皆鳏居而无妻子,岂佛、老教哉?外男女之别,废衣冠之正,而徒语心性之学,此施之于面壁闭户之间则可,施之于天下国家,其不大乱者几希,无怪吾儒之得隙,而异视之也。晋、梁、唐、宋之间,君相巨卿亦多师事,听其说法,惟昌黎不附,后复与头僧深友,晚年竟谬饵金石,终未能穷其真谛耳。

《朱子语录》:"或问'老氏之无与佛氏之无可以异?'曰:'老氏依旧有,如所谓"无,欲以观其妙;有,欲以观其徼"是也。若释氏,则以天地为幻妄,以四大为假合,则是至无。'"

愚按:朱子倒底输黄面老一着,以其为至无,而不知其为至有。如知其为至有,则知与老氏之有合一而无以异。知老、释之合一,则知与吾儒同原而亦无以异矣。读篇中"经卷原因配五行"一句，其诸经所说五行之理，与吾儒仁、义、礼、智、信之说果有异乎？否耶！

"树枝东向而西归"，系玄奘取经实迹，即此一节，已见其诚能动物，而天心犹默相其灵也。八大金刚空中叫："圣僧，自去传了经，即便回来。"三藏历叙三徒出迹来往功程，正是传经之的旨。"连去连来，恰在八日之内。"言只在三五妙道运用之内也。篇中"来东已五日，则归西只三日"，来五回三，已分明指示，人自不悟耳。读者谓此等处俱不可思拟，奈何"三五一都三个字，古今明者实然希"耶？金、紧、禁，不须动念，自然脱去，盖道未成之先，须以法制，金所首用，如念动生根，不可移动。道成之后，安静无念，跳出范围，金为无用，不求脱而自脱。所谓"渡河筏子上天梯，到彼悉皆遗弃者"，此也。

长春子丘真人留传此书，本以金丹至道开示后世，特借玄奘取经故事，宣畅敷演，明三藏之脱壳成真，由尽性而至命；三徒之幻身成真，由修命而尽性。虽各有渐顿安勉之殊，而成功则一，皆大觉金仙也。分而为五，则各成一圣；合而为一，则共成一真，皆真乙金丹也。后人不识为仙家大道，而目为佛氏小说，持心猿意马、心灭魔灭之浮谈，管窥蠡测，失之远矣。

紫阳真人曰："金公本是东家子，送向西邻寄体生。认得唤来归舍养，配将姹女作亲情。"又曰："学仙须是学天仙，惟有金丹最的端。二物会时情性合，五行全处虎龙蟠。本因戊己为媒聘，遂使夫妻镇合欢。只候功成朝北阙，九霞光里驾翔鸾。"此"径回东土，五圣成真"之妙也。人人自有仙佛圣人之灵根，从后天而返先天，成之者不拘东土西方，理至简，功至易，修之者宁待来生异世哉？

全部立言，总惟"舍妄成真"而已。此予之所以著《真诠》之志也。夫予勉之，人勉之，天下后世共勉之！

〔西游原旨〕上回九九纯阳，三三行足，金丹之能事毕矣。此回总收全部精神，指出金丹要旨，流传后世，为万代学人指南，欲人人成仙，个个作佛耳。

"八大金刚，使二阵香风，把他四众送至东土。"此香风，人所难闻。前一阵香风，送至通天河，是指出无字真经，《河图》太极之象，教人于源头处站脚而还元；今二阵香风，送至东土，是明示有字真经，《大易》阴阳之道，教人于五行中修持而返本。有字无字，总一真经；《河图》《周易》，总一大道。其八大金刚送四众连马五口，示《洛书》九宫之义，又取其以《河图》为体，以《洛书》为用，而《大易》之理，无不在其中，此有字无字而共成一真经也。

此等香风，不特作佛成仙，而且为圣为贤，乃三教一家之理。后世学人，不知圣贤大道，各争门户，互相谤毁。在儒者，呼释道为异端之徒；在释道，呼儒门为名利之鬼。更有一等口孽俗僧，不知仙佛源流，竟谓佛掌世界，佛大于仙；又有一等自罪道士，乃谓太上化胡成佛，仙大于佛。殊不知金丹大道，乃仙、佛、圣一脉源流，得授真者，在儒修之为圣，在道修之为仙，在释修之为佛，岂有仙大于佛、佛大于仙之理？竟有一等造孽罪僧，将古迹道院，毁像改寺，枉糊作忘，言争佛大于仙，仙不如佛，此等之辈，死必拔舌，永堕地狱；又有一等自罪狂道，强争仙大于佛，佛不如仙，枉口嚼舌，当入拔舌地狱。况太上金丹之道，即孔圣中庸之道，亦即佛祖圆觉之道，一道也；且儒之道义之门，即道之众妙之门，亦即释之不二法门，一门也；儒有存心养性，道有修心炼性，释有明心见性，一性也；儒之执中精一，道之守中抱一，释之万法归一，总是一也，总是三教之一理也。谁曰不然也？说到此处，一切不知源流之辈，皆晓然矣。

试问修道何事，岂是强争强辩以为能？岂是装模做样，欺己欺人，以为得意？昔有僧显明，以不知为知，不识为识，大道未闻，妄著《云子饭》一书，旷惑愚昧，以为得志。此等之辈，竟不知天地之大，仙圣之尊，妄劈毁谤，其罪尚可言欤！吾劝有志之士，急速猛省，勘破这些野狐，速访明师，求问真诀，苦志修炼，以报师恩。凡此皆有字之学问，在儒谓之诚明兼用，在道谓之有无一致，在释谓之色空不二，皆言其有为也。及推而至于奥妙幽深之理，儒曰："放之则弥六合，卷之则退藏于密。"释曰："一粒粟米藏天地。"道曰："元始悬一宝珠，大如黍米，在空玄之中。"凡此皆无字学问。在儒谓之无声无臭，在释谓之非色非空，在道谓之恍惚杳冥，皆言其无为也。以是观之，三教门虽不一，而理则无异，一而三，三而一，不得分而视之。知此者，在儒即可成圣，在释即可成佛，在道即可成仙。迷此者，在儒即为儒之异端，在释即为释之外道，在道即为道之傍门，有名无实，大非圣人身心性命之学。此仙翁所以贯三教一家之理，作《西游》而震惊后世之聋聩也。

《悟真篇》曰："三五一都三个字，古今明者实然稀。东三南二同成五，北一西方四共之。戊己自居生数五，三家相见结婴儿。婴儿是一含真气，十月胎圆入圣基。"盖金丹大道，惟是配五行，会三家，三家会而五行攒，婴儿有象，浑然太极，真经到手。待至温养十月，阴尽阳纯，形神俱妙，与道合真，圣胎脱化，打破虚空，了了当当，而真经方全矣。然则五行即真经，攒簇五行，即是去取真经，非五行之外别有真经可取。真经未得，则分而为五行；五行攒簇，则合而为真经。真经者，太极之谓，即金丹法象。在儒谓太极，在释谓真经，在道谓金丹，其名不同，其理则一。

提纲曰"径回东土"，是金丹完成；曰"五圣成真"，是五行浑化。若然金丹未成，须借五行而修持，必先有为；金丹已成，速返一气而温养，还当无为。有为者，攒簇五行也。诗中"经卷原因配五行"一句，不特为此回之眼目，而《西游》全部精神，无不在是矣。

"金刚在空中，教圣僧自去传经"者，是传无字真经，无为之道也；"唐僧不能挑担牵马，须得三人同去"者，是传有字真经，有为之道也。有字真经，不离五行攒簇、三家相见之理，故三藏与唐王叙出"初取无字空本，复传有字真经一藏"也。一藏者，即先天一气，贞下起元之首经。取得首经，仍是无字真经。故无字真经不传于世，而传有字真经；传有字真经，而无字真经即在其中。是非不传，而实不能传也，即传之而人亦不信，惟在取有字真经中自传之耳。

请解有字真经五行之旨：孙悟空，又呼"行者"，出身东胜神洲傲来国花果山水帘洞，金水为真空之性，悟得此空，还须行得此空，而金水攒矣；猪悟能，又呼"八戒"，出身福陵山云栈洞，一路挑担有功，木火良能之性，悟得此能，还须戒得此能，而木火攒矣；沙悟净，又呼"和尚"，出身流沙河作怪，秉教沙门，戊己净定之性，悟得此净，还须和得此净，而真土攒矣。西四金，北一水，合为一五，一家也，行者有之；东三木，南二火，合为一五，一家也，八戒有之；中土戊己，自成一五，一家也，沙僧有之。三藏得此三徒保护，即"三家相见结婴儿"，正"三五一都"之妙旨，五行攒簇之法门。龙马乃西海龙王之子，因有罪，作脚力。以五行为运用，以龙马为脚力，浑然太极，龙马负图之象。可知《西游》全部，是细演《河图》、《周易》之密秘，乃泄天地之造化，发阴阳之消息。世人多以心猿意马目之，真管窥蠡测之见焉耳！

独是《河图》金丹之道，知之最易，行之最难，非经过一十四遍寒暑，而功力不到，不能济事也；非登山涉水，遇怪遭魔，而炼己不熟，不能还丹也；非经过各国王照验印信，而返还不真，不能纯阳也。"取出通关文牒，乃'贞观十三年九月望前三日给。'"十三年之下，即十四年；望三日之下，即十四日。以是知十四年取得真经，即贞下还元之真经，所谓"得其一而万事毕"也。"行者三人，个个稳重,只因道果完成,自然安静",由勉强而归神化,自有为而入无为也。以上即所传之经,所传者,即此五行之真经,而非别有真经可传。若再以别经传之,乃系"以色见我,以声音求我,是人行邪道,不得见如来"也。

"长老教把真经誊录,布散天下,原本还当珍藏"者,是大道不得不传,传有字真经,原本暗藏,不妨人人共见,度迷之意也。"方欲诵经,金刚现身,高叫:'诵经的,放下经本,跟我回西去。'"者,是大道不容轻传,传无字真经,而口诀明言,必有天神察听,成仙之道也。"行者三人、白马平地而起;长老丢下经卷,腾空而去。"有字真经已传于世,即不传无字真经,可无私秘天宝之罪,何妨高蹈远举,腾身而入于无是无非之地乎? 此仙翁铭心见掌之论,与道光"不知谁是知音者,试把狂言着意寻"同一寓意。然仙翁虽未能亲口人人而传授,得此《西游》流世,亦足以超脱幽冥无数之业鬼,《西游》之有裨于世,岂浅鲜焉?

惟此《西游》,其中所言正道、傍门、是非、真假,皆系仙翁遭魔遇难,苦历而经过者。若有勇猛丈夫,真心男子,读此《西游》,求师一诀,即可脱八十一难之苦,即可免十万八千之路,即可得"三五一都"之道,不待他生后世,眼前获佛神通,即能返本还元,归于妙觉之地。此八大金刚与四众连马五口,连来连去,恰在八日之内,得以正果佛位也。正果即先天一气,以三五而合一气,则七日来复之旨在其中。传经传到此处,可知唐僧为《河图》之空象,三徒五行为《河图》之实理,龙马脚力为载道之物,于是龙马《河图》之道昭彰矣。

噫! 五行未攒,须藉有为之道,以法制之;五行已攒,须用无为之道,而自脱之。到得不生不灭之时,无且不言,何况于有? 五圣成真,有无俱不立,物我悉归空,无字真经不传,而已早传。然已传出,而人不识,仍是传有字真经。

余今注《原旨》,亦不过原其有字真经之旨;至于无字真经之旨,吾乌得而原之? 非不原也,原之而人不识也。只得原其有字真经之旨,须当誊录副本,布散同学。至于原本,还当珍藏,不可轻亵。咬下一指,以待他日识者亲认。

吾念一切世界诸佛。愿以此功德,庄严佛净土。上报四重恩,下济三途苦。若有见闻者,悉发菩提心。同生极乐国,尽报此一身。十方三界一切佛,诸尊菩萨摩诃萨,摩诃般若波罗密。

诗曰:

贞下还元是首经,五行攒簇最空灵。

西游演出图书理,知之修持入圣庭。

# 读《西游原旨》跋

《西游原旨》者,吾师悟元老人之所注也。老人博通典坟,学贯天人,师事龛谷、仙留,得先天性命之秘旨,穷流指源,语一该万,忧悯后学,师授罕觏,遂乃著书立说,以上卫正道,而下启后蒙,婆心独切,故著书最多。若《三易注略》、《周易阐真》、《道德会义》、《参悟直指》、《会心集》、《指南针》,或作或述,皆期释惑指迷,故言皆直指先天,不复作譬喻之词,业已付剞劂,而公诸宇内矣。惟《西游原旨》之作,较诸书最早,因卷帙繁多,工费甚巨,同人每有请之者,师都不许。今诸书既竣,而请者愈众,襄事更多。师不获已,乃重加校勘而付之梓。计生平著述,此书最为原起,而授刻独后,所谓以此始,而亦以此终也。吾师之言曰:"丹经自《参同》而后,显揭其旨者,莫过于《悟真篇》,为字字归元,诚丹经之宗主,大道之航舆也。彼二书者,或微奥而难通,或火候之未备。惟《西游记》一书,借俗语以演大道,其间性命源流,工程次第,与夫火候口诀,无不详明而且备焉。学者苟有志玩索,超凡入圣,无过此书矣。"故《原旨》之作,较诸书更加详慎,殚数十年精力,惟恐古人之书,有一字之未悉,又惟恐注释之义,与古人之旨,有一字之不合者,此《原旨》之名,所由自表其用心焉耳。考邱祖道成之后,著《西游记》一书,自元迄明,并未有解出真义者。惟我朝山阴悟一子陈先生,获遇真传,闻道之后,取《西游》而为之注释,名曰《真诠》。其注既行,人始知《西游》之作,非谈天雕龙、汗漫成书者比。则凡知《西游》为阐道之书者,大抵自悟一子始。顾其为注,炫于行文,而略于晰理,遂至辞胜于义,俾书中真妙,反掩埋而不彰。此《原旨》之注,真有所不得已也。礼读《原旨》之注,而有味乎《西游》之本旨,因并读《真诠》之注,而知其《西游》之大旨。然则《原旨》之作,不但有功于《西游》,即悟一子之注,亦足以表其长而补其阙焉。昌黎云:"莫为之前,虽美弗传;莫为之后,虽盛弗彰。"《真诠》之注,得《原旨》之注而益彰,不更为异地同心之良友也哉? 礼少从孙韦西夫子游,先生不弃凡陋,帖括之余,微示经籍奥义,心窃慕之。又明告以章句占毕之学,不足以穷经而明理,必从达人正士游,方足资其学问,且戒勿存畛域,以自限于师资。礼用是得谒吾师于金城之栖云山。拜谒之后,师方以愚明柔强相期。不料担荷不力,竟不克终"学不至谷"之训,驰骛功名,萦心利禄,垂二十载,迄今视衰齿暮,毫无所闻。回思两地师恩,俱极高厚,自用暴弃,辜负实深焉。抑有幸者,礼以乡曲猥鄙之材,从韦西先生游,不数年而俗陋渐化,知亲近于有道矣。自谒吾师而后,教以心地用功,廿年以来,渐能事事认真,不苟且于财利,不震慕乎势位,风波场中,颇能自立,勉强之功,少有可以信于心者,皆秉于师训也,所得于师者多矣! 人生得从正士游,而稍知自爱,以不流于匪僻,谓非庸人之大幸也哉? 至于理未能明,学无所获,乃自非其人,非师之有所私秘也。今因刻《原旨》既竣,跋以芜辞,一以明师教无隐之公,一以志平日废学之过。惟愿读是言者,知著书之劳,用心之苦,不至轻易读过,则私心且有望焉。大抵性命微旨,窍妙真传,非至人口诀,终未易展卷而获。至于读《原旨》之书,足知先天性命之学,原本《太易》、《阴符》、《道德》诸经,乃圣人穷理尽性至命之学,绝非世间庸夫俗子、文人学士,误惑旁门,妄猜私议者可比。则此书之有益后学,正复无穷,礼之所及知者此耳,敢以告之同人。

天山弟子笠夫樊於礼跋

# 西游原旨跋

　　窃闻导河必穷其源，朝宗必入于海，读吾师所释《西游》而恍然矣。《西游》，寓言也，如《易辞》焉，如《南华》焉，弥纶万化，不可方物。苟非达天德者，孰能识其源流哉？迨《原旨》出而天机毕露矣，天机露而《西游》丕显矣。盖道眼单传，心源遥接，以理印理，以法印法，不啻觌面而谭。故将百回奥义，条分缕晰，剥核见仁；而且承上起下，一气贯彻，层次井然。从可知天下无二道，圣人无两心，所谓其序不可乱，而功不可缺者，其即取经之要路与！凡我后进，果能于有文字处，得《西游》之原旨，更于无言语处，见原旨之《西游》，由浅及深，止于至善，各将三藏真经，取诸宫中而用之，庶著者之心慰，释者之愿了矣。

榆中门人王阳健沐手谨跋

# 西游原旨跋

　　尝思石蕴玉而山辉，水怀珠而川媚，人得丹而天地其壮乎。我悟元老师，胸罗造化，学贯古今；心如太虚，言犹河汉。阐扬北派，拈金莲之七朵；赞咏《西游》，标长春之一枝。注明"原旨"，解翼《真诠》。揭显数百年埋没之精义，泄露亿万世知音之指南。其源清，其旨远。其注文也，符天人浑化之妙；其解理也，彰天人合发之秘。其发覆也，每于戏谑中而推出天机；其破迷也，专在俗情内而敲开冥枢。至于篇中，屡引诗词，证经典，包卦象，藏图书，化板肉之意旨，为神奇之解悟。或演三教一家，或指性命双修，或寓药物斤两，或示火候爻铢。以及法财秘密，颠倒窍妙，招摄作用，下手真诀。无一不条分缕晰，而和盘托出。盖欲后之读《西游》者，顿悟本原，渐修妙旨，始也顺而止，既则顺以动，观象辞而玩天宝，使象罔以得玄珠也。而要非学通海天，道应潮星，固未易一二为蠡管辈言也。仆学类井蛙，道犹醯鸡。念三十载之钻研，本欲逃瓮；输一半句之卢都，翻致赢瓶。肯綮之未尝，精髓何敢望？幸久嚼《原旨》，乃徐悦《西游》，窃愿绽骨为笔，研血为墨，而写此书。

洮阳门人张阳全谨跋

# 西游原旨跋

　　原夫《西游》之作，乃长春真人开精一心学之宗，阐三教一家之理，渡学者出洪波而登道岸者也。奈何今人去古益远，知识渐隘，未易入门，艰于参奥，更兼讹传盲引之流，遍充寰宇，以致好学志士，往往误入傍门曲径，到老无成。仁人君子，宁不痛惜而悲悯哉？吾师旨穷一贯，派衍龙门，体真人释厄之婆心，垂慈注释。部首先立"读法"四十五条，提示要领；每回末结七言绝句一首，会通真谛。一百回中，摈斥傍门，彰明正道。下学上达之工程，炯炯如照；升堂入室之阶级，历历可循。约繁于简，衷难于易。虽太极浩渺，直示人回头便见；即真性涵空，实指我肯心现成。乾坤无非刚柔，坎离即是实虚。阴阳不离动静，造化只在逆从。纵然玄奥无穷，究竟总归一气。所谓震雷霆之法鼓，聋俗猛惊；张星月之慈灯，迷途乍亮。俾真人之原旨毕露，实吾侪之大幸获读者也。若夫转天枢，回斗柄，和四象，攒五行之神功，智者自能审察，又非余小子末学薄识，所可私议妄参者也。而今而后，尊德乐道之士，熟玩则心中顿悟，诚叩则灵窍决开。且也辨大道于歧途，不至入铁围而忘返；显天根于人事，庶几得云路而渐登。志士若果勉力深造，必能自得，不啻吾师觌面授之也。

侍侧愚徒冯阳贵跋

# 重刊西游原旨跋

　　夫天地之间,广矣大矣,无非道焉存焉。惟祖邱真君《西游》一书,包含万象,内藏天机,数百年来,无人解得。向阅所有解者,或指为炉火烧炼,或指为男女阴阴,或指为御女闺丹,或指为心肾相交,或指为搬运顽空。其所解者,皆未得其解,私议强猜,以为是解,不独毁谤圣道,而且埋没古人作书之婆心。幸吾师悟元老人《原旨》一出,则《西游》之妙义显然,始知为古今修道者第一部奇书,可谓一灯照暗宝,光华普现矣。复恒因于庚辰年,省师甘省栖云山,请师所解《西游》一书,来楚南常郡护国庵,仰体师恩,正欲募化重刻,不期善士集会,各喜乐捐,刊刻全书,以广方来,将见此解一出,而古人作书释厄之婆心,从此彰然矣。

楚南门人夏复恒谨跋

# 《西游记》序言汇录

## 1. 刊《西游记》序 *

### 明·秣陵陈元之 撰

太史公曰："天道恢恢，岂不大哉？谭言微中，亦可以解纷。"庄子曰："道在屎溺。"善乎立言！是故"道恶乎往而不存，言恶乎存而不可。"若必以庄雅之言求之，则几乎遗《西游》一书，不知其何人所为。或曰出今天潢何侯王之国，或曰出八公之徒，或曰出王自制。余览其意近跅驰滑稽之雄，厄言漫衍之为也。旧有叙，余读一过，亦不著其姓氏作者之名。岂嫌其丘里之言与？其叙以为狲，狲也，以为心之神。马，马也，以为意之驰。八戒，其所戒八也，以为肝气之木。沙，流沙，以为肾气之水。三藏，藏神、藏声、藏气之三藏，以为郛郭之主。魔，魔，以为口耳鼻舌身意、恐怖颠倒幻想之障。故魔以心生，亦心以摄。是故摄心以摄魔，摄魔以还理。还理以归之太初，即心无可摄。此其以为道之成耳。此其书直寓言者哉！彼以为大丹之数也，东生西成，故西以为纪。彼以为浊世不可以庄语也，故委蛇以浮世。委蛇不可以为教也，故微言以中道理。遭之言不可以入俗也，故浪谑笑虐以恣肆。笑谑不可以见世也，故流连比类以明意。

---

* 自《新刻出像官板大字西游记》，二十卷卷首，明万历间刊本，华阳洞天主人校，金陵世德堂梓行。

于是其言始参差而諔诡可观，谬悠荒唐，无端崖涘涘，而谭言微中，有作者之心，傲世之意。夫不可没已。唐光禄既购是书，奇之，益俾好事者为之订校，秩其卷目梓之，凡二十卷，数十万言有余，而充叙于余。余维太史、漆园之意道之，所存不欲尽废，况中虑者哉？故聊为缀其轶叙叙之。不欲其志之尽湮，而使后之人有览，得其意、忘其言也。或曰："此东野之语，非君子所志。以为史则非信，以为子则非伦，以言道则近诬，吾为吾子之辱。"余曰："否，否。不然。子以为子之史皆信邪？子之子皆伦邪？子之子史皆中道邪？一有非信非伦，则子史之诬均。诬均则去此书非远。余何从而定之，故以大道观，皆非所宜有矣。以天地之大观，何所不有哉？故以彼见非者，非也；以我见非者，非也。人非人之非者，非非人之非，人之非者，又与非者也。是故必兼存之后可。于是兼存焉。"而或者逎亦以信。属梓成，遂书冠之，时壬辰夏端四日也。

## 2. 西游证道书原序 *

### 元·虞集

余浮湛史馆，鹿鹿丹铅。一日有衡岳紫琼道人，持老友危敬夫手札来谒，余与流连浃月，道人将归，乃出一帙示余，曰："此国初邱长春真君所纂《西游记》也。乞公一序以传。"余受而读之，见书中所载乃唐玄奘法师取经事迹。夫取经不始于唐也，自汉迄梁咸有之，而唐之玄奘为尤著。其所跋涉险远，经历艰难，太宗圣教一序，言之已悉，无竢后人赘陈。而余窃窥真君之旨，所言者在玄奘，而意实不玄奘，所纪者在取经，而志实不在取经。特假此以喻大道耳。

猿马金木，乃吾身自具之阴阳；鬼魅妖邪，亦人世应有之魔障。虽其书离奇浩瀚，数十万言，而大要可以一言蔽之曰"收放心"而已。盖吾人作魔、成佛，皆由此心。此心放则为妄心，妄心一起，则能作魔，其纵横变化无所不至，如心猿之称王、称圣，而闹天宫是也；此心收则为真心，真心一见，则能灭魔，其纵横

---

\* 钟山黄太鸿笑苍子、西陵汪象旭憺漪子同笺评《新镌出像古本西游证道书》卷首，清初刻本。

变化亦无所不至,如心猿之降妖缚怪,而证佛果是也。然则同一心也,放之则其害如彼,收之则其功如此,其神妙非有加于前,而魔与佛则异矣。故学者但患放心之难收,不患正果之难就,真君之谆谆觉世,其大旨宁能外此哉?

按真君在太祖时,曾遣侍臣刘仲禄万里访迎,以野服承圣问,促膝论道,一时大被宠眷,有《玄风庆会录》载之详矣。历朝以来,屡加封号,其所著诗词甚富,无一非见道之言。然未有如是书之鸿肆而灵幻者,宜紫琼道人之宝为枕秘也,乃俗儒不察,或等之《齐谐》稗乘之流,井蛙夏虫,何足深论。

夫《大易》皆取象之文,《南华》多寓言之蕴,所由来尚矣。昔之善读书者,聆周兴嗣性静心动之句而获长生,诵陆士衡山晖泽媚之词而悟大道,又何况是书之深切著明者哉!

天历己巳翰林学士临川邵庵虞集撰*

## 3. 李卓吾先生批评西游记题词

明·袁于令**

文不幻不文,幻不极不幻。是知天下极幻之事,乃极真之事;极幻之理,乃极真之理。故言真不如言幻,言佛不如言魔。魔非他,即我也。我化为佛,未佛皆魔。魔与佛力齐而位逼,丝发之微,关头匪细。摧挫之极,心性不惊。此《西游》之所以作也。说者以为寓五行生尅之理,玄门修炼之道。余谓三教已括于一部,能读是书者,于其变化横生之处引而伸之,何境不通?何道不洽?而必问玄机于玉匮,探禅蕴于龙藏,乃始有得于心也哉?至于文章之妙,《西游》、《水浒》实并驰中原。今日雕空凿影,画脂镂冰,呕心沥血,断数茎髭而不得惊人只字者,何如此书驾虚游刃,洋洋纚纚数百万言,而不复一境,不离本宗;日见闻之,厌饫不起;日诵读之,颖悟自开也!故闲居之士,不可一日无此书。

幔亭过客

---

* 虞集(1272—1348),元代著名学者、诗人。字伯生,号道园,人称邵庵先生。著有《道园学古录》、《道园遗稿》。

** 袁于令,原名韫玉,又名晋,字令昭,一字凫公,号箨庵,又号幔亭、白宾、吉衣主人,吴县人。生年不详,约卒于清圣祖康熙十三年。

## 4. 增评证道奇书序 *

清·野云主人

　　古人往矣，古人不可见，而可见古人之心者，惟在于书。属操觚染翰之家，何时何地，蔑有其书，皆烟飞烬灭，淹没而不传者，必其不足以传者也。其能传者，皆古人之精神光焰，自足以呵护而不朽。或有微言奥义，隐而弗彰，则又赖后有解人，为之阐发而扬搉之。其有言虽奥赜，解甚其鲜，而亦卒不泯灭者，则漆园、御寇之类是也。若夫稗官野乘，不过寄嘻笑怒骂于世俗之中，非有微言奥义足以不朽，则不过如山鼓一鸣，荧光一耀而已。其旋归于烟飞烬灭者，固其常事，乃有以《齐谐》野乘之书。传之奕祀数百之久，而竟不至烟烬者，则可知其精神光焰，自有不可泯灭者在，如《西游记》是已。余方稚齿时，得读《西游》，见其谈诡谲怪，初亦诧而为荒唐。然又疑天壤之大，或真有如是之奇人奇事，而吾之闻见局隘，未之或知也。及夷考史策，则影响茫然，询之长老，佥曰：此游戏耳，孺子不足深究也。然余见其书，洋洋洒洒，数十万言，果无其事，则是人者，累笔费墨，祸枣灾梨，亦颇费经营构撰，而成此巨帙，将安用之？又其中之回目、提纲及诗歌、论赞中，多称心猿意马、金公木母等名，似非无谓而漫云者。既无可与语，唯有中心藏之而已。

　　又数年，既弃制举业，益泛览群籍，见有《黄庭二景》、《混元》、《鸿烈》、《抱朴》、《鹖冠》、《悟真》、《参同》堵书，稍加寻绎，虽未测其高深，而天机有勃勃之意。其所论五行缴妙，往往托之神灵男女之间。因忆《西游》之书，得毋与此相关会耶？取而复读之，则见其每有针芥之合。余既不娴修炼，访之道流，又无解者，亦未敢遽信以为必尔也。忽得西陵汪澹漪子评本，题之曰《证道奇书》，多列《参同》、《悟真》等书，以为之证，及叹古人亦有先得我心者，第其评语，与余意亦未尽同，因重梓，乃为增"读法"数十则而序之。

　　呜乎！修丹证道而成神仙，自广成、赤精，黄老以降，载在典籍，非尽诬诞，特仙骨难逢，俗情易溺，诚心求道之人不少概见，而嬴政、汉武、文成、武利之属，上下俱非其人，遂使后人得为口实耳。洪崖先生曰："子不离行，安

* 《西游证道奇书》卷首，清九如堂刊本。

知道上有夜行人?"则神仙种子,终亦不绝于世,而火尽薪传,欲求斯道者,仍不能外于笔墨矣。但伯阳、庄、列之书,虽言道妙而无其阶梯;《参同》、《悟真》之类,虽有阶梯而语多微奥。全真、云水之辈、且不能识其端倪,况大众乎? 今长春子独以修真之秘,衍为《齐谐》稗乘之文,俾黄童白叟,皆可求讨其度人度世之心,直与乾坤同其不朽,则自元迄明,数百祀中,虽识者未之前闻,而竟亦不至烟烬而泯灭者,岂非其精神光焰,自足以呵护之耶? 今既得澹漪子之阐扬,后或更有进而悉其蕴者,则长春子之心,大暴于世,而修丹证道者日益多,则谓此本《西游记》之功,真在五千、七笈、漆园、御寇之上也可。

乾隆十五年岁次庚午春二月金陵野云主人题于支瞬居中

## 5. 通易《西游正旨》序 *

清·何廷椿

先师张逢源,讳含章,蜀之成都人也。家贫自力于学,不求闻达于时。学尚简默,潜心性理,尝得异人渊源之授,由是造诣益深。复取周、邵诸书及《河》、《洛》图解,日夜讨求,务晰其理。固厌城市嚣烦,非可托足,乃徙于峨山下,构斗室居焉,颜其额曰与善堂,环堵萧然,优游自得,一时慕道之士,多从之游。平生博涉群籍,探源溯流,以为圣贤仙释,教本贯通。故自六经以至黄老,无不笃志研究,而尤遽于《易》,所著有《原易篇》、《遵经易注》。又以道经庞杂,学者罔识所归,故为手辑《道学薪传》四卷,并梓于世。他如遁甲、堪舆、术数诸学,靡不实获于心,每示人趋避,辄多奇验。然其洁身自隐,不妄于人,以故道学粹然,而当时鲜有识者。余虽忝侍丹铅,自愧钝根鲜语。窃见先师教人入道法门,必以守正却邪为主。且示之曰:"从古言道之书广矣,未有以全体示人者。惟元代邱祖所著《西游》,托幻相以阐精微,力排旁门极弊,诚修持之圭臬,后学之津梁也。"乃就其书手为批注,以明三教一原。书成授于余,余拜而读之,久欲公诸同好,而未之逮焉。先师年登大耄,含笑而终,今已十稔矣,而当时手泽如新。客秋袖至锦垣,将付之剞劂,余婿向氏

---

* 《通易西游记正旨分章注释》卷首,清道光年间刻本。

昆季见之,愿为赞襄,共成此举,经半载而工葳。其书悉遵先师遗稿,第为师门互相传抄日久,亡其底册,不免有亥豕之讹。

是在学者会心不远,勿以词害意焉可已。先师志存阐道,弗以沽名,故并隐其姓名。兹刻亦依原式,以承师旨,而其苦心孤诣,有不可终没者,特表而出之。是为序。

道光岁次己亥孟夏既望记于眉山书舍,受业何廷椿谨识

## 6.《西游记》叙言*

清·雨香

《西游记》无句不真,无句不假,假假真真,随手拈来,头头是道。看之如山阴道上,应接不暇;思之如抽茧剥蕉,层出不穷。解之以诠,如珠喷星汉,攀不可阶;如锦织云霞,梭成无缝,虽有游夏才也莫赞,况区区驽末?而来悟一子诠是遵,好似一做官人官话。夫记也奚借乎诠显,且难画于诠指,抑敢竟以诠泄。必欲诠之,必亲切有味,始令人观之心领神会。倘不以诠明记,而或以诠障记,诠有何味?更有何益?

不但无益于目游人,亦何益于《西游记》?是诠之不如无诠,一任《西游》自在虚灵,玲玲珑珑、活活泼泼之为愈也。盖全记渡世慈航,分明指示,能静中参悟之,原非秘藏不露者。入大海捞针,不得针,另摸一针示人以为即是,不知果是耶否?

全记不作一浮谈赘字,怀明记记不全者,略节要旨,方便记半,以私幸坐井观耳。然而捞凡几度,稿凡几易,用心亦太困矣,妄心亦已甚矣。要觅真针是,先须忘妄心,未曾磨铁杵,那得绣花针?是耶?否也?亦只是对月之穿,蹲山之钓,料瀛上仙翁海量,定不以蛙鸣科罪。

咸丰七年丁巳重阳后三日庚寅力农人雨香盥沐谨识

---

* 北图柏林寺分馆藏,清抄稿本。

# 7. 新说《西游记》图像序

清·王韬

  《西游记》一书,出悟一子手,专在养性修真,炼成内丹,以证大道而登仙籍。所历三灾八难,无非外魔。其足以召外魔者,由于六贼,其足以制六贼者,一心而已。一切魔劫,由心生,即由心灭。此其全书之大旨也。唐三藏元奘法师取经西域,实有其事。此贞观三年仲秋朔旦,褰裳遵路,杖锡遥征,即得经像,薄言旋轸,以十九年春正月达于京邑,谒帝洛阳,曾译《大唐西域记》十二卷,经历一百三十八国,多述佛典因果之事。今以新、旧《唐书》核之所序诸国,皆所不载。盖史所录者,朝贡之邦;记所言者,经行之地也。记中于俗尚、土风、民情、物产,概在所略。惟是侈陈灵怪,诞漫无稽,儒者病之。后世《西游记》之作,并不以此为蓝本,所历诸国,亦无一同者,即山川道里,亦复各异。诚以作者帷凭意造,自有心得。其所述神仙鬼怪,变幻奇诡,光怪陆离,殊出于见见闻闻之外,伯益所不能穷,夷坚所不能志,能于《山海经》录中别树一帜,一若宇宙间自有此种异事,俗语不实,流为丹青,至今脍炙人口。演说者又为之推波助澜,于是人人心中皆有孙悟空在,世俗无知,至有为之立庙者,而战斗胜佛,固明明载于佛经也。不知《齐谐》志怪,多属寓言;《洞冥》述奇,半皆臆创。庄周昔日以荒唐之词鸣于楚,鲲鹏变化,椿灵老寿,此等皆是也。虞初九百,因之益广已。

  此书旧有刊本而少图像,不能动阅者之目。今余友味潜主人嗜古好奇,谓必使此书别开生面,花样一新。特请名手为之绘图,计书百回为图百幅,更益以像二十幅,意态生动,须眉跃然见纸上,固足以尽丹青之能事矣。此书一出,宜乎不胫而走,洛阳为之纸贵。或疑《西游记》为邱处机真人所作,此实非也。元太祖驻兵印度,真人往谒之,于行帐记其所经,书与同名,而实则大相径庭。以蒲柳仙之淹博,尚且误二为一,况其它乎?因序《西游记真诠》,而为辨之如此。

  光绪十有四年岁在戊子春王正月下浣长洲王韬序于沪上淞隐庐

# 8.《西游记评注》序 *

清·含晶子

《西游记》一书,为长春邱真人所著。世传其本以为游戏之书,人多略之,不知其奥也。孩童喜其平易,多为诀助,予少时亦以为谈天炙輠之流耳。虽有悟一子诠解之本,然辞费矣。费则隐,阅者仍昧然,如河汉之渺无津涘也。予近多阅道书,溯源竟委,乃知天地间自有一种道理。近取诸身,尤为切近。道家脉络,原本一气,亦本于吾儒养气之说。能养气者,莫如孟子。孟子其传于子思,以承道统,再后则遂失矣。河图、洛书,流入道教,陈希夷得之,后由此复归于儒,濂溪、康节得之,而道教分而为三:一章奏,林灵素等之说也;一符箓,张道陵等之说也;一修炼,则御女烧丹,如秦汉方士文成、五利之辈。其说愈多,其教愈诡,而人陷溺于中者,世难辈数,良可概也!岂知仙道不外一气,驯而养之,与吾家浩然之气同出异名者也。

仙家分南北二宗,北宗最显。邱真人入道最苦,得道最晚,实绍北宗之正派,特著此书,将一生所历各劫,历历举以示人。其不著为道书,而反归诸佛者,以佛主清净与道较近。道教漓其真久矣,且陷于邪者,习之不正,足以误人而病国。故以佛为依归,而与道书实相表里,此《西游记》所由作也。入道之门,修道之序,成道之功,深切著明,无一毫不告学者,其用心亦良苦矣。所言各物,多从譬喻,惟在读者期心讨取,方得蹄筌。其言太乙金仙,即吾身得气之初最先一物;其言唐僧曰名三藏者,即吾身所备之三才也;其言孙行者曰名悟空者,悟得此空,方是真空;其言猪八戒曰名悟能者,悟得此能,由于受戒;其言沙和尚曰名悟净者,即谓能悟能戒,方是净土,可以做得和尚矣。人能备此三才之秀,再得先天真一之气,以为一心主宰,故行者必用金箍棒。金者,先天之气;棒者,一心主宰也。再能坚持八戒,以为一体清净之全,八戒必用九齿钉钯。九者,老阳也,齿者,坚忍也;钉钯者,种土之具也。再能调和阴阳二气,归于净土之中,则修道已得,所杖持矣,故沙僧必用宝杖也。三者不可离也,无行者之金,则东方不长;无八戒之木,则西方不成;无

---

沙僧之土以调剂之，则二气不匀，且反为害。既如是，又须得龙马之脚力，逐日行之，虽十万八千里之程，须臾勿懈，学道而有不成者乎？此全书之大概也。魔者，即心所生也，亦有行道之时，到此一候，即有此一候之魔。魔不由心造，所谓道高一丈，魔高十尺，与道俱起，不与道俱灭，驯至无声无臭，遗于帝载，无所谓魔，亦无所谓道。阅此书者，宜解所未解也。于今读此全部，随所见标而识之，以为此书之助。道书传世者伙矣，或言之未真，或诠之未深，或有闻而未能行，即将所闻，摹之为书，或所闻未得师，即将其语据以为秘，推究其始。惟老、庄、尹、列诸书，久传于世。此外，《参同》一书，世推丹经之王。再后则张紫阳《悟真篇》，藉藉人口，然《悟真》多隐，其词亦颇误世，故白紫清真人谓紫阳传道不广，亦谓托端阴阳，稍为采补家所袭取耳。此书探源《参同》，节取《悟真》，所言皆亲历之境，所述皆性命之符。予之诠解，虽未面授真人之旨，而不敢臆造，其说实触类引申，使人易晓，勿蹈迷途，与悟一子之诠，若合若离，而辟邪崇正之心，或较悟一子而更切也。谨序简端，以诏读者。

光绪辛卯六月含晶子自叙

# 后 记

《〈西游记〉探幽》一书得以顺利出版，首先非常感谢华夏出版社领导和责任编辑的辛苦工作；其次出版资金得到秦党亲、钱永嘉诸先生及唐山西派文化科技有限公司的资助。在点校整理的过程中，也先后得到了众多朋友、道友和广大读者们的鼓励。感谢著名表演艺术家、电视连续剧《西游记》孙悟空扮演者六小龄童老师题词，感谢秦皇岛艺道人张明佑道长题写书名，感谢陕西王赵民先生、天津滕树军仁兄、北京马波仁兄。

任何一件事业的完成，都会有无数人的默默奉献和帮助，否则事难立也难成。虽言"君子之交淡若水""君子淡以亲"（《庄子·山木》），然因缘殊胜，道契仙谊，不敢忘怀。故略叙遭际，以志永记。

盛克琦

2020 年 7 月 20 日于唐山丰南

**图书在版编目（CIP）数据**

《西游记》探幽:《西游真诠》《西游原旨》合刊 /（清） 陈士斌,（清）刘一明著;盛克琦编校. -- 北京:华夏出版社有限公司，2020.8（2023.8重印）

ISBN 978-7-5080-9965-1

Ⅰ. ①西… Ⅱ. ①陈… ②刘… ③盛… Ⅲ. ①《西游记》评论 Ⅳ. ①I207.414

中国版本图书馆 CIP 数据核字（2020）第 111703 号

《西游记》探幽：《西游真诠》《西游原旨》合刊

| | | |
|---|---|---|
| 著　　者 | （清）陈士斌　（清）刘一明 | |
| 编　　校 | 盛克琦 | |
| 责任编辑 | 罗　庆　梅　子 | |
| 责任印制 | 顾瑞清 | |

出版发行　华夏出版社有限公司
经　　销　新华书店
印　　刷　三河市少明印务有限公司
装　　订　三河市少明印务有限公司
版　　次　2020 年 8 月北京第 1 版
　　　　　2023 年 8 月北京第 2 次印刷
开　　本　720×1030　　1/16 开
印　　张　39
字　　数　632 千字
定　　价　128.00 元

**华夏出版社有限公司**　　地址：北京市东直门外香河园北里 4 号　　邮编：100028
　　　　　　　　　　　　网址：www.hxph.com.cn　　电话：（010）64663331（转）
若发现本版图书有印装质量问题，请与我社营销中心联系调换。